JOSEPH HEYWOOD

L'AIGLE DE SIBÉRIE

roman

Traduit de l'américain par Paul Verguin

ÉDITIONS ROBERT LAFFONT
PARIS

Titre original : THE BERKUT

ISBN 2-221-05452-0
(édition originale :
ISBN 0-394-56088-4 Random House, New York)

A mes amis
Charlie Mangel et Bob LaRue

La chasse au loup la plus pittoresque se pratique avec des aigles. On en trouve peu d'exemples en Europe. Son vrai domaine est le Kirghizistan, république soviétique d'Asie centrale où des tribus nomades élèvent pour cela un aigle royal appelé *berkout*. Il ne pèse qu'une dizaine de kilos mais, quand il s'abat sur un loup, il l'immobilise en le muselant littéralement : il lui plante une serre dans l'échine et, quand l'animal tourne la tête en arrière pour mordre, l'autre serre du rapace lui agrippe le museau jusqu'à l'étouffer ou, du moins, le maintenir à terre jusqu'à l'arrivée du chasseur. Ces oiseaux sont d'une force invraisemblable; chacune des deux pattes représente une capacité d'immobilisation atteignant la tonne; une aile de moins d'un mètre vous casse le bras d'un seul coup... Aujourd'hui encore, en Russie, les cavaliers kirghizes chassent le loup à l'aigle, aidés de chiens.

Barry Holstun Lopez
Des loups et des hommes

Une chasse au [illegible] la plus [illegible] des mulets [illegible] peu [illegible] en Europe [illegible] de l'Asie centrale [illegible] nomades [illegible] il ne pèse qu'une [illegible] de kilos mais quand il [illegible] longtemps [illegible] jusqu'à [illegible] jusqu'à l'arrivée du chasseur [illegible] force invraisemblable [illegible] seule une capacité d'[illegible] connu. Aujourd'hui encore, en [illegible] chassent le [illegible]

[illegible]

[illegible]

Première partie

L'ÉVASION

1. 28 avril 1945, 18 heures 30.

Grand et massif, tout en muscles – un certain nombre d'années auparavant, il possédait le physique idéal d'un élève officier d'élite – le colonel Günter Brumm avait du mal à se glisser dans l'étroit cockpit du planeur de poche. Ses beaux cheveux blonds étaient sales, et d'ailleurs, chose inadmissible à trente-cinq ans, les tempes se dénudaient. Il avait des mains énormes et des doigts si épais, si longs, qu'un de ses compagnons d'armes les qualifiait de manches de pioche. Immense de torse, il logeait facilement les jambes dans l'habitacle mais le reste du corps se coinçait, à l'étroit.

Enfin casé sur le siège rigide, Brumm tâtonna du bout des pieds, à la recherche des pédales de gouvernail. Il se demandait s'il les sentirait, en vol, à travers ses grosses chaussures. Il avait peu piloté de planeurs, et jamais de si minuscules.

Rassuré, il fourra tout son matériel au sol, devant lui. Il vérifia que la longe du harnais de parachute était reliée au sac d'aviateur et au sac à dos. Il portait son pistolet-mitrailleur sur la poitrine – un modèle modifié de l'armée allemande – dans un holster de peau de chamois contenant également six chargeurs.

En essayant le levier de commande, Brumm constata que son barda coinçait l'axe : on ne pouvait tirer complètement en arrière. Comme un animal besognant consciencieusement dans sa tanière, il fourragea dans tous les sens jusqu'à ce que le cockpit fût en ordre. Ce sont les détails qui font la différence en matière de survie, il le savait depuis longtemps, devenu expert à vérifier et revérifier le moindre élément de chaque mission. Enfin prêt, il respira et se détendit, adossé au paquet du parachute. « Si ça ne marche pas, je suis mort. » Pour un combattant professionnel, les faits sont les faits. Le colonel pensait à la mort sans frayeur. C'était simplement sa façon de s'assurer qu'il évaluait pleinement la situation et que, au moment voulu, il aurait l'esprit lucide.

Soldat de commando, Brumm était l'un des rares survivants d'un groupe d'élite qui recevait directement ses ordres d'Adolf Hitler. Entre autres références, il disposait d'une lettre du Führer l'investissant de pouvoir absolu sur tout citoyen allemand, civil ou militaire, ce qui lui permettait de se procurer n'importe quoi sur-le-champ, sans formalités. Il avait conduit d'innombrables missions dangereuses. En dépit de son impressionnante constitution physique, c'est son profil psychologique qui avait le plus frappé Hitler – lequel imposait son accord pour toutes les nominations à cette unité spéciale.

Le corps de Brumm portait de nombreuses cicatrices attestant de sa propre solidité autant que des rigueurs de la tâche. En France, en Tchécoslovaquie, en Russie, Dieu sait où, au fil des années il avait été si souvent blessé qu'il ne s'y retrouvait plus lui-même. Fils d'officier prussien, petit-fils d'apothicaire, il avait grandi avec les disparitions et les cadavres. Nulle mort ne l'affectait. On respirait ou on ne respirait pas. Cette sérénité, avant tout, faisait de lui un bon soldat.

Brumm consulta sa montre. Si l'avion remorqueur était à l'heure, le ramassage aurait lieu dans sept minutes. A condition que la courte aire d'envol ne se fasse défoncer davantage entre-temps. Les Russes étaient partout. Une fois délogées les armées allemandes de l'Oder, ils avaient marqué un temps de récupération de près de deux mois avant l'avancée décisive sur Berlin. Le 16 avril, ils attaquaient en force. Trois jours plus tard, ils avaient morcelé et enfoncé le front jusqu'à vingt-cinq kilomètres à l'ouest de l'Oder, si bien que l'unité de Brumm se retrouvait isolée derrière les lignes ennemies. Actuellement, les Russes revenaient plus ou moins en arrière pour nettoyer les poches de résistance. Le manque de relevés de bataille et de renseignements valables sur les mouvements adverses n'empêchait pas de discerner les ordres de Moscou : raser Berlin.

Les chars ayant percé puis démantelé les lignes allemandes, l'infanterie soviétique montait à l'assaut frontal. Un duel d'artillerie gigantesque était engagé. Les arcs d'obus traçants s'entrecroisaient en sifflant là-haut par centaines. De part et d'autre, on avait cessé de viser; on s'en tenait à charger et tirer le plus vite possible. Tôt ou tard, l'un des camps se verrait incapable de riposter.

Ce qui restait de l'armée allemande était pris au piège, et cela ne surprenait pas Brumm. La volonté de se battre n'existait plus. Depuis Stalingrad, il savait que la fin n'était qu'une question de temps. Il y avait été parachuté dans la neige pour supprimer un général russe important – ce qu'il avait accompli sans perdre un homme. Hitler se figurait que la mort de cette personne ferait tourner la chance, mais cela n'avait rien changé. Les Soviets continuaient à repousser les Allemands sur des milliers de kilomètres, au prix d'horribles pertes de part et d'autre. Le Führer avait souvent glosé sur la nature sous-humaine des Slaves. Il apparaissait maintenant que cette rusticité même faisait du fantassin russe un adversaire terrifiant. Ces gens-là savaient nager dans le sang. Brumm les avait vus se traîner à l'assaut, jambes arrachées, continuant à tirer. Il était en admiration devant une telle férocité. Sous ses yeux un soldat s'était inondé d'essence, y mettant lui-même le feu pour se précipiter sur un groupe d'Allemands.

Le métier militaire est simple. Engager le combat et tuer l'ennemi. Depuis Stalingrad, les Russes avaient à cœur de s'y employer, en sacrifiant des millions d'hommes à leur objectif. Il n'était pas moins évident que d'autres hommes prendraient la relève par millions jusqu'à destruction de l'Allemagne. Alors seulement ils regagneraient la mère patrie – en prenant tout ce qui pourrait se transporter. La fin du IIIe Reich n'aurait rien de propre et net. Son sort serait affreux et interminable; tout ce qui pourrait mourir mourrait.

Assis dans son planeur, verrière ouverte, Brumm se sentait loin de la ligne de feu. Une carcasse de bois et une coque de toile goudronnée l'isolaient de la bataille qui faisait rage autour de lui. Par intermittence, la lumière artificielle des explosions en salves révélait pourtant un paysage de guerre dévasté au-delà de tout. Cratères innombrables, arbres déchiquetés jonchant le sol, véhicules carbonisés, retournés ou sur le flanc. Toute sorte de matériel éparpillé, abandonné. Partout des corps, la plupart saisis par la mort, certains, à peine vivants, se traînant dans l'espoir de secours. Çà et là, des soldats cherchaient encore à se battre et déambulaient entre les cadavres pour récupérer les armes et les munitions. L'armée allemande continuait.

C'était là la guerre collective. Brumm n'avait plus rien à faire ici. Une autre mission l'attendait : l'avenir du IIIe Reich reposait maintenant sur sa compétence personnelle. Si quelque chose pouvait l'émouvoir, c'était que l'Histoire le choisisse pour instrument. Il brûlait d'impatience.

2. 28 avril 1945, 18 heures 35.

C'était une campagne boisée, vallonnée, trouée de pauvres champs boueux. L'épais brouillard stagnant sur la région faisait paraître l'heure plus tardive. Berlin encerclée depuis quatre jours, les Russes faisaient monter des renforts. Les troupes s'amassaient pour l'assaut final. A l'est de la ville, le pilonnage avait cessé, mais les cinq hommes à cheval, qui progressaient comme des ombres dans la forêt défoncée, entendaient gronder les armes au loin, devant eux.

En débouchant à la lisière des arbres, ils continrent les bêtes afin d'examiner l'espace qui s'offrait. Au sud, une colonne de fantassins, vingt de front, s'étirait interminablement, silencieusement, dans la brume. Des centaines de chevaux sans cavalier avançaient dans les champs, tête baissée, dans le même sens que l'armée soviétique. Mais détail incongru elle levait la tête, naseaux dilatés, la jument rousse qui mettait bas, non loin de là, en poussant de toutes ses forces. Un certain nombre de vaches fourrageaient dans la boue, disséminées entre les chevaux.

L'un des cinq hommes partit au galop le long du bois, vers la route bondée de soldats en marche. Mais il n'avait pas fait cent mètres qu'une détonation claquait : le cheval piquait du nez, s'affalait, envoyant son cavalier culbuter brutalement.

Trois des hommes mirent instantanément pied à terre. Deux rentrèrent dans le bois, vers l'origine du coup de feu. Penché en avant, le troisième courut droit sur son camarade : il plongea et franchit les trois derniers mètres en roulant sur lui-même pour se retrouver, arme au poing, accroupi face aux arbres. Assis à côté de lui, jambes écartées, l'homme dont le cheval avait été tué secouait la tête.

– Touché?

Aucune émotion dans la voix. Oublié depuis longtemps combien de fois ils avaient frôlé la mort. Ils la croisaient partout.

– Non, mais c'était une sacrée bonne bête.

– Pas d'importance. On rejoint l'armée ici, on fait le reste à pied.

Un nouveau coup de feu les interrompit. Ils se jetèrent en avant pour s'abriter derrière un tronc d'arbre. Quelques secondes plus tard, une silhouette jaillit du bois, courant à toute vitesse dans la boue, directement sur eux. Tous deux se redressèrent, visèrent simultanément. La silhouette s'abattit. Ils se précipitèrent. Leurs deux compagnons surgissaient de la forêt au même moment :

– Il est sorti?

– Le voilà! fit l'un des tireurs en atteignant le corps, qu'il retourna du pied.

Les quatre hommes étaient ensemble quand le cinquième les rejoignit, toujours en selle. Son cheval s'ébrouait en pliant le cou sous le mors. Le cavalier eut à peine un regard pour le cadavre.

– Presque un enfant... dit l'un des autres.

– Un Allemand!

Il talonna et lança sa monture en avant, sur la mer de boue. Les autres se regardèrent. Ils retournèrent aux chevaux, prirent leurs affaires et se mirent en route à pied, à la suite de la forme sombre et déjà presque invisible dans le jour baissant.

3. 28 avril 1945, 18 heures 40.

Le ramassage du colonel Brumm était aussi simple que dangereux. On reliait le nez d'un planeur à un long câble élastique mis au point par une équipe de recherche travaillant sur de nouveaux plastiques dits « polymères ». Cent mètres devant l'appareil, le câble faisait une grande boucle suspendue entre deux mâts d'une bonne quinzaine de mètres de hauteur. Un avion de transport passait à basse altitude en traînant un crochet de remorquage qui s'engageait dans la boucle, laquelle se resserrait, et le planeur décollait. Élémentaire – son propre style de projet. Les gens qui avaient conçu le système l'appelaient « le lance-pierre ».

Au fil des années, au moins deux douzaines de pilotes d'essai s'étaient tués en expérimentant cette méthode d'évasion, destinée à dégager le Führer du Nid d'Aigle, dans l'Obersalzberg. Une centaine de sites avaient été rapidement construits dans le pays, et de petits planeurs entreposés. Si cela fonctionnait, des doutes subsistaient car on avait conduit la plupart des essais en montagne. Ici, dans la forêt dévastée, la marge d'erreur frôlait le zéro.

Pourtant, le grand souci de Brumm concernait d'abord l'appareil remorqueur qui devrait traverser un dense tir de barrage pour parvenir à lui. Pour faciliter les choses, il avait ordonné à l'artillerie allemande de cesser le feu pendant trois minutes. Cette pause allait intervenir dans soixante secondes. L'avion devrait être exact et accrocher au premier passage. Qu'on le veuille ou non, il n'y aurait pas de deuxième essai.

Il se pencha hors du cockpit pour écouter. Soudain, l'artillerie allemande se tut. Par contraste, le pilonnage soviétique semblait faible. D'ailleurs, les Russes s'arrêtèrent aussi de tirer dans les trente secondes, leur commandement se demandant sûrement ce que signifiait le brusque cessez-le-feu adverse. A part de brèves rafales d'armes automatiques, la zone fut silencieuse pour la première fois depuis des jours. Et brusquement, Brumm entendit les moteurs.

L'avion était là. On ne le voyait pas mais, au ton aigu du régime, il entamait son approche en virant sur l'aile. Il volait bas, presque au faîte des arbres. Le pilote ferait son travail. Brumm n'en doutait pas, qui attendait toujours le maximum de ses subordonnés – ceux qui ne le donnaient pas se voyant sévèrement sanctionnés ou mutés à d'autres unités moins exigeantes.

Certain que c'était bien l'avion attendu, Brumm se pencha de nouveau, pointa vers le ciel noir un pistolet lance-fusée et pressa la détente. Une fusée verte grimpa en chuintant, explosa à la verticale en une cascade d'étincelles émeraude. Il ouvrit le pistolet d'un coup sec, ôta la cartouche, inséra une autre charge. Pointant cette fois dans l'alignement du fuselage, il tira sur la forêt. Là-bas se trouvait une cache d'essence – quelques dizaines de jerricans sous une mince couche de terre. La fusée explosa en percutant le monticule et provoqua une énorme déflagration. L'aire entière fut illuminée par l'incendie. On voyait clairement les mâts qui portaient la boucle du câble. Que tout cela fût intact sidéra Brumm. C'était de bon augure.

On n'entendait plus rien : l'avion se trouvait maintenant derrière lui. Il revérifia rapidement son harnais, posa les pieds sur les pédales et referma sa main gantée sur le manche.

L'appareil de transport gronda lentement au-dessus de lui si près que, un instant, il pensa qu'il allait lui atterrir sur le dos. Malgré le feu étincelant, il ne put voir, depuis le cockpit, si l'accrochage réussissait. Mais il le sentit. D'abord il y eut une légère vibration du planeur, puis un petit glissement en avant, suivi d'une secousse quand le câble atteignit la limite de son élasticité. Le petit coucou rebondit, puis s'éleva. Brumm prit le contrôle et, quand il ramena le manche en arrière, son appareil grimpa en flèche dans le ciel. Des tirs de balles traçantes jaillirent du sol dès qu'il passa au-dessus des arbres, mais il n'y prêta aucune attention.

Il montait vite, tournant lentement mais sûrement au sud, puis à l'ouest.

Gagné! La bataille s'effaçait à mesure que se déroulait la campagne, tout en bas. Le planeur en bonne position derrière et sous l'appareil remorqueur, Brumm alluma sa radio.

– Beau travail, dit-il calmement. Je suis stabilisé. Virez au 0-9-0.

Le gros avion obéit aussitôt. Le colonel se mit à scruter le sol, à l'affût des points de repère. L'équipage ignorait sa destination, il attendait ses directives. Le saut devait avoir lieu sur une trajectoire précise.

Brumm se sentit bien. Les Russes étaient loin derrière lui et une fois de plus, il décidait de son destin. Tout fonctionnait, jusqu'ici. Montée avec tant de soin, l'opération allait réussir, il en était sûr.

Il se trouvait dans un QG de division quand le message codé l'avait joint, constitué d'un seul mot :

– *Wolf*[1], prononça-t-il à voix haute.

---

1. En français : *loup*.

4. 29 avril 1945, l'heure du matin.

Le Groupe d'opérations spéciales progressait dans ce qui restait des faubourgs de Berlin, à l'est, en utilisant certains éléments de la IIIe armée de choc comme phalange de protection. Depuis le franchissement de l'Oder, tout au long des quatre-vingts kilomètres d'offensive, Vasily Petrov veillait jalousement sur sa petite unité. Il n'avait nullement l'intention de perdre un seul de ses quatre hommes, triés sur le volet, pendant l'entrée mouvementée des armées soviétiques dans la capitale nazie. Ce groupe constituait un instrument trop précieux pour se laisser liquider sans un bénéfice dépassant l'investissement. Petrov se plaisait à penser en termes d'économie. Les capitalistes étaient peut-être dépravés, mais ils savaient atteindre leurs buts; et il attachait plus de valeur à l'efficacité qu'à toute autre considération. Redoutant le gaspillage, laissant l'armée avancer au prix fort, le petit Russe maintenait constamment son unité en arrière des troupes régulières. Lui et ses hommes devaient garder ceci à l'esprit : leur mission était plus importante que d'investir quelques kilomètres carrés de décombres nazis.

A 1 heure du matin, les forces couvrant le Groupe d'opérations spéciales débouchaient d'un ensemble de rues sinueuses, aux abords d'une vaste *platz* comprenant des jardins en contrebas, avec alignements de statues sur piédestal et imposant dallage en toile d'araignée. Petrov huma le parfum des lilas dans l'air printanier avec un plaisir évident. Mais quand l'infanterie russe s'engagea dans les jardins, il hésita. Quelque chose clochait.

Ezdovo, le Sibérien, vint prendre immédiatement position près de son chef. Berlin n'avait plus d'électricité depuis longtemps, et la lueur orangée qui dansait en permanence au-dessus de la ville ne suffisait pas à éclairer cette zone où l'on comptait peu d'incendies. Accroupi, Ezdovo écarquillait les yeux en tournant la tête à droite et à gauche pour compenser le point aveugle de l'œil, qui, dans l'obscurité, limite la vision humaine. Il avait appris la technique en tant que chasseur, pendant la nuit interminable des hivers arctiques.

– Mauvais...

Au combat, il avait pratiquement les mêmes réactions instinctives que Petrov.

– Tu vois? murmura celui-ci.

– Oui. Pas de résistance. Grand espace facile à arroser. Goulot naturel pour tout ce qui débouche des rues. Les Allemands ne nous laisseraient pas venir, s'ils ne le désiraient pas.

C'était inattendu. La résistance allemande rencontrée jusque-là était féroce, quoique maladroite. Hitler ayant ordonné de combattre jusqu'à la mort, beaucoup de ses concitoyens obéissaient à la lettre. Et ici, dans cet endroit idéal à tenir, un tel calme sonnait faux.

– Embuscade? interrogea Petrov.

Ezdovo se redressa lentement sur les jambes afin d'évaluer la progression des soldats qui les précédaient. Certains atteignaient déjà l'autre bout du jardin.

– Non. En cas d'embuscade, on n'irait pas si loin. Je dirais plutôt: piège mortel.

Petrov ne demanda pas plus de confirmation. Il arrivait à la même conclusion, de son côté. La zone était sans doute minée, avec mise à feu à distance – depuis un toit proche.

– On s'en va! commanda-t-il soudain en poussant le Sibérien. Les imbéciles!...

Les soldats, qui occupaient maintenant tout le parc, profitaient en effet de ce répit pour se reposer en fumant une cigarette. Le commandant du bataillon était lui-même assis sur un petit mur de briques à côté de son radio, parmi ses hommes.

Quand Petrov et Ezdovo filèrent, les trois autres suivirent. On ne posait pas de question quand le chef agissait, car ce pouvait être fatal. En les voyant passer des soldats leur crièrent:

– Du calme, ces salauds de nazis sont kaput!

Ils couraient, indifférents. Ils atteignirent enfin le coin d'une rue orientée au nord. Pour couvrir ses compagnons qui s'y engouffraient, Ezdovo s'arrêta et mit genou à terre, face à la *platz,* arme levée. Un instant plus tard, alors qu'il se redressait pour s'engager à son tour dans la rue, un éclair gigantesque engloutit le parc, suivi d'une onde de choc qui les envoya tous au sol, sonnés, aveuglés, asphyxiés entre les maisons qui s'écroulaient.

Gnedin, le médecin recruté depuis peu, dont l'allure élancée faisait penser à un lévrier, fut le premier à se reprendre. Il alla directement à Petrov. Agenouillé au milieu de la rue, couvert de poussière, le chef du Groupe d'opérations spéciales saignait des oreilles.

Le second à recouvrer ses sens fut Bailov, un jeune Ukrainien athlétique aux longs cheveux roux, à la barbe taillée court. Il tituba, pris de vertige, mais, arme au corps, sûreté débloquée, il rejoignit Gnedin:

– Ça va?

– Commotion. Rien de grave. Vois les autres.

Ezdovo, bien sûr, avait encaissé le plus fort de l'explosion. Hébété, le dos de sa veste de treillis roussi, il n'en reprenait pas moins la même position de couverture, comme si de rien n'était. Bailov lui tapota l'épaule :

– Où est Rivitsky ?

– Je l'ai vu près de Petrov...

Bailov laissa le Sibérien pour aller à la recherche de l'autre homme.

Les jambes de Rivitsky dépassaient d'un tas de pierres. Au premier abord, Bailov craignit le pire, mais une voix sourde gronda sous les débris :

– Enlevez-moi cette saleté !

Une longue quinte de toux ponctua cet ordre. Bailov creusa vite. Un mur s'était effondré sur son camarade mais, heureusement, une poutre de soutènement, tombée la première, formait bouclier. Enfin libéré, Rivitsky avait l'air d'un énorme fantôme répandu sur le dos, le visage couvert d'une poussière fine comme de la craie. Ce spectacle fit rire nerveusement Bailov, que le gros homme envoya au diable d'un geste approximatif et désabusé.

– Camarade, s'esclaffa Bailov, est-ce une façon de remercier son sauveur ?

Quand ils furent suffisamment remis, Petrov rassembla ses hommes dans la pénombre. Du sang coulait de ses oreilles mais on ne commandait jamais à sa place. Ezdovo lui confirma :

– Mise à feu à distance.

Petrov n'entendit pas ce que disait le Sibérien. Aucune importance. Pour avoir tendu un jour ou l'autre le même type de piège à ses adversaires, il savait très bien ce qui s'était passé.

Bailov pianotait sur la crosse de son fusil, le regard en alerte. Gnedin gardait le silence en s'efforçant au calme. Une chose était de connaître objectivement les effets de la violence, une autre de s'y trouver impliqué. Nouvelle pour lui, l'expérience le secouait. Quant à Rivitsky, il toussait toujours en battant ses vêtements pour chasser la poussière. Malgré un embonpoint en forme de poire, c'était le genre de personne à faire grand cas de son élégance.

Le lourd et lent Rivitsky avait passé son enfance et sa jeunesse à Leningrad. Quand le Groupe d'opérations spéciales était en campagne, tout le fatiguait, le contrariait, l'agaçait. Petrov ne se formalisait pas de cette attitude; il faisait confiance à Rivitsky, dans la mesure où on pouvait se fier à un être humain. Peu importait que le personnage bedonnant à la calvitie naissante ne fût pas taillé pour les désastres de la guerre. Il avait une santé et une volonté de fer, et le chic pour vous tuer de ses mains, du moins si vous réussissiez à l'approcher suffisamment. Plus riches étaient son intelligence, son talent d'organisateur, sa puissance d'absorption des détails et leur traitement logique.

– Qu'est-ce qu'on fait, camarade? demanda-t-il entre deux quintes de toux.

Petrov n'était pas d'humeur à s'exprimer. Leur mission commandait de gagner dans les plus brefs délais la Chancellerie, sur l'autre rive de la Spree. L'unité ne devait pas se risquer à affronter les ramassis d'Allemands dépenaillés combattant désespérément pour ce qui était déjà perdu. Le Groupe agissait sur un ordre plus élevé – beaucoup plus – mais son escorte d'infanterie était tombée dans le piège. Petrov ne se faisait aucune illusion sur ce qu'on verrait dans le parc mais on devait y aller. Il faudrait une radio, pour rejoindre une autre formation.

Les cinq hommes traversèrent la *platz* avec prudence et pénétrèrent dans le parc en file indienne, Petrov au centre, Ezdovo en tête, Bailov fermant la marche. A l'endroit où ils avaient vu pour la dernière fois le commandant du bataillon, ils ne trouvèrent qu'une main et quelques lambeaux de vêtements près du mur démoli, plus une radio que Petrov acheva de détruire d'un coup de pied désappointé.

– Si nous trouvons une autre escorte, nous assurerons notre propre radio! Nous ne pouvons pas compter sur l'armée et nous permettre un nouveau retard.

Peu désireux de rester à découvert, il reconduisit ses hommes dans la direction d'où ils venaient. Pensant qu'il y avait erreur, Gnedin fit remarquer que le fleuve recherché se trouvait à l'ouest et qu'on se déplaçait en sens opposé. Il n'avait pas encore l'habitude de l'instinct de Petrov, ni de sa logique encore moins analysable

– En bonne géométrie, dit patiemment celui-ci, la plus courte distance entre deux points est toujours une ligne droite, mais ça marche rarement en temps de guerre.

Ezdovo envoya un coup de coude amusé à Bailov. Comme eux, le médecin apprendrait, sinon...

5. 29 avril 1945, 4 heures du matin.

Le colonel déboucha dans la vapeur sulfureuse qui collait à la ville. Il vérifia le pistolet-mitrailleur en bandoulière sur sa poitrine. Ses doigts caressèrent le sélecteur. Cran de sûreté, tir semi-automatique. Pas d'histoires, ce soir. Pour achever de se tranquilliser, il tâta les poches de sa veste où se trouvaient d'autres chargeurs.

Ayant sauté sur les faubourgs peu après 20 heures, la veille, il avait pris la direction du sud. Trouver son chemin dans les décombres n'était pas facile mais, en fin de compte, il parvenait à marcher. Çà et là, il devait s'arrêter pour réfléchir au moyen de passer par-dessus, autour ou à travers un obstacle. On y voyait assez clair. Berlin semblait rôtir dans un feu vif orange. Les orages de l'artillerie soviétique éclataient toutes les demi-heures pendant quinze minutes. Entre-temps : tirs de soutien, bombardements aériens, mitraillages en rase-mottes dans les ruines. Tout ce qui pouvait brûler devait être en flammes, aurait-on dit, mais Brumm savait qu'un conflit de cette ampleur échappe aux sens et à la compréhension de l'individu. D'en haut, on penserait avoir tout incendié et tué tout le monde mais, à peine l'avion disparu, les brasiers déclinent, le soleil se lève, les gens rampent hors de leurs trous et s'attaquent au problème de tenir une journée de plus. C'est la guerre, et elle avait lieu ici même. La ville semblait morte mais il savait qu'elle grouillait. Les Berlinois avaient la vie dure.

Brumm ne doutait pas de se trouver en pleine cible dans l'une des attaques les plus féroces et les plus acharnées de l'histoire militaire mondiale. Il avait déjà connu le mauvais bout de la trajectoire, contre les Russes. Ça ne l'intimidait pas. En tant que professionnel, il avait passé la totalité de sa vie adulte dans des situations ne différant de celle-ci qu'en importance. Cette guerre était perdue, et depuis longtemps, et le IIIe Reich avec elle. Quelques milliers de membres des Jeunes hitlériens prépubescents et leurs dirigeants fous à lier, quelques veillards et une poignée d'éléments d'élite de l'armée tentant une résistance symbolique, voilà ce qui restait pour barrer la route aux Popovs. Tout lui disait que ceux-ci auraient pu investir immédiatement la ville. Mais ils ne le feraient pas. Ils commenceraient par écraser la population depuis l'extérieur. C'était une décision de bon sens : pourquoi se risquer dans le terrier de l'ennemi ? Mais il s'agissait aussi d'une vengeance, d'une réplique aux ravages des nazis en URSS. Les Russes rendaient toujours ce qu'ils devaient.

A force de progresser méthodiquement, Brumm laissait son esprit vagabonder. *Voilà !... Mission Grand Loup !... J'ai été choisi !... Je suis l'avenir à moi seul !...* Les mots revenaient indéfiniment, prenaient la cadence d'une incantation. Son cœur battait plus vite. Il accélérait le pas. *La Mission !...* Tapis dans les caves, des milliers d'Allemands réduits à survivre dans l'obscurité attendaient le jour et la délivrance. Lui seul se mouvait délibérément à l'air libre, dernier chasseur, dernier prédateur en activité.

Il devait couvrir une distance de plusieurs kilomètres et, si possible, traverser la Spree avant l'aube. Des tunnels du métro passaient sous le fleuve et, même avec l'avant-garde soviétique dans la ville, les voies souterraines restaient sûres. Herr Goebbels avait fort bien veillé à cela au ministère de la Propagande, ses experts répandant adroitement l'idée que, dans l'éventualité d'une invasion étrangère, les nazis disposaient d'un plan pour attirer l'ennemi dans les tunnels avant de les inonder. Brumm savait que les Russes y croyaient. Ils resteraient en surface le plus longtemps possible. S'ils avaient l'âme noire, ils redoutaient l'obscurité. D'ailleurs, ça ne le concernait pas. De multiples itinéraires potentiels existaient, au-dessus ou en dessous du fleuve, il les avait tous étudiés. Tôt ou tard, il traverserait.

Devant lui, à la limite des décombres, s'ouvrait la vaste Friedrichstrasse. Il se repéra au sud, par rapport aux restes d'un clocher. Il se rendit compte qu'il n'était pas loin de la Spree – peut-être à moins d'un kilomètre. Il irait au sud-ouest vers le Schiffbauerdamm, et emprunterait par là-bas un de ces trous d'homme utilisés par les surveillants des voies d'accès au métro. Sous terre, il avancerait vite grâce à la nouvelle torche à piles qu'il avait dans son sac.

Il apercevait de plus en plus de gens, à mesure qu'il entrait dans le centre. Il commença à se sentir un peu tendu. Il s'accroupit au coin d'une petite rue adjacente pour s'assurer que la voie était libre. On voyait plusieurs véhicules sur le flan, rongés par le feu, déformés comme si un géant furieux les avait jetés pour s'en débarrasser. Là-bas, dans le fond, sur la grande *strasse,* un groupe de civils s'éloignait au nord, fuyant le cœur de la ville.

Il estima disposer de quatre-vingt-dix minutes avant le lever du jour. Avant que le soleil apparaisse, il espérait passer de l'autre côté, gagner son refuge. Sur l'autre rive, il n'aurait guère besoin de se déplacer en surface. Il pouvait faire tout le chemin jusqu'à la Chancellerie par la fameuse taupinière des bureaucrates.

En moins d'un quart d'heure, il atteignait le barrage et trouvait la trappe d'accès, un lourd disque de béton s'ouvrant au moyen d'un volant métallique. Il voulut tourner, c'était grippé. Il se débarrassa de son paquetage, essaya de nouveau. Malgré toute sa force, considérable, il n'obtint pas la moindre réaction. Il savait que ce n'était pas verrouillé. Les Allemands n'étant pas des vandales, ce genre de dispositif ne demandait pas de serrure. Visiblement, le métro n'avait pas été inspecté depuis longtemps. C'était coincé ou corrodé par manque d'entretien. Il fallait un levier.

Il traversa au pas de course les allées de ciment, entra dans un immeuble bombardé, parcourut les appartements à la recherche d'une barre de fer comme on en trouve dans le béton. A l'arrière du bâtiment, dans un logement au hideux papier peint jaune orné de faunes en goguette, plusieurs barres tordues jaillissaient d'une longue balafre du mur. De gros blocs encombraient le sol mais le ciment retenait encore les barres; il lui faudrait casser le bas du mur. Il reprit sa visite, cette fois à la recherche d'un premier outil. Dans un rez-de-chaussée, il découvrit une mailloche à tête de fonte, au manche cassé, qui ferait l'affaire.

Conscient que cette démolition imprévue prendrait du temps, Brumm se mit rapidement au travail. Il frappait le mur un certain nombre de fois, soufflait, respirait, frappait de nouveau encore et encore, comme une machine infatigable. Le plus souvent, le ciment volait en éclats: parfois, un morceau plus important tombait lourdement au sol. De temps à autre, il s'arrêtait pour ébranler une barre de ses mains. Elle commençait à lâcher. Dehors, le jour allait poindre, sous un nouveau pilonnage. Par rapport aux avions russes qui hurlaient sur la Spree, les tirs antiaériens semblaient bien sporadiques. Les servants des batteries allemandes devaient manquer de munitions, ou de cran. Peut-être craignaient-ils de révéler leur position? Quoi qu'il en soit, les remparts de DCA qui défendaient autrefois Berlin s'effondraient.

Il fallut précisément une heure au colonel pour dégager et libérer la barre. Mais l'effort valait la peine. La chose était rigide, solide, presque droite – un parfait levier. En un rien de temps, il serait sous la Spree, quasiment au terme de la première étape. En se retournant pour s'en aller, il se trouva nez à nez avec un canon de pistolet-mitrailleur. La jeune femme qui tenait l'arme avait les yeux gris, couleur du ciel juste avant la neige. Si les Berlinois aperçus jusque-là ressemblaient à des fantômes, elle, elle était solide, musclée, décidée, bien nourrie. L'instinct de Brumm l'avertit qu'il se trouvait en grand danger. Il se vida les poumons.

– *Guten Morgen!* fit-il d'un air enjoué, avec un petit signe de tête.

– SS! remarqua-t-elle. Numéro d'identité?

– Je suis prisonnier?

– On va voir.

– J'ai passé la Spree, il y a une semaine, pour reconnaître les positions russes et les mouvements. Au retour, j'ai essayé de passer par-dessous, par un tunnel de raccordement, mais la bouche est bloquée. Il me faut un levier. (Il leva la barre pour la lui montrer.)

Elle demanda:

– Où sont les Russes?

– Tout près. Les chars seraient là, s'ils s'en donnaient la peine.

– Il n'y a pas d'espoir?

– Il est toujours permis d'espérer, *Fräulein,* dit-il doucement.

Brusquement, elle empoigna plus fort son arme, en la braquant vers la tête du colonel.

– Arrête tes conneries, SS! Je ne suis pas ta *Fräu* habituelle! Je suis la nouvelle femme allemande. Je ne passe pas ma vie dans mon lit, à attendre qu'on me baise. Je me bats comme les hommes pour défendre mon Führer et mon Reich.

Il tenta sa chance :

– Alors sors-toi de là! Je suis en mission, laisse-moi passer, dégage! Tu me gênes.

– Herr colonel, dit-elle en souriant, vous vous conduisez en homme habitué à donner des ordres, non à en recevoir. Seulement je me demande ce qu'un tel personnage peut bien faire ici en ce moment. Beaucoup de SS tentent de quitter la ville, en abandonnant le Führer.

– Qui es-tu? demanda-t-il.

Elle souriait toujours mais ses yeux étincelaient. Elle finit par dire lentement, les lèvres humides :

– La vengeance de l'honneur allemand. Notre Führer a été trahi par ses généraux. Les hommes désertent. Ils laissent l'Allemagne aux Russes. Nous chassons les traîtres, cher colonel! Nous faisons justice au nom de notre Führer, Adolf Hitler. Et je pense que vous êtes l'un de ceux que nous recherchons.

– Nous?

– Nous sommes six.

– Et vous me croyez déserteur?

– Est-ce tellement impossible? Où sont vos ordres, vos papiers? Un colonel SS sans armes, réfugié dans un immeuble bombardé...

Ces mots irritèrent Brumm.

– Écarte-toi, petite! On ne joue pas aux soldats. Tu y laisserais ta peau.

– Mais on ne joue pas, fit une voix dans son dos.

Par-dessus l'épaule, il vit deux autre femmes en vêtements d'homme, affichant la même condition physique remarquable. L'une pointait une mitraillette sur lui. L'autre balançait une grosse corde. Elles n'avaient rien d'amical.

– Tue-le, Gretchen, et qu'on n'en parle plus! s'impatienta celle qui tenait la corde.

– Je sais ce que j'ai à faire! trancha la première. Le Führer a ordonné la mise en action des *Werwolfs* [1].

Le colonel éclata de rire :

– Vous vous prenez pour des loups-garous?

La dénommée Gretchen lui lança un regard dur.

– Quand les Russes viendront, nous entrerons dans la clandestinité. Nous avons des endroits sûrs. Au bout d'un certain temps, ils se relâcheront. Alors nous sortirons de nos repaires, pour frapper. Nous sommes des milliers à les attendre.

Hitler avait lancé l'idée et décrété l'organisation de groupes de guérilleros, les Werwolfs, et ordonné que chaque ville, chaque bourgade

1. En français : *Loups-garous*, groupes de résistance que les nazis tentèrent d'organiser en 1945.

soit défendue jusqu'à la mort. Il y aurait certainement des points de résistance mais Brumm savait, car il connaissait ses concitoyens, que la plupart choisiraient de sauver leur peau. A l'arrivée des Russes, Hitler ne serait plus rien. Et les loups-garous n'existaient pas, en tant que force réelle. Comme beaucoup des derniers ordres du Führer, on n'avait guère fait attention, et rien exécuté. Elles étaient pathétiques, ces femmes, ou plutôt ces adolescentes aveuglées, saisies de fanatisme.

– Comment as-tu entendu parler des Werwolfs?

– Par un officier, dit l'une d'elles derrière lui. Un général.

– Qui est-ce?

– Qui était-ce, tu veux dire? Nous l'avons pendu, le salopard! fit Gretchen avec arrogance. Il filait avec une putain italienne. Nous l'avons jugé, condamné comme traître et exécuté. Il en a dit pas mal avant de mourir.

– Il n'y a pas de loups-garous. Ce n'était qu'un projet, une idée qui n'a jamais pris corps, dit Brumm. Il n'y a pas de résistance de masse. Il n'y a que vous six et quelques soldats obstinés qui pourront bien être encore là quand les Russes arriveront en force. Personne d'autre que nous, qui continuons à nous battre. Je n'ai pas le temps de jouer!

Il marcha sur la dénommée Gretchen, écarta la mitraillette et passa.

Elle le frappa derrière la tête avec son arme et l'envoya s'étaler dans le couloir. A peine au sol, il avait le bout du canon sur le crâne.

– Debout!

Il s'exécuta, essaya de recouvrer l'équilibre tout en se frottant la tête.

Elles le firent sortir de l'immeuble et, par une sorte de sentier qui zigzaguait entre les monceaux de pierres, le menèrent à un édifice de briques rouges plus ou moins défoncé. Poussé dans un couloir, il se retrouva en haut d'un escalier.

– Descendez, Herr Colonel!

En bas, une grosse porte de fer. Il reçut encore un coup dans le dos, et on le fit entrer.

Il n'en crut pas ses yeux. Provenant probablement des églises du quartier, des cierges énormes, épais comme le bras, éclairaient la pièce. Près de la porte, une femme était elle aussi armée. Dans un coin, un jeune garçon très mince en grand uniforme des Jeunesses hitlériennes, étroitement ligoté des pieds à la tête et bâillonné, tournait lentement sur lui-même en se raidissant. Manifestement, il souffrait.

– Un traître, fit la voix de Gretchen derrière Brumm. Nous les pourchassons pour les exécuter.

De vraies psychopathes, pensa le colonel. Comme certains agents de la Gestapo qu'il avait connus.

– Pour quel crime? demanda-t-il en désignant le jeune prisonnier.

– Pour crime contre l'avenir de la nation. C'est un homosexuel, une mauviette. On l'a trouvé avec son amant. L'amant est mort en se défendant. Celui-ci s'est jeté par terre en demandant pitié. Le Reich ne peut pas tolérer les débiles qui refusent leur devoir, surtout en ce moment. L'Allemagne a besoin d'enfants!

– Je vais être jugé? s'enquit Brumm.

– Cela reste à voir.

Le temps filait. *Erst besinnen, dann beginnen* – réfléchir avant d'agir. Il se jeta sur la fille la plus proche, lui enfonça le poing dans le plexus solaire. Elle se plia en deux. Il attrapa le court pistolet-mitrailleur par le canon et le lui arracha tout en pivotant pour se placer derrière elle, de façon à garder dans sa ligne de tir celle qui commandait. Tout cela si vite que pas une seule des jeunes femmes ne put réagir.

– Je n'ai pas que ça à faire! dit-il, la poitrine gonflée de colère. Vous commencez à m'embêter! En d'autres circonstances, peut-être, j'aurais joué le jeu jusqu'au bout, mais pas question maintenant! (Il pointa son arme vers le visage de la meneuse.) A toi de décider, *Fräulein*! On meurt tous les deux ici ou tu déblaies le plancher. De toute façon, fini de parler. Alors?

Elle fit un pas de côté, baissa son arme. Il demanda:

– Vous êtes vraiment prêtes à tuer des Russes et à trouver les traîtres?... Vous désirez servir votre Führer et le Reich?... C'est parfait! Attrapez vos armes et vos affaires et venez avec moi. Dieu m'a mis sur votre chemin! Tu verras, ma petite Walkyrie! Gretchen, c'est bien ça?...

– Oui.

– Gretchen, envoie une de tes copines chercher cette barre de fer dans l'immeuble et allons-nous-en. Assez de temps perdu!

Il sortit d'un air digne et grimpa l'escalier.

Les jeunes femmes se regardèrent.

– Allez! fit leur chef au bout d'un instant.

Brumm les attendait en haut.

– Toi, dit-il en désignant Gretchen, tu seras mon *Obersturmführer*. Tu commandes en second.

– Moi?

– Oui, toi! Tu ne te sens pas à la hauteur?

– Waller! fit-elle d'un ton acerbe. *Obersturmführer* Waller!

Elle lui envoya un salut très raide.

– C'est bon, Waller! Attendez-moi toutes ici.

Il redescendit l'escalier, un simple coup de feu retentit, et il remonta.

– Il ne souffrira plus, dit-il. Fini, les exécutions. Vous vous battrez quand je vous le dirai. Vous êtes des SS.

– Il n'y a pas de femmes dans les SS, dit Gretchen.

– Mais il y avait plein de SS dans les femmes! lança une autre, ce qui fit rire tout le monde.

– Pour le moment, c'est moi, les SS, déclara Brumm, et je dis qu'il va y avoir des femmes! J'exige la même obéissance totale et la même discipline rigoureuse que celles que je demande à mes hommes. Vous allez jurer.

Toutes les six se groupèrent autour de lui. Il remarqua pour la première fois combien elles étaient jeunes – vingt ans à peine – et vigoureuses. Il les fit mettre au garde-à-vous et leva le bras. Elles firent le salut nazi.

« Je jure loyauté, courage et obéissance jusqu'à la mort à Adolf Hitler, Führer et chancelier du Reich allemand, ainsi qu'à tous mes supérieurs désignés par lui, avec l'aide de Dieu. »

Il leur serra la main tour à tour, en les embrassant rapidement sur la joue.

– Waller, vous êtes prête?

– Oui. Herr Colonel.

– Alors, en avant!

Dix minutes plus tard, ils étaient dans le métro. Grâce au levier, le volant avait tourné facilement. Une fois ses troupes descendues, Brumm bloqua la barre de fer dans le mécanisme de la trappe, empêchant ainsi quiconque de suivre le même chemin. Quand il posa les pieds dans le tunnel, les filles se tenaient accroupies les unes contre les autres près d'un mur. Ça sentait le renfermé. Il envoya un coup de torche. Il y avait des plaques d'humidité mais, en gros, c'était sec. On passerait facilement.

– Il y a une sortie? demanda Gretchen.

– Il y a toujours une sortie, Waller, quand on garde la tête froide. On y va!

La première phase de la mission était pratiquement accomplie. Il y avait ajouté des éléments imprévus, mais le programme ne prenait pas en compte un envahissement de Berlin par des cinglés. Il avait besoin d'aide et, à ce stade, ces filles pouvaient lui en apporter.

– Waller, dit gentiment le colonel alors qu'ils marchaient côte à côte, qui vous a appris à vous battre?

– Nous avons appris toutes seules, dit-elle fièrement.

Wer sein eigener Lehrmeister sein will, hat einen Narr zum Schüler, pensa-t-il. Quiconque est son propre maître est l'élève d'un imbécile. C'était le dicton préféré de son grand-père.

6. 29 avril 1945, 9 heures 40.

Brumm réfléchissait aux tâches à venir, en entraînant son groupe dans les entrailles de Berlin. Cette mission, dans sa conception, supposait une énorme confusion en ville – en fait, il y comptait comme sur un facteur décisif –, mais il n'aurait jamais imaginé que ce serait à ce point. Depuis le parachutage, rien n'avait marché comme prévu. Il n'en était pas moins de l'autre côté de la Spree, bien avancé vers le rendez-vous, vers le point décisif. Si le rendez-vous ratait, si quelque chose était arrivé aux autres, la suite du programme irait mal. Du reste, il n'y aurait plus de programme, seulement un sursaut désespéré au dernier moment. Mais s'il savait ce qu'impliquerait un échec, il n'en retenait guère l'éventualité. Il avait un travail à faire et il le ferait dans la mesure du possible, en usant au mieux de son savoir-faire et de son instinct. Et puis il avait de nouvelles cartes, dans ce coup, avec ses Walkyries.

En débouchant de Stadtmitte Station avec les filles, il n'était pas mécontent de se retrouver à l'air libre. Les obus s'abattaient furieusement, de ce côté, déchaînant les tirs de riposte. L'aviation russe grondait au-dessus de la ville, bombardant au hasard, mitraillant n'importe où. La guerre battait Berlin de plein fouet.

Brumm situait facilement les positions russes. Comme tacticiens, à l'inverse des Allemands, les Soviets montraient plus de conservatisme que de subtilité. Leur courage était infiniment moins contestable que leur compréhension de l'art de la guerre. Sans le matériel américain, ils auraient été aujourd'hui sous le joug du Reich. Mais aussi grâce à des millions d'hommes sacrifiés, ils avaient pesé inexorablement, jusqu'à repousser la Wehrmacht en deçà de l'Oder. Vienne était tombée. La tenaille des Alliés se refermait sur le front occidental. Les Américains allaient franchir l'Elbe, et marcher sur Berlin. Les Anglais avaient pris Hambourg et progressaient méthodiquement en Allemagne du Nord. Le Grand Reich rétrécissait dramatiquement. L'imminente jonction Est-Ouest avait peut-être déjà eu lieu.

En tout cas, les Russes n'étaient pas encore à la Spree. Ils avaient pour principe de couvrir l'avance de leurs troupes au moyen d'un rideau d'artillerie implacable. Les Berlinois non combattants se croyaient en pleine incohérence mais, aux impacts des obus dans la ville, Brumm savait où se trouvait exactement le gros des Popovs. Comme tout autre événement humain, la guerre se déchiffre aisément quand on en connaît les petits secrets.

De toute évidence, plus le combat se rapprocherait, plus les soldats russes auraient tendance à sauver leur peau, à deux doigts du but. Ils y regarderaient à deux fois, et lui, Brumm, grâce à cette défiance et au flot des civils en fuite, parviendrait bien à filer avec son équipe.

Il s'arrêta au deuxième coin de rue après Belle-Alliance Platz, sur la Friedrichstrasse. A sa grande surprise, il y avait relativement peu de dégâts dans la petite voie adjacente. Après avoir envoyé Gretchen et deux de ses compagnes prendre position sur l'autre trottoir, il inspecta la zone. A la différence de la plupart des rues, on n'y voyait pas de militaires allemands pendus aux réverbères – rappel des fanatiques à votre bon souvenir : essayez d'échapper aux combats de défense, et votre cadavre sera vite exhibé pour effet de dissuasion, au bout d'une corde. Non, ce pâté de maisons ne différait guère de ce qu'il était avant l'offensive soviétique : propre, tranquille, banal.

Peu de gens savaient que, sous cette rangée serrée d'habitations centenaires en brique rouge, un système fortifié avait été construit en grand mystère, des années plus tôt, par des esclaves éliminés à la fin de leur travail. Les riverains eux-mêmes, selon toute vraisemblance, ne devaient pas soupçonner au-dessus de quoi ils vivaient.

A mi-rue, Brumm prit un passage entre deux parois de brique. Au moyen d'une clé qu'il portait à une lanière autour du cou, il ouvrit une porte de derrière et entra dans un logement.

Laissant ses Walkyries déployées en couverture aux accès et aux fenêtres, il gagna directement une chambre du rez-de-chaussée. Il s'introduisit dans une penderie. Une fois les portes bien refermées derrière lui, il actionna un crochet à vêtements articulé qui n'était rien d'autre qu'un levier de commande. En l'abaissant, un processus hydraulique se déclenchait. Le cagibi se mit en mouvement. Vers le bas. Mais il n'était pas descendu d'un mètre qu'il s'arrêtait. Une voix bourrue retentissait, interpellant le colonel. Celui-ci rétorqua simplement :

– *Wolf!*

Et la descente reprit, dans un bourdonnement de moteur électrique. En fin de course, l'ascenseur s'immobilisa devant une porte blindée, qui coulissa. Le passager entra dans une pièce bien meublée, lambrissée d'acajou, éclairée, confortable.

Le regard de Brumm tomba net sur un canon de pistolet-mitrailleur.

– En cas. Saletés de Russes dans tous les coins. Tu es en retard, ajouta l'homme d'un air bon enfant.

L'adjudant-chef Hans Rau s'était fait un sang d'encre. Il avait de longs cheveux blonds et la barbe bien fournie, tirant sur le roux – d'où son surnom : « Barbu ». Malgré ses vêtements civils, c'était comme Brumm un homme de commando.

– La merde partout! Ils ont infiltré des tireurs d'élite. Flinguent tout ce qui bouge. Visent vachement bien. Encore heureux que cette rue tienne debout. Ça ne va pas durer, à l'allure où les bombes s'amènent. J'ai capté une liaison Werwolf de l'Elbe : les Américains ont arrêté leur avance.

Brumm se figea sur place.

– Arrêté?

– Carrément plantés. Ils vont laisser Berlin aux Russes, on dirait bien.

– Les salauds! jura sourdement le colonel. Les vendus!

– Qu'est-ce que ça change, pour nous?

– On tablait sur un assaut en déploiement des Américains, ce qui aurait créé des fissures dans leurs lignes, pour l'évasion. Maintenant, ils vont rester massés le long de la rive et bloquer toutes les sorties. Ça nous rend les choses plus difficiles. Où est notre Alpha?

Rau montra une porte voisine en clignant de l'œil.

– Là, en train de confier son dernier sperme à une obligeante *Fräulein*. (Du canon de son arme, il esquissait une ligne sinueuse.) L'Alpha est impatient de faire son devoir pour son Reich et pour son Führer... dès qu'il aura fini! (Il éclata de rire en se tapant la cuisse.)

– Et le Bunker? Tu sais ce qui se passe?

– Les écoutes fonctionnent. Ils commencent à décamper. On en a envoyé plusieurs à l'amiral Doenitz avec le testament et les dernières volontés du Führer.

– Qui a-t-il désigné?

– Johannmeier. Zander et Lorenz sont partis à midi. Boldt, Weiss et Freytag von Loringhoven sortiront plus tard.

Il s'agissait d'adjoints ou d'aides de camp des grands dignitaires du Reich. Brumm les connaissait tous très bien. Mais il y en avait un qui l'inquiétait bien plus que les autres : le jeune aide de camp pour la Luftwaffe auprès de Hitler. Il fallait absolument l'éloigner de la Chancellerie.

– Et von Below?

– Pas entendu parler de lui.

– Le Führer veillera à ce qu'il s'en aille. Il est trop dangereux. Il est très proche de Hitler. Et c'est un serpent, comme beaucoup de nos pilotes! Il se rendrait compte de ce qui se passe.

L'adjudant-chef acquiesça tout en sortant une bouteille de cognac intacte du large tiroir d'une table à plateau de marbre. Ils trinquèrent en silence et gardèrent en bouche le liquide de feu, jouissant de sa force.

– Les Américains ne sont pas la seule surprise du jour, dit Brumm très sérieusement. Mon vieux, que dirais-tu de femmes dans les SS? (Un sourire lui gagnait tout de même le visage.)

– *Bitte?* fit Rau.

Ce genre de plaisanterie n'était pas du style de son colonel.

7. 30 avril 1945, 13 heures 45.

Adolf Hitler était à table. Il piochait distraitement dans ses spaghettis et, de temps à autre, mâchonnait une feuille de laitue défraîchie avec une application de rongeur.

Une telle humeur contemplative était un soulagement pour Frau Christian et Frau Junge, les secrétaires. Les deux jolies jeunes femmes avaient leurs propres soucis. Au vu des événements de ces dernières heures, la fin du IIIe Reich approchait très vite. Elles se demandaient quel sort les attendait. Le Führer ne faisait pas mystère de ses propres intentions.

Gertrud Junge se sentait abandonnée. Son mari avait été tué par les Russes l'année précédente. Elle s'honorait de ce sacrifice à la mère patrie mais seul, pour le moment, son propre avenir l'intéressait. Dans le petit cercle féminin du Bunker, la conversation tournait depuis des mois sur la brutalité des terrifiants Soviets. Frau Goebbels, toujours très au courant de ce genre de choses dont elle semblait se délecter, avait passé près de deux heures, un soir, à leur expliquer en termes anatomiques et détaillés comment les Russes abusaient de leurs prisonnières. Et elle s'était fait un devoir de préciser que cela n'arriverait ni à elle-même ni à ses filles: elle les tuerait et se tuerait à temps. Ayant mûrement réfléchi aux épreuves à venir, Gertrud Junge en arrivait à une décision différente. Elle ne se suiciderait pas, quoi qu'il arrive, mais ne se rendrait pas non plus. Elle se sentait prise au piège de cette alternative impossible. La sérénité de Hitler, si peu habituelle, ne faisait qu'aggraver ses propres craintes.

La blondeur soyeuse et les allures tape-à-l'œil de Gerda Christian retenaient l'attention des hommes. Elle était veuve, elle aussi, pour ainsi dire. La lâcheté de son mari l'écœurait. Il n'avait aucun besoin de rejoindre son unité lorsque, visiblement transi de peur, il avait abandonné le Bunker en bredouillant de mauvaises raisons. Il sauvait sa peau, et que sa femme se débrouille! Elle ne se savait pas violente, mais elle commençait à rêver de le retrouver pour le tuer. Elle, elle quittait les hommes! – non l'inverse. Décidément, quand tout serait fini, elle divorcerait de ce salopard. Vu l'atmosphère qui régnait dans la pièce, déjeuner ne lui disait rien. Mais ce genre de détail n'échappait jamais à Hitler et, si elle ne faisait pas mine d'absorber un minimum de nourriture, il allait certainement la sermonner sur la nécessité de bonnes habitudes alimentaires.

Peu accoutumées à porter le fardeau de la conversation, les deux femmes se taisaient. Le Führer était un grand orateur, autant en privé qu'en public. Expert universel autocertifié, il profitait des repas pour exposer ses vues en long et en large sur un éventail de sujets illimité. A vivre avec lui, on apprenait vite à tolérer ses divagations péremptoires et à les ignorer, seul moyen de ne pas devenir fou. D'où l'embarras devant ce nouveau rôle muet d'un Führer qui ne cessait de regarder son assiette que pour arborer un sourire dénué de toute expression. Gertrud et Gerda avaient hâte qu'il sorte de table, mais elles étaient payées pour savoir qu'il mangeait à sa vitesse. Les choses, en Allemagne, allaient au rythme du Grand Conducteur.

La cuisinière végétarienne de Hitler, Constanze Manzialy, se tenait à l'écart sur un tabouret. Petite femme assez terne, elle gardait bouche cousue et on ne lui prêtait guère attention. Ce qui se disait au sommet de l'État n'avait pas grand sens pour elle. Sortir du Bunker et retourner dans sa montagne, près d'Innsbruck, voilà tout ce qui l'intéressait pour le moment. Être enfermée sous terre lui faisait horreur, si loin de l'air pur des sommets. Mais comprendre ce qui se passait là pourrait lui sauver la vie, elle en avait conscience. Elle s'appliquait à écouter. La fin de quelque chose paraissait proche, on entendait beaucoup parler de départ. Plus elle en saurait sur ce que les autres allaient faire, moins on la laisserait en plan. Être prise pour un meuble l'ulcérait. Si l'on partait, elle partirait aussi, même au risque de tomber sur les Russes! Ayant entendu parler de ce qu'ils faisaient aux Allemandes, elle avait déjà décidé que, s'ils l'attrapaient, elle dirait tout de suite qu'elle était autrichienne. Il ne lui venait pas à l'idée qu'ils s'en soucieraient comme d'une guigne. Elle avait froid dans le dos en s'imaginant aux mains de ces mastodontes chevelus. Elle avait eu quelques expériences sexuelles de son plein gré, sans trouver cela merveilleux. Qu'est-ce que ce serait, en y passant de force? Constanze avait envie de pleurer.

Enfin, dans la pièce, un caporal de la garde s'efforçait, lui aussi, de passer inaperçu dans son coin

Vers 14 heures, le Führer racla une dernière fois son assiette, rota tranquillement sans mettre la main devant la bouche, se leva et sortit sans un mot. Les deux secrétaires se regardèrent.

– Il a tout mangé!

– Il mange toujours tout, dit l'autre d'un air sarcastique. Ça m'étonne qu'il n'ait pas demandé de gâteaux à la crème! Il les attrape en douce et les avale comme un cochon.

Dans ses appartements privés, Hitler trouva Eva Braun assise au bord de son lit. Elle portait une chatoyante combinaison de satin venue de Paris, qui paraissait argentée en épousant les courbes de son corps.

– Habillez-vous très bien, lui dit-il. C'est toujours à nous de montrer l'exemple.

Il passa dans une autre pièce.

Eva se sentait étrangement calme. Il avait raison, bien sûr. Comme toujours, les autres l'observeraient. Elle aimait cela. Épouse du Führer, elle leur montrerait comment se conduit une femme allemande, loyale et fidèle. Il n'y aurait rien à dire.

Devant la garde-robe, elle eut un petit pincement d'apitoiement sur elle-même. Plus jamais elle ne porterait ses jolies tenues de soie, ni les fourrures, ni les bijoux coûteux qui lui étaient devenus habituels. Allons, il ne s'agissait là que de considérations matérielles. Une autre hauteur de vue serait sienne. Sa marque, dans la vie, ce ne serait pas son style, ni son cran à toute épreuve, mais autre chose de bien plus durable. Elle, Eva Braun, à la fin des fins, entre des millions d'Allemandes, aurait décroché le premier prix. Le mariage officialisait cela, survenu comme une totale surprise – le genre de geste qu'Adolf avait eu souvent au début de leurs relations.

Au fil des années, elle avait pris du plaisir à voir les femmes se battre pour croiser le regard de cet homme. Elle était observée avec une jalousie mortelle. Quel effet cela faisait-il de coucher avec le plus puissant personnage de la terre? Était-ce vrai, ce qu'on disait de ses pratiques sexuelles? Elle sourit. Avec le Führer, tout était vrai et tout était faux, à la fois possible et impossible. Ce n'était sûrement pas la première venue, celle qui pouvait le satisfaire! Beaucoup avaient essayé et échoué. Elle seule avait tenu, et elle en recevait maintenant la récompense.

Longtemps, il l'avait négligée, entrant et sortant de sa vie selon son bon plaisir. Les premiers temps, elle pensait qu'il la laisserait tomber mais, dès leur premier contact sexuel, elle sut qu'il reviendrait. Accepter ses désirs insolites – mieux, les encourager – voilà ce qui lui avait permis de l'emporter, en fin de compte, et de verrouiller une bonne fois leur union. Il pourrait toujours essayer avec d'autres femmes. Il reviendrait. Elle s'exécutait sans poser de questions ni juger. Quand elle commença elle-même à jouir de cette vie secrète, elle se mit à dominer l'homme que nul ne pouvait dominer.

Elle mit sa robe noire préférée, très ajustée, puis s'assit au bord du lit et glissa ses pieds dans de petites chaussures italiennes cousues main, cadeau de Mussolini et de son amie Clara. Elle regarda l'heure. Elle espérait que ce serait vite fini. Ce ne serait pas juste, qu'il y ait des empêchements! Mais il avait le chic pour changer d'idée brusquement et sans appel. Et maintenant, l'éventualité d'une solution différente la terrifiait. Elle avait hâte d'en finir.

Quand elle eut fini de s'habiller, Eva s'examina dans le petit miroir mural, puis elle s'aspergea d'un lourd parfum. Il n'aimait pas les parfums – ni les fards, d'ailleurs – du moins sur elle. Mais elle se sentait gaie, sûre d'elle, et il lui passerait cette petite incartade. Paradoxalement, sous prétexte que les Allemandes avaient besoin d'être séduisantes, le Führer n'avait pas autorisé certaines fabriques de cosmétiques à se reconvertir dans le matériel de guerre.

Elle traversa la salle de bains, gagna son salon particulier. On entendait Hitler parler à son valet de chambre, Heinz Linge, dans l'entrée, entre la pièce et le couloir. Sur une table, devant le divan bleu, il y avait deux pistolets et deux tubes noirs, semblables à des tubes de rouge à lèvres, contenant des ampoules de cyanure. D'étroites bandes bleues baguaient les petits cylindres, qui en paraissaient presque élégants. Hitler disait à Linge :

– La porte sera bien fermée. Quand on n'entendra plus rien, attendez encore au moins dix minutes.

Linge répéta ces instructions sur un ton signifiant qu'elles seraient exécutées, comme il se devait.

8. 30 avril 1945, 14 heures 10.

Atteindre la Chancellerie avait été relativement simple. Un seul homme gardait l'entrée. Brumm l'avait entraîné dans une pièce voisine, et tué d'un coup de couteau; puis il avait déposé le corps dehors, près d'un tas de gravats.

Les intrus pensaient avoir la vie facile, à l'intérieur, mais ils étaient tombés sur un autre garde, cette fois dans le couloir souterrain conduisant au Bunker. Ils l'avaient informé – en utilisant l'apparence de l'Alpha – que le poste extérieur était vacant et qu'il devait aller le tenir. D'abord un peu réticent, l'homme obtempéra, l'Alpha s'avérant un puissant facteur de persuasion. Le garde devait quand même nourrir quelque doute sur un tel changement de poste. Brumm partit à sa suite et, dans un tournant du couloir, entendit quelqu'un s'éloigner à toutes jambes. Comme prévu, l'homme comptait y regarder à deux fois, mais l'arrivée de Brumm l'avait fait détaler. Le colonel savait que le sergent ne rebrousserait plus chemin. Certes il aurait mieux valu le tuer, mais ici, en bas, où mettre le corps?

Il fallait agir vite, avant de nouvelles intrusions. C'était le moment critique. A intervalles réguliers, dans les deux murs, il y avait des casiers de secours, fermés d'une plaque métallique d'un mètre carré, contenant des manches à incendie, des réserves d'eau et des groupes électrogènes portatifs à gaz. Brumm s'arrêta devant le sixième casier à partir du poste de garde. Avec son poignard, il défit les deux vis du bas qui retenaient la plaque, et les mit dans sa poche. Le haut étant monté sur charnière, il souleva la plaque à la façon d'une trappe, surpris à la fois par son poids et par la facilité du mouvement; l'ajustage était excellent. Le compartiment, peu profond, contenait une manche à incendie plate, enroulée sur un arceau. Une petite bande métallique marquait le bas de la paroi du fond. On y distinguait une unique vis à tête plate. Cette bande, sans utilité apparente, semblait intégrée normalement à l'ensemble du compartiment. La vis était d'un modèle spécial à ressort : elle présentait toujours le même aspect, qu'elle fût serrée ou desserrée. Brumm la dévissa, poussa fortement du plat de la main. La paroi du fond bascula, révélant un espace noir.

Derrière Brumm, l'Alpha tournait la tête sans arrêt vers l'une et l'autre extrémité du couloir.

– Bon! fit le colonel. (Il croisa les mains en courte échelle.) Monte!

L'Alpha regardait sans comprendre.

– Pose ton pied ici et monte là-dedans! dit Brumm avec force. C'est une fausse paroi. Rampe assez loin pour me laisser de la place et ne bouge plus!

Le pied de l'homme tremblait. Brumm le saisit et, d'un seul mouvement, souleva le corps et l'envoya dans l'ouverture. Quand il y grimpa à son tour, des pas arrivaient de la Chancellerie. Il se retourna tant bien que mal et rabattit la plaque, en la laissant tomber en fin de course, ce qui produisit un bruit métallique. Il espérait bien que ça ne s'entendrait pas, mais il sortit son revolver, vérifia le silencieux, attendit. Les pas s'éloignèrent sans ralentir.

Brumm était en nage. Il s'essuya le front et pénétra dans la petite caverne métallique derrière l'Alpha. Après avoir refermé la porte à bascule en s'assurant qu'elle était bien en place, il s'immobilisa pour reprendre souffle. Même si quelqu'un remarquait l'absence des deux vis à l'extérieur, le casier paraîtrait parfaitement en ordre. Surtout sous les bombardements russes!

Maintenant, il était dans la place et il se sentait beaucoup mieux, moins tendu. Le plus dur était fait. La tête posée sur un bras, il regarda sa montre. Il avait mis moins d'une minute à ôter les vis, charger l'Alpha et entrer lui-même. Il ouvrit sa sacoche, prit une lampe électrique.

Un certain nombre de conduits partaient en étoile pour créer une illusion. Ils finissaient en cul-de-sac au bout de quelques mètres, à l'exception d'un seul qui s'enfonçait profondément dans le bâtiment, et il savait lequel. Il braqua sa lampe. Pris dans le faisceau lumineux, l'Alpha se mit à loucher. Brumm le rejoignit en rampant et lui tapota le pied :

– En avant!

– Il fait noir... geignit l'Alpha.

– Comme l'enfer!

Le sol du boyau était froid. Ramper sur le métal faisait du vacarme. D'abord, Brumm s'en inquiéta mais, en se rappelant dans quelle masse de béton ils évoluaient, il se détendit et avança franchement. Au bout d'une vingtaine de mètres, ils débouchèrent dans un autre espace d'où se déployaient encore d'autres tunnels. Brumm repéra le bon et, laissant l'Alpha à la jonction, poussa jusqu'à l'endroit où le passage plongeait à la verticale. Il dirigea la lampe vers le bas. Trois mètres, estima-t-il, peut-être un peu moins. Il éclaira ensuite l'intérieur de la sacoche pour y prendre un solide piton qu'il ficha dans une jointure en s'aidant de son poignard. Il passa une fine corde dans le piton et l'assura vite et bien par une série de demi-clés. Après avoir vérifié que ça tenait, il repartit à reculons. Il expliqua à l'Alpha ce qu'ils allaient faire.

– Il y a une descente. Je passerai le premier. Laisse-toi glisser au bord sur le ventre en t'accrochant à la corde. Je t'aiderai. Quand tes pieds toucheront le fond, pivote à cent quatre-vingts degrés et assieds-toi. Ensuite, propulse-toi en avant, sur le dos, jusqu'à ce que tu sois dans le nouveau tunnel. Là, tu te retournes sur le ventre et tu me suis à reculons.

Il lui fit répéter les instructions deux fois de suite pour s'assurer qu'il avait bien compris. Qu'il fût capable de les suivre, cela restait à voir.

Brumm descendit le premier. Allongé sur le ventre, il leva les mains et saisit les pieds de l'Alpha pour le faire descendre. Puis il fallut ramper longtemps pour arriver à l'espace suivant. Brumm consulta sa montre : 15 heures. Ils marchaient bien. Mais pas de temps à perdre, pour garder une marge de sécurité. Quand l'Alpha l'eut rejoint dans le nouveau dégagement, le colonel partit encore une fois en avant pour examiner la fin du parcours. Ils y étaient presque.

Il trouva facilement. La découpe, au sol, était moins large que le conduit. Un câble sortait d'un tube noyé dans le béton et passait dans la trappe. Il y avait deux boucles sur les côtés. Brumm tira prudemment sur l'une d'elles. Par la fente, on voyait un lit, en bas. Il savait qu'une lampe était fixée à l'autre face de la trappe, semblable à toutes les autres lampes du Bunker. Satisfait, il fit marche arrière.

– Bon, c'est le moment! dit-il à l'Alpha. Enlève ton manteau et tes bottes.

L'homme s'exécuta. Brumm se délesta lui aussi de son barda et de ses gros vêtements. Il n'avait besoin que de son poignard et de sa lampe.

– On y va à reculons! Toi d'abord!

Quelques minutes plus tard, ils étaient en position. Il regarda encore sa montre : 15 heures 20. Parfait jusqu'ici. Bientôt le coup de feu.

9. 30 avril 1945, 15 heures 20.

Son valet de chambre parti, Hitler fit signe à Eva. Elle le rejoignit. Il lui donna le bras pour gagner la grande salle. Figés le long du mur de béton, les derniers proches attendaient ce moment historique.

Sourire de reptile accroché au visage, le premier de la rangée était Martin Bormann, secrétaire du parti nazi, personnage quasi inexistant pour la plupart des Allemands. Eva le haïssait. Dès le début, elle avait saisi toutes les occasions de contrarier son influence. En vain. Il s'était hissé au côté de son mari. Elle lui trouvait quelque chose de bestial et sa seule présence lui faisait froid dans le dos.

Venait ensuite Goebbels. Elle réprima un sourire. Qui pouvait prendre cet homme au sérieux? Il agitait sans arrêt sa tête au front trop haut et couvert de sueur. Avec son nez anguleux comme un bec, il évoquait un poulet picorant n'importe où.

Calme et typiquement sûr de lui, l'aide de camp SS de Hitler, Otto Günsche, se tenait près de Goebbels.

Les généraux Krebs et Burgdorf, au garde-à-vous, s'efforçaient d'avoir l'air martial mais les vapeurs émanant du second révélaient qu'il était saoul une fois de plus. Krebs, le plus maigre, était aussi le plus raide. Son crâne rasé étincelait à la lumière artificielle. Monocle bien enfoncé, il jouait toujours au maximum de son côté caricature d'officier prussien. L'un des plus instruits et cultivés du groupe, il n'en était pas moins aussi combinard que les autres. Il parlait russe couramment. « Nul doute qu'en ce moment même, se dit Eva, il pense aux moyens de s'entendre avec les Soviets après la mort de mon mari. » Elle ne se faisait pas d'illusion sur ces gens. Elles les comprenait et, contrairement au Führer, savait exactement ce qui motivait chacun d'eux. Elle n'avait pas de mérite à cela : elle était des leurs.

Walter Hewel, délégué aux Affaires étrangères, caressait l'étoffe de son complet bien coupé. Le vice-amiral Voss semblait aussi sérieux et attentif qu'à l'ordinaire, pas autrement frappé par ce qui allait se passer. Toute réunion avec Hitler l'aurait vu identique.

Werner Naumann se tenait à plusieurs places de son patron, Goebbels. C'était anormal. D'habitude, on le trouvait à portée de la main, comme un chien docile. Eva le soupçonnait d'entretenir une liaison discrète avec Madga Goebbels depuis quelque temps, si invraisemblable que fût une quelconque discrétion dans la vie de l'intéressée. Mais une telle distance voulait peut-être manifester aussi une certaine désapprobation devant l'adhésion de son supérieur au désir de sa femme : tuer leurs enfants et se donner eux-mêmes la mort avant de se faire prendre. Naumann, entre tous, s'en tirerait sans une égratignure; c'était dans sa nature.

Johann Rattenhuber, directeur de la Sûreté du Reich, regardait droit devant lui. Homme rigide et violent, il exécuterait les ordres et enverrait les récalcitrants directement en enfer. Son voisin et assistant, Hoegl, essayait de prendre modèle sur lui, mais il n'était pas de la même trempe.

Werner Haase, le chirurgien, s'appuyait au mur, non par désinvolture mais par épuisement. Des gouttelettes de sang traversaient le mouchoir qu'il tenait devant la bouche. La tuberculose le rongeait, qui lui avait déjà pris un poumon. Il ne tenait plus debout. Même ainsi, Eva le savait, il opérait pendant des heures dans les sous-sols irrespirables de la Chancellerie. Il n'est pas à sa place parmi nous, pensa-t-elle.

Il y avait quatre femmes à la fin de la rangée. Frau Junge et Frau Christian paraissaient fatiguées. Else Krüger, la secrétaire de Bormann, un homme qu'elle redoutait et haïssait, était visiblement à bout, pauvre biche aux abois. La quatrième, *Fräulein* Manzialy, se tenait en retrait. En tout dernier, il y avait Linge, rassurant comme une ancre solide, encore que minuscule.

Hitler commença par marquer une pause – le genre de fausse hésitation utilisée par les puissants de ce monde pour attirer l'attention.

Il parcourut toute la rangée, serrant la main à chacun. Son expression était froide, son contact énergique et bref. Eva suivait, donnant, elle aussi, la main, mais souriant radieusement à tous, Bormann excepté.

Devant Frau Junge, Hitler dit à voix mesurée :

– Cette fois, ça va trop loin, c'est fini, adieu.

La jeune femme lui serra les doigts très fort.

Eva la prit dans ses bras, murmurant :

– Pensez à moi quand vous reverrez Munich, et puis gardez mon manteau de fourrure, en souvenir... J'ai toujours aimé les gens bien habillés, ajouta-t-elle comme à la réflexion. – Et enfin, doucement : – Dites à mes parents que je les aime.

Ensuite, Hitler prit Günsche à part :

– Je ne tiens pas à finir en attraction de carnaval pour les Russes. Vous ferez brûler nos corps.

Günsche acquiesça, inexpressif.

– Nous comptons sur vous, Otto! insista le Führer.

Les adieux ainsi conclus, il fit signe à Eva de regagner leurs appartements. Elle sortit sans se retourner. Il la suivit mais, sur le pas de la porte, il s'adressa à Linge qui l'escortait.

– Mon vieil ami, je veux que vous soyez dans le groupe de percée.

Linge parut très étonné.

– Pourquoi, mon Führer?

– Pour servir celui qui viendra après moi.

Nul n'avait la moindre idée de ce que cela signifiait.

Le grand chef du IIIe Reich lança un dernier regard à l'assistance et passa dans l'antichambre en tirant derrière lui la porte blindée antifeu.

Eva se trouvait déjà dans le salon.

– Puis-je avoir un moment? demanda-t-elle avec calme.

Il le lui accorda d'un geste de la main. Elle alla à la salle de bains, ouvrit un robinet.

Soudain il y eut du vacarme à la porte, et Magda Goebbels surgit comme une furie dans la pièce en adjurant à grands cris son idole de revenir sur sa décision :

– Vous devez vous évader! Le pays a besoin de vous!

Le regard de Hitler alla à Günsche qui, derrière elle, avait vainement tenté de la retenir.

– Je ne veux plus lui parler.

Günsche attrapa fermement la femme et l'entraîna en claquant la lourde porte derrière eux.

Hitler alla s'asseoir avec raideur sur le divan bleu du salon. Il s'empara des pistolets et s'assura qu'ils étaient tous les deux chargés et débloqués. Puis il ouvrit avec précaution les tubes métalliques, et en retira de fines ampoules de verre contenant du cyanure.

L'eau avait cessé de couler dans la salle de bains. Eva réapparut en secouant légèrement la tête, comme le font les femmes pour remettre en place leurs cheveux. Elle vint s'asseoir à la gauche de son mari et replia les jambes sous elle, comme elle faisait devant le feu, au Berghof. Elle regrettait les monts bavarois.

Hitler lui tendit l'une des ampoules. Elle s'en saisit délicatement entre ses ongles laqués. Il lui montra le plus petit des deux pistolets – un Walther 7.65 – sur la table, mais elle secoua la tête. Il comprenait. Les femmes préfèrent le poison.

Elle avait espéré qu'il sortirait de son personnage officiel, dans un pareil moment, qu'il lui dirait quelque chose de tendre et de réconfortant. Dans l'intimité, c'était toujours un petit garçon sensible en quête d'approbation.

– Mordez, dit-il sans émotion. Ce n'est pas douloureux.

Dominant sa déception, elle porta l'ampoule à sa bouche. Elle vit son mari prendre l'autre ampoule de cyanure, de la main gauche, et la manier avec aisance. Elle en demeura stupéfaite. Ces derniers mois, il avait pratiquement perdu l'usage de son bras gauche, souvent saisi de tremblements, voire de convulsions; et voilà qu'il s'en servait aussi bien que de l'autre! Il attrapa le grand Walther 7.65 de la main droite et l'arma. Tenant l'ampoule près de ses lèvres, il lui fit un signe de tête sans la regarder.

Elle prit sa respiration, dit : « Mon Führer » d'une voix douce et mordit brusquement, broyant le petit récipient de verre entre ses dents. Tout le haut du corps chuta en avant instantanément. Battant l'air, l'un des bras heurta un petit vase de fleurs sur la table et le fit tomber par terre.

Hitler garda un moment le regard fixe, sidéré par la rapide action du poison. Puis il posa le pistolet et l'ampoule. Il repoussa Eva en arrière sur le divan.

Il dénoua ses lacets, ôta ses chaussures et gagna rapidement la chambre, où il alla sous le plafonnier du coin. Au moyen de sa canne, il frappa la lampe. Le bloc d'éclairage se souleva de côté. Un visage apparut dans la grille.

– Dépêchez-vous! dit nerveusement Hitler en faisant un pas de côté pour laisser la place.

Le bloc entier s'escamota vers le haut. Une puissante paire de jambes en treillis de camouflage se balança au plafond, puis un corps atterrit lourdement, mais silencieusement, à côté de Hitler. Celui-ci agrippa Brumm par le bras, mais le soldat se dégagea et releva la tête, consacrant son attention à autre chose.

– Allons! ordonna-t-il.

De nouvelles jambes descendirent. Brumm les attrapa et les guida au sol.

Le Führer et l'Alpha se contemplèrent. Pour chacun d'eux, c'était comme de se contempler devant une glace en pied.

– C'est un grand honneur, mon Führer! murmura l'homme.

Sans répondre, Hitler attrapa une chaise, la disposa sous le trou du plafond et entreprit de grimper. Brumm poussa l'Alpha vers le salon, jusqu'au divan, et prit le 7.65.

– Assieds-toi! Mets les chaussures!

Comme l'homme tremblait trop pour nouer les lacets, le colonel s'agenouilla et le fit lui-même. De là, il voyait Hitler engagé dans le trou, les jambes pendantes.

L'autre ne pouvait détacher le regard du corps sans vie d'Eva Braun.

– Elle est belle...

En guise de réponse, Brumm lui mit l'ampoule de cyanure dans la main :

– Mords!

L'homme chancela, les yeux écarquillés de peur. Il hésitait, soudain frappé par l'énormité de la situation. Brumm voyait sans surprise la panique le submerger. Pour répéter son ordre, il lui mit le canon du pistolet sur le front.

Les larmes aux yeux, le malheureux introduisit l'ampoule entre ses dents.

– Mords, mon salaud!

Il crispa les paupières et mordit, tout en émettant un cri aigu. Simultanément, Brumm abaissait légèrement son arme et lui tirait dans la bouche. La balle pulvérisa les dents de devant et arracha l'arrière de la tête, criblant le divan et le mur d'épais fragments de matière cervicale et de sang. Le corps avait pesamment sursauté sur la droite. Brumm lâcha le pistolet de manière qu'il tombe juste sous la main de l'Alpha. Un morceau de balle ou d'os, on ne savait pas trop, était sorti par la tempe droite, laissant une petite blessure d'où gouttait un liquide noir.

Il y avait moins de quatre minutes, Magda Goebbels s'était fait mettre à la porte...

Brumm retourna en courant dans la chambre, rangea la chaise contre le mur et sauta pour atteindre le cadre de la grille, au-dessus de lui. Il se stabilisa comme un gymnaste, lançant les jambes d'avant en arrière pour prendre de l'élan, puis se projeta vers le haut, montant à mesure qu'il prenait prise, pour s'introduire finalement dans l'étroit conduit d'aération d'un seul mouvement coulé.

Il recula, tendit les bras et fit redescendre le bloc-plafonnier dans son logement. Une fois sûr que tout était bien en place, il posa la joue sur le métal et entreprit de ralentir sa respiration, pour prévenir l'hyperventilation et calmer son cœur.

Pendant un temps, ce fut le silence, en bas. Puis on entendit s'ouvrir la porte blindée. Des gens pénétraient dans la pièce mortuaire. Brumm reconnut la voix de Bormann qui grognait :

– Faites venir le médecin!

Un instant plus tard, quelqu'un d'autre :

– Ils sont morts tous les deux. Apportez les actes de décès.

– Et des couvertures! (Bormann de nouveau). On ne peut pas le laisser comme ça!

– Tout est prêt dans le jardin! lança une autre voix. (Sans doute Günsche).

La conversation en resta là. Dans un silence relatif, les corps furent enlevés et montés dans les jardins de la Chancellerie pour y être brûlés, conformément aux dernières volontés du Führer.

Après un long moment de silence Brumm releva la tête pour la première fois.

– Voilà qui est fait, dit-il. Maintenant, attendons.

Il vit soudain Hitler rouler des yeux et commencer à s'agiter, à donner des coups de pied de plus en plus fort, en faisant résonner le boyau métallique à la façon d'une énorme timbale d'orchestre. Brumm allongea le bras et referma la main sur le biceps du virtuose déchaîné, en serrant de manière que la douleur l'emporte sur l'égarement.

– Les rats!... balbutia Hitler en tordant le cou pour regarder derrière lui.

Le colonel serra encore plus.

– Mon Führer, dit-il froidement, nous avons mené la vie libre du loup mais, à l'heure actuelle, notre frère d'armes est bel et bien le rat.

L'autre le fusilla d'un regard fulgurant de haine. Un filet de bave sourdait au coin de sa bouche pour s'écouler lentement sur la tôle du tunnel qui les séparait du monde.

10. 30 avril 1945, 15 heures 30.

Il y eut un seul coup de feu – une détonation étouffée, à peine audible à travers les épaisses portes blindées séparant du reste du Führerbunker souterrain les appartements exigus d'Adolf Hitler et de sa toute récente épouse.

Les adieux avaient été prononcés; c'était fini. Hitler avait donné son tableau de Frédéric le Grand par Anton Graff à son pilote personnel, le *Gruppenführer* Hans Baur, à charge pour celui-ci de mettre l'objet en sûreté. Insensible aux pressions – la dernière venant d'une Magda Goebbels surexcitée –, le Führer avait refusé de tenter la percée. Si Berlin ne pouvait pas résister à l'invasion russe, il ne désirait plus vivre. Contrairement à beaucoup, il préférait la mort à la capture. Les Soviets, il en était sûr, l'auraient exhibé en cage comme un animal de foire. Il n'en prendrait pas le risque. Berlin tombait? Lui aussi! Sa décision était irrévocable.

Les averses d'obus qui martelaient le sol à l'air libre, quinze mètres plus haut, ébranlaient les murs, épais de cinq mètres, du Bunker. Il restait moins de seize kilomètres carrés de Berlin sous contrôle allemand et, même dans cette dernière poche, on apercevait des tireurs ennemis sur les toits. Des formations d'infanterie soviétique poussaient impitoyablement dans la direction de la Chancellerie, enlevant une maison après l'autre.

Silencieux, impassibles, le *Sturmbannführer* Heinz Linge et Otto Günsche montaient la garde devant la porte blindée. Ils tenaient les ordres de leur chef et connaissaient leur devoir. Personne n'entrerait avant dix minutes – ce que le Führer avait défini comme « un intervalle décent ». Joseph Goebbels, le gnome difforme qui avait mis sur pied la machine de propagande nazie pour perpétuer le mythe aryen comme une apothéose de lui-même, rôdait à proximité en fumant nerveusement. Chaque inhalation imprimait une saccade à sa tête d'oiseau. Martin Bormann, directeur de la Chancellerie et premier secrétaire du parti, se tenait bras croisés, inébranlable, sinistre.

Linge consulta sa montre. Günsche ouvrit la porte. Goebbels les bouscula pour être le premier dans l'antichambre de Hitler où il s'arrêta net. Bormann, Linge et Günsche l'écartèrent pour entrer dans le petit salon. Arrivé trop tard pour les adieux, Arthur Axmann, chef des Jeunesses hitlériennes, se précipitait maintenant sur les lieux du drame, le visage congestionné par la hâte, après le grand air et le déluge d'artillerie. Le moignon de son bras coupé décrivait de petits cercles furieux tandis qu'il essayait de comprendre ce qui se passait.

Les deux cadavres étaient sur le sofa près du mur noir. Par terre, le tapis buvait l'eau d'un vase de fleurs renversé. Hitler se trouvait au bout du canapé, le corps légèrement incliné en avant, le bras au-dessus de l'accoudoir, la main pendante sur son Walther 7.65 tombé là. Adossée paisiblement à l'autre extrémité, Eva Braun repliait les jambes sous elle comme au Berghof quand elle se reposait devant le feu. Du sang dégoulinait de la bouche de son mari qui avait aussi une blessure plus petite à la tempe droite. Le canapé était trempé de sang, et les vivants n'aspiraient guère à y regarder de trop près. La robe noire de la femme aussi était mouillée. Elle gardait les yeux grands ouverts, sans blessure apparente, mais ça sentait la menthe fraîche, et une légère décoloration gris bleuâtre gagnait le tour des lèvres. Cyanure. Les fins escarpins marron avaient été soigneusement rangés sous le meuble.

Un mouchoir sur la bouche, Bormann et Goebbels réprimaient des haut-le-cœur dans les vapeurs de cyanure. Après avoir contemplé un instant les cadavres, Günsche tourna les talons. A la salle de conférences, il trouva Erich Kempka, le petit chauffeur de Hitler. Plus tôt dans la journée, Günsche lui avait ordonné par téléphone de se procurer deux cents litres d'essence et de déposer les jerricans à l'entrée du Bunker, dans le jardin de la Chancellerie. Kempka n'avait pas montré d'enthousiasme. Il n'allait pas risquer sa vie à tenter de gagner la réserve de carburant. C'était trop dangereux. On devait attendre le moment où les artilleurs russes mangeaient, pissaient – ou Dieu sait ce qu'ils faisaient d'autre en fin d'après-midi quand les tirs cessaient. A la place, l'aide de camp SS lui avait suggéré de siphonner les véhicules qui se trouvaient dans le garage du sous-sol. Les rues étaient si défoncées que les voitures de service ne sortaient plus.

– Que se passe-t-il, bon sang? demanda Kempka.
– *Der Führer ist tot*, dit solennellement Günsche.
Le chauffeur alla tout de suite voir par lui-même, mais il rencontra le valet de chambre qui voulait savoir où se trouvait l'essence.
– Dans le jardin! Cent soixante-dix litres! Tout ce qu'on a pu trouver!
Après Kempka arriva l'officier de garde, le *Brigadeführer* Johan Rattenhuber. D'autres militaires se faufilaient dans la pièce mortuaire, trop déboussolés pour s'y attarder. C'était la fin de tout.
Homme de raison et de décision, Rattenhuber finit par prendre les choses en main. Il invita les présents à monter les corps dans le jardin. Une couverture grise de l'armée enveloppait celui de Hitler, laissant visible le haut de la tête mais cachant le visage. Le bras gauche et les jambes pendaient. Le pantalon noir était celui qu'il portait toujours avec sa veste d'uniforme. Quelqu'un essuya du sang sur l'une des chaussures noires.
Bormann souleva facilement le corps d'Eva Braun. Les cheveux blonds en désordre, elle semblait plus endormie que morte. Linge et le médecin-colonel SS Ludwig Stumpfegger portaient le cadavre de Hitler, le médecin faisait tout le travail.
Au pied de l'escalier de béton, le petit Kempka barra le passage à Bormann :
– Je vais la porter!
En se rappelant la répulsion d'Eva pour cet homme, il ne pouvait supporter de le voir la toucher. Mais elle était trop lourde pour lui et, quand il trébucha sur les marches, manquant de la laisser tomber, Günsche et un autre SS vinrent à son aide.
En haut, dans le jardin, les deux corps furent déposés dans un trou d'obus, à trois mètres de l'entrée du Bunker. Günsche replia le bras d'Eva sur sa poitrine. Kempka disposa le bras gauche de Hitler le long du corps. L'arrosage d'essence commença. Brusquement, les obus se mirent à siffler sur leurs têtes, obligeant les participants à reculer vivement à l'abri des superstructures du Bunker. Ils attendirent, impatients, une accalmie en fumant. Dès que cela fut possible, ils se remirent à verser de l'essence. Finalement, les corps y baignèrent complètement. Le trou d'obus débordait presque du liquide inflammable.
On débattit du meilleur moyen d'allumer ce bassin funèbre.
– A la grenade, proposa Günsche.
Mais Kempka s'y opposa farouchement : ce serait trop brutal et insultant pour le Führer. A la fin de sa tirade, il remarqua un morceau de chiffon qui traînait près d'un tuyau d'incendie en désordre. Il le fit passer à Günsche, qui l'imbiba d'essence; Goebbels, fumeur invétéré, tendit une pochette d'allumettes à Kempka, qui mit le feu au chiffon.

Tout le monde s'écarta quand Günsche, d'une torsion de poignet, envoya tout voler vers le trou d'obus.

Un moment, le temps fut comme suspendu. Il y avait quelque chose de fascinant dans cette écharpe de flammes qui prenait lentement de la hauteur, voltigeait dans les airs et amorçait sa descente. Puis la tranchée s'embrasa dans un bruit sourd. Des volutes de fumée noire s'élevèrent comme un serpent qui se déroule.

Ils observaient en silence. Le SS commanda le garde-à-vous. Il leva le bras droit sèchement, et les autres suivirent son exemple.

– *Heil Hitler!* crièrent-ils à l'unisson pour la dernière fois.

Adolf Hitler était mort. Dix jours après son cinquante-sixième anniversaire, le Führer du Reich de mille ans se consumait dans un trou funéraire de fortune, au cœur de la dernière bataille.

Rattenhuber et ses SS continuèrent longtemps à alimenter d'essence le feu. Il devait être dix heures du soir quand le commandant de la garde dit à son adjoint, le capitaine Schedle, de prendre trois hommes sûrs et d'enterrer les restes des deux cadavres calcinés.

Les obus russes pleuvaient toujours sur la Chancellerie. Schedle et son petit détachement disposèrent les restes dans des toiles de tente et les enfouirent dans un autre trou d'obus, non loin de là. Après avoir rempli la tombe de boue et de gravier, ils aplanirent à coups de pelle. Tout au long de leur besogne, les hommes et leur officier n'avaient qu'une seule et même pensée, d'ailleurs commune à tous les hôtes du Bunker, en dessous : s'évader.

11. 30 avril 1945, 16 heures 50.

Ils restèrent une bonne heure sans bouger. Brumm voulait que tout bruit ait cessé en bas, dans le Bunker. Quand il fut assuré que le danger était passé, il entraîna lentement son protégé dans le conduit métallique, jusqu'à l'endroit où attendait le matériel. Hitler semblait fatigué.

– Une petite escalade nous attend, maintenant, expliqua Brumm.

– C'est moi qui ai fait les plans! lui fut-il rétorqué.

Il poussa vers le Grand Architecte une paire de bottes noires éraflées.

– Mettez ça.

Il décrivit succinctement comment se passerait l'ascension.

– Je passe devant, dit-il en s'enfonçant dans l'obscurité où la torche découvrait un chemin qui semblait flotter.

Cela demanda beaucoup d'effort. La condition physique de Hitler compromettait déjà cette entreprise bien programmée. Pratiquement privé d'exercice dans le Bunker, ces dernières semaines, il n'avait pas d'endurance. Brumm fut obligé de le hisser sur la paroi. Le niveau supérieur enfin atteint, ils s'installèrent à l'intersection des tunnels culs-de-sac. Brumm mâchait du pain dur en étalant le contenu de son sac sur une serviette propre. Il alluma deux bougies, fit couler de la cire sur le métal et les y planta. Cela économiserait la torche.

Première chose : changer l'apparence de son compagnon. Les modifications étaient conçues par celui-ci. Rien de plus facile pour « le plus grand acteur d'Europe », ne cessait de répéter Hitler qui, ayant étudié les secrets et techniques du maquillage de théâtre, crayonnait de nombreux cartons montrant de quoi il aurait l'air selon divers artifices. Brumm trouvait tous les croquis identiques et portait peu attention aux interminables dissertations du grand visagiste sur l'usage des costumes et des fards dans l'opéra wagnérien.

– Ma main n'est pas encore merveilleuse, remarqua Hitler en tendant le bras gauche près d'une bougie. Ça ne fait pas longtemps que je ne suis plus sous médicaments. Elle reprend de la mobilité, mais il y a eu atrophie. Avec le temps, elle reprendra de la force!

Brumm acquiesça en disant :

– Prenez la lampe.

Hitler referma l'autre main sur la torche et la tint sous son menton. Une lueur sinistre, creusant les ombres, accentuait les affaissements et les rides. Brumm décapsula un petit flacon de savon concentré. Il s'en versa un peu au creux de la paume, cracha dedans, mélangea de l'index et en frotta la moustache de Hitler. Celui-ci garda les yeux fermés pendant que Brumm rasait la lèvre supérieure avec un rasoir de coiffeur.

Cette ablation de la moustache ne fut pas sans surprise. Brumm regardait fixement l'appendice nasal dont les proportions massives lui avaient jusque-là échappé. Peut-être le Führer savait-il de quoi il parlait?

Ensuite, il lui savonna les cheveux. Le patient donna ses instructions :

– Bien dégagé derrière.

– Non! dit Brumm fermement. On enlève tout, on rase!

Le Führer toisa l'officier, serra les dents, parut sur le point de perdre son sang-froid; mais au bout d'un moment il soupira et haussa les épaules :

– C'est vous qui tenez le rasoir...

L'opération menée à bien, le vieil Adolf Hitler avait pratiquement disparu. Brumm présenta d'épaisses lunettes de fer aux verres polis sur prescription précise, et qui faisaient ressembler le chef du IIIe Reich à une espèce d'oiseau.

D'autres changements étaient prévus. Brumm prit dans son sac une grosse bande qu'il déroula.

– Allez-y! ordonna Hitler en se laissant panser.

Brumm hésitait.

– Il faut faire ce qui doit l'être! dit le Führer. Inutile de retarder l'inévitable. D'ailleurs, vous avez la part belle.

Pivotant, il s'adossa de façon à renverser la tête sur les genoux du colonel. Celui-ci prit sa respiration, raidit la main, la leva et assena l'angle du poignet sur l'arête nasale de Hitler. Cartilage broyé, Hitler grogna, les larmes aux yeux.

Brumm utilisa prestement la bande pour étancher le flot de sang. En quelques minutes, le visage se mit à enfler. Les deux yeux allaient noircir et se fermer. Les dégâts, sur le nez, prenaient de l'importance. A la racine, les tissus étaient tuméfiés et enfoncés de telle sorte que le nez proprement dit accusait maintenant un angle aigu et semblait se terminer en pointe. Heureusement que le coup n'avait pas remonté. Un instant, Brumm se vit avec un Führer mort sur les genoux.

– Comment respirez-vous?

– Du sang dedans... marmonna le blessé. Que je relève la tête... fait mal...

Brumm se faisait du souci. La douleur n'était pas familière pour Hitler, et rien ne disait qu'il s'y ferait. Il avait l'habitude de prendre des médicaments au moindre bobo et, dans la situation présente, il n'y aurait pas de pharmacie. La détermination devrait servir d'analgésique.

– C'est bientôt fini...

– Ne faites plus rien! fit Hitler d'une voix éraillée.

– Cela pourra nous aider beaucoup.

Le colonel remonta sa propre manche pour exhiber l'intérieur de l'avant-bras. Il y portait un tatouage – une série de chiffres. L'autre secoua violemment la tête :

– Il n'en est pas question! Je vous l'interdis!

Brumm garda son calme.

– Dehors, ce sera dur. Au besoin, on y arrivera en se faisant passer pour des Juifs libérés des camps.

– Non, pas Juif! Pas Juif!

Brumm parut ne pas entendre. Il prit le bras de Hitler, lui intima l'ordre de ne pas bouger et se mit au travail avec de l'encre bleue et une grosse aiguille.

12. 2 mai 1945, zéro heure 30.

Plusieurs centaines d'hommes et de femmes se pressaient dans l'obscurité, sous le plafond bas du garage transformé en dépôt de charbon, dans les sous-sol de la Chancellerie. Il y avait des militaires et des bureaucrates, des chauffeurs et des boulangers, des secrétaires et des sentinelles, des officiels du parti et des employés – tout ce qui restait de la Chancellerie du Reich. Ils avaient commencé à se présenter dans l'après-midi, seuls ou par petits groupes. Le général Wilhelm Mohnke de la Waffen SS, commandant les effectifs du Bunker, et Otto Günsche, l'aide de camp SS de Hitler, prirent la responsabilité de les organiser.

Il s'agissait de constituer une série d'unités d'évasion, lâchées toutes les vingt minutes. Chaque groupe franchirait la rue par un souterrain et déboucherait sur Wilhelmplatz pour gagner à découvert, au pas de course, la bouche de métro de Stadtmitte Station. Ni Mohnke ni Günsche n'avaient une idée bien précise de ce qu'ils découvriraient. Il y avait des Russes partout, surtout des tireurs sur les toits, faisant des cartons sur tout ce qui bougeait dans les rues. L'artillerie arrosait toujours mais, à présent, les explosions roulaient en salves plus modérées, avec des temps de repos entre les tirs de soutien. Ce n'était plus la même averse battante et incessante d'explosifs, et cela donnait une lueur d'espoir aux nazis. Ensuite, le plan de base consistait pour chaque unité à trouver son propre moyen de traverser la Spree, puis à se diriger au nord-ouest dans les faubourgs, et toujours dans la même direction une fois hors de la ville, vers un lieu de rendez-vous fixé dans la forêt à quelque cent quatre-vingts kilomètres à l'ouest de Berlin. L'objectif n'était pas d'échapper à toute capture, mais simplement aux Russes. L'orientation choisie devrait permettre de couper au plus vite les trois lignes soviétiques encerclant la ville et de rejoindre les Alliés occidentaux, dont l'hospitalité apparaissait comme infiniment moins sévère.

Cette évasion faisait l'effet d'une tentative désespérée, inepte, à l'*Unterscharführer* Gustav Rudolf. Cent quatre-vingts kilomètres ou cent quatre-vingt mille, ou cent quatre-vingts millions, ce serait revenu au même. Aucun moyen de s'en tirer. Un pressentiment de mort lui glaçait le dos et lui séchait la bouche. Ce qu'il redoutait le plus lui tombait dessus, finalement, et il maudissait le destin. Il avait passé un mois terrible au fond des caves de la Chancellerie, à garder le dernier bastion du Reich. Le trentième jour, il avait vu Hitler et, depuis cet instant, il savait la fin prochaine. Le Führer n'était que l'ombre de lui-même; plus rien ne l'habitait. Rudolf avait appris ensuite qu'il s'était donné la mort le soir même. La force unique sur laquelle tenaient les restes de l'Allemagne avait disparu. La situation entière tournait au cauchemar. Le plus horrible restait à venir. Mieux vaudrait se laisser capturer sur place par les Russes. Au moins aurait-il la vie sauve, et il s'arrangerait bien de ce qui arriverait ensuite. Mais il gardait cette opinion pour lui car on admettait généralement que toute capture serait suivie d'exécution immédiate, surtout pour des Allemands proches de Hitler. Rudolf n'était pas du genre qui va contre sa nature; s'il envisageait souvent de le faire, il passait rarement à l'acte.

Pendant l'exposé du plan d'évasion, Rudolf tenta résolument de se faire laisser en arrière pour fournir une protection armée aux centaines de blessés qu'on allait abandonner dans la Chancellerie. Mais ses officiers – fanatiques au dernier degré, se disait-il – ne voulaient pas en entendre parler. Ils louèrent son courage et son esprit de sacrifice, mais ils exigèrent sa présence dans les groupes d'évasion pour couvrir les non-combattants, parmi lesquels bon nombre de femmes. S'ils lui avaient permis de rester, il se serait glissé sur une civière parmi les blessés en se faisant passer pour l'un d'eux. Au lieu de quoi il allait traverser la ville au milieu de gens qui ne cessaient de s'entre-tuer. Et cela le contrariait de devoir protéger des femmes. La vie à la Chancellerie prouvait qu'elles n'en avaient jamais besoin. Elles obtenaient ce qu'elles désiraient en écartant les cuisses, et il n'y avait aucune raison de penser que le Russe y serait moins sensible que l'Allemand.

Le sort voulut que Rudolf soit désigné pour fournir un appui armé au premier groupe d'évasion, conduit par Mohnke et Günsche, comprenant les quatre femmes du service personnel de Hitler, un vice-amiral, un certain nombre d'adjoints administratifs et Hilco Poppen, un autre garde. Rudolf soupçonnait Poppen, cabochard et individualiste comme il connaissait ce Rhénan, de compter filer de son côté dès que le groupe déboucherait à l'air libre. Un instant, il caressa l'idée de le suivre, mais il y renonça, préférant comme toujours l'anonymat et la sécurité du plus grand nombre.

Rudolf prit une seule décision forte : si l'un quelconque des gros bonnets tombait au cours de la percée, il lui ferait les poches. Des rumeurs couraient depuis des mois, selon lesquelles les dirigeants nazis déposaient des millions de marks dans les banques suisses. A n'en pas douter, ces gens-là portaient sur eux de grosses sommes d'argent et autres valeurs et, s'ils se faisaient tuer, les biens de ce monde leur deviendraient inutiles.

La percée se révéla encore plus cauchemardesque que prévu. La poussière planant sur la ville retenait l'odeur des cadavres. Berlin était détruit au point qu'on n'avait plus de repères. Rudolf ne voyait aucune possibilité d'échapper au désastre. Profondément démoralisé, il prit le parti de ne plus relever la tête et de se concentrer sur les pas de la personne qui le précédait. On serpentait, presque à croupetons, en file indienne.

Vers 2 heures du matin, le groupe se réduisait à quinze survivants. Ils marquèrent une courte pause à la station de métro Französische Strasse, Mohnke tentant de convaincre deux vigiles armés de la BMTA [1] de lui ouvrir un panneau donnant accès à un tunnel sous le fleuve. Les deux hommes refusèrent catégoriquement : ouvrir le panneau était contraire à la fois au règlement et aux ordres des supérieurs. Mohnke s'éloigna, très digne, en claquant furieusement sa Schmeisser contre sa jambe, et Rudolf marmonna entre les dents :

– Bons Allemands bien stupides jusqu'au bout !...

Ils furent donc obligés de rebrousser chemin jusqu'à Friedrichstrasse pour refaire surface. Dehors, on distinguait un barrage antichar sur le pont Weidendammer. Ils entendirent des chars allemands ferrailler dans les décombres, derrière eux. « Les imbéciles ! » pensa Rudolf. Ils montaient encore au combat ! Cela montrait bien quel genre d'énergumènes s'engageaient dans les panzerdivisions !

Mohnke finit par découvrir une mince passerelle courant sous la grande travée du pont, mais il fallut ouvrir le passage à coups de pinces coupantes dans les épais rouleaux de barbelés. Enfin ils s'élancèrent tous au pas de gymnastique sur ce ruban instable de deux mètres de large.

Rudolf manqua plusieurs fois de tomber mais il courait toujours, fouetté par l'adrénaline. En dessous, les eaux rougeoyaient du reflet des incendies, les taches noires étant des cadavres à la dérive. Ils étaient à mi-chemin quand un tireur d'élite ouvrit le feu au fusil léger. Juste devant Rudolf, quelqu'un grogna sourdement et culbuta de côté, basculant dans le fleuve d'où monta une grande gerbe. Les officiers tentaient de localiser les éclairs de tir.

Il fallait continuer à progresser en rampant, le visage contre les planches. Rudolf se meurtrissait les coudes et les genoux, déchirait son uniforme au bois écorché de la fragile passerelle. Alors qu'il arrivait en vue de l'autre rive, il reçut un grand choc sur son casque. Aucune douleur, juste une secousse incroyablement brutale, comme s'il s'était jeté la tête la première contre un mur. Quand il voulut se remettre à ramper, ses membres ne réagirent pas. Un corps se porta à sa hauteur, prit appui sur lui. Une voix demanda :

– Touché ?

---

1. *Société berlinoise de transport.*

Il aurait voulu répondre qu'il n'avait rien mais, comme ses membres inertes, la voix lui fit défaut. Puis il sentit sa propre urine lui couler sur les cuisses, le réchauffant et le dégoûtant. Et tandis qu'il gisait là, incapable de bouger et de parler, quelqu'un le délesta de sa cartouchière, de son portefeuille et de sa montre-bracelet. D'autres lui passèrent dessus en rampant et il se retrouva seul sur le pont, au-dessus de l'eau rouge. « Un officier m'a ratissé! » pensa-t-il, ébahi par l'ironie de chose.

Il était toujours sur le ventre, immobile. Il n'y voyait plus, il s'endormait. Il s'estimait heureux de ne pas souffrir. Il avait toujours su qu'il mourrait pendant la percée. Et voilà, c'était en train d'arriver. « Salauds d'officiers! Salaud de Hitler! Salauds! Salauds!... » Il perdit connaissance.

13. 2 mai 1945, 5 heures 40.

Les deux hommes restèrent trente-six heures dans le tunnel. Peu avant l'aube du 2 mai, Brumm montra le chemin jusqu'à la trappe. Hitler portait un manteau d'officier de la Wehrmacht. Il avait les deux yeux au beurre noir. Faiblesse, douleur et inconfort ne masquaient pas son impatience de bouger. Sortir devenait urgent.

Brumm prit pied le premier dans le couloir, il aida Hitler à le rejoindre, puis replaça et serra les vis de la plaque pendant que le Führer montait la garde en demandant fébrilement :

– Par où?

– Vers la Chancellerie.

Ils allèrent aussi vite que possible, c'est-à-dire assez lentement, Hitler tirait la jambe et s'arrêtait souvent pour reprendre sa respiration.

Ils quittèrent la zone sans rencontrer quiconque. La Chancellerie semblait abandonnée. Le corps du garde que Brumm avait tué à l'aller se trouvait toujours au même endroit, près d'un amas de poutres effondrées. Des échanges intermittents d'armes légères crépitaient à l'ouest, côté Tiergarten. Ils nettoient, pensa le colonel.

Une fois la Wilhelmstrasse traversée, quelques instants avant la lumière du jour, les deux hommes coupèrent entre les bâtiments officiels sévèrement touchés. Des cadavres partout, russes autant qu'allemands. Dans une rue adjacente, des soldats dévêtus pendaient aux réverbères, les yeux exorbités, la langue hors du visage comme une saucisse trop cuite, éclatée. Hitler garda le regard baissé en passant.

Plus haut, dans la rue, il y eut une courte salve d'armes automatiques. Brumm ne parut pas s'en soucier. Hitler était trop faible pour faire autre chose que suivre de près, le souffle court. Ils traversèrent bientôt une autre grande avenue dont les arbres déchiquetés obstruaient le passage. Un Tigre allemand gisait parfaitement à l'envers, en équilibre sur la tourelle, et une forme noire, autrefois humaine, pendait d'une écoutille, bras tendus, immobilisée dans la mort.

Ils contournèrent le cadavre d'une vieille femme au coin d'une allée. Sa robe avait été nouée autour de son cou pour emprisonner ses bras. Elle avait les jambes et les cuisses couvertes de sang séché, la bouche et les yeux grands ouverts. Dans le même passage, les quartiers déchiquetés d'un cheval gris étaient empilés contre une échelle d'incendie arrachée d'un immeuble. Des essaims de mouches tournoyaient.

Soudain Brumm poussa Hitler à l'intérieur d'un immeuble de brique, de couleur verte. Puis il s'assura qu'on ne les avait pas suivis. Indépendamment des tireurs des toits, l'infanterie soviétique devait contrôler le secteur, à présent.

– Barbu! cria-t-il dans la cage d'escalier.

– Je suis en haut avec la marmaille! brailla Rau.

Brumm monta. Les deux soldats se donnèrent l'accolade.

– Bien passé?

– Pour le moment. Quelle est la situation ici?

– Crises de nerfs. Elles s'en sortent mieux que je ne m'y attendais. Les Russes sont venus hier soir, mais ils ne s'intéressent qu'aux immeubles où il y a de la résistance.

– Pas de problèmes?

– Un seul. Deux Popovs installés pour la nuit dans l'entrée, juste en bas. L'une des filles les a attirés en haut, et ils ont été éliminés. Elles leur ont fait ça *au couteau*! (Clin d'œil, coup de coude.) Les femmes savent tenir le manche, hein?

– Elles les ont éliminés?

– Vite fait, bien fait! Tchac-tchac, deux Russes en moins. Pas un bruit! (Il regarda par-dessus l'épaule de Brumm.) Où est-il? En bas?

– Descends l'aider. Je ne pense pas qu'il sera capable de faire la route. On devra le porter jusqu'au bout.

– Épatant! railla le Barbu. Ça, ça forge le caractère!

Brumm sourit. L'adjudant-chef ne cessait de prétendre que les missions difficiles forgeaient le caractère.

Gretchen Waller se tenait dans une encoignure, à droite dans le couloir.

– Réunissez-vous dans cette pièce! dit le colonel en lui montrant la porte derrière elle.

Rapidement, les filles passèrent devant lui en faisant cliqueter leurs armes. Resté dans le couloir, Brumm fit signe à Gretchen, entrée la dernière, de refermer la porte. Elle obéit mais, au dernier moment, elle croisa son regard avec une expression qu'il ne se sentit pas d'humeur à déchiffrer.

Hitler tremblait sérieusement en arrivant à l'étage. Le Barbu hochait la tête d'un air significatif. Brumm prit l'homme par l'autre bras et le fit avancer jusqu'à la porte.

– Attends ici, en couverture.

L'adjudant-chef se glissa dans un recoin d'ombre. Le colonel entra seul dans la pièce. Les filles étaient par terre, littéralement sur les genoux, fatiguées, les yeux rougis par le manque de sommeil, comme de pauvres gosses dépenaillées dont la jeunesse éclatait malgré tout sous la crasse. Elles lui souriaient, heureuses de voir un visage connu : elles pouvaient baisser la garde, l'espace d'un instant. Brumm comprit que, psychologiquement parlant, ça n'allait pas fort. Pour la première fois, il y avait de l'angoisse dans l'air.

– Je voudrais vous présenter quelqu'un, dit-il en ouvrant grand la porte.

Hitler tournait le dos. Il pivota maladroitement, ébahi devant toutes ces filles. Il entra lentement dans la pièce en traînant les pieds, puis s'immobilisa, le dos rond. Une seule fois, il jeta un coup d'œil vers Brumm. Comme aucune explication ne semblait venir, il baissa le nez de nouveau.

– C'est un de vos hommes? demanda une des filles.

Silencieux, Brumm observait. On disait de Hitler qu'il avait un pouvoir particulier sur les femmes, censées tomber en pâmoison sous la flamme de son regard. Mais rien ne rayonnait des yeux bouffis qui se posaient en ce moment même avec embarras sur ces jeunes personnes. Elles se désintéressèrent presque aussitôt du vieil homme et s'abandonnèrent à leur propre engourdissement. Gretchen Waller, seule, continuait à l'examiner.

– Je vous ai dit que j'avais une mission spéciale, de la plus haute importance pour le Reich.

Les filles virent Brumm ôter les lunettes de l'individu. Elles ne comprenaient toujours pas. Satisfait, le SS prit un de ses gants noirs et, pinçant le bout d'un doigt, le maintint sous le bout du nez du Führer. Celui-ci écarta le gant, furieux, et éternua.

Gretchen trouva la première. Bouche bée, elle se releva tant bien que mal et murmura de façon à peine audible :

– Mon Führer...

Les autres la fixèrent comme si elle était folle. Elles regardèrent l'homme. Elles sautèrent sur leurs pieds. L'une d'elles laissa tomber sa Schmeisser, se plaqua les mains sur les oreilles et éclata en sanglots. Un sourire apparut sur le visage de Hitler. Il ouvrit les bras avec bienveillance. Elles vinrent aussitôt s'agglutiner contre lui. Brumm assistait avec stupéfaction à l'exercice du pouvoir.

– Waller!

Elle claqua les talons.

– Occupez-vous de Herr Wolf! (Il appuya lourdement sur le nom.) Vous, dit-il à trois filles auxquelles il toucha la tête, reprenez la garde et dites au Barbu d'entrer!

Pendant qu'elles ramassaient leurs armes et sortaient, Hitler trouva une place près du mur. Gretchen l'aida à s'asseoir. Immédiatement, il se mit en boule pour dormir. Elle le couvrit d'un rideau détaché d'une fenêtre.

Brumm fit asseoir le Barbu à côté de la jeune femme.

– Nous avons plein de choses à nous dire.

Les flammes d'un gros incendie claquaient en toute liberté dans un immeuble voisin, ponctuées de coups de fusil quelque part dans la rue.

14. 2 mai 1945, 23 heures 30.

Vasily Petrov commençait toujours par le commencement. Sa pensée allait vite; sa méthode d'enquête, lentement. Il prenait son temps et faisait attention aux détails – à *tous* les détails. Il ne prétendait pas s'occuper de chaque chose, il savait déléguer, mais il s'assurait toujours que ses subordonnés savaient exactement ce qu'ils avaient à faire. Puis il vérifiait régulièrement que ses ordres étaient bien suivis. Si les quatre hommes de son équipe, choisis par lui un par un, étaient de personnalités différentes, ils partageaient une seule et même motivation quasi fanatique : la réussite de la mission. Autres points communs : de grandes réserves d'endurance physique et l'obstination d'excellents chiens de chasse.

Tous les quatre éprouvaient pour le camarade Petrov une affection assez distante. D'un abord froid et logique, il était mystérieux par nature; on avait du mal à le connaître. Mais si leur admiration pour l'homme restait imprécise, rien ne manquait à leur admiration pour le chef. Ce n'était pas un être démonstratif mais, quand leur travail lui donnait satisfaction, ils le savaient. Ils lui faisaient confiance et l'écoutaient. Par-dessus le marché, ils le craignaient. Car Petrov – nom de code : le Berkout – n'admettait nulle incompétence et ne faisait pas de quartier. Échouer signifiait mourir, dans les statuts du Groupe d'opérations spéciales.

C'était le 2 mai, peu avant minuit. Ils avançaient lentement dans les corridors sans lumière de la Chancellerie du Reich dévastée. Petrov comptait arriver plus vite à destination mais, après avoir échappé de justesse à l'embuscade minée, ils avaient été bloqués par des civils allemands acharnés – adolescents et hommes âgés munis d'armes automatiques et de grenades à manche. Ils avaient donc attendu qu'une unité d'infanterie vienne éliminer cette résistance. Petrov maudissait ce retard et l'acceptait. Ses hommes auraient été pleinement capables de déblayer le terrain, mais il ne pouvait pas risquer des vies réservées à de plus hautes fins.

Enfin ils étaient entrés dans les décombres de la Chancellerie par ce qui devait être auparavant une fenêtre, en escaladant un monceau de pierres. D'après le Renseignement, Berlin était entièrement sous contrôle soviétique, mais ils se méfiaient. En principe seulement, les camarades militaires avaient pris le bâtiment aux premières heures du 2 mai. Petrov espérait tomber sur un poste russe.

Ils trouvèrent en effet un PC provisoire au premier étage de la Chancellerie, dans un hall immense que les nazis appelaient la pièce bleue. Près d'une centaine de soldats l'occupaient, pour la plupart endormis. Quelques-uns parlaient à voix basse, par petits groupes. D'autres, assis sur des caisses de munitions, travaillaient devant des tables constituées de portes, l'éclairage étant fourni par de vulgaires torches de résine et quelques lampes électriques. On avait allumé du feu en trois ou quatre endroits bien aplanis dans les gravats.

Petrov examina le tableau un moment, puis il s'approcha d'un groupe d'officiers, au fond du hall.

– Quelle unité? demanda-t-il.

– De la part de qui?

– Petrov, Groupe d'opérations spéciales... – Il ajouta en appuyant: – Moscou...

– 79e chasseurs, Ve armée de choc! dit fièrement l'un des officiers.

Petrov demanda, impassible:

– Où se trouve le criminel de guerre nazi no 1?

Pas de bavardage, pas de préliminaires. Droit sur l'objectif. Le Berkout avait pris son vol, en quête de sa proie.

– Qui?

– Hitler. Où est-il?

– Il est mort, répondit un autre officier. Les nazis l'ont dit à la radio.

– Où est le cadavre?

Il y eut des haussements d'épaules. Petrov reprit:

– Il existe un bunker sous le bâtiment. Vous avez localisé le bunker?

Quelqu'un demanda à la ronde :

– Qui sait quelque chose au sujet d'un bunker ?

Encore des haussements d'épaules. Des rires. Qui était ce petit bonhomme ?

– J'ai été dans le sous-sol, fit une voix. C'est plein de blessés, au moins quatre à cinq cents, et ça sent mauvais.

– Vous avez sorti les blessés ? Vous avez pris les noms ? Qu'est-ce qui a été fait ?

– Rien ! ironisa l'officier supérieur, un homme au cou de taureau. Nous avons fait mille cinq cents kilomètres sans cesser de nous battre, et nous allons prendre une petite nuit de repos. En-bas, là-dessous, c'est un véritable labyrinthe. On dirait que tous les bâtiments officiels communiquent sous terre. Ces salopards de nazis nous y ont sûrement laissé des tas de pièges à con. On s'occupera de ça demain, il fera jour, on fera le ménage à fond. Quant aux foutus blessés qu'ils ont abandonnés derrière eux, ça peut attendre aussi. Cette nuit, mes hommes vont dormir. Je m'appelle Ashiroff, c'est moi qui commande.

– Je m'appelle Petrov. Je voudrais vous parler en particulier, colonel.

Ils s'écartèrent ensemble. Les quatre hommes du Groupe souriaient distraitement en voyant leur chef montrer un document au colonel, lequel changea du tout au tout en quelques secondes :

– Georgi ! Debout là-dedans ! Je veux un cordon autour du bâtiment ! Un homme à chaque issue possible, en surface et en dessous ! Qu'on s'occupe immédiatement des prisonniers du sous-sol ! Qu'on relève leur identité, ensuite qu'on les emmène à l'antenne médicale. Qu'on mette par écrit l'endroit où chacun est emmené. Yuri, je te charge des prisonniers, tu es responsable de la liste. Alexi, fais descendre tes hommes. Écoutez-moi bien, tout le monde ! Faites attention à ce que vous faites, et si le camarade Petrov a besoin de quoi que ce soit, vous vous mettez à sa disposition ! Et que ça saute !

Les officiers se dispersèrent, courant entre les dormeurs pour les réveiller. En moins de cinq minutes, il ne restait pas plus d'une dizaine de personnes dans le grand hall.

– Avez-vous un peloton de reconnaissance à m'affecter ? demanda Petrov.

– Plusieurs ! fit le colonel.

– Je veux le meilleur.

– Ce sont tous les meilleurs. Les mauvais éclaireurs sont morts en route.

Cela n'eut pas le don d'impressionner Petrov :

– Alors donnez-moi le peloton où il y a eu le moins de remplacements.

Quand les douze éclaireurs furent là, Petrov leur expliqua ce qu'il attendait d'eux. Puis le peloton et le Groupe descendirent au sous-sol de la Chancellerie, tandis que le colonel de l'Armée rouge vaquait à ses fonctions.

En bas, entre des centaines de blessés étroitement rangés, Petrov gagna le centre de la salle tout en dégageant son revolver du holster. Il se plaça de façon à être vu de tous. Le silence tomba sur les Allemands. Même les blessés graves sentaient le danger et cessaient de gémir. Petrov demanda lentement, avec un parfait accent germanique :

– Où est Hitler ?

Il n'y eut pas de réponse. Il reposa la question. Toujours pas de réponse. Son regard balaya l'assistance et s'arrêta sur un grand sergent maigre aux bras emmaillotés de pansements sales. Il lui fit signe d'approcher. L'Allemand se mit au garde-à-vous.

– Où est Hitler ? demanda Petrov une fois de plus.

– Je ne sais pas ! répondit le soldat d'un air provocant.

Le petit Russe leva son revolver.

– Où est Hitler ?

L'homme secoua la tête avec colère. Petrov lui tira une balle dans le cœur. L'impact envoya le corps heurter une civière dont l'occupant poussa un cri aigu.

Un autre soldat fut désigné, qui s'avança en tremblant.

– Où est Hitler ? (D'une voix toujours aussi égale.)

L'homme voulait répondre, mais il était trop effrayé. Il se mit à pleurer, implorant. De nouveau, le revolver monta lentement et tonna, abattant le deuxième soldat allemand sur le premier.

Petrov en sélectionnait un troisième quand un homme âgé, voûté, s'avança péniblement. Il portait une blouse de chirurgien couverte de sang plus ou moins séché. Il se présenta d'une voix lasse :

– Haase. Doktor Werner Haase. Tout le monde, ici, sait que Hitler est mort. La radio a dit qu'il était tombé au combat. C'est inexact. Il s'est donné la mort dans le Führerbunker. Je me trouvais sur place et je sais que c'est la vérité. Bon, si vous voulez me tuer, faites vite ou laissez-moi retourner à mon travail.

– Montrez-moi ça, dit Petrov sans relever la bravade du médecin.

– Montrer quoi ?

– Hitler.

– Le cadavre de Hitler, voulez-vous dire ?

– Montrez !

– Ils l'ont brûlé, dit Haase. Il n'y a plus rien à voir, à part des cendres, et j'ignore où elles sont. Vous arrivez trop tard, pour Hitler.

– Montrez ! insista Petrov en gardant tout son calme.

Haase haussa les épaules et traversa la salle d'un pas mal assuré, suivi par les Russes.

Il marchait avec beaucoup de difficulté. Il s'arrêtait souvent, pris d'une toux sèche, profonde, caverneuse.

– Tuberculose, expliqua-t-il au terme d'une quinte particulièrement longue.

Il fallut plusieurs minutes pour toucher au but. Le médecin s'immobilisa devant une lourde porte d'acier.

– Le Bunker est là.

– Combien d'issues?

– En comptant celle-ci, quatre.

Les Russes laissèrent un éclaireur en faction à la porte, et descendirent dans le premier niveau du Bunker. Haase lui-même s'étonnait que le groupe électrogène fût encore en marche pour donner de la lumière artificielle et quelque chose à respirer. Petrov ne s'intéressait à rien d'autre qu'aux issues. A chacune d'elles, il plaça un homme.

Au niveau inférieur du complexe de béton, Haase lui montra une volée d'escalier :

– Ça mène à une tour inachevée, là-haut. Ce n'est pas réellement une issue.

Cela n'empêcha pas Petrov d'y laisser une sentinelle. Ce qu'on néglige de faire en situation de crise est invariablement la chose qu'on aurait dû faire. Le Berkout ne commettait pas ce type d'erreur.

Une fois la zone bouclée, il ordonna la fouille des multiples alvéoles des deux niveaux du Bunker. Pendant que ses hommes se déployaient, le chef du Groupe d'opérations spéciales examinait pour sa part une section cloisonnée du couloir principal, dans le niveau bas. Le cadavre d'un général gisait sur une bande de tapis rouge élimé. L'homme avait une plaie par balle à la tête. A en juger d'après les brûlures de poudre, il se l'était infligée lui-même. Par terre, il y avait aussi plusieurs bouteilles vides de whisky, goulots cassés comme s'il avait fallu boire à la seconde même. Des fragments de verre jonchaient le sol; Petrov les rassembla soigneusement, du bout de sa botte, en petits tas réguliers.

En trente minutes, les hommes revenaient au rapport. Ils avaient découvert les corps de six enfants : cinq filles et un garçon. Petrov les examina, puis il fit mettre auprès d'eux l'adulte mort, que le Dr Haase identifia comme le général Krebs.

Le chef réunit ses équipiers dans la section de couloir vide, et les fit asseoir. De petits carnets rouges écornés sortirent des poches, afin de prendre des notes – tout en mangeant des rations de campagne – pendant que Petrov parlait.

« *Un*. Je veux l'identité de toute personne s'étant trouvée dans cette zone au cours des deux dernières semaines, en fouillant particulièrement la période de soixante-douze heures précédant le présumé suicide. Cela comprend des femmes. Il y a du parfum, ici, et ces enfants n'y seraient pas venus sans une quelconque escorte féminine. Travaillez la liste à partir du connu. Exemple : on sait que le médecin était là. Lui faire nommer toute personne qu'il peut se rappeler. Reprendre le processus, un témoin corroborant le suivant. (Petrov observa une pause pour laisser courir les crayons.) S'intéresser surtout à ceux qui auront des citations multiples. Divisez les listes en catégories. Le général serait ainsi le premier des morts identifiés. Autre catégorie : les gens que nous détenons; inscrivez le docteur. Il va y avoir un groupe des manquants, dont nous nous servirons beaucoup, parce qu'ils étaient ici à la fin. Toutes les douze heures, nous transmettrons une mise à jour de la liste des manquants à nos autorités militaires combattantes et à nos services de sécurité. Vous leur donnerez vos instructions précises en ce qui concerne la protection, la mise au secret et le transfert de prisonniers. Dès qu'ils mettent la main sur des individus que nous désirons interroger, ils doivent nous en informer directement, immédiatement, à toute heure du jour ou de la nuit! Lesdits individus seront isolés des autres prisonniers allemands jusqu'à ce qu'ils passent sous notre contrôle! Tous les dossiers de ces transferts et de l'existence de ces gens doivent impérativement nous être remis sans aucune exception!

« *Deux*. Il nous faut des locaux. Réquisitionnez un immeuble pour loger, isolés, nos prisonniers. Usez de vos pouvoirs pour organiser la sécurité interne et externe. Il ne devra pas y avoir de militaires soviétiques parlant allemand dans les limites de cette zone, à part nous-mêmes.

« *Trois*. Au rez-de-chaussée du local, je veux un service de bureau. Ne prenez que des civils allemands, uniquement des femmes. Aucun Allemand parlant russe.

« *Quatre*. Tout prisonnier entrant sera interrogé immédiatement, avec les services d'une sténographe, et chacun de vous conservera également ses propres notes d'interrogatoire. (Petrov marqua un silence.) Écrire lisiblement!... Transcriptions et notes constitueront un dossier individuel déposé sur mon bureau dans l'ordre où seront interrogés les prisonniers. Chaque dossier comprendra aussi un rapport précisant en détail où, quand, comment et par qui l'individu a été capturé. Je veux la situation et l'identité des gens qui se trouvaient avec lui à ce moment-là, au même titre que les noms de ceux qui ont effectué l'arrestation, et dont les déclarations seront confrontées à celles du prisonnier. N'oubliez pas : *tous* les détails doivent figurer dans ces rapports! Rien n'est trop petit ou trop banal! Au cours des interrogatoires d'entrée, vous porterez le plus grand intérêt à la présence éventuelle d'autres nazis dans le même secteur au moment de l'arrestation.

« *Cinq*. Les prisonniers recevront immédiatement les soins médicaux dont ils ont besoin, et seront bien nourris. Ils ne seront pas maltraités physiquement, bien que vous puissiez faire preuve d'imagination et d'initiative pour créer des conditions psychologiques favorables à leur interrogatoire.

« *Six.* Les prisonniers n'auront aucun contact avec qui que ce soit en dehors de notre groupe. Si des personnes de l'extérieur cherchaient le contact, arrêtez-les, bouclez-les, informez-moi immédiatement.

« *Sept.* Pour paraphraser ce qui a été déjà dit : quand des prisonniers nous sont transmis par d'autres unités, il ne doit subsister aucun enregistrement du transfert. Ces prisonniers n'existent plus, dès lors qu'ils sont sous notre contrôle. (Petrov s'interrompit encore une fois pour que ses paroles fassent leur effet.)

« *Huit.* Au cours de l'inspection d'entrée, soyez particulièrement vigilants sur les dispositifs d'autodestruction. Attendez-vous aux capsules de poison, le plus souvent.

« *Neuf.* Les prisonniers seront maintenus dans l'obscurité entre les interrogatoires. Il ne doit pas y avoir de lumière, hormis pendant leurs repas.

« *Dix.* Dès que Tempelhof sera rouvert au trafic, je veux trois appareils de transport prêts à prendre l'air à tout moment, réservoirs pleins. Et chaque fois que nous en ferons décoller un, je veux qu'un autre avion parte simultanément de Moscou pour le remplacer. »

Il regarda ses hommes. C'étaient des professionnels. Il leur demandait rarement s'il y avait des questions.

Il n'y en eut pas. Ils savaient toujours ce qu'ils avaient à faire ou à dire. Servir dans le Groupe d'opérations spéciales était un insigne honneur. Cela rapportait aussi un salaire élevé, de meilleures conditions de vie entre les missions et, qui plus est, un pouvoir extraordinaire. Petrov recrutait lui-même ses équipiers. Neuf hommes avaient servi dans l'unité depuis sa création. Sur les quatre actuels, seul Rivitsky restait du groupe d'origine.

En dépit des horaires impossibles et des déplacements interminables, Rivitsky restait grassouillet, le visage poupin, les joues roses, sans un poil de barbe et l'air innocent. Veuf à quarante-quatre ans. Parlait couramment une douzaine de langues. Aussi impitoyable et intelligent que Petrov. Ancien officier de police, il philosophait avec les universitaires, en remontrait aux ecclésiastiques, débattait de sujets techniques hermétiques avec les chercheurs et défiait à boire le plus increvable des fantassins russes. Méticuleux, il organisait vite et bien toute entreprise, si complexe fût-elle. Rivitsky était l'administrateur de Petrov.

Grand et mince, vingt-sept ans, le plus jeune du Groupe dont il était le médecin, le moscovite Gnedin avait fait ses études à la McGill University Medical School de Montréal. Petrov l'avait débauché d'une petite clinique où l'on soignait l'élite du parti, près de Moscou. Il avait l'esprit vif et des dons d'observation exceptionnels.

Ezdovo ne ressemblait à personne. Né en Sibérie. Homme des bois. L'acuité visuelle d'un oiseau de proie. Un grand talent de pisteur. Pilote expérimenté, il savait réparer absolument toutes les mécaniques. C'est lui qui avait le moins de formation théorique mais, pour l'instinct de survie, il les surpassait tous. Solitaire par nature, silencieux, il faisait naturellement autorité sur le terrain.

Enfin, Bailov l'Ukrainien. On reconnaissait parfois dans la rue cet ancien athlète de renommée nationale. Tout en muscles, il parlait plusieurs langues comme les autres. Mais ce que Bailov apportait au Groupe, c'était une énergie sans limite. Quelle que fût la tâche, il s'y mettait et l'accomplissait.

Ils étaient tous membres du parti communiste, et tous entièrement dévoués à Petrov et à son maître, Joseph Staline, alias le Grand Patron.

Instructions données, Petrov garda le seul Rivitsky auprès de lui. Petrov ne montrait jamais de signes extérieurs d'intimité. Et la froideur de son supérieur ne mettait jamais Rivitsky mal à l'aise.

– C'est comme si je le voyais... fit le petit homme.

– On essaiera de retrouver le cadavre demain, dit le gros chérubin.

– Oui demain à la première heure. Mais il n'est pas ici.

15. Vasily Petrov.

Il était né dans un village des Carpates, dans l'extrême sud-ouest de l'Ukraine. Physiquement, il n'avait rien de bien impressionnant, étant de constitution légère, presque frêle, mais on remarquait le teint mat et les cheveux noirs comme du cirage, drus et coupés ras.

Comme la plupart des êtres humains, une bonne part de Petrov était le produit de son environnement. Dans son coin d'Ukraine se rencontraient les habitants parmi les plus rudes, sur les terres parmi les plus sauvages, de l'URSS. Depuis toujours, historiquement, la région était un creuset pour les réfugiés et les extrémistes venus d'Europe orientale, de Turquie et des pays musulmans du Sud-Est. A l'époque de sa jeunesse, les catholiques romains prédominaient. On voyait beaucoup d'églises. Pourtant, et malgré les efforts considérables des prêtres pour en détacher les habitants, de fortes croyances magiques persistaient. Des rituels païens se pratiquaient jusque chez les ouailles les plus dévotes. Il s'agissait aussi d'une de ces contrées où les haines entre familles couvrent plusieurs générations, où les paysans raclent en vain une terre stérile, où le chasseur et le bûcheron vivent en solitaires comme l'ermite et le bandit. Où les garçons sont adulés, les filles vendues pour de l'argent. Le taux de mortalité infantile y reste, encore aujourd'hui, l'un des plus élevés de la planète, supérieur d'un bon tiers à la moyenne des pays soviétiques.

Produit de tout cela, Petrov était pourtant unique à d'autres égards. Si la « mémoire photographique » existe, il en était l'un des rares possesseurs. Cela tenait du prodige.

Associé à une voix douce, presque féminine, son regard vous mettait immédiatement mal à l'aise. Il avait des yeux perçants, menaçants, aussi noirs que les cheveux, très peu séparés par la mince arête du nez. Dénué de tout vernis social, il parlait peu et sans détour.

Le sens du temps rendait Petrov incapable de ne pas accomplir sa tâche le plus vite possible, tout moyen lui étant bon pour cela. Lors des interrogatoires, il cherchait l'information sans passion, sans réaction personnelle positive ou négative. Réputé pour sa minutie, il creusait et retournait toujours plus profond, encore et encore, inlassable. Au besoin, il utilisait des drogues sur les prisonniers. Il employait aussi l'hypnose avec d'étonnants résultats. Et s'il ne torturait jamais lui-même, il consentait, quand tout le reste avait échoué, à faire appel à des spécialistes extérieurs.

Petrov était « né » au parti quelque part dans les années 30, à la quarantaine. Le bruit avait couru qu'il avait joué un rôle dans l'assassinat de Trotski à Mexico en août 1940. Certains voyaient même en lui l'instigateur de l'événement, et le fait est que ses contacts et sa réputation autorisaient cette opinion. Comme il avait fait surface à Moscou, à l'origine, on le situait toujours dans le cercle des services de renseignement et de sécurité du gouvernement central soviétique.

Quand Hitler lança l'opération Barbarossa contre les Russes, Petrov fut affecté à un petit service d'élite du NKGB, placé sous l'autorité directe de Staline et chargé d'une seule mission. Depuis des semaines, les agents de renseignement et les vols de reconnaissance indiquaient que Hitler massait la Wehrmacht le long des frontières de l'URSS, sur une largeur de front incroyable. L'aviation allemande avait effectué plus de cinq cents survols, et ceux-ci devinrent innombrables dans les jours précédant immédiatement le 22 juin. Plus de cent pistes d'atterrissage nouvellement construites étaient identifiées, toutes à moins de cent kilomètres des frontières. Or, devant l'évidence éclatante d'une concentration de troupes allemandes estimée à plus de trois millions d'hommes, Staline continuait d'affirmer qu'on pouvait faire confiance à Hitler, et il ne tenait aucun compte des rapports militaires et autres mises en garde transmis par la voie hiérarchique. Bien au contraire, il interdisait formellement à tout soldat russe d'entreprendre la moindre action susceptible d'être jugée provocatrice par les Allemands. Il avait signé un traité avec Hitler. L'Autrichien lui avait donné sa parole.

Trois jours après le début de l'invasion, Petrov fut convoqué dans une petite pièce, au fin fond du Kremlin. Les murs en étaient tapissés de livres, tous reliés de cuir et cousus main, beaucoup d'une valeur inestimable, et pour la plupart jamais ouverts par l'actuel occupant des lieux. A travers des volutes de fumée de tabac à couper au couteau, on distinguait de récentes taches de thé sur une carpette de couleur claire. Diverses cartes géographiques jonchaient le sol sans ordre apparent. Dehors, le couloir grouillait de généraux à épaulettes rouges et de gardes asiatiques en tunique verte, qui ne cessaient de se marcher sur les pieds, attendant les ordres. Les Allemands avaient franchi le Boug tambour battant pour établir une ligne de combat qui barrait plus de deux mille kilomètres, de la mer Noire à la Baltique. Les nouvelles du front étaient fragmentaires et confuses mais, de toute évidence, trois grands fers de lance de blindés avançaient sur les principales villes russes. Deux mille avions soviétiques, au bas mot, avaient été détruits au sol par la Luftwaffe dans la première heure de l'invasion. Une telle supériorité de couverture aérienne donnait le champ libre aux nazis. Par dizaines de milliers, soldats et civils russes étaient tués ou faits prisonniers. Les bourgs et les villes flambaient par douzaines.

Assis à une petite table octogonale de bois foncé, Staline griffonnait, armé d'une plume d'oie, sur un papier vélin de couleur jaune, raide et craquant. Petrov, impassible, le regardait dessiner à grands traits une tête de loup, puis en repasser le tracé indéfiniment, au point de le brouiller. L'onyx noir de la marqueterie reflétait l'unique lumière de la pièce – une petite lampe sifflante à kérosène, sur le bureau. Enfin, Staline se retourna. Il plia consciencieusement le vélin et le fourra dans une poche de sa veste qu'il boutonna ensuite avec soin. Des cernes sombres creusaient ses orbites et ses yeux étaient injectés de sang. Ses cheveux argentés paraissaient gras et humides. Plantée sur un corps petit mais robuste, son énorme tête en devenait encore plus grande et lui donnait un aspect grotesque.

– Il mentait, le salaud! Il mentait! Cet enfoiré d'ordure de nazi m'a menti! Il disait que, pour lui, c'était un traité de mille ans! Il disait que l'Allemagne et la Russie étaient inéluctablement liées. Et moi, je l'écoutais! Je le croyais! Il m'a même appelé *Soso*, comme dans ma famille quand j'étais petit, et je me sentais touché, et j'ai laissé ce cochon de Boche m'appeler comme ça! Je ne veux plus jamais entendre ce mot!

– Notre armée attend les ordres, camarade, dit Petrov.

– Qu'elle aille se faire foutre! rugit Staline, les yeux hors de la tête.

Ce qui m'intéresse, c'est Hitler! Il se traite lui-même de « loup » – le loup péteux, puant, menteur! Moi, je les connais, les loups! Un loup, ça s'attaque aux moutons, ça fuit devant un chien et ça se roule dans sa propre merde! (Agité de tremblements, le chef suprême des Soviets envoyait à coups de pied les cartes voler dans les coins obscurs de la pièce.) Ah! c'est ce qu'il veut? Le Loup contre l'Ours! Napoléon est déjà venu jusqu'ici apprendre la leçon. Et ça va être le tour de ce malade autrichien! Je comprends tout, maintenant! J'ai compris! *Je sais à quoi on joue!*

– Camarade Staline...

– C'est un jeu, comprends-tu? (La voix n'avait plus rien de menaçant.) C'est moi, qu'il veut. J'en ai connu d'autres comme lui. Ici même. J'ai eu leur peau, et la peau de leur père, et la peau de leurs fils. Et la sienne, je l'aurai. Tu veux connaître mes ordres? Trouve-le-moi, apporte-le-moi. Vivant.

A partir de là, Petrov travailla directement pour Staline. Les deux hommes se rencontraient régulièrement pour faire le point. Comme le nécessitait sa mission, le petit Ukrainien avait tous les pouvoirs. Il s'employait avec zèle à faire avaler à tout le ministère de la Propagande de Joseph Goebbels une certaine cuisine que l'intelligentsia moderne appellerait « désinformation ».

Aucun destin ne paraissait plus horrible à Hitler que de tomber aux mains des Russes. Il pensait que ceux-ci l'emmèneraient à Moscou pour le montrer dans un zoo comme un animal. Une telle crainte n'était pas sans fondement. Staline alimentait les pensées du Führer grâce à Petrov qui lançait ses tuyaux jusqu'au centre même de Berlin. Le renseignement était disséminé de façon à toucher à coup sûr les oreilles de Hitler après répercussion par les sources nazies les plus fiables. En informant l'Autrichien sur ce qui l'attendait, les deux Russes espéraient le pousser à la panique.

Petrov ne redoutait pas de le conduire au suicide. D'après l'étude psychologique dont il disposait, effectuée à la façon des Alliés, Hitler menaçait bien de se supprimer de temps à autre à l'occasion de revers dans sa course au pouvoir politique, mais il n'avait jamais fait de réelle tentative. Comédien rompu à user de son propre comportement pour créer des impressions et des intuitions calculées, le personnage était tout en paroles. Le dossier russe le montrait fuyant les conflits qu'il ne pouvait dominer. Petrov pensait que Hitler ferait précisément cela quand s'effondrerait le IIIe Reich.

Au début des années 40, des experts psychiatres américains interrogèrent plusieurs médecins dont le Führer avait été le patient. Ils aboutirent à une conclusion différente. L'OSS communiqua le rapport aux Soviétiques, et Staline le porta à l'attention de Petrov. On y envisageait plusieurs aboutissements possibles pour Hitler, le plus probable étant le suicide. D'emblée, Petrov rejeta cette thèse. Hitler, étant avant tout un poltron, survivrait. Il essaierait de s'éclipser. La mission du Groupe d'opérations spéciales consisterait à intercepter l'homme ou à prévenir sa fuite.

En avril 1945, les armées du maréchal Joukov progressaient comme un rouleau compresseur depuis l'Oder jusqu'à Berlin. Petrov et ses hommes étaient du voyage. Les Américains croyaient, comme tous leurs alliés occidentaux, que Hitler se trouvait à ce moment-là dans le massif de l'Obersalzberg, à l'abri de ce que les nazis appelaient la forteresse des Alpes. Le G-2 d'Eisenhower en était si persuadé que cela pesa lourd dans la décision alliée d'ajourner l'assaut final sur Berlin et de déployer les forces dans la moitié sud de l'Allemagne pour isoler les montagnes bavaroises.

Et bien avant cela, en décembre 1944, quand les Allemands lancèrent leur « guet sur le Rhin » – la contre-offensive désespérée que les Alliés appelèrent la bataille des Ardennes –, l'équipe de Petrov se trouvait dans la région de l'Obersalzberg, dans le sud-est de l'Allemagne, à la recherche de signes de concentration militaire. En l'absence de préparatifs caractéristiques, Petrov considéra bel et bien la forteresse des Alpes comme un leurre savamment et laborieusement bâti par Goebbels pour fourvoyer et diviser le potentiel offensif des envahisseurs. Informé par son berkout, Staline opta pour la poussée finale sur Berlin. Le Führer aimait se désigner lui-même comme le plus grand acteur d'Europe. Cette autoconsécration exigeait une scène centrale. C'est-à-dire : Berlin.

Staline suivit Petrov. En fait, il fit beaucoup plus. Il orienta les Alliés vers la montagne en leur fournissant de faux rapports secrets étayant leur conviction que Hitler se trouvait dans l'Obersalzberg. Ce fut peut-être sur cette base factice que Staline se mit en position de passer avec Eisenhower un accord selon lequel la poussée des forces alliées vers Berlin s'arrêterait sur l'Elbe, quelque soixante-dix kilomètres à l'ouest de la ville. Quant à eux, les Russes avanceraient sans discontinuer sur la capitale nazie et l'écraseraient une fois pour toutes. Quoi qu'il arrive, Staline aurait Berlin en paiement des ravages infligés à sa patrie.

16. 3 mai 1945, 7 heures du matin.

La nuit commençait à s'éclaircir, mais cela ne réconfortait pas Rudolf. Il se sentait dans un état épouvantable. Il gémit et se retourna sur lui-même en se demandant s'il aurait le courage ou l'occasion, aujourd'hui, de sortir de sa cachette.

Le matin précédent, il s'était réveillé, jambes pendantes au bord de la passerelle. Cherchant désespérément un point d'appui vertical, il avait réussi à se remettre en sécurité pratiquement à la force des ongles sur les planches. Il voyait son casque un peu plus loin devant lui, défoncé. Il avait été touché. Il ne maudirait plus jamais le lourd couvre-chef qui lui avait sauvé la vie. A en juger d'après la brume, on devait être au lever du jour. Les autres avaient disparu. Les incendies s'étendaient à perte de vue, interdisant tout point de repère. Au-dessous, les cadavres heurtaient la berge comme des haricots dans la soupe. Plus de montre, plus de portefeuille. Des tirs d'armes automatiques éclatant soudain dans son dos, il s'était instinctivement projeté en avant et avait atteint tant bien que mal un escalier de fer qu'il avait dégringolé jusqu'en bas, sous le pont, sur l'autre rive. Il essayait de se redresser sur les genoux, de recouvrer ses esprits, mais la peur le paralysait. Une nouvelle salve l'avait précipité droit devant lui à toutes jambes, le long de la berge constituée d'un énorme chaos de décombres et de rochers. Il ne s'était jamais arrêté avant de culbuter dans une brèche entre des blocs de béton sens dessus dessous. Brutalement happé par cette obscurité rassurante, il s'était recroquevillé dans la cavité comme un fœtus, pour ne plus bouger d'un jour et d'une nuit.

L'après-midi, Rudolf avait remarqué qu'on n'entendait plus les bombardements. Restaient des pétarades étouffées d'armes légères, mais rien de proche. Comme s'il y avait une sorte de cessez-le-feu, un arrêt des combats. Dans les groupes de percée, à la Chancellerie, les gens ne cessaient de parler du général Wenck qui devait venir dégager Berlin avec la XIIe armée. Il avait peut-être réussi à repousser les Popovs!

Il avait les idées plus claires, à présent. Il commençait à avoir faim, signe indubitable qu'il allait mieux. Mais il ne pouvait pas quitter sa cachette. Même si Wenck avait atteint la ville, les Russes n'auraient pas lâché si vite devant les Allemands. Aujourd'hui régnait un curieux silence, rompu simplement çà et là par des crépitements d'incendie ou un coup de feu. Rudolf risquait parfois un regard entre les blocs de béton de son terrier. Il ne voyait personne et cela le mettait mal à l'aise. Il avait besoin de manger mais quelque chose de plus fort le faisait rester là. Il ne tarda pas à se rendormir.

Il fut réveillé par des voix provenant d'une certaine distance, au bord de l'eau. Il tendit l'oreille. Elles se rapprochaient. Des Russes! Il se mit à gratter la terre avec les mains pour tenter de se réfugier plus profondément sous les blocs. En moins d'une minute, les voix n'étaient plus qu'à quelques mètres. Combien de personnes, il n'en savait rien, mais il y avait des hommes et des femmes, et la conversation était animée, presque enjouée. Et cela ouvertement, sans se cacher! Et non, cet imbécile de Wenck n'était pas venu. Les Soviets avaient pris la ville, voilà pourquoi les tirs se calmaient!

La peur, le désespoir le submergèrent. Mourir lui semblait maintenant inévitable. La rumeur affirmait que l'Armée rouge, en Prusse-Orientale, faisait passer les chars sur les réfugiés. Des femmes avaient été fusillées avec leurs bébés. Un certain nombre de soldats allemands avaient été crucifiés – on disait que les bolcheviks, non contents d'avoir des alliés capitalistes, essayaient aussi de recruter Dieu.

Rudolf ne parlait pas un mot de russe et n'y comprenait rien, mais il savait reconnaître les ivrognes au son de la voix. Les envahisseurs semblaient s'installer : le métal des armes et de l'attirail tinta sur les rochers. Il chercha désespérément une ligne de fuite autour de lui mais, de toute façon, ses jambes étaient trop faibles pour le porter. Son éboulis se trouvait à couvert du pont Pichelsdorf, voilà ce qui incitait les Russes à s'arrêter là.

Au bout d'un moment, les voix baissèrent et Rudolf entendit des pas. Au-dessus de lui, sur une saillie, apparurent deux paires de bottes montantes de cuir noir. Les bottes restèrent assez longtemps face à face. Puis elles descendirent d'un bon cran, leurs propriétaires s'asseyant sur le rebord qu'elles venaient de quitter. Les deux intrus portaient des chemises et des pantalons du même tissu épais, et de larges calots. Rudolf n'en crut pas ses yeux quand ils se mirent soudain à lutter corps à corps. Ils se battaient! Il aurait voulu rentrer sous terre.

La lutte cessa aussi vite qu'elle avait commencé. L'un des deux adversaires entreprit de se déshabiller. Là, Rudolf comprit. Une femme! Les deux Russes allaient... Bonté divine! Ils se trouvaient à moins de trois mètres de lui, pas plus d'un mètre au-dessus lui. S'ils se distrayaient un seul instant de leur passion, ils ne pouvaient pas ne pas le voir. Il essaya de se rétrécir encore plus sur lui-même et de s'enfoncer le plus possible dans la pénombre de son étroit domaine.

Manifestement, ces deux-là ne se souciaient guère des Allemands. Ils avaient en tête une fonction beaucoup plus essentielle. La femme se déshabilla rapidement, s'étendit sur le dos et, relevant ses grosses jambes comme si elle était sur le point d'accoucher, invita son partenaire à la rejoindre. L'homme, dont Rudolf n'avait pas encore bien distingué le haut du corps, se pencha sur elle, un flacon à la main. Elle but une bonne rasade. Le liquide lui dégoulinait sur le menton. Quand l'homme se fut débarrassé de son pantalon, elle se retourna à quatre pattes, cuisses légèrement écartées. Tous deux grognèrent joyeusement lorsqu'il la pénétra à revers.

Rudolf n'était pas moins fasciné qu'effrayé. Il avait déjà vu des films pornographiques mais n'avait jamais assisté à l'acte dans la réalité.

Effaré, il se rendit compte que ça l'excitait. L'homme pistonnait gaillardement la femme qui ne cessait de rire, de l'encourager, de lui donner la cadence dans sa langue barbare, gutturale. Rudolf était stupéfait du temps que ça durait et qui lui parut interminable. L'homme enfin se retira, sauta en bas – à une longueur de bras de Rudolf! – et puisa de l'eau dans ses mains pour s'asperger. La femme continuait à lui parler. Ses petits seins bougèrent à peine quand elle s'allongea sur le côté. La grosse touffe noire du pubis bouclait haut sur son ventre. Rudolf regardait. C'était un mauvais rêve. Ou bien il était peut-être mort et en enfer.

Un canon de revolver s'introduisit soudain dans sa cachette et le frappa violemment au front. Une tête hirsute lui souriait en exhibant toutes ses dents gâtées. L'individu cria joyeusement. La femme ordonna, dans un allemand rocailleux:

– Sors de ton trou!

Toujours vêtue de ses seules bottes, elle avait maintenant un énorme revolver à la main, pointé sur lui, Rudolf, et il se sentit glacé. Il aurait voulu bouger mais n'y parvenait pas. Une main l'extirpa brutalement de son refuge, mais il resta roulé en boule pour continuer à se protéger. Les deux Russes étaient debout, leurs armes dirigées vers le bas. Il leva les yeux. Son regard allait droit entre les jambes de la femme, où luisaient des mèches de poils engluées de sperme. Il regardait, incapable de s'en empêcher, dégoûté de lui-même, le cœur soulevé.

– Hein, tu vois ça... roucoula-t-elle. Regarde bien, Allemand! Tu n'as plus pour longtemps à t'intéresser à un sexe de femme.

Il se mit à trembler. Elle s'accroupissait lentement près de lui. Brusquement elle lui sauta dessus, riant comme une folle en lui enserrant la tête dans ses cuisses. Il l'entendait encore hurler de rire. De tout son poids, elle lui écrasait le crâne sur le béton. Puis, aussi vite qu'elle lui avait sauté dessus, elle le libéra, et une douleur fulgurante lui éclata dans l'aine. Il reçut des coups de pied dans les côtes. Il était déjà groggy quand elle levait haut la jambe pour lui asséner sa botte sur le visage. Pour la deuxième fois en peu de temps, il se sentit perdre conscience mais, cette fois, il ne quitta pas complètement la réalité. La douleur semblait irradier tout son corps, et il savait que du sang coulait de ses narines et de sa lèvre supérieure. Il entendait leurs voix, très lointaines, alors qu'ils le hissaient sur les rochers comme un animal mort. Ils tentèrent de le relever, mais il s'effondra.

La femme officier boutonnait sa tunique au-dessus de lui.

– Grade, unité? demanda-t-elle dans son mauvais allemand.

En entendant sa réponse, elle haussa les sourcils et cria quelque chose à son compagnon. Puis elle se pencha en souriant auprès de Rudolf:

– Salopard de nazi, tu es un sacré veinard!

Elle lui administra un nouveau coup de pied dans les parties, et il se mit à vomir pendant qu'elle lui faisait escalader de force une espèce de quai menant à la rue.

17. 3 mai 1945, 11 heures 15.

Moins de vingt-quatre heures après avoir touché la Chancellerie du Reich, le Groupe d'opérations spéciales était confortablement installé dans un lourd bâtiment gris réquisitionné par Rivitsky. Auparavant, c'était une annexe du ministère allemand de la Santé. La construction avait relativement peu souffert de l'attaque soviétique. On comptait un étage à l'air libre et quatre en sous-sol mais, à la différence des autres administrations officielles nazies du centre de Berlin, elle ne se trouvait pas reliée à quoi que ce soit d'autre par des souterrains. On aurait dit une île fermée sur elle-même et, dans les derniers temps de leur résistance, les nazis l'avaient désertée.

L'agencement avait plu tout de suite à Rivitsky. Le rez-de-chaussée devait sûrement abriter une œuvre caritative. L'étage comportait des bureaux bien isolés, avec beaucoup d'espace – à réserver aux quartiers privés du Groupe. Sous terre, sur trois niveaux, de nombreux petits bureaux et diverses petites pièces pourraient être aisément transformés en cellules de détention. Au quatrième et dernier niveau, quarante mètres sous la surface du sol, se trouvaient une vaste cuisine et des salles à manger.

Le temps que Petrov vienne inspecter son nouveau quartier général, des équipes de femmes allemandes briquaient les parquets. D'autres, armées de truelles, muraient des couloirs et modifiaient les communications de façon à créer un labyrinthe anti-évasion. Tout l'équipement des sous-sols avait été enlevé, remplacé par de spartiates lits de camp militaires et des batteries de gamelles. Les cellules étaient nues et aveugles. On mettait en place la sécurité externe.

– Dédale d'entrée et de sortie, précisa Rivitsky à son chef. Modifiable à intervalles arbitraires et imprévisibles. Rouleaux de barbelés. Mines reliées à charges de plastic en série. Armes automatiques aux quatre coins du bâtiment et miradors au-delà de la clôture. Garde asiatique, pas un mot d'allemand. La sécurité sera valable.

Petrov pénétra dans les locaux. Le poste de contrôle de sécurité interne logeait dans une pièce étroite entre deux jeux de portes blindées, ouvrables uniquement du dedans. Les nouveaux arrivants introduits dans la pièce, le second jeu de portes ne s'ouvrait qu'une fois le premier refermé. Inculqué par Petrov à son personnel, adopté par la Tchéka, le système eut ensuite la faveur du NKVD.

Au rez-de-chaussée du bâtiment, des femmes allemandes au teint pâle, cheveux tirés en arrière, tapaient fiévreusement à la machine derrière deux longs alignements de comptoirs de bois. Des piles impeccables de feuillets dactylographiés grossissaient déjà dans les casiers.

– Nous, c'est en haut, dit Rivitsky. La paperasse montera par conduit pneumatique. Nous ferons nous-mêmes notre propre travail de bureau.

– Le personnel?...

– Des Allemandes, selon tes instructions. Uniquement celles qui n'avaient pas de famille. Logées sous des tentes, pas loin d'ici. Vont et viennent sous escorte armée. Consignées dans le camp lorsqu'elles ne travaillent pas.

– Elles acceptent?

– Elles acceptent toute proposition assurant la nourriture.

Il entraîna Petrov dans le couloir et s'arrêta devant une batterie d'ascenseurs.

– Toutes les cages d'escalier ont été condamnées. Un ascenseur descend directement à la cuisine. Un autre mène au premier sous-sol : accès de sécurité, zone d'accueil – tous les prisonniers arriveront par là. Le troisième ascenseur monte chez nous; manœuvrable exclusivement par clé.

Il tendit une grande clé de laiton à Petrov, qui l'empocha sans examen.

– Et le feu?...

– La construction est peu inflammable. Au besoin, on peut évacuer les gens par le haut, il y a une trappe sur le toit. Le risque existe, mais j'ai jugé que notre sécurité passait avant.

Petrov ne fit pas de commentaire.

Rivitsky introduisit sa clé personnelle dans la serrure de l'ascenseur. Les portes coulissèrent. Ils descendirent au sous-sol, où Petrov put voir un autre dispositif double sécurité. Il s'intéressa au mortier qui n'était pas entièrement sec dans la cage d'escalier. Rivitsky lui fit visiter quelques cellules et, quand son chef en eut assez vu, ils montèrent au premier étage pour inspecter l'aménagement de leurs quartiers. Ezdovo installait un centre de communications perfectionné, en chantonnant Dieu sait quoi dans sa barbe. Des bureaux s'alignaient le long des murs couverts de plaques de liège. Plusieurs rangées de photos étaient déjà épinglées.

Rivitsky conduisit Petrov à sa chambre. Il n'y avait pas grand-chose dans la pièce, à part un lit de cuivre tarabiscoté, garni d'un épais matelas.

– Comment, pas de lit de camp?

– Pour une fois qu'on a son petit confort! répliqua Rivitsky en souriant. (La question de son chef n'avait d'autre but que de lui permettre d'exprimer sa satisfaction.)

Le reste de l'équipe se présenta vers midi et se mit au travail. Dans l'après-midi, les premiers prisonniers arrivaient de différents centres d'internement de Berlin et des environs. Le Pr Werner Haase, ce médecin nazi qui les avait conduits au bunker de Hitler, fut le premier installé dans la nouvelle prison. Gnedin le soumit à un examen complet et rendit compte immédiatement à Petrov :

– Tuberculose avancée, les deux poumons. Il faut en tirer ce qu'on peut tout de suite. Il n'en a plus pour longtemps.

– Combien ?

– En faisant très attention, dans de bonnes conditions, avec de la chance, plusieurs mois. Ici, pas plus de quelques semaines, ou de quelques jours. Difficile à dire. Il a l'air sous-alimenté, à bout de forces.

Haase fut mené en salle d'interrogatoire. Petrov avait pour principe de ne jamais questionner un homme dans la pièce même où il était détenu. On a beau garder un prisonnier dans le plus grand isolement, l'endroit où il passe le plus clair de son temps devient son chez-lui à ses propres yeux et, de ce fait, il y trouve une certaine énergie psychologique. Petrov savait également, d'expérience, qu'un individu détenu dans une pièce vide et sans lumière est plus facile à interroger. Et aussi que les prisonniers nus parlent plus volontiers que ceux auxquels on laisse leurs vêtements.

En ce qui concernait les proches de Hitler à la Chancellerie, Petrov jugeait inutiles ces mises en condition. La plupart des nazis capturés souffriraient à coup sûr de dépression pour avoir perdu la guerre et s'être fait prendre. Souvent, dans ces cas-là, l'information coulait à flots; il tenait à en profiter dès l'arrestation.

Le Dr Haase le dévisagea.

– C'est vous qui avez tué les hommes.

– Dites-moi ce qui s'est passé dans le Bunker, à la fin, quand vous vous y trouviez avec les autres criminels de guerre, ordonna Petrov en parlant lentement.

Haase se raidit.

– Je suis d'abord médecin, ensuite soldat! En aucun cas criminel!

– Vous êtes tous des criminels de guerre.

– J'ai fait une déclaration sous sténographie. Je n'ai rien à ajouter à ce que j'ai déjà dit.

La voix de Petrov se fit presque enjôleuse :

– J'aimerais pourtant que vous le répétiez.

Haase fut saisi d'une quinte de toux. Rivitsky lui tendit un quart d'eau fraîche. Une fois calmé, le médecin reformula son récit. Ensuite, Petrov, qui n'avait pas pris de notes, se mit à l'interroger.

– Êtes-vous sûr que Hitler est mort ?

– Oui.

– Était-ce dans la personnalité de votre Führer de se donner la mort ?

– Je ne désire pas répondre à cela. Je n'étais pas un intime de Hitler. On peut tout supposer.

– Mais vous avez rencontré Hitler?

– Forcément!

– Vous étiez son médecin?

– Soi-disant. Par intérim, pas pour de bon.

– Vous parliez avec lui de sujets médicaux?

– Oui.

– Et d'autres choses?

– Quelquefois...

– Il paraît que Hitler est un homme informé de tout, un brillant et infatigable causeur.

– *Était*, corrigea Haase.

– A-t-il jamais parlé suicide en votre présence?

– D'un point de vue théorique. Il m'a interrogé sur le... fonctionnement de différentes méthodes d'autoliquidation.

– Leur fonctionnement?

– Oui. Dans quel délai la mort intervient-elle? Quel type de douleur cela provoque-t-il? Quels sont les risques d'erreur? Des choses comme ça.

– Il avait peur de souffrir? demanda Petrov.

– Il était malade.

– Nature de la maladie?

– Je n'ai pas été en mesure d'établir un diagnostic. Cela se présentait comme un trouble nerveux. Il avait le visage boursouflé. Il articulait mal. Une sorte de paralysie spasmodique lui faisait trembler la main gauche. Il traînait la jambe droite comme une jambe de bois. Il pouvait tout juste marcher, et pas longtemps.

Petrov interrompit:

– Bras gauche et jambe droite?

– Exact. Je n'en sais pas plus! dit sèchement Haase. (Il respirait profondément, la toux commençant à crépiter dans ses poumons.)

Petrov n'avait nullement l'intention d'en rester là. Il revint en arrière:

– Hitler vous a posé des questions sur le suicide. C'était une discussion théorique, et vous l'avez conseillé théoriquement.

– Oui, oui, fit le médecin avec lassitude.

– Mais pourquoi vous? Cela me laisse perplexe.

– Je vous ai dit que je faisais office de consultant personnel!

– Vous avez fait serment de préserver la vie, je suppose, en tant que médecin? Vous ne vous êtes pas inquiété d'une telle curiosité?

– Le Führer avait des intérêts éclectiques.

– *A*, corrigea Petrov. Qu'avez-vous recommandé en théorie?

– Arme à feu et poison simultanément.

– Simultanément?

– Oui.

– Expliquez-vous. Je ne vois pas où est l'avantage, ni comment c'est possible.

– Il désirait connaître une méthode assurant la mort. On peut prendre une ampoule de cyanure entre les dents tout en s'appliquant un revolver sur la tempe. On mord l'ampoule juste avant de presser la détente. La mort est instantanée sous l'effet de l'une ou l'autre cause, l'important étant de mourir à coup sûr.

– Ce n'est que de la théorie?

– Oui.

– Cette méthode a-t-elle été testée dans vos camps d'extermination?

Haase laissa tomber la mâchoire, le visage rougissant.

– Je n'ai rien à voir avec ces choses-là.

– Mais vous en connaissiez l'existence, dit Petrov.

– Il y avait des rumeurs.

– Pourquoi Hitler voulait-il votre avis sur la question? J'aurais demandé à un bourreau, non à un médecin!

– Il considérait cela comme sujet médical et désirait l'avis d'un expert.

– Vous êtes expert en suicide?

Haase balbutia:

– Non. En décès. Les médecins s'occupent de la mort.

– En Union soviétique, dit sévèrement Petrov, les médecins s'occupent de la vie. Le reste, c'est pour les croque-morts.

– J'en ai assez, dit Haase en réunissant ses forces pour se lever.

– Docteur, dit tranquillement Petrov, si vous ne répondez pas à mes questions en restant assis, je vous fais emmener dehors et abattre sur-le-champ.

L'intéressé se laissa retomber sur son tabouret, le menton sur la poitrine. Au bout d'un moment, il lança tout à trac:

– Le Führer craignait que le poison seul soit inefficace. Il m'a demandé de tester le poison.

– Avant ou après votre consultation théorique?

– Avant. Le maître chien et moi, nous avons administré le poison à la chienne du Führer.

– Le maître chien?

– Un sergent Tarnow. Il devait faire partie du détachement SS du Bunker.

– Vous avez tué la chienne tous les deux?

– Oui.

– Comment avez-vous procédé?

– J'ai pris l'ampoule de verre avec des pinces. Le sergent tenait la tête du chien et, quand il lui a ouvert la gueule, j'ai inséré et broyé l'ampoule. L'animal a expiré en quelques secondes.

– Et vous en avez rendu compte à Hitler?
– Oui.
– Ensuite vous avez eu cette discussion sur les moyens théoriques d'autodestruction?
Le médecin acquiesça.
– Et Hitler, je présume, s'est suicidé précisément de cette façon?
– Sans aucun doute. Il trouvait cela correct.
– Mais vous n'avez pas assisté au décès, ni vu le cadavre?
Haase secoua la tête.
Certain d'avoir tout obtenu, Petrov quitta brusquement la pièce. Gnedin attendait dans le couloir.
– J'ai eu tout ce qu'il savait. Tu vas organiser son transport à Moscou. Je veux qu'on le maintienne en vie. Il a montré à Hitler comment se tuer.

18. 3 mai 1945, 14 heures 45.

Rudolf maudissait sa poisse, l'Allemagne, Adolf Hitler, les grosses légumes nazies, les Russes en général et surtout la grosse conne qui l'avait capturé et rossé. Ses testicules restaient si enflés qu'il ne pouvait pas tenir debout. Cela le forçait à rester sur son cul sous la pluie, jambes écartées, en espérant que la douleur finirait par s'en aller.

Les prisonniers allemands étaient parqués dans une cour ou, plutôt, dans un petit espace ouvert, cerné de monceaux de décombres escarpés, hauts de plusieurs mètres, au sommet desquels se tenaient des gardiens armés de mitraillettes. Une odeur de café descendait périodiquement jusqu'aux narines de Rudolf et il avait la tentation d'en demander, mais les Russes ne semblaient ni cléments ni amicaux, aussi gardait-il ses désirs pour lui.

Près de deux cents militaires de la Wehrmacht se pressaient dans l'enceinte de fortune. Rien ne les abritait de la pluie et, pour garder un peu de chaleur, ils marchaient en rond, agglutinés, creusant de leurs pieds, au fil des heures, une profonde piste boueuse. Ils trébuchaient fréquemment sur les jambes de Rudolf et lui infligeaient de nouvelles ecchymoses en le traitant de tous les noms. Il rendait les insultes sans se préoccuper des grades.

L'un des marcheurs, un officier, lui aboya :
– Debout, sale mauviette!
– Va te faire foutre! répondit Rudolf.

L'homme le dominait de toute sa hauteur, les poings serrés. C'était un commandant.

– Insubordination! Vous pourriez passer en cour martiale et être fusillé!

– Avec quoi? Ta clarinette à coulisse? Fous-moi la paix, espèce de cinglé!

Le commandant lui décocha un coup de pied dans la hanche, mais la pression des marcheurs l'entraîna avant qu'il ne commette de nouveaux dégâts. Rudolf essaya de ne pas le perdre de vue, en se disant qu'il allait lui taper dessus à chaque tour. C'était le genre de ce type.

Rudolf avait froid et faim. Les Popovs allaient-ils nourrir les prisonniers ou les abattre? Cette salope lui avait montré quels animaux c'étaient. Il gardait un mauvais goût dans la bouche et, sur les joues, une odeur qu'il n'arrivait pas à enlever, même en frottant avec de la boue. Il s'adossa mieux au tas de gravats pour essayer de se calmer.

La nuit allait tomber quand un officier russe entra dans l'enceinte-prison et gagna le centre du cercle à grands pas. Les marcheurs s'arrêtèrent.

– Sergent Gustav Rudolf!

L'interpellé entendit son nom mais garda le silence.

– Sergent Rudolf, veuillez sortir des rangs et vous présenter, dit le Russe d'une voix presque aimable.

Ils allaient sûrement tuer tous les prisonniers. C'est ce qu'ils avaient fait sur le front de l'Est et, depuis lors, les Allemands avaient été quotidiennement soumis aux atrocités soviétiques. D'un autre côté, ce Russe-là ne semblait en rien menaçant. Il y avait peut-être une chance à saisir. Rudolf pouvait-il ne pas être ici? Non, sans doute. On lui avait pris son nom, son grade, son unité, son matricule. Les Popovs savaient qu'il se trouvait dans l'enceinte, voilà tout. Pas le choix.

– Présent, dit-il sans conviction.

Les Allemands qui se trouvaient devant lui s'écartèrent aussitôt, peu désireux d'être pris pour celui que distinguaient les Russes.

Le commandant de l'Armée rouge s'approcha de lui.

– Sergent Rudolf?

– C'est moi.

– Vous êtes blessé?

– Non. Un de vos officiers m'a tapé dans les couilles. Je ne peux pas me lever.

Il y eut des rires. Le commandant lui tendit la main. Rudolf parvint à se mettre sur pied. Aussitôt il fut pris de vertige, mais l'autre le soutint et l'aida à marcher.

– Vous avez de la veine, sergent. Vous allez ailleurs.

Le commandant lui fit franchir le poste de contrôle et l'entraîna vers un camion. Quelqu'un les y attendait.

Bailov sourit en regardant approcher l'Allemand. Celui-là, c'était un faible; il allait raconter sa vie.

– Rudolf?

– Oui.

Chacun par un bras, les deux Russes le hissèrent sur le plateau bâché du poids lourd. Rudolf se propulsa sur les coudes et ne bougea plus, heureux d'échapper à la pluie.

Bailov signa la levée d'écrou et, prenant possession du mince dossier ouvert par le contre-espionnage, vérifia le nom et l'unité de la femme officier qui avait effectué la capture.

– Merci, dit-il avec une claque amicale dans le dos du commandant.

Il monta rejoindre son prisonnier à l'arrière du camion, puis cria au conducteur de démarrer.

– Rudolf, de la garde du Reich?

Celui-ci roula sur le dos en même temps que le moteur se mettait à secouer, et contempla son nouvel interlocuteur. Combien de fois encore allait-on vérifier tout ça? Bailov l'aida à prendre place sur l'un des bancs du camion et lui tendit une flasque d'alcool. Rudolf hésitait.

– Vodka! précisa Bailov en l'encourageant d'un sourire. Ça va te réchauffer.

Rudolf porta le goulot à ses lèvres et avala une bonne lampée. La vodka russe explosa dans sa poitrine et le fit tousser, mais il se remit à boire immédiatement.

La route était longue et ils arrivèrent à destination dans l'obscurité. La pluie tournait au brouillard. Rudolf se demanda s'il allait coucher dehors. Bailov le guida dans un étrange dédale de piquets de fer triangulaires et de barbelés. Ils pénétrèrent dans un bâtiment gris par une énorme porte blindée. Quand elle fut refermée derrière eux, Bailov dit à Rudolf de se déshabiller.

– On va te donner des vêtements secs, lui expliqua-t-il, en riant de ses embarras.

L'Allemand s'exécuta. La porte blindée intérieure s'ouvrit sur un Asiate en blouse blanche, qui lança un ordre en russe tout en se battant avec un gant de caoutchouc difficile à enfiler. Bailov traduisit:

– Il veut inspecter ta bouche pour voir si tu n'y caches pas quelque chose.

– Rien, à part mes dents, marmonna Rudolf.

Sans lui demander son avis, l'homme lui enfonça son index ganté dans la bouche, suivant d'abord le sillon des gencives en haut et en bas, puis lui relevant et poussant la langue dans le fond jusqu'à provoquer un haut-le-cœur. Ensuite, une fois sa main retirée, il lui tapota le haut du dos.

– Penche-toi en avant, dit Bailov. – Et comme l'autre lui faisait des yeux ronds, il lui expliqua : – Il veut examiner l'autre orifice.

Le Russe saisit la tête et l'abaissa, puis lui intima d'écarter les jambes. Rudolf finit par obéir. L'Asiate attrapa les fesses et les ouvrit largement, puis enfonça le doigt. Rudolf manqua s'évanouir pendant que l'homme fouillait en tournant à l'intérieur du rectum.

L'inspection terminée, la porte intérieure se rouvrit et Bailov poussa son prisonnier devant lui. Un autre Asiate, armé, verrouilla la porte derrière eux en y enclenchant une épaisse barre d'acier. Celui qui était en blouse blanche arracha son gant et le jeta dans un baril. Rudolf essaya de voir combien de gants se trouvaient dans le baril mais, en se penchant, il se rendit compte qu'on entrait de plain-pied dans une grande pièce pleine de machines à écrire crépitantes. Brusquement, le bruit cessa et Rudolf releva la tête. Une multitude de femmes le regardaient fixement. Il se sentit rougir à la fois de gêne et de colère. Sales Russes!

Ils avaient traversé presque toute la pièce quand une voix haut perchée lança fort distinctement en allemand :

– Le membre viril de la race supérieure est vraiment tout petit!

Toutes les femmes hurlèrent de rire et Rudolf courut jusqu'à la porte.

– Allons, travaillons! conclut gaiement Bailov.

Rudolf fut conduit au sous-sol. Deux autres gardes asiatiques en armes l'inspectèrent succinctement au passage. On lui ouvrit une petite pièce obscure.

– Il y a un couchage par terre, lui dit Bailov. C'est loin du luxe auquel vous êtes habitués, vous autres nazis, mais tu seras au chaud et à l'abri de la pluie. Je te conseille de dormir.

– Je ne suis qu'un soldat. J'ai faim.

– Je sais. Pas encore vu un seul nazi dans toute l'Allemagne, c'est à peine croyable! Dors! Après, tu passeras un examen médical complet. Et après, tu mangeras.

La porte claqua au nez de Rudolf et il se retrouva dans le noir. Il se mit à quatre pattes et partit à la recherche de sa paillasse. Il rêva de pelotons d'exécution composés de femmes hilares.

Il était réveillé depuis longtemps quand la porte de la cellule se rouvrit. A vrai dire, ses cauchemars étaient si réalistes qu'il n'avait jamais dormi plus de vingt minutes d'affilée. Pour finir, il était resté allongé sur le dos, les yeux ouverts, à combattre le sommeil.

Le même Russe qui l'avait fait entrer l'invita à sortir. Après l'examen opéré par un médecin assisté d'une grosse femme qui perdait ses cheveux, on lui administra une douche et on le bombarda de poudre contre les poux. Puis le médecin le ramena à Bailov, qui le fit asseoir sur un tabouret au centre d'une petite pièce brillamment éclairée, avant de prendre place lui-même derrière une table, de quoi écrire devant lui. Gnedin se tenait dans un coin avec un bloc-notes.

– Quand est-ce que je mange? demanda faiblement Rudolf.

Gnedin se mit à écrire.

– Quand ce sera fini, répondit Bailov. Je veux que tu nous dises tout ce que tu as fait entre le 26 avril et le moment où tu as été capturé.

– Même quand j'ai pissé?

– Tout.

Rudolf réfléchit à l'ordre chronologique, puis il se détendit et raconta son histoire.

Bailov l'écouta sans l'interrompre. L'homme avait la parole facile mais manquait de précision. D'autres interrogatoires seraient nécessaires. Si insignifiant que fût le personnage, on ne savait jamais d'où venaient les renseignements importants. Il pouvait nourrir quelques espoirs sur ce gars-là.

Quand l'orateur eut terminé, on lui servit à manger. Il se jeta sur la nourriture et sauça à fond son assiette avec un quignon de pain noir.

– *Gut!* dit-il juste avant d'émettre un rot retentissant.

Bailov poussa vers lui, sur la table, une rame de papier et quelques crayons.

– Il faudrait que tu écrives ta biographie.

– Ma quoi?

– L'histoire de ta vie.

– Depuis que je suis né?

– Exactement. Une fois que tu auras fait ça, tu nous donneras la liste de tous les hommes de ton unité, et le nom de tous ceux que tu te rappelles avoir vus dans la Chancellerie au cours de ces deux dernières semaines.

– Je ne connais pas tout le monde, dans mon unité. Il y a eu beaucoup de remplacements.

– Ceux que tu connais, ça ira.

– Ça va être une liste assez longue, ça va prendre du temps! dit Rudolf qui voyait là une possibilité de marchandage.

– Le temps n'est pas ce qui manque.

Bailov n'était pas à la porte que l'Allemand grattait déjà du papier en remuant silencieusement les lèvres.

19. 3 mai 1945, 17 heures.

Brumm ouvrait la marche dans les sapins, sous une crête escarpée, en prenant soin de rester en bas pour que sa petite troupe ne se détache jamais à contre-ciel. Le Barbu les avait déployés en formation souple, avec Brumm en tête de colonne, deux ailiers très écartés, lui-même à la traîne comme arrière-garde. Les quatre filles restantes portaient Herr Wolf sur son brancard.

Plus loin, la crête se ramifiait en plusieurs directions. Ils avaient marché toute la journée, avec un seul arrêt. Plus de vingt kilomètres, estimait Brumm. Remarquable.

Ils avaient bondi dans l'obscurité, au matin du 3 mai. Le coup était risqué. Ils quittaient à pied le refuge de l'immeuble vert. Marchant vers l'ouest, ils rejoignirent le flot des réfugiés civils aux abords du Tiergarten. La chance voulut qu'ils trouvent une charrette aux roues cerclées de fer, abandonnée. Ils y chargèrent Herr Wolf et s'introduisirent dans les files de l'exode. Deux filles poussaient la charrette, armes dissimulées à portée de la main. Les autres se dispersèrent à distance dans la foule, en gardant le contact visuel.

Herr Wolf n'était pas brillant. Les yeux encore plus enflés, il n'y voyait plus. Sa peau prenait une teinte grise malsaine. Sous la pluie, au début de la marche, les filles l'avaient recouvert d'une toile marron trouvée au bord de la route. Vers midi, le soleil avait fait son apparition, vite accablant. A un moment donné, quelqu'un avait placé trois petits enfants sur la charrette; ils se laissaient transporter sagement, heureux de ne plus être sur leurs jambes. Si la mère se trouvait à proximité, elle ne tenait pas à se faire connaître. Avec les enfants, le matériel réparti en petits ballots, et le vieil homme recroquevillé en position fœtale, le chariot semblait contenir ce qui subsistait de trois générations d'une famille.

Perchés torse nu sur les véhicules et sur les chars, ou vautrés sur des rochers, sur des troncs d'arbre, comme des reptiles à l'affût dans la chaleur au bord de la route, les innombrables soldats russes portaient infiniment plus d'intérêt au soleil qu'aux civils allemands.

En d'autres endroits, ils s'activaient au milieu de véritables troupeaux de chevaux ou de bétail. Dans une prairie, ils avaient organisé une espèce de partie de polo. Montés à cru, agrippés aux crinières, ils criaient, riaient, juraient, lancés au grand galop sans la moindre crainte apparente de se rompre le cou alors que la guerre était finie. Brumm se désintéressa de ces exploits équestres en découvrant qu'ils utilisaient une tête humaine comme ballon. Le terrain scintillait de petites fleurs par dizaines de milliers, douilles de cuivre réfléchissant le soleil.

Non loin de l'Havel, les Russes avaient entassé des sièges de WC sur près de vingt mètres de haut et deux fois plus de large. Des soldats chargés affluaient de toutes les directions pour grossir encore le butin de sanitaires. Perplexe, le Barbu chercha le regard de son colonel, qui se contenta de sourire.

En longeant l'Havel, ils virent des milliers de militaires allemands et d'hommes du Volkssturm parqués sur une île. Les sapins avaient été saccagés par les tirs d'artillerie et, dans l'espace ainsi découvert, les vaincus offerts sans protection à la pluie ou au soleil se confondaient partout avec le bois déchiqueté. Soudain, l'un des prisonniers plongea et se mit à nager à contre-courant. Une pluie de balles s'abattit, le recouvrit et il s'enfonça sous une écume furieuse. On ne le revit pas. Les tireurs, sur la berge, brandissaient triomphalement leurs armes, et l'un d'eux exécuta même une petite gigue de victoire sur un fragment de terrain sablonneux, juste en face de l'île.

A l'ouest, le Tiergarten se terminait par un petit parc soigneusement entretenu autour d'une statue de Frédéric le Grand. Des Soviets y installaient leur campement. Les fleurs avaient disparu, écrasées par les véhicules et les chevaux. La statue était décapitée; la tête gisait à terre, plantée sur le cou. Sur le rebord d'une fontaine, une fille âgée d'une douzaine d'années, selon Brumm, chevauchait follement un Russe noir de visage, provoquant toutes sortes d'encouragements et d'exclamations. Deux officiers, assis sur un muret non loin de là, observaient la scène en fumant tranquillement. Brumm n'avait aucun doute sur le sort final de la petite; les civils qui martelaient lourdement la route faisaient semblant de ne rien voir. La pauvre créature n'était ni meilleure ni pire que des milliers d'autres. Chaque homme, chaque femme ne pensait plus qu'à sa propre peau. L'officier SS n'avait qu'une envie : vider un chargeur sur la bande de Soviets, et plonger dans la forêt. Mais le sens de sa mission s'interposa, ainsi que son propre instinct de conservation. Il continua à marcher. Les cris de la fille résonnèrent encore un bon moment sous les arbres.

La vraie crainte de Brumm était que lui et le Barbu se fassent remarquer au milieu de la foule où, jusqu'à présent, il ne voyait aucun homme valide. Mais ils passaient inaperçus. Au fond, il savait bien que l'ennemi se relâcherait, une fois les combats terminés. En dépit de leur manque de raffinement, les Russes étaient des êtres humains aussi attachés que les Allemands au plaisir de vivre.

Une région boisée à l'ouest de Potsdam était leur premier objectif. Brumm comptait traverser l'Havel par un pont existant au sud-est de la ville de Werder. De l'autre côté, ils pourraient remonter au nord et se mettre à l'abri. Tout tenait à la traversée du pont. En approchant, ils se rendirent compte que les détachements russes qui le gardaient se trouvaient dessous, au bord de l'eau, joyeusement occupés à échanger de grandes éclaboussures avec des Allemandes. D'en haut, en franchissant le pont, Brumm remarqua un bébé laissé sans surveillance sur la rive. Le petit être, qui semblait vouloir se sauver en rampant sur le ventre, serra l'extrême bord de la berge et bascula dans le fleuve. Il se débattit et passa sous le pont roulé dans le courant sans que personne ne s'en rende compte.

Après le pont, les réfugiés accélérèrent le pas comme pour essayer de mettre le plus de distance possible entre eux et Berlin. Brumm marchait loin en avant de son équipe, en aidant une vieille femme à clopiner. A l'occasion d'un tournant accentué, il quitta la route et pénétra dans la forêt. Gretchen Waller fut la première à le rejoindre, et ils attendirent les autres. Le Barbu, qui avait pris la charrette après le pont de Werder, arriva bon dernier. Herr Wolf, réveillé, était assez calme, tout en se plaignant des secousses dues aux jantes de fer. Les enfants avaient disparu. Les Walkyries s'empressaient autour de leur protégé pour lui frotter le dos et le réconforter.

Brumm accorda une courte pause pendant que le Barbu transférait le passager sur une civière. Dix minutes plus tard, ils étaient de nouveau en marche, le long des crêtes, en pleine nature. Après l'horrible relent de mort et de soufre de la ville, l'air pur et l'odeur des sapins faisaient merveille. Brumm lui-même se sentait revivre dans les bois, loin du pavé des rues. Mais ils n'étaient pas seuls. Çà et là, ils entrevoyaient d'autres petits groupes, ou des marcheurs solitaires, mais personne ne semblait soucieux de se rapprocher.

Dans l'éventail qui s'offrait, Brumm choisit de suivre l'épaulement le plus bas. Cela ramenait vers la rivière, pour aboutir finalement à un léger promontoire d'une cinquantaine de mètres, surplombant directement l'étroite bande de rochers qui bordait le courant. Exactement ce qu'il fallait. C'était plat, couvert d'arbres, confortablement tapissé d'aiguilles de pin, et relié à la crête par un isthme étranglé comme une hernie.

Brumm rassembla son groupe, donna ses instructions pour la nuit, plaça ses sentinelles. Lui et le Barbu couvriraient l'accès à tour de rôle, chacun assisté de l'une ou l'autre des filles. Il appréciait leur enthousiasme, mais elles manquaient par trop d'entraînement et d'expérience. Il ne les laissa pas faire du feu, décision qui engendra le courroux de Hitler, qui lança un regard furibond. Ils durent se contenter de biscuits secs et de salami fumé. Ulcéré, Herr Wolf convoqua Brumm au pied de sa civière et se déclara bien haut végétarien, au vu de quoi la nourriture dispensée ne répondait pas à ses besoins. Brumm lui répondit que, s'il ne se tenait pas tranquille, il n'aurait bientôt plus besoin de manger. Au cas où la randonnée prendrait un tour inattendu, tous deviendraient automatiquement végétariens en bouffant les pissenlits par la racine. Herr Wolf grinça des dents et se retourna pour montrer son dos à tout le monde.

– Nous partirons avant le lever du jour, notifia Brumm.

Puis les deux SS s'isolèrent en petit comité.

– Trop facile, dit l'adjudant-chef. Je n'aime pas ça!

– Qu'est-ce qui te ferait plaisir? Te battre à chaque pas?

– Je n'aime pas comme ça se présente. Les Popovs se laissent aller; ce n'est pas d'eux. Leur discipline fout le camp.

– Mets-toi à leur place, dit paisiblement le colonel. Ils ont gagné. Ils en ont bavé. Ils n'ont plus envie de chercher la bagarre. Ils en ont trop vu pour mourir après coup dans un incident idiot. Il n'y aura pas de problème si on ne se fait pas remarquer.

– Mais tu te fais du mauvais sang, je te connais! dit le Barbu.

Brumm acquiesça :

– Tu sais comment ça se passe après les batailles. Il va y avoir des pillards, des malfaiteurs. Nous n'avons rien à envier aux Russes de ce côté-là. Voilà le vrai danger. D'ici la montagne, ça peut mal tourner.

– On ferait peut-être mieux de le flinguer et de jeter sa carcasse à la rivière...

Brumm rit doucement.

– Et puis? On se rend? On passe dans le civil? Nous n'avons plus rien d'autre que cette mission, et notre devoir. Toi et moi sommes des professionnels, Hans, pas des conscrits. Tant que nous vivons, nous avons un but, *et c'est tout*!

– Mais il est... *malade*! murmura le Barbu en se vrillant l'index sur la tempe. Tu as vu ses yeux? On dirait un fou! Il y avait des camps pour les Juifs et pour les Tziganes, pour les Polonais, pour les vieillards et pour les arriérés. C'est le monde entier qui va vouloir lui mettre la main dessus! On ne peut pas échapper au monde entier, Günter.

Le colonel tapota le bras de l'adjudant-chef et sourit.

– Tu crois? C'est plus compliqué que ça, mon vieux. Dans le monde entier, il y a des tas de gens qui ne désirent pas la mort d'Adolf Hitler.

20. SS Oberführer Günter Brumm.

Enfant unique, il était né en 1910 à Berlin, à l'Hôpital militaire du Kaiser. Son père, officier de carrière – *Leutnant* en 1905, puis *Oberst* –, se fit tuer en conduisant l'assaut contre des positions américaines, en Belgique, le 11 novembre 1918, dernier jour de la Grande Guerre. C'était l'un des derniers Allemands à mourir au combat.

Chaque année, au mois d'août, Élisabeth von Brumm emmenait son petit garçon dans la maison familiale de Bad Harzburg, petite agglomération rurale de vingt mille habitants, dans les montagnes inhospitalières du Harz. Comme l'enfant connaissait à peine son père, le grand-père maternel, Walther Halter, joua un grand rôle dans sa vie.

A l'âge de six ans, à Berlin, Günter entra dans une prestigieuse école pour fils d'officiers. Il y montra immédiatement une grande intelligence et une application sans faille. A sept ans, la direction lui faisait suivre un programme accéléré. Son père tué au combat, sa mère retourna vivre à Bad Harzburg, et l'enfant poursuivit sa scolarité à l'établissement local où, de nouveau, il se révéla vite un élève de grand avenir.

Apothicaire, le grand-père de Günter composait des préparations médicinales à base de produits naturels. Il consacrait beaucoup de temps à l'enfant. Lors de leurs nombreuses excursions au cœur du Harz, il lui apprenait à vivre et survivre loin de tout, à dormir à la belle étoile, même en plein hiver. Le gamin devenait un homme des bois, un chasseur accompli. Ses maîtres avaient du mal à concilier une telle évolution avec ses possibilités intellectuelles. Le grand-père avait passé toute sa vie dans le Harz; il en connaissait tous les mystères : grottes et cavernes quasi vierges, vestiges teutoniques, défilés profonds peuplés de sangliers sauvages. A onze ans, Günter entra au *Realschule* de la région pour préparer l'entrée à l'université. Là encore, il fit des étincelles. Sa compréhension de la chimie et des mathématiques menaça vite de déborder les connaissances locales.

Le grand-père poussait Günter vers une carrière médicale mais, dès quinze ans, le garçon avait pris sa décision : il suivrait les traces du père à peine connu. Il entrerait dans l'armée. Il serait officier. Le grand-père n'en fut guère déçu : l'enfant réussirait, quoi qu'il arrive. Günter, avec son livret scolaire, n'eut aucun mal à s'inscrire dans une école militaire. On était pourtant dans l'Allemagne d'après-guerre : en vertu du traité de Versailles, les forces allemandes plafonnaient à cent mille hommes. L'économie s'effondrait, le chômage augmentait, on ne comptait plus les hommes qui cherchaient à porter l'uniforme. L'adolescent fut enrôlé à l'École militaire de Stuttgart – d'où était sorti Erwin Rommel.

A vingt ans, Brumm était *Leutnant* d'infanterie. N'aimant pas l'élitisme de la particule, il abandonna le *von* de son nom. Il était le major de sa classe, autant admiré pour son intelligence supérieure au tableau noir que pour son esprit de décision sur le terrain, calme et indiscutable, dans les conditions les plus dures. Malgré sa valeur, sa promotion dans l'armée n'était rien moins que spectaculaire. Il accéda au rang d'*Hauptmann* en 1935, et reçut le commandement d'une compagnie patrouillant sur la frontière tchèque dans le massif de l'Ore au sud de Dresde.

De nouveaux courants politiques déferlaient sur l'Allemagne, de nouveaux dirigeants surgissaient, avides d'arracher le pays à la crise économique. Hindenburg avait été réélu président en 1932. Un an plus tard, il nommait l'Autrichien Adolf Hitler, chef du parti national-socialiste, au poste de chancelier. Cet Hitler fit rapidement sortir l'Allemagne de la Société des Nations. Brumm ressentait de sérieux doutes sur la personnalité de l'homme, mais il lui reconnaissait du courage. Alors que ses camarades officiers proféraient des opinions extrêmes – Hitler horriblement mauvais ou extraordinairement bon pour le pays –, Brumm se taisait, attendant de voir. En 1934, le chancelier rendit l'instruction militaire obligatoire pour tous les Allemands. Brumm approuvait la décision, la jeunesse allemande manquant d'énergie, et les unités d'effectifs. Avec la nouvelle loi, les futurs commandements feraient le plein.

En 1936, la compagnie de Brumm faisait partie des trois bataillons envoyés par Hitler en Rhénanie. Ils s'y retranchèrent et attendirent la réaction des Français qui, non loin de là, disposaient de cent divisions à lancer contre la petite force allemande. Ainsi que l'espérait Hitler, il n'y eut pas d'action mais des discours. La crise passée, l'Allemagne disposant à nouveau de la Rhénanie en toute impunité, le chancelier envoya des milliers d'ouvriers et d'ingénieurs fortifier la région et construire ce qu'il appelait le Mur de l'Ouest.

De 1936 à fin 1938, Brumm fut affecté au bureau des Opérations de l'OKH[1], à Berlin. Son sens aigu de l'analyse, sa profonde intelligence impressionnèrent ses supérieurs une fois de plus, mais aucune promotion ne s'ensuivit. En mars 1939, il commandait un bataillon, par intérim, au cours de l'invasion de la Tchécoslovaquie. En novembre 1939, il se présenta à la formation de parachutisme nouvellement créée; sa candidature fut retenue, ses prouesses dûment notées par ses supérieurs.

1. *Oberkommando des Heeres :* haut commandement militaire.

A la tête d'une compagnie, Brumm fit son premier saut de combat en juin 1940, sur la France. Cent quarante-trois divisions allemandes se déployaient sur un front de six cent cinquante kilomètres. Belgique et Pays-Bas déjà conquis, Hitler lançait ses armées au-delà de la Somme. L'unité de Brumm fut la première à atteindre Paris, le 13 juin, vingt-quatre heures avant l'arrivée des troupes. A la fin du mois, la compagnie était rappelée en Allemagne pour complément d'instruction. Pendant cette période, Brumm sollicita et obtint un mois de permission, qu'il passa en partie à Bad Harzburg avec sa mère et son grand-père, en partie à Berlin avec une jeune femme qu'il avait connue durant son passage au bureau des Opérations.

Noël 1940 lui apporta une nouvelle affectation : le commandement d'une compagnie spéciale de reconnaissance de la 258e division d'infanterie.

Fin juin 1941, opération Barbarossa. Un million de soldats allemands submergeaient les frontières russes. Où Napoléon avait échoué, Hitler était sûr de réussir. Brumm, entre l'admiration et l'effroi, ne partageait pas cette certitude. La Russie était immense, son peuple primitif. Ses défenseurs manqueraient de matériel, sûrement pas de férocité. Plus cruel encore, l'hiver russe interviendrait impitoyablement. Aux yeux de Brumm, l'invasion commençait deux mois trop tard; à moins d'une chance inouïe, la situation deviendrait critique en novembre. Grâce à son expérience et son sens de la planification, il remarqua l'absence d'allocation pour l'équipement d'hiver. Il se sentit dans l'obligation de dénoncer une si grave négligence. Ayant soulevé la question lors d'une réunion de plan pré-invasion, il ne s'attira que des regards glacés. Le Führer avait dit que ça irait, et il ne s'était encore jamais trompé dans ses décisions! Seul, un jeune officier SS – un *Oberleutnant* – s'intéressa à l'analyse impartiale et approfondie de la situation exposée par Brumm. L'homme, un Viennois nommé Otto Skorzeny, prit Brumm à part après la réunion et passa plus de deux heures à le questionner sur la valeur du plan d'invasion. On le connaissait vaguement pour avoir la langue bien pendue; on ne l'avait jamais vu passer tant de temps à écouter sans rien dire. Le capitaine Brumm trouva les questions pertinentes, et le jeune officier impertinent quand il s'entendit complimenté sur son sens de l'organisation et son esprit d'analyse. Il n'en était pas moins satisfait de se sentir pris au sérieux, fût-ce par une grande gueule d'Autrichien.

Au cours des premières semaines qui suivirent le lancement de Barbarossa, Brumm commençait à se demander s'il n'avait pas commis une erreur de jugement. Les Russes, qui essayaient depuis des mois d'alerter le monde entier sur un danger d'invasion, semblaient totalement surpris par l'attaque. Les divisions allemandes s'enfonçaient rapidement dans le territoire soviétique. Distançant souvent leurs lignes d'intendance, elles devaient interrompre leur avance pour permettre aux derniers échelons de recoller. L'unité de reconnaissance de Brumm faisait partie du groupe d'armées central, auquel incombait la responsabilité de prendre Moscou. De même qu'il avait été l'un des premiers Allemands à Prague, puis à Paris, il avait maintenant toutes les chances d'entrer en tête dans la capitale soviétique. Beau triplé! se disait-il.

Mais la réalité lui donna raison, en fin de compte. Début octobre, le cauchemar se réalisait. L'hiver russe arriva plus tôt que d'ordinaire. Ce furent d'abord les torrents glacés d'une pluie incessante qui créa des océans de gadoue, détériorant et embourbant les hommes comme les machines. Il s'agissait de ce phénomène avant-coureur de l'hiver que les Russes appellent *raspoutita*. La neige apparut dès octobre; la température chuta à moins dix. L'avance allemande ralentit mais continua. Sous la pression constante des officiers, la Wehrmacht s'ouvrit durement le chemin de Moscou entre des hordes de paysans indisciplinés, armés de fusils de chasse d'un autre siècle, de sabres et de pelles aux tranchants affûtés.

Le 2 décembre 1941, sous une énorme tempête verglaçante, Brumm entraînait son unité dans le faubourg moscovite de Khimki. Le combat était féroce, maison après maison, corps à corps. Femmes et enfants russes lançaient des grenades sur les chars, dans les rues, ou bien, embusqués, tiraient sans merci. Il faisait moins trente. Beaucoup de fantassins perdaient les doigts et les orteils. Brumm ordonna une pause à ses hommes. Retranchés dans un entrepôt abandonné, ils firent du feu sur la terre battue; ils avaient chaud pour la première fois depuis des semaines.

Au point du jour, le 3 décembre, Brumm conduisit une petite patrouille de volontaires dans la ville proprement dite, afin d'y jauger les forces de l'ennemi. Le lendemain matin, il repliait sa compagnie sur la première position allemande. Il informa ses supérieurs que Moscou semblait presque sans défense. Compte tenu de la ténacité montrée jusque-là par les Soviets, son instinct lui disait que ça n'allait pas. Il tenta d'exprimer son inquiétude, on refusa de l'entendre. Les autorités militaires avaient une explication simpliste : il ne restait presque plus de Russes valides, et ils n'avaient plus rien pour se battre. L'Allemagne avait fini par écraser son ennemi héréditaire, et la troupe était invitée à s'en glorifier.

Brumm savait que c'était faux. L'expérience montrait que les Russes, réduits à se battre à mains nues, pouvaient charger un mur d'armes automatiques dans le but d'étrangler un seul soldat allemand. Comment croire soudain évaporés de tels défenseurs, au cœur même de leur capitale, quand les canons allemands menaçaient directement le Kremlin?

Ses craintes reçurent confirmation le 6 décembre 1941. Les envahisseurs furent heurtés de plein fouet par la sauvage contre-offensive d'une centaine de nouvelles divisions soviétiques armées correctement, lancées sur un front de trois cent vingt kilomètres. A Vinnitsa, en Ukraine, d'où il dirigeait maintenant la guerre, Hitler refusa de prendre en considération les communiqués réalistes de ses chefs d'état-major. Il ordonna froidement de poursuivre la poussée sur Moscou, puis il se retira pour traiter de questions de plus haute importance pour le Reich. Trop tard. Les Russes avaient repris l'avantage en même temps que du terrain. En l'espace de quelques jours, chaque soldat allemand découvrit par lui-même le renversement dramatique de la situation.

En février 42, la petite unité de reconnaissance de Brumm était repoussée de soixante-cinq kilomètres, et son effectif initial de cent hommes réduit à trente-cinq. Le Renseignement révélait que le tiers de la totalité des assaillants allemands avaient été tués ou blessés dans la contre-attaque soviétique. Dans la région de Brumm, huit divisions restaient sur cent soixante-deux. Pour les seize divisions blindées, on ne comptait plus que cent quarante chars en état de combattre. D'autant plus conscient du danger qu'il avait été séparé de son bataillon d'infanterie d'attache, Brumm se joignit à une petite unité de panzers. Ses hommes effectuaient des reconnaissances en avant des six Tigre restants, lesquels les transportaient en échange quand la voie était libre, ce qui arrivait rarement. Malgré l'ampleur de la charge russe, les fantassins allemands bien entraînés, disciplinés, ne cédaient pas facilement. Leur Führer leur avait ordonné de se battre jusqu'au dernier homme, jusqu'à la dernière balle, et leurs chefs n'avaient d'autre choix que de faire exécuter cet ordre.

En mars, finalement, pendant les grosses pluies de printemps, l'unité blindée adoptée par Brumm fut anéantie lors d'une attaque de nuit de chars soviétiques appuyés à la roquette. Il prit les hommes en charge – moins de vingt, maintenant – et se dirigea au sud-est, vers le Don, où les armées occidentales de Hitler avaient la tâche de prendre Stalingrad et les champs de pétrole du Caucase. En se déplaçant la nuit, le jour en se cachant, le groupe mit près de six semaines à traverser le territoire russe pour rejoindre enfin le gros des armées allemandes près de la frontière ukrainienne. Les dix survivants hagards furent accueillis avec admiration. Tout au long du chemin, le jeune commandant de compagnie avait pris des notes abondantes et détaillées sur les méthodes de combat et les effectifs ennemis. Au cours de longs entretiens, durant une semaine entière, il décrivit aux gens du Renseignement les pérégrinations et les accrochages de son unité. Quand il montra ses notes, les experts furent émerveillés devant cette énorme somme d'informations de qualité exceptionnelle. Les gros bonnets du front de l'Est estimèrent que la place de Brumm était à Berlin.

Brumm et ses derniers compagnons de route furent ainsi évacués en Allemagne et aussitôt soumis à de nouvelles et intenses séances de rapport. Par la suite, il se vit réaffecté au bureau des Opérations, son expérience l'éleva au nouveau statut d'expert permanent en stratégie soviétique. Son rôle essentiel consistait à superviser l'interrogatoire des prisonniers russes envoyés à Berlin par avion. Dans les cas particulièrement difficiles, le personnel de la Gestapo appliquait des techniques spéciales. C'était un travail brutal et répugnant, mais Brumm se remémorait ce qui se passait en Ukraine et cela oblitérait son dégoût. Une vie ennemie prise à Berlin pouvait sauver des centaines de vies allemandes sur le front de l'Est.

En juin, les victoires se mirent à refleurir. Brumm sollicita un poste dans une unité de combat, car on manquait d'officiers expérimentés. Pour la première fois de sa carrière, il n'obtint pas ce qu'il demandait. On lui déclara carrément qu'on ne pouvait pas le gaspiller en chair à canon, et qu'il serait plus utile au Reich dans son bureau. Il se sentit trahi. Contrairement à ses habitudes, il consacra désormais son temps libre à boire et à prendre part aux distractions mondaines.

A l'automne, la guerre tourna de nouveau au désavantage de l'Allemagne. Brumm poursuivait son entreprise d'autodestruction. Il s'était mis à fréquenter un groupe d'officiers supérieurs de la Waffen SS, qui semblaient avoir accès à des réserves inépuisables de grands vins, de champagne, et de jeunes femmes ardentes et empressées. En diverses occasions, il accompagna ses nouveaux amis dans une propriété isolée et bien gardée, hors de la ville, où résidaient quelque trois cents beautés âgées de vingt à trente ans. Contrôlé par le Front allemand du travail, sous l'égide d'un organisme appelé *Kraft Durch Freude* (« la force par la joie »), l'établissement était dit « récréationnel », Brumm apprit que sa présence était exceptionnelle, de tels endroits étant exclusivement réservés aux SS. Mais ceux-ci lui assurèrent qu'ils le considéraient comme un des leurs en dépit de la couleur de son uniforme.

En avril 1943, Brumm eut une visite surprise : Otto Skorzeny, le *SS Oberleutnant* qui l'avait pressé de questions si minutieuses au sujet de l'opération Barbarossa, devenu depuis son égal en grade. Le bruyant capitaine fit irruption, un après-midi, et, en s'asseyant, posa les bottes sur le bureau.

– J'ai un nouveau job ! Ça pourrait bien vous intéresser !

Effectivement, il n'en fallait pas plus pour exciter la curiosité de Brumm. Du moment que ça pouvait lui faire quitter Berlin... Mais quand il voulut en savoir plus, l'autre sourit d'un air entendu et se leva.

– Vous aurez de mes nouvelles d'ici peu.

Un mois plus tard, Brumm recevait un télégramme marqué *SECRET*. S'il le désirait, écrivait Skorzeny, un travail l'attendait, à la hauteur de ses compétences exceptionnelles. Aucune réponse n'était requise. Les ordres suivirent dans la semaine.

Une voiture prit Brumm à sa descente d'avion, à Munich, et le conduisit à un camp militaire isolé dans la montagne. Skorzeny le fit entrer dans son bureau et lui expliqua fièrement qu'il avait reçu une affectation spéciale du Ier bureau de la Sûreté du Reich. Rapatrié du front de l'Est en 1942 avec un ulcère, le robuste Autrichien commandait maintenant une unité spéciale : le commando Friedenthal. Il assura Brumm que les missions seraient « très intéressantes ». Il avait besoin d'un organisateur, d'un directeur de la préparation des opérations à qui s'en remettre entièrement. Brumm accepta, bien que sa nouvelle affectation nécessite qu'il entre dans la SS, ce qui exigeait une enquête sur ses antécédents raciaux. Il avait entendu parler, sans y prêter autrement attention, de ce genre de formalité. Les corps d'élite avaient souvent d'étranges traditions.

Berlin envoya aussitôt deux équipes de recherche fouiller dans ses origines familiales. Quelques jours plus tard, elles déposaient leurs rapports. Il n'y avait aucune trace de sang juif ou slave dans les branches maternelles et paternelles en remontant jusqu'à la guerre de Trente Ans. Était aussi assuré sous serment qu'il n'y avait pas de maladie mentale dans la famille du sujet, et que les caractéristiques physiques de celui-ci – quelque vingt mensurations différentes, depuis la hauteur assis jusqu'à la distance entre les deux yeux – collaient aux normes de la prestigieuse formation nazie.

Le nom de Brumm entra en temps voulu au pedigree officiel de la SS – *Das Sippenbuch* – et il prononça le serment d'allégeance de tout officier entrant dans l'Ordre noir de Hitler. C'était une petite concession pour être délivré de la bureaucratie, et cela ne ferait pas de mal à ses chances de promotion.

21. 5 mai 1945, 15 heures.

Ezdovo rentra dans l'après-midi et monta aussitôt.

– Ils ont les corps, dit-il à Petrov qui était plongé dans un rapport d'interrogatoire. Ils les ont trouvés hier dans le jardin de la Chancellerie. Deux cadavres calcinés. Un homme et une femme. Ça ne les intéressait pas tellement. Ils les ont mis dans des couvertures et ils les ont refait brûler! Mais ce matin, ils se sont amenés avec un camion, ils les ont redéterrés, ils les ont mis dans des caisses en bois et ils les ont emportés au SMERSH de la IIIe armée de choc, à Buch. C'est en banlieue.

– Tu les as vus?

– Juste le camion qui démarrait.

– Tes sources?

– Une femme lieutenant attachée au SMERSH, mais à la Ve armée de choc.

Les autres souriaient. Quand Ezdovo racontait quelque chose à sa manière, il y avait toujours une femme dans le coup.

– Je crois qu'elle est jalouse, expliqua-t-il. D'après elle, si la sécurité de la zone de la Chancellerie appartient bien à la IIIe, l'enquête sur Hitler est à la Ve. Elle n'était pas contente. Je lui ai donné un peu de vodka, je l'ai consolée. Elle m'a tout dit. Ça va mieux, maintenant.

Trapu et court sur pattes à la façon d'un ours brun de l'Himalaya, Ezvodo possédait une petite tête sans commune mesure avec son cou musculeux, ses épaules massives, ses biceps volumineux. Ses cheveux noirs bouclés se clairsemaient. Avec un teint brouillé, un visage couvert de cicatrices de petite vérole, selon les critères courants, Ezdovo était laid. Il n'en attirait pas moins les femmes, au grand étonnement, mêlé d'envie, de ses camarades. Il s'agissait d'un mystère dont on parlait assez souvent dans le groupe. Bailov demanda en riant:

– De la vodka? C'est tout ce que la pauvre fille a obtenu de ta part?

Petrov coupa court aux plaisanteries:

– C'est tout ce que tu sais?

– Ils ont trouvé deux chiens avec les corps. Également un bazooka.

Petrov se leva, décrocha son manteau.

– Transport.

– Toute l'équipe? demanda Bailov en tendant le bras vers un téléphone.

Le chef, déjà près de l'ascenseur, grogna un acquiescement.

Il fallut deux heures pour atteindre le quartier général de la IIIe armée de choc. En entrant dans les locaux, Petrov alla tout droit au bureau du commandant de camp, aux vives protestations du secrétariat. Il était de retour en moins de deux minutes, suivi d'un gros général chauve qui, lunettes de travers, essayait d'enfiler une botte en marchant, tout en appelant déjà son chauffeur à grands cris. Les hommes de Petrov ne se lassaient pas d'admirer l'effet produit par leur chef.

Petrov monta avec le général; les autres suivaient dans le véhicule du Groupe d'opérations spéciales. On parcourut environ un kilomètre pour atteindre une série de baraques reliées entre elles, tenant lieu d'hôpital de campagne.

Le général avait fini de s'habiller en route, sans toutefois parvenir à récupérer son calme. Dans l'hôpital, il dut élever la voix pour obtenir un peu d'attention. Il exigeait qu'on lui dise où se trouvait le médecin-colonel Shkaravski, chef du service médico-légal du Ier front de Biélorussie. Personne ne savait, apparemment, mais les nouveaux venus furent vite conduits à une petite maison un peu à l'écart du reste du complexe. Elle n'était pas gardée. Petrov ne manqua pas de le faire aussitôt remarquer au général, qui devint pâle, puis d'un beau rouge foncé, et se mit à taper des mains sur ses grosses cuisses boudinées comme un volatile grassouillet battant des ailes en danse de séduction.

Dans la maison, onze corps étaient allongés côte à côte sur une plateforme de bois brut. Assis sur une caisse dans un coin, un aide-soignant malingre se curait les ongles avec un petit couteau. Sans un mot, il regarda entrer les gens, et ne parut pas se préoccuper autrement de leur présence. Dehors, brusquement, il pleuvait. De grosses gouttes tambourinaient sur le toit, et l'eau débordait des gouttières comme une vraie paroi liquide. L'aide-soignant laissa ses ongles tranquilles pour regarder tomber la pluie.

Le général se chargea de le faire sauter sur ses pieds.

– Tu es le responsable?

– Je suis seul, ici, bredouilla l'homme.

– Donc, tu es le responsable! Et tu as négligé de poster des sentinelles!

– Je suis aide-soignant, camarade général! dit l'homme avec une grimace de sourire.

– Tu fais partie de la IIIe armée de choc et tu manques au devoir militaire!

– Mais je venais à peine d'arriver, juste avant vous, monsieur! (Le malheureux transpirait comme une fontaine. Ses jambes ne le soutenaient plus.)

– Tu connais le tarif!

– *Je venais juste d'arriver, camarade général!* gémit-il d'une voix perçante. On m'a dit de me présenter à la morgue, je suis venu directement! On ne peut pas tuer un aide-soignant qui fait ce qu'on lui dit!

Le général ouvrit son holster, sortit son revolver et le tint canon dressé comme une espèce de drapeau. Poussant l'aide-soignant devant lui, il le fit sortir à reculons par une petite porte de service. L'homme perdit l'équilibre, chuta sur le dos et fit une glissade en arrière sur les paquets d'herbe et de boue.

Indifférents aux événements, Petrov et Gnedin commençaient à examiner les corps. Les trois autres allèrent aux fenêtres. Le général poussait l'aide-soignant vers un grand chêne. L'individu s'étala par deux fois, mais le général le releva à coups de botte. Quand ils furent au pied de l'arbre, le général dégagea le barillet, le réenclencha, appuya le canon sur la tête de l'indigne élément de la IIIe armée de choc et tira. Il y eut une bouffée de fumée. Le frêle corps tomba en se tordant sur le côté. Les jambes battirent deux fois dans le vide, puis rien ne bougea. Sous la pluie, le coup de feu n'avait pas fait plus de bruit qu'un pistolet à bouchon.

– Les soldats morts ne font plus de conneries, dit Ezdovo en riant froidement.

– La merde suit la pente, proféra Rivitsky.

– L'herbe en prend un coup, au passage des mastodontes! affirma Bailov.

– Bon, fit Rivitsky, allons jouer les sentinelles en attendant que le camarade général rallie ses troupes. Petrov, on couvre le secteur. Tu restes seul?

– Je garde Gnedin. Moscou a dû envoyer un certain Dr Chenko. Si vous le voyez, amenez-le-moi, mais notre rencontre doit paraître purement fortuite.

Petrov ne tenait pas à ce que les autorités médicales russes apprennent que Staline introduisait un observateur parmi eux.

Ezdovo, Bailov et Rivitsky sortirent prendre position.

– Observations? demanda Petrov au jeune chirurgien.

Gnedin s'éclaircit la gorge.

– C'est celui du Bunker, dit-il en montrant le cadavre du général Hans Krebs, grand chef d'état-major. Celui-ci, c'est Goebbels. Le feu l'a esquinté, mais ce profil est unique. Voilà la prothèse métallique de son pied bot. La femme est probablement la sienne, ou une de ses poules; elle l'encourageait à ce genre de fréquentation. Les enfants que nous avons trouvés doivent être les leurs; ils en avaient six.

Petrov pointa vaguement un doigt d'artiste vers l'un des cadavres.

– Pourrait-il s'agir de ceux qui ont été transportés ce matin?

– Ils sont en effet carbonisés. Il y a un homme et une femme. C'est possible.

Rivitsky entra et leur montra par les fenêtres une section d'infanterie qui se déployait au pas de gymnastique en cercle de protection. Les soldats prenaient position de deux mètres en deux mètres, dos tourné à la maison, arme en avant, baïonnette au canon.

– Il y a des médecins qui arrivent, dit Rivitsky à Petrov. Chenko est parmi eux.

– Fais-le entrer.

Chenko portait un uniforme de l'Armée rouge dépourvu de galons et de décorations. Ses bottes noires étaient couvertes de boue. Carré, avec les bras trop longs et les jambes arquées, il arborait un gros nez bourgeonnant depuis la pointe duquel des veinules bleues remontaient en serpentant jusque sur les joues plissées comme du cuir.

– Chenko, prononça Petrov en guise d'accueil.

– Camarade Petrov! Quand notre ami commun m'a demandé de me mettre à ta disposition, je n'aurais jamais cru que cela se ferait si vite! J'apporte le bonjour de Moscou.

– Nous avons appris aujourd'hui que le contre-espionnage de la IIIe armée de choc avait déterré deux cadavres, un homme et une femme, censés être les corps de Hitler et de sa concubine. Il est impératif que nous les examinions avant les autopsies.

– Tout ce que tu voudras, camarade, mais il faut que tu saches que ce qui se passe ici est très délicat, politiquement. Le maréchal Joukov surveille de près les événements. Des pressions considérables s'exercent sur lui pour qu'il identifie Hitler, et les bons experts qui attendent là, sous la pluie, sont déjà favorablement disposés à mettre les choses en ordre, si tu vois ce que je veux dire.

– Je me moque pas mal de la politique, Chenko. Je cherche la vérité.

– Oui, je comprends bien. Mais enfin, la vérité dépend des besoins de celui qui la détient.

Petrov contempla fixement Chenko.

– La vérité, c'est la vérité, camarade. Ce qu'on en fait est relatif. Elle donne toute latitude pour agir et, personnellement, je compte accéder à ce type d'autonomie. Là, ce sont les nouveaux cadavres?

– Non, fit l'autre. Ils sont en bas.

Les trois hommes descendirent. Des tables et du matériel d'autopsie avaient été disposés dans une cave assez haute de plafond. Les lampes à arc sur batteries évoquaient des observateurs immobiles. Il y avait deux tables et, sur chacune, un cadavre sérieusement brûlé et décomposé.

– Commencent à être à point, murmura Rivitsky.

Gnedin alluma les lampes et s'avança entre les tables.

– L'homme ici, la femme à ma droite. Pas facile, cette fois, l'identification. Ils sont en mauvais état.

– Que pouvez-vous nous dire? demanda Petrov.

Il trouva une caisse dans un coin, la retourna et s'assit dessus, plus soucieux d'entendre que de voir.

– L'homme a été tué par balle. Voyez le fragment de crâne manquant. On ne sait pas, pour la femme, sinon qu'il y a, pour elle aussi, traumatisme majeur. Le pathologiste devra décider si, oui on non, les agressions décelables ont été infligées avant ou après le décès. Si les chairs n'étaient pas brûlées, le degré de lividité nous apprendrait tout ce que nous voulons mais, devant un tel état, il faut plus de talent que de connaissances.

Rivitsky n'en croyait pas ses yeux :

– Que vont-ils identifier? Il ne reste presque plus rien!

Gnedin se pencha, crocheta du petit doigt de sa main gauche la mâchoire supérieure du cadavre de sexe masculin, et la souleva pour mettre en évidence un reste de langue noirci et des dents carbonisées.

– Il y a les dossiers dentaires. Vous voyez, les dents sont noires mais toujours là. Les dossiers médicaux fourniront aussi des indications. En fait, il existe pas mal de possibilités.

– C'est-à-dire pas grand-chose, ironisa Rivitsky.

– Exact. Ce sera surtout de la devinette.

– L'autopsie, fit remarquer Chenko, c'est toujours un peu des devinettes!

– Vous voulez la pratiquer vous-même? demanda Petrov à Gnedin.

– Je ne pense pas que ce soit nécessaire. Il me faut les rapports.

– Vous y assisterez?

– Non, je ne veux pas être influencé par les dialogues de travail. Le camarade Chenko pourrait-il être notre observateur? (Gnedin observait la réaction de son confrère.) C'est de la psychologie de groupe. A mesure que l'autopsie progresse, on se surprend vite à penser comme les autres personnes présentes.

– Combien de temps ça prend? demanda Petrov à Chenko.

– Dans ce cas, plusieurs heures, selon moi. On devrait avoir un rapport préliminaire demain matin. Je peux te le faire parvenir.

– Apporte-le-moi toi-même. Ezdovo reste ici. Il te conduira.

En remontant de la cave, ils virent le général qui attendait avec cinq médecins officiels et plusieurs experts, tous agglutinés devant l'entrée pour essayer d'éviter la pluie.

– Tout va bien? cria le général.

Petrov ouvrit la porte et se pencha au-dehors.

– Une fois l'autopsie effectuée, le Dr Chenko m'apportera un exemplaire du rapport préliminaire. Un de mes assistants va rester ici pour l'escorter.

Souriant, Ezdovo toucha du pouce sa casquette de treillis. Petrov se retourna vers Chenko.

– Le rapport doit être *intact*!

Chenko et le général opinèrent de concert. Pour entrer dans la maison, tout le monde attendit que Petrov et ses hommes soient hors de vue.

Seul, Chenko s'attarda sous les arbres avec Ezdovo. Le médecin prit la main que le Sibérien lui tendait.

– Je suis dans le coin, docteur. Faites-leur faire du bon travail.

Chenko acquiesça et rentra retrouver les autres.

Ezdovo éprouva un léger frisson. Il avait aperçu plusieurs infirmières à l'intérieur de l'hôpital, et il ressentait soudain le besoin d'en voir une solide, avec beaucoup de poils sous les bras. Comme au pays. Il en existerait bien une, quelque part dans ces baraques, qui voudrait bien le réchauffer. Il remonta son col pour empêcher la pluie de lui couler dans le cou, et partit au pas de course.

Dans la maison, l'un des médecins prenait Chenko à part :

– Qui était cet homme?

Chenko fronça les sourcils et se pencha à son oreille:

– Camarade, souffla-t-il, *tu n'as aucune envie de le savoir.*

22. 13 mai 1945, 23 heures 30.

Les hommes de Petrov avaient l'impression de savoir comment s'étaient passées les dernières heures dans le Bunker. Bien sûr, il existait des variations de détail dans les récits des différents survivants, mais les discordances n'étaient pas significatives, à ce stade.

Il était tard, non loin de minuit, quand Petrov décréta une réunion.

Tous les cinq se dispersèrent dans la salle de travail, Petrov trônant au centre comme un professeur parmi ses étudiants. Rivitsky s'était procuré plusieurs boules de gros pain noir tout frais. Gnedin fournit un grand pot de marmelade d'oranges, plus un jeu de photos d'autopsie en noir et blanc, agrandies et punaisées sur des panneaux de liège. Ezdovo distribua des bouteilles de bière allemande fade. Bailov assurait une bouteille de vodka par personne et arborait un bocal de terre jaune débordant de pickles au fenouil offert par une vieille femme juive qui lui avait sauté au cou en le remerciant de l'avoir délivrée des nazis (elle vivait au grenier, chez des amis, depuis 1941).

Les hommes de Petrov avaient hâte que la séance commence. Ils avaient travaillé dur à réunir les pièces du puzzle, et c'était le moment de les assembler.

Bailov déboucha la vodka, remplit les verres.

– Un toast! proposa Petrov en levant le sien.

Ils répondirent à l'unisson:

– A ceux qui sont tombés.

Ils burent d'un trait, puis firent passer le liquide à grand renfort de pickles et de pain noir. Petrov claqua bruyamment la langue.

– Nous avons fait du chemin, camarades. (Il se leva, croisa les mains dans le dos.) Nous avons interrogé Baur, Günsche, Haase, Linge, Voss, Mohnke, Rattenhuber, Weidling, Echold et de nombreux gardes appartenant au détachement du Bunker. Nous avons aussi le texte de l'interrogatoire de Kunz. Et Haase a été recoupé par Schenck, qui l'a vu avec Hitler. Le garde Mengershausen, interrogé cet après-midi, affirme avoir été témoin de la crémation dans le jardin. Le garde Karnau également, qui était encore mieux placé. Nous avons les dépositions de Misch et d'Hentschel, les derniers dehors, et celle d'Hoegl malgré son état de santé. (Petrov marqua une pause. Il consultait souvent l'attitude de ses hommes pour juger de la tournure prise par la réunion.) Manquent toujours Bormann, Burgdorf, Naumann et le pilote, Beetz. Les femmes Krüger, Junge, Christian et Manzialy sont dans la nature et, vu l'humeur de nos soldats, n'ont pas grande chance d'être retrouvées vivantes. Le Dr Stumpfegger, parti avec Bormann, reste introuvable, de même que Kempka, le chauffeur de Hitler, Axmann le manchot, Schwägermann, Horbeck et quelques autres de moindre éclat. Il y a encore du travail, mais nous avons avancé... Bien! Hewel s'est tué, nous avons le corps. Quels sont les autres absents les plus importants pour nous?

– Les femmes! émit aussitôt Ezdovo. Oh, vous pouvez rire, elles y étaient jusqu'à la fin!

– Effectivement, dit Petrov.

Approuvé, Ezdovo se rengorgeait. Rivitsky proposa:

– Günsche et Linge...

– Oui.

– Rattenhuber, dit Gnedin. Au dire de tous, il a du sang-froid. C'est un vrai professionnel.

– Je vous l'accorde, docteur.

– Hoegl, s'il pouvait parler. C'était le bras droit de Rattenhuber.

– Quand Hitler a fait ses adieux, étaient présents Bormann, Goebbels, Krebs, Burgdorf, Hewel, Voss, Rattenhuber, Hoegl, Linge, Günsche, Christian, Junge, Krüger et la cuisinière Manzialy. Haase y assistait ou non; de toute façon, il est à Moscou, nous devrons attendre pour le lui demander. Oublions-nous quelqu'un?

De nouveau, Bailov remplit les verres. Ezdovo ouvrit une bouteille de bière à l'eau.

– Cela donne quatorze personnes – quinze en comptant Haase –, plus Hitler et Eva Braun. Là-dessus, quatre sont mortes, cinq n'ont toujours pas été retrouvées, et nous en avons six à l'ombre. Je considère Rattenhuber, Günsche et Linge comme essentiels, et nous les avons tous les trois. Bref, ce n'est pas une moisson décevante, pour une si courte saison. De ceux qui restent en fuite, Bormann doit être notre objectif nº 1. Linge et Baur pensent qu'il est mort, mais nous n'avons pas le cadavre. Mengershausen jure qu'il n'a pas été tué.

– Ils étaient dans le groupe qui avait des chars, sur le pont Weidendammer, dit Bailov. L'un des chars, touché, a explosé. Il est sans doute mort.

– Peut-être... fit Petrov avec scepticisme. Chacun de vous sait comment ça se passe, au combat. Certaines choses dont on est absolument certain se révèlent ensuite erronées.

– Effet mirage, précisa le Dr Gnedin.

– Comme le harem d'Ezdovo, railla Rivitsky.

– En suivant tous les témoins crédibles disponibles, voici ce qui s'est passé. (Petrov respira profondément.) Avant le déjeuner, Hitler informe Günsche de son intention de se tuer. Il déjeune avec Gertrud Junge, Gerda Christian et la cuisinière, Constanze Manzialy. Pendant ce temps, Günsche téléphone à Kempka et lui demande de trouver de l'essence. Kempka veut savoir pourquoi, et dit à Günsche que les dernières réserves de carburant se trouvent sous le feu de notre artillerie. L'autre lui répond de siphonner ce qu'il faut sur les véhicules endommagés et sur ceux du garage, et d'apporter les bidons au jardin. Hitler a fini de manger vers 2 heures et demie. Ensuite, il s'entretient brièvement avec Linge pour l'informer de son projet. Il lui demande de veiller à l'incinération totale des corps afin qu'ils ne soient plus identifiables. Il charge aussi Linge de brûler ses affaires personnelles, à l'exception du portrait de Frédéric le Grand dont il a fait présent au pilote Baur, lequel doit sortir le tableau de la ville.

– Qui fait maintenant l'orgueil de nos murs! coupa Rivitsky.

Le portrait avait réintégré son cadre abandonné dans le Bunker. Pour cacher la toile, Baur l'avait roulée autour d'une canne de marche, ficelée et enduite de boue. Quand il avait été blessé au cours de la percée, les Russes avaient rapidement découvert l'objet. Rivitsky ajouta :

– Qu'est-ce que ça peut être moche! Frédéric a l'air d'une tante.

– La logique allemande ne changera jamais, dit Ezdovo. Ils empoisonnent six gosses et ils se font trouer la paillasse pour un bout de chiffron peinturluré!

Petrov n'était pas opposé aux grains de sel personnels. Des réflexions spontanées menaient souvent à des observations intéressantes. Mais il fallait continuer :

– Environ quarante-cinq minutes après le déjeuner, les gens du Bunker se rassemblent à la salle de conférences, devant les appartements de Hitler. Celui-ci porte une veste grise et un pantalon noir. Eva Braun, à ses côtés, porte une robe noire, des chaussures marron, une montre de platine incrustée de diamants. Ils serrent la main des personnes présentes. Hitler ne dit pas grand-chose; à peine s'il ouvre la bouche.

– Et cela ne lui ressemble pas? hasarda Gnedin.

– Ma foi, non. Bien vu, mais nous y reviendrons plus tard. Les adieux ne prennent pas plus de cinq minutes, sans doute moins. Puis Linge tient ouverte la porte de l'appartement. Hitler serre la main de son valet de chambre et l'enjoint de partir avec les autres lors de la tentative de percée. La porte est refermée. Günsche va poster ses hommes dans le Bunker du haut puis revient rapidement prendre la garde.

– Point de repère, remarqua Bailov. Quels hommes ont été postés par Günsche? Où exactement?

– Très bien! dit Petrov, une pointe d'excitation dans la voix. Vous avez noté? demanda-t-il à Gnedin qui servait de secrétaire. Donc, la porte est fermée. Brusquement, la femme Goebbels se précipite dans le couloir et surgit chez Hitler, qui se tient dans l'antichambre. Elle le supplie de s'évader. Hitler regarde Günsche en disant : « Je ne veux pas la voir. » Günsche entraîne la femme. La porte blindée est de nouveau fermée. Un certain laps de temps s'écoule. Du couloir, on entend une détonation à l'intérieur de l'appartement. Il est à peu près 3 heures et demie. On attend encore un bon moment. Enfin on entre dans la pièce. Là, il doit être 15 heures 40.

– Ils ont attendu dix minutes après le coup de feu, dit Rivitsky. Günsche nous a déclaré que Hitler lui avait spécifié d'attendre dix minutes, à partir du coup de feu, avant d'entrer dans l'appartement. Pourquoi dix minutes?

– Pour leur laisser le temps de mourir?

– Pourquoi un seul coup de feu? demanda Ezdovo.

– Bonnes questions, dit Petrov, notez. Il y a flottement au sujet de l'ordre dans lequel les gens sont entrés dans l'appartement. Il semble que le premier soit ou Goebbels ou Bormann, suivis de Günsche et, quelques secondes plus tard, d'Axmann arrivé trop tard au Bunker pour la scène des adieux. Les corps sont sur le canapé. Hitler est légèrement penché en avant, un sang épais lui coulant du visage. La femme est à l'autre bout, contre l'accoudoir. Elle, pas de sang. Le bras droit de Hitler pend sur le côté, hors du canapé. Par terre, près de sa main droite, il y a un 7.65 Walther et, à proximité, un 6.35. Certains disent avoir vu un trou à sa tempe droite, d'où le sang gouttait, mais le gros de l'hémorragie venait de la bouche – il y a consensus sur ce point. Sur la femme, rien d'apparent. La pièce sent fortement l'amande fraîche : cyanure de potassium. Günsche sort. Il rencontre Kempka dans la salle de conférences et lui dit que Hitler est mort. Bormann, quant à lui, va informer les généraux Burgdorf et Krebs, tous deux ivres. Axmann, des Jeunesses hitlériennes, est resté seul quelques instants auprès des cadavres. Linge, interrogeant Kempka, apprend que cent soixante-dix litres d'essence attendent dans le jardin de la Chancellerie, dans des jerricans. Sur ces entrefaites arrivent Rattenhuber et le Dr Stumpfegger. Linge enveloppe le corps de Hitler dans une couverture – seules dépassent les jambes et les chaussures. Stumpfegger aide Linge à transporter le Führer. Bormann porte la femme, mais Kempka lui barre le passage, la lui enlève des bras et s'engage avec elle dans l'escalier qui conduit au jardin. Kempka ayant trébuché sur une marche, Günsche vient à son aide. Alors qu'ils débouchent dans le jardin, un garde SS surgit devant eux. Günsche lui crie de dégager.

– Nom du garde? demanda Rivitsky.

– Inconnu, dit Petrov, notez. Les corps sont déposés dans un trou produit par une explosion d'obus. Kempka les arrose d'essence. Mais les obus recommencent à pleuvoir, interrompant le travail et obligeant les hommes à battre en retraite dans l'entrée du Bunker. A la première accalmie, Günsche aide Linge à arroser les corps, puis propose d'allumer le feu avec une grenade, mais Kempka s'y oppose. On fait partir le feu au moyen d'un chiffon enflammé avec une allumette fournie par Goebbels. Le garde Mengershausen est à ce moment-là de service à la Chancellerie, dans la salle des Mosaïques, c'est-à-dire à une centaine de mètres du brasier. Il a vu l'arrivée des cadavres et les préparatifs d'allumage. Un autre garde, Karnau, qui marche près de la tour de guet, voit s'élever les flammes. Masqué par la tour, il certifie qu'on ne pouvait pas le voir. Lui-même distinguait pourtant le visage des cadavres, il a identifié Hitler à la moustache. Il décrit le reste du visage comme « écrabouillé ». Maintenant, il est entre 16 heures et 16 heures 30. Durant les heures qui suivent, on remet de l'essence sur le feu, devant lequel un certain nombre de gardes vont s'arrêter pour voir ce qui se passe. Les descriptions données par eux varient suivant l'évolution de l'état des cadavres. Günsche déclare que, à la tombée de la nuit, les restes ont été enveloppés dans des toiles de tente et enterrés dans un autre trou d'obus. L'incinération n'était pas complète.

– Température inadéquate, observa Gnedin.

– La terre a été aplanie pour effacer les traces de l'inhumation, acheva Petrov.

– Ils sont restés là-dessous jusqu'à ce qu'ils soient découverts par nos héros du 79e chasseurs! dit Rivitsky en guise de conclusion.

– Voilà tout ce que nous savons pour le moment, reprit Petrov. Quelles questions peut-on se poser? Où sont les lacunes?

– Il y a l'autopsie, dit Gnedin. Si le cadavre est celui de Hitler, notre mission s'arrête là.

– Nous savons ce que dit l'autopsie, mais nous devons l'analyser. Ça me gêne un peu que, selon la commission médico-légale, aucun des cadavres autopsiés ne soit mort par arme à feu, pas même celui du général Krebs, que nous avons vu, qui n'a pas été brûlé. S'il s'agit d'un jugement politique, je comprends. Mais si cela veut être une conclusion scientifique bien réfléchie, cela nous pose de sérieux problèmes. Ou bien ce ne sont pas les bons cadavres, ou bien tous les témoins mentent.

– L'hystérie de masse peut engendrer une psychose de groupe, dit Gnedin, mais ici ce n'est pas vraisemblable. Il s'agit de personnes accoutumées à la violence.

– Krebs est mort par coup de feu, dit Rivitsky. C'est nous qui avons trouvé le corps. Il n'y avait aucun doute.

– Pour le moment, approuva Petrov, nous dirons que nos experts médico-légaux bien-pensants ne veulent pas d'un criminel de guerre qui ait le courage de se donner la mort. C'est ce que confirme Chenko. D'après lui, il y avait des impacts de balles évidents, mais ce n'est qu'un observateur. Il n'y a d'officiel que les conclusions de la commission.

– Mais cela n'a pas de sens! (Gnedin s'énervait.) Pensez aux dents! La commission a disposé des dossiers complets! Elle a retrouvé les deux techniciens dentaires, Heusermann et Echtmann! Interrogés tous les deux à plusieurs reprises, ils ont formellement identifié Hitler et Eva Braun par leurs travaux, dont une prothèse créée pour elle. C'est là un témoignage difficile à réfuter! On ne peut pas le rejeter aussi facilement!

– Objection enregistrée, dit Petrov d'une voix guillerette. Mais ne perdons pas de vue notre mission. Ce que pense et exprime la commission n'a pas de réel intérêt pour nous. Encore une fois, je vous rappelle que nous cherchons la vérité, uniquement la vérité.

Il y avait décidément quelque chose d'inhabituel dans le ton de Petrov. Si ses hommes ne l'avaient pas aussi bien connu, ils en seraient presque venus à penser qu'il les faisait marcher. Il gardait quelque chose dans sa manche.

– Ezdovo, fais-nous part de tes renseignements.

Les têtes pivotèrent vers le Sibérien qui, sirotant sa vodka d'un air dégagé, en faisant longuement passer les gorgées d'une joue à l'autre, semblait apprécier la situation.

– Hier, dit-il enfin, les gars du SMERSH en ont terminé avec *Fräulein* Heusermann. Elle est... petite, jeune, blonde, avec une poitrine... (Il précisa, des deux mains.) D'après Chenko, la commission lui avait demandé d'identifier les travaux dentaires de la mâchoire prélevée sur le cadavre de Hitler. Je suis allé la pêcher au SMERSH. J'ai dit que j'appartenais à la commission et que nous lui demandions une dernière vérification de contrôle sur la mâchoire. Je lui ai dit que nous comprenions bien à quel point tout cela devait être éprouvant pour elle et que, jusque-là, nous appréciions fort son attitude extrêmement coopérative. Elle avait envie de me faire plaisir, vous pouvez me croire! Je lui ai expliqué qu'elle était en état d'arrestation, mais que nous voulions la favoriser en l'autorisant à passer chez elle prendre ses effets personnels. Ça lui convenait!

– J'imagine, fit Bailov avec admiration.

– Écoutez bien, dit Petrov.

– Je l'ai conduite à son appartement. Au début, elle était intimidée, mais je lui ai donné un peu de vodka et elle a paru se détendre.

Éclats de rire.

– Je lui demande quel effet ça fait de fréquenter la crème du IIIe Reich. Elle répond : « On sort beaucoup. Les soirées durent toute la nuit, quelquefois plus de vingt-quatre heures. » Elle m'explique que

Bormann baise la moitié des femmes de la Chancellerie, puis qu'il écrit des lettres à la sienne en donnant tous les détails. Goebbels s'envoie des petites jeunes; elles ne doivent jamais être plus âgées que sa fille aînée.

– Venons-en au fait, dit Petrov avec agacement.

– Donc, nous sommes chez elle. Elle a des tas d'amis nazis, tous très généreux. Je la laisse remplir une valise et, pendant ce temps, je jette un coup d'œil par-ci, par-là. Il y a de nombreuses taches de sang. Elle me raconte que, la nuit de la percée, un capitaine du nom de Helmut Beerman a débarqué en lui demandant refuge. Il faisait partie du groupe de Mohnke, mais il avait perdu le contact et redoutait de traverser la Spree tout seul. Plus tard, dans la matinée, voilà Beetz, le copilote de Baur, qui arrive en se traînant. Il a été touché, il a le crâne ouvert. La fille et Beerman essaient de l'aider, mais il meurt quelques heures plus tard. Ils l'enterrent dans les décombres, devant l'immeuble. Beerman, qui veut de nouveau essayer de fuir, demande à la fille de l'accompagner. Elle refuse et il s'en va seul, vers midi. Ensuite, elle reste chez elle jusqu'à ce qu'un étudiant en médecine bulgare, envoyé par le SMERSH, vienne la chercher pour l'interroger.

– Beetz, un de moins, on peut le changer de catégorie! dit Rivitsky. Qu'est-ce qui est arrivé à Beerman?

– Elle ne l'a plus revu. (Ezdovo haussa les épaules.) Finalement, je suis passé aux choses sérieuses. J'ai déballé une mâchoire et je l'ai posée sur la table. Vous auriez vu sa tête!

– La mâchoire du cadavre de la morgue? demanda Gnedin.

– Elle a pris son temps, continua Ezdovo sans relever la question. Elle a fini par dire: « C'est la sienne. – Celle de qui? – Celle du Führer. » Quand je lui demande si elle en est bien certaine, elle se montre catégorique. Elle se lance dans une confrontation point par point avec le dossier dentaire de Hitler – tout de mémoire! Numéro très convaincant. Je lui demande de confirmer qu'il s'agit bien du maxillaire qu'elle a examiné antérieurement devant la commission. Ça la fout en boule. Elle se met à crier: « Absolument! » Je lui apprends alors qu'elle vient d'identifier la mâchoire d'un tireur d'élite SS tué la veille et carbonisé dans un incendie.

Gnedin, Bailov et Rivitsky le regardaient fixement, bouche bée.

– Là-dessus, elle fond en larmes. Je la laisse pleurer un bon coup, puis je la calme et lui fais boire une autre vodka. Je lui demande si elle a été sûre d'une seule identification. Elle me dit que non. Elle se confie à moi: les Popovs lui font peur. Elle a raconté à la commission ce que celle-ci devait désirer entendre. En outre, quand les gens du SMERSH l'ont emmenée au cabinet du Dr Blaschke, à la Chancellerie, elle a attrapé un bridge dans un casier et l'a mêlé ensuite aux autres prothèses présentées. Ainsi, quand on lui a demandé d'identifier le bridge comme appartenant à Eva Braun, elle l'a fait sincèrement... en mentant par omission. On ne lui avait pas demandé si ledit bridge avait été installé dans la bouche d'Eva Braun. Il ne l'avait pas été.

Petrov intervint :

– Rappelons-nous que ce bridge est la preuve essentielle avancée par les conclusions médico-légales concernant l'identification du corps de femme comme étant celui d'Eva Braun.

– Or ce n'est pas une preuve, souligna Ezdovo. Au moment où la bonne femme de Hitler est morte, le bridge ne se trouvait pas dans sa bouche mais dans le cabinet du dentiste. Il apparaît que le témoignage de *Fräulein* Heusermann est complètement nul.

– Merde, alors! dit Bailov.

– Alors, qui est la morte? demanda Gnedin.

Petrov laissa passer un silence.

– Eva Braun.

Chacun était au bord de son siège.

– Le corps a été très abîmé, probablement sous les salves d'artillerie qui arrosaient la cour, mais je suis tout à fait certain que c'est le sien.

– Somme toute, dit Rivitsky, l'homme c'est Hitler.

– Nous verrons, dit Petrov. Si le criminel de guerre nº 1 manigance sa propre mort, quel meilleur attrape-nigaud que le cadavre de sa jeune mariée?

Rivitsky revint à la charge :

– Tu le crois vivant, camarade?

– Il y a un facteur supplémentaire à considérer. Hier, j'ai visité l'un des points de regroupement pour femmes nazies. On y parque uniquement celles qui portaient l'uniforme, aussi je doute que nous revoyions jamais les secrétaires. Si elles passent devant nos troupes – ce serait déjà un miracle –, elles ne se feront pas remarquer. Nous ne les trouverons jamais au milieu des réfugiés. Elles iront à l'Ouest. Mais j'ai pensé à autre chose. Linge m'a dit que la cuisinière de Hitler était autrichienne. Il m'a semblé que, vis-à-vis de nous et de notre présence, mieux valait être autrichien qu'allemand.

– Hitler était autrichien, dit Gnedin comme si on ne le savait pas.

– Et cela n'a rien à voir, lui retourna Petrov. Bon nombre de SS sont natifs d'Autriche. Sans importance non plus. Ce qui compte, en revanche, c'est que l'Autriche a été annexée contre sa volonté par les Allemands.

– Foutaises! dit Rivitsky. Tout le monde sait que les Autrichiens ont accueilli les Allemands à bras ouverts.

– Le peuple, oui; le gouvernement, non. Techniquement, l'Autriche a le même statut que la France ou la Tchécoslovaquie, ou tout autre pays pris par Hitler. En vertu de nos accords avec les Alliés occidentaux, les citoyens de ces pays doivent être considérés comme libérés par notre présence et autorisés à retourner chez eux.

– Une simple cuisinière ne serait pas au courant.

– Elle ne peut se raccrocher qu'à cela, dans son désespoir. J'ai retracé le parcours du groupe de Mohnke – elle en faisait partie. Je l'ai refait moi-même à pied. Il y a trois hôpitaux dans cette zone, mais un seul ne prend pas de civils. J'y suis allé, j'ai demandé le cahier des entrées. J'adore les Allemands pour cela. Toujours une paperasse impeccable! L'hôpital avait sept lits pour Autrichiens, dont deux femmes. C'était l'une des deux.

L'équipe jubilait.

– Elle avait été battue et violée, reprit Petrov, puis abattue et laissée pour morte. Elle avait perdu beaucoup de sang, mais elle était consciente par intermittence. Elle m'a appris deux choses. D'abord que, pour son dernier repas, Hitler a mangé de la laitue et des spaghettis. Il a tout mangé. Ensuite, qu'il y avait une cinquième personne présente à ce dernier repas : un SS de la garde, un certain caporal Schweibel.

– Fantastique! fit Bailov. Sur le point de se tuer, il finit son assiette!

– Intéressant, dit Rivitsky.

– Avec son nom, j'ai lancé des recherches sur Schweibel. J'ai eu un coup de fil hier soir. On me l'a amené et je l'ai interrogé. (Petrov agita un document.) Pas grand-chose. Il est sorti avec le dernier groupe et il a été capturé sur l'autre rive. Mais il confirme le menu du dernier repas, et le fait que Hitler a tout mangé. (Petrov marqua une pause.) Je suis allé trouver Chenko. Le rapport d'autopsie ne dit pas si l'estomac a été disséqué. Ils ont soutiré cinq centimètres cubes d'urine de la vessie mais n'ont même pas ouvert l'estomac, d'après le rapport. Chenko me l'a confirmé. Les organes ont été prélevés et placés dans des bocaux à viscères. Ce matin, Chenko et moi nous sommes rendus à la morgue. Il a disséqué l'estomac. Il n'a trouvé aucune présence de nourriture. Rien!

– *La laitue!* dit Gnedin d'une voix grave.

– La laitue! répéta Petrov. Les feuilles ne se digèrent pas facilement. Si Hitler n'est mort qu'une heure après en avoir mangé, il devrait rester de la laitue dans l'estomac.

– Mais le corps a brûlé, objecta Bailov. La salade aussi!

– Seulement si le feu avait détruit l'estomac. Or l'organe est intact. Il était noirci et desséché par endroits, mais il conservait sa qualité de réceptacle. A l'intérieur, il n'y avait pas de laitue, alors qu'on aurait dû en trouver.

Ezdovo formula ce que tout le monde pensait :

– Du moins si c'était Hitler.

Le silence se fit dans la pièce. Petrov s'assit, ramena ses cheveux en arrière.

– J'en prendrais bien une autre, dit-il en saisissant son verre.

Gnedin alla s'isoler dans le fond de la pièce. Quelques minutes passèrent. Tout le monde réfléchissait.

– Un sosie... murmura Ezdovo.

– En allemand, *doppelgänger,* indiqua Petrov. J'ai des raisons de croire que Hitler en avait trois, qu'il utilisait de loin en loin. Dont un ici, à Berlin. Il en existait d'autres, indubitablement. En fait, le 79e en a déniché un en fouillant le jardin de la Chancellerie.

– Le cadavre du réservoir d'eau.

– Sans doute un geste de Goebbels avant de mourir, en dernier hommage à son maître.

– Loyauté fasciste.

– Tu en conviens? dit Petrov.

– *Da!* grogna Ezdovo. Le témoignage de la femme s'écroule, et l'estomac vide parle tout seul.

– Oui, dit Gnedin, je crois qu'on tient quelque chose.

– Arguments solides, acquiesça Bailov.

– Prochaine étape? demanda Rivitsky.

– D'abord, mon rapport à Staline. Ensuite, dormir. Demain, on enchaîne. Tâchez de vous demander à quel moment le sosie intervient. D'après moi, au tout dernier instant possible.

– Pendant le délai de dix minutes, lâcha Bailov.

– De quelle façon? demanda Ezdovo.

– Je ne sais pas, dit Petrov. Pas encore. Mais le cadavre qui n'est pas celui de Hitler prouve que c'était possible.

– J'ai encore des doutes, déclara Gnedin.

– Explique-toi, ordonna Petrov.

– Toujours les dents. La femme a pu mentir à Ezdovo, et même devant la commission. Ce n'en sont pas moins les médecins anatomistes qui ont confronté les dentures aux dossiers. Je reconnais que la laitue ouvre une grande zone d'ombre, nécessitant de nouvelles enquêtes. Mais il faut que je réfléchisse. Peut-être ne voulons-nous pas voir l'évidence.

– Supposons, pour la discussion, proposa Petrov, que les dents du sosie aient été préparées, modifiées. Ce n'est pas difficile, et les plombages n'ont pas besoin d'être bien identiques si l'on prévoit de tirer une balle dans les dents. Il faut considérer la dynamique de la chose. Nos médecins veulent identifier Hitler à tout prix, mort ou vif. Leur désir légitime d'en finir avec le monstre va déteindre sur leur déposition. Ce dont nous venons de parler, c'est de quelques petites modifications permettant aux enquêteurs d'apaiser leur incrédulité.

– Et le testicule manquant?

– Ah, oui! Rien de plus simple. Premièrement, le bruit a couru que Hitler n'avait qu'un seul testicule. C'est vrai ou c'est faux. Rien ne vient étayer le fait dans les dossiers médicaux. Mais réfléchissez. Si vous étiez Hitler, et que vos ennemis croient cela, quelle meilleure preuve de votre mort pourriez-vous donner sinon un cadavre pourvu d'une unique gonade? Par intervention chirurgicale sur votre sosie. Je doute que Hitler n'en ait qu'une, mais il a veillé à donner au monde ce qu'il attendait de lui, ne croyez-vous pas?

Gnedin secoua la tête.

– Cela se tient, mais c'est de la conjecture, non de la science.

– Dans toute enquête, on va de la science à la conjecture. La science n'est jamais qu'un moyen de réfléchir et de classer ce qu'on voit, une méthode pour relier ce qu'on sait à ce qu'on ne sait pas. Mais, cette fois, quelque chose me dit raisonnablement que le poids de l'évidence va dans le sens de notre opinion. La commission se trompe. Adolf Hitler est vivant. Et la question se pose : où est-il passé?

23. 14 mai 1945, 10 heures.

Le lendemain, Petrov, Bailov et Gnedin retournaient au Bunker, sous la Chancellerie du Reich. Bailov repéra le diesel du groupe électrogène. Il le fit démarrer, donna de la lumière. Le trio se retrouva dans l'appartement de Hitler.

– C'est si simple que c'est trop facile, et que cela nous empêche d'y voir clair, dit Petrov. Les artistes consacrent toute leur existence à apprendre à voir. Les policiers aussi. La plupart des gens passent leur vie à regarder autour d'eux, mais ils ne voient jamais le monde comme il est. Voilà notre problème. C'était là, sous notre nez, si évident que nous ne voulons pas l'accepter. La substitution a dû s'effectuer nécessairement au tout dernier instant, *après* que tous les témoins eurent vu le couple s'enfermer dans cet espace. Le fait inévitable mais invisible, c'est qu'il y a une autre issue.

– Il aurait pu se cacher et attendre, puis se glisser au-dehors par l'escalier de la tour inachevée... hasarda Bailov.

– Non. D'abord, cela signifierait que le sosie aurait dû lui-même se cacher ici depuis un certain temps. Eva Braun s'en serait rendu compte. Donc, le sosie est entré par où Hitler est sorti.

– A moins qu'elle n'ait connu le projet, dit Gnedin.

– En effet, admit Petrov. C'était une créature assez simple d'esprit, entièrement dévouée à son maître. Mais qu'elle ait été capable de se sacrifier pour couvrir son évasion, j'en doute fortement. A ce que je sais d'elle, elle était égocentrique et intéressée. Fourrures, haute couture, lingerie de Paris, parfums, bijoux... que ne dit-on pas d'Eva Braun ? Ici, dans leur trou, alors que le monde s'effondrait au-dessus de leur tête, elle conservait toutes ses fanfreluches bourgeoises. Elle n'aurait jamais accepté de se tuer, à moins de croire que Hitler mourrait aussi, car sans lui elle n'était rien. Tout indique une opération conçue à l'avance et soigneusement montée. Hitler avait largement le temps de se réfugier dans son *Alpenfestung,* comme prévu par l'opération Seraglio, mais il a choisi de rester à Berlin. En soi-même, cela constitue un choix curieux, qui demande à être mieux étudié. En tout état de cause, ses armées continuaient à se battre en Autriche et dans la région de Munich. Il avait des réserves en Italie, près de la frontière austro-suisse. A la fin, malgré ses pertes, la Wehrmacht contrôlait encore un long ruban d'Allemagne, de la Baltique à l'Autriche. La guerre n'était pas terminée, pas pour un extrémiste comme Hitler. Du point de vue militaire, il gardait une grande marge de manœuvre – tactique, sinon stratégique – et suffisamment de puissance de feu pour tenir, en choisissant bien où et quand faire agir ses armées. Sa politique a toujours été de fuir les confrontations et de réapparaître où on ne l'attendait pas. C'est un élément biographique important, une attitude profonde. Un homme n'en change pas comme ça!

Les deux autres écoutaient de toutes leurs oreilles.

– Selon moi, Eva Braun ne savait rien de la machination. Elle s'est tuée en croyant qu'ils mourraient ensemble. A la suite de quoi, la substitution a pu s'opérer. Tout bien pesé, c'est la seule déduction possible. Par conséquent, il existe à cet appartement un accès dont ni la femme, ni aucun des autres nazis n'avaient connaissance.

– Un faux mur, suggéra Gnedin.

– Ou un faux plancher, ajouta aussitôt Petrov. Je trouve curieux que ce bunker, construit aussi récemment et rapidement, ait deux niveaux. Il n'y a aucune raison technique à cela.

– Mur, sol, plafond. Pas d'autre solution, dit Bailov. En tout cas, c'est ici même. Il existe un seul accès connu : la porte blindée du couloir. Si ç'avait été moi, j'aurais fait un accès direct à l'intérieur du logement pour réduire au minimum les risques de découverte du sosie et de l'évasion.

– Précisément! dit Petrov. Ici, près de nous.

Au cours de la discussion qui suivit, ce fut Bailov qui proposa d'examiner les dispositifs d'éclairage. En commençant par la chambre d'Eva Braun, ils entreprirent de vérifier les lampes intégrées au plafond. Au-dessus de chacune d'elles, il n'y avait qu'une excavation où se logeait le bloc électrique. Les fils passaient dans un conduit métallique lui-même encastré dans le béton. Dans la chambre de Hitler, Bailov commença par la lampe du coin. Il l'ouvrit, sans parvenir à l'extraire de son support.

– Celle-ci est différente, annonça-t-il. Elle ne veut pas venir!

Petrov louchait, la tête en l'air.

– Force-la!

Avec un marteau provenant d'une imposante boîte à outils trouvée dans la salle des machines, Bailov frappa le bord du support. Le métal plia, le béton apparut.

– Rien à faire, c'est coincé!

– Casse le béton, dit Petrov toujours aussi attentif.

– Toute l'épaisseur? s'effraya Bailov.

– Peut-être...

L'athlète martela un moment avant que de petits fragments ne commencent à se détacher. Plus tard, Gnedin prit le relais. Au bout d'une heure, Petrov ne les invitait toujours pas à se reposer. Ce fut Bailov qui, finalement, fit la découverte:

– Bonté divine! Il y a une plaque d'acier!

– Bon, laisse, dit Petrov. Voyons les autres.

Ce fut plus facile avec les autres plafonniers parce que les blocs pouvaient s'extraire, ce qui offrait plus d'espace pour manier le marteau et le ciseau. Ils creusèrent aussi haut dans le béton, mais sans rencontrer de métal. Après que la troisième excavation eut été sondée, on revint à celle du coin. Bailov donna de grands coups dans la plaque.

– Gros calibre, mais on devrait y arriver avec un marteau de forge et un burin.

Gnedin obtint les outils d'un détachement du génie travaillant à la Chancellerie. En cognant comme des sourds, il leur fallut deux heures pour percer l'armature de métal. La lampe-torche révéla un espace vide et noir. En faisant levier, on pouvait enfin dégager le bloc. Petrov fut levé et propulsé dans l'ouverture, assez grande pour un homme plus fort que lui.

En braquant la lampe, une fois là-haut, il vit tout de suite qu'il y avait beaucoup de profondeur. Cela ressemblait moins à un tunnel secret d'évasion qu'à un accès d'entretien – long boyau rectiligne. Des marques dans la poussière lui apprirent que quelqu'un était venu, mais quand? Avant de partir explorer, il examina la plaque qui maintenait auparavant l'installation électrique. De fortes vis la fixaient au boyau. Il se rendit compte que l'extraction des vis ne pouvait s'effectuer *que d'en haut*! D'en bas, c'était exactement le même bloc-lampe que les autres mais, du dessus, un complice pouvait ôter les vis, soulever le bloc et, une fois la substitution des prétendus suicidés opérée, remettre tout cela en place, bien revissé. Étant donné l'aspect du plafonnier, vu d'en bas, on n'avait aucune raison de soupçonner que cela s'escamotait. Seul moyen de savoir : casser délibérément. Tout cela montrait à quel point l'évasion du Bunker avait été préparée.

Petrov repassa la tête dans l'ouverture, vers le bas.

– Démontez tous les autres éclairages de l'appartement. Je veux être absolument sûr que c'est le seul.

Tandis que Bailov retournait au travail en grommelant, Gnedin demanda :

– Comment c'est, là-haut ?

– Une espèce de gros tuyau de fer. Je ne vois pas à quoi ça pourrait servir. Le diamètre permet le passage. La lampe était fixée par des vis, dévissables d'en haut seulement.

Petrov remonta la tête et s'installa pour attendre. Au bout d'un bon moment, la voix de Bailov claironna :

– Les autres sont tous pareils ! Mêmes renfoncements de béton !

Le chef grogna qu'il en avait entendu et qu'il partait jeter un coup d'œil dans le tunnel.

En rampant, il atteignit assez vite le premier espace de dégagement. Il examina la surface du métal, qui se présentait comme si on l'avait nettoyée avec un chiffon. Mais en se mettant vraiment à plat ventre, le visage très près du sol qu'il balayait du faisceau de sa lampe, il découvrit des taches noires pas plus grandes que des points au crayon. En approchant le visage encore plus, il pensa deviner de quoi il s'agissait. Du bout de son canif, il détacha les minuscules fragments, qu'il tamponna ensuite avec un linge jusqu'à ce qu'ils adhèrent au tissu. Il replia soigneusement le linge et le rangea dans une poche intérieure de sa veste. Reprenant son inspection, il aperçut plusieurs petits cheveux de différentes longueurs et, tout aussi méticuleusement, il les recueillit dans un autre linge qu'il mit en lieu sûr. Une fois bien certain qu'il n'y avait rien d'autre, il se remit en route et atteignit bientôt l'endroit où le conduit tournait verticalement à angle droit. Il se retourna sur le dos et s'introduisit dans le segment vertical en poussant sur les jambes. Lampe à bout de bras, il ne touchait même pas le bord du haut. Cela devait faire presque trois mètres. Il tenta brièvement de s'élever dans le puits en s'arc-boutant du dos et des pieds à la paroi, mais il n'y avait rien à faire, le métal était trop lisse pour offrir le moindre appui.

Bailov et Gnedin étaient assis au bord du lit, quand le visage de Petrov réapparut brusquement au coin du plafond.

– Qu'est-ce que tu as trouvé, camarade ? demanda Bailov avec impatience.

– Prenez une corde et une autre lampe ! dit Petrov.

Bailov apporta précipitamment les articles demandés, plaidant aussitôt sa propre cause :

– Moi ?

– Non. Gnedin, qui est plus mince. On manque d'espace, ici! Avec l'aide d'un Bailov très déçu, Gnedin monta dans le trou du plafond. Un peu plus tard, grâce à la taille modeste de Petrov et à la sveltesse de Gnedin, les deux hommes parvenaient à se glisser ensemble dans le boyau vertical. Utilisant le corps du plus grand comme une échelle, le plus petit grimpa au niveau supérieur. Il s'engagea seul, non sans une certaine fébrilité, dans le nouveau tronçon.

Un peu plus loin, il y avait un autre dégagement que Petrov explora aussi méthodiquement que le premier, insensible aux bruyantes demandes d'information lancées de temps à autre par Gnedin resté dans le boyau vertical. Cette fois, il n'y avait rien. Petrov s'assit pour réfléchir. En promenant çà et là le faisceau de la lampe, son regard fut attiré par un reflet, une différence de teinte sur la paroi, au bord d'une jointure. A cet endroit-là, sur la fente, le métal était gauchi et, à proximité, une série d'éraflures s'échelonnaient. En changeant un peu de position, il vit que le métal avait été légèrement soulevé. En prolongeant un peu l'examen, il estima qu'on avait dû caler quelque chose sous la jointure. Pourquoi? Aucune réponse ne lui venant à l'esprit, il repartit de l'avant et finit par buter sur un cul-de-sac. Là, le mystère s'épaississait. Aucune espèce d'issue ne semblait se présenter. Parois et jointures apparaissaient partout intactes. Les parois résistaient à toute pression. Or, le tunnel menait directement à ce cul-de-sac! Deux opinions valant mieux qu'une, il retourna au tronçon vertical afin d'aider Gnedin à monter le rejoindre.

D'en bas, Gnedin voulut lui lancer la corde, mais Petrov secoua la tête:

– Il n'y a rien où l'accrocher!

Les mots lui étaient sortis de la bouche avant même que leur signification ne le frappe. Il comprit soudain la raison des marques sur la paroi. Ce qui avait été coincé sous la jointure, c'était quelque chose permettant d'assurer une corde.

– Attends, dit-il à Gnedin qui avait le bras en l'air.

Petrov orienta sa lampe sur le rebord de la descente, mais n'y trouva rien.

– Écoute-moi, dit-il posément. Je veux que tu te laisses descendre doucement sur les genoux, puis que tu te réintroduises dans le conduit horizontal, ceci en mettant le moins possible le corps au contact du sol.

– C'est piégé? demanda nerveusement Gnedin.

– Préviens-moi quand tu seras dans le conduit.

– Ça y est, j'y suis, et je me suis cogné le dos! Qu'est-ce que je fais, maintenant?

– Sers-toi de ta lampe. Dis-moi tout ce que tu vois en commençant par le fond du puits.

– Rien!

– Regarde mieux! dit Petrov en envoyant le renfort de sa propre lumière.

– Il n'y a rien, dit Gnedin avec agacement. De la poussière, comme partout!

– Bon, de la poussière. Et puis? Comment est-elle? Décris-la-moi comme si tu pratiquais une autopsie. Souviens-toi de ce que je disais sur la façon de regarder...

Petrov vit Gnedin se démancher le cou hors de son boyau.

– Ma foi, rien! De la poussière, quelques petits poils, rien!

Petrov sourit et lança un linge à son compagnon du dessous, qui sursauta en voyant arriver cette chose qui voletait.

– Ramasse autant de poils que tu en trouveras, enveloppe-les soigneusement là-dedans.

Le médecin s'exécuta en ronchonnant sur la difficulté d'attraper de si minces filaments sous si peu de lumière.

– Bon, j'en ai!

– Combien?

– Une dizaine, peut-être plus. Difficile à dire. C'est minuscule.

– Parfait, dit Petrov, prends-moi la main et monte, j'ai besoin de tes yeux ici aussi.

De retour au cul-de-sac, ils inspectèrent tout le site à quatre pattes. Pas plus que Petrov, Gnedin ne décela le moindre indice d'ouverture. Il finit par s'adosser à la paroi, jambes croisées, pour allumer une cigarette. Il toussa.

– La fumée va gêner, dit Petrov.

– Tant pis, j'ai besoin de fumer! Le temps de réfléchir. Gnedin avait posé sa lampe debout sur le côté allumé. Quand il la reprit, il s'immobilisa.

– Regarde! dit-il en montrant le métal sous ses jambes.

– Petrov se pencha sur la lumière.

– Presque invisible.

– Des éraflures.

S'écartant à reculons, ils découvrirent que les petites éraflures décrivaient un grand arc, irrécusable évidence d'un balayage intérieur. La paroi devant eux ne s'ouvrait pas *du* dedans mais *en* dedans!

– Restez ici, dit Petrov. Dans dix minutes, tu commences à frapper la paroi avec le bout de ta lampe, à intervalles de quinze secondes.

– Pendant combien de temps?

– Jusqu'à ce que je dise d'arrêter.

Petrov refit le chemin en sens inverse. Bailov l'aida à descendre du plafond. Les deux hommes quittèrent l'appartement, puis franchirent la porte blindée étanche qui faisait communiquer le Bunker au couloir souterrain passant sous la Chancellerie. C'est alors qu'ils remarquèrent les plaques de métal sur les murs. Recouvertes de la même peinture lisse que ceux-ci, et jointées à la perfection, il fallait y regarder de près pour les voir. Arrêté devant la première à partir de la porte du Bunker, Petrov ouvrit son couteau, ôta les vis, leva le panneau. A l'intérieur, il y avait un bidon cubique marqué *EAU*.

– Casiers de secours, dit Petrov.

Il se mit lentement en marche dans le couloir, en s'arrêtant souvent pour écouter. A la moitié du second long tronçon, il demanda à Bailov :

– Tu as entendu ?

C'était un son extrêmement étouffé. Ils parvinrent à le localiser sur une plaque. Petrov la dévissa et la leva. A l'intérieur, il y avait un rouleau de manche à incendie. Le bruit métallique était plus fort, maintenant, juste devant eux.

– Voilà, nous y sommes! annonça Petrov. (Du bout des doigts, il repéra la vis unique en bas du casier. Il la libéra, tandis que le martèlement reprenait.) Recule! cria-t-il à Gnedin. Je ne vais pas y arriver, j'ai les bras trop courts, dit-il à Bailov. Pousse! Ça bascule en dedans.

D'un grognement, Bailov fit céder le fond du compartiment, qui se releva en silence pour laisser apparaître Gnedin, lequel fumait tranquillement, un grand sourire au visage.

– « Dr. Livingstone, I presume[1] ? »

24. 14 mai 1945, 17 heures.

A n'en pas douter, le conduit constituait le dispositif d'évasion, mais ses utilisateurs devaient entrer et sortir par le couloir. Petrov y vit le point faible du plan. Il ordonna qu'on réinterroge tous les gardes de la Chancellerie capturés. Puisque tous les nazis du Bunker semblaient tomber d'accord sur ce qui s'était passé, il se trouverait peut-être quelqu'un, à la périphérie, pour avoir vu quelque chose de significatif. Pas une minute à perdre. Gnedin et Bailov se virent désignés pour reprendre les interrogatoires.

Ce fut Gnedin qui décrocha le gros lot en questionnant de nouveau le sergent Gustav Rudolf. Prévenu à l'instant, Petrov entra dans la pièce en s'adressant directement à Gnedin, en russe.

– De quoi s'agit-il ?

1. *N.d.T.* Stanley accueillit Livingstone avec ces mots devenus historiques.

– Vous allez voir. (Le jeune médecin se tourna vers l'Allemand.) Raconte encore ton dernier tour de garde à la Chancellerie.

Rudolf répéta son histoire. Hitler et un colonel SS étaient arrivés dans le couloir où il était en faction, et lui avaient ordonné de se rendre à un autre poste dont la sentinelle avait disparu. Gnedin dit à Petrov en russe :

– Il avait oublié de nous le dire dans le premier interrogatoire.

Petrov demanda, dans son allemand méticuleux :

– Était-ce inhabituel de voir Hitler au-dehors du Bunker ?

– Oui, très inhabituel à la fin. On ne le voyait plus beaucoup, pour finir.

– Et vous avez changé de poste parce que Hitler vous l'a demandé ?

– Hitler ne m'a rien demandé. Il me l'a dit. C'était un ordre. Vous auriez fait pareil, à ma place !

Petrov ne releva pas ce dernier point.

– Voyiez-vous souvent Hitler ?

– A la fin, non. Avant ça, oui. Pas tous les jours. Plutôt une fois par semaine, quelquefois plus.

– Mais pas à la fin ?

– Des fois, à la fin, mais pas autant qu'avant. Il faisait l'aller et retour entre le Bunker et la Chancellerie pour des réunions.

– Quelle était la date de cette dernière rencontre ?

– 13 avril.

– Êtes-vous certain de cette date ?

– Évidemment !

– Quelle est la date d'aujourd'hui ?

– Je ne sais pas ! dit Rudolf, estomaqué par la question. Je suis enfermé dans le noir ! Pas de calendrier, pas de montre ! Comment vous voulez que je sache ?

– Mais vous êtes certain de la date à laquelle vous avez rencontré Hitler ?

– Évidemment ! On faisait tous attention à ça ! Le temps, il n'en restait presque plus !

– Quand aviez-vous vu Hitler avant cette dernière fois ?

– Quelques jours avant.

– Plus précisément.

– Je ne peux pas dire. Je ne sais pas exactement.

– Mais vous vous rappelez la dernière fois ?

– Évidemment, le 13 avril ! (Rudolf était exaspéré.) Je vous parie que tous ceux qui étaient là, sur la fin, se rappellent ce genre de chose ! On avait tous peur. On ne pouvait pas s'empêcher de se dire qu'on allait mourir dans quelques heures. Je me souviens du 13 avril parce que, le soir, le capitaine m'a dit que Hitler s'était tué, l'après-midi. Quand j'ai entendu ça, je me suis dit que, moi aussi, j'allais mourir. Mais je ne suis pas mort!

Gnedin sourit.

– Racontez-moi encore cette histoire, ordonna Petrov.

Rudolf s'exécuta, sans aucune différence dans les détails. Petrov s'entretint en russe avec Gnedin :

– Il faudrait obtenir davantage de précision. Pourrais-tu l'hypnotiser? Ou peut-être en utilisant des drogues...

– L'hypnose serait préférable, jugea Gnedin. Les drogues dont nous disposons sont assez rudimentaires, elles iraient plutôt pour l'information brute.

– Bon, essaie.

– Laissez-moi seul avec lui. Dix minutes, vingt tout au plus. Si je ne peux pas le mettre sous hypnose en vingt minutes, inutile de s'obstiner.

Petrov et Bailov attendirent derrière la porte. Petrov mit à profit cette pause pour réfléchir à ce que le garde allemand venait de dire. A en croire une légère crampe qu'il ressentait à l'estomac, il s'agissait peut-être d'un pas décisif.

Exactement dix minutes plus tard, la porte s'ouvrit et Gnedin leur fit signe d'entrer. Rudolf était toujours assis sur son tabouret, mais il avait les yeux clos et semblait parfaitement détendu.

– Relativement facile, expliqua le médecin. Tu peux y aller. Il attend tes questions.

– Sergent, racontez-nous encore une fois cette rencontre avec Hitler.

Et Rudolf redit son histoire mais, cette fois, il y avait davantage de détails. Le cœur battant, Petrov attendit le moment d'en demander encore plus.

– Alors, Hitler vous a tendu votre capote?

– Oui.

– De quelle main vous l'a-t-il donnée?

– Je ne comprends pas.

Petrov plissa les yeux.

– Avec sa main gauche ou avec sa main droite?

Des rides creusèrent le front de Rudolf. Ses mains qui, jusque-là, pendaient de côté remontèrent légèrement.

– Sa main gauche.

– Vous êtes certain que c'était sa main gauche?

– La gauche, oui.

– Comment pouvez-vous en être certain?

– Parce que, en me tendant mon manteau, il m'a salué.

– Montrez!

Rudolf leva tout droit le bras droit pour faire le salut nazi, tout en avançant le bras gauche vers Petrov comme s'il lui tendait quelque chose.

– On salue toujours de la main droite?
– Toujours de la main droite! dit solennellement Rudolf.
– Et il vous a donné le manteau avec la main gauche?
– Oui.
– En même temps, ils vous saluait?
– Oui.

Les yeux de Petrov étincelèrent. Il consulta Gnedin qui hocha la tête comme pour signifier : « C'est bien la vérité, que vous entendez. » Petrov ramena toute son attention à Rudolf.

– Hitler est venu de la direction de la Chancellerie. Est-ce exact?
– Oui, de la Chancellerie.
– L'aviez-vous vu auparavant? Était-il passé devant vous en sens opposé?
– Non, il est juste venu de la Chancellerie. C'est le seul moment où je l'ai vu.
– Avez-vous sommeillé, à un moment ou à un autre de votre tour de garde?

Rudolf secoua la tête vivement, les yeux toujours fermés.

– Si le Führer m'avait trouvé endormi, il m'aurait fait fusiller. Je n'aurais jamais pris de risques aussi idiots, pas si tard dans la guerre.

Gnedin sourit, Bailov se retint d'éclater de rire et Petrov lui-même eut un petit rictus de bonne humeur.

– A quelle heure aviez-vous pris la garde?
– A 11 heures du matin.
– Pour être relevé à quelle heure?
– A 3 heures de l'après-midi.
– Un tour de garde de quatre heures?
– Oui.
– Et une fois relevé, au bout de combien de temps deviez-vous reprendre la garde?
– Huit heures.
– Tout le détachement de sécurité fonctionnait sur ce roulement de quatre-huit?
– Oui, tout le monde.
– A quelle heure avez-vous vu Hitler?
– A 2 heures. Je venais juste de regarder ma montre. J'avais encore une heure.
– Vous avez vu arriver Hitler, venant de la Chancellerie, à 2 heures précises?
– D'abord, je l'ai entendu. Il faut apprendre à se servir de ses oreilles et à tout voir du coin de l'œil. On était entraînés. Pas question de nous laisser regarder les grosses légumes dans les yeux!
– Vous l'avez d'abord entendu venir, puis vous l'avez aperçu du coin

de l'œil, puis il est arrivé jusqu'à vous. Et vous l'avez vu là, devant vous?

– Il s'est arrêté juste devant moi.

– Et il vous a dit de changer de poste de garde?

– Oui. (Rudolf fit la grimace.) Non. Le colonel me l'a dit le premier. Ensuite le Führer.

– Comment semblait Hitler?

– Je ne comprends pas.

– Se déplaçait-il lentement, rapidement? Avait-il de la difficulté à marcher?

– Il avait l'air normal.

– Il ne boitait pas?

– Je ne l'ai pas vu boiter.

– Mais vous saviez qu'il boitait?

– Tout le monde savait ça.

– Et vous n'avez pas trouvé bizarre qu'il ne boite pas?

– Pardon, monsieur?

– Vous saviez qu'il n'était pas en bonne santé?

– Oui.

– Et vous saviez qu'il avait la jambe droite abîmée?

– Évidemment! Je m'en étais déjà rendu compte. Ça faisait mal à voir.

– Comment expliquez-vous que ce boitement ait disparu?

– Je ne l'explique pas. Peut-être qu'il allait mieux. Il avait beaucoup de docteurs.

– Vous êtes sûr qu'il ne boitait pas?

– Il marchait aussi bien que moi!

Comme Rudolf se mettait en devoir de se lever, Petrov lui mit la main sur l'épaule pour qu'il reste assis.

– Il s'est arrêté et vous a parlé?

– Oui.

– Comment était-il?

– Bien gentil, un peu distrait. Comme s'il avait des tas de choses dans la tête. Mais il était toujours bien gentil avec les sous-officiers. Il avait été caporal, avant de faire de la politique.

– Sa voix était la même? Ses cheveux? Ses yeux?

– Oui, euh... comme qui dirait. Ses yeux étaient différents.

– Leur couleur?

– Non, pas la couleur. C'était l'intensité qui... (Rudolf marqua un temps d'arrêt.) Ils ne brillaient pas. Il me regardait en face et je ne me détournais pas. Ça, c'était inhabituel! On était mal à l'aise, quand le Führer vous regardait en face!

– Mais pas cette fois?

– Non... murmura Rudolf comme si son subconscient eût tenté de traiter lui-même l'information.

– Y avait-il autre chose de différent?

– Il ne savait pas comment je m'appelais.

– Il aurait dû le savoir?

– Il connaissait mon nom, avant.

– Il avait une raison particulière de le connaître?

– Non, il savait les noms de tous les gens! dit Rudolf avec admiration. Le Führer avait une mémoire des noms fantastique! C'était célèbre!

– Ce trou de mémoire vous a fait de la peine?

– Seulement sur le moment.

– Mais vous ne lui en avez pas voulu?

– Je me suis dit: « Il a assez de souci avec le IIIe Reich, comment se rappellerait-il mon nom? »

– Parlez-moi du colonel SS.

– Je ne peux pas. Il restait derrière le Führer, et je n'ai pas trop osé regarder. C'est des durs, les colonels SS!...

Petrov tenta d'en savoir plus sur le colonel, mais n'obtint pas grand-chose. Ne pas se faire remarquer d'un être humain dont on se tient à deux pas relève moins du hasard que de la technique.

– Vous êtes fatigué?

– Oui, et j'ai faim.

– C'est presque fini. (La voix de Petrov débordait de bienveillance.) Encore deux ou trois questions et vous pourrez vous reposer.

– Merci.

– Quand vous avez pris votre nouvelle faction, à quelle heure avez-vous été relevé?

– A 15 heures précises.

– Votre camarade est-il revenu?

– Jamais!

– Même très tard le soir?

– On ne l'a jamais revu!

– Que pensez-vous qu'il lui soit arrivé?

– Déserté! Son poste était près d'une sortie.

– Pourquoi pensez-vous cela?

– On voulait tous sortir de là!

– Même vous?

– Surtout moi!

– Mais vous êtes resté.

– J'avais peur de partir.

– Je crois que c'est votre sens du devoir qui vous a empêché de partir, sergent! dit Petrov, magnanime.

Rudolf secoua la tête.

– J'avais peur. Je ne voulais pas crever dehors.
– Mais vous vous êtes échappé, par la suite?
– Oui.
– Où est la différence?
– Je n'étais pas seul. Il y avait moins de danger, en groupe.
– Vous n'en avez pas moins été capturé.
– D'accord, mais vivant.
– Vous avez été capturé sur l'autre rive, le matin du... (Petrov consulta Gnedin, qui leva trois doigts.) Le 3 mai.
– Je ne sais pas exactement. Ils venaient juste de tirer un coup.
Petrov écarquilla les yeux. C'était Gnedin qu'il interrogeait du regard tout en s'adressant au garde:
– Je ne comprends pas!
– L'officier russe. J'étais dans des rochers. Elle et un de ses hommes sont revenus là où je me cachais. Ils ont enlevé leurs habits pour tirer un coup. C'était le matin. Ils se régalaient!
– Et ils vous ont vu?
– Oui, une fois fini. L'homme a pissé près de moi et ils m'ont trouvé. Elle s'est assise sur ma figure.
Petrov en parut sidéré. Bailov n'en pouvait plus de s'empêcher de rire.
– Une femme officier russe s'est *assise sur votre figure*?
– Avec son con. Après, l'homme m'a donné des coups de pied dans les couilles. Ils m'ont dérouillé!... J'ai encore mal.
Il voulut leur montrer, mais Petrov le fit tenir tranquille.
– Hitler vous a tendu votre manteau de la main gauche?
– Gauche!
– Et il marchait sans boiter...
– Il marchait normalement.
– Et vous avez soutenu son regard?
– Ça faisait drôle.
– Et il ne se rappelait plus votre nom?
– J'ai dû le lui dire moi-même, mais ça m'était égal.
– Et l'on n'a jamais revu l'autre garde?
– Je ne l'ai pas vu.
– Comment s'appelait-il?
– Holzmeyer. Ernst. C'était un caporal.
– Vous étiez amis?
– Non.
Petrov se tourna vers Gnedin.
– Qu'en dis-tu?
– Frappant! Forcément vrai. Le cerveau détient quantité d'informations que nous pouvons amener sur demande à la conscience. L'hyp-

notisme ouvre une espèce de porte. Je ne sais pas exactement comment, mais ça marche!

– Il pourrait mentir, dans cet état?

– Pas impossible, avec de l'entraînement, mais je ne pense pas que ce soit le cas. On peut vérifier.

«Fais», exprimait le visage de Petrov.

– Rudolf, dit Gnedin, dans un instant je vais te réveiller, et tu te sentiras parfaitement bien. Est-ce que ça te fait plaisir?

– Oui, beaucoup.

– En te réveillant, tu oublieras tout ceci. Mais d'abord, je veux que tu me dises quelque chose. La vérité absolue. Tu comprends?

– Oui, monsieur.

– Tu aimes les femmes?

– Oui, beaucoup.

– Avais-tu des relations avec les femmes de la Chancellerie?

– Oui.

– Souvent?

– Entre chaque tour de garde.

– Est-ce que tu te masturbes?

Il y eut un silence.

– Oui.

– Souvent?

Rudolf baissa la tête.

– Oui.

– Dis-moi ce que tu as pensé pendant que l'officier russe et le soldat faisaient l'amour.

Rudolf bredouilla quelque chose et Gnedin lui demanda de répéter.

– J'aurais voulu être à la place du soldat.

– Qu'est-ce que tu aurais voulu faire à la femme?

Petrov s'interposa sans laisser à l'Allemand le temps de répondre.

– Ça suffit, docteur. Je comprends où tu veux en venir. S'il nous dit cela, c'est que le reste est vrai. Tu peux le réveiller. Il faut que je voie Rivitsky.

25. 15 mai 1945, 11 heures 15.

Logan pédala aussi longtemps que le permettait le chemin de montagne. Celui-ci s'achevait net à la base d'un éboulis. Il abandonna donc sa bicyclette rouillée pour continuer à pied dans les rochers. Toute la nuit avait été humide et, maintenant, les nuages déroulaient là-haut des configurations menaçantes. Il arrivait à mi-pente quand la pluie s'abattit comme si on vidait un tonneau. En quelques secondes, il fut trempé. Les rochers devinrent glissants. En essayant de se dépêcher, Logan trébucha et tomba brutalement, un genou lacéré, les deux mains écorchées.

Il s'abrita tant bien que mal sous un bloc énorme et déchira sa jambe de pantalon pour examiner son genou. L'entaille allait jusqu'à l'os, et des couches de graisse jaune apparurent quand il appuya au bord de la blessure. De toute évidence, il lui fallait des points de suture. Le pire moment pour se blesser! Zürich l'envoyait remettre un message codé à Beau Valentine, nom de code Écrevisse. Cette mission avait mis Logan mal à l'aise dès le début. C'était un bureaucrate, un homme d'analyse, payé pour se servir de son cerveau, non de son corps. Pour la première fois depuis son arrivée en Suisse, deux ans plus tôt, on lui demandait de faire quelque chose qui n'entrait pas dans ses attributions. Outre le désagrément de s'éreinter par monts et par vaux, cela lui valait de quitter les charmes de Zürich. Depuis que l'OSS mettait les bouchées doubles pour découvrir ce que manigançaient les Russes en Allemagne orientale, l'information partait dans tous les sens.

Une fois sa blessure examinée, l'aspect vraiment le plus affreux de sa mission revint à l'esprit de Logan : il allait avoir affaire à Beau Valentine, ce que nul être sensé n'envisageait de gaieté de cœur. Quand on donnait quelque chose à faire à Écrevisse, cet homme, le plus imprévisible et le moins orthodoxe de l'OSS, violait toutes les règles l'empêchant d'atteindre directement l'objectif.

Dans le paysage le plus sinistre qu'on ait vu, dans des conditions atmosphériques propres à décourager les plus braves, Logan devait donc dépister le légendaire Valentine qui haïssait ouvertement tout le personnel de bureau de l'OSS, à l'exception de son propre chef de mission, lequel avait poliment repoussé l'occasion de rendre visite à l'animal dans son habitat naturel. A lui, Logan, de se débrouiller avec de vagues indications de route et une vieille photo de Valentine.

Son genou nécessitait des soins médicaux sérieux. S'il restait sans bouger, toute la jambe s'ankyloserait, lui interdisant de marcher. Pour le moment, la blessure était comme anesthésiée. Il se releva, remonta son col et repartit sous la pluie. Au loin, derrière une chaîne de sommets, le tonnerre crépitait comme un roulement désordonné de grosse caisse.

Quand l'éboulis prit fin, Logan découvrit une zone boueuse où s'entrecroisaient trois chemins différents. Les instructions mentionnaient les rochers, non un tel choix de directions. Alors qu'il recensait mentalement tout ce qu'il savait sur l'emplacement supposé du camp où vivait Valentine avec ses partisans italiens et yougoslaves, une grande vache rousse apparut au tournant du chemin le plus au sud, cahin-caha, suivie de deux jeunes garçons qui lui cinglaient l'arrière-train avec de longues badines. Ils portaient tous deux un fusil de chasse en bandoulière et, quand ils le virent, ils eurent vite l'arme à la main, pointée sur lui. Il leur dit en italien :

– Je cherche l'Américain!

Souriants, ils refirent passer les fusils dans le dos et engagèrent Logan à les suivre. Clopin-clopant, il emboîta le pas. Sa jambe commençait à le faire sérieusement souffrir. Le tonnerre, en se rapprochant, prenait des résonances profondes de plus en plus inquiétantes. Des éclairs étincelaient, dont les zigzags semblaient enjamber des distances considérables.

Il fallut près de deux heures pour atteindre le campement accroché dans les rochers, au flanc d'une gorge. Il s'agissait d'une accumulation d'abris de toile ou de tôle ondulée, presque aussi rudimentaires que de simples appentis, entre lesquels picoraient des poulets, circulaient des cochons. A l'approche de la vache et de ses trois accompagnateurs, des femmes et des hommes armés apparaissaient. Un attroupement se forma bientôt autour de Logan. Çà et là, quelqu'un le poussait du bout d'un fusil, mais il s'efforçait de contrôler ses émotions. On lui avait fait un topo sur les partisans. Ils n'avaient d'allégeance qu'à eux-mêmes. A la moindre offense, ils vous tuaient. Sur le moment, ces informations lui avaient fait froid dans le dos mais, à présent, elles l'aidaient à garder son calme.

A mesure qu'il s'enfonçait dans le campement, il compta près de quarante habitations. Une bonne centaine de personnes devaient l'escorter. Les gens qu'il ne voyait pas étaient sans doute encore plus nombreux. Il ne s'attendait pas à un tel effectif! On distinguait des éléments d'uniformes disparates, provenant de plusieurs armées. Certains hommes portaient des tuniques de couleur vive.

Le groupe s'arrêta au bout du campement. Tout le monde leva la tête vers les rochers. Un homme énorme arborant un large sourire, coiffé d'une casquette de base-ball, se tenait sur un porche délabré. Logan reconnut immédiatement Valentine, qui tenait un poulet blanc dans la main droite. Soudain, avec des rotations quasi imperceptibles du poignet, le colosse se mit à faire tournoyer la volaille comme une hélice jusqu'à ce que cela devienne une boule indistincte d'où volaient des plumes. Au bout de quelques secondes, le tournoiement cessa net et le sang jaillit de la tête fracassée du volatile. La foule éclata de rire. Le messager se sentit soudain défaillir mais, sans lui laisser le temps de s'évanouir, deux partisans se saisissaient de lui et le faisaient monter jusqu'à la cahute.

Valentine débarrassa une table d'un revers de bras et dit aux hommes d'y déposer Logan, qu'il obligea à se coucher sur le dos. Puis il retroussa le pantalon sanglant et se mit à tripoter le genou. Le blessé tressaillit et demanda faiblement :

– Écrevisse?

– Appelle-moi Beau! rétorqua joyeusement Valentine. Ma trousse! dit-il à un partisan.

L'homme fourragea dans un tas de boîtes, dans un coin, et finit par en extraire une petite sacoche de cuir noir. Valentine l'ouvrit sur la table, y prit divers instruments et un rouleau de gaze. Il banda la jambe de Logan au-dessus de la blessure.

Beaucoup de monde se pressait dans la pièce, maintenant.

– Ça ne va pas faire mal! déclara Valentine. A moi, je veux dire!...

L'assistance hurla de plaisir.

– Vous avez un médecin, ici? demanda anxieusement Logan.

– Presque! répondit Valentine en continuant à trier produits et instruments.

Il dépliait un étui contenant des aiguilles et des sutures quand Logan tenta de se rasseoir pour être aussitôt repoussé en arrière par des mains puissantes.

– Arrêtez! Vous n'allez pas essayer de me recoudre!

Valentine le considéra d'un air intrigué.

– Essayer? Mince alors! Je vais le faire, oui! (Il tapota gentiment la poitrine du malheureux qui se débattait à nouveau.) Holà, mon gars! J'ai vachement l'expérience de ce genre de truc. (Du regard, il chercha quelqu'un dans la foule.) Où est Umberto?

– Ici! fit une voix.

Un individu très maigre apparut au premier rang.

– Montre-lui! ordonna Valentine.

Umberto s'approcha en boitant et pencha au-dessus de Logan un visage déformé, décentré par une cicatrice qui, partant d'un œil, descendait au coin de la bouche, remontait au milieu du nez et plongeait encore à l'autre coin de la bouche pour s'achever en un escargot de chair rose sur la droite du menton. Les tissus étaient rose foncé, encore enflammés, et la cicatrice déportait les muscles faciaux sur la gauche. Logan essaya vainement d'échapper à cette vision.

– Beau boulot, hein, l'Américain? fit Umberto.

L'ail de son haleine, ajouté à l'odeur des corps en sueur agglutinés dans la pièce, donnait des haut-le-cœur à Logan. Valentine inclina une bouteille de bourbon sur la blessure.

– Ça va peut-être piquer un peu!

Les mains crispées instantanément, Logan s'agrippa à la table. Valentine versa le whisky sur la plaie. Le blessé laissa échapper un cri qui résonna dans la pièce avant de décroître en un long murmure douloureux.

– Tu vois? fit Valentine. Pas si terrible!

Il se débarrassa de sa chemise et donna la bouteille à un homme qui lui versa du whisky sur les mains. Pour les faire sécher, il leva les bras en l'air tout en gardant les yeux baissés sur le genou ouvert, comme pour prendre une décision.

– Bon, quelle heure est-il?

– 1 heure 14, dit quelqu'un.

– Parfait! Trois contre un que je recouds ça en dix minutes!

Cela déclencha des murmures soutenus. Un homme se mit à maugréer :

– Pas question, Valentine! Cinq minutes ou rien!

– Bande de salauds! soupira l'intéressé. OK, cinq minutes. Et comme je me sens charitable, je lève la cote à six contre un.

Les parieurs se pressèrent immédiatement au bord de la table. Billets et pièces pleuvaient autour du patient.

Valentine saisit une aiguille et entreprit d'y enfoncer un fil, en pure perte, jusqu'à ce qu'on lui vienne en aide avec une lanterne. Puis il se pencha, examina la blessure.

– Cinq minutes, c'est dur, mais à quoi bon vivre sans danger? (Il éclata de rire.) Il me faudrait un petit stimulant!

Un partisan brandit une bouteille de vin. Valentine but au goulot, sans les mains. Le liquide rouge dégoulina sur sa poitrine. Au bout d'un nombre élevé de gorgées, il rentra le menton, rota et remonta les épaules.

– Quelle heure?

– 1 heure 18! annonça le chronométreur.

– A vos marques, prêt, partez! cria Valentine en plantant adroitement l'aiguille courbe dans les chairs.

Logan redressa la tête, bouche ouverte, roula des yeux blancs et retomba en arrière en se cognant le crâne au bois de la table avec un bruit sourd.

Il revint à lui, assis sur une chaise, sur le porche de la cahute, la jambe soutenue par un tonnelet de bois et étroitement enveloppée d'un tissu jaune constellé de taches de graisse. Instinctivement, il voulut fléchir les muscles. La douleur éclata dans la cuisse, à partir du genou. Il résolut fermement de ne pas bouger plus que nécessaire. Il regarda autour de lui. D'autres personnes se tenaient sur le porche. D'autres encore, assises ou debout dans les rochers, non loin de là, regardaient attentivement vers le bas de la pente. La pluie avait diminué mais il faisait plus sombre et le tonnerre éclatait plus fort, submergeant toute chose. Les éclairs, aveuglants, semblaient si proches que les cheveux de Logan se dressaient sur sa nuque.

Que regardaient-ils tous? En se penchant un peu, il vit une demi-douzaine d'hommes, en bas, immobiles à plusieurs mètres les uns des autres. Ils étaient nus à l'exception des bottes, et chacun d'eux tenait une tige métallique longue d'au moins trois mètres au-dessus de sa tête. Que diable se passait-il?

– Une expérience! expliqua Valentine qui se tenait dans l'escalier juste au-dessous de Logan, bouteille à la main, cigarette à la lèvre. Des Boches! Une équipe de traînards. On les a accrochés cette nuit. Six, tout ce qui reste! (Cela le fit rire.) Ils ne la ramènent pas, avec leurs petites quéquettes ratatinées sous la pluie!

Une nouvelle série d'éclairs illumina le ciel. Les partisans se mirent à discuter entre eux avec animation. Logan s'efforçait d'analyser la situation. Éclairs. Hommes. Tiges de métal. Bon Dieu de bon Dieu!

– Vous en faites des paratonnerres! hurla-t-il. Vous ne pouvez pas!

Valentine se retourna.

– Ce qui marche pour Benjamin Franklin est bien assez bon pour Beau. On a pris les paris sur celui qui morflerait le premier. Enfin, on ne va pas poireauter toute la soirée. Si ça ne vient pas vite, on va les descendre. Mais c'est bien plus intéressant comme ça, non?

– Vous êtes cinglé! s'étrangla Logan.

Un éclair frappa soudain l'extrémité du camp, au grand enthousiasme des spectateurs.

– C'est parti pour les grillades! dit Beau avec une satisfaction non dissimulée. A propos, ajouta-t-il, qu'est-ce qui vous amène ici?

– Message, fit Logan. Poche dos de ma veste. Chiffré.

Valentine attrapa la veste, la retourna, en arracha une enveloppe étanche et rentra décoder le message.

Au moment où il réapparaissait, quelques minutes plus tard, le tonnerre éclata à la verticale, faisant rentrer les têtes. Un éclair tomba encore plus près. Valentine dévala les marches, une mitraillette Thompson à la main.

– Vos gueules! lança-t-il aux partisans. Toi, cria-t-il à l'Allemand le plus proche, est-ce que tu es un savant?

L'homme secoua énergiquement la tête en gémissant:

– Je suis un soldat!

– Et vous autres?

Tous les Allemands secouèrent la tête.

– Et merde! jeta Valentine en faisant dévaler une pierre à coups de pied. J'espérais que c'étaient des savants! Ça m'éviterait un voyage en Allemagne! (Il se retourna vers le prisonnier le plus proche.) Fous-moi le camp!

L'homme le regarda, éberlué.

– Foutez le camp! répéta Valentine.

Mais les Allemands restaient plantés là. Brusquement, l'Américain leva sa Thompson et lâcha une rafale. Les six hommes nus jetèrent instantanément leurs tiges de fer et se lancèrent dans la descente en se bousculant les uns les autres pour essayer de passer devant. Ce départ précipité fut salué par des salves de cris, de rires et d'armes à feu.

Valentine se retourna vers Logan avec colère.

– Vraiment, ils me débectent! Même pas dit au revoir!

26. 16 mai 1945, 8 heures.

Il avait beau prendre souvent l'avion, cela le mettait toujours mal à l'aise. Et ce n'était pas simplement de la peur. Cela tenait davantage à une question de contrôle de la situation. A terre, même dans le train ou dans une automobile rapide, il avait toujours l'impression de pouvoir descendre et se rendre où cela lui chantait, comme bon lui semblait. Il reconnaissait qu'on peut aussi bien quitter un avion – mais ne s'agit-il pas alors d'une sortie désespérée, insensée? C'était irrationnel, en tout cas. Descendre en marche d'une voiture ou d'un train est bien plus dangereux que de sauter en parachute. La peur n'en persistait pas moins et, si l'avion l'agaçait toujours, il acceptait le fait sans réfléchir. Les ordres sont les ordres, le devoir commandait ce voyage. Et cela l'amusait de penser que le Berkout avait peur de voler.

Au Berkout. Le Dr Chenko lui avait remis un message dactylographié ainsi adressé, transmis par Andrei Vishinsky, le vice-ministre des Affaires étrangères délégué à Berlin par Staline. Le texte, qui n'était pas signé, l'invitait à se présenter à l'aérodrome de Tempelhof. Petrov connaissait l'auteur du message : un seul homme l'appelait le Berkout. Quant à la destination du vol, c'était une autre affaire.

Odessa, dernier port russe au nord de la mer Noire. On avait mis plus de six heures malgré un bon vent arrière, et il faisait nuit au moment d'atterrir. Une limousine, américaine – une Packard noire –, attendait sur la piste, moteur au ralenti.

Ils longèrent la côte au nord-est pendant près d'une heure. A la densité croissante des forces de sécurité, Petrov sut qu'on approchait. La Packard quitta finalement la route blanche pour un chemin de terre, et il fallut franchir différents postes de contrôle puissamment armés. D'ordinaire – à Moscou ou dans tout autre repaire de Staline –, il y aurait eu fouille à chaque poste, mais ici la barrière semblait se lever automatiquement dès que le chauffeur exhibait certains papiers.

De la banquette arrière, Petrov aperçut une grande datcha bâtie sur un cap escarpé. On apercevait, tout en bas, une plage de sable noir, et la nuit embaumait l'air marin. Des centaines de lumières en suspension délimitaient le périmètre. Des gardes à pied et à bicyclette ne cessaient de circuler dans des zones bien précises.

Pleins gaz pour avaler la dernière rampe, la voiture alla s'arrêter à bout de souffle sur un tertre de gazon. Un garde ouvrit la portière de Petrov et s'effaça. Une autre lui prit ses papiers pour les comparer à des photos et des duplicatas. Dans le parc, il dut franchir le labyrinthe habituel de contrôles internes – le même système établi à Berlin pour sa propre organisation. Il remarqua plusieurs batteries antiaériennes à proximité, couvertes de filets de camouflage. Une grande antenne radar devait se dresser quelque part par là, peut-être sur le toit même de la datcha. Petrov grimpa un grand escalier de bois, fit encore vérifier ses papiers et fut enfin autorisé à entrer.

La maison semblait vide, ce à quoi il ne s'attendait pas. D'habitude, plus on approchait de Staline, plus la sécurité s'alourdissait. Or, ici, il n'y avait pas de gardes. Il s'arrêta au pied d'un escalier en hélice à rampes de bois sculpté, et admira le décor. Ça reniflait la décadence qui avait amené la révolution d'Octobre et la guerre civile. Ce genre d'atmosphère mettait des siècles à se dissiper; quelques décennies n'y suffisaient pas.

La datcha était somptueusement meublée. On imaginait facilement ce qu'auraient dit les capitalistes en voyant comment vivait le patron de la Russie, et, somme toute, les apparences étaient trompeuses. Tout communiste devait travailler pour vivre. Il n'existait pas de classe riche de naissance. On ne possédait rien pour toujours en Union soviétique. Ce que le parti accordait, le parti pouvait le reprendre – et ne s'en privait pas. Voilà la différence cruciale qui échappait aux capitalistes. *Comment* vivait Staline, cela ne voulait rien dire. Qu'il fût en vie et gouvernât, voilà ce qu'il fallait considérer.

Elle remontait loin, la première rencontre de Petrov avec le petit père des peuples. L'homme lui avait fait l'effet d'un être fruste et simple à certains égards, complexe et subtil à d'autres, et qui pouvait, au besoin, montrer un vernis mondain et culturel incroyable. Au fil des années, après la révolution, il avait consolidé son pouvoir en jouant sur l'opposition des factions. Le style de Staline était celui de la terreur, mais il n'oubliait pas son objectif : tenir ses ennemis en échec, et les masses en état de déstabilisation. Il savait pouvoir, sur une période de temps conséquente, rééduquer les esprits et les amener à admettre les données du communisme. L'exercice de la terreur, à la limite de l'extermination, induirait peu à peu une soumission absolue. Une fois bien établie l'obéissance inconditionnelle, une efficacité totale deviendrait possible – aucune autre méthode ne réussirait, sur une telle multitude de gens. Alors seulement, à chacun selon ses mérites, à chacun selon ses besoins. Mais Hitler avait interrompu la progression...

Il n'y avait pas d'éclairage électrique à l'intérieur de la datcha. Les miroirs réfléchissaient les lanternes et les chandeliers à l'infini, tandis que, du haut des murs, les gargouilles se penchaient pour observer le visiteur. Brusquement, dans le champ de vision de celui-ci, Staline apparut sur le tapis rouge de l'escalier. Il boutonnait sa braguette, cigare aux dents.

Petrov ne manquait jamais d'être impressionné par le personnage, moins pour ce qu'il était que pour ce qu'il n'était pas. Staline avait le visage boucané, creusé de profonds sillons. Son épaisse moustache constituait le trait le plus marquant de cette tête léonine fichée sur un petit corps n'atteignant pas un mètre soixante – moins que Petrov. De son vrai nom Iossif Vissarionovitch Djougatchvili, il était issu des couches les plus pauvres de Russie. Né en Allemagne, il aurait été condamné à mort par la politique de Hitler, car son corps était difforme. Lors de ses apparitions publiques, il cachait souvent derrière son dos sa main droite considérablement plus petite que la gauche. Les deuxième et troisième orteils de son pied gauche n'en faisaient qu'un et, même en vacances sur ses plages préférées, il gardait ses chaussures jusque pour patauger et se baigner. Son bras gauche était plus court que le droit, conséquence d'un accident de jeunesse. Il avait les dent gâtées, ne se tenait pas droit. A tout prendre, il était l'image vivante de quelque mésaventure génétique.

Petrov ne se faisait pas d'illusions sur son chef. Les allées du pouvoir soviétique lui avaient été ouvertes par Staline lui-même. Il n'en savait pas moins sa position précaire, fondée uniquement sur son aptitude à obtenir des résultats. Au mieux, l'échec entraînerait l'exil en Sibérie, plus vraisemblablement la mort. Staline ne tolérait aucun échec.

Avec le temps, Petrov avait su s'adapter aux habitudes de son chef. Lui parler en privé, seul à seul, revenait au même que de s'adresser à lui dans un groupe ou en public. Staline dirigeait l'URSS en toute circonstance, et ne laissait jamais personne l'oublier. Il était cohérent dans son comportement, ne le modifiant pour rien ni personne.

En dépit de sa voix rugueuse et d'un accent caractéristique difficile à imiter, que venait souligner une forte intonation géorgienne, il parlait russe avec une grande précision. Encore dans l'escalier, il mugit à Petrov en souriant largement :

– As-tu trouvé ce salopard?

Hésitant à répondre, Petrov laissa Staline marteler les dernières marches.

– Tu peux parler librement, ici! Ce n'est pas comme au Kremlin où même les commodes ont des oreilles!

Riant toujours, il invita le chef du Groupe d'opérations spéciales à passer dans une vaste salle confortable où les attendait une table chargée de victuailles. Le thé fumait dans une théière d'argent à poignée-serpent. Les bouteilles de vodka étaient richement gainées de cuir. Les plats débordaient de caviar et de saumon fumé. Chaque miche de pain était plantée d'un couteau guilloché. Il y avait des monceaux de fromage blanc dans des coupes d'or, et du beurre fouetté dans de lourdes jattes de cristal où jouaient les reflets.

– Mange! pressa Staline. Nous parlerons en mangeant. Je veux que tu me racontes Berlin. Sais-tu, je n'ai pas arrêté de recevoir des messages de Joukov. Le général remplit mon bureau de télégrammes jusqu'à ce que ça vole dans le vent comme des feuilles d'automne! En public, c'est un vraie gueule de pierre; en privé, il ne se sert jamais d'un mot s'il peut en mettre cent à la place. Il soutient que Hitler est mort une bonne fois pour toutes – tiré une balle dans la tête. Je n'arrive pas à croire que ce fumier aurait eu les couilles de se tuer lui-même, comme un homme.

Petrov garnit son assiette et se servit une tasse de thé noir. Les deux hommes prirent place côte à côte sur une longue banquette garnie de coussins, couverts en équilibre sur les genoux.

– Mange! dit Staline avec enthousiasme. Regarde ce caviar, goûte-moi ce poisson!

Les repas avec Staline étaient trompeurs. Il semblait toujours un hôte parfait, exigeant de ses invités qu'ils puisent dans tous les plats, mais Petrov savait que l'hospitalité n'était pas ce qui le motivait. Son chef redoutait de se faire empoisonner par ses ennemis, chaque repas constituait pour lui un exercice angoissant et exigeant une grande circonspection. Tous les aliments de Staline venaient d'une exploitation agricole spéciale, gérée par des agents parmi les plus sûrs de la police politique. Les produits allaient directement dans un laboratoire où ils étaient analysés et étiquetés, chaque récipient portant non seulement le résultat des examens, mais aussi le nom du chimiste. Le thé préféré de Staline était un mélange spécial toujours contrôlé par une femme de son entourage immédiat, qui le suivait dans tous ses déplacements. Pendant les repas, il ne touchait jamais à un plat que l'un de ses invités n'eût goûté avant lui, et encore, en laissant à une éventuelle réaction le temps de se déclarer. Ceux qui dînaient régulièrement avec lui se pliaient à ces habitudes et prenaient de l'embonpoint.

Petrov saisit le saumon fumé et en arracha un long filet avec les dents, qu'il fit suivre d'un morceau de pain trempé dans le beurre fouetté, d'un œuf mariné piqué de grains de poivre, et d'une gorgée de thé brûlant auquel il avait ajouté une cuillerée de miel.

Au bout d'un moment, Staline frappa des mains et se mit à manger.

– Attaque l'esturgeon! recommanda-t-il vivement, la bouche pleine de saumon.

Il adorait ça. Petrov en détacha une tranche de l'arête centrale et mâcha lentement. Quelques instants plus tard, Staline attrapait l'esturgeon pour en avaler près d'un kilo. Pour un petit homme qui craignait d'être empoisonné, le secrétaire général avait un appétit phénoménal.

– Alors? fit-il au cours d'une série de rots. Que m'apporte le Berkout?

– Je crois qu'existe une forte possibilité qu'il soit toujours vivant.

Staline manqua faire tomber son assiette en éclatant de rire.

– Je le savais! Ce nigaud de Joukov, notre justicier à Berlin! Il se pavane devant la presse occidentale, il aime le pouvoir. Hitler est mort! dit le grand Joukov. J'ai le cadavre! braille Joukov. Foutaises!

– Il a peut-être vraiment le cadavre, dit froidement Petrov.

Staline fronça les sourcils.

– Petrov, espèce de con, ne commence pas avec tes putains de paradoxes intellectuels! N'essaie pas de garder toutes les issues! Le criminel de guerre nº 1 est soit mort, soit vivant. Je n'appartiens pas à ton équipe de grosses têtes, espèce d'insaisissable fils de pute! Il n'y a que deux possibilités: mort ou vif! Ton boulot est de me dire laquelle.

Petrov se promit de rester prudent. Staline l'aiguillonnait de manière amicale, mais une seule maladresse pouvait le mettre en colère et, une fois hors de lui, on pouvait tout craindre.

– Je vais t'expliquer, camarade.

Il relata les faits établis par le Groupe, Staline l'écouta attentivement jusqu'au bout.

– Tu fondes ton opinion sur les mensonges de la fille, sur l'estomac sans salade et sur l'histoire d'un seul testicule, c'est bien ça?

– Et sur la rencontre du 13 avec le garde.

– Le cadavre détenu par Joukov est celui d'un sosie, c'est ce que tu penses?

– Oui, dit Petrov.

– Tu es sûr que le mort a reçu à la fois du poison et un coup de revolver?

– C'est ce qui ressort de notre analyse du rapport d'autopsie.

Staline le regarda, se leva, alluma une cigarette russe de papier brun.

– Non, tu te trompes, dit-il solennellement.

Petrov se raidit.

– Le fait déterminant, c'est ce coup de feu, camarade Petrov! J'ai toujours dit que ce trouillard ne se tuerait jamais. Si le cadavre de Joukov a une plaie par balle, ce n'est pas celui de Hitler. C'est tout ce que j'ai besoin de savoir pour partager ta thèse.

– La balle pourrait avoir été tirée après qu'il se fut empoisonné...

– Jamais de la vie! Pas un de ses copains n'aurait eu les couilles de lui tirer dessus, même sur son cadavre!

Petrov acquiesça. On ne discute pas de telles opinions. Et la conversation tournait du bon côté.

– Tu as interrogé tous ces cochons de nazis? Qu'est-ce que ça donne? Un coup monté?

– Indubitablement. Mais le complice de Hitler ne doit pas appartenir au cercle des intimes. Je suis sûr et certain que tous les habitués du Bunker ont cru sans exception que leur Führer s'était suicidé.

– Où est Skorzeny? demanda soudain Staline.

– Comment? fit Petrov.

– Otto Skorzeny, l'homme de main de Hitler.

Petrov se ressaisit en disant:

– Oui, nous le connaissons bien.

Staline poursuivit sans l'entendre:

– Skorzeny a fait évader Mussolini. Skorzeny a enlevé Horthy. Skorzeny a supprimé plusieurs de nos meilleurs stratèges militaires. Chaque fois que Hitler a des ennuis, il fait donner Skorzeny. Trouve-moi Skorzeny!

– Au point où nous en sommes, dit fermement Petrov, il n'existe aucun signe d'une implication de Skorzeny. Pas un prisonnier ne l'a mentionné. Il n'a plus mis un pied au Bunker avec Hitler à partir de décembre.

Staline vint s'asseoir tout près de Petrov et lui mit la main sur l'épaule.

– Écoute-moi bien! Je ne suis pas arrivé à tout ça, dit-il en balayant la pièce d'un geste de la main, sans un instinct très fort. Mes tripes disent: Skorzeny! Retourne en Allemagne et attrape ce salopard. (Il enfonça puissamment l'index dans la poitrine de son interlocuteur.) Colonel Skorzeny, de la SS! Trouve-le-moi! Trouve-moi Hitler! Quand l'un pète, l'autre pue!

Le secrétaire général partit à grands pas dans la pièce, pour se retourner brusquement sur lui-même. Sa voix se fit plus feutrée.

– Ce sont mes ordres, mon petit Berkout. Qui plus est, je te transmets directement *mon autorité*. Fais ce que tu as à faire. (Tâtonnant soudain dans l'une de ses immenses poches de poitrine, il en retira plusieurs étuis de cuir de la taille de portefeuilles.) Prends ça! dit-il en les jetant sur les genoux de Petrov. Cinq dans ton groupe, correct?

– Oui.

C'était lourd.

– Un pour chacun! dit Staline en riant. (Son regard se durcit. Il baissa la voix.) Je sais que tu réussiras, camarade. Amène-le-moi, tu m'aideras à le punir d'une façon que lui seul saura apprécier. (Son humeur changea encore. S'animant, il saisit Petrov aux deux bras.) Ce chien va connaître le *business*! conclut-il en utilisant l'argot américain de ses films de gangsters.

Staline parti, Petrov poursuivit son repas. L'avion attendrait. Étalant les étuis de cuir sur un coussin à côté de lui, il en ouvrit un, dénoua la petite sangle noire. Il fut si impressionné par ce qu'il voyait qu'il s'en arrêta de mâcher, au risque de s'étrangler. Chaque portefeuille contenait un insigne d'émail rouge vif, gravé du cachet personnel de Staline et de ces mots : *Autorité absolue*. Il en avait entendu parler, mais n'en avait encore jamais vu. Toutes les portes s'ouvriraient devant son équipe. Il tenait entre ses mains le pouvoir total. Tel était le miracle appelé Badge rouge. Petrov sourit tout seul, referma l'étui et se remit à manger.

27. 17 mai 1945, 19 heures.

Petrov dormit par à-coups dans l'avion du retour. C'était le soir quand l'appareil cahota sur la piste de Tempelhof constellée de trous. Le temps de pénétrer dans l'aérogare, le chef du Groupe d'opérations spéciales avait recouvré toute son énergie.

L'équipe l'attendait au QG. Gnedin avait les pieds sur la table, un gros paquet de documents sur les genoux. Bailov ronflait paisiblement sur un lit de camp, la tête enfouie sous une parka. Rivitsky écrivait. Ezdovo démontait un pistolet automatique sur une serviette de toilette étalée devant lui.

Petrov gagna directement la grande table et y aligna les cinq étuis de cuir. Ezdovo secoua du pied Bailov, lequel s'ébroua en grognant. Les quatre hommes se pressèrent autour de leur chef.

– Servez-vous, dit celui-ci.

Ils ouvrirent chacun leur étui en silence. Petrov guettait les réactions. Gnedin eut un sifflement d'admiration :

– Le Badge rouge! J'en avais entendu parler mais je ne croyais pas à ces histoires-là!

– Au poids, ils ont l'air vrais, dit Petrov.

Impassible, Ezdovo ne quittait pas l'objet du regard.

– L'ultime passe-droit... fit Rivitsky en caressant de la main le métal poli. Tu as vu le patron?

– A Odessa...

– Long vol, dit Rivitsky avec le sourire.

Ils connaissaient tous l'aversion de Petrov pour les voyages aériens.

– Long et inconfortable, avoua l'intéressé avec amertume. Saisissez-vous le sens de ces objets? Le camarade Staline est au courant de nos découvertes.

– Et il souscrit à nos conclusions! fit Rivitsky en brandissant son badge.

– Staline m'a rappelé le penchant de Hitler à utiliser les services de Skorzeny pour des actions spéciales, rapporta Petrov. Il est convaincu que Skorzeny est dans le coup.

– Pas d'accord, dit Rivitsky. Trop évident.

– J'y ai réfléchi, dit Petrov. Je partage ton sentiment. Pas Skorzeny, mais peut-être quelqu'un de cette unité spéciale. Le Premier ministre n'a pas tort d'estimer que ces gens-là feraient les complices les plus vraisemblables. Et pourtant je vois mal Hitler faire encore appel à Skorzeny, qui commence à être bien trop connu. Mais un de ses hommes... c'est une possibilité à examiner.

– Le nom de Skorzeny n'apparaît jamais dans les interrogatoires, fit remarquer Bailov.

– Je vois ce que tu veux dire. Cela n'empêche que nous devons savoir où il se trouvait, et quelle était sa mission à la fin. Que faisait son unité? Qui avait-il sous ses ordres? Il y a trop d'inconnues pour se faire une opinion.

– Par où commence-t-on? demande Rivitsky. Vous pouvez être sûrs qu'il existe des dossiers, les Allemands ne peuvent pas s'en passer.

– Ils notent le moindre pet de travers, grogna Ezdovo.

– N'y a-t-il pas eu des transferts d'archives en avril, vers Berchtesgaden?...

– Il faut répondre à tout cela systématiquement, dit Petrov.

Ses hommes ne doutaient pas un instant qu'il en irait ainsi.

Le groupe électrogène était silencieux, et le Führerbunker plongé dans l'obscurité. Ezdovo fit le plein de gas-oil et lança le moteur. La sécurité soviétique ne péchait pas par excès. Un deuxième classe esseulé – un Mongol au visage aplati – mangeait du poisson séché avec des mains sales, assis par terre dans l'entrée. Il leva la tête. Son fusil était appuyé contre un mur, hors d'atteinte. Dans les hautes sphères de l'Armée rouge, on ne ressentait apparemment pas le besoin d'isoler les locaux. On détenait le cadavre de Hitler, le reste n'avait plus d'intérêt, sinon pour les amateurs de curiosités.

Ezdovo et Rivitsky tentèrent d'engager la conversation avec l'Oriental, mais ne purent trouver de langage commun. L'homme grimaça poliment, leur fit signe d'entrer et reprit son repas.

Dans le Bunker inférieur, de l'eau stagnait sur le sol. On aurait dit que les visites s'étaient succédé, ces trois derniers jours. Le mobilier avait souffert, des papiers traînaient n'importe où. Comme dans tous les autres bâtiments allemands, le matériel des toilettes avait disparu.

– Nous recherchons des archives, des fiches, des dossiers, des documents officiels, recommanda Petrov. Nous photographions ce que nous trouvons et nous laissons les originaux sur place.

– Pourquoi s'embêter? s'étonna Bailov. On peut emporter ce qu'on veut! Personne n'y verra rien, dans ce chaos!

– Pas question, répondit Petrov. Bientôt, l'armée va se ressaisir, voir ce qui se passe et faire valoir la recherche historique. On laisse tout ce qu'on trouve.

L'équipe se mit au travail, chacun de son côté. Le chef, quant à lui, attendit assis sur la grande table utilisée pour les réunions d'état-major du Führer, dans le hall sur lequel donnaient les appartements privés. Ezdovo fut le premier revenu, les bras chargés de plusieurs volumes imbibés d'eau, traitant de l'architecture des salles d'opéra. L'expression de Petrov lui apprit que ses efforts n'étaient pas appréciés. Le Sibérien lâcha les livres sur la table et se retira prestement dans une cellule proche.

Au bout de trois heures de passage au peigne fin sur les deux niveaux du Bunker, ils étaient toujours bredouilles; aussi Petrov décida-t-il de transférer les recherches sur la Chancellerie. Ils se rassemblèrent dans cette grande pièce du sous-sol où leur était apparu le Dr Haase. Petrov estimait que, si dossiers il y avait, on les trouverait sous la surface du sol, à l'abri de l'artillerie.

Ce fut Ezdovo qui les dénicha – des caissettes de bois bourrées de chemises de carton, stockées dans un couloir de l'aile ouest du bâtiment que les nazis appelaient la Nouvelle Chancellerie. Il y avait plus d'une centaine de caissettes empilées sur deux mètres par quatre, chacune portant le détail de son contenu soigneusement indiqué au pochoir. Vingt caissettes étaient marquées PERSONNELS.

On y trouvait les dossiers disposés alphabétiquement. Cela semblait trop beau et trop facile pour être vrai. Quand on mit la main sur le dossier Skorzeny, Petrov décida qu'on le gardait.

– Ce n'est pas la même chose que les papiers du Bunker. Tout ce qui se trouve ici existe à coup sûr en double dans un autre emplacement. La redondance est le secret de la sécurité des archives.

Enchantés, ils rentrèrent au QG à la tombée de la nuit. Petrov lut lentement le dossier pour lui-même, puis à voix haute pour ses hommes. Comme Hitler, Skorzeny était autrichien, né à Vienne. Il aurait voulu entrer dans la Luftwaffe, mais n'avait pas été déclaré apte à voler. En 1940, il faisait plusieurs campagnes dans le régiment *Adolf Hitler Liebstandarte*, en France, en Hollande, en Russie d'où une crise aiguë de coliques néphrétiques le fit renvoyer en Allemagne. Dossier médical bien garni. D'abord affecté à un poste administratif, à Berlin, il était rattaché, en 1943, à un service annexe du Ier bureau de la Sûreté du

Reich, et recevait le commandement de l'unité de commandos Friedenthal. L'unité était basée près de Berlin, mais avait un camp d'entraînement près de Munich. Le dernier article du dossier spécifiait que Skorzeny commandait une division du corps d'armée Bach-Zelewski sur le front de l'Oder.

Quand Petrov eut fini de lire, l'assistance fut unanime : quelqu'un devrait aller à Munich.

– Secteur américain! prévint Gnedin.

– Si Skorzeny était sur l'Oder, il est mort, jugea Rivitsky.

– Possible, intervint Petrov. Mais il ne semble pas du genre à tomber dans une bataille classique. Il a pu se trouver sur l'Oder à un moment donné, mais il ne devait plus y être à notre arrivée. Il faudra chercher ailleurs, s'il est vivant.

– Alors, on va à Munich? demanda Gnedin.

– Rivitsky et Ezdovo vont à Munich. Je vais arranger cela par l'intermédiaire du camarade Vishinsky. En ce moment, les Américains sont bien disposés. Avec les menées anglaises, ça ne va pas durer, aussi faut-il agir vite. (Petrov s'adressa aux deux hommes désignés.) Je me fiche de Skorzeny lui-même. Je veux ses dossiers. Les noms des officiers du Friedenthal, au minimum les meilleurs, toute la liste si possible.

28. 19 mai 1945, midi cinq.

Les Américains accueillirent favorablement la requête que transmit Vishinsky par les canaux officiels. Pour seule condition, les Russes devraient être escortés à tout instant de leur présence en zone américaine.

Le vol pour la Bavière fut rude. Un lourd front humide de printemps butait sur les Alpes et stagnait comme de la ouate sur l'Allemagne du Sud.

Un capitaine de l'US Army attendait Ezdovo et Rivitsky à l'aéroport. La cinquantaine émaciée. Des cheveux châtains, courts. Le nez droit, presque vertical, entre deux hautes pommettes. Oreilles décollées sous un chapeau de cow-boy qui jadis avait dû être blanc. Treillis de combat informe, décoloré par la transpiration et les intempéries. Bottes de parachutisme élimées jusqu'à la trame. Browning 45 suspendu à la hanche dans un étui de cuir noir craquelé, lié à la cuisse par un vieux lacet de chaussure. Baïonnette fixée le long du mollet droit. Epinglé au-dessus de la poche de poitrine gauche : l'insigne métallique des troupes aéroportées. Le regard était aussi franc que celui d'un chat. L'impression d'ensemble, menaçante. Ezdovo et Rivitsky reconnaissaient les signes : il s'agissait d'un officier de premières lignes – d'un égal, en somme – et non d'un quelconque planqué.

– Camarades, bienvenue à Munich! (L'Américain parlait fort bien le russe!) Capitaine Molanaro. Je dois vous balader et veiller sur vous, classe VIP. (Il dévisagea Ezdovo et Rivitsky à tour de rôle.) Vous n'avez pas l'air du genre à se faire veiller dessus!

Les trois hommes éclatèrent de rire.

– Merci, dit Rivitsky. Nous apprécions que vous parliez notre langue, mais ce ne sera pas nécessaire. Nous aimerions profiter de l'occasion pour travailler notre anglais.

– Si ça ne t'ennuie pas, camarade, j'aimerais mieux travailler mon russe. Je suis un peu déçu, je dois dire, on comptait vous rejoindre à Berlin, mais bon, ç'a dû tourner autrement. (Ces derniers mots n'étaient pas sans amertume.) De quelle unité êtes-vous?

– Nous ne sommes pas libres de le dire, fit Rivitsky avec le sourire.

– Rien à branler! rétorqua le capitaine en anglais.

Si cet argot n'était pas familier aux Russes, le ton employé ne prêtait guère à confusion.

– Alors? s'enquit ensuite Molanaro, *Fräuleins* ou nazis?

– Nous sommes ici pour enquêter sur une unité SS qui s'entraînait dans le coin. Notre mission consiste à retrouver ses registres d'effectif.

Rivitsky remit au capitaine un petit morceau de papier portant le nom et le numéro de l'unité en question.

– Criminels de guerre? Quelque chose à voir avec les camps d'extermination?

– Assez, oui! dit ironiquement Rivitsky.

– Il y a un camp près d'ici. Dachau. C'est nous qui l'avons libéré. J'espère ne jamais revoir un truc comme ça de toute ma vie! Une vraie saloperie. Ils tuaient les Juifs, là-dedans. Ils les gazaient, et ils brûlaient les corps dans des fours – des hommes, des femmes, des gosses. Jamais vu ça, même en cauchemar. Si vous en avez aux gens qui dirigeaient cet endroit ou un autre, on va vous aider. Nous aussi, on veut les coincer!

– On leur arrachera les couilles ensemble! tonna Ezdovo en mimant et bruitant l'opération dans le vide.

– Ça marche! dit le capitaine en tapotant son poignard. Bon, j'ai une jeep.

Ils seraient allés presque aussi vite à pied. Munich en avait pris un coup. La ville proprement dite n'était plus qu'un amas de démolitions. Armés de pelles et de masses, des civils allemands travaillaient dans les décombres. Ils chargeaient les gravats sur des tombereaux à pneus. Les chevaux chassaient placidement les mouches à grands coups de queue.

– Vous êtes drôlement armés! dit Rivitsky pour passer le temps.

– Il y a encore de la résistance dans la région. Des tireurs isolés, à l'occasion. Quelques unités SS ont réussi à se regrouper, vers la fin, derrière la frontière autrichienne. Régulièrement, ils se réinfiltrent, et il faut recommencer à se battre. Connards de fanatiques! D'un autre côté, on ne trouve plus un nazi dans Munich, tous morts ou tous partis! railla le capitaine en faisant slalomer la jeep entre les piétons et les autres véhicules alliés. C'était la race supérieure, il y a un mois, maintenant ils nous lèchent les bottes parce qu'on les a libérés. On ne peut pas faire confiance aux Allemands.

– Vous commencez à vous en rendre compe? fit Ezdovo. Nous le savions depuis longtemps.

– Mais votre gouvernement a signé un traité avec eux!

– Exact. Notre gouvernement. Nous ne contrôlons pas plus que vous nos hommes politiques. Je suis sûr qu'ils avaient de bonnes raisons pour le traité, et je suis encore plus sûr que le camarade Staline ne m'invitera jamais à Moscou pour me les expliquer! trancha Rivitsky.

– Je vois ce que tu veux dire. Moi non plus, Truman ne me demande jamais mon avis. Comme Roosevelt!

Ils s'arrêtèrent dans le centre, devant un grand chapiteau de toile ovale, soutenu par des troncs de sapins fraîchement abattus, qui abritait provisoirement les services de police militaire. Molanaro disparut à l'intérieur. Il fut de retour en quelques instants, le sourire aux lèvres.

– Du gâteau! Les MP savent toujours tout. Le major vient de me dire que les SS avaient un camp là-haut, dans les contreforts au sud de la ville. J'ai trois laissez-passer.

La jeep repartit en bondissant dans les cratères. Dans les faubourgs, il y avait moins de destruction, la vie semblait plus normale. Puis, sur la route, il fallut franchir successivement plusieurs postes de contrôle tenus par des patrouilles légères de GI's. Des véhicules calcinés parsemaient les champs et, par deux fois, ils aperçurent de forts contingents de civils qui creusaient la terre sous la supervision de soldats américains.

– Il y a eu des combats vraiment durs dans cette zone, tout à la fin, dit le capitaine en anglais. On enterre encore les cadavres.

La route montait de plus en plus. Leur destination était un petit camp niché au bout d'une étroite vallée, dans les pins.

Les lilas fleurissaient. Des fleurs sauvages rouges et blanches commençaient à percer dans les hautes herbes. Ça sentait merveilleusement bon sous le grand soleil. Le front d'intempéries semblait finalement se dégonfler.

Pour un œil inexercé, le camp n'était qu'une petite installation militaire de plus, mais les Russes aussi bien que l'Américain le trouvaient bizarre.

– Des tours de saut! montra Molanaro. Drôle de coin pour apprendre à sauter! Bien trop accidenté!

Sur plus de trois mètres de haut, d'épaisses rangées de barbelés formaient trois lignes d'enceinte. On devinait que les espaces libres entre les clôtures étaient minés, fait d'ailleurs confirmé par des pancartes en anglais et en allemand.

Un MP en gilet de corps kaki les arrêta à la barrière, jeta un coup d'œil aux laissez-passer et, sans un mot, les fit entrer. Le camp principal comprenait une douzaine de constructions de bois autour d'une cour centrale, au milieu de laquelle se dressait un mât calé sur un simple tas de rochers blancs. A proximité des baraques, on apercevait une piscine découverte équipée de plongeoirs de plusieurs mètres de haut. Il y avait un champ de tir face au flanc de coteau bosselé par les impacts, écorché comme une cicatrice de couleur ocre.

Comme les autres, la baraque de commandement portait un écriteau rédigé en anglais. Dedans, cela ressemblait à toutes les salles de rapport de toutes les armées du monde : tables, chaises et panneaux de bois mal rabotés. Quelque chose avait été décroché du mur, laissant son empreinte poussiéreuse : à n'en pas douter, un portrait de Hitler. Les casiers métalliques de classement étaient vides mais, après de brèves recherches, il apparut que les dossiers étaient à la cave, bien secs et bien rangés dans des caisses.

Les trois hommes passèrent le reste de la journée à éplucher les documents, l'Américain se montrant aussi impatient que les Russes de réunir l'information. Lentement, la liste recherchée sortit des dossiers. D'un nom accompagné d'un numéro, l'unité devenait une entité vivante qui ne laissait pas de surprendre par la stupéfiante audace des missions entreprises.

Tard dans l'après-midi, le capitaine américain parut brusquement tomber des nues.

– Bonté divine, s'écria-t-il, c'est l'équipe de Skorzeny!

Les Russes n'y comprenaient rien. On avait lu toute la journée des documents signés de Skorzeny.

– Eh bien oui, le général de division Otto Skorzeny! dit Rivitsky.

– Fantastique! La dernière fois qu'on a entendu parler de lui, c'était un petit colonel de merde! Mon équipe à moi s'est colletée avec ce salaud dans les Ardennes. Il avait infiltré ses unités derrière nos lignes, en uniforme américain! Ces enfoirés parlaient anglais comme des GI's. Ils ont permuté les panneaux routiers, fait sauter les ponts. Désorganisé tout. Foutu une vraie pagaille. Perdu pas mal de mes gars à cause de ce type. On aimerait bien régler nos comptes avec ce fils de pute.

– Skorzeny dirigeait une formation spéciale de commando, dit Ezdovo.

– Première nouvelle! ironisa Molanaro. Il a envoyé un détachement pour tuer Ike à Paris, pendant la bataille des Ardennes. Parachuté ses hommes en France habillés en bonnes sœurs, vous voyez le tableau?

– Tuer qui? demanda Ezdovo.

– Le bon général Dwight, David, Ike Eisenhower, super grand caïd de tout le bazar allié.

– En bonnes sœurs? demanda Rivitsky.

– En religieuses catholiques romaines. En robes longues noires, avec de grands bavoirs blancs.

– Les femmes du pape! comprit enfin Rivitsky.

– J'avais oublié, s'esclaffa le capitaine, vous n'avez jamais dû voir beaucoup de bouffeurs de maquereau, étant athées et compagnie... Les catholiques romains mangent du poisson, expliqua-t-il. Le maquereau est un poisson...

Les Russes acquiescèrent.

– Il existe des catholiques en URSS, dit Ezdovo. Il y en avait beaucoup avant la révolution. Nous ne sommes pas tous athées. Les gens fréquentent toujours leurs églises, mais les religions et les prêtres ne peuvent pas se mêler des affaires de l'État. Je crois savoir que la Constitution américaine sépare elle aussi l'Église de l'État.

Le soir tombait quand Rivitsky estima la moisson satisfaisante. Un vide subsistait: on n'avait pas le dossier ni même le nom d'un quelconque officier directeur des projets. Tous les documents d'organisation étaient signés de Skorzeny lui-même ou d'un adjudant-chef du nom de Rau, dont le dossier personnel se faisait lui aussi remarquer par son absence. On avait bien trouvé une demi-douzaine de documents où le nom de Skorzeny était seulement dactylographié, mais sans signature; à la place apparaissait un mystérieux B majuscule.

Tous les originaux étant photographiés, ils décidèrent de rentrer à Munich. Avant de partir, ils firent un rapide tour du camp. Dans le dépôt d'armes, l'un des plus grands bâtiments, ils découvrirent un assortiment de matériel comme aucun d'eux n'en avait vu en un seul lieu. Il y avait des armes à feu de tous calibres et de toutes dimensions. Des grenades, des rockets, des mortiers, des mines et des bombes à gaz. Des scaphandres et autres matériels de plongée en grande profondeur, de même que des dispositifs respiratoires utilisés sur les sous-marins. Des skis. Différents parachutes, dont un doté d'une voilure carrée qui évoquait une aile d'avion. Des pains de plastic. Un labo avec une douzaine de bocaux marqués *Poison*, sans plus de précision. Et une pièce entière consacrée aux détonateurs, dont beaucoup leur étaient mystérieux. Ils trouvèrent aussi une mitrailleuse de 50 refroidie à eau, provenant d'une manufacture tchèque, munie d'un collimateur à rayon lumineux. Et, pour finir, une espèce d'aéronef d'étrange apparence, l'hélice étant montée sur le toit.

– Un autogire, expliqua Rivitsky à l'Américain. Ça décolle et ça se pose à la verticale. Il en existait deux prototypes, détruits tous les deux. Mais nos renseignements devaient être mauvais, puisque voilà le troisième!

En sortant, le capitaine attrapa une arme à canon court qui, avec son chargeur en forme de moule à gâteau, évoquait une mitraillette Thompson surdimensionnée. C'était un engin impressionnant, qui devait bien tirer cinquante séries de 12.

Sur le chemin du retour, ils roulèrent lentement pour profiter de la douceur du soir. Aux abords de Munich, l'Américain arrêta la jeep et se retourna vers les Russes.

– On rentre au camp ou bien... si vous êtes des types réguliers... on pourrait fêter ça...

Le regard d'Ezdovo s'alluma. Molanaro poursuivit:

– Je connais un endroit où on peut... fraterniser...

– Fraterniser? interrogea Rivitsky.

Le capitaine joignit les bouts du pouce et de l'index de la main gauche, et fit coulisser vigoureusement l'index droit.

– Ah, fraterniser! s'écria Ezdovo, enchanté.

– En principe, c'est contre les ordres. On ne fraternise pas avec les Boches.

Ezdovo n'en gronda pas moins, de plus belle:

– Fraterniser! Fraterniser!

Ils passèrent la nuit à boire de la bière allemande chambrée, dans une taverne. C'était le rez-de-chaussée d'un petit hôtel. Tous trois s'éveillèrent avec une femme dans leur lit et une terrible gueule de bois. Quand ils arrivèrent enfin au camp de l'armée américaine proche de l'aérodrome, à midi, un caporal-chef les attendait impatiemment:

– Mon capitaine, le grand manitou veut vous voir le plus vite possible avec vos Russes!

L'officier commandant le bataillon était un lieutenant-colonel d'une cinquantaine d'années, bâti en force. Quand Molanaro se présenta, en laissant ses compagnons derrière la porte, il comprit tout de suite que les ennuis commençaient.

– Espèce de con! éclata le colon. Vous voulez déclencher une nouvelle guerre? Ces deux Russkovs se déplacent sous statut diplomatique, non sous ordre de mission militaire. S'il leur arrive quoi que ce soit, nous avons sur le dos une saloperie de... *d'incident*!... Bon, laissez-moi deviner: cuite ou putes?

– Vous brûlez, mon colonel.

– Je pensais que vous me les amèneriez hier, *avant* ce que je devine! Qu'est-ce qu'ils veulent?

Molanaro raconta tout ce qu'ils avaient vu au camp SS.

– Un autogire, hein? Jamais entendu parler d'une chose pareille!
– Moi non plus, mon colonel, mais les Russes avaient l'air d'en savoir long.
Le grand manitou contempla le plafond un moment, puis considéra son humble officier.
– Je dis stop à toutes ces conneries de main tendue au-dessus des frontières! Je ne sais pas exactement ce que c'est que cet appareil, mais les Russes m'on bien l'air de vouloir se l'approprier. Et s'ils en veulent, nous aussi! Ce sera comme ça, désormais! D'après le Renseignement, ils fauchent tout ce qui n'est pas boulonné au sol!
– Je ne sais pas, mon colonel. Ils paraissent plus intéressés par les rapports, les dossiers, les effectifs, les trucs comme ça.
– Fumées! dit le colonel. Ils vous ont fait marcher!
Molanaro haussa les épaules.
– Capitaine, pourriez-vous me dire ce que peut bien faire un tel appareil dans un tel trou perdu?
– C'est le camp de Skorzeny, mon colonel.
Le supérieur bondit sur ses pieds, claqua son bureau.
– Nom de Dieu! Skorzeny! Si ce type-là détenait cet appareil, vous pouvez parier vos couilles que c'était top secret. Cela tombe sous le sens, Molanaro! Vous allez dire à vos petits copains russes que l'excursion est terminée – *kaputski*. Vous les collez dans leur avion et vous bougez un peu votre cul : vous prenez deux sections et vous retournez à ce camp, attendre que j'y fasse monter une équipe des Renseignements.
– Deux sections, c'est du gâchis, dit Molanaro. Il y a un MP là-haut, qui garde l'entrée à lui tout seul. C'est miné jusqu'à l'os. Une pisse de fourmi ne passerait pas!
Soudain, le colonel retrouva mystérieusement le sourire. Il reprit place à son bureau.
– Prenez deux sections quand même.
– Qu'y a-t-il de si drôle, mon colonel?
– Skorzeny. Les Russes arrivent après la bataille. Nos troupes l'ont capturé hier en Autriche. Bon, faites-les entrer! Je veux voir la gueule de cosaque qu'ils vont nous faire en apprenant que nous tenons Skorzeny par les petits poils!
Ezdovo et Rivitsky perçurent tout de suite un changement d'attitude chez l'Américain : leur escorte avait pris un air compassé. Ils ne montrèrent aucune émotion quand le colonel les informa, en jubilant, de la capture de Skorzeny.
– Nous vous serions reconnaissants, dit seulement Rivitsky, de nous donner la possibilité d'interroger le prisonnier.
Le colonel piqua un fard et se passa les mains sur le visage comme pour en chasser des démons.

– Pas moyen, dit-il. Je n'ai pas ce genre de pouvoir.

– Nous, si, dit Rivistky.

A l'issue d'une petite discussion, il obtint d'adresser à Berlin, au bureau de Vishinsky, un télégramme formulé comme suit : ATTENTION V PETROV STOP CERTAINES IMPRESSIONS STOP UNE CASE VIDE STOP SKORZENY CAPTURÉ HIER AUTRICHE STOP DÉTENU PAR AMÉRICAINS STOP INTERROGATOIRE SOUHAITÉ STOP ATTENDS RÉPONSE STOP RIVITSKY.

Au grand étonnement du colonel, un ordre du chef d'état-major du général Eisenhower arrivait avant 18 heures, autorisant Skorzeny à être interrogé par les deux Russes. Une heure plus tard, sur l'aérodrome, Ezdovo et Rivitsky disaient good bye à leur chaperon américain. Ezdovo lui cligna de l'œil :

– Un jour, on fraternisera encore.

– Dis pas non. Bons coups de pied dans les couilles à Skorzeny de la part des paras!

– Dis pas non, fit Ezdovo en tirant la porte sur lui.

Et l'avion roula sur la piste. Quand il eut décollé, Ezdovo exhiba soudain l'étrange fusil court que Molanaro avait volé au camp SS.

– Tu le lui as fauché? demanda Rivitsky.

– Disons plutôt que j'ai *libéré* ça des capitalistes!...

Sur la piste, Molanaro regardait encore l'appareil rouler dans l'ombre quand quelqu'un l'approcha.

– 'soir! C'est l'avion russe?

L'inconnu était grand – plus d'un mètre quatre-vingts – et lourd – plus de cent kilos. Sa chemise beige lui tombait sur les épaules comme une toile de tente. Il avait des mains énormes. Le nez en bec d'oiseau semblait séparer de justesse les yeux marron. Malgré une tonsure de la taille d'un dollar d'argent au sommet du crâne, ses cheveux blonds se dressaient vigoureusement contre le vent du soir. En marchant, il lançait les jambes en avant par saccades comme si elles étaient mécaniques, et leurs joints manquaient de lubrifiant. Il devait chausser du 48 fillette.

– Ouais, fit Molanaro.

Aucun insigne. Peut-être un type de la Croix-Rouge?

– C'est ce que je pensais.

– Dites-moi, mon vieux, vous êtes quoi?

L'homme sourit, leva une de ses énormes pattes et tapota l'épaule du capitaine. Depuis qu'il appartenait à l'OSS, il avait appris à désarmorcer les soupçons et les affrontements... ou à les provoquer, selon les circonstances.

– Je suis de la Croix-Rouge, mentit-il en montrant une carte d'identité. J'arrive juste. Encore presque pas vu de Russes.

Il avait l'habitude des regards inquisiteurs. La plupart des gens qui le voyaient pour la première fois étaient comme fascinés. Il attirait la sympathie des femmes, en particulier, ce que les hommes trouvaient bizarre. Mais le sexe n'y changeait rien quand Beau Valentine pêchait des renseignements. Il attrapait ce qu'il voulait, par le charme ou par la violence.

– Moi non plus! dit le capitaine, rassuré. Je croyais qu'on devait les rejoindre à Berlin, mais les huiles doivent avoir leur idée sur la conduite de la guerre...

Brusquement, Molanaro se mit à tourner la tête à droite et à gauche, comme s'il cherchait quelque chose. Il lorgnait vers sa jeep, en particulier. Il finit par la rejoindre, fourrageant à l'arrière. Valentine avait suivi.

– Il y a un problème?

– Ouais... (Molanaro leva les yeux juste au moment où l'avion russe passait en vrombissant au-dessus d'eux, virait court sur l'aile et prenait de l'altitude.) Ces salauds ont embarqué mon arme, dit-il avec un petit sourire où perçait presque de l'admiration.

– Qu'est-ce qu'ils fabriquaient ici? demanda Valentine. On n'est pas en zone russe!

– Une espèce d'enquête.

– Trouvé ce qu'ils cherchaient?

Molanaro souriait de nouveau en se glissant au volant.

– Pas vraiment. Je crois que c'est nous qui avons ce qu'ils cherchaient! Je vous dépose quelque part?

Valentine prit place dans la jeep en utilisant le pare-brise comme poignée de maintien.

– Qu'est-ce que nous avons?

Molanaro enfonça le débrayage, passa au point mort et actionna le démarreur.

– Skorzeny, ricana-t-il.

Beauregard « Beau » Asherford Valentine se raidit. On l'envoyait en Allemagne à la recherche de savants, comme ça, « au pif ». Il se répéta mentalement : « Skorzeny... Skorzeny... » A suivre. Deux Russes aux trousses de Skorzeny. Deux Russes auxquels les Américains donnaient un coup de main intéressant.

– Où je vous crache? demanda le capitaine.

– N'importe où pour une bière. Intéressé?

– Peux pas, le devoir m'appelle. Partie remise?

– Ça marche! promit Valentine.

Avant tout, il voulait en savoir autant, sur les Russes et leur mission, que cet officier. Celui-ci aurait sa bière et, lui, le renseignement.

29. 20 mai 1945, 12 heures 55.

En prenant congé du capitaine para, Valentine avait noté le numéro de son unité et accepté une invitation à passer le voir.

– Ils vous hébergeront en m'attendant. Après, on se prend une cuite.

Ayant trouvé l'unité en question, Valentine fut dirigé sur une tente. Il envoya valser ses bottes, sa chemise et son pantalon, et se coucha sur un lit de camp dont les pieds en croix lui meurtrissaient les reins. Il se réveilla sur le coup de midi. Assis sur le lit de camp voisin, le capitaine lui présentait d'autorité une bouteille de bière.

– Tiède, mais c'est de la vraie!

Valentine se redressa, s'éclaircit les idées et vida la bouteille d'une seule goulée.

Molanaro en décapsula une autre d'un coup de baïonnette raccourcie, et la tendit à Valentine avec un sourire amical.

– Tu es de l'OSS?

Valentine faillit s'étrangler en buvant.

– De quoi?

– D'abord tu me tombes dessus juste au moment où les Russes s'en vont, et maintenant, d'après le colon, tu poses des tas de questions sur eux. Tu leur cours après?

– Pas exactement. C'est plutôt l'information qui m'intéresse. Tu peux m'aider?

– Tu parles! Ils étaient deux. Des têtes pas possibles, avec des passeports diplomatiques. Feu vert d'en haut.

– Qu'est-ce qu'ils semblaient chercher?

Le capitaine éclata de rire.

– Sais pas trop. Comme toi, soi-disant l'information.

– Ce sont surtout les Russes eux-mêmes qui m'intéressent – tout ce qu'ils ont fait, tout ce qu'ils ont dit.

Parlant, buvant, revenant en arrière, triant ses souvenirs, Molanaro mit deux heures à raconter son histoire. Valentine commençait lentement à se faire une idée de cette visite.

– Pourquoi s'intéressaient-ils tellement aux dossiers?

– Ça me dépasse! dit le capitaine. Ils ont reconstruit tout l'organigramme. Autant que je sache, ils ont la liste complète – tous les types sauf un.

– Rien d'autre?

– Non. Le colon pense qu'ils guignaient le machin-truc autogire, mais je crois qu'ils se foutaient de tout sauf des dossiers. On les a épluchés, on a fait le tour du camp à la va-vite et on est rentré directement à Munich.

– Ils ne s'intéressaient vraiment pas à cette histoire d'autogire?

– D'après moi, non. Mais ça les a étonnés. L'un des deux a dit que les Boches avaient construit deux prototypes, et que les Popovs pensaient qu'ils les avaient fait sauter. L'autre a ajouté, l'air de rien: « Ce doit être un troisième. » C'est tout. Tu vois, comme si on leur avait montré un serpent à deux têtes dans un bocal, ou un truc du même genre.

– Tu as essayé de les coincer? demanda Valentine.

– Bon Dieu, oui! Je leur ai demandé carrément s'ils recherchaient des criminels de guerre. Ils ont dit: « Quelque chose comme ça. » Ils se tenaient vraiment à carreau. Vachement malins! Tu as eu affaire à eux?

Valentine n'avait pas encore trouvé de relance appropriée que Molanaro poursuivait de lui-même:

– Il y a du bon, c'est sûr! En rentrant au camp, j'ai parlé au colon. Il n'a pas eu besoin de cligner de la moitié d'un œil pour me faire comprendre que l'autogire était un gros poisson pour le IIe Bureau. Il m'a dit de me grouiller pour remonter garder le camp en attendant les spécialistes. C'est de là que je reviens. En tout cas, vu comme ça tourne, ça va me valoir une promotion, le colon vient de me le dire.

Valentine sourit.

– Non, mais tu te rends compte? enchaînait le capitaine. On n'a pas cessé de se battre depuis la Normandie pour pas un galon. Et là, je balade un ou deux Russes, on tombe sans le faire exprès sur un avion de fous, on se saoule la gueule, on tire un coup et crac! jackpot! la grosse médaille! C'est vraiment le bordel, cette guerre. Et le colon aussi va décrocher la timbale.

– Revenons aux Russes...

– Pas grand-chose à dire de plus. On est rentrés après une petite fête avec des putes allemandes. J'ai dit au colon qu'ils s'intéressaient à Skorzeny, alors il les a fait venir dans son bureau pour leur annoncer lui-même qu'on avait capturé le type à Salzbourg. Tout le monde était à ses trousses à cause de ses contacts avec Hitler. Ils pouvaient avoir Berlin, on avait Skorzeny. Il leur en a fait toute une pendule.

– En Autriche?

– Ouais. Dès que les Russes ont entendu ça, ils ont balancé des messages à Berlin et ils ont repris l'avion pour aller voir Skorzeny en Autriche. C'est là que tu entres dans le tableau.

Valentine n'était pas mécontent. A l'évidence, puisqu'ils avaient fait le voyage de Munich, on manquait de dossiers à Berlin. Ils avaient essayé de retracer l'organisation de Skorzeny, mais un dossier personnel faisait défaut. Il leur fallait un nom, c'est pourquoi ils étaient repartis sur la piste.

Il remercia Molanaro, qui s'en fut après une dernière bière. Valentine commença à réfléchir sérieusement en laçant ses brodequins.

Il sortit distraitement de Munich et, comme il ne parvenait toujours pas à se concentrer sur la conduite, il quitta la route, immobilisa la jeep et demeura bras croisés sur le volant. L'autogire, voilà le nœud de l'affaire. Skorzeny était proche de Hitler, sur les ordres de qui il avait délivré Mussolini. On aurait dit que, dans toutes les directions, les Alliés tombaient nez à nez avec Skorzeny ou, du moins, avec son ombre. L'homme aimait les gadgets et les utilisait. L'autogire en témoignait. Où il y avait des gadgets, il y avait forcément des techniciens, des ingénieurs, des chercheurs. Il tenait donc un fil conducteur, et tout indiquait que les Russes suivaient le même. Riant tout haut, il claqua les mains sur le volant.

– Je les aurai! s'écria-t-il en se demandant un peu lui-même qui était visé par là.

30. 21 mai 1945, 4 heures du matin.

Le vol de Munich à Salzbourg fut bref. Les pilotes russes faisaient de la balançoire à moins de cent mètres d'altitude au-dessus des arêtes acérées des Alpes. Quand l'avion vira brusquement pour se poser sur un petit terrain au sud de Salzbourg, les deux passagers respirèrent. Ils aimaient voler, à la différence de Petrov, mais Ezdovo était pilote et détestait se faire conduire. Remettre sa vie aux mains d'un inconnu n'avait rien à voir avec faire confiance aux autres membres du Groupe d'opérations spéciales. Et Rivitsky, qui admirait toujours l'instinct d'Ezdovo, se laissait gagner par son trac.

Toute une armada de MP armés de pied en cap les attendait. Il n'y eut aucune démonstration d'amitié. On roula un bon moment dans les collines pour atteindre une maison de bois, dans un champ bordé de pins rabougris mais serrés, où bruissait le vent de la nuit.

Un général américain se trouvait dans la maison. Il avait une moustache blonde à reflets roux, un revolver à crosse de nacre et des bottes astiquées comme des miroirs. Le lobe de l'oreille gauche manquait, compensé, pour ainsi dire, par une aile de parachutiste épinglée à la poitrine. Assis dans un fauteuil d'acier à haut dossier, il tirait sur un fume-cigarette d'ébène et projetait d'impeccables ronds de fumée avec une régularité de machine-outil.

Il s'abstint de se présenter. Il informa froidement les Russes que Skorzeny arrivait tout de suite. Il y avait des gardes à l'extérieur. Un cordon de sécurité bouclait la clairière. Manifestement, Ezdovo et Rivitsky étaient tout autant prisonniers que l'Autrichien. Cela ne les enchantait guère, mais ils attendirent sans rien laisser paraître.

Peu avant l'aube, un véhicule freina devant la maison. Une portière claqua et, brusquement, Skorzeny apparut dans l'entrée, de lourdes menottes aux poignets. Le général le regarda avec dédain et se tourna vers les Russes :

– Vous avez deux heures, camarades.

Il attrapa son casque cabossé, l'enfonça sur sa tête et s'en alla.

Skorzeny était une montagne de muscles de près de deux mètres de haut. Les menottes semblaient serrées comme des instruments de torture sur ses poignets de forgeron. Sa tunique de SS était sale, déboutonnée. Il avait besoin de se raser. En dépit de son aspect peu reluisant, le chef de commando prenait encore de grands airs. Il fit une espèce de grimace amplifiant l'énorme cicatrice qui lui barrait le côté gauche du visage.

– Des Russes! dit-il avec mépris. Je les sens de loin! NKVD, en plus!

– Un vrai tour de force, dans l'état où vous êtes vous-même! dit Rivitsky en reniflant bruyamment.

– Nous aimerions vous poser quelques questions, général Skorzeny.

– Vous n'ignorez pas que les Américains écoutent?

Rivitsky ouvrit les mains.

– Eh bien? Ce sont nos alliés!

– Peut-être aujourd'hui, grogna Skorzeny, mais ils ne tarderont pas à comprendre.

– Nous nous intéressons aux activités de votre bande de criminels, gronda Ezdovo qui parlait pour la première fois.

Skorzeny se raidit.

– Criminels? Vous ne manquez pas d'air, mes salauds! Mes hommes, c'étaient des soldats, pas la Gestapo!

– Tous les SS sont des criminels, dit Ezdovo. Nous, les Russes, nous connaissons très bien les SS.

Rivitsky appuya, mine de rien :

– Vous serez probablement jugé comme criminel de guerre. Bien entendu, tous les Alliés devront donner leur accord. Il s'agira d'une décision politique, je suis certain que vous en avez conscience.

– Je n'ai rien à cacher. Je n'ai pas honte de ce que j'ai fait. Je suis un sacré bon soldat, mon cher Popov, un point c'est tout! Il n'y a rien dans mon dossier et je n'ai rien sur la conscience.

– Vous avez de la chance d'être chez les Américains, dit Ezdovo. Ce serait nous, pas besoin de procès!

– Et c'est vous, avec une telle attitude, qui entendez juger *ma* criminalité?

– Si vous n'avez rien à cacher, nous allons vous interroger sur votre unité. (Rivitsky souriait comme un grand-père faisant réciter ses leçons à son petit-fils.)

Skorzeny réfléchit un instant.

– Pourquoi pas? Donnez-moi une cigarette.

Ezdovo lui en plaça une toute allumée entre les lèvres. Le prisonnier leva les poignets:

– Ça gêne la conversation.

Rivitsky lança un regard à Ezdovo, qui prit immédiatement un bout de fil de fer dans sa poche, l'inséra dans la serrure et ouvrit les menottes en quelques petits tours. Skorzeny laissa tomber ses entraves par terre, les éloigna d'un coup de pied et se lança dans son histoire, embellissant les exploits de sa division, mettant toujours en avant son propre rôle, ses propres décisions, ses propres actions. Les Russes écoutaient, sidérés, intrigués. Un tel éventail de missions était difficile à avaler. Ils en connaissaient déjà quelques-unes, et cela leur donnait envie d'en apprendre encore, mais ils n'étaient pas venus pour cela. Rivitsky prenait des notes et, de temps à autre, posait des questions détaillées. On en arriva bientôt à ce qu'ils attendaient.

– Où étiez-vous à la fin?

– La fin de quoi?

– Je vous en prie, général.

– Mon unité était sur l'Oder, secteur Bach-Zalewski.

– Et vous étiez avec votre unité?

– Non, j'étais à Vienne, dit Skorzeny avec un pétillement dans les yeux.

Les deux Russes échangèrent un regard.

– Quand?

– A la fin, comme vous dites. J'ai quitté le front début avril pour rejoindre le *Generalfeldmarschall* Schörner. Nous pensions que l'assaut décisif des Soviets se ferait sur Prague. Le QG de Schörner se trouvait à cent quarante kilomètres au nord de la ville. Le 9 avril, quand nous avons appris que Vienne était en état de siège, je m'y suis rendu en voiture.

– Je ne comprends plus, dit Rivitsky. Vous attendiez l'assaut décisif sur Prague, et vous êtes allé à Vienne? Pouvez-vous nous expliquer cela?

– Les priorités changent avec les circonstances. J'avais encore deux unités de commando à Vienne. Et ma famille.

– Qu'avez-vous trouvé à Vienne? poursuivit Rivitsky.

– Le chaos. Ces mauviettes de communistes avaient guidé les Popovs dans la ville pour tromper la défense.

– Quelle action avez-vous entreprise?

– J'ai d'abord essayé de reprendre la défense en main. Dans le passé, en d'autres circonstances, je n'avais pas si mal réussi à redresser ce type de situation. Mais là, ça ne servait plus à rien. C'étaient des troupes inexpérimentées, presque des enfants, qui sautaient en l'air quand quelqu'un pétait. J'ai télégraphié à Hitler que la ville était perdue.

– A Hitler?

– Évidemment, à Hitler! fit Skorzeny, agacé. Qui m'avait demandé d'aller de l'Oder à Prague, pensez-vous?

– A Hitler! répéta Rivitsky. Vous aviez reçu cet ordre directement de Hitler?

– Je prenais *tous* mes ordres auprès d'Adolf Hitler, mets-toi bien ça dans la tête, Popov! Directement. Personne d'autre. J'étais l'arme spéciale du Führer, sa création personnelle.

– Comment a-t-il réagi à votre message?

– Je n'attendais pas de réponse.

On touchait au but. Skorzeny parlait librement, détendu. Rivitsky lui demanda :

– Qu'est-il advenu de vos unités de Vienne?

– Je les ai envoyées attendre la fin de la guerre dans la montagne.

– Et votre famille?

– A l'abri.

– Vous nous diriez où?

– Non, mon vieux Popov! répondit Skorzeny en souriant.

– Je voudrais revenir un peu en arrière, enchaîna Rivitsky. Certaines de vos unités étaient à Vienne. D'autres, sur l'Oder. Et je présume que vous en aviez aussi avec vous?

– Une poignée d'hommes.

– Ils ont gagné la montagne avec ceux de Vienne, c'est cela? Et ceux qui étaient sur l'Oder?...

Skorzeny serra les dents. Puis il soupira.

– La plupart d'entre eux sont morts, dirait-on. Vous n'avez pas fait beaucoup de prisonniers, sur l'Oder.

– Qui commandait? Votre officier en second?

Rivitsky se vit gratifié d'un regard perplexe.

– Non, Radl était à Vienne avec moi. Les Américains l'ont pris. N° 3 était resté sur l'Oder.

– N° 3?

– Brumm. Günter Brumm.

– Et vous aviez un adjudant nommé Rau?

– Vous avez le Barbu? demanda Skorzeny avec un vif intérêt. Il est vivant?

– Le Barbu? répéta Rivitsky.

– *Sturmscharführer* Rau, le meilleur putain de sous-off de toute la SS! Si vous l'aviez, vous comprendriez... (Le général semblait soudain assez méfiant.)

– Brumm. Comment cela, le Berlinois?

– Non, le montagnard. Où voulez-vous en venir?

Rivitsky consulta sa montre.

– Nos deux heures sont écoulées. (Il se leva et s'inclina.) Merci, général. Vous vous êtes montré très coopératif.

Skorzeny s'adossa mieux et aspira profondément la fumée d'un dernier mégot.

– Allez vous faire foutre! dit-il en soufflant lentement.

Dans l'avion, avec le vacarme des moteurs, les deux Russes devaient crier pour se parler.

– Qu'est-ce que nous avons? demanda Rivitsky, jouant le rôle habituel de Petrov.

Ezdovo hurla:

– Une formation qui dépend directement de Hitler – qu'il avait créée lui-même, en fait. Les dossiers de tous les officiers de Skorzeny, à l'exception d'un seul. Un adjudant-chef dont le dossier n'existe pas non plus, et qui signe les papiers à la place de l'officier fantôme. Que seuls ces dossiers se soient volatilisés, ce ne peut pas être une coïncidence. Je pense que Brumm est notre homme. Brumm le montagnard. Un Bavarois, sans aucun doute.

– Petrov sera bien content! s'époumona Rivitsky.

31. 28 mai 1945, 9 heures.

A l'OSS [1], ce n'était autre que Wild Bill Donovan en personne qui présentait Beauregard Asherford Valentine comme le spécimen le plus singulier d'une collection de spécimens singuliers. Issu d'une famille enrichie depuis quatre générations, dans un pays de bayous proche de

1. *Office of Strategic Service,* services spéciaux des États-Unis pendant la Seconde Guerre mondiale.

La Nouvelle-Orléans, Barry Valentine avait fait Tulane[1] en deux ans, les doigts dans le nez, non sans décrocher en passant toutes les bourses universitaires disponibles. En 1935, il sortait de la faculté de droit de Stanford. « Barry » était devenu « Beau ». Un an plus tard, il décrochait un diplôme supérieur d'histoire allemande à l'université de Chicago et partait voyager en Europe afin d'y « tripoter les langues », selon sa propre expression. Son absence dura trois ans. En 1939, il prenait un poste administratif au Département d'État, à Washington, où il peina obscurément jusqu'en 1941, année de son recrutement par Donovan. Celui-ci dirigeait alors l'OCI[2] qui dépendait directement du président Roosevelt et qui, en juin 1942, fut dédoublé en deux organismes distincts : l'OSS et l'OWI[3]. Donovan étant nommé à la tête de l'OSS, Valentine le rejoignit peu après.

Il n'était pas taillé sur le modèle type de l'agent secret, ne serait-ce que pour son allure immédiatement inoubliable. La Providence l'avait à la fois doté d'une intelligence prodigieuse et enfermé à vie dans ce qu'il appelait lui-même un « *corpus colosseus* ».

Son recrutement à l'OSS avait été jugé bizarre. Théoriquement, disaient les bureaucrates arrivistes, c'était le pire choix possible. Mais le directeur des missions rétorquait que l'apparence même de Valentine faisait de lui un élément de première valeur : puisqu'on ne pouvait pas ne pas remarquer cet homme, on ne pouvait pas non plus voir en lui un espion – en vertu du genre de logique à l'envers dont raffolent tous les services secrets.

Après formation, et à mesure que la guerre progressait, Beau Valentine remplit avec succès des dizaines de mission, partout, en passant par le Mexique, où il démantela une station relais de la radio allemande, et jusqu'au Maroc, où il traqua et étrangla de ses mains le chef d'un vaste réseau de renseignement nazi contrôlant le détroit de Gibraltar.

Au cours de l'été 1943, Valentine et une vingtaine d'autres agents suivirent un entraînement de parachutisme sur une base près du Caire, et cela devint un événement dans les annales internes de l'OSS. Le jour de son premier saut, on vint de loin pour assister à la chose. Personne ne jurait qu'une calotte de soie de six mètres cinquante retiendrait un tel poids. Mais ceux qui comptaient sur un échec furent déçus. Le parachute se déploya normalement. Valentine manipula les sangles et se porta au vent de façon à se poser avec la plus grande précision. A la fin de cette année-là, il faisait son premier et seul saut opérationnel sur la Yougoslavie. Il gagna à pied l'Italie du Nord, où grouillaient les troupes allemandes. Il y avait aussi quelques groupes de partisans.

1. Université privée de Louisiane, où le programme d'études est de quatre ans.
2. *Office of Coordination of Information.*
3. *Office of War Information.*

Tout au long de 1944, il fut le contact OSS d'une cellule de résistance opérant dans les montagnes au nord de Milan. Régulièrement, et souvent contre les ordres, il passait en Suisse pour organiser des parachutages d'armes et de ravitaillement sur les Alpes italiennes pour ses amis partisans.

Beau Valentine était maintenant connu dans tout l'OSS comme le meilleur agent opérationnel. Le nom de code de Beefsteak lui avait été assigné mais, sa réputation grandissant, cela devint Écrevisse. Il était du genre d'homme à faire les choses à sa façon, au moment choisi par lui. Il écoutait les ordres, mais en dirigeant une attention exclusive sur le résultat visé, au détriment des tactiques spécifiées. Selon lui, la façon de mener à bien une action relevait de la seule prérogative de la personne à qui ce travail était demandé.

Il se trouvait dans une prison de Wiesbaden, à l'ouest de Francfort. En mai, la guerre terminée, il avait été envoyé en Allemagne méridionale. D'un intérêt primordial étaient les savants allemands, surtout ceux qui avaient monté le programme nazi de fusées. Une course de vitesse commençait : les Alliés et les Russes ratissaient le pays à la recherche des cerveaux, particulièrement nombreux en Bavière. A Munich, Valentine avait frôlé une équipe russe qui s'intéressait à Otto Skorzeny, d'après un capitaine parachutiste américain. Il avait immédiatement suivi la trace à Salzbourg. En vain. Autant les soldats combattants de Munich s'étaient montrés accueillants et coopératifs, autant on gardait bouche cousue dans les troupes d'occupation d'Autriche. Cela étant, quelques cartouches de cigarettes adroitement placées lui avaient tout de même confirmé le passage des Russes et leur rencontre avec un important prisonnier nazi. Apprenant par d'autres sources que Skorzeny se trouvait maintenant à Augsbourg, en Allemagne, il s'y était rendu. Trop tard. Le fameux prisonnier avait encore été déplacé, cette fois à Wiesbaden.

Skorzeny était une prise magnifique pour les Américains. Par un collègue de l'OSS, Valentine eut accès à un épais dossier sur le personnage. Pratiquement tout le monde, au G-2[1], lui dirent certains collègues, soupçonnait Skorzeny d'avoir secouru Hitler à la fin avril ou, au minimum, de détenir des informations sur la fin du Führer. On aurait dit que tout le personnel du Renseignement américain veillait sur la sécurité de ce prisonnier miracle. En faisant plus ou moins allusion à une mission présidentielle, Valentine persuada l'armée de le laisser l'interroger, et, comme cela lui arrivait parfois lors d'une première ren-

---

1. Service de renseignements de l'état-major de l'armée américaine, autrement dit *Intelligence Section; Assistants Chiefs of Staff, US Army*. Correspond au « IIe Bureau » de l'armée française.

contre, il fut sympathique à Skorzeny dans les quelques minutes après que celui-ci eut été sorti de la cellule qu'il partageait avec Kaltenbrunner, l'un des chefs du Service secret du Reich – cellule truffée inutilement de micros par les Américains, car aucun des deux hommes n'avait encore révélé quoi que ce soit.

En guise de parloir, l'armée fournissait une pièce minuscule où pendait une ampoule nue, l'étroite fenêtre haut placée ne donnant pas assez de lumière.

– Chez nous, commença Valentine, on estime que vous étiez à Berlin pendant le siège russe.

Skorzeny sourit en envoyant vers le plafond un jet de fumée de cigarette.

– Oui, c'est ce qu'on m'a dit! C'est une erreur. Je me trouvais dans les Tauern. Quand vous avez établi votre première tête de pont à Remagen, j'ai précisément reçu l'ordre de détruire le pont sur le Rhin. Le temps que nous ramenions des mines-torpilles de la côte, vous aviez déjà lancé plusieurs ponts flottants. Du coup, dans cette histoire, j'ai perdu pas mal d'hommes, tués ou faits prisonniers. L'échec de l'opération montrait que les commandos spéciaux devenaient inutiles, pour ainsi dire.

– Effectivement.

L'Autrichien se balança un peu sur sa chaise.

– J'ai vu Hitler la dernière fois le 27 mars, et c'était une rencontre fortuite. Je me trouvais à la Chancellerie pour autre chose. Nous nous sommes croisés dans un couloir. Il m'a paru faible et fatigué comme un vieillard. Il m'a promis les feuilles de chêne sur ma croix de chevalier, mais je ne l'ai jamais revu. Le dernier jour d'avril, j'ai reçu l'ordre d'abandonner le front de l'Oder et d'aller prendre position à la redoute des Alpes, mais je n'étais pas encore parti que les ordres changeaient de nouveau : je devais rejoindre le QG de Schörner en Silésie.

– Le premier ordre, celui qui vous envoyait dans les Alpes, c'était pour une mission?...

Skorzeny secoua la tête.

– C'est pareil dans toutes les armées quand ça va mal. On vous dit d'abord d'aller quelque part et, ensuite seulement, si on ne vous a pas oublié, on vous dit ce que vous devez faire. J'imagine qu'on m'y aurait fait organiser un mouvement de guérilla.

– Au lieu de quoi, fit remarquer Valentine, vous êtes allé à Vienne, sauver votre famille?

– C'était mon premier souci. Les Russes étaient déjà dans la ville. J'ai brièvement essayé de mobiliser une résistance, mais c'était trop tard, alors j'ai emmené mes hommes attendre la capitulation dans la montagne.

Valentine avait son opinion sur Skorzeny, mais il voulait faire pression sur lui.

– Un tribunal va se réunir à Nuremberg. Vous y serez jugé pour crimes de guerre.

– Qu'est-ce que vous voulez que ça me foute? A quoi bon? Je ne suis qu'un simple soldat!

– Pas si simple, dit Valentine avec le sourire.

Skorzeny prit cela comme un compliment et inclina légèrement la tête.

– Merci.

– On sait que vos hommes se sont infiltrés dans nos lignes en uniforme américain pendant l'offensive des Ardennes...

– *Jawohl,* mais nous portions nos propres uniformes par-dessous. Si vous jugez mes hommes, il faut poursuivre aussi Lord Mountbatten. Nous n'avons rien fait que les commandos britanniques n'aient fait eux aussi. Il s'agissait d'actions militaires, irrégulières assurément, mais légitimes.

– Je crois savoir, dit Valentine, que l'accusation majeure a trait à l'exécution de prisonniers de guerre. C'est considéré comme de l'assassinat. Pur et simple homicide.

– Je n'ai jamais donné l'ordre d'exécuter des prisonniers américains. A ma connaissance, aucun de mes officiers non plus. Mais j'ai déjà entendu parler de ces allégations. Il s'agit d'atrocités commises par une division SS, la Ire panzer. Nous n'avions aucune relation avec cette unité, les rapports le démontreront sans discussion.

– Je vous crois.

Skorzeny saisit l'occasion de cette confiance réelle qu'il sentait chez Valentine.

– J'ai appris qu'un de mes officiers était ici également. Pourriez-vous me dire de quoi on l'accuse?

– Son nom?

– Radl.

L'Américain fronça ses sourcils broussailleux, ferma les yeux et, comme s'il parcourait une encyclopédie, passa en revue les noms et les visages imprimés dans son esprit. A la rubrique *Radl*, il se rappela ce qu'il savait de cet homme.

– Encore au stade de l'enquête préliminaire. Ils vont surtout l'interroger pour recouper vos déclarations. C'était votre officier en second?

– Oui. A la fin, nous n'étions plus que cinq. La division fondait lamentablement.

– Cinq? Je croyais que vous aviez transféré certaines de vos unités en Autriche.

– Les deux ou trois compagnies qui restaient de notre division... Après le désastre des Ardennes, elle avait été dissoute. J'ai fait mon rapport à Hitler après Noël, à Ziegenhain. Je m'étais blessé à l'œil gauche, et le Führer a veillé personnellement à me faire soigner. Fin janvier, Himmler m'a appelé. Il avait pris le commandement du groupe d'armées de la Vistule, avec mission d'arrêter sur l'Oder les envahisseurs russes. Il m'a envoyé à Schwedt pour y établir une tête de pont. Nous avons contre-attaqué un moment mais, vu nos moyens, ce n'était qu'une question de temps pour que les Popovs nous submergent. Dans la deuxième quinzaine de février, j'ai été rappelé à Berlin. J'ai reçu le commandement d'une division régulière, avec le grade de général de division. Les Anglais disaient à la radio que je dirigeais la défense de Berlin, mais c'était faux.

– Ainsi, vous avez quitté le front.

– Le 28 février. Tôt le matin.

– En emmenant des gens. En en laissant d'autres sur place.

– Je suis parti seul. Radl était déjà à Vienne.

– Qui commandait en votre absence?

– Le colonel Günter Brumm, un homme de valeur, mon chef des opérations. (Skorzeny se mit à rire.) Les Russes m'ont demandé la même chose!

Valentine resta un instant interloqué. Qui était Brumm? Il avait vu le dossier Friedenthal et l'organigramme de la division, mais ce nom n'y figurait pas. Il connaissait Radl, mais Brumm? Il alluma un cigare, en offrit un à l'officier SS qui le refusa.

– De quel interrogatoire soviétique s'agit-il?

Ostensiblement fatigué, Skorzeny regarda le mur.

– Il n'y en a pas trente-six! Celui de Salzbourg!

– Mais vous vous êtes rendu aux forces américaines...

– Exact mais, la première nuit, on m'a mis deux Russes dans les pattes. Ils ne portaient pas d'uniforme. Le genre police secrète.

– Ils désiraient des renseignements sur Brumm?

– Ils ne s'en vantaient pas vraiment, mais c'est ce qu'ils voulaient. Les Russes ne disent jamais les choses carrément, il faut interpréter. Et puis, vous savez, j'ai moi-même interrogé des gens, dans le temps, je connais la technique. (Brusquement, Skorzeny éclata de rire à s'en taper la cuisse.) *Vous non plus*, vous ne connaissez pas Günter! Je le vois sur votre visage! C'est incroyable! Qu'est-ce qu'il a bien pu faire pour qu'on s'intéresse tant à lui?

Valentine sourit et, d'un geste, reconnut la véracité de l'intuition de son interlocuteur.

– Je croyais vos dossiers complets. Or, il n'y est pas fait mention d'un colonel Brumm. Négligence?

Skorzeny s'amusait.

– D'abord les Russes, vous ensuite! Günter serait très gêné. Il avait horreur de se mettre en vedette. J'ai dit aux Russes qu'il était mort. Ils commençaient à se comprendre pour de bon, tous les deux.

– Mais vous ne le saviez pas...

– Simple déduction. Les Russes ont envahi Schwedt. Günter était avec ses hommes, lesquels ne savaient pas courir. Donc, il doit être mort.

Visiblement, aucune autre possibilité n'existait.

– Vous pensez que les Russes étaient du NKVD?

– Ou du SMERSH. Ils portaient des espèces de combinaisons, mais n'appartenaient certainement pas au personnel militaire. J'ai passé deux heures avec eux.

– Et vous leur avez dit ce que vous m'avez dit?

– En partie. Je ne me sentais pas d'humeur charitable. Tout ce qu'ils voulaient, c'était le nom de Günter, et je le leur ai donné, pourquoi pas? Ils l'auraient connu, tôt ou tard.

En effet, pensa Valentine. Il sentait venir la migraine, signe indéniable que son subconscient le démangeait. Il était venu à Wiesbaden sans ligne directrice précise. Il se trouvait là par hasard, en somme. Mais ce qu'il avait pressenti à Munich devenait encore plus important.

32. 3 juin 1945, 20 heures 30.

Le massif du Harz ressemble aux dents d'un vieil homme – usées, dentelées, ébréchées, tachées, laissant des vides. A distance, la montagne paraît familière, accueillante, presque douce. Les premiers épaulements sont cruellement trompeurs: tapis d'herbe, végétation clairsemée, arbrisseaux aériens sur lesquels s'abattent des nuages d'étourneaux. On dirait vraiment un coin de pique-nique idéal, de loin.

L'intérieur est tout à fait différent. Les défilés sinueux succèdent aux vallées profondes, jonchées d'ardoises acérées, de roches effritées. Les torrents jaillissent des parois, bouillonnent dans les goulets creusés par les siècles et, sans prévenir, s'engouffrent de nouveau sous terre. Les boussoles sont inutiles dans le Harz; des gisements de fer font tournoyer les aiguilles à la recherche perpétuelle d'un nord magnétique insaisissable. Les rocs encombrant certaines dépressions sont si aigus que les chaussures de cuir y survivent à peine quelques jours. La marche est également épuisante dans les autres vallées, obstruées de hautes forêts broussailleuses, mélanges de pins noueux et de feuillus centenaires aux troncs fendus, éclatés. De crevasse en fondrière, des lianes rampantes grosses comme le poing vous attrapent les pieds sous les fougères. Il fait nuit sous les arbres. Ce n'est pas la pénombre ordinaire d'une forêt, plutôt l'impénétrable obscurité de l'Empire des ténèbres. On ne pénètre pas innocemment dans ces enfers. Le Harz n'est jamais qu'une excroissance, par rapport aux nombreux massifs et forêts d'Allemagne. Mais les connaisseurs en la matière voient dans cette chaîne une version terrestre de la damnation, un domaine où seuls respirent Satan et ses laquais. Même les gens du pays, les habitants des bourgs et villages pittoresques disséminés autour du massif, hésitent à s'y aventurer profondément. C'est le Harz du *Faust* de Goethe, le mont Brocken du sabbat des sorcières de la *Walpurgisnacht*, et des noces wagnériennes de Wotan et Fricka. Ici règne une puissance obscure que bien peu osent affronter. La chaîne proprement dite s'étire à peu près du nord-ouest au sud-est, à la façon d'une gigantesque cicatrice boursouflée, hachurée de gorges et de canyons inextricables dans lesquels, avec ou sans boussole, on ne se dirige que de mémoire, sur points de repère. Les récits abondent où des citadins étourdis – des Berlinois, le plus souvent – s'enfoncent hardiment dans les forêts pour n'en jamais revenir. De loin en loin, des villageois qui chassent dans les contreforts, ou ceux, encore bien plus rares, qui vont plus haut disent avoir vu des squelettes humains méticuleusement nettoyés par les charognards.

Pour Günter Brumm, c'était son vrai pays, le seul endroit sur terre où il se sentît véritablement chez lui, en pleine et entière possession de ses moyens, tout comme son grand-père autrefois.

Le groupe marchait depuis plus de trois semaines, régulièrement. D'abord à l'ouest en quittant Berlin, puis au sud, en arc de cercle vers la montagne, le refuge. Au cours de la troisième semaine, pendant la traversée d'une forêt près de Horsingen, deux des Walkyries avaient eu maille à partir avec une patrouille américaine. Il ne s'agissait pas d'une sortie de reconnaissance consécutive à des ordres, mais simplement d'une bande hétéroclite de jeunes engagés indisciplinés partis à la découverte, à l'insu de leurs gradés. Les Américains fumaient une cigarette dans une clairière quand une éclaireuse de flanc tomba sur eux. La fille qui venait en appui entendit le remue-ménage et, comme le lui avait bien recommandé le Barbu, elle se rabattit immédiatement, pour voir ce qui se passait. La première fille, Erda, ne voulait rien entendre, Schmeisser à hauteur d'un demi-cercle d'hommes armés. La seconde, Stefanie, observait sans se montrer. Avant longtemps, elle découvrit la présence de Brumm à côté d'elle.

Brumm évalua la situation en quelques secondes. Stefanie, avec ses longs cheveux blonds, avait quelque chose de scandinave. Elle savait ce qu'elle voulait, elle cherchait à bien faire. Du regard, elle attendait les directives de Brumm.

Les Américains commençaient à harceler Erda. Leurs intentions étaient claires. Moins militaires que pilleurs et violeurs.

Brumm tendit la main à Stefanie, lui souffla :
– Tes armes...
Elle fit glisser la bretelle de sa Schmeisser et la lui donna, puis déboucla le poignard de sa cuisse.
– Rejoins Erda. Soyez coopératives, tu comprends ? On va les prendre à revers, mais il faut que vous les occupiez.
Il lisait dans ses yeux bleus très clairs qu'elle acceptait de faire ce qu'il fallait. Il lui tapota le bras :
– Va...
Stefanie se tripota un peu les cheveux pour essayer de les remettre en ordre. Cela faisait un moment qu'elle n'avait pas pris un bain; elle sentait la sueur. Brumm la regarda écarter silencieusement les broussailles et se diriger vers les Américains. Elle avait du courage.
Erda était sérieusement malmenée. Les garçons la faisaient tourner sur elle-même en lui déchirant ses vêtements. Elle avait laissé tomber son arme, hors d'atteinte.
En débouchant à découvert, Stefanie marqua une pause, respira à fond et s'avança résolument. L'un des Américains la repéra tout de suite. Il cria quelque chose à ses camarades, qui se retournèrent tous vers elle.
Elle marcha sur eux, en repoussa un de côté, pénétra dans le cercle. Elle prit place à côté d'Erda, qui n'y comprenait plus rien.
– Non, sans déconner! fit un jeune soldat complètement ébahi.
– C'est à peine des mômes, dit un autre.
– Ça va devenir des bonnes femmes tout de suite! promit un gros costaud armé d'une Thompson.
Erda restait interloquée. Stefanie la prit par la main et la fit asseoir avec elle, puis, la tête levée vers les hommes, entreprit de se déshabiller. Quand elle eut ôté sa jupe, elle la plia soigneusement et, en s'allongeant, la plaça sous sa tête comme coussin. Arquant le dos, elle enleva sa culotte d'un seul mouvement, l'envoya choir dans l'herbe et écarta les jambes. Elle se mit à rire grassement devant l'hésitation des hommes et, pour les encourager, joua énergiquement des hanches dans le vide. Calquant mécaniquement sa conduite sur Stefanie, Erda commença aussi à se déshabiller. Dès qu'elle releva sa jupe, l'un des hommes la cloua au sol avec sa chaussure et arracha le poignard du fourreau qu'elle portait à la jambe.
– Souvenir nazi de première bourre! fit-il en admirant sa prise.
– Laisse tomber ce couteau à la con, Howie, ces salopes de Boches ont le feu au cul!
– Vise les poils! dit un autre avec un sifflement d'enthousiasme. Une vraie blonde!
– Putain, j'en peux plus! lança celui à la Thompson en bataillant avec la boucle de son ceinturon.

– Ça vaut bien la plus belle chaude-pisse d'Europe! dit encore un autre en se débarrassant de son pantalon juste avant de se laisser tomber sur Stefanie.

Brumm attendit que les deux filles soient bien chevauchées, la chose bien engagée. Non loin de là, latéralement, le Barbu et Gretchen Waller attendaient aussi le bon moment, poignard à la main.

Arme à la hanche, Brumm sortit à découvert et tira en marchant, arrosant les Américains sans réfléchir, efficace par habitude. Le Barbu et Gretchen s'élancèrent, se jetèrent sur les deux hommes qui étaient sur les deux filles et roulèrent avec eux sur eux-mêmes en enfonçant la lame jusqu'au manche. En moins de trente secondes, les huit Américains étaient morts. Les Allemands les laissèrent comme ils étaient tombés, sans pantalon. Quelqu'un finirait bien par trouver les corps et par les signaler aux autorités d'occupation qui n'auraient aucun doute sur les circonstances. Il n'y aurait pas de recherches.

Les deux filles sanglotaient doucement en se rhabillant et en reprenant leurs armes. En guise de réconfort, Gretchen leur lança:

– Ç'aurait pu être pire!

Brumm effleura l'épaule de Stefanie:

– Beau travail!

Immobile à l'orée de la clairière, Herr Wolf avait tout vu, les yeux hors de la tête, mais il ne dit pas un mot.

Il y avait de cela une semaine, et ce n'était plus qu'un incident, un petit souvenir parmi de nombreuses visions d'horreur. Maintenant, ils étaient presque hors de danger au fond de ces gorges étroites – moins de deux cents mètres de largeur – qui semblaient tourner et virer indéfiniment, comme si elles charriaient des arbres morts et des broussailles d'épines sur un lit de crevasses... Dans l'épingle d'un méandre, Brumm arrêta le groupe et s'éloigna avec le Barbu sur une formation de gros rochers noirs, au pied d'une falaise. Tout le monde sentait le colonel plus détendu depuis qu'on était entré dans la montagne et, sans le savoir, chacun se détendait comme lui. Herr Wolf lui-même semblait étonnamment plus fort et plus svelte. Il ne boitait plus, pour ainsi dire. Il avait parfois du mal à suivre, en fin de journée, quand ils étaient tous fatigués mais, même dans ces cas-là, il marchait à leur pas, non l'inverse. D'autre part, il parlait davantage. Ce matin-là, pendant qu'on montait avec peine dans le défilé, quiconque se trouvait à portée de voix était censé s'extasier sur ses souvenirs d'enfance en Autriche et ses promenades adorées à Berchtesgaden.

De retour avec le Barbu, Brumm expliqua:

– Dans les rochers, il y a l'entrée d'une grotte. Il faudra ramper. Au bout d'une cinquantaine de mètres, le tunnel s'ouvre sur une immense voûte et, à partir de là, la grotte s'étend sur plusieurs kilomètres. Juste avant la voûte, le tunnel plonge mais, en levant la tête, vous verrez une corniche. Montez sur la corniche et prenez un embranchement à droite. C'est serré mais ça passe. Il faut environ une heure pour tout traverser.

– Qu'y a-t-il de l'autre côté? demanda une fille.

– Un refuge provisoire.

– Vraiment sûr?

– J'ai vérifié l'année dernière et, depuis, c'est toujours intact. Je piégerai derrière nous. Personne ne nous suivra là-dedans, et je serai le seul capable de vous en faire sortir.

– Vous croyez que je passe, mon colonel? fit le Barbu avec un large sourire.

– Si vous ne passez pas, chef, on vous coupe en deux et on recolle les morceaux de l'autre côté!

– Je prends la moitié du bas, plaisanta une jeune allumeuse.

Toutes les filles éclatèrent de rire.

Même Herr Wolf sourit à la perspective de se retrouver en sécurité.

Il fallut plus de temps que Brumm ne le croyait pour traverser le labyrinthe avec leur équipement. Le Barbu connut des problèmes terribles. A plusieurs reprises, le colonel dut forcer des épaules pour faire passer l'énorme adjudant-chef. Une fois, Brumm attaqua les parois latérales à coups de poignard, provoquant un petit effondrement sur le Barbu, au grand effroi général.

La vallée dans laquelle ils débouchèrent enfin, au bout du tunnel, n'était plus éclairée que par la lune, presque pleine. Brumm relia plusieurs grenades à fragmentation par un fil de détente et disposa le tout en série dans la bouche d'entrée. Puis le groupe se remit en marche, au nord, en passant d'un flanc à l'autre de la vallée, suivant une trace d'animaux qui recoupait régulièrement le lit de graviers d'un petit torrent d'eau claire.

A la sortie des broussailles, tout au bout de la vallée, la vision qui s'offrit sous le clair de lune leur coupa le souffle. La façade d'un chalet bâti en pierre sèche se détachait dans la paroi même d'une falaise en surplomb qui s'élevait à plus de cent mètres. A deux pas du chalet, un barrage de rondins retenait un plan d'eau, lisse comme un miroir, de plus de vingt mètres de large.

A leur approche, un poisson sauta en l'air et retomba dans un grand plouf.

– Enfin chez soi, dit Brumm d'une voix chargée de soulagement. Fini de bouger pour un moment!

Deuxième partie

LA RECHERCHE

33. 3 juin 1945, 20 heures 30.

Ezdovo se sentait bien. L'équipe était de nouveau réunie. Après la tension et l'agitation de l'entrée à Berlin, puis des voyages à Munich et à Salzbourg, on pouvait un peu se laisser vivre. Aux autres de se démener.

Rivitsky et Gnedin jouaient aux échecs, chacun y allant de ses commentaires sur le manque de jugement de l'autre, non sans lui reprocher de réfléchir trop longuement. Gnedin était le meilleur. Il gagnait régulièrement dans certains cercles parmi les plus fermés de Moscou, où les tournois d'échecs avaient presque valeur de religion. Il jouait vite, sûr de sa stratégie et de ses choix. Par contraste, Rivitsky aimait raisonner à voix haute et, s'adressant à ses pièces comme à des personnes, il leur passait un savon quand une attaque échouait, quitte à leur souhaiter une mort lente quand elles se laissaient capturer. Si le chirurgien surclassait Rivitsky, celui-ci lui arrachait assez souvent un match nul et, dans les grands jours, parvenait même à le battre. Mais si les deux hommes se faisaient la guerre avec détermination, voire avec férocité, ils ne semblaient jamais s'en garder rancune, la partie finie. Quel que fût le résultat, au contraire, leur camaraderie en sortait invariablement renforcée.

Difficilement prévisibles étaient les intérêts de Bailov, dans ces moments d'oisiveté. Il lui arrivait de dormir en ronflant bruyamment, en aboyant comme un ours dans son sommeil, les autres le bombardant des objets les plus divers pour le faire se tourner de l'autre côté. On le voyait aussi absorbé dans un livre ou une revue. Ou bien il jouait de la balalaïka, grattant doucement des accords obsédants qui avaient le pouvoir de faire lever Ezdovo pour danser tout seul, avec lenteur et une certaine grâce, le regard perdu sur les steppes de son enfance.

Mais pour sa part, Ezdovo profitait des quartiers libres pour nettoyer ses armes – habitude ancrée depuis des années. Il graissait souvent celles de tout le groupe, aiguisait tous les couteaux. Il aimait surtout observer, écouter les autres, et rire le premier de leurs plaisanteries.

La plupart du temps, Petrov restait dans son coin, à écrire, lire, penser. Même en sa présence, chacun se sentait bien. On l'appelait Dieu le Père derrière son dos et, de son côté, il ne craignait pas de brandir l'anathème quand l'univers ne tournait pas aussi rond qu'il l'aurait souhaité. Les étrangers trouvaient Petrov distant et caustique, mais ses hommes, connaissant ses pouvoirs et soucieux d'y participer, le prenaient comme il était. Il ne ressemblait guère à un chef désigné par la masse, mais Ezdovo n'en connaissait pas de meilleur.

A l'occasion, quand il s'abîmait dans ses pensées – ce qui arrivait souvent –, Petrov s'entretenait avec lui-même à mi-voix. Et c'était exaspérant : on l'entendait, mais pas assez pour comprendre. Là, ça durait depuis deux heures et, pensait Ezdovo, on en avait encore pour pas mal de temps.

Il se trompait. L'interphone retentit. Gnedin se pencha au-dessus de l'échiquier pour décrocher.

– Quoi ? (Il coiffa le combiné de la main.) Chenko est en bas, camarade. Il dit que tu lui as demandé de venir.

Sorti en sursaut de ses pensées, Petrov fit signe à Gnedin de faire monter le médecin.

– Chenko nous apporte des informations très intéressantes, déclara Petrov après avoir échangé quelques mots avec l'arrivant.

C'était fort inhabituel, dans le groupe, d'entendre le chef donner son opinion sur une information qu'on ne connaissait pas encore. Depuis leur retour de Munich, Petrov n'avait pas dit un mot sur le travail d'Ezdovo et de Rivitsky. Il avait pris connaissance de leurs rapports respectifs en fredonnant un air mélancolique pour toute appréciation. Une fois développées les pellicules des archives, il s'était retiré dans une pièce d'interrogatoire, en bas, pendant un jour et une nuit; on lui déposait ses repas devant la porte close. Les quatre hommes en étaient réduits à échanger leurs impressions. (Le coup de l'arme volée à l'Américain déclenchait l'hilarité générale.) Ils ne comprenaient pas pourquoi Petrov procédait si lentement. Le temps filait. Hitler vivait, qu'attendait-on pour se lancer à sa recherche? Pour des raisons connues de lui seul, Petrov remettait à plus tard, épluchant des dossiers qui, en pure perte, s'épaississaient de jour en jour. Creuser méthodiquement, tout Petrov était là :

– Nous avons plus de travail pour la tête que pour le corps!

Par expérience, ils savaient inutile de protester, ou d'essayer d'accélérer le mouvement.

– A la chasse, on peut attraper le gibier de différentes manières, expliquait-il à Ezdovo. Par exemple, on met un piège et voilà tout. Mieux, on appâte, pour amener la proie à tomber dans le piège. Ou alors, on tente de conduire l'animal, en l'effrayant, à tel ou tel endroit. Ou peut aussi le pister avec persévérance et discrétion. Ou encore, si l'on connaît ses habitudes, on détermine son parcours, on le précède à sa destination et on attend.

Chasseur lui-même, Ezdovo comprenait ces options. Où voulait en venir son chef était moins clair. Petrov continuait :

– Toutes ces méthodes ont fait leurs preuves. On connaît les avantages et les inconvénients de chacune. On peut choisir la meilleure d'après les circonstances. Mais aucune n'est d'une efficacité universelle. Aussi le choix de la tactique revêt-il aussi d'importance que le talent du chasseur. Vrai ou faux?

– Vrai! fit Ezdovo.

Petrov avait joint les mains comme pour prier.

– Il s'ensuit que toute la chasse tient au temps passé à examiner les différents éléments de la situation. Si le chasseur compte moins sur le hasard que sur le savoir-faire, il commence par réfléchir.

Pendant ce temps, le gibier fout le camp, se disait Ezdovo.

Chenko semblait fatigué. Lourd sac noir de médecin au bout du bras, il gagna directement un lit de camp et s'assit, jambes allongées devant lui.

– Tu veux ma peau, Petrov! dit-il d'une voix lasse. Joukov est venu me voir ce matin, fou de rage. Il m'accuse de me mêler des affaires du SMERSH. Il va demander à Moscou de me rappeler, à moins que je ne le tienne informé de tes activités. Il veut à tout prix savoir qui tu es et quelle est ta fonction officielle.

– Dis-lui de demander au camarade Vichinsky.

– Je le lui ai dit. Il se méfie de Vichinsky.

Bailov lança à Rivitsky :

– Et tu prétendais le général stupide?

Ils éclatèrent de rire. Vichinsky était l'un des plus valeureux artisans de ce que tous les Russes appelaient « le boulot qui tache » – les assassinats politiques.

– Joukov se prend pour un tueur, dit Gnedin. Comparé à Vichinsky, c'est un amateur et il le sait. Pas étonnant qu'il se méfie.

– Qu'as-tu dit au général? demanda Petrov.

– Je lui ai dit que vous portiez le Badge rouge.

– Réaction?

– Il en a rougi lui-même de patriotisme et il est parti en soufflant comme un cheval qui vient de faire plusieurs kilomètres au galop sur des congères de neige.

Recouvrant toute son énergie, Chenko ouvrit sa sacoche et déposa trois paquets sur la table, contenant chacun un petit tube à essai à bouchon de caoutchouc. Seul, Petrov ne s'y intéressa pas. Il regardait Chenko.

– Tu as les résultats?

– Oui, mais ça ne veut rien dire tant que j'ignore l'origine des prélèvements!

– Tu sauras en temps voulu.

Chenko haussa les épaules à la façon d'un ours qui a mal aux muscles du dos.

– Joukov a marmonné qu'il allait communiquer ses découvertes à la presse occidentale. Il veut enterrer Hitler et qu'on n'en parle plus!

– Joukov fait ce qu'il veut, dit Petrov. Ça n'a aucun intérêt pour nous.

– Oui, bon, c'est votre opinion. (Chenko présenta le premier tube à essai.) Échantillon : liquide séché. Identification : sang humain. Groupe conforme. Traces de testostérone et de strychnine. (Il prit le deuxième tube.) Pilosités humaines. Pigmentation brune. Les follicules indiquent deux origines : pilosité faciale et pilosité crânienne, certaines racines étant intactes. Et enfin, se rengorgea Chenko en faisant tourner le troisième tube entre ses doigts, le plus difficile!

– Du chanvre, trancha Petrov.

Chenko se figea.

– Comment le savais-tu?

– Simple déduction. Rien d'autre?

– Non.

– Tu es certain de la conformité du groupe?

– Oui. Il s'agit d'une analyse très banale, bien qu'il soit difficile de travailler sur une si faible quantité, et surtout dans les conditions barbares de ce lieu de pestilence!

– C'est bon, dit Petrov.

Chenko gardait le silence, attendant sans doute qu'on l'invite à rester mais, ne voyant rien venir, le corpulent médecin referma sa sacoche et finit par prendre congé.

– Ces constatations, dit Petrov à ses hommes quand l'ascenseur fut descendu, me confirment que Hitler a mis un sosie à sa place et s'est enfui.

– Mais il a pu se faire tuer depuis lors, hasarda Rivitsky.

Dès l'entrée dans Berlin, ils avaient tous envisagé cette éventualité.

– Bien sûr. Cela reste à déterminer. En attendant, Joukov a mordu à l'hameçon. Toute nouvelle enquête remonte aux témoins et, sans le garde Rudolf, pas moyen d'accéder à la vérité.

– Il y a l'éclairage détérioré du Bunker, rappela Gnedin.

– Pas pour longtemps. Toutes les lampes vont être réparées et scellées. De même pour la trappe d'entrée du couloir. De toute façon, la structure entière sera bientôt rasée. Il n'existera plus aucun indice. Tout ce que nous glanons dans notre enquête sera, soit envoyé à Moscou et archivé, soit détruit. Les Russes ont droit à leur vengeance. Nous retrouverons Hitler. S'il est vivant, nous le ramènerons à Moscou.

– On commence quand? demanda Ezdovo.

– Nous avons commencé le soir de notre arrivée, dit Petrov. Rivitsky et toi, vous ouvrez la porte, à présent. Ce colonel SS Brumm est le grand complice, quelque chose me le dit. C'était le directeur des projets, chez Skorzeny. Je soupçonne Hitler de l'avoir pour ainsi dire cueilli dans le groupe. L'adjudant-chef est sûrement dans le coup, lui aussi. Nous sommes presque prêts, mais nous devons en savoir plus sur Brumm. Son dossier a été escamoté pour couper la piste, mais cette faille dans un ordre parfait attire au contraire l'attention sur lui. Le colonel a commis là une grave erreur. Son dossier à notre disposition, nous ne songerions jamais à lui.

– On pourrait tirer davantage de Skorzeny, suggéra Bailov.

– Non, dit Rivitsky. Skorzeny nous hait. Il ne nous aidera plus.

– Ne vous fatiguez pas, dit Petrov. Les Américains tiennent Skorzeny, et je crois que vous l'avez vu pour la première et dernière fois. Nous avons eu notre chance, et ce que vous avez ramené me paraît très beau!

Visiblement, ce compliment inattendu toucha Ezdovo et Rivitsky.

– Le mieux que nous puissions faire est d'utiliser les dossiers en notre possession pour identifier des hommes de Skorzeny parmi les prisonniers. Les unités de Vienne sont chez les Américains ou les Canadiens. Nous devrons nous en tenir aux prisonniers faits sur l'Oder.

– Les deux? ironisa Bailov.

Petrov le fusillant du regard, il baissa le sien.

– L'URSS a fait des milliers de prisonniers! J'ai vérifié! Ils sont dans des camps! On les dirige déjà vers l'est!

– Il faut d'abord localiser les camps, observa Rivitsky.

– La piste va refroidir, déplora Ezdovo. L'Oder est dans la direction opposée. Notre gibier marche à l'ouest.

– Pas nécessairement. Le meilleur chemin n'est pas toujours le plus court. L'opération a été soigneusement mise au point. A mon sens, ils vont gagner un endroit sûr, un abri préparé, et ne plus en bouger. Hitler ne doit pas être en très bonne condition, il aura besoin de temps pour se remettre. La piste ne s'effacera pas. (Petrov marqua une pause.) Nous devons aussi considérer que, en l'absence du chasseur, le gibier adopte une routine qui permet par la suite de le prendre par surprise.

– On est les meilleurs! dit Rivitsky en attrapant une miche de pain.
– On est vernis! ajouta Gnedin.
– Les bons chasseurs ont toujours de la chance! proféra Ezdovo.
– Il s'y connaît, admit un souriant Dieu le Père.

Puis Petrov se retira dans ses pensées. Il avait eu bruit d'une rumeur, jusqu'ici non vérifiée, selon laquelle un nazi de haut rang s'était livré aux autorités soviétiques avec une offre de service assez spéciale. Si cela se confirmait, le passé de Brumm pouvait s'éclaircir plus vite qu'on ne l'imaginait.

34. 3 juin 1945, 23 heures 50.

Le groupe attendait impatiemment dans l'entrée. Brumm tâtonnait dans le noir. Il craqua une allumette pour enflammer la mèche d'une lampe à kérosène. Cela ne produisit d'abord qu'une mince lueur rouge, qui vira au blanc, au gris, et projeta enfin une lumière dorée dans le froid et vaste intérieur de pierre.

Les autres étaient stupéfaits. La pièce principale se révélait bien plus grande que la façade extérieure ne le laissait supposer. Dans le fond, deux portes ouvertes semblaient donner sur des couloirs obscurs. En dépit de la structure inusitée de la construction, cela se présentait comme une maison normale. Les planches du sol, taillées à la main, n'en étaient pas moins lisses, étroitement jointes, revêtues d'une cire foncée captant les reflets. Un escalier légèrement incurvé, probablement découpé d'un seul bloc dans un tronc d'arbre énorme, s'élevait au milieu de la pièce. Un âtre, fait de pierres solidement ajustées sans mortier, dominait à droite. Une deuxième cheminée, plus petite, lui faisait face à l'autre bout de la salle meublée de tables et de sièges fabriqués en respectant les formes naturelles du bois, plus ou moins noueuses. Côté cuisine, l'eau fraîche coulait d'une branche évidée dans un bassin de pierre, d'où elle se déversait par une rigole creusée dans le mur – simple et ingénieuse plomberie.

Brumm alluma toutes les lanternes une à une, illuminant les coins les plus reculés. Les intrus passèrent la porte et laissèrent tomber aussitôt leur chargement à leurs pieds.

– Ça paraît irréel! dit l'une des filles.

– N'ayez crainte, ce n'est pas du toc! dit le colonel. On appelle cet endroit la caverne de pierre. Cinq générations de travail. Le grand-père de mon grand-père avait découvert cette vallée au XIXe siècle. Il a creusé les premières pièces, et ses descendants ont continué et agrandi, chacun à son idée. Ici, il y a six pièces et, là-haut, un immense grenier. Les lits sont rembourrés de mousse séchée – mieux que de la plume! Derrière ces pièces part une enfilade de cavernes où des tribus vivaient dans les temps anciens, vous verrez leurs peintures sur les parois.

Herr Wolf penchait bizarrement la tête, comme hypnotisé par ses propres pensées. Brumm s'assit sur une chaise et alluma une cigarette. Dans le groupe, c'était la première fois qu'on le voyait fumer.

– Plus d'un siècle... dit-il avec un brin de mélancolie. Cinq générations... Enfin, il y a tout ce qu'il faut, des armes, des munitions, de la pharmacie et même un petit groupe électrogène en pièces détachées, qui peut fonctionner hydrauliquement, chose facile dans la vallée. Nous avons une radio, des provisions récentes, des plantes et des racines comestibles, du gibier, du poisson. Étant enfant, je voyais le paradis comme ça.

– Qui d'autre connaît l'endroit? demanda Erda.

– Personne d'autre que nous. Mon grand-père est mort. La fertilité de cette vallée tient au fait qu'il s'agit simplement d'un ancien volcan, au centre d'un vrai labyrinthe de gorges et de ravins ne menant nulle part. Vu du ciel, ça ne paraît différent d'aucune autre vallée du Harz. Pour y arriver, il faut connaître le chemin!

– Si quelqu'un l'a trouvée, quelqu'un d'autre le peut! déclara le Barbu, sceptique. (Par nature, il préférait la mobilité, agir à découvert. Une base statique ne lui disait rien. Encore moins une montagne de roc.)

– Exact, mais peu probable. L'abri est invisible d'en haut. On ne peut le voir qu'au sol, et encore, seulement de ce côté-ci de la vallée.

– Montre-nous le reste! s'impatienta l'une des filles.

Brumm leva la main.

– Explorez toutes seules!...

Elles jacassaient à qui mieux mieux en disparaissant dans les couloirs et dans le grenier, puis on les entendit crier de joie à la découverte des lits. A leur retour, elles parlaient encore toutes en même temps.

– Venez, dit Brumm, ce n'est pas tout.

Au bout d'un couloir, il ouvrit une lourde porte donnant sur les cavernes. Les jeunes filles furent sidérées par l'abondance des provisions entassées dans la pénombre, de part et d'autre d'une étroite passerelle de bois. Au-delà de la réserve, Brumm les entraîna dans un mince tunnel creusé dans le roc, où l'on ne passait qu'en file indienne. A mesure qu'on s'y enfonçait, la chaleur et l'humidité ne cessaient de croître. Herr Wolf était de la partie, puisqu'on entendit soudain sa voix, pour la première fois depuis l'arrivée dans la vallée:

– Je m'y connais en cavernes. Plus loin, vous verrez que la température va se stabiliser, demeurer constante. Même en parcourant un kilomètre sous terre, il y aurait très peu de variation. Ce sont des emplacements idéaux pour le stockage. Je me suis penché très sérieusement sur la question, et je fais en quelque sorte autorité.

Pas de réponse. Nul n'avait envie de subir une leçon interminable de plus.

– Mais c'est extraordinaire! reprenait Herr Wolf un instant plus tard, sa voix résonnant davantage et commençant à faire écho. Nous avons encore plus chaud!

On déboucha bientôt dans un espace triangulaire dont la solide voûte rocheuse s'élevait à quatre bons mètres au-dessus des têtes. Brumm tint haut sa lanterne tandis qu'on se pressait autour de lui. En contrebas, il y avait une pièce d'eau. De la vapeur montait dans la salle humide.

– Une source thermale.

Gretchen Waller se pencha et trempa la main dans l'eau.

– C'est chaud! Des bains chauds!

– C'est de l'eau minérale. Très délassant pour les muscles fatigués. (Brumm leva la lanterne encore plus haut et tendit l'autre bras.) De l'autre côté, il y a un rebord sous l'eau, comme un banc naturel. Et ça fait à peine plus d'un mètre au plus profond. On ne risque rien.

Certaines des jeunes filles commençant à se déshabiller, Herr Wolf rougit et battit en retraite dans le tunnel. Brumm les arrêta.

– Plus tard. On a du travail.

Elles ne cachèrent pas, en tout cas, leur déception.

– D'abord on travaille, ensuite on mange, on se baigne et on dort. N'oubliez pas votre service. Ça passe avant tout. Ne vous laissez pas tromper par les circonstances. La vallée nous offre protection mais cela ne nous rend pas invulnérables. Nous sommes toujours en grand danger, tout le monde doit le comprendre. (Il s'exprimait froidement, d'une voix profondément autoritaire. Puis il se radoucit.) Cela dit, votre temps vous appartient, une fois votre service fini, et je peux vous assurer que l'eau chaude est merveilleuse.

Pendant que la corvée de nettoyage s'activait autour de lui, Herr Wolf demeura sur un banc de bois, les jambes croisées, les mains sur un genou. Il gardait le silence mais, de temps en temps, il interpellait une fille ou une autre pour lui signaler qu'elle oubliait de la poussière. Elles lui obéissaient sans discuter mais, remarqua Brumm, elles commençaient à le traiter comme leur grand-père. Elles accomplissaient leur tâche avec entrain, comme les jeunes filles qu'elles étaient, non comme les soldats qu'on essayait de voir en elles.

Assuré que le ménage serait bien fait, Brumm se consacra à la confection de boulettes de pain. Quand il en eut rempli un petit bol, il fit signe au Barbu de sortir avec lui. Ils remontèrent le torrent sur plus d'un kilomètre sans s'éclairer. Le Barbu ne pouvait s'empêcher de trébucher presque à chaque pas, alors que son colonel marchait vite et sans bruit.

– Comment peux-tu y voir dans ce merdier? s'écria le sous-officier en s'arrêtant pour se frotter le tibia.

– Je n'y vois rien, dit Brumm en riant. Mes jambes savent où elles vont. Je les suis.

Quand l'autre parvint enfin à le rattraper, assis au bord du torrent il fixait déjà une boulette de mie de pain sur un hameçon.

– Le meilleur endroit de la vallée, précisa-t-il à son adjudant-chef. Trois espèces différentes de poisson. Deux dans l'eau courante, surtout dans les trous et le long des rapides. Il y a aussi de petites poches profondes d'eau chaude où vit une espèce proche de la carpe. Beaucoup d'arêtes mais, bien préparé en filets, cuit assez longtemps, c'est très bon. Et c'est la nuit que ça mord le mieux, tu vas voir!

Ils se trouvaient dans une courbe où les eaux refluaient, formant un bassin obscur. Brumm tenait une lampe sous le bras, faisceau dirigé vers le bas. Dès qu'il plongea la ligne, celle-ci se tendit immédiatement dans la lumière. Un poisson sauta hors de l'eau, claqua bruyamment la surface. Après l'avoir projeté sur la rive d'une simple secousse du poignet, Brumm l'immobilisa sous son pied. Il se pencha, l'attrapa sous les ouïes et le leva sous le nez du Barbu. Le poisson ventru rua violemment de la queue en lançant des étoiles.

– Une truite blanche! dit le Barbu, stupéfait. Je croyais qu'on n'en trouvait pas ailleurs qu'en Forêt-Noire!

– C'est vrai, il y en a là-bas. Ici aussi, dans cette seule vallée! Un avatar de l'évolution. Tu vois comme c'est facile?

A tout coup de ligne correspondait pratiquement une prise instantanée. A mesure que Brumm les sortait de l'eau, le Barbu enfilait les poissons sur un bâton fourchu. Quand il y en eut suffisamment, il les nettoya adroitement avec son poignard de SS puis fit disparaître les déchets dans les eaux bouillonnantes, exactement comme dans ses coins de pêche à lui quand il était petit.

Sur le chemin du retour, Brumm lui donna un peu plus de détails sur sa vallée.

– Sur les escarpements du sud, il y a de petits chevreuils, des moutons redevenus sauvages. Au printemps, beaucoup d'oiseaux. Les canards, et d'autres gibiers d'eau, s'arrêtent ici en automne. Une ou deux personnes pourraient tenir indéfiniment. Vu la taille de notre groupe, nous utiliserons d'abord les provisions. Nous ne détruirons pas l'équilibre naturel tant que nous n'y serons pas obligés.

Très professionnel, le Barbu saisit l'occasion de dire qu'il n'avait pas aimé laisser l'accès de la vallée miné avec des grenades.

– Si quelqu'un s'y prend les pieds, et qu'il n'est pas seul, des gens se diront que les pièges sont là pour une bonne raison. Je crois qu'il vaudrait mieux bloquer naturellement le débouché.

Brumm en convint. Il s'en occuperait demain.

– Nous sommes ici pour quelque temps. Il faut maintenir la discipline, établir une routine et la suivre. Nous en profiterons pour entraîner les filles. Ça les gardera en forme. Elles s'en sont admirablement sorties, avec les Américains. On pourrait en faire de bons soldats. Ce sera ton rôle principal.

– Combien de temps resterons-nous ici?

– Plusieurs mois, répondit Brumm. Au moins six.

Brusquement, le Barbu l'attrapa à l'épaule par-derrière et le força à s'arrêter.

– Les filles...

Ils avaient beau être comme des frères, Brumm était toujours son colonel. L'adjudant-chef avait du mal à trouver les mots. Il prit sa respiration, lança:

– *Was sich zweit, das dreit sich gern!* – quand on se met à deux, on se retrouve à trois.

Brumm rit.

– Tiens! tiens! chef Rau, on serait pudibond?

– C'est plus grave que ça, fit le Barbu avec un léger ricanement. Elles sont déjà pas mal... expérimentées... Allons-nous...? Je veux dire, on ne se commet pas avec la troupe... (Il s'efforçait de s'exprimer en termes convenables.) Nous avons toujours dormi dans le même sac que les hommes, allons-nous encore coucher avec eux, si tu me comprends?...

Brumm sourit.

– Je me suis déjà posé la question. C'est délicat et il faut faire très attention. On peut s'attendre que ça chauffe. La voix de la nature et tout le tremblement. Mais on ne peut pas risquer une grossesse ici, pas plus que des histoires de jalousie. Les deux choses seraient aussi désastreuses. Il faut faire bloc, marcher tous ensemble.

– C'est ce qui me fait peur, dit le Barbu.

– Oh, je crois que ce serait contre nature de s'y refuser. Mais il faudra des règles, et s'y tenir!

Brumm ne savait pas très bien ce que seraient ces règles, mais il avait encore dix minutes pour y penser.

35. 4 juin 1945, 1 heure du matin.

La haine seule soutenait Johann Pescht. Il n'avait plus d'autre religion. Il n'était plus juif, maintenant. Il se considérait comme un vengeur, voilà tout. Il ferait payer les nazis.

Son père et sa mère, sa femme Anna et leurs cinq enfants étaient tous morts le même jour. Lui, écarté de force, impuissant, il les avait regardé s'éloigner et entrer, nus, dans la chambre à gaz. Lui seul avait réussi à survivre. D'abord à Belsen, en Pologne. Puis au camp pour femmes de Ravensbrück, pour y participer à d'étranges expériences. Par la suite, on l'avait envoyé à Dachau, et finalement à Buchenwald. La tournée des cauchemars!

Son propre comportement l'écœurait, mais le désir de vivre prévalait en lui sur l'indignation morale. Si méprisable que ce fût, il n'y avait rien d'autre à faire qu'obéir aux médecins et autres pseudo-scientifiques nazis. Pescht copulait devant témoins et répondait à des questions tout en besognant ses partenaires parfois figées de peur, parfois enragées. Il exécutait son travail devant des miroirs sans tain, devant des caméras, dans le froid ou dans la chaleur, en proie à des accès d'euphorie ou de neurasthénie provoqués artificiellement par des drogues, avec des femmes jeunes ou âgées, crispées ou complaisantes, ou indisposées, ou bien portantes, ou spécialement rouées de coups au préalable, et, le plus terrible, une fois, avec une morte, une rousse de trente ans sous-alimentée, dont les os des hanches se déployaient comme de petites ailes – l'expérience ayant pour but de déterminer l'espérance de vie des spermatozoïdes dans un corps en voie de refroidissement.

Vers la fin de la guerre, les médecins qui poursuivaient leurs études scientifiques avec tant d'enthousiasme commencèrent à disparaître des camps. Les expériences médicales s'espacèrent puis cessèrent. Il n'y avait même plus personne pour tenir les infirmeries. Pescht, qui jusque-là vivait bien comme cobaye spécial de l'équipe de recherche, vit sa sécurité envolée, ses moyens de survie disparus. Dirigé sur Buchenwald, il fut affecté à un détachement de fossoyeurs armés de pioches émoussées et de pelles tordues, qui creusaient par tous les temps, par roulements de douze heures minimum. Beaucoup mouraient, s'effondraient face contre terre, leur outil encore à bout de bras, imposant un surcroît de travail à leurs camarades.

Toujours aussi déterminé à survivre, Pescht dérobait de la nourriture et des vêtements aux autres prisonniers. Il espionnait les nouveaux arrivants et rapportait tout aux gardiens, non sans enrichir ses récits de détails de sa propre invention. Rien ne le rebutait pour gagner la faveur de ses maîtres. Il avait beau voir une monstruosité morale dans le désir de vivre à tout prix – surtout au prix de la vie des autres – quelque chose de plus fort que sa conscience lui ordonnait de ne penser qu'à lui.

Les généreuses rations du service médical n'étant plus qu'un luxe du passé, lui-même fut réduit à la portion congrue. Même une fois Hitler devenu chancelier, Pescht avait continué à se considérer d'abord comme un Allemand, un citoyen loyal, patriote; en second lieu, comme un père et un mari; et enfin, en tout dernier, comme juif. Son pays n'en avait pas moins déclaré sa communauté sous-humaine, ennemie de l'État. Les Juifs avaient été expédiés dans des camps où le sens aigu de l'organisation germanique faisait de la mort une production de masse. Pis encore, son Dieu même l'avait abandonné. Sinon, comment expliquer de telles horreurs? Dans les premiers temps de sa captivité, il priait de toutes ses forces, mais il avait bientôt laissé tomber la notion même de présence divine. Sinon, comment de telles choses seraient-elles autorisées? Dieu était mort. En fait, raisonnait Pescht, il n'avait jamais existé du tout. En revanche, et à l'évidence, le Diable éclatait de santé.

Un matin de fin avril 45, réveillé de bonne heure dans sa baraque, Pescht chaussa ses sabots de bois et se faufila bruyamment parmi les corps endormis ou morts sur le sol.

Sa réputation l'avait suivi depuis Ravensbrück. Après un passage presque fatidique dans les équipes de fossoyage, il s'était vu réaffecté à la *Lagerschutz*, espèce de police constituée de prisonniers collaborant volontairement avec les nazis pour maintenir l'ordre à l'intérieur du camp. De ce fait, ses rations alimentaires augmentèrent, mais bien peu. Enfin, il n'y avait pas de petit profit. On disait que les restrictions frappaient toute l'Allemagne et, naturellement, les camps venaient en dernier sur la liste des priorités.

Pescht travaillait au bordel du camp, où il rendait des petits services du matin au soir. Buchenwald comptait une grande proportion de gardiennes, Autrichiennes pour la plupart, et beaucoup de ces solides paysannes usaient de lui exactement comme les gardiens usaient des femmes juives les plus désirables. Il ne s'en formalisait pas.

Dehors, le temps était encore frais et brumeux. Son haleine fusait dans l'air et restait en suspension sur son passage. Il se hâtait vers le bordel dans l'espoir d'y trouver des restes de nourriture de la nuit. Mais il commençait à se rendre compte, en marchant, qu'il y avait quelque chose de changé. Au bordel, il trouva les filles groupées en silence autour de la cheminée. D'habitude, quand il arrivait tôt, elles étaient encore au lit. On renvoyait à leur baraque celles qu'on ne voulait pas pour une autre nuit. Celles qu'on gardait dormaient tranquillement jusque dans l'après-midi.

– Pescht! fit l'une des femmes. Ils sont partis! Ils ont filé dans la nuit, tous autant qu'ils sont! Qu'est-ce que ça veut dire, d'après toi?

Il comprit brusquement ce qu'il ressentait.

– Ça veut dire la libération, pauvre connasse! Les Américains arrivent.

Pescht avait son plan. Il comptait s'évader, mais la libération lui faciliterait la tâche. A l'origine, ils étaient une cinquantaine de prisonniers dans le projet, mais la maladie et les punitions en avaient eu raison. Et puis, avec l'arrivée de nouveaux prisonniers par milliers, au fil des semaines, les conspirateurs survivants se trouvaient disséminés dans tout le camp. Il fallait qu'il les voie. Il passa la matinée à les contacter, et quand les Américains arrivèrent en début d'après-midi, Pescht et son groupe agirent comme un comité d'accueil officiel.

Il avait tout calculé. Il emmena tout de suite l'officier américain – un colonel – aux fours crématoires, et il lui expliqua leur utilité. Puis il attendit discrètement sa réaction. L'homme écarquilla les yeux, pâlit, sortit en titubant et vomit, pour donner ensuite libre cours à une violente colère contre tout ce qui était allemand, êtres et choses. Exactement ce que Pescht escomptait.

Au cours des jours suivants, son groupe – comprenant quelques femmes quasi squelettiques – aida les Américains à mettre de l'ordre dans tout cela. Diverses délégations d'officiers venaient visiter, la colère au visage.

A la fin de la semaine, Pescht se rapprocha plus particulièrement d'un colonel du Texas.

– Plusieurs camarades et moi, nous voudrions partir.

– C'est bien compréhensible, mais cela demande du temps. Il vous faut des papiers, des points de chute. Nous voulons vous aider à retrouver vos familles.

– Nous n'avons pas de famille. Hitler s'en est occupé.

Ce qu'ils voulaient, selon Pescht, c'étaient de bonnes chaussures, de gros manteaux et des armes.

Le colonel se dérobait. Pescht insista, chercha la corde sensible. Le Texan imaginait-il sa propre famille, ses enfants agrippés à sa femme pendant qu'on les déshabillait? Les voyait-il marcher, nus, agglutinés, entrer dans la chambre à gaz et, au dernier moment, se retourner pour l'appeler au secours?

Pescht finit pas obtenir gain de cause. Le colonel ne demanda pas d'explication. Au Texas, on comprenait la vengeance par des voies illégales étrangères à la majorité des Américains.

Le groupe quitta le camp sans bruit, à la nuit, et prit à l'ouest par les forêts et les coteaux. Il n'avait peut-être pas une idée nette de ce qu'il ferait une fois libre, mais les intentions de Pescht étaient bien concrètes : des descentes nocturnes dans les fermes et les petits villages. Il n'y aurait pas de distinction entre bons et mauvais Allemands. Tout Allemand convenait. Grâce à leurs années d'apprentissage dans les camps nazis, les vengeurs fourniraient aux civils un bon aperçu de ce qui s'était passé derrière les barbelés.

36. 4 juin 1945, 3 heures du matin.

Cela n'avait rien d'un festin mais c'était leur premier repas chaud depuis le départ de Berlin, et cela suffisait à en faire une fête. Brumm grilla les poissons, tête en bas, sur la flamme, sous une pluie d'herbes et d'épices puisées dans de petits sacs de daim accrochés au mur près de la cheminée. Pendant que les truites grésillaient, il emmena une des filles ramasser des racines comestibles dans la forêt, non loin du barrage. Ils en ramenèrent chacun une brassée. Une fois écrasées et de l'eau ajoutée, cela donna une pâte. Brumm y incorpora du sucre roux et des lamelles de pommes séchées dont il y avait un plein tonneau à la réserve. Façonnée en petits gâteaux plats, la mixture fut mise dans les braises, au bord du feu. Le thé infusait à l'eau de la montagne.

Ils mangèrent en silence, chacun absorbé par ses pensées. Après le repas, Herr Wolf entraîna Brumm à l'écart.

– Nous avons à parler des conditions de vie, fit-il mystérieusement.

– C'est-à-dire?

– J'ai totalement besoin de mon intimité! murmura le personnage, mi-commandement, mi-requête.

– Vous pouvez prendre une chambre, dit Brumm.

– Ce n'est pas seulement cela! Personne ne doit entrer chez moi sans autorisation! D'autre part, je tiens à me baigner seul!

– Cet endroit offre beaucoup d'avantages, mais l'intimité totale n'en fait pas partie.

– Dans ce cas, vous l'organiserez!

– On ne peut pas faire mieux.

– Vous ferez ce qu'il faudra, colonel! A présent que les dangers s'éloignent, je compte jouer un rôle plus actif dans la direction de nos affaires. J'ai toujours été partisan d'utiliser les services des spécialistes. C'est exactement ce que vous êtes, et votre fonction consistait à nous conduire ici. Nous y sommes. J'assume donc mon autorité légitime et les responsabilités qui s'y attachent!

– Si vous avez besoin d'intimité, nous ferons tout pour vous la faciliter, mon Führer. (Brumm semblait trouver le mot insolite sur ses propres lèvres. A Berlin, c'était naturel, mais un tel titre n'avait rien à faire ici, dans le Harz.) Chacun devra y mettre du sien. Vous admettez, j'en suis sûr, que le premier devoir du chef est de pourvoir aux besoins de ses subordonnés. Les supérieurs doivent souvent céder le pas au bien commun...

– Vous me sermonnez, Brumm? Je refuse que des hommes et des femmes prennent leur bain ensemble, un point c'est tout! Il est des valeurs que je ne sacrifierai pas au pur souci de commodité! Vous sanctionnerez ceux qui désobéiront!

– Pas question! Permettez-moi de vous rappeler que c'est moi qui commande, ici, selon nos accords. On ne reviendra pas là-dessus. A moins, bien entendu, de soumettre la chose à un vote...

– Dans la vie militaire, on donne des ordres et on les exécute! argumenta Herr Wolf d'une voix qui commençait à faiblir.

– Dans les bureaux, oui, entre gratte-papier! Sur le terrain, le processus est plus démocratique. Les soldats qui ont leur mot à dire sur la façon de risquer leur peau se battent mieux et plus longtemps. C'est l'un des premiers principes en commandement militaire moderne.

– Ce sont les commandements faibles qui font voter! Un chef fort prend ses décisions et agit, et quiconque ne fait pas ce qu'on lui dit s'expose à des traitements de rigueur.

– C'est possible, répliqua Brumm, mais nous nous trouvons dans une situation exceptionnelle qui nous oblige à improviser. Nous nous conduirons en conséquence.

– Vous suivrez mes ordres. Je l'exige! s'entêta encore Hitler.

– J'écouterai vos suggestions, je consulterai les autres et je déciderai au mieux pour nous tous.

Le ton de Brumm signifiait que la discussion s'arrêtait là. Herr Wolf fit un pas en arrière, comme pour mieux l'examiner, puis son humeur changea du tout au tout, son rictus se métamorphosant soudain en sourire.

– J'ai fort bien choisi! dit-il d'un air suffisant.

– L'avenir dira si votre choix était bon. Ici, c'est chez moi, on fait les choses à ma façon. Quand nous aurons atteint notre destination finale, nous verrons à prendre d'autres dispositions.

– Parfait! lança Herr Wolf. J'accepte le principe. Pendant la Grande Guerre, j'étais simple soldat. Je savais prendre les ordres et, en apprenant à les suivre, j'ai appris à les donner. Je n'ai pas changé. Mes généraux n'ont pas su suivre les ordres, voilà pourquoi nous sommes ici.

Bon, vous allez voir. Je m'ordonne moi-même de suivre vos ordres. (Il s'interrompit, attendant vainement une réaction du colonel.) Donc, voilà qui est fait. J'ai mes ordres. J'obéirai.

Brumm n'en croyait pas ses oreilles. Mais l'humeur du grand chef docile parut s'assombrir de nouveau. Il reprit, d'une voix plaintive :

– Je n'en exige pas moins mon intimité, vous me devez cela!

Inutile de relancer la discussion. Il aurait son intimité. Mais Brumm devinait que cette première exigence serait suivie de beaucoup d'autres.

Herr Wolf, qui tenait à prendre son bain le premier, était parti dans la caverne. Regroupés autour d'une table de pin, les autres bavardaient en buvant du thé, ou contemplaient, en l'écoutant, le feu. A part Gretchen Waller, toutes les filles faisaient les fofolles.

Quand Herr Wolf, de retour, se fut retiré dans la chambre de son choix, Brumm demanda :

– A qui le tour? Ces dames ou ces messieurs?

Gretchen attaqua :

– Je pense que tu veux dire la troupe ou les officiers...

– Prends-le comme tu veux. Qui passe en premier?

– Est-ce que les soldats font leur toilette séparément de leurs officiers? Gretchen revenait à la charge.

– A la caserne, oui.

– Et sur le terrain?

– Ensemble. On partage tout.

– Où sommes-nous?

– Au campement.

Le Barbu et les autres filles suivaient l'affrontement avec le sourire.

– D'accord, dit Gretchen. Cette pièce est le campement. Mais le bassin? Il n'est pas du tout dans le campement!...

Elle prenait les filles à témoin, qui s'empressèrent d'opiner.

Brumm se leva, mit la main devant sa bouche et toussota. Il leur avait fait la leçon, au sujet des rapports hommes-femmes, pendant que Herr Wolf prenait son bain.

– Vous connaissez les règles : pas de relation permanente et pas de jalousie. Vous devrez vous montrer adultes ou nous devrons définir de nouvelles règles!

– Assez parlé! fit une voix aiguë.

L'officier se pencha en avant, tendit le bras dans la direction de la caverne et claqua les talons.

– Je m'incline devant l'évidence.

Les Walkyries s'élançèrent immédiatement dans le couloir obscur en poussant des cris de joie. Le Barbu et Brumm restèrent encore un moment à la table.

– On les... rejoint? demanda l'adjudant.
– Règlement de campagne, murmura Brumm. Pour le moral des troupes.
– Service-service! appuya le Barbu en renvoyant un clin d'œil.
– Esprit de corps!
– Instruction tactique! (L'adjudant-chef décocha un coup de coude au colonel.) Allons-y, Günter! Elles sont capables de s'arranger deux par deux si on les fait attendre.

Il eut un rire rauque, et son visage devint presque écarlate.

Dans le tunnel, Brumm s'arrêta.
– Va devant, j'arrive tout de suite.
– Tu ne seras pas vexé si on commence sans toi? lui lança le Barbu par-dessus l'épaule.

Brumm revint sur ses pas. Il trouva ce qu'il voulait à la réserve. Tout ce qu'il voyait là lui rappelait ce qu'il en avait coûté de préparer la cachette. Il avait fallu des années, d'innombrables aller et retour, pour approvisionner la petite citadelle. D'abord c'était pour lui-même, car il ne se faisait pas d'illusions sur l'issue de la guerre. Puis le projet avait pris une autre dimension. Une fois, il était venu à cheval à la tête d'une procession de mulets de l'armée. Après les avoir déchargés, il avait lâché les animaux dans la vallée d'accès. Qu'étaient-ils devenus?

Gretchen se déshabillait lentement. Les autres filles barbotaient déjà, se savonnaient mutuellement, échangeaient des propos quelque peu fébriles.

Elle aimait cette sensation de l'air tiède sur le corps, si naturelle et bienfaisante. Elle voulut se rappeler quand elle s'était mise nue par plaisir pour la dernière fois, mais n'y parvint pas. Le passé semblait une autre vie.

Débarrassée de ses vêtements, elle s'approcha du bord et tâta l'eau du bout du pied. C'était chaud, alléchant. Elle s'y laissa glisser comme si elle s'abandonnait à une immense caresse. Les petits picotements qui lui couraient sous la peau lui embrouillaient les idées. Depuis combien de temps se sentait-elle tenue de se dominer à tout moment, par rapport aux filles? A présent, cette contrainte, cette tension, perdait sa raison d'être. Günter Brumm avait pris les commandes, plus besoin de s'inquiéter.

Le Barbu fit un spectacle de son arrivée, aspergeant et interpellant les filles. Son apparition égaya aussitôt l'atmosphère. Stefanie, longs cheveux blonds plaqués au visage et autour du cou, bondit athlétiquement hors de l'eau et prétendit pousser le colosse vers le bassin. Cela tourna vite à un corps à corps pour rire, chacun plaçant des prises avant tout exploratoires. Les autres ne tardèrent pas à s'en mêler. Le simulacre de combat s'intensifia. La plénitude et la force de ces jeunes corps surprenaient le Barbu. Il comptait se laisser entraîner, mais il ne tarda pas à comprendre qu'à elles cinq elles ne lui demanderaient pas son avis. Leur impatience, en revanche, ne l'étonnait pas; il avait la même, gestes et murmures étant tout à fait explicites. Il finit par déraper dans l'eau comme un gros bateau de chair. Au dernier moment, il agrippa et déséquilibra ses assaillantes, de sorte que tout le monde bascula dans un éclaboussement qui envoya des vagues déborder.

Gretchen regardait Stefanie étreindre l'adjudant tandis qu'ils se laissaient dériver dans le bassin. La jolie blonde était toujours la plus directe : elle croyait fermement qu'on obtient ce qu'on attrape. La vision devenait harcelante. Gretchen et ses amies n'étaient pas étrangères au sexe, mais il lui apparaissait que, en dépit de ce qu'elles avaient pu connaître, chacune se berçait toujours de rêves d'amour, leur avenir n'impliquant qu'à un seul homme. La guerre n'avait pas détruit cela. On ne pensait pas au Führer sous cet angle, encore que, à l'occasion, il eût quelque chose de presque irrésistible dans le regard. Il était trop âgé et c'était le Führer – fruit défendu, inaccessible. Elle ne se sentait concernée que par les deux autres. Six femmes, deux hommes. Elle aurait préféré l'inverse. Comment, à deux, allaient-ils s'occuper régulièrement d'elles toutes?

En fait, le problème était bien plus compliqué. De ces deux hommes un seul l'intéressait : Günter Brumm. Elle ne voulait le partager avec personne.

Elle-même ne remarqua pas son arrivée. Soudain Brumm était là, assis au bord du bassin, deux grandes bouteilles dans les mains, le corps luisant. Gretchen en eut le souffle coupé. Il était musclé, presque beau. Elle n'avait jamais vu un tel mâle.

Il se mit à marcher dans l'eau en levant haut les bouteilles :

– Champagne!

Les filles abandonnèrent le Barbu. Brumm but le premier au goulot. En moins de rien, tout le monde était assis côte à côte sur le rebord immergé, les deux magnums passant et repassant de mains en mains.

Gretchen se refusa à l'euphorie générale. Elle buvait trop vite et la tête commençait à lui tourner. Brusquement, elle bouscula les autres pour atteindre Brumm, jeter les bras autour de sa taille et l'entraîner de force, pour ainsi dire, dans l'eau plus profonde.

– Je sais que je ne peux pas t'avoir à moi seule, lui murmura-t-elle, mais je n'oublierai jamais que je t'aurai eu la première.

L'emprisonnant dans ses jambes, elle l'embrassa voracement sur la bouche.

37. 5 juin 1945, 9 heures.

Quand on connaît la musique, les rumeurs sont souvent plus faciles à vérifier que les faits. Le bruit courait que Heinrich Müller s'était livré de lui-même à des agents du NKVD en Pologne. Il disait disposer d'un vaste réseau d'agents en activité, qu'il se proposait de « retourner » pour les Russes en échange de la vie sauve et de rétributions non moins terre à terre.

Il était, parmi la racaille nazie, l'un des plus recherchés. Ladite rumeur n'étonna pas Petrov qui la trouvait, au contraire, parfaitement cohérente. Personnage de haute importance, Müller était à coup sûr capable de fournir ce qu'il promettait. La construction et l'administration de plus de sept cents camps de concentration, y compris les camps spécialisés dans l'extermination, avaient été de sa responsabilité, en tant que chef de la section IV de la Gestapo.

Petrov avait vu les chambres à gaz camouflées en douches, dans les camps de Pologne. Il n'en était pas atteint de la même façon que les autres. Des millions de ses propres compatriotes se trouvaient aussi dans des camps, du moins au moment où Hitler envahissait la Russie. Il n'y avait qu'une différence de style. En Russie, on envoyait les indésirables et les moins que rien en exil permanent dans le Nord, d'où nul ne revenait. Les nazis, un tantinet paranoïaques, étaient moins patients.

Au lieu de laisser le temps, la nature et le travail forcé faire leur œuvre, ils avaient tendance à accélérer le processus au moyen de gadgets et de méthodes de production de masse. Il ne fallait jamais oublier que, sous le fascisme, crépitait le capitalisme. Petrov s'avouait que l'actif de Müller devait être envié de certains Soviets, dont quelques-uns haut placés dans la hiérarchie du parti, voire au sommet.

Müller figurait sur la liste du Groupe d'opérations spéciales. Il avait été vu auprès de Hitler le 28 avril. Avant de disparaître dans la nature, le général SS avait lancé quelques ballons d'essai du côté des agents russes, et Petrov était au courant de ces ouvertures.

Le problème consistait donc à joindre Müller, qui disposait de contacts permettant de retrouver rapidement les survivants de l'unité de Skorzeny. Il était essentiel que l'enquête sur l'organisateur des missions du commando fût promptement menée. Petrov décida de donner quelques coups de sonde dans Berlin, histoire de voir l'effet du Badge rouge sur les camarades.

Il n'avait rien appris, la veille, au QG de Joukov. Mais à celui du Ier front d'Ukraine, en banlieue sud, il trouva un petit fil conducteur. Les hommes de Koniev vivaient dans des tentes moisies d'humidité, sur un terrain défoncé par les tirs. Ils tuaient le temps, nettoyaient leurs armes par habitude plus que par nécessité. Il n'y avait pas de soleil, et Petrov lui-même n'aurait pas craché sur un brin de chaleur.

La tente principale aurait pu abriter un petit cirque. Des portes et des briques, venues des champs de ruines, servaient de tables et de bureaux. Un adjudant-chef émacié, qui avait ôté ses chaussures, se frottait et s'examinait les pieds. Petrov lui demanda :

– Qui tient les dossiers des prisonniers de guerre ?

– Le NKVD, dit l'adjudant sans prendre la peine de relever la tête. Après une marche de trois mille bornes, on aurait pu croire que mes pieds auraient durci, mais non ! (Il semblait découragé.)

– Unité mère, ou antenne ?

Cette fois, l'homme leva les yeux. On n'allait pas souvent *à la recherche* du NKVD. Ça fonctionnait plutôt dans l'autre sens.

– Est-ce que je sais ? Le NKVD ne fait pas ce genre de distinguo.

– Vous devez avoir les dossiers de transfert de contrôle, dit Petrov.

L'autre eut un peu froid dans le dos. Il avait survécu jusque-là en acquérant le sens des ennuis, et ce drôle de petit bonhomme qui pesait si bien ses mots n'annonçait rien de bon.

– Je vais voir.

« Gagne du temps », se disait-il. Il se leva et alla taper sur l'épaule d'un sous-off en lui ordonnant d'apporter les dossiers. Cela sans quitter Petrov du regard, dont le visage demeurait inexpressif à l'exception des yeux étincelants comme des braises. Cet homme ne bougeait pas la tête pour regarder autour de lui. Ses yeux passaient d'objet en objet. Inutile de lui résister.

– Les voilà, camarade ! fit l'adjudant-chef, une fois les dossiers déposés sur sa table. Voyons, voyons ! (Il se mit à les feuilleter d'un air qui se voulait efficace.. Les puissants appréciaient l'efficacité. Mais la démonstration fut courte.) Je ne connais pas cet organisme, déclara-t-il en tendant un dossier.

Petrov lut en silence et rendit le dossier.

– C'est le bureau central du secteur Est. J'ai besoin d'un transport.

– Il y a des véhicules au parc mécanique. Pas ici.

– Il y a trois camions dehors.

L'adjudant-chef expliqua :

– Réservés à l'état-major de division.

– Il me faut également un chauffeur, ajouta Petrov comme s'il n'avait pas entendu.

Cela devenait difficile. L'autre n'avait pas l'habitude d'un tel forcing. Dans son petit monde, c'était lui qui faisait suer les autres.

– Camarade... commença-t-il en cherchant le moyen de décrocher.

Sans le laisser en dire davantage, Petrov sortit un petit étui noir qu'il déplia et posa sur la table. L'adjudant se sentit défaillir. La tête lui tournait. Il avait mal au cœur. Un Badge rouge! Il croyait que c'était un mythe!

– Le petit camion fera l'affaire... camarade! ajouta Petrov à la réflexion, amicalement.

L'adjudant-chef prit sa décision. Il avait appris depuis longtemps à se fier à son instinct. La petite silhouette sombre avait un pouvoir sans limite et, sans nul doute, peu de scrupules à en user.

– Je vais conduire moi-même! s'empressa-t-il avant même de se demander dans quoi il se lançait.

Petrov acquiesça et gagna la sortie. L'adjudant suivait en chaussettes, chaussures et casquette sous le bras.

Ils mirent deux heures à trouver le siège du NKVD. L'adjudant reçut l'ordre d'attendre, et vit avec soulagement Petrov disparaître à l'intérieur du bâtiment de deux étages. Il envisagea de repartir aussitôt, mais où aller? Il n'avait d'autre choix que de tenir le coup jusqu'au bout.

A l'entrée de Petrov, des gardes en armes s'empressèrent de lui barrer le chemin, mais une brève exhibition du Badge rouge les écarta. Il s'informa de l'identité de l'officier en charge. Cela provoqua l'apparition précipitée d'un petit homme rondouillard aux yeux bleu clair, aux cheveux argentés peignés vers le front pour dissimuler une calvitie naissante, qui regarda fixement le visiteur pendant un certain moment. Non sans le reconnaître, comme un soubresaut de pomme d'Adam le confirma.

– Petrov!

Il respira lentement, s'obligea à sourire.

– Camarade Shikbava! Il a dû être long, le chemin de Berlin!

– Non, ça va vite, sur le dos des cadavres nazis. Plutôt mal aux pieds que de ne plus rien sentir! affirma le représentant du NKVD, en reprenant là un dicton sorti des rangs.

Il emmena Petrov dans son bureau du premier étage, en demandant qu'on ne les dérange pas. Comme partout dans la capitale allemande, la pièce disparaissait sous la poussière. Mais le mobilier était superbe et n'avait certainement rien à voir avec le précédent occupant des lieux.

– Pas mal, n'est-ce pas? Ça vient de la Gestapo. Pas comme chez nous, hein? Il faudrait être au moins commissaire du peuple pour y avoir droit!

– Si je me souviens bien, dit Petrov, tu assurais les communications alliées.

– Tu as toujours eu bonne mémoire, marmonna Shikbava.

Il ouvrit un meuble, offrit un alcool. Petrov observa que son hôte buvait trop vite.

– Où est Zaya? Ne s'appelait-elle pas ainsi?

L'autre pâlit, leva les bras.

– Parle moins fort! souffla-t-il. Tu n'as pas changé, salaud de Gitan!

– On m'a dit qu'elle n'avait plus figure humaine, mais elle a dû perdre aussi l'esprit. Ce serait aussi bien pour tes – comment disais-tu? – tes appétits particuliers...

Kliment Shikbava avait eu jadis du pouvoir au sein du Kremlin. On y tolérait les goûts pervers de cet homme doté d'immenses talents naturels, mais il était allé trop loin. On devait à ce génie de l'électronique un vaste système d'écoute qui étendait secrètement ses tentacules sur toute la nation soviétique, mais il avait laissé ses perversions le dominer. Il avait une passion pour les très jeunes filles, de préférence grassouillettes et sur le point d'être nubiles. Ne couchant jamais deux fois avec la même, il usait de ses multiples relations officielles pour s'en procurer partout où le menaient ses voyages. Pour les paysans russes, qui, pour la plupart, restaient attachés au temps passé et aux anciennes méthodes, une fille constituait une bonne main-d'œuvre pour l'exploitation familiale.

Les ennuis de Shikbava commencèrent lors d'un voyage en Géorgie, où il s'était assuré les services d'une dénommée Zaya, gamine de treize ans aux longues tresses blondes. Elle devait le subjuguer car, non seulement la garda-t-il près d'un mois – rupture caractérisée du contrat passé avec le père – mais, à son retour, il l'emmena à Moscou. Le père, ami d'enfance de Staline, prit aussitôt, à pied, la route de la capitale. A son arrivée, il se présenta au Kremlin. On ne le laissa pas entrer. Il s'incrusta en ville, bien décidé à obtenir une audience du chef de l'État. Finalement, Staline entendit parler de cet homme et de ses griefs. Outré, il chargea le Berkout de faire justice.

Retrouver la fille, rien de plus simple, Shikbava l'ayant installée dans sa proche datcha. Elle se trouvait dans un état pitoyable. Comme les domestiques la battaient fréquemment et abusaient d'elle en l'absence du maître, elle avait cessé d'exister dans le présent. Elle semblait sans vie. Mais quand Petrov entra dans la pièce, elle se dégagea d'un mouvement d'épaules d'une jolie robe de soie et s'avança vers lui, provocante. Il tenta de la maintenir à distance mais, comme elle ne cessait de s'agripper, il lui fit passer la camisole de force par Rivitsky. Elle ne parlait plus. Elle avait été réduite à l'état d'un animal n'ayant qu'une seule fonction à remplir, chose que son subconscient déformé savait être son seul moyen de survie.

Ce fut une expérience éprouvante pour Petrov. Shikbava s'effondra.

Il demandait pitié, jurant que, si toqué qu'il fût de la fille, il ne l'avait pas enlevée. Elle lui aurait été offerte comme un cadeau banal par un de ses subordonnés, auteur du rapt. Il reconnaissait son erreur de jugement, mais il réparerait.

Shikbava, ses domestiques et ses subordonnés furent tous mis en prison. Staline, bien embarrassé, demanda conseil à Petrov. Il se sentait tenu de venger le tort porté à la fille de son vieil ami, mais il tenait à son génie de l'électronique.

Petrov proposa un compromis. Le fait est que le Géorgien avait loué sa fille pour un certain prix, et portait donc sa part de responsabilité. De même les ravisseurs méritaient-ils la plus grande sévérité, ainsi que les domestiques ayant abusé de la fillette.

Staline écouta Petrov, puis rendit son arrêt. Pour n'avoir pas su protéger sa progéniture comme se doit tout bon père de famille communiste, l'homme fut rossé d'importance et soumis à une thérapie par électrochoc à l'institut psychiatrique du NKVD. Lors d'une série d'interrogatoires auxquels Petrov n'eut aucune part, vingt-deux autres individus confessèrent « être allé » avec la jeune fille, ou avoir su ce qui se passait. Sur ordre de Staline, ils furent tous pendus un matin à la prison de la Loubianka. Shikbava reçut de telles raclées, des mois durant, qu'il fut près d'en mourir. Mais quand Staline eut à nouveau besoin de lui, on le déclara « assaini » et on l'envoya se rétablir dans un hôpital – ce qui demanda près d'un an. Une fois libéré, on le fit entrer dans un bureau chargé de la pose et de la maintenance d'un réseau complexe de communications reliant les Russes aux Américains et aux Anglais. L'entreprise était d'importance, mais bien en dessous des capacités techniques de Shikbava. L'homme devait encore besogner pour rentrer en grâce politique.

En sirotant sa vodka, dans l'attente de ce qu'allait dire Shikbava, Petrov revoyait la jeune fille dans sa robe verte.

– Après ma... comment dire?... ma réhabilitation, j'ai été réintégré et je ne l'ai jamais revue.

Petrov ne dit mot.

– Je me suis libéré de mon vice. Je pratique l'abstinence. Je porte ce fardeau pour toujours. Je ne vis plus que pour le parti.

– Heinrich Müller, dit Petrov en reposant son verre encore à demi plein. C'est vous qui l'avez.

Shikbava se raidit.

– Tu n'as pas changé. Tu sais toujours tout.

– J'ai besoin de lui.

– Pour quoi faire? (Il suait sang et eau.) Il est à moi!

Petrov étala le Badge rouge sur le bureau. Le Russe aux cheveux argentés regarda fixement l'objet, muet de stupeur. Il avait déjà touché le fond, avec Petrov. Il essaya d'allumer une cigarette mais ses mains tremblaient trop fort. Ses cicatrices et ses fractures réveillèrent des élancements, comme pour lui rappeler le pouvoir du personnage assis devant lui.

– Il est ici. Il nous propose son réseau. Nous attendons les directives de Moscou.

– Fais-le venir, dit Petrov.

Cinq minutes plus tard, on faisait entrer Müller dans le bureau. Shikbava décampa immédiatement.

La tête taillée d'un seul bloc, le robuste Bavarois avait les pommettes hautes, les yeux marron foncé, la chair d'aspect cireux. Il évoquait un fantôme bien nourri.

– Vous nous offrez un réseau, Müller, mais cela reste à vérifier. Parlons de cet homme, Otto Skorzeny.

– Arrêté en Autriche par les Américains, dit Müller avec assurance. Je le connaissais, ce salaud. Le petit soldat de Hitler!

– Vous parlez trop vite, Herr Müller. Qui dirigeait les projets, chez Skorzeny?

– Brumm, vous voulez dire? Je les connaissais tous.

– Prénom?

– Günter. Un espèce de poisson froid. Héros de Russie. C'était le cerveau derrière les blablas de Skorzeny.

– Il a été vu pour la dernière fois sur l'Oder avec une division. Nous désirons utiliser vos hommes pour ratisser les survivants de cette unité dans les camps, afin d'obtenir des renseignements sur lui au plus vite.

Müller parut intéressé.

– Pourquoi se donner tant de mal?

Et comme Petrov lui rendait son regard en silence:

– La Gestapo a les dossiers complets. Je peux vous y conduire. Pour un certain prix, ajouta-t-il.

– Dites.

– Une position. De l'argent. La liberté d'action. Mes agents à votre service, mais je dirige.

– Entendu, dit Petrov.

Il fit revenir Shikbava dans la pièce et lui dit à voix basse:

– Remettez-le-moi.

Müller observait le genre de courant qui passait entre les deux Russes. Shikbava n'avait pas été avare de bravades et de promesses mais, visiblement, c'était le nouveau venu qui détenait le pouvoir.

Shikbava signa le document de passation et s'affaissa de soulagement dans son fauteuil quand les deux autres quittèrent son bureau. Il se versa un grand verre d'alcool et l'avala. Ce fut ensuite, en contemplant son verre vide, qu'il comprit qu'on venait de l'empoisonner. Un nœud se formait dans son estomac. Il sentit ses poumons commencer à se resserrer. La respiration se fit laborieuse. Plus il y mettait d'effort, moins il semblait absorber d'air. Il voulut se lever, tomba et s'étala, un poids terrible sur la poitrine. Il attendit la fin en regardant le plafond.

L'adjudant dormait dans son camion. Les trois hommes se serrèrent dans la cabine et Müller donna les indications que Petrov traduisit pour le chauffeur. Cela les amena à la campagne, sur les routes encore encombrées de réfugiés. Tentes et abris dressés à la hâte se multipliaient dans les champs boueux et les forêts dévastées.

Le but du voyage était une modeste construction dépendant d'une petite ferme. Les dossiers se trouvaient dans une cave renforcée de plaques de blindage. Petrov mit la main sur ce qu'il désirait. Il ordonna ensuite à Müller et à l'adjudant de transporter dans le camion tout le reste du contenu de la cave.

Une fois le camion chargé, l'adjudant grimpa au volant, fit tourner le moteur et attendit.

Müller et Petrov se faisaient face dans le couloir de la cave.

– Vous avez ce que vous vouliez, dit l'Allemand. Maintenant, parlons de mes affaires.

Un revolver apparut brusquement dans la petite main de Petrov. Il arma en pointant sur la tête de Müller, lequel eut un petit rire sans appréhension.

– La justice des Popovs! dit-il d'un ton venimeux.

Le Russe lui logea aussitôt une balle dans le front, le tuant d'un seul coup. Puis il jeta une lampe à pétrole par terre et craqua une allumette. Le feu prit dans un grand *flouff*, et Petrov ne s'attarda que le temps de s'assurer de la vigueur de l'incendie.

– Qu'est-ce que c'était, ce coup de feu? demanda nerveusement l'adjudant.

– Je n'ai rien entendu.

L'homme faisant mine d'enclencher une vitesse, Petrov le tua d'une balle dans la tempe. Il traîna le corps dans la cave en feu.

Il prit le volant et démarra sans un regard en arrière pour les épaisses volutes de fumée noire qui s'élevaient au-dessus de la ferme.

En chemin, vers Berlin, il décida que c'était le moment de revoir Staline.

38. 8 juin 1945, minuit.

C'était dans le bureau de Staline. Petrov détaillait ses découvertes et ses conclusions avec la précision et le détachement d'un expert-comptable. Staline crayonnait sur du gros papier gris.

– Tu es sûr de toi?

– Oui. Ça ne fait plus aucun doute. Les éléments de la démonstration sont tous d'origine indirecte, mais l'aboutissement est inéluctable.

– Tu as toujours été sage et consciencieux, camarade Petrov. Ça m'ennuierait de penser que tu puisses commettre ta première erreur en ce moment historique précis.

– Il n'y a pas d'erreur. Mes hommes ont travaillé à la perfection. Adolf Hitler est vivant. Ou plutôt, il n'est pas mort dans le Bunker. Et le général Joukov, avec tout le respect qui lui est dû, ne détient pas son cadavre.

Staline sourit, et le peu de lumière de la pièce éclairait les taches noires de ses dents.

– Joukov, le grand libérateur de Berlin, qui se lance dans les intrigues! Il doit loucher un peu vers l'ouest.

– Non, fit Petrov. Je tiens Joukov pour un homme honorable. C'est un soldat professionnel dénué d'ambition politique. S'il y a imposture, elle vient de subordonnés qui font des excès de zèle. En surface, tout concourt à justifier son jugement. Il croit bel et bien que le cadavre en sa possession est celui de Hitler.

– Ses subordonnés cherchent à créer un culte autour de sa personne, reprit froidement Staline.

– Tout à fait. Il est dur, mais ses hommes ont une vénération pour lui. Il les a menés vivants au bout de la guerre. Dans la perspective du soldat, c'est ce qu'on peut attendre de mieux de celui qui commande.

– Néanmoins, je crains que notre général ne mérite une petite leçon... quand le moment sera venu, bien sûr. Je l'ai rappelé ici. Tu le savais?

– Non.

– Il y aura, sous peu, une grande cérémonie sur la place Rouge. Le « grand défilé de la Victoire ». Bien trouvé, non?

– Très évocateur.

– Avec des troupes de toutes les unités, de tous les fronts. Joukov précédera nos vaillants combattants sur un grand cheval blanc. Ce sera son heure de gloire, à la suite de quoi je veillerai à sa rééducation. Il faudra que ce salaud comprenne, faute de quoi il se retrouvera en train de faire faire de l'ordre serré à un peloton du matin au soir!... Quel est ton programme, à présent?

– Je reste quelques jours à Moscou. Il y a des pistes qui partent d'ici. Une fois trouvée la bonne, ce n'est plus qu'une question de temps. Sortir de Berlin est une chose – rien moins qu'une prouesse –, mais trouver un abri sûr et permanent va lui demander plus de mal. Les voies potentielles sont peu nombreuses pour quitter l'Europe.

– En Espagne, dit Staline. Il est chez Franco, chez ce petit goret de fasciste!

– Je ne le crois pas.

– Franco a été soutenu par les Allemands. Il leur doit quelque chose!

– Franco fait cavalier seul. Il a cultivé la neutralité. Officiellement, il n'a pas envoyé d'Espagnols combattre dans la Wehrmacht.

– L'Amérique du Sud, alors.

– Éventuellement mais, pour y parvenir, il faudrait une logistique très élaborée.

– L'Afrique?

– A peine concevable.

– Le Proche-Orient?

– Pourquoi pas? Enfin, plus invraisemblable que l'Amérique du Sud.

– Le Japon...

– Trop loin. Les Japonais n'aiment pas les Allemands et ont horreur des perdants. Hitler n'irait jamais demander protection à ce qu'il jugeait être une race inférieure.

– A chaque botte sa parade, hein? fit Staline. Tu ferrailles près du plastron, camarade!

– Parler sans réfléchir, c'est creuser sa tombe.

– Philosophie de paysan!

– De paysan vivant, dit Petrov avec un semblant de sourire.

Staline rugit en se battant les cuisses.

– Allons, file, mon berkout, mais reviens me voir avant de partir pour Berlin.

Petrov suivit en sens inverse les couloirs du Kremlin, convaincu que plus le maître du IIIe Reich fuyait plus il se rapprochait de lui. Leurs chemins convergeaient. On finirait par se tamponner. La seule question était où et quand.

39. 9 juin 1945, 9 heures.

Petrov étant à Moscou pour des raisons inconnues, l'équipe suivait sa routine. Il y avait à faire, ne serait-ce que régler des foules de détails administratifs ou rechercher des bribes de renseignements épars.

Les murs du QG disparaissaient sous les listes et les photos. Afin de retrouver les gens de la Chancellerie encore manquants, on passait au crible les effectifs de prisonniers et les rapports d'arrestation. Pour Gnedin, la cible primordiale était Martin Bormann, grand patron du parti national-socialiste. Les interrogatoires de membres du groupe de la Chancellerie du Reich donnaient des rapports discordants. Un jeune officier disait avoir vu Bormann dans les faubourgs nord-ouest au cours de la nuit du 2 mai. Mais Gnedin ne se fiait pas à ce lapin effrayé, prêt à pousser toutes les chansonnettes pour gagner la bienveillance des chasseurs.

Dans le récit le plus fréquent, le *Reichsleiter* – le chef de la Chancellerie du parti – était tué lors d'un accrochage entre chars soviétiques et allemands. On avait tendance à y croire, du seul fait de ces nombreux dires, mais ce n'était pas entièrement convaincant. Par exemple, aucun témoignage visuel n'élucidait le sort de Ludwig Stumpfegger, le médecin d'un mètre quatre-vingt-dix-huit qui suivait Bormann comme son ombre dans le groupe de percée. La taille peu commune de Stumpfegger avait tout pour attirer l'attention, même dans la mort. Or on ne connaissait d'autre spécimen exceptionnel qu'un agent de la Gestapo de cent quatre-vingts kilos resté coincé dans le conduit d'égout où il rampait. Pris de panique, l'homme était mort sur place après avoir mordu une ampoule de cyanure. Le corps ayant énormément gonflé, l'équipe de fossoyeurs avait dû le dépecer comme un bœuf, avec des outils de boucher, pour le dégager et l'enterrer. Cette histoire faisait le tour des troupes russes, mais on ne mentionnait aucun autre Allemand de mensurations phénoménales, vivant ou mort.

Le GOS reçut une déposition, celle d'un évadé, différente de toutes les autres. Au cours d'un interrogatoire, un caporal couvert de taches de rousseur, combattant de la première heure, qui avait fait toutes les campagnes, déclara à Gnedin que, laissant ses compagnons suivre leur chemin, il avait décroché pour aller à son idée. Après la traversée de la Spree, il avait effectué un mouvement tournant qui le ramena en direction du sud-est. L'audace de cet homme éveilla l'intérêt de Gnedin :

– Vos camarades ont pris un itinéraire nord-nord-est. Vous êtes parti en sens contraire, pratiquement. Et cela, sans considérer le danger d'être seul?

Il apparut que le caporal n'était pas tout à fait seul. Il avait suivi le *Reichsleiter* Bormann et son médecin.

– Quand ont-ils quitté le groupe?

– Une fois sur l'autre rive. Ce n'était pas si facile que ça. Quand nous sommes arrivés au pont, il y avait des chars russes sur l'autre travée, alors Bormann est monté dans l'un des nôtres et a dirigé un assaut pour dégager le passage.

– Où se trouvait le docteur pendant ce temps?

– Juste à côté de moi derrière le char du *Reichsleiter,* qui nous protégeait comme un bouclier.

– D'après un certain nombre de rapports en notre possession, Bormann a été tué dans une explosion pendant la bataille.

– C'est faux. Des chars ont été détruits, mais celui du *Reichsleiter* a réussi à passer. Ça tirait dans tous les sens. J'ai vu un pilote de char allemand et un pilote russe s'entretuer, mais je n'ai pas fait bien attention au reste.

– Avez-vous revu Bormann par la suite?

– Oui, aussi près de moi que vous en ce moment. Il était mort, bien sûr.

Gnedin sursauta.

– Comment! vous ne m'avez pas dit qu'il était sain et sauf?

– Si, mais il est mort plus tard. Bizarre, n'est-ce pas? Le docteur aussi. J'ai vu les deux cadavres.

– Où cela?

Gnedin prenait des notes pour doubler la sténo.

– Dans Invalidenstrasse, près du pont de chemin de fer.

– Vous êtes certain qu'il s'agissait de Bormann et de Stumpfegger?

– Ben oui! lança le petit caporal. J'en ai vu, des cadavres, ça ne me fait pas peur! C'était bien eux!

Gnedin relut la transcription encore et encore. A chaque lecture, son estomac se nouait un peu plus. Sûr de tenir la vérité, il décida de vérifier. On devait trouver des indices.

Ezdovo étant seul disponible, et parce qu'il appréciait la compagnie du Sibérien, Gnedin lui demanda de se joindre à lui pour « un petit tour ». Ils emmenèrent le caporal allemand dans la zone déterminée, et lui firent refaire son parcours, à pied, en partant de l'endroit où Bormann avait pris le commandement d'un char. Après avoir tourné à l'est, à l'autre bout du pont, il leur montra comment il avait contourné une compagnie d'infanterie soviétique. Grâce à un jeu de plans de bataille qu'il portait dans un tube de cuir, Ezdovo identifia le bataillon responsable de la zone. Il retrouverait la compagnie plus tard.

Du haut de la voie ferrée, le caporal leur montra où il avait vu les corps. Non, ils ne portaient pas de blessures mais, oui, ils étaient bien morts. Ezdovo et Gnedin se déployèrent pour étudier méthodiquement le terrain, à la recherche de tombes récentes ou de simples traces d'excavation. A vingt mètres de là, Ezdovo découvrit une dépression. Parti chercher de la main-d'œuvre, il revint rapidement avec trois hommes armés de pioches et de pelles. Le Badge rouge accomplissait des miracles saisissants.

La fosse était plus grande qu'on ne s'y attendait. Elle contenait huit corps sérieusement décomposés. Mais l'un d'eux, simplement par la taille, était assurément celui de Stumpfegger.

On transporta les cadavres dans un hôpital proche. Ezdovo retourna au QG chercher les dossiers médicaux des deux nazis et, le lendemain, Gnedin confirmait leur identité par autopsie. On prit des photos.

En vertu des ordres de Petrov, les autorités militaires soviétiques ne furent pas informées de ces découvertes. On remit les deux Allemands dans le même trou.

Ce soir-là, l'équipe fêta l'événement. L'alcool coula d'abondance. On n'attendait plus que le chef du GOS pour lui montrer les brillants résultats obtenus en son absence.

40. 9 juin 1945, 10 heures 15.

Malgré l'amoncellement jaunâtre de lourds nuages annonçant la pluie, Petrov avait pris son vélo. À rouler voiture, il préférait pédaler dans l'air frais du matin. Il constatait depuis longtemps que les chargés d'enquête se décatissent en raison directe du nombre d'heures passées derrière un bureau. Il faisait donc de l'exercice tous les jours, quel que fût le ciel. Il avait une prédilection pour la marche à pied, d'un bon pas, difficile à suivre. En fait, il ne s'agissait ni de marche ni de course, mais d'une allure intermédiaire exténuante qui lui réussissait parfaitement. Mais s'il était pressé, il enfourchait un vieil engin délabré, rouillé, sans garde-boue.

Sombre forteresse oubliée, la basilique de l'Archange caractérisait un quartier résidentiel en décrépitude, à proximité de la Moskova. Petrov mit pied à terre dans la petite rue latérale et laissa son vélo près de la porte. Il aimait cette église, en particulier pour ses immenses vitraux séculaires qui semblaient capter la totalité de la maigre lumière extérieure, avec ce temps couvert, pour la déverser à l'intérieur de l'édifice qui, même en hiver, en saisissant contraste avec le climat de Moscou et l'environnement désolé, demeurait lumineux, vivant.

Il gagna le fond de l'édifice avec l'aisance d'un habitué. Après avoir traversé la sacristie aux murs couverts de livres et de casiers de carton écornés et déteints, il franchit une façade de marbre blanc pour accéder à l'aire surélevée où se trouvait jadis l'autel. Le peu de différence existant entre les églises et les palais le frappait une fois de plus. Il s'agissait de la même matérialisation du pouvoir. On y exigeait allégeance sous peine de mort ou de damnation, avec pour seule variante le délai d'exécution de la sentence.

Le saint service avait cessé à « l'Archange », comme disaient alors les paroissiens, près de dix ans auparavant. Depuis la révolution, des centaines d'églises catholiques romaines, réquisitionnées par le Comité central, étaient reconverties à des fonctions plus « socialement productives ». Beaucoup abritaient maintenant des syndicats ou des gymnases. L'État utilisait l'Archange comme siège d'une activité clandestine connue dans les allées du Kremlin sous le nom, singulièrement dépourvu d'ambiguïté, de Surveillance du Vatican. L'ironie voulait ainsi que les fidèles du lieu aient bouclé la boucle, de la soumission empressée aux directives papales au travail acharné à les contrarier.

A la tête de Surveillance du Vatican se trouvait un ancien jésuite se faisant toujours appeler Père Grigory. Hormis Petrov, bien peu de Russes connaissaient l'existence de ce réseau d'élite exclusivement tourné vers les hauts dignitaires de l'Église. Le chef du GOS et le jésuite ayant coopéré en de multiples occasions, une relation étroite s'était créée avec le temps, d'abord sur le plan professionnel, plus tard à un niveau plus personnel et amical, ce qui les rapprochait le plus étant d'avoir tous deux échappé à différentes purges. Petrov trouvait toujours les renseignements du prêtre irréprochables, de même que ses analyses. De son côté, l'intéressé portait le même type de jugement sur le mystérieux Petrov qui jouissait au Kremlin du même genre de réputation ténébreuse que lui. Ils étaient décidément de la même race et, dans les limites de leur nature, individualiste et dissimulée, ils se faisaient confiance.

Né Russe blanc, Père Grigory avait appartenu au Vatican avant d'être envoyé à la cour du tsar dans la légation papale. Cette position lui offrait un point de vue imprenable sur le gouffre séparant l'aristocratie de la paysannerie. Le servage était aboli depuis 1861, mais avec peu d'effet réel. Grigory avait rédigé de nombreux rapports sur la situation désespérée des pauvres de Russie, sans guère soulever l'intérêt du Saint-Siège dont les éminences grises se préoccupaient bien plus des intrigues de cour et de la liste maintenue à jour, à fins d'exploitations diverses, des affaires de cœur entre parents et confidents de Nicolas II que de pures questions pastorales.

Ramené secrètement à Petrograd par le gouvernement provisoire, Lénine y prit vite le contrôle du Comité central des Soviets, dénonça toute « guerre impérialiste » et exigea la paix. Nicolas II avait déjà abdiqué quand les grèves massives éclatèrent en octobre 1918. Kerenski fila de Petrograd, espérant rallier l'armée, mais c'était trop tard. Lénine avait déjoué ses manœuvres et les bolcheviks tenaient les principales villes de Russie. La révolution était faite et, si le sang devait couler en vain, ce serait dans la guerre civile.

Père Grigory vit les camps se constituer : Blancs – pro-tsar et pro-intervention européenne – contre Rouges. Reniant son ordre et son Église, il se rangea du côté de ces derniers, qui se battaient pour améliorer les conditions temporelles. Petrov et son collègue jésuite parlaient souvent histoire et révolution. Tous deux reconnaissaient que, la révolte pâlissant déjà dans les mémoires, de grands déséquilibres existaient toujours entre les différentes couches de la société. Cela dit, un nombre considérable de Russes vivaient mieux sous le parti que sous la monarchie. Voilà tout ce qui importait, en fin de compte et, là-dessus, les deux hommes se rejoignaient parfaitement. La flamme de la révolution brûlait avec éclat.

Comme toujours, le prêtre devina qui arrivait. En dépit de ses épaisses lunettes de fer, qu'il appelait ses télescopes, il devait grimacer et loucher pour entrevoir quoi que ce soit au-delà de portée de la main. Il tourna la tête en lançant gaiement :

– Petrov, je te croyais mort, victime de tes propres manigances! Que veux-tu encore? Tu ne viens jamais voir Père Grigory sans avoir besoin de lui! Plus jeune, j'aurais été mortifié par ton manque de considération.

Le bureau du prêtre se trouvait dans cette partie de l'église où l'aristocratie russe se prosternait autrefois devant la Sainte-Trinité. La table de travail disparaissait sous une pagaille monstre de coupures de presse, notes et documents de toutes tailles, pour la plupart déchirés pour avoir été arrachés. A proximité, des meubles-classeurs métalliques de couleur grise avaient tous leurs tiroirs ouverts. Plus loin, partout, les cartons de dossiers s'empilaient à plus de deux hauteurs d'homme. Père Grigory ne disposait pas de secrétariat. Quand il avait quelque chose à écrire, il grattait du papier à la main, en caractères peu déchiffrables, au moyen de plumes d'oie taillées à la va-vite.

– Toujours le même accueil, curé! fit Petrov. L'âge te durcit les artères. Jamais de comment-ça-va ou de content-de-te-voir!

– J'apporte un peu de stabilité aux mauvais conducteurs idéologues de ton acabit.

– J'ai besoin d'un renseignement.

– Ah, tu vois! J'ai toujours raison! fit le vieil homme.

– Il ne t'en faut pas beaucoup pour le croire.

– Merci de me le rappeler. Eh bien, de quoi s'agit-il?

– De l'Église romaine, dit Petrov. Il paraît que le pape actuel n'est pas hostile aux nazis. Que peux-tu me dire sur cette étrange inclination?

Le prêtre tendit vivement le bras vers un cageot proche de la table, nettoya une tasse avec un chiffon sale, la remplit de thé bouillant et l'offrit à Petrov. Puis il se servit et, avant de siffler sa propre tasse, lança :

– *Nazdorovya*, cul sec!... Le pape Pie XII, né Eugenio Pacelli, est désespérément, éhontément germanophile. Il parle allemand mieux que toi, jusque dans son appartement privé du Vatican. Il est stupéfiant de penser que les affaires de notre sainte mère l'Église sont conduites en allemand au plus haut niveau. Pacelli était nonce apostolique à Munich pendant la guerre de 14, puis à Berlin de 1920 à 1929. Son expérience étrangère lui a valu la fonction de secrétaire d'État auprès de son prédécesseur, Pie XI, et lui a conféré la notoriété nécessaire pour devenir la plus récente manifestation de saint Pierre. Son cabinet est entièrement allemand – pratiquement tous des laïques. Je me dis parfois que Pacelli est plus allemand que Bismarck!

– Hitler aussi est catholique, remarqua Petrov. Il a été élevé dans des écoles religieuses en Autriche.

– Bravo, je te reconnais, tu as repris les études! ronchonna Grigory.

– Euh, quelques petites lectures... fit humblement Petrov pour s'avouer néophyte en la matière.

– Ne va pas t'imaginer un seul instant qu'une éducation religieuse conduise au catholicisme à l'âge adulte. Ce n'est pas le cas pour Hitler. Il s'agit d'un lien beaucoup plus temporel et insidieux, qui empeste l'opportunisme des deux côtés des Alpes. Je suis sûr que Pacelli soutenait l'invasion allemande de la Russie.

– Le moindre de deux maux, en somme : Hitler ou l'athéisme des bolcheviks.

– C'est le cœur du sujet, ami Petrov. Les Allemands, d'autre part, dans leur méticulosité atavique, ont une loi selon laquelle tout citoyen qui déclare officiellement son orientation religieuse – on l'y encourage! – doit être imposé. Les origines de cet impôt, assez obscures, remontent loin avant Hitler, et je te parie qu'il y avait un jésuite dans le coup! (Père Grigory gardait une indubitable fierté pour certains aspects de l'ordre auquel il avait appartenu.) Tu te rends compte, Petrov? Sur la feuille de paye hebdomadaire de chaque bon petit Allemand, l'État prélève une taxe pour l'Église! A la fin de l'année, on verse l'argent à Rome – plus l'intérêt couru – en un seul gros paquet. Cet impôt s'appelle le *Kirchensteuer*, et les nazis ont continué à le payer, comme les régimes précédents, pendant toute cette guerre. Le plus récent versement à Rome a été effectué en décembre de l'année dernière. (L'ancien saint homme joignit les mains.) Autre fait curieux : l'État allemand ne prend aucune commission pour faire cela – négligence vraisemblablement due à l'absence de comptables juifs dans la bureaucratie nazie.

– Quelles sommes sont en jeu ?

Grigory eut un grand sourire.

– On estime à trente millions le nombre des catholiques en Allemagne... enfin, avant que leur armée ne s'aventure à franchir le Boug. A mon avis, un milliard de reichsmarks par an. Avant la guerre, le plus grand soutien financier de Rome venait de l'Amérique, si ce n'est que les fonds rentraient au petit bonheur puisque, là-bas, l'État ne s'en mêle pas. Mais la contribution américaine a chuté net pendant la guerre et, ces cinq dernières années, la première source de revenus du Vatican a été l'Allemagne. Il ne sera pas inintéressant de voir comment la presse occidentale présente cette histoire.

– Que tu ne manqueras pas de lui fournir toute mâchée.

– Je fais de mon mieux... Bref, ce n'est là qu'un aspect des choses. Il y a plus, bien plus, et c'est assez complexe! Même en récoltant les renseignements du matin au soir pour les analyser toute la nuit. Je suis loin du compte. L'Église a curieusement gardé le silence pendant que Hitler s'appropriait l'Europe, morceau après morceau. En échange d'un si bon procédé, le Führer ne s'est mêlé des affaires du Vatican que de façon minime, disons à peine symbolique. L'Église, en Allemagne, est à peu près ce qu'elle était avant l'avènement du nazisme.

Petrov ferma les yeux, balança la jambe. Grigory but encore un peu de thé avant de poursuivre.

– Nous touchons ici aux arcanes de l'analyse behavioriste, nouvel et prometteur instrument de travail pour l'historien. Je comprends la position du Vatican, mais qu'est-ce qui rendait Hitler si coopératif? Il ne voulait pas se mettre à dos trente millions de ses concitoyens, voilà tout?

– Il y a autre chose? demanda Petrov.

– Il y a bien davantage. Dès le début de la guerre, Pacelli connaissait très explicitement l'existence des camps de la mort, cela ne fait aucun doute. L'Église et son chef les ont-ils dénoncés? Pas avant la fin, tant qu'ils ont pu éviter de le faire. Avaient-ils peur de Hitler ou, plus grave, le soutenaient-ils tacitement? Ma réponse est qu'il y a des antécédents historiques à ce que faisaient les nazis. C'est l'Église, après tout, qui fut la première à obliger les Juifs à porter l'étoile jaune, à leur interdire de se mêler aux chrétiens. Ça se passait au XIIe siècle. C'est une tache à l'image humanitaire qu'entendent se donner les papistes.

– Et Père Grigory veillera à répandre l'information.

– Avec joie! Au moment voulu. Nous verrons les contorsions du Vatican pour échapper à ces ennuis.

– Il en est fort capable, dit Petrov.

– C'est là le secret des institutions qui survivent. Changer quand il le faut. Brutalement, si la situation l'exige.

– Mais ce n'est pas tout?

– Le Vatican, pendant des siècles, n'a été qu'une citadelle vulnérable, une enclave soumise au bon plaisir des Italiens. L'Église n'avait pas d'existence géographique légale. Elle pouvait se définir comme entité politique, mais non revendiquer les droits et le statut des autres nations. Et les gouvernements italiens ont toujours convoité l'enclave, malgré d'innombrables négociations superficielles pour la céder à l'Église, qui a fini pourtant par obtenir l'indépendance sous Mussolini. Celui-ci, qui essayait de consolider son propre pouvoir, avait besoin de résoudre la question catholique pour se donner les coudées franches. En 1929, l'année où Pacelli revint à Rome, l'Église et le Duce signaient les accords du Latran. Garde en mémoire, Petrov, que Hitler n'était pas encore à la tête de l'Allemagne à ce moment-là. Il se battait toujours pour se faire reconnaître politiquement, et créa pour cela un organisme susceptible de financer ses ambitions. Bien! En règlement de son contentieux avec l'État italien, le Vatican reçut comptant sept cent cinquante millions de lires, plus un milliard de lires en titres à 5 % indexés sur l'or. Il est permis de croire qu'une bonne partie de cet argent – peut-être sa quasi-totalité – passa dans les caisses du national-socialisme hitlérien, en échange d'un certain nombre de concessions et de promesses. (Grigory s'arrêta pour reprendre souffle et, quand il se pencha en avant, sa voix avait baissé d'une bonne octave.) Comment expliquer autrement l'existence aussi soudaine que mystérieuse de cet opulent trésor de guerre? Les gens? Impossible! Le pays traversait une crise terrible. *Le peuple allemand n'avait pas d'argent, Petrov!* Pourtant, voilà soudain Hitler dans l'opulence. Ses partisans reçoivent des uniformes neufs, de nouvelles armes, et tout ce que l'argent procure. L'argent de l'Église. Et la question se pose : qu'est-ce que l'apprenti dictateur a donné en échange? (Le jésuite avait recouvré le plein volume de sa voix.) Je sais bien que je radote, mon cher camarade, mais les preuves existent. Et si je te disais que ces promesses comprenaient, outre le remboursement du prêt, l'élimination de la franc-maçonnerie allemande, la guerre aux Juifs d'Europe et, dès la prise du pouvoir, une forte et intransigeante condamnation du communisme – surtout de la variété russe à cause de son attitude envers l'institution religieuse.

– Qu'est-ce que tu mets dans ton thé? demanda Petrov dans un sourire. Si tout cela est vrai, l'Église aura du mal à se défendre!

– L'Église est experte à se défendre. En attendant de le prouver, je suis certain qu'il s'est passé quelque chose de cet ordre. C'est le seul scénario qui expliquerait les faits. Un peu plus de six mois après avoir monopolisé le pouvoir, Hitler signe un concordat avec Pacelli, à la stupéfaction du milieu diplomatique mondial. Au moment même où le Führer s'apprête à écraser les libertés individuelles, il garantit volontiers la liberté d'action du clergé catholique allemand et, pour les citoyens, celle de pratiquer leur religion sans que l'État s'en mêle! Étrange, tu m'avoueras! Vrai, ça n'a aucun sens! A la suite de cela, Petrov, les francs-maçons allemands ont été proprement émasculés, et ce qui est arrivé aux Juifs est maintenant du domaine des grands nombres. Quant à nous, Hitler nous a envahis. Ce concordat, incidemment, spécifiait aussi la reconduction du *Kirchensteuer*. C'en est trop pour des coïncidences.

– S'il y eut coopération au sommet, quel genre d'interaction cela donnait-il plus bas?

– Les gens du Vatican ont agi comme intermédiaires, au nom de l'Allemagne, dans nombre de circonstances, mais les relations avaient lieu pour la plupart à un haut niveau. Je travaille en ce moment sur des rapports selon lesquels le Vatican est d'ores et déjà impliqué activement dans l'assistance aux nazis qui fuient l'Allemagne. Il existe un itinéraire, un chapelet de monastères qui traverse les Alpes. Ce pipe-line, dirait-on, regorge de gros et petits poissons frétillant vers la mer.

– Tu en es sûr?

– Les Italiens ont la langue bien pendue, et le Vatican emploie la dernière des racailles pour ses basses besognes. Nos contacts en Suisse et à Rome ont appris que, pendant des années, des nazis de haut rang, comme beaucoup d'industriels allemands, ont déposé dans des comptes suisses ou argentins de grosses sommes en devises, en or et en valeurs diverses. Il ne fait aucun doute que certains, parmi les plus lucides de ces épargnants, se sont préparés de longue date à rejoindre leur magot en catastrophe.

– Peux-tu identifier les instigateurs de ces transactions?

– En général, non. Ces capitaux ont une réalité incontestable. Pour le reste, nous sommes réduits aux conjectures.

– La filière d'évasion proprement dite est évidente, dit lui-même Petrov. Si le Vatican avait des accords avec Hitler, il recherche maintenant le silence en aidant les nazis à se volatiliser.

– C'est précisément mon interprétation, souligna Grigory.

Le chef du GOS se leva, mit lentement son manteau.

– Il me faudrait plus de détails sur la filière – comment ça marche, les contacts, enfin tout ce que tu voudras bien me dire. Je voudrais aussi le nom d'un agent en Italie, à qui je puisse me fier.

Le prêtre plissa les yeux, haussa ses sourcils blancs et broussailleux, regarda par-dessus ses lunettes.

– Nous voici donc parvenus à l'objet réel de ta visite, Petrov. Après quoi es-tu, cette fois?

– Tu peux garder un secret?

Grigory agita solennellement la tête, puis tendit ostensiblement l'oreille.

– C'est bien!

D'abord, il ne manifesta aucune réaction. Puis, subitement, il se laissa retomber de tout son poids en arrière, en éclatant d'un rire rauque à ébranler toute la basilique.

En passant sous le porche, Petrov l'entendait encore tonner.

41. 12 juin 1945, 14 heures.

Depuis toujours, Petrov aimait s'asseoir au soleil au bord de la Moskova pour observer les pigeons et les canards. La plupart des pigeons avaient disparu, victimes des restrictions de la guerre. Pas mal de canards étaient également passés à la casserole, mais les migrateurs revenaient.

Le soleil lui faisait du bien. Contrairement à beaucoup de gens qui cherchaient le réconfort dans les grands parcs de la rive, Petrov se contentait d'un modeste banc de pierre à proximité de la place Rouge. Il ne donnait rien à manger aux volatiles qui n'en venaient pas moins quémander autour de lui en jacassant.

Trois jours étaient passés depuis son entrevue avec Père Grigory et, la veille, un coursier avait déposé une enveloppe bourrée de renseignements sur les réseaux d'évasion du Vatican, et de cartes où apparaissaient les monastères et refuges de montagne utilisés. Il y avait aussi un mot, de la main du prêtre, invitant Petrov à se trouver à telle heure à son banc préféré. Sans raison. Exact au rendez-vous, Petrov s'amusait. Grigory adorait faire des mystères.

La pierre semblait s'adoucir au soleil, comme la Russie elle-même. Les longs hivers rigoureux cédaient la place comme à contrecœur à la nouvelle saison. En forêt, des dépôts de glace bleu-vert persistaient au pied des arbres jusqu'en juin. Et le printemps, quand il arrivait, ne durait guère. Les pluies faisaient fondre la neige, les plaques d'herbe jaunâtre viraient au gris, puis devenaient vert vif. En l'espace d'une nuit, les plantes semblaient pousser d'un certain nombre de centimètres.

Revenus soudain par millions, les oiseaux obscurcissaient le ciel de leurs immenses tourbillons assourdissants. D'un coup de baguette magique, les arbres morts étaient en fleurs.

Petrov aimait le printemps et détestait sa brièveté. Il se disait qu'il n'en avait pas son compte, mais quel vrai Russe, à vrai dire, s'en satisfaisait? Il décida de jouir de l'instant, s'efforça de chasser les soucis.

Machinalement, il suivait des yeux une élégante et grande jeune femme brune qui portait l'uniforme marron clair de l'armée soviétique, galons de commandant au col. Plusieurs rangées de médailles épinglées au côté gauche de sa poitrine tintaient à chaque pas. Deux petits garçons d'âge rapproché la serraient de près, se battaient en riant dans ses jambes. L'un d'eux portait un bateau à voiles.

Elle s'arrêta juste à la hauteur de Petrov. Les enfants dégringolèrent la berge pour aller jouer au bord de la rivière. Elle leur recommanda de ne pas mettre les pieds dans l'eau, ou bien d'ôter leurs chaussures et de retrousser le bas de leurs pantalons. Elle était aussi sûre de son autorité que de leur aptitude à prendre soin d'eux-mêmes. Il la vit tirer de sa poche un paquet de cigarettes froissé, en extirper une et craquer une allumette sur le cuir de sa botte. Elle inhala profondément, garda longtemps la fumée qui sortit lentement, finement, pour demeurer en suspension dans l'air immobile. Puis elle se retourna vers Petrov comme pour lui parler. Il s'attendait à une voix masculine de la part d'une femme si grande, mais ce fut si doux et mélodieux qu'il en resta sous le charme, malgré la surprise d'entendre prononcer son nom.

– Camarade Petrov? Talia Pogrebenoi. J'ai reçu une note de mon supérieur, me demandant de prendre contact avec vous. Il s'agirait d'un poste vacant.

Petrov réprima un sourire. Non seulement le prêtre avait le bras long, mais il décidait que l'équipe avait besoin de renfort. L'évasion de Hitler menant en Italie, quelqu'un devait manier couramment la langue. Bailov se débrouillait, mais certains renseignements brûlants exigent infiniment de précision et de naturel. Grigory devinait tout et voyait clair. Un agent en Italie, très bien. Mais un équipier russe parlant italien, parfait!

– Vous avez de beaux enfants, commandant Pogrebenoi.

– Talia, dit-elle. Je suis rendue à la vie civile. Je n'ai pas encore trouvé de vêtements.

– Vous êtes restée longtemps absente?

– Depuis l'invasion allemande. Mes enfants avaient alors deux et trois ans. Ils sont grands, maintenant, comme leur père... (Sa voix dérailla légèrement.) Il faut que je refasse leur connaissance.

Elle soutenait son regard. Le genre de femme devant qui on se croit le seul homme existant sur terre. En plus, elle lit dans vos pensées.

– Dans quelle mesure, demanda Petrov, est-ce important pour vous de rester auprès de vos enfants?

Elle leva les épaules et, d'une pichenette, projeta sa cigarette au-dessus du talus.

– Ce travail a-t-il de l'intérêt?

– Autant que ce que vous avez fait. Les guerres ne finissent pas quand les armes se taisent. Il y a toujours de nouveaux dangers. Nous avons arrêté cette bande, mais il en viendra d'autres. C'est notre héritage.

Petrov ouvrit son carnet, écrivit quelques mots et lui tendit le morceau de papier.

– Demain, dit-il. Si vous ne venez pas, je chercherai ailleurs.

– J'ai mes états de service. La note disait que vous voudriez les voir.

Elle tira de son sac un dossier épais, fatigué. Il le posa sur le banc à côté de lui.

– C'était dur?

– Vous y étiez? demanda-t-elle.

Il fit oui.

– Alors vous connaissez la réponse.

Elle appela les deux garçons. Elle sourit à Petrov et repartit comme elle était venue, escortée par ses fils visiblement très fiers de l'uniforme de leur mère.

Elle était vraiment grande – un bon mètre quatre-vingts, estimait Pétrov. Fesses musclées, jambes puissantes. Un long cou fuselé sur de solides épaules. Des mains larges mais les doigts minces et bien dessinés.

Son instinct lui disait qu'elle conviendrait. Les canards, et aussi des oies au gros bec orange, revinrent s'agglutiner autour de lui. Il renversa la tête en arrière, laissant le soleil jouer directement sur son visage.

42. 12 juin 1945, 18 heures 30.

La guerre à peine finie, Berlin retrouvait sa décadence. Dans l'incapacité de se nourrir, les personnes très âgées et les enfants en bas âge dépérissaient. Mais les femmes de la ville émergeaient des décombres et se remettaient à vivre. Beaucoup étaient embrigadées par les Soviétiques au déblaiement. Bien d'autres préféraient des travaux moins durs. Elles tiraient leurs plus beaux vêtements de leurs cachettes, se coloriaient les lèvres avec de la brique broyée, et se relançaient dans le vieux métier des rues.

Comme Amsterdam, Hambourg ou Marseille, Berlin était réputée, avant la capitulation, pour l'abondance et la variété de ses plaisirs. Tout homme y trouvait son compte à son prix. Hitler lui-même, qui condamnait pourtant la prostitution, toujours antiprocréationnelle, avait eu le bon sens de laisser faire. Pendant que les soldats allemands tombaient par milliers sur le front de l'Est, les putains berlinoises voyaient leur commerce décliner, puis cesser, faute de clients.

En interrogeant des survivants de la Chancellerie du Reich, le Groupe d'opérations spéciales avait recueilli divers témoignages sur ce qu'on avait fini par appeler le mystère Fegelein. Petrov n'était même pas certain que cela les concernait, mais enfin, cela restait en suspens et, en son absence, ses hommes auraient volontiers creusé la question.

Bailov prit sur lui de suivre la seule piste existante, sinon prometteuse. On la tenait du général Rattenhuber, chef de la garde, qui s'était montré le prisonnier le plus coopératif du groupe de la Chancellerie.

Le 27 avril, Hitler avait appris que Himmler envoyait des émissaires à des agents britanniques pour étudier la possibilité de mettre un terme à la guerre. Fou furieux à la découverte de cette traîtrise, le Führer avait immédiatement convoqué Fegelein, son agent de liaison personnel avec Himmler depuis 1944.

Exemple même des désaxés dont s'entourait Hitler, le général Hermann Fegelein avait d'abord été lad, puis jockey, dans les années 20. On lui prêtait le truquage d'un certain nombre de courses de chevaux en Bavière, au profit de l'un des premiers industriels allemands soutenant le nazisme, les gains tombant en réalité dans les caisses du parti. Opportuniste-né, Fegelein entrait ensuite à la Waffen SS et montait rapidement en grade. Il courtisait, puis épousait Gretl, la robuste sœur cadette d'Eva Braun. Dès lors, il faisait partie du cercle intime du Führer, sans renoncer pour cela à de vieilles habitudes l'amenant à tromper régulièrement sa femme.

En apprenant, le 27 avril, qu'on n'avait pas vu Fegelein au Bunker depuis la veille, Hitler ordonna à Rattenhuber de le retrouver. Le chef de la garde confia cette mission à son adjoint, le lieutenant-colonel Peter Hoegl. Celui-ci passa les lignes russes avec une petite patrouille et trouva Fegelein chez lui, à Charlottenburg. Plus précisément, dans les bras d'une belle jeune femme aux cheveux roux. Les hommes reconnurent en elle une certaine actrice de petite renommée, l'interrogèrent hâtivement et la relâchèrent. Leur mission ne concernait que le général.

Hoegl ordonna à Fegelein de se rhabiller. Celui-ci demanda l'autorisation de téléphoner à sa belle-sœur. Autorisation accordée, les deux officiers ayant toujours été en bons termes. Fegelein plaida donc sa cause auprès d'Eva et lui demanda d'intervenir en sa faveur, mais elle raccrocha.

Rattenhuber n'assista pas à l'interrogatoire de Fegelein, mais ce fut lui qui reçut l'ordre d'exécuter la sentence de mort. De nouveau, il fit appel à Hoegl. Un sergent effectua la besogne d'un seul coup de feu à la base du crâne. On enfouit le corps dans un trou d'obus, dans les jardins de la Chancellerie.

Par la suite, Hoegl se fit tuer pendant la percée. Rattenhuber ne savait pas quels hommes accompagnaient son adjoint lors de l'arrestation de l'ancien jockey, aussi fallait-il se fonder sur ce que Hoegl lui avait rapporté. Lui-même connaissait-il le nom de la femme qui se trouvait avec Fegelein? Oui, bien sûr. Il s'agissait d'une comédienne, d'ailleurs très douée, que l'on rencontrait dans les soirées du gratin nazi. Elle s'appelait Lisl Marchant mais utilisait le plus souvent son nom de scène, Honey.

Bailov se mit à sa recherche. Bistros et petites boîtes refleurissant à Berlin, il décida de commencer par là. S'il ne la retrouvait pas, cela lui donnait au moins une chance de s'amuser. Depuis le départ de Petrov, il était allé plusieurs fois dans ce quartier. Toutes les femmes se prétendaient actrices et cherchaient un Russe pour les protéger. Du reste, on en revenait déçu. La plupart étaient horribles et sentaient mauvais. Bailov dut y passer la journée, les autorités soviétiques ayant imposé un couvre-feu très strict : quiconque se trouvait dans les rues après la tombée du jour serait fusillé. Beaucoup l'étaient. Le Badge rouge levait toutes les barrières mais, la nuit, il n'aurait même pas eu le temps de le montrer.

L'après-midi tirait à sa fin, plus chaude et humide que jamais. Bailov bataillait depuis des heures avec une armada de putains. Leur agressivité le fatiguait. La dernière forme de paiement acceptée était l'argent, cigarettes et conserves faisant fureur. Faibles et sans défense? Elles marchandaient âprement! Il avait du mal à s'avouer que les femmes russes auraient agi de même, l'issue de la guerre eût-elle été inverse, mais il admettait la priorité du désir de vivre sur toute autre considération humaine. Cette recherche de l'actrice, dont il se faisait un plaisir, avait vite tourné à la corvée détestable.

Il finissait un méchant verre de mauvaise vodka en se demandant ce qu'il y aurait à dîner au QG du GOS quand une rousse efflanquée, vêtue d'une robe noire déchirée, se glissa sur le siège voisin en retroussant sa jupe de façon à exhiber de maigres appas.

– Tu n'as pas d'uniforme, roucoula-t-elle. Tu dois être quelqu'un!

Elle avait le cou sale et les ongles noirs, ébréchés.

– L'uniforme est obligatoire?

– Tu ne comprends pas. Il paraît que tu recherches une certaine personne. Je croyais que tu serais en uniforme.

Il n'avait pas le cœur à finasser.

– C'est toi ?

– Non, mais je sais peut-être quelque chose. (Elle lui posa la main sur le bras.) Ça vaut son prix.

– Tout s'achète.

Elle lui lança un regard furieux, en lui enfonçant les ongles dans la manche.

– Ivan le Terrible!... Le potentat russe inflexible! Votre arrogance me donne envie de vomir. Ne juge pas ce que tu ne connais pas. Si tu veux des renseignements, il faudra payer. Sinon, va te faire foutre, je n'ai pas de temps à perdre.

Bailov l'examina. Elle parlait sérieusement.

– Que sais-tu de ce qui m'intéresse ?

– Tu veux retrouver Lisl Marchant. C'était le genre à trouver des rôles pour son corps, pas pour son talent. Une pauvre salope de Bavaroise complètement bornée...

– C'était ?... demanda Bailov.

– C'était, c'est, quelle différence à l'heure actuelle ?

– Bon, une pauvre salope. Toi, non ?

– Je n'ai pas toujours été comme ça, connard! Même pour de l'argent, ça ne vaut pas le coup de se faire insulter.

– Où est-elle ?

– Elle est vivante. Mon renseignement vaut cher. Je l'emporterai dans la tombe plutôt que d'en faire cadeau!

– On peut arranger ça! menaça-t-il, sentant le bluff. Combien ?

– Des papiers d'identité. Un passeport suisse. Un billet pour l'Argentine.

– Qui es-tu ?

– Ça n'a pas d'importance. C'est ce que tu vas m'aider à devenir, qui m'intéresse.

Il lui sourit.

– Tu as un problème, *Fräulein,* et tu as besoin de moi. Tu n'as pas vraiment les moyens de marchander.

– Je sais où est Lisl Marchant, affirma-t-elle, et tu veux le savoir. Alors faisons un prix.

Bailov éclata de rire.

– Le couvre-feu approche. Tu vas ramper dans ton trou, et moi je vais m'en aller. Mais je ne reviendrai pas. Sans preneur, ton renseignement ne vaut rien.

– Mon prix n'est pas exagéré. Pas pour vous.

– Qui, nous ?

– Je préfère te dire que je reconnais l'odeur!

– L'odeur de quoi ?

Elle devenait un peu fébrile. Elle lâcha tout à trac:

– De la Gestapo!

– Je suis russe, grogna Bailov.

– Ça ne fait pas de différence. Vous êtes tous les mêmes.

– C'est trop cher.

Il appela un garçon, paya et repoussa sa chaise. Elle pâlit, prise de sueurs.

Il marchait déjà vite dans la rue quand il entendit cliqueter ses hauts talons sur le ciment.

– Salaud! fit-elle en le rattrapant.

Elle dévisageait les passants avec appréhension.

– Le couvre-feu est dans dix minutes. Je ne paierai pas ton prix, *Fräulein*.

Elle lui attrapa le bras.

– S'il te plaît!

– Rentre chez toi.

– D'accord! fit-elle, vaincue. Dis-moi combien tu veux payer!

– Ça dépend.

Elle fouillait du regard la rue déjà presque déserte. Elle le tira par la manche.

– Il faut s'en aller.

Elle l'entraîna dans une rue adjacente et, dès qu'ils eurent quitté l'avenue, elle se mit à courir gauchement, tout en suppliant:

– Dépêche-toi!

Il y avait encore beaucoup de gravats partout. Elle trébuchait fréquemment. Bailov pressait le pas derrière elle, plutôt amusé.

Au coin d'une rue, ils tombèrent sur une patrouille de l'Armée rouge. La fille était devant, les soldats l'attrapèrent à bras-le-corps. Bailov s'approcha lentement. C'étaient des éléments de l'arrière, sans expérience. Ils l'encerclèrent. La fille était immobilisée à l'écart, canon de revolver à la tempe. Un sergent, dents cassées, doigts noirs de tabac, commandait le groupe.

– Qu'est-ce qu'il y a, nazi? Tu veux te la taper?

La prononciation était aussi incorrecte que le vocabulaire.

– Non, sergent, dit Bailov en russe. Je cherche de nouveaux locataires pour les résidences vertes de la Loubianka.

Il y eut du saisissement dans l'air. Bailov exhiba rapidement son Badge rouge et assista, non sans plaisir, à l'éparpillement précipité des soldats vers les zones d'ombre.

La fille le regardait fixement.

– J'avais raison à ton sujet, dit-elle mi-effrayée, mi-admirative.

– En tout cas, si tu te défiles, ça va être le plus sale jour de ta vie!

– Un de plus, un de moins...

Elle eut un petit rire et se remit à trottiner.

Sa rue paraissait invivable. Des vieux immeubles de pierre ne restaient que les façades délabrées.

Elle le conduisit dans un obscur deuxième sous-sol morcelé en petites pièces aménagées grossièrement autour d'un espace central. Il y avait des gens, surtout des femmes âgées. Accroupie sur ses talons dans un coin sombre, une mère berçait inlassablement son bébé famélique accroché à son sein. Personne ne daigna remarquer l'arrivée de Bailov et de la fille. Les Berlinois ne mettaient plus le nez dans les affaires des autres. C'était déjà bien assez difficile de s'occuper de soi-même.

La fille disposait de l'un des petits compartiments, qui contenait un matelas, une chaise et une caisse en bois sur laquelle étaient fichées des bougies. Au mur, un crucifix penchait si fort en avant, sur une touffe de rameaux séchés, que le Christ semblait figé en plein plongeon. La fille alluma une bougie. A la faible lueur jaune, Bailov remarqua quelques vêtements soigneusement pendus à des cintres. La petite pièce était propre, comme en témoignait la présence d'un balai qui perdait ses poils.

– Cigarette?

Il lui lança un paquet intact et la regarda l'ouvrir gauchement de ses doigts maigres. Coordination défaillante. Maladie, ou carence nutritionnelle.

Elle s'assit sur le lit, robe retroussée haut sur ses cuisses blanches fantomatiques. Elle alluma une cigarette à la flamme de la bougie, en aspirant le plus profondément possible.

– Où est Lisl? demanda-t-il brutalement.

Elle rejeta enfin la fumée et s'allongea en arrière, un bras replié sur le visage.

– Ici, dit-elle d'une voix lasse.

Bailov se mit à rire.

– C'est toi, la pauvre salope bavaroise au fameux corps?

Elle fit oui de la tête, puis:

– Elle-même. J'ai dit que Lisl Marchant obtenait ses rôles grâce à son corps, non à son talent. C'est vrai. Tu croyais que je voulais dire qu'elle avait un physique d'actrice? (Elle remonta sa robe encore plus.) Comme tu peux vérifier, c'est faux. Très peu d'actrices ont un corps de rêve. Le metteur en scène fait sortir ce qu'il veut de la caméra. Ce qui compte, c'est l'empressement à se servir de son corps et, mieux encore, le savoir-faire en ce domaine. Moi, je suis particulièrement douée. Je décroche mes rôles comme ça, et c'est comme ça que tous les rôles se décrochent.

– La méthode n'est pas neuve. Qu'est-ce que ça a donné?

– Je suis mal tombée.

– Sur le général SS Fegelein, par exemple?

Elle se redressa, un peu suffoquée par la fumée. Elle tira sur sa robe et laissa retomber ses jambes au bord du lit.

– Mais enfin, qui es-tu?

– Tu étais avec le général quand la police du Reich est venue le chercher, le 27 avril.

Sans quitter Bailov du regard, elle oscillait sur place en tenant délicatement sa cigarette entre le pouce et l'index.

– Non.

– Ne mens pas, dit-il doucement. Tu étais au lit avec lui.

– Bon, tu es bien de la Gestapo!

– Je suis russe, répondit-il patiemment. Il paraît que tu étais une de ses poules.

– C'est une façon de voir les choses. Je ne m'étais jamais prise pour une poule mais, maintenant que tu me le dis, ce n'est pas si mal. Je ne le connaissais pas tellement. On s'est vus quelquefois. Je te jure qu'il y avait des tas de gens pires qu'Hermann. Au moins, il avait des goûts normaux, il pouvait prendre son plaisir comme un homme. Et il m'a aidée.

– Tu étais avec lui le 27.

Elle soupira et s'allongea de nouveau.

– Je ne suis pas encore prête à entrer dans les détails. Tu me garantis ce que je demande?

Elle lui faisait l'effet d'une enfant fragile et craintive, mais il n'oubliait pas qu'elle était comédienne.

– Ça dépend de la nature des renseignements. Parle-moi de cette nuit.

Elle regarda le plafond.

– On finissait juste de faire l'amour. Je ne l'ai plus refait depuis, ajouta-t-elle aussitôt en le guettant du coin de l'œil. Ils sont arrivés sans prévenir. Hermann était pétrifié. Trois simples soldats et un officier qui lui a dit de se rhabiller. Il s'appelait Peter, il paraissait être un type bien. Hermann a essayé de le persuader d'oublier qu'ils l'avaient trouvé.

– Mais ils l'ont emmené?

– Pas tout de suite. Ils l'ont d'abord laissé téléphoner.

– Comment ça?

– Pour parler à la sœur de sa femme...

– Eva Braun, dit Bailov. Il était marié à la sœur d'Eva Braun, Gretl.

– Oui. Sa femme était enceinte. Il a supplié Eva d'intercéder pour lui.

– Qu'est-ce qu'elle a dit?

– Elle lui a raccroché au nez. Hermann s'est mis à pleurer. C'était horrible. Même les soldats ne savaient plus où se mettre.

– Et puis?

– Ils lui ont fait mettre son uniforme et ils l'ont emmené. En partant, il essayait encore de fléchir l'officier.

– Et toi, qu'est-ce que tu as fait? Tu as attendu qu'il revienne?

Elle lui jeta un de ces regards qu'on réserve aux débiles mentaux.

– Ça ne va pas, non? J'ai embarqué certaines choses en me disant qu'Hermann n'en aurait pas besoin et je suis partie en vitesse. Je pensais qu'il allait être... (Elle n'acheva pas.)

– Et tu n'es plus revenue?

Elle secoua la tête. Bailov laissa passer un silence.

– Pourquoi es-tu partie si vite?

– Parce qu'ils l'avaient arrêté.

– Ils ont prononcé le mot?

– Non, ils n'en avaient pas besoin. En Allemagne, on sait ce qu'est une arrestation.

– Tu avais peur qu'ils reviennent t'arrêter, toi aussi?

Elle haussa les épaules.

– Je suis pour la prudence. J'aimais beaucoup Hermann mais il était dangereux, sais-tu? Sa femme était la sœur d'Eva Braun. Je ne tenais pas tellement à voir de si près tous les gros nazis, mais c'était excitant, aussi, tu comprends? (Elle roula sur le côté.) Les hommes ne comprennent pas l'effet du pouvoir sur certaines femmes. Hermann ressemblait plutôt à un gnome, physiquement, mais il en faisait partie, et au sommet! Il avait tout. Plus exactement, accès à tout. C'est dur, pour une fille, de laisser passer. Et il était très généreux avec moi.

– Tu ne l'as jamais revu?

– Non. Je le jure!

Bailov s'assit au bord du lit et lui posa la main sur la jambe.

– Ça n'atteint pas le prix d'une nouvelle identité, dit-il. Il faut que tu m'en donnes plus.

– Je n'ai rien de plus à te dire, soupira-t-elle. Mais je peux te donner tout ce que j'ai d'autre...

Elle essayait pathétiquement de se montrer alléchante. Il se leva.

– Insuffisant.

Bondissant du lit, elle l'attrapa par le bras.

– Je t'en supplie, ne me laisse pas! (Elle le ceintura de ses bras, la tête contre son ventre.) J'ai besoin d'aide!

Il se dégagea et se dirigea vers la sortie. Elle y fut avant lui, tira le rideau, barra le passage.

– Bon, d'accord! (Elle le repoussait à l'intérieur.) Hermann comptait quitter Berlin. Il m'a dit qu'il pouvait m'aider à partir. J'aurais fait n'importe quoi pour ça, comme tout le monde. Il était recherché. Il disait qu'il connaissait le secret de Hitler.

Bailov sourit.

– Tu m'inventes ça pour m'empêcher de m'en aller.

– Non! cria-t-elle. C'est la vérité! Alors il faut que tu m'aides!

– Alors il te l'a dit, ce secret?

– Pas exactement... Il y a fait allusion, en quelque sorte...

Bailov attendait.

– Il a dit que Hitler allait donner encore deux fois plus de mal au reste du monde.

– C'est tout?

– Il a dit que si Hitler savait qu'il savait, il le ferait tuer. Et toi, tu sais de quoi il parlait?

– Non, dit Bailov, mais ton petit ami a été exécuté le jour même.

Elle parut s'affaisser. Il lui demanda:

– De qui tenait-il son secret? D'Eva Braun? De sa femme?

– Je ne sais pas.

– Tu m'as dit tout ce qu'il t'a dit?

– Tout, mot pour mot. Mon métier demande d'apprendre des textes et de les retenir. Je t'ai tout dit, absolument tout, je te le jure! Tu vas m'aider?

Bailov considéra la situation. Ce n'était pas le genre de solide évidence que souhaitait Petrov, mais cela venait étayer leur conviction.

– Emballe tes affaires.

Elle écarquilla les yeux.

– Pas maintenant! Il fait noir! C'est trop dangereux, dans les rues! La nuit, ils tirent tout de suite et ils attendent que le jour se lève pour regarder qui est mort.

Elle avait raison. Le Badge rouge ne serait pas un grand bouclier dans l'obscurité.

En apprenant qu'il restait, elle alla chercher un seau d'eau froide pour se laver. Il passa la nuit dans son lit, et elle profita de l'occasion pour lui montrer comment une actrice de grand talent obtenait ses rôles.

Le lendemain matin, Bailov emmena Lisl au QG du Groupe et l'installa dans une cellule. Après avoir pris des mesures pour qu'on l'interroge plus amplement et qu'on prévoie son transfert au centre de détention de Moscou, il télégraphia à Petrov.

Il alla la voir dans sa cellule, ce soir-là. Elle prenait son sort calmement, mais Bailov éprouvait un étrange besoin de la consoler.

– Ce n'est pas pour la vie! lui dit-il sans rien en savoir lui-même. Tu la verras, ton Argentine.

– Tu crois? demanda-t-elle, les larmes aux yeux.

43. 13 juin 1945, 9 heures.

Talia Pogrebenoi avait été jadis une artiste peintre pleine d'avenir, et elle possédait une solide instruction. Elle parlait couramment l'italien, le français, l'allemand, le russe et le roumain. Elle avait encore sa mère, qui habitait Moscou. Son père, colonel d'active, avait été tué dans l'invasion de la Finlande lancée par Staline. L'avion de son frère avait été abattu dans les premières heures de l'invasion allemande, et son mari, officier de cavalerie, avait trouvé la mort quelques jours plus tard. Elle prit elle-même l'uniforme le mois suivant.

Petrov pratiquait un recrutement hautement sélectif. Ses subordonnés étaient censés montrer un certain nombre de qualités, l'absence de l'une seule d'entre elles étant suffisante pour éliminer d'office un candidat. Avant tout, il appréciait les individus dotés de cette disposition qu'il appelait « vibrance ». Entre l'intelligence et l'instruction, il accordait plus d'importance à la première, l'idéal se présentant comme une combinaison de ces deux valeurs. L'enseignement russe était moins prisé que les diplômes étrangers à cause de la nature archaïque du système soviétique peu enclin à inculquer la rigueur intellectuelle, pas plus que le sens des perspectives, aux esprits en formation. Il aimait à s'entourer de gens mus par la curiosité, comme lui-même, et qui n'abordaient pas leur tâche sans une certaine étincelle. Il s'efforçait d'inculquer des habitudes de raisonnement méthodique, tempérées de scepticisme, aux membres de son équipe, lesquels devaient savoir garder en mémoire des quantités prodigieuses de données tout en travaillant sans cesse à bâtir la trame.

Valorisant le style particulier, la sensibilité propre à chaque individu, Petrov se gardait bien de façonner ses subordonnés sur des critères théoriques. Mais il exigeait un éventail de talents pratiques en complément des facultés intellectuelles, car c'était souvent la fusion de l'action et de la réflexion qui enfonçait le coin dans un problème et abattait le mystère. Une excellente condition physique était également requise. On ne pouvait rien prévoir ni du travail ni du terrain, et seuls de vrais durs à cuire pouvaient surmonter des conditions d'existence souvent exécrables, des tensions et des privations constantes.

Petrov assimila le dossier Pogrebenoi avec le plus grand intérêt.

Laissant ses deux enfants, âgés de deux et trois ans, à la garde de sa mère, la jeune femme avait subi un entraînement de six semaines dans un camp de l'Oural avant d'être envoyée à pied sur le front de l'Ukraine, où les forces russes tentaient désespérément d'enrayer l'avance allemande. En moins de quatre ans, la petite engagée volontaire s'était élevée au rang de commandant à la tête d'un bataillon léger, spécialisé dans les raids derrière les lignes ennemies. Ses états de service la montraient tireuse d'élite sur toutes sortes d'armes – peut-être l'égale d'Ezdovo!... – et experte en explosifs. Blessée quatre fois. Graves gelures aux pieds, comme beaucoup de combattants soviétiques durant le terrible hiver 42-43.

Une rapide consultation du bureau des Carrières de la Défense révéla que Talia Pogrebenoi, inscrite au parti, politiquement nette, jouissait de remarquables rapports de compétence. Il n'aurait tenu qu'à elle de poursuivre une brillante carrière militaire. Aucune raison n'était indiquée à sa demande de démission, et Petrov résolut de soulever la question pendant son entretien avec elle, si elle venait. On change rarement de voie quand on va au succès, se disait-il.

Lecture achevée, il souriait tout seul. En bon jésuite qui se mêlait de tout, Grigory lui adressait un ange. Moins amusant était que le prêtre montrait, par son choix, qu'il avait peut-être compris. D'une boutade, Petrov avait voulu détourner sa curiosité, mais cela ne pouvait pas empêcher le vieux touche-à-tout, malin comme un singe, de réfléchir. Ou peut-être, en vue d'un futur besoin d'alliance, essayait-il simplement de créer une dette politique remboursable au cours le plus haut. D'autre part, Petrov s'était toujours demandé, en vain, s'il y avait contact entre Staline et Père Grigory. Staline cultivait de multiples ressources et les gardait pour lui.

Elle se présenta à 9 heures juste, c'est-à-dire à l'ouverture quotidienne réglementaire de la bureaucratie soviétique. En simple robe courte paysanne, blanche à manches blousantes, c'était quelqu'un! Ses diverses blessures de guerre ne l'empêchaient pas de marcher gracieusement, sans trace de claudication. Petrov nota qu'elle portait des talons assez hauts pour flatter sa féminité, assez bas pour ne pas écorcher les vues du parti en la matière. De même pour les petits anneaux à ses oreilles percées. De même pour le rouge à lèvres, ocre rouge, estompé de façon à enjoliver la bouche sans toutefois exagérer. En somme une présentation magistrale.

– Bonjour, commandant. Café? Thé? Les deux sont bouillants.

Elle sourit et prit un siège sans y être invitée. Il aimait les gens qui savaient ce qu'ils avaient à faire. Elle huma les vapeurs qui montaient de la tasse de thé, poussa un petit soupir.

– Il y a bien longtemps que je n'avais senti quoi que ce soit de ce genre.

Il la laissa savourer en silence la première gorgée, puis :
– J'imagine que votre présence ici ce matin exprime votre intérêt...
Elle ne répondit pas. Elle soutenait paisiblement son regard, comme la veille, et c'était la même expérience troublante.
– J'ai vu votre dossier. Très impressionnant.
Elle en eut juste les yeux un peu plus lumineux.
– Il s'agit d'une organisation d'un genre très spécial, expliqua-t-il. Si je vous offre ce poste et que vous l'acceptez, c'est pour toujours. A tout moment, si vous manquez à vos responsabilités, vous le payez de votre vie. Pas de procès, pas d'avocat, pas de pourvoi. Qu'en dites-vous?
Il chercha une indication sur son visage, mais il n'y en avait pas. La jeune femme releva à peine le menton :
– Les conditions sont draconiennes. J'en conclus que la mission est d'une importance cruciale pour notre pays.
Elle s'exprimait d'une voix légère, mais en choisissant ses mots avec soin. Elle se contrôlait totalement. En prenant connaissance des conditions, l'inébranlable Ezdovo lui-même avait battu des paupières et dégluti plusieurs fois.
– Ne vous sentez pas forcée d'accepter, dit Petrov. Vous pouvez rester un moment, finir le thé, puis retourner à la vie normale. Ce serait parfaitement admissible. Vous ne souffrirez d'aucun préjudice si vous ne prenez pas le poste.
– Quelqu'un a-t-il déjà refusé?
Il secoua la tête en souriant.
– Jamais!
C'était la première fois qu'un candidat posait la question. Elle essayait de dominer la situation, et il aimait son agressivité. Elle était perspicace et assurée, qualités rares chez quelqu'un de si jeune.
– Avant que vous preniez votre décision, j'aimerais vous demander quelque chose. (Il souleva le carton et tapota le premier feuillet.) Vos résultats militaires sont excellents, vos rapports d'aptitudes parfaits. Un brillant avenir vous attend dans l'armée, et vous demandez votre démission. Pourquoi?
– Quand je me suis engagée, c'était pour répondre à l'appel de notre nation, pour faire mon devoir de citoyenne. La réussite, la promotion, en temps de guerre, c'est une question de chance. La plupart des officiers avaient été tués. J'étais là quand il a fallu les remplacer. Dans notre bataillon annexe, il y avait très peu de pertes à ce niveau. Cela tient du jeu de hasard. La mission était simple : tuer les ennemis. Un soldat va où on lui dit, faire ce qu'on lui dit, mourir si c'est son tour. Comme officier, on envoie les soldats à la bataille. Ce n'est pas compliqué.
– Vous compreniez le métier. Pourquoi le dénigrer?

– Je ne veux pas le dénigrer, rétorqua Talia, mais je ne le glorifie pas pour autant. La vérité, c'est que je ne suis pas faite pour la condition militaire. Je n'aime pas l'extrême discipline.

– Pas plus que les opérations de routine... fit Petrov. Laissez-moi parler pour vous. Vous aimiez conduire votre unité derrière les lignes ennemies. Vous aimiez décider. Vous pouviez suivre les ordres quand les circonstances l'exigeaient, mais il vous fallait la responsabilité de vos actions.

– Oui, si vous voulez.

– Toute organisation doit avoir un chef et des subordonnés.

– Je n'en disconviens pas, répondit-elle. Mais dans une organisation digne de ce nom, les subordonnés qualifiés ne sont pas tenus en laisse. On choisit les gens pour leurs aptitudes, et ils agissent en liberté. Je sens cela en vous. Vous les aidez s'il le faut, vous leur fournissez ce dont ils ont besoin pour faire leur travail.

Il sourit.

– C'est ce que vous demanderiez?

– C'est ce que j'exigerais, dit-elle.

– Parlons de vos enfants.

– Ils sont en bonnes mains. Ils sont déjà forts. Ils accepteront et appuieront toute décision que je prendrai.

– Ils sont très jeunes, pas encore à l'âge où on peut saisir les abstractions qui influent sur les décisions adultes.

Elle retroussa les narines, premier signe d'émotion. Elle déclara sèchement, mais avec fierté:

– Ce sont des petits Russes. Ils comprendront que, si leur mère doit encore les quitter, c'est au nom de leur propre avenir.

– Vous êtes une femme dure, Talia Pogrebenoi.

– Oui! dit-elle toujours crânement.

Petrov se renversa dans son fauteuil.

– Parlez-vous parfaitement italien?

– Je commence à me le demander. (Elle se mit à rire.) Mais ça revient vite. C'est l'affaire de quelques jours.

– Les dialectes?

– Quatre, à ma grande époque. Maintenant, je crois que je me débrouillerais en milanais et en napolitain. Tout le reste vient de là.

Ils s'examinèrent mutuellement pendant un moment. Elle finit par lui demander:

– Vous me voulez ou pas?

– Ça n'a jamais été le problème. Vous saisissez bien les conditions?

Elle eut un petit signe de tête.

– Elles sont limpides.

La religion de Petrov était faite.

– Reprenez du thé. Vous avez beaucoup de choses à apprendre en très peu de temps.

A 11 heures du soir, ils parlaient encore dans le bureau. Pour finir, il lui donna un étui de cuir noir contenant un Badge rouge – le sien – accompagné de ses instructions concernant leur prochain contact.

44. 14 juin 1945, 1 heure du matin.

Le palais Poteshny est une grande bâtisse de pierre, méditerranéenne d'apparence, fondamentalement russe en réalité. Le toit, de forme bizarre, est composé de mosaïque bleu ciel. Toutes les fenêtres, sur les deux largeurs du long rectangle, ont été murées et bardées de fer. On y accède par une rue étroite, dans l'enceinte du Kremlin, à quelques minutes de marche de l'ensemble architectural qui abrite le Sénat et le Politburo. Petrov savait que Staline avait un appartement dans le palais, mais il n'y était jamais allé.

Minuit passé, heure de pointe dans la journée du numéro un du régime. La convocation, arrivée après 21 heures, avait contraint Petrov à précipiter son briefing avec Talia Pogrebenoi. Franchir les différents contrôles du Kremlin prenait un temps fou. A l'intérieur du palais, des gardes étaient postés tous les dix pas dans les corridors, dans les escaliers, sur les paliers. Tous les dix pas. Ordre de Staline, aveuglément exécuté. On butait sur quatre postes de contrôle entre l'entrée du palais et la porte par laquelle, au terme du parcours, on était admis chez le maître des lieux.

Regard à l'horizon, un garde frappa discrètement, du dos de la main. Une vieille femme ouvrit la porte, s'empara du chapeau de Petrov, puis s'écarta et disparut.

– Par ici, mon berkout! mugit Staline.

A ce que Petrov entrevit, il y avait quatre pièces. Le mobilier, très simple, manquait de légèreté. Le bureau disparaissait sous les papiers. Toutes sortes de documents recouvraient un long divan et trois grandes tables de bois. On remarquait un seul téléphone, sur une table basse. La lumière venait de deux lampadaires à pieds de cuivre et d'une petite lampe posée sur la table principale. Le temps avait tourné à la chaleur : dans l'air étouffant des bâtiments du Kremlin, Staline portait toujours sa grosse tunique bleue d'hiver. Il semblait fatigué mais il gratifia Petrov d'un éclatant sourire en biais avant de l'attraper par le bras et de le serrer contre lui, comme un ours, dans un élan d'affection qu'on ne lui voyait pas souvent.

– Je suis content que tu aies pu venir!

– Qui refuserait une telle invitation? dit Petrov en riant. Tu désirais me voir, camarade!

Le secrétaire général fronça les sourcils.

– Quelle rectitude, mon cher Petrov! Espèce d'*affreux*, va! (Il avait pêché le terme dans les films de gangsters américains qu'il passait ses nuits de vacances à regarder.) Toujours au travail, toujours à cheval sur les principes! Laisse-toi un peu aller. On va manger, on va boire, ensuite on parlera.

Un réduit attenant au bureau tenait lieu de salle à manger. La nappe blanche avait des taches, et les rideaux, piqués d'humidité, qui masquaient les fenêtres n'étaient pas sans rappeler à Petrov le bunker de Berlin.

Une fois de plus, il y en avait pour quatre et même pour huit. Un porcelet revêtu d'un glaçage brun-rouge, des tranches de tomate et d'oignon piquées çà et là, trônait sur un plat en fonte. Au bout de la table, on avait dressé d'innombrables tranches de pain noir en amphithéâtre. Quel gâchis! pensa Petrov. Mais enfin, la prudence de Staline n'avait rien pour surprendre, eu égard à la propension de ses concitoyens pour les complots et les assassinats. Devant une telle abondance, faute de savoir où mettre le poison, l'ennemi serait obligé d'en mettre partout et, de toute façon, quelqu'un en goûterait avant la personne visée. Il en avait toujours été ainsi pour les dirigeants de ce pays.

Poussant un verre à eau ébréché vers son invité, Staline saisit au goulot une bouteille de vin de Kakhétie.

– Ma seule concession à la décadence, confia-t-il.

Le kakhétie était connu dans le monde entier comme le meilleur des nombreux vins russes. Il s'en trouvait rarement au-delà des frontières, et le peu que les contrebandiers parvenaient à passer atteignait des prix incroyables. Même ces arrogants de Français devaient admettre que ce vin était « intéressant ».

A petites gorgées, Petrov apprécia la saveur et le bouquet. Ils buvaient en silence et, une fois les verres vides, Staline les remplit.

– Sers-toi! fit-il en ouvrant les bras devant la table chargée de victuailles.

A la grande joie de son chef, Petrov surchargea son assiette et attaqua de bon cœur.

– Bel appétit, pour un petit oiseau!

C'était bien dans le style de Staline de s'arrêter aux particularités physiques de ses visiteurs et de faire le rapprochement avec des animaux. Pour Petrov, ces mises en boîte n'avaient jamais dépassé la mesure. Mais pour d'autres c'étaient de véritables supplices. On avait vu les plus fortes personnalités sortir d'une audience en chancelant sous le déluge de critiques et de propos cinglants. Une autre habitude du Petit Père des Peuples consistait à traiter royalement un invité, le bombarder d'éloges, puis le faire emmener et fusiller. Toute visite à Staline pouvait se terminer de trois façons différentes, disait-on, une seule étant la bonne.

Après le repas, les deux hommes revinrent au bureau. D'un large geste du bras qui envoya voler les papiers, l'hôte déblaya le divan. Petrov, qui ne l'avait jamais vu d'une telle humeur, se promit de rester prudent. Enchanté de sa propre énergie, Staline éclata de rire et se laissa tomber sur un coussin, quitte à rebondir plusieurs fois pour creuser une bonne place à son postérieur. Puis, décochant à Petrov un regard de conspirateur particulièrement sombre, il fit apparaître magiquement une bouteille de pertsovka, l'épaisse vodka brune qui ressemble à du vinaigre noir et qui vous envoie directement au tapis. Le fin du fin pour les grands amateurs. Avant tout, objet de respect.

Selon une célèbre anecdote apocryphe, deux Géorgiens ayant déniché une demi-bouteille de pertsovka – la nationalité des protagonistes variant du reste selon la région où l'on se racontait l'histoire – étaient partis la boire dans un coin de forêt, à l'abri des jalousies. Ils en avalaient les dernières gouttes quand la foudre fracassa un arbre, tout près d'eux. Une immense branche leur tomba sur la tête. Le crâne brisé, ils étaient à l'article de la mort. En les découvrant, le lendemain matin, des gens du village les transportèrent vite chez un médecin de la ville voisine. Nos deux hommes respiraient encore, totalement inconscients. On les mit dans un avion pour Moscou, où ils subirent de longues interventions de neuro-chirurgie. Hélas, on estimait que, même s'ils reprenaient connaissance, ils ne survivraient jamais qu'à l'état de légumes. Ils furent placés dans un sanatorium proche de la place Rouge et, tous les matins, de jeunes infirmières poussaient leurs fauteuils roulants sur le balcon d'où l'on voyait Saint-Basile. Les années passèrent. Un beau jour, tous deux recouvrèrent miraculeusement leurs facultés au même instant. Ils se regardèrent, vieux, chauves, édentés, puis contemplèrent au-dehors la magnificence de la civilisation soviétique, tapisserie bariolée qui se brouillait devant leurs sens trop longtemps endormis. Au bout d'un moment, un grand sourire illumina le visage de l'un des deux hommes.

– Pertsovka!... murmura-t-il pour son ami. Sans comparaison, non?

Staline but directement à la bouteille et la passa à Petrov, qui l'imita. Le va-et-vient se poursuivit. Peu à peu, ils s'engourdissaient. Staline se mit à batailler avec sa pipe et une grosse blague de cuir. Indifférent à la pluie de tabac qui lui était tombée sur les genoux, il entreprit de porter la flamme au fourneau.

Petrov devait se concentrer pour garder l'équilibre. Il tenait la vodka mieux que beaucoup, mais celle-ci!... Les braises qui lui consumaient le ventre semblaient se propager dans ses membres et lancer des étincelles jusqu'au bout des doigts et des orteils.

– Tu voulais parler, camarade? parvint-il à dire malgré d'énormes difficultés d'articulation.

Staline eut un rire caverneux, son corps donnant dangereusement de la bande.

– Je veux boire, oui, mon salaud!

Il tapa si fort dans le dos de Petrov que celui-ci se retrouva à terre. Staline était petit mais puissant; il avait fait de la lutte dans sa jeunesse. Petrov n'avait pas encore mal mais savait que ça viendrait.

Il ne sut jamais à quel moment il perdit connaissance. Quand il se réveilla, en proie à de violents maux de tête, Staline ronflait comme un sonneur, la bouche grande ouverte, vautré sur le parquet à côté de lui. Il y avait deux bouteilles de pertsovka vides à leurs pieds.

Petrov parvint tant bien que mal à se relever, puis il partit en trébuchant à la recherche de son chapeau. Il avait sérieusement besoin de sommeil et de temps, pour se remettre. Son cerveau, à l'évidence, ne fonctionnait pas correctement.

Comme il ne trouvait pas de chapeau, il décida de s'en passer. Il atteignait la porte quand une main de fer s'abattit sur son bras. Le visage de Staline surgit à quelques centimètres du sien. L'haleine était putride, et le sourire incertain, mais le regard très net.

– Ça, c'était une soirée, hein, Petrov?

Le chef du Groupe d'opérations spéciales se trouvait dans l'incapacité de répondre. Il cherchait frénétiquement les mots, sans succès. La physionomie du secrétaire général se figea comme un masque. La voix se fit sifflante :

– Berkout, ramène-le-moi! Vivant! Ici, à Moscou! (Un portefeuille s'ouvrit d'un coup sec sur un nouveau Badge rouge.) Talia Pogrebenoi!... Très intéressant, comme choix!...

La porte se referma au nez de Petrov.

Ainsi, Grigory et Staline communiquaient directement. Il tenait la preuve mais n'était pas en état d'en peser les implications. Il avait besoin de dormir.

Dehors, le jour se levait.

45. 15 juin 1945, 18 heures.

Si Gretchen Waller acceptait le principe du harem et le rôle modeste que cela lui valait, elle n'aimait rien tant que de se trouver seule avec Brumm. Ni l'un ni l'autre n'en disait mot, mais elle sentait qu'il partageait ses sentiments. S'il s'exprimait, c'était physiquement, en amant doux et attentionné durant leurs rares moments d'intimité. Elle devait deviner ce qu'il pensait.

Le soir où Brumm annonça au groupe qu'il comptait partir en expédition de chasse hors de la vallée, toutes les filles eurent envie d'y aller. Il désigna Waller pour l'accompagner, et personne ne discuta. Il voulait gagner une certaine zone peuplée de sangliers dont la viande exceptionnellement tendre – à condition de savoir cuisiner – améliorerait sérieusement l'ordinaire.

Ils avaient donc quitté la vallée tous les deux, Gretchen se laissant un peu griser, à la fois par la liberté et par la présence de Brumm.

La chasse s'était bien passée. Il avait tué trois gros animaux avec un vieux fusil ayant appartenu au grand-père. Elle trouvait curieux qu'il fît tout le travail. Dans la vallée, c'était une activité commune, hommes et femmes rabattant et tirant tour à tour. Ici, pour toute participation, elle devait observer à bonne distance.

En fin de journée, ils remontaient le lit étroit d'un torrent. Brumm avait dépecé les bêtes, n'en gardant que les quartiers arrière transportés dans des filets. Elle pensait qu'il la conduisait vers un emplacement où bivouaquer, aussi fut-elle très étonnée de le voir déposer son chargement au sommet d'une formation rocheuse. Quand elle l'interrogea, il se contenta de sourire et il s'éloigna vers un bouquet de jeunes arbres. Il en revint armé d'une belle gaule de frêne blanc dont il tailla une extrémité.

– Qu'est-ce qu'on fait? demanda Gretchen.

– Ce qu'on est venu faire, on chasse.

Elle voyait bien qu'il y avait autre chose.

– Tu vas chasser à coups de bâton?

– Non, dit-il solennellement. Toi, tu vas chasser... à la lance, comme dans l'ancien temps.

Il ne voulut pas en dire davantage mais il lui montra comment manier l'arme. Au début, c'était malcommode et disgracieux mais, très vite, elle parvint à en retirer une sensation d'équilibre et de plaisir. Il lui fit prendre place sur deux gros rochers séparés de moins d'un mètre. Une piste étroite mais bien piétinée y conduisait en coupant le torrent, à partir des broussailles.

Brumm mit du temps à lui faire prendre la position voulue. Elle devait tenir la lance avec les deux mains rapprochées, mais en tendant les bras devant elle.

– L'animal montera par cette piste, dit-il. Quand tu le verras venir, sors ta lance comme ceci... Mets en ligne sur la pointe du bas. Quand le nez de la bête passera la pointe, ramène le bois de l'épieu à la poitrine et quitte les rochers des deux pieds. Surtout, ne saute pas. Avance d'un pas dans le vide et descends tout droit. Ton corps et la pesanteur feront le reste.

Il lui en fit la démonstration.

– Tu me fais marcher, c'est cela?

Il n'avait pas l'air de rire. Gretchen commençait à se sentir très mal à l'aise.

– Je parle sérieusement, dit Brumm.

– Je ne vais pas me blesser?

– Si tu le fais mal, tu seras morte avant que je te rejoigne. Il faut te concentrer et le faire bien. Ça demande du courage.

– Pour ne pas dire de la bêtise!... ajouta-t-elle avec répulsion. Tu n'as qu'à en tuer un autre à coups de fusil et on n'en parle plus! Je suis fatiguée. Il commence à pleuvoir. Qu'est-ce qui m'y oblige?

Il l'attrapa par le bras, la fit pivoter et la regarda dans les yeux. Il y avait en lui quelque chose d'effrayant, de brûlant, sous-tendu par une espèce de froideur indescriptible qu'elle n'avait jamais vue chez un homme. Cela évoquait plutôt le règne animal.

– Je veux que tu le fasses, dit-il.

Cela régla la question. Elle n'avait rien à lui refuser. Résignée, elle mima soigneusement les gestes indiqués. La détermination de Brumm la gagnait. Elle n'accordait plus aucune pensée au danger, bien qu'elle n'eût encore jamais approché de sanglier vivant.

La pluie survint sous forme de brouillard, mais se transforma vite en un bombardement de grosses gouttes qui meurtrissaient la chair de la jeune fille à travers sa chemise de flanelle. Elle fut rapidement trempée. Malgré l'averse, elle entendait un essaim de mouches bourdonner sur la viande, derrière elle. Quand serait-on de retour dans la vallée? Le bassin d'eau chaude lui apparut en esprit, et elle dut se faire violence pour s'appliquer à sa tâche.

Elle entendit l'animal avant de le voir. Il trottait bizarrement, ses petits sabots fendus claquant et résonnant sur le sol rocheux. Il avait le poil gris, touffu. La bosse qui lui déformait le dos semblait allonger encore sa tête effilée. Elle n'avait jamais rien vu de si laid. Les yeux très écartés, les défenses jaunâtres incurvées hors du museau avaient quelque chose de sinistre, sans compter qu'il bavait d'abondance. Elle entendit Günter qui rabattait en frappant les troncs d'arbre et, chaque fois que cela retentissait, le sanglier accélérait, puis ralentissait aussitôt. Il poursuivait son chemin, montait vers les rochers comme pour lui passer tout droit entre les jambes.

Il était déjà si près qu'une odeur fétide de charogne pourrissant au soleil masqua la bonne odeur des sapins. Elle se sentit pleine de courage. Elle avait le cœur qui battait. Bien arc-boutée, elle consacra toute son attention à aligner le nez du sanglier sur la pointe de la lance tendue à bout de bras. Quand il passa dessous, elle respira un grand coup, ramena farouchement l'épieu à la poitrine et fit un pas dans le vide. Elle aurait aimé hurler de peur, ou même éclater de rire, mais elle chuta en silence, toutes émotions bloquées. Un craquement sonore l'ébranla, mais elle n'eut pas le temps de se demander ce qu'elle frappait. Son corps heurta l'arrière-train de l'animal et elle tomba si brutalement sur le dos qu'elle eut la respiration coupée. On l'assaillait aux jambes. Elle étouffait. Elle était peut-être tombée sur son arme. Ou elle mourait de peur.

Brumm remontait la piste en courant. Il lui saisit la main, la propulsa à ses pieds, la reçut dans ses bras tout en la couvrant d'un tel flot de paroles qu'elle n'y comprenait rien. Elle le repoussa et s'évanouit.

Elle revint à elle en criant :

– Et si je m'étais cassé la jambe? (Une vive douleur au mollet la contraignit à s'asseoir pesamment.) Regarde, cette saleté m'a ouvert la jambe!

Brumm examina la chose en prenant son temps, un large sourire aux lèvres. A ses yeux, ce n'était jamais qu'une égratignure.

– Il était déjà mort, quand il t'a fait ça. Il ne lui restait que l'instinct de tuer ses ennemis. Pas assez de force pour faire vraiment mal. Tu as de la chance! en conclut-il gaiement.

– De la chance!

– Enlève ta chemise!

– C'est à la jambe, que j'ai mal!

– Enlève ta chemise!

Le ton n'était plus celui de la plaisanterie. Elle s'exécuta, les seins glacés sous la pluie froide. Elle se demandait ce qui allait se passer ensuite mais, quand elle lui posa la question, il se contenta de grogner :

– Ne bouge pas! Ne parle pas!

Il bascula le sanglier sur le dos et, des genoux, lui maintint les pattes arrière écartées pour chercher à tâtons, sur le ventre poilu, un point situé juste en dessous de la jointure des côtes. Il plongea son poignard dans la chair tendre et, les doigts glissés à l'intérieur, de part et d'autre de la lame, tira en direction de la queue. Cela s'ouvrit aisément, sans saigner. Il évitait d'écorcher la poche des entrailles. Il se servit ensuite de la paume de ses mains pour marteler le cartilage intercostal, qui céda en claquant comme les détonations de son fusil de chasse.

Sous le regard d'une Gretchen Waller fascinée, il travaillait avec l'assurance et la dextérité d'un chirurgien. Reprenant son couteau, il fendit l'os pour ouvrir la cage thoracique, qu'il déploya en grand. De la vapeur montait des organes dans l'air froid, avec une odeur de musc. Son couteau disparut à l'intérieur et, presque immédiatement, sa main ressortit avec le cœur de l'animal, gras, bleuâtre et rouge, gros comme le poing.

Quand il se tourna vers elle avec le cœur, la main couverte d'un sang épais, elle eut un mouvement de recul. Le liquide noir suintait en filaments sirupeux.

– N'approche pas! menaça-t-elle faiblement.

Il avançait vers elle sur les genoux, une étrange lueur dans le regard. Elle voulut se lever mais il l'attrapa à la ceinture et la ramena au sol.

– Non, Günter, je t'en prie! implora-t-elle en sachant que c'était inutile.

D'une poussée, il la jeta sur le dos et lui appuya le cœur de sanglier sur la poitrine. Sa tête tournait. D'abord elle lui résista, mais il était trop fort. Le dégoût le disputait à l'exaltation tandis qu'il lui passait l'organe sanguinolent sur tout le corps. Une chaleur invraisemblable la gagnait. Ses seins se couvraient de sang chaud et poisseux. Et soudain la peur la quitta, faisant place à quelque chose d'entièrement nouveau et différent qui surgissait du fond d'elle-même.

Il se redressa brusquement sur les genoux, la dominant à la verticale. Il agita le cœur devant son propre visage avant d'y mordre violemment pour en arracher un gros morceau de viande, ce qui lui valut une macabre barbiche rouge au menton. Paralysée, elle attendait la suite avec anxiété mais aussi, quoi que ce fût, avec impatience. Le feu se propageait en elle.

Il lui pressa le cœur sur les lèvres. Elle détourna la tête, essayant de s'y soustraire.

– Mange! gronda-t-il.

Il le lui enfonçait de force dans la bouche. Elle n'avait pas le choix. Elle dut mordre dans cette chose qu'elle trouva d'abord terriblement dure avant que ses dents ne crèvent la membrane pour atteindre une chair plus tendre.

Elle sentit filer son dernier lien avec la réalité. Elle dévorait cru le cœur d'une bête qui vivait encore quelques secondes auparavant, qui avait essayé de la tuer. Brumm s'agenouilla à côté d'elle, le sang lui dégoulinant du visage, sur le sien, et elle comprit qu'ils étaient allés trop loin, qu'ils ne pouvaient plus s'arrêter. Elle frissonna. Le regard fixe, il oscillait sur lui-même, comme en transe. Elle avait envie qu'il se dépêche. La brûlure, en elle, devenait insupportable. Elle attrapa son pantalon à deux mains et le lui baissa brutalement, puis elle se saisit de lui. Il se laissa tomber en avant. De nouveau, il lui passa le cœur sur tout le corps, insistant sur les plis et replis, l'enrobant de traînées rouges, glissantes. Puis il fut sur elle, qui se cambrait pour se jeter à sa rencontre.

Elle restait secouée par l'expérience. Quelque chose de primitif, de puissant, de maléfique peut-être, avait été touché en elle.

– C'est rituel, expliqua Brumm. Pour la première mise à mort. C'est la coutume, ici, dans la montagne. (Assis sur un rocher, il la regardait se nettoyer dans le petit torrent.) J'ai été initié par mon grand-père, pour qui son père avait fait de même. La tradition remonte si loin que cela se perd dans les générations. Dans ma famille, on l'a toujours fait ici même, à cet endroit exact, et toujours de la même façon. Le sanglier est le roi incontesté de la montagne. En le tuant comme autrefois, on fait passer son pouvoir en soi. On capte son esprit en mangeant sa chair.

Gretchen se remettait lentement d'avoir vu ce cœur à deux doigts de son visage, mais aussi d'avoir fait l'amour avec une telle intensité.

– Ici? Des générations?

Il lui sourit. Elle se mit à réfléchir. Pourquoi le lui avait-il fait faire? La réponse la prenait de court.

– Günter, dit-elle tendrement en lui tendant les bras.

Il fit un pas vers elle et ils s'étreignirent longuement.

– Je comprends, dit-elle. Nous sommes unis, maintenant, n'est-ce pas? A ta façon, à la façon d'autrefois...

Il la serra davantage contre lui.

– C'est ce que j'avais à t'offrir de plus durable.

Elle avait envie de pleurer mais elle se retint. Il était fort, elle serait forte. Elle se sentait intacte, et comblée, et, brusquement, inexplicablement enjouée.

– Günter?

– Oui.

– Le rite est toujours, toujours le même?

– Toujours.

– Même la dernière partie?

Il la repoussa un peu pour lui sourire.

– Non. C'était mon idée.

Ils tombèrent dans l'eau ensemble en riant.

46. 16 juin 1945, 10 heures 30.

Pescht et ses justiciers étaient des hors-la-loi. Les Américains faisaient régner l'ordre et, déjà, ceux des Allemands qui ne s'étaient pas compromis avec Hitler s'organisaient en assemblées locales et secondaient les vainqueurs, non sans l'intention de prendre la relève, le moment venu. Des bandes comme celle de Pescht représentaient une menace pour la paix, et les GI's multipliaient les mesures de sécurité autour des villes et des villages.

Les Anges de la Vengeance, ainsi que se faisaient appeler les compagnons de Pescht, couraient la campagne en zigzag. Ils avaient joui au début d'une grande liberté de mouvement mais, au fil des jours, ils rencontraient une résistance de plus en plus affirmée. Même les fermes isolées n'étaient plus des objectifs faciles. La bande avait eu deux accrochages avec des soldats américains, un autre avec un fort contingent britannique.

A l'issue de cette dernière fusillade, ils n'étaient plus qu'une vingtaine à se replier au sud. Dans la montagne du Harz, Pescht perdit immédiatement son chemin. Ils trouvèrent refuge dans un étroit canyon où ils comptaient vivre des ressources naturelles, le temps de panser leurs blessures et de reprendre des forces.

L'un d'eux, un Juif orthodoxe de Düsseldorf efflanqué comme un lévrier, découvrit l'entrée d'une caverne. Dans les camps, ils étaient tous devenus experts à trouver des endroits où se cacher, où planquer leurs maigres possessions, dans des coins et avec des moyens qui ne viendraient jamais à l'idée de quiconque en temps normal. L'habitude restait la même dans la liberté.

Avec un instinct de taupe, l'homme se faufila, s'enfonçant toujours, et finit par déboucher dans une autre vallée, plus vaste et, semblait-il, plus sûre.

Les Anges postèrent une simple sentinelle dans la vallée extérieure et, saisis d'une certaine euphorie, suivirent Pescht dans la nouvelle.

47. 16 juin 1945, 11 heures 25.

Le soir, ils avaient mangé, avec les doigts, un morceau de sanglier rôti à la braise. Puis ils avaient fait l'amour, enveloppés dans une couverture près du feu crépitant.

Au lever du jour, ils terminèrent la viande froide, burent l'eau du torrent et se mirent en marche pour regagner la vallée. Chacun savait que la relation avait changé, mais n'en parlait pas. Il fallait se contenter de savoir.

Ils portaient à eux deux plus de cinquante kilos de viande fraîche. La pluie n'avait pas cessé – un crachin obstiné, pénétrant et comme suspendu aux nuages bas.

À l'entrée de la vallée, en fin de matinée, Brumm vit immédiatement ce qui n'allait pas. Les traces lui révélèrent le nombre des envahisseurs et leur indiscipline.

– Progression discontinue gauche-droite, murmura-t-il à Gretchen. On y va!

Elle comprenait. C'était une formation de reconnaissance et d'embuscade à deux, que le Barbu leur avait souvent fait faire.

Ils avançaient, décalés de vingt mètres, en gardant le contact visuel. Gretchen fut la première à repérer l'homme assis. Elle attira l'attention de Brumm en faisant voleter la main. En réponse, il lui intima, par gestes, de le couvrir. Il déposa son chargement et se porta lentement en avant.

Brumm procéda comme pour un animal. Il s'immobilisa dans son approche afin d'examiner l'homme endormi, crasseux, dont l'odeur était déjà épouvantable à plusieurs mètres. Ses chaussures semblaient relativement neuves. Il avait son arme sur les genoux, une M-1 américaine. Brumm l'aborda par-derrière pour lui assener le tranchant de la main à l'oreille. L'homme s'effondra de côté et ne bougea plus. Brumm le termina d'un rapide coup de poignard, puis il attendit Gretchen.

– Couvre l'entrée de la caverne, lui dit-il tout en fouillant le mort.

Il ne trouva aucun papier. Il retroussa une manche, un tatouage apparut.

– Un Juif.

La jeune fille écarquilla les yeux.

– Qu'est-ce qu'un Juif vient faire ici?

– En tout cas, fit Brumm, ils sont plus nombreux que nous, et ils sont entrés. Viens!

Dans le noir, impossible de dire si les intrus avaient trouvé la sortie. Mais en s'extirpant du tunnel qui débouchait dans l'autre vallée, le couple tomba sur un corps déchiqueté par une mine. Et les empreintes, dans la boue, parlaient d'elles-mêmes.

– Nom de Dieu, dit Brumm, ils sont passés! Ça ne fait pas longtemps. Il n'y a pas de fumée là-bas, du côté du camp, mais ils ne vont pas tarder à le trouver. Il faut se dépêcher!

Ils dissimulèrent la viande et s'élançèrent au pas de course. Gretchen parvenait à suivre Brumm, de justesse, parce qu'il veillait à ne pas faire de bruit. Ils s'arrêtèrent à la rivière et, restés à couvert, examinèrent les alentours du bassin. En quelques secondes, ils localisèrent les intrus dissimulés dans le sous-bois, de l'autre côté du barrage.

– Le Barbu sait qu'ils sont là, chuchota Brumm avec soulagement. Il est prêt. Tu vois comme le camp est mort? Et regarde la rive, il n'y a plus aucune empreinte sur la vase...

– Qu'est-ce qu'on fait?

– On les prend à revers. Ils vont finir par traverser pour aller voir. Il faut qu'on en ait le plus possible à découvert. Toi, tu restes là. Quand le Barbu ouvrira le feu, attends qu'ils se mettent à courir et arrose à hauteur de ceinture, il faut les étendre. Je couvrirai en face. Si jamais tu en rates, ils reviendront vers moi.

Assez vite fatigués de surveiller, les intrus commencèrent à avancer insensiblement. Brumm savait ce qu'ils pensaient : aucune trace, aucun mouvement, une bâtisse vide. Ce qui ne les empêchait pas d'être sur les nerfs. Avec un peu de chance, ils iraient groupés. Il n'y avait personne en éclaireur ni en arrière-garde. C'étaient des amateurs.

Au bout de quelques minutes, ils progressaient tous à découvert en direction de la falaise. Une unité régulière n'aurait envoyé qu'un individu tenter une entrée, afin de limiter les pertes.

Les premiers tirs du Barbu éclatèrent à l'instant exact qu'aurait lui-même choisi Brumm. Il se figea en percevant un mouvement confus sur sa gauche. Il se mit aussitôt à courir de ce côté-là, et l'homme qui émergeait des fourrés en trébuchant reçut un sacré coup sur la tête. Brumm en voulait un vivant.

D'autres rafales claquaient du côté de Gretchen. Brumm remit brutalement le fuyard sur ses pieds et le poussa devant lui jusqu'à la maison. Le Barbu, qui alignait déjà les corps sur la rive, lui cria :

– Qu'est-ce que c'est que ces gens-là, bon Dieu?

L'unique survivant vint s'immobiliser devant les morts. Stefanie fit voler son chapeau d'un revers de main. Ce n'était pas un mais une survivante, les cheveux coupés court comme un homme.

Brumm envoya Rau et deux filles chercher le cadavre de la sentinelle dans la vallée extérieure. Le risque calculé de laisser l'entrée libre, pendant l'excursion de chasse, avait été une belle idiotie, comme toutes les entorses aux procédures arrêtées.

– Ramenez-le ici, je veux les enterrer tous ensemble. Et rebloquez l'entrée.

Le détachement s'éloigna à vive allure et s'enfonça dans la végétation.

Herr Wolf, qui risquait un coup d'œil depuis la porte, fit un pas au-dehors sans lâcher le chambranle.

– Que se passe-t-il? Qui sont ces gens?

– Des Juifs, dit l'une des filles.

– Impossible! la reprit-il. Il n'y a plus de Juifs dans le Reich. Je le sais de bonne source, vous pouvez me croire!

– Ah oui, moi aussi, vous pouvez me croire! rétorqua Brumm sèchement. Ce sont des Juifs, ils se trouvent bien ici et ils ont des armes américaines.

Herr Wolf inclina la tête à la façon d'un animal qui cherche à distinguer quelque chose à une certaine distance.

– Alors ce sont des Juifs américains, dit-il. Pas des Juifs allemands. Voilà l'explication!

Brusquement, la survivante se tourna. Herr Wolf battit en retraite, suffoqué.

– Une Juive! s'égosilla-t-il à l'adresse du colonel. C'est un scandale! Comment est-ce possible? Vous m'aviez assuré d'une sécurité sans défaut, et nous sommes à la merci d'un ramassis de...

Les veines saillaient à son cou, il agitait énergiquement le bras gauche. Pendant ce temps, la femme l'observait. Brumm, qui ne prêtait aucune attention à son chef, ne la quittait pas du regard. Elle écarquilla les yeux, ouvrit la bouche sans émettre aucun son. Montrant Herr Wolf du doigt, elle voulut faire un pas en avant et s'écroula, face contre terre.

Le sort de cette femme était réglé à l'instant où Brumm avait lu sur son visage qu'elle avait reconnu Hitler.

48. 16 juin 1945, 13 heures.

La femme revint à elle au bout de quelques minutes à l'intérieur de la maison. Quelqu'un lui apporta de l'eau dans un quart.

– Du thé! ordonna Brumm.

Elle ne savait rien de ce colonel SS, mais elle avait tout de suite vu en lui un homme de pouvoir. Il avait quelque chose d'effrayant dans le regard. Elle se redressa en position assise.

– Dehors, là, j'ai vu...

Brumm lui coupa la parole :

– Tes yeux ne t'ont pas trahi. Tu saisis la situation ? Tu vas répondre à mes questions et je te conseille d'être coopérative.

Il parlait doucement mais le danger n'était pas loin. Peu importait ce qu'il disait et comment il le disait. Il y avait autre chose, qui donnait envie de lui faire plaisir, d'obtenir son approbation. Elle connaissait. Elle croyait que c'était du passé, mais voilà, ça recommençait. Elle en avait rencontré, de ces hommes sûrs d'eux-mêmes, dominant la situation, prêts à tout pour arriver à leurs fins. Dans les camps, elle avait appris l'art et la manière de les infléchir, de se montrer coopérative sans coopérer. Ce genre de talent s'affûtait sous menace de mort, et elle n'avait jamais perdu l'espoir, si elle en jouait correctement, de prolonger sa vie de vingt-quatre heures. Ici, c'était différent. Cet homme la tuerait.

– Ton nom, dit Brumm. (Ce n'était pas une question.)

– Les morts n'ont pas besoin de nom, répondit-elle.

– Tu es bien vivante, *Fräulen*, et tu as la langue bien acérée.

– Je voudrais que ce soit un poignard ! lui lança-t-elle avec un regard furieux.

– Ton nom, répéta-t-il.

Cette fois, la menace affleurait. On pouvait le provoquer, ça pourrait servir. Elle haussa les épaules :

– Pourquoi pas ? Vous avez tout le reste, pourquoi pas mon nom ? Finissez le travail. Vous avez tout pris, mon passé, mon avenir, jusqu'à la dernière miette. Il ne reste rien à Razia Scheel.

Elle se leva et ouvrit ses vêtements pour exhiber les cicatrices brunes en zigzags sur son abdomen. Ne jamais négliger l'effet de choc, avec ce genre d'homme.

– Vous voyez ? Plus rien ! Vous m'avez pris mes bébés à l'intérieur, avant qu'ils soient prêts !

Brumm eut un mouvement de recul. Les Walkyries se bousculaient au contraire pour voir le ventre de la femme, et il dut les repousser. Il n'avait guère l'habitude de ce genre de personne. Elle était très intelligente, ou elle était folle, ou les deux, mais elle s'efforçait visiblement de prendre l'avantage.

– Regardez bien ! Allez-y ! Ce n'est pas si terrible ! Vous avez déjà vu des cicatrices ! Moi, je les ai vu faire ! Ils m'ont engrossée trois fois, ils m'ont ouverte, ils m'ont enlevé mes bébés et ils les ont noyés. Je n'y pouvais rien. Je ne priais même pas, Dieu n'était pas là, je le savais. Il n'existait pas dans les camps. Est-ce que vous comprenez ce que je dis ?

(Elle s'adressait aux filles.) Vous êtes des femmes! Vous ne vous rendez pas compte de ce qu'on m'a fait?

– Faites-la taire! dit l'une d'elles.

La femme éclata de rire.

– Faites-la taire!... Un million de fois! Faites-les tous taire! Écoute-moi bien, ma petite, ils m'ont enlevé mes bébés au couteau et ils les ont noyés. Non, mais tu comprends ce que je te dis? Pour leur prétendue science. Pour la science *allemande*! Ils m'ont expliqué ça en me charcutant. Dans la matrice, les bébés vivent en milieu liquide. Par quel processus, voilà ce qu'ils voulaient savoir. Voilà ce qu'ils cherchaient avec mes bébés. Si nous pouvons déterminer le mécanisme – ils appelaient ça comme ça – nous arriverons peut-être à augmenter le taux de survie chez nos sous-mariniers. (La femme marqua une pause et se laissa retomber assise.) Oui, mais ils n'ont rien trouvé! Mes bébés étaient aussi entêtés que moi. Ils se sont laissé noyer sans livrer leur secret. J'étais fière d'eux.

– Razia Scheel... fit Brumm

Il avait besoin de se ressaisir. Des bébés prélevés à vif dans la matrice? Il trouvait cela révoltant. Mais les malheurs de cette femme relevaient du passé. Sa mission, à lui, c'était l'avenir.

– Oui, Razia Scheel! dit-elle d'un air de défi. Jadis allemande et juive, aujourd'hui simple femelle avec un numéro sur le bras, couveuse pour la science nazie. Qu'est-ce que ce sera, cette fois? Le bordel? Non, pas besoin de renfort, avec toutes ces belles filles. Expérimentations lesbiennes? Ça tomberait bien, n'est-ce pas? Plus assez d'hommes en circulation. Vous avez de la chance, j'ai une expérience considérable aussi dans ce domaine. J'ai un curriculum vraiment complet!

– Quelle était la nature de ton unité?

Elle regarda Brumm fixement.

– Non, mais écoutez! Ce que vous voulez savoir, c'est qui vous avez tué, n'est-ce pas? Vous ne pouvez pas le demander franchement? C'étaient des Juifs, bien entendu! Qui d'autre s'embarrasserait d'une Juive avec un numéro sur le bras?

– Qui était le chef?

– A la bonne heure! fit-elle. Ça, c'est direct! Et vous voyez, c'est plus facile. Il s'appelait Pescht. Il n'avait rien d'un grand chef mais il faisait de son mieux. Il nous a fait sortir de Buchenwald quand les Américains nous ont libérés, si on peut appeler liberté cette horrible existence. Nous étions des justiciers, des vengeurs. Pas bien efficaces, mais on apprenait au fur et à mesure.

– Vengeurs de quoi?

La femme ouvrit grand la bouche comme pour éclater de rire, mais aucun son n'en sortit.

– Ce n'est pas clair? On peut consacrer sa vie – enfin, ce qu'il en reste – à se venger! On n'est jamais à court.

Le Barbu était de retour. En entrant, il attira discrètement l'attention de Brumm et, du regard, lui montra le couloir obscur derrière lui. Herr Wolf était là, l'oreille tendue. La femme, qui avait capté elle aussi le signal, sentit se briser son assurance. Ce qui la guettait dans l'ombre était bien plus terrible qu'un colonel SS.

– Quand avez-vous été libérés? demanda Brumm

– Il y a quelque temps. C'est difficile à dire.

– Vous deviez avoir une destination...

– Logique allemande! (Elle eut un petit rire amer.) Ici, les Juifs ne vont nulle part. Nous sommes une tribu égarée. Hier soir, il était question de Munich. Pescht disait qu'on devait trouver encore des tas de nazis à Munich.

– Des nazis?

– Évidemment! Ils nous ont tués, nous les tuons! Nous avons mis des années à comprendre. L'apprentissage a été long, pour ainsi dire.

Herr Wolf apparut silencieusement, comme s'il ne touchait pas terre, les mains croisées sur le bas-ventre.

– Vous avez le jugement facile! déclara-t-il. C'est commode de mesurer la moralité au nombre des vivants et des morts. Vous allez chez le boucher, il dépèce la viande, votre rabbin arrive là-dessus, un peu de charabia, un petit tour de passe-passe et, hop! c'est devenu moral et convenable. Mais quelqu'un a dû faire le sale travail à votre place!

Évitant ces yeux noirs qui l'interpellaient, la femme soupira :

– Si Pescht avait pu vivre encore un peu!...

– La Juive dans toute sa splendeur! commenta Herr Wolf. Voilà tout le caractère sournois de la race, tout son danger. Toujours faire assumer votre position par quelqu'un d'autre. Trouver quelqu'un pour agir à votre place. (Il se retourna vers les autres comme un professeur devant sa classe.) Vous allez comprendre. La race juive est parasitaire et, comme tout parasite, porteuse d'innombrables maladies. Prenez le rémora, petit poisson insignifiant qui se fixe au ventre des requins. Le requin chasse et les rémoras se nourrissent sur lui. Ils ne présentent aucun avantage pour le requin. Ils se comportent ainsi dans leur seul intérêt. Vous saisissez? (Il avait maintenant le visage enflammé.) En tant que jeune artiste d'avenir, j'ai été contraint de vivre dans la pauvreté, à Vienne, autrefois, et j'y ai vu les Juifs à l'œuvre. Je les voyais s'engraisser sur la chair de la civilisation allemande. Roosevelt était juif; il gardait cela secret; il en avait honte. Les Juifs dissimulent souvent leur origine raciale. Roosevelt s'est opposé à moi. Tous les Juifs sont contre moi. Ils ont de bonnes raisons! ajouta-t-il avec un rire démoniaque. Ils savaient que je savais, et je n'ai jamais caché que j'étais le seul, dans le monde entier, à en avoir assez dans le ventre pour mettre en actes ma découverte de leur vraie nature. (Il se pencha vers la femme, qui s'écarta instinctivement, et sa voix se fit plus douce.) Comprenez-moi, je n'ai jamais *haï* les Juifs. Ça n'a jamais été le problème. Ce serait une erreur de faire la guerre parce qu'on hait quelqu'un. Il s'agissait d'une décision intellectuelle. C'était une question de devoir sacré envers le peuple allemand présent et à venir. J'ai compris très tôt dans la vie – pendant mes années de solitude à Vienne, et bien avant la période de Munich – que les Juifs nous étaient donnés comme un mécanisme de défense, pour notre bien, par Dieu. Sans cela, comment expliquer les pogroms? Comment se fait-il que, dans toutes les civilisations de l'Histoire, les Juifs ont constitué un objectif de destruction? Ce ne peut pas être une coïncidence. Toute culture civilisée a reconnu la même menace, comprenez-vous? On en revient toujours là, en étudiant l'Histoire, parce que cela ne cesse de se reproduire, encore et encore. Les races pures – il en reste fort peu – ne peuvent aller de l'avant que dans la mesure où le mélange racial ne crée pas de mélasse génétique. Je le sais pour avoir mis nos plus grands savants au travail là-dessus. Les Juifs ne sont rien d'autre qu'un processus de sous-espèce qui nous permet de veiller régulièrement à la préservation de notre pureté. C'est là un fait, non une spéculation. Je n'avais pas le choix, en ce qui concerne l'extermination. La société allemande devait être débarrassée de ses impuretés. Mais je veux que vous sachiez tous que j'ai entrepris cette action sans rancœur.

Herr Wolf leva doucement la main vers le visage de la femme et, lui prenant le menton, l'obligea à le regarder. Puis il fit un rapide pas en arrière et fit signe à Brumm de s'approcher.

Ce monologue amenait le colonel à se demander si le Barbu n'avait pas eu raison d'émettre des doutes sur l'état mental d'Herr Wolf. C'était la première fois, depuis Berlin, que le personnage s'imposait de lui-même. Qu'est-ce qui provoquait cela? La femme, oui, mais le changement d'attitude était trop soudain, trop radical. D'un instant à l'autre avait surgi le Hitler du passé, le Führer.

– Que comptez-vous faire d'elle? demanda Wolf d'un ton préoccupé.

Brumm ne répondit rien. La question n'appelait pas de réponse. Le Führer savait fort bien ce qu'il en était.

– Oui, eh bien, Brumm, j'aimerais qu'elle reste parmi nous comme mon invitée personnelle. Veillez à son confort, je vous prie.

Sur ces mots, il saisit la main de la femme, la porta à ses lèvres, fit volte-face et disparut dans le couloir. La femme reculait encore, en se tenant la main comme sous l'effet d'une brûlure.

Brumm se lança aussitôt à la poursuite d'Herr Wolf, qu'il parvint à retenir devant l'entrée de sa chambre.

– Elle ne peut pas rester! C'est une menace pour notre sécurité. Elle pourrait tenter quelque chose d'idiot, ou s'échapper. Dans quelle situation cela nous mettrait-il? Je n'aime pas ça du tout!

Le vieil homme eut un sourire affable.

– Vous êtes un homme de violence, colonel Brumm. C'est pourquoi je vous ai choisi. C'est pourquoi aussi je m'en remets à vous pour aplanir tous les problèmes avec ma nièce.

– Votre *nièce*? dit Brumm, les yeux ronds.

– Mais oui, dit Herr Wolf. Vous ne la reconnaissez pas?

Brumm ressentit un léger frisson.

– De quoi parlez-vous?

– Allons, colonel, cette femme est ma nièce, Geli Rabaul. On a dit qu'elle était morte à Munich en 1931, mais je n'ai jamais tenu cela pour vrai. J'ai tout mis en œuvre pour la retrouver. Apparemment, elle avait disparu, et je comprends maintenant ce qui s'est passé. Les Juifs ont vu en elle un moyen de m'atteindre. Voyez-vous, elle m'aimait trop pour me quitter de son propre fait. J'attendais impatiemment de la revoir depuis bien longtemps!... Si c'est tout, je vous laisse, je dois réfléchir à pas mal de choses.

Il entra dans sa chambre et ferma la porte.

Resté bouche bée dans le couloir, Brumm finit par retourner à la grande pièce. Il distribua quelques ordres et entraîna le Barbu à l'écart.

– J'ai à te parler. On ira faire un tour après le dîner.

– Que se passe-t-il?

– Je commence à me dire que j'aurais dû t'écouter, le premier soir, au bord de la rivière...

49. 18 juin 1945, 17 heures.

Chargée d'un petit paquetage qu'elle était allée retirer, sur ordre, dans un magasin spécial de l'armée, Talia Pogrebenoi rejoignit Petrov sur un terrain d'aviation militaire proche de Moscou. Ils attendirent ensemble sur la piste, dans un vent léger délicieux. Quand l'appareil fut enfin prêt à décoller, un mécanicien s'offrit à porter le sac de la dame.

Petrov allait poser le pied à bord quand le chef de vol lui tapa sur l'épaule pour lui montrer une Packard noire venue s'immobiliser à une cinquantaine de mètres de là. Le véhicule ne portait aucun signe distinctif, et il n'y avait pas d'escorte, mais Petrov pensait connaître le passager. Il abandonna Talia.

Un chauffeur en tenue se tenait debout à côté de la portière arrière ouverte. Le secrétaire général était seul sur la banquette. Une simple casquette d'officier enfoncée sur la tête, il portait un uniforme gris et une épaisse tunique galonnée de rouge au col. Petrov prit place dans la grosse automobile, et la portière claqua.

Ses mains gantées de noir croisées sur les genoux, Staline regardait droit devant lui. Une cloison vitrée, rideaux tirés, isolait l'habitacle arrière.

– Petrov, dit froidement Staline, je suis un homme patient. Je t'ai donné une autorité absolue, mon autorité, celle du Badge rouge. Je t'ai régalé, je t'ai fait partager ma pertsovka. Tout ce qu'il te fallait, je te l'ai donné sans poser de questions. Y compris ma confiance.

– J'en suis extrêmement reconnaissant, camarade, dit Petrov.

– La ferme! Je suis à bout de patience. J'attends des résultats et je ne vois rien venir. (Le premier des Soviets parlait d'une voix dure mais calme.) Ton rendement laisse à désirer, camarade. Je t'ai ordonné de me ramener le monstre vivant. Le temps n'est plus à la théorie, Petrov! Retourne à Berlin faire ton travail. Je veux des résultats, tu as compris? Des résultats! Tu as une semaine pour me fournir quelque chose de substantiel. Sept jours, ou je coupe les ailes du berkout.

Il se pencha en avant et frappa à la vitre. La portière s'ouvrit. Petrov s'empressa de descendre. Staline tourna la tête.

– Toi ou lui.

Le chauffeur ferma la portière, sourit au visiteur, se remit au volant, et la Packard démarra en faisant hurler ses pneus.

Petrov avait les jambes molles.

50. 19 juin 1945, 4 heures du matin.

Quand on enfonça les cales sous les roues de l'avion, à Tempelhof, Ezdovo était là au volant d'un camion jaune. Il tendit la main pour saisir le sac de Petrov, mais il le laissa tomber. La tête brune de Talia Pogrebenoi venait d'apparaître derrière son chef. Sans un mot, elle traversa la piste avec assurance, chargea son barda à l'arrière du véhicule et sauta sur le marchepied.

Petrov ne fournit aucune explication sur la présence de la jeune femme. Ezdovo ne posa pas de questions. Quand il le pouvait, il l'examinait du coin de l'œil. Elle était près de la portière et ses cheveux noirs flottaient au vent. A l'arrivée au QG, elle suivit Petrov dans le bâtiment.

Elle était grande, puissante, gracieuse, magnifique. Il ne s'agissait en rien d'une bonne femme ordinaire.

Auparavant trépidant, le centre d'interrogatoires était presque vide, tables et bureaux entassés, dossiers empaquetés dans de lourds cartons soigneusement étiquetés. Petrov constatait avec plaisir l'excellence des dispositions prises par ses hommes pour son retour. Il ne leur avait rien dit. Ils savaient d'eux-mêmes que c'était le moment de se remettre en route; ils avaient agi en conséquence.

Ils ne se levèrent pas à son entrée. C'était bien dans leur style: on respectait le chef et on lui obéissait, mais on ne faisait pas de courbettes.

La jeune femme posa son sac par terre et s'assit dans un fauteuil pivotant qui grinça sous son poids. Elle regardait ouvertement autour d'elle.

Petrov commença par déballer ses affaires. Il finit tout de même par s'adresser à l'équipe:

– Voici Talia Pogrebenoi, ex-commandant de la glorieuse Armée rouge. Elle est maintenant des nôtres. Je l'ai informée en détail de notre mission.

Là, ils se levèrent tous. Petrov entreprit les présentations.

– Camarade docteur Gnedin.

Le chirurgien se plia en deux.

– Camarade Rivitsky.

Celui-ci s'avança et, serrant énergiquement la main de la jeune femme, s'aperçut qu'elle-même ne manquait pas de vigueur.

– Camarade Bailov.

Bailov sourit gauchement:

– Comment ça se passe, à Moscou?

– L'été commence, dit-elle d'une voix douce et mélodieuse qui, en quelque sorte, n'allait pas avec le reste de sa personne.

Le chef leur fit signe de s'asseoir. C'était le tour de Talia de prononcer quelques mots. Les sexes étaient égaux devant la loi et les principes communistes, mais on ne supprimait pas des siècles de préjugés culturels avec des décrets de papier. Elle savait que les hommes, comme toujours, seraient sceptiques.

– Le camarade Petrov disait que je suis des vôtres. Je voudrais le mériter. J'espère que vous m'accepterez pour des choses où nous sommes pareils, non pour celles qui nous... différencient.

Souriante, elle garda le silence. Comme personne ne répliquait, elle eut un soupir de satisfaction.

Pendant qu'un ange passait, Ezdovo surgit, chargé d'une caissette marquée *FRAGILE*.

– C'est d'un lourd! bougonna-t-il à l'adresse de Petrov. Qu'est-ce qu'il y a là-dedans?

– Jette un coup d'œil, fit Petrov avec un large sourire.

Ezdovo força le couvercle. Le contenu de la caissette lui arracha un sifflement retentissant. Il souleva lentement l'une des précieuses bouteilles, en l'emmaillotant délicatement de ses mains énormes comme si c'était du verre filé.

Gnedin sauta sur ses pieds.

– De la pertsovka!

Tous bousculèrent Ezdovo, qui leur couinait de faire attention. Chacun voulait extraire sa bouteille des paillons. Bailov compta :

– Vingt-quatre!

Ils se retournèrent vers Petrov, dans l'attente d'une explication.

– Avec les compliments du Patron, dit-il. Ouvres-en une, Ezdovo, s'il te plaît.

Celui-ci prit son couteau et, d'un simple tour de poignet, fit sauter le bouchon. Chacun tendit son quart. Petrov nota que l'ustensile neuf fourni à la recrue Pogrebenoi avait été remplacé par un autre en piteux état. Le soldat se montrait. Les baroudeurs ont du mal à changer de matériel.

Aucun toast ne fut porté. Perdus dans leurs pensées, comme animés d'un même embrasement intérieur, ils dégustaient le puissant liquide brun. Au bout d'un laps de temps convenable, Petrov se leva.

– Voyons ce que vous avez appris...

Il regarda Gnedin en premier, qui informa :

– Bormann et Stumpfegger se sont suicidés au cyanure, apparemment pendant la percée. Autant qu'on puisse en juger d'après l'ordre de bataille et l'endroit où se trouvaient les corps, ils ont dû se croire pris entre deux de nos unités.

– Il y avait de l'artillerie? demanda Talia.

– Sans interruption. Et des incendies partout.

– Panique traumatique. Ils ont perdu le sens, pour se jeter dans la première solution.

Gnedin lui sourit sans aucune réticence.

– Vous avez une formation médicale?

– Non, beaucoup mieux : l'infanterie. J'ai souvent assisté à cela.

Petrov les interrompit d'un air satisfait :

– Autopsies?

Gnedin lui tendit un dossier.

– Chenko m'a aidé. Cyanure et identités ne font aucun doute. Assez facile, vu la taille de Stumpfegger.

– Les restes?

– Remis en terre au même endroit.

Petrov grogna une espèce d'assentiment, puis se tourna vers Bailov.

– Ta mission a dû être particulièrement pénible...

Il y eut des rires. Le visage de Talia restait limpide. Bailov rougit et se défendit :

– Ce n'est pas ce que tu crois, camarade! C'était du boulot!

– On n'en dit pas autant sur la Friedrichstrasse, coupa Ezdovo avant de vider son quart d'un bruyant coup de gosier suivi d'un fort claquement de lèvres.

– Il fallait le voir! dit sérieusement Rivitsky. Il travaillait jour et nuit. Ce n'était plus que l'ombre de lui-même.

Ezdovo renchérit gaiement :

– On aurait dû envoyer un vieux cheval!

– Où l'as-tu trouvée? demanda Petrov

Bailov prit un air contrarié.

– C'est elle qui est venue me trouver! Elle voulait des papiers d'identité suisses et une place pour l'Argentine. Elle voyait grand...

Petrov contracta la mâchoire.

– C'est la peur. Elle avait peur...

– Fegelein lui avait dit qu'il connaissait un secret de Hitler. Et que Hitler le ferait tuer s'il l'apprenait.

– Prophétique, remarqua Petrov. Tout est de savoir si les deux choses sont liées.

– Elle avait peur pour de bon, dit Bailov.

– Mais c'est une comédienne, lui opposa Petrov. C'est son métier, de convaincre l'assistance.

– Elle mendiait des papiers. Elle voulait sortir d'Allemagne. Nous connaissons assez le désespoir, nous, les Russes, pour le reconnaître chez les autres. Ce n'était pas de la comédie.

– Le général lui a-t-il communiqué son secret?

Bailov secoua la tête.

– Je pense qu'elle ne mentait pas. Fegelein avait du poids, à la fois par Himmler et par son mariage. S'il avait peur, c'était assez pour terrifier la fille. Quand la Sûreté du Reich est venu le chercher, il a téléphoné à Eva Braun, mais elle a refusé d'intercéder en sa faveur.

– Si Fegelein savait quelque chose, on peut supposer que Himmler savait aussi, jugea Petrov.

– Impasse! déclara Rivitsky. Himmler a été pris par les Anglais le 21 mai. Moustache rasée, un bandeau sur l'œil, uniforme de 2e classe.

Petrov gardant le silence, Rivitsky poursuivit l'histoire de Himmler :

– Il avait des papiers authentiques, une perfection! Les Anglais ont pensé qu'un pauvre plouc de troupier aurait eu déjà bien du mal à garder un seul document présentable, alors, tout un assortiment!... Bref, ils l'ont mis à l'ombre. Deux jours plus tard, l'enfant de salaud se donnait la mort avec un de ces bons somnifères nazis.

Petrov soupira, fit le dos rond.

– Si Herr Himler connaissait le secret, dit-il, il n'est plus en mesure de l'éventer. Müller non plus, juste en dessous dans la hiérarchie. Rien à espérer de ce côté-là, malheureusement. Il se trouve que j'ai enrayé toute utilisation possible de Müller. (Il s'interrompit, comme pour rassembler ses pensées.) Il le fallait. Nos collègues du NKVD étaient sur le point de retourner Müller et, de notre point de vue, il en savait trop sur Skorzeny. Notre mission exige que nous ne laissions aucune trace. Tant pis, n'en parlons plus, Herr Müller est mort. On spécule volontiers sur ce qui aurait pu être, mais on ne tire bénéfice que de ce qui est.

– Philosophie capitaliste? hasarda Gnedin.

– Exigence d'un profit. Ne rejetez pas les capitalistes aussi vite. Ils regardent l'avenir, non le passé. Une telle orientation n'est pas sans valeur, même pour de bons socialistes. (Il passa de nouveau du coq à l'âne.) Nous devons considérer que l'apparence de Hitler aussi a dû être modifiée radicalement.

– Chirurgicalement?

– Non. Pour changer d'apparence, il suffit de transformer certains traits marquants. On lui aura ôté la moustache, coupé et disposé différemment les cheveux. Cassé le nez, au besoin, pour l'épaissir à l'arcade. Caricaturistes et criminologues savent depuis longtemps que de petits changements de la réalité produisent d'immenses modifications de perception. C'est aussi la technique des grands maquilleurs de théâtre.

Petrov agita son quart de façon à limiter la nouvelle rasade de pertsovka qu'on voulait lui servir. Le chef du GOS ne voyait pas l'intérêt de devoir disputer à la vodka le contrôle de son cerveau. Les autres semblaient moins avisés, mais ça ne le gênait pas. Cette nuit, le travail et la fête allaient de pair.

Il observait ses hommes en analyste. Avec le temps, ils avaient réellement fusionné pour donner un groupe coopératif et productif. Ils avaient appris à voir les points forts et les points faibles les uns des autres, et à s'en remettre au savoir-faire de la personne compétente selon les circonstances. Gnedin avait perdu sa suffisance intellectuelle et accroissait, par là même, ses facultés mentales. Il s'était construit une sorte de pragmatisme à toute épreuve en assimilant le génie instinctif d'un Ezdovo. A l'école du médecin, en échange de bons procédés, le Sibérien semblait adopter une approche plus cérébrale des problèmes. Bailov communiquait non seulement son enthousiasme, mais aussi une sérieuse panoplie de techniques très spéciales. Conformément à l'attente de Petrov, Rivitsky n'avait changé en rien. C'était le plus proche de son chef, dans l'équipe; ce dernier s'en remettait aisément à lui et avait maintenant besoin, plus que jamais, de son flair et de son intelligence. On avait six jours pour repérer Brumm.

51. 25 juin 1945, 7 heures 30.

Depuis six jours, Petrov harcelait son équipe. Il fallait absolument trouver le moyen de repérer Brumm. Ils avaient tous travaillé d'arrache-pied, pour ainsi dire sans dormir, et cela n'avait rien donné. Maintenant, le temps manquait. Assis devant un bureau vide, Petrov regardait fixement son thé. En désespoir de cause, il avait tenté d'organiser un nouvel interrogatoire de Skorzeny. Le Badge rouge stimulait ses compatriotes jusqu'à la frénésie, mais les Américains repoussaient froidement toutes les initiatives: Skorzeny leur appartenait.

Quelques heures plus tôt, à minuit, il avait réuni le Groupe d'opérations spéciales. Rivitsky était introuvable, mais Petrov avait tenu les autres sur le gril pendant quatre heures, à la suite de quoi on n'était pas plus avancé. Un climat épouvantable s'annonçait, celui de l'échec. Impossible de découvrir où était allé Brumm.

Il repoussa sa tasse en se demandant comment dire cela à Staline, et cette seule pensée lui gonfla les veines du cou.

Soudain Rivitsky fit irruption dans la pièce, brandissant une bouteille de vodka débouchée qu'il posa trop fort sur le bureau de Petrov. Tous les autres membres du groupe le suivaient de près.

– Camarade, s'écria Rivitsky, je sais que tu n'es pas un homme de cérémonie, mais il faut trinquer! J'ai trouvé le secret de Hitler!

Non sans appréhension, les autres attendaient la réaction de leur chef. Celui-ci croisa les bras tranquillement:

– C'est du Conan Doyle?

Rivitsky s'éclaircit bruyamment la gorge et but un coup à même la bouteille.

– C'est vraiment nécessaire? demanda Petrov.

– Oui! (Rivitsky avala superbement une autre lampée de vodka.) L'armée a collecté des flopées de messages émis par le centre de transmission du Bunker. Je les ai tous lus un à un en me disant que je pouvais trouver un indice, un joint pour débloquer les recherches. Et peu à peu, la grande cohérence des décisions militaires de Hitler a commencé à m'impressionner. L'ennui, c'est que les différentes unités auxquelles il s'évertuait à donner des ordres n'existaient plus, à la fin. L'état-major allemand, n'avait pas le courage de lui dire la vérité et aimait mieux le voir dépenser son énergie sur des fantômes. Il croyait bon nombre de ses divisions encore intactes, j'en suis sûr, de sorte qu'il attribuait l'échec du dégagement de Berlin à la faillite de ses généraux.

– Conclusion abusive, estima Petrov.

– Pas pour moi, fit Rivitsky. Les divisions en question auraient-elles existé, l'issue de la guerre aurait été considérablement retardée, sinon inversée. Certaines stratégies de Hitler étaient remarquables. Je me suis donc mis à examiner ses directives en y guettant tout ce qui s'écarterait de la norme, par exemple un jugement incorrect, une décision sans rapport avec les données militaires telles qu'il les percevait... (Il marqua une pause.) Et j'ai trouvé! En fait, j'étais passé tout près plusieurs fois sans m'en rendre compte.

Tout le monde avait pris une chaise, Talia Pogrebenoi trouvant naturellement sa place dans le cercle. Rivitsky déplia une carte qu'il étala par terre.

– Ça, c'est le massif du Harz! dit-il en claquant le papier du plat de la main. Juste en dessous : Nordhausen, capitale provinciale. Et là, vous avez le site où les V-2 étaient fabriqués en série, sous terre, par des esclaves. (Puis il montra la ligne de partage du Rhin.) Les Alliés se positionnaient comme ceci. (Il ébaucha des flèches.) Les Américains ont pris ce pont, à Remagen, et le général Patton a pu faire passer les chars... Montgomery et les Anglais ont traversé ici... Le relevé des transmissions du Bunker montre que Hitler et l'état-major ont organisé un retrait contrôlé du Rhin. Leur intention était de freiner l'avance des Alliés à l'ouest, de sorte que les forces allemandes puissent se regrouper sur l'Elbe, la barrière naturelle suivante, sur laquelle appuyer une défensive efficace.

– Les montagnes faisaient l'affaire! contesta Gnedin.

– Peut-être en théorie! intervint fermement Talia. Si les Allemands concentraient leurs unités sur des hauteurs, ils pouvaient être contournés, et isolés. Nous leur avons fait le coup à Königsberg, à Elbing et à Poznań, tactique élémentaire. En ne les attaquant pas, on leur interdit de combattre. On préserve les ressources.

Rivitsky tapa dans ses mains, enchanté.

– Vous voyez! dit-il aux autres. Le commandant saisit la situation! Donc, pour Hitler, choisir le Harz était stupide. Je le répète, toutes ses décisions avant et après celle d'y prendre position pour résister étaient fondamentalement bonnes. D'où je conclus qu'il ne s'agit pas d'une erreur. Il avait une bonne raison!

– Je t'interromps, dit Talia, tu peux évaluer cette force de résistance?

Rivitsky sourit.

– Six à dix divisions. Probablement pas au complet. Soixante à soixante-dix mille hommes. Avec des blindés. Voilà ce qu'on peut dire. En tout état de cause, ce n'était pas rien!

– Dans ce cas, cela renforce encore ta thèse.
– Explique-toi, dit Petrov.
– Les courbes de niveau de la carte montrent que la zone du Harz est réellement très accidentée, dit Talia. Landes sauvages, déchiquetées, arides. On en interdirait l'entrée avec bien moins de soixante-dix mille hommes. C'est le terrain idéal pour une petite force mobile usant de tactiques peu orthodoxes.
Rivitsky réfléchissait en clignant des yeux.
– Bien entendu, dit-il à mi-voix. Vu l'invulnérabilité idéale de la position, cet engagement très excessif n'en est que plus extraordinaire...
– Quel serait son intérêt? demanda Gnedin.
– Militairement, nul. Rien de rien! Je crois que les Américains voulaient d'abord foncer tête baissée sur le 8e groupe d'armées de Model. Mais les transmissions du Bunker révèlent qu'ils ont décroché presque immédiatement pour virer à l'est au pied du Harz.
– Continue, dit Petrov qui assimilait les informations trop vite.
De nouveau, Rivitsky se pencha sur la carte.
– Le groupe de Montgomery est là, au-dessus des Américains Bradley au centre, et Devers au-dessous. La Ire armée américaine a traversé le Rhin à Remagen. La IIIe de Patton a traversé au sud de Mayence. Des éléments de Patton et de Hodges rejoignent ici, près de Kassel. (Il ne cessait de tapoter sa carte.) Une fois réuni, ce fer de lance prend au nord-est, vers Göttingen. Et regardez, si je tire un trait, cela mène directement au massif du Harz, pour ne pas dire pile sur le mont Brocken, le point de plus haute altitude. Mais, sur l'autre rive de la Leine, ils se heurtent à une résistance allemande. Ils obliquent aussitôt vers Nordhausen et Halle. (Rivitsky reprit sa respiration.) Pendant ce temps, la IXe armée US contourne le Harz par le nord et remonte vers Magdeburg, sur l'Elbe. Le général Model est cerné dans la Ruhr et, faute d'ennemi à combattre, les troupes rassemblées dans le Harz sur l'ordre de Hitler sont abandonnées à elles-mêmes. Les Américains vont finir par les accrocher, mais pas avant d'avoir assuré leurs objectifs stratégiques et, de toute façon, ce fut une bataille de pure forme. Le massif n'a pas été investi. Les Américains lorgnaient Berlin, pas des tas de cailloux.
– Donc, dit Petrov, le *Festung* du Harz demeure inviolé. J'accepte l'analyse. Si l'on estime que Hitler avait toutes ses facultés – et nous sommes payés pour savoir qu'il les avait – il faut bien admettre que cette manœuvre était effectuée pour des raisons non militaires.
– Cela n'exclut pas pour autant l'hypothèse d'une simple erreur, si grossière qu'elle soit, fit remarquer Talia. Tout commandement en commet, c'est inévitable.
– Il y a erreur et erreur, argua Rivitsky. Vous comprenez, on sous-

évalue les forces ennemies, le temps tourne mal, on prend la mauvaise route ou on pousse trop loin... Mais regardez la carte! Les crêtes se dressent comme un monument. Quel commandement commettrait la faute d'y concentrer des forces? Ce serait une bêtise monumentale, c'est le cas de le dire. Ou alors, de la préméditation.

Petrov s'inclina au-dessus de la carte.

– Un dispositif de barrage que l'ennemi peut facilement tourner... Quel était le niveau de résistance sur la route des contreforts?

– Pratiquement nul, dit Rivitsky. Des petites unités éparpillées. Les Américains ont franchi les derniers deux cent cinquante kilomètres en moins de dix jours – une ruée tranquille.

Qui aurait remarqué ça? se demandait Petrov. Les fronts s'effondraient à l'est, à l'ouest. Le Bunker multipliait les ordres. En sens inverse, les rapports de bataille affluaient. Oui, Rivitsky était tombé sur la bonne clé.

Il y eut un moment de silence, puis le chef du GOS s'exprima lentement, en choisissant ses mots avec soin.

– Je vous ai dit que j'étais responsable de la mort de Müller. Mais le temps que je lui ai consacré n'a pas été sans contrepartie. Avant de mourir, il m'a permis de récupérer les dossiers de la Gestapo sur tout le personnel de Skorzeny.

L'assistance était sur des charbons ardents.

– Le colonel Brumm, ai-je ainsi appris, a été élevé dans la région connue autrefois sous le nom de Melicobus.

– Vous m'en direz tant! fit Bailov avec une grimace.

Petrov pointa le bout du pied sur la carte.

– Plus communément, on appelle ça le massif du Harz.

Le silence retomba, chacun assimilant les implications de cette information. Finalement, Ezdovo leva son quart et adressa un sourire à son chef.

– La chasse va commencer pour de bon.

Une heure plus tard, Petrov téléphonait la nouvelle à Staline. Le secrétaire général écouta, puis grogna:

– Bon. Va me les chercher.

Et raccrocha sans cérémonie. Petrov jubilait. Le Groupe d'opérations spéciales et sa mission avaient survécu.

52. 5 juillet 1945, 17 heures 10.

L'été était agréable, à cette altitude. Il pleuvait rarement, signe que l'automne et la neige viendraient vite, Brumm le savait. Depuis l'intrusion des Juifs, la sécurité tournait sur vingt-quatre heures. Près de l'entrée, on avait mis en place un champ de mines perfectionné, véritable labyrinthe dont le Barbu avait acquis l'art et le secret en diverses et nombreuses circonstances. Plusieurs itinéraires passaient entre les mines, et chaque jour on en changeait pour permettre à l'herbe de pousser. Une sentinelle occupait en permanence une excavation rocheuse d'où toute la partie sud de la vallée apparaissait comme une zone de tir imprenable.

Le temps passait sans heurts, hormis les sautes d'humeur imprévisibles d'Herr Wolf. L'étrange relation qui existait entre la femme juive et ce dernier, qui évitait pourtant de la présenter comme sa nièce, mettait Brumm mal à l'aise. Ils ne se quittaient jamais. Seule admise dans la chambre à coucher du grand personnage, Razia Scheel lui servait ses repas, écoutait consciencieusement ses incessants discours et, à tout prendre, elle l'occupait, le maintenait à l'écart. En cela, sa présence était positive. Ils allaient souvent s'asseoir tous les deux dans les rochers, près du barrage. Il arrivait à Brumm et aux autres de tendre l'oreille, mais les propos d'Herr Wolf demeuraient hermétiques aux indiscrets.

Une seule fois, Brumm entreprit de lui parler du proche avenir :

– Il faudrait revoir en détail ce qui va se passer.

Il était plus de minuit, toutes les filles avaient disparu dans leurs chambres. Herr Wolf eut un petit geste négligent :

– Je vous laisse faire.

– Je voudrais m'assurer que vous saisissez bien tout, dit le colonel.

– Je m'en remets à vous. (L'homme gardait obstinément les yeux baissés.) Nous devrions peut-être reconsidérer la question, et rester ici, finit-il par dire.

– Ce ne serait ni prudent ni pratique.

– Les Juifs nous ont découverts par un hasard hautement improbable. C'était un pur accident.

– Pour les Juifs, oui, dit Brumm. Pas pour les Russes. Ils viendront. Ça prendra du temps, mais ils arriveront.

Le Führer toisa l'officier.

– Quel dommage! C'est tellement calme, ici... Savez-vous, Brumm, j'avais envisagé de me retirer. A Salzbourg. Je ne tenais pas à rester toute la vie au service de la nation. Un nouveau Führer se serait levé en son temps. Je cherchais un coin comme ici, un endroit retiré, paisible où pouvoir lire, et réfléchir, voir venir...

– Vous aurez bientôt votre refuge, mais ce n'est pas ici.

– Je crois que je suis trop fatigué pour me remettre en route.

– Mais non, vous avez repris des forces, vous avez retrouvé bonne mine. Si les Russes commencent à nous talonner, vous n'aurez aucun mal à faire monter l'adrénaline.

– Mon esprit est fatigué. Et mon cœur. Le IIIe Reich est tombé en poussière. Tant d'espérances, tant d'efforts... Il ne reste rien!...

– Tant que vous vivez, le IIIe Reich est vivant.

Herr Wolf sourit avec chaleur.

– Merci, colonel! Vous réconfortez un vieil homme.

– Pas si vieux que ça.

– A l'échelle de la vie, je suis un grand vieillard! déclara mystérieusement l'intéressé.

Brumm s'abstint de relancer. Il voulait discuter du plan, non provoquer un apitoiement dénué de sens. La grande leçon de sa propre vie était qu'il y a de l'espoir tant qu'on respire. Quoi qu'il en soit, Herr Wolf avait été très clair : il lui laissait tout sur le dos.

En l'absence de pluies, les torrents de la vallée tarissaient. Brumm arpentait le domaine. S'ils avaient voulu rester, la vallée ne l'aurait pas accepté. Trois ou quatre personnes auraient trouvé le moyen de survivre sans épuiser les réserves, mais c'était hors de question à dix. Avec de la chance et de la discipline, ils tiendraient jusqu'au printemps, pas plus.

Dans un de ces moments de la journée où il n'y avait pas grand-chose à faire, le Barbu et les Walkyries s'entraînaient au combat à mains nues sur un lit de graviers, dans la partie la plus large du grand torrent. Les jeunes filles paraissaient plus sveltes, un régime spartiate et un exercice rigoureux ayant transmué le moelleux de l'adolescence en lignes épurées de femmes adultes. C'est avec plaisir que Brumm les regardait parer vivement les assauts, de plus en plus sûres d'elles-mêmes. Quand elles en eurent assez de l'entraînement, elles passèrent toutes ensemble à l'attaque du Barbu, qui ne tarda pas à se retrouver avec elles, bon gré, mal gré, au beau milieu d'une des dernières poches d'eau. On n'avait jamais vu ça, entre un adjudant-chef et ses « hommes ». La situation avait quelque chose d'insensé.

Revenue au sec, Gretchen Waller s'assit à côté de Brumm et tordit ses longs cheveux pour les essorer. Elle avait bruni, et l'eau froide faisait luire sa peau.

– Un de ces jours, lui dit-il, vous allez jeter l'un de nous deux à l'eau à un moment où nous n'aurons pas envie de jouer.

– On y est presque! répondit-elle d'un air ambigu.

Le Barbu était debout dans l'eau jusqu'à la ceinture, bras croisés, souriant. Les autres Walkyries n'étaient en vue nulle part.

Quand il comprit, Brumm roula instinctivement de côté, jambes repliées, mais elles lui tombèrent dessus trop vite. Son premier réflexe fut de rire mais, brusquement, il eut le bras retourné et bloqué contre la colonne vertébrale comme dans un étau, et la douleur éclata dans le coude. Il ne fallut qu'une poignée de secondes aux filles pour le jeter à l'eau sans plus de cérémonie. Cela fait, elles se congratulèrent bruyamment sur la berge.

– Tu vois? lui lança Gretchen.

– Avantage déloyal. Embuscade.

– Désavantage pour l'un, avantage pour l'autre! répliqua-t-elle.

– Tu parles comme un soldat! dit-il en riant.

Le groupe s'attarda un bon moment au soleil. Quand il commença à se disperser, Gretchen entraîna Brumm dans l'eau et le ceintura.

– Est-ce que le petit livre du SS interdit de se mélanger en plein jour?

– Seulement quand la religion du règlement est plus forte que la tentation.

– Je hais le règlement, dit-elle en le faisant basculer.

Plus tard, assis au bord du torrent, le Barbu faisait des ricochets à la surface du courant. Jusqu'où le flot porterait chaque galet avant que celui-ci n'aille par le fond? Il choisit un repère et ajusta chaque coup. Pour une force de courant constante, le poids et la forme de chaque caillou modifiait la trajectoire. Cela dit, en se concentrant, on parvenait à grouper le tir.

La nuit montait dans la vallée. Déjà, les ombres des pins escaladaient l'autre berge. Non loin de là, Brumm bavardait avec deux des filles. Quand elles le quittèrent, il rejoignit son ami.

– Je suis trop vieux pour la vie de garnison, lui déclara tristement le Barbu. Je n'arrive pas à me faire à tout ça. J'ai essayé, mais ça ne va pas. Je n'ai pas la patience.

– Tu te plains de ton sort, mon vieux? Combien d'hommes de ton âge ont autant de jeunes épouses sensuelles à leur disposition? Et tu as encore beaucoup de choses à enseigner à tes Walkyries!...

– Je sais bien... C'est même ce que je me dis tous les jours. Elles travaillent dur, elles apprennent vite, elles suivent les ordres.

– C'est important, dit Brumm. Nous aurons besoin d'elles en partant d'ici.

– Partir! Je crois qu'on ne partira jamais! C'est plus grand qu'un tombeau mais on n'en sort pas! (Le sous-officier réfléchit un instant, puis regarda son colonel.) D'ailleurs, où irait-on?

– C'est ça qui te tracasse?

– Pas seulement. (Rau fit le geste de survoler les crêtes.) Ne pas savoir ce qui se passe à l'extérieur, c'est aussi un problème. Nous avons encore été battus. Est-ce que ce sera comme après la dernière guerre? Pas de travail, pas d'armée, pas d'argent, rien à manger? Je voudrais savoir ce que deviennent le peuple allemand et mon pays.

– Tout est fini, mon ami. Il ne reste rien de ce que nous avons connu toi et moi. Les Alliés et les Russes cassent tout. Ils ont trop peur que nous nous relevions. Les Russes vont garder le moindre centimètre carré des territoires qu'ils ont pris, pour faire tampon. L'Allemagne disparaît. A la place, il y aura un no man's land entre la Russie et l'Ouest. Voilà la réalité. Peut-être que ça vaut mieux, à la longue.

– Que l'Allemagne soit détruite, ça vaut mieux? Pas d'accord!

– Oh, moi non plus, mais on ne nous demande pas notre avis. L'époque des choix est révolue. (Brumm s'accouda en arrière pour contempler les étoiles du crépuscule.) La montagne m'a toujours éclairci les idées... Je crois que l'Allemagne n'est pas une simple entité physique et politique. C'est une attitude spirituelle, un concept, du moins je le vois comme ça. Le caractère allemand, c'est la confiance. Nous faisons confiance à nos dirigeants, à notre pays, au destin de grandeur que Dieu nous a donné. Il en a toujours été ainsi, même quand nous étions des sauvages dans des cavernes. Je crois que nous avons plus confiance en tout ce qu'on voudra que n'importe qui. Mais ce qui nous manque, c'est l'assurance, la confiance en soi. Nous déplorons le plus petit échec comme une grande défaite, et nous tenons mordicus à la perfection. Voilà notre faiblesse! Quand nous perdons confiance en nous, notre sang teuton nous monte à la tête et l'émotion nous aveugle. Le monde entier nous voit comme des gens froids et calculateurs, et c'est bien ce que nous sommes en apparence. Intérieurement, c'est une vraie marmelade d'émotions romantiques toujours prête à déborder. Ce n'est pas un poisson qu'il nous faut pour nous rassurer, mais la mer entière. Si l'abolition de la nation allemande doit nous protéger contre nous-mêmes, qu'on la fasse! Ce n'est pas aux perdants de se plaindre ni d'écrire l'Histoire.

Des oiseaux virevoltaient comme s'ils s'amusaient à cisailler l'air immobile. Le Barbu se remit à lancer des galets sur l'eau.

– Günter... hasarda-t-il au bout d'un moment.

– Hein?

– T'as pas fini avec tes conneries?

Ils éclatèrent de rire.

On entendit la voix d'Herr Wolf, en amont. Au même instant, il débouchait des fourrés, marchant d'un pas vif, accompagné de la jeune Juive qui l'écoutait attentivement. Depuis l'époque du Bunker, le temps avait fait des miracles sur sa santé. Son bras regagnait en force et en mobilité. Il ne traînait plus la jambe. Il paraissait plus jeune. La suppression de ses fréquentes injections de « vitamines » et la vie proche de la nature avaient fait merveille. Moralement aussi, il semblait se retrouver, avec un peu plus d'assurance et d'arrogance de jour en jour. Il se levait volontiers à midi, prenait le petit déjeuner avec sa compagne. On le voyait ensuite assis près de la radio, à l'affût des bulletins horaires qui lui inspiraient des commentaires fleuves, tandis qu'elle jetait des notes sur un bloc à la façon d'une secrétaire. Ils prenaient un repas léger en fin d'après-midi, après quoi ils partaient toujours pour une longue promenade. Puis ils s'enfermaient dans leur chambre, refaisaient surface vers minuit, s'attablaient devant un dîner copieux, s'installaient ensuite près de la cheminée. Herr Wolf pouvait se montrer brillant causeur quand cela lui chantait mais, la plupart du temps, il s'en tenait à monopoliser la parole, la femme se contentant d'écouter.

Brumm avait remarqué que si le personnage gardait en mémoire un prodigieux stock de faits et d'obscurs tableaux statistiques, il les raccordait souvent de manière incohérente. On avait affaire à un esprit nanti d'outils intellectuels de haute précision, mais manquant de hauteur de vue pour les mettre en œuvre. Cependant, Brumm gardait le silence devant les laïus les plus absurdes. La paix du groupe était plus importante que toute joute verbale illusoire.

Mais ce qui intriguait le plus Brumm, dans leur petite communauté isolée, c'était l'énigme Razia Scheel. Il ne la trouvait jamais loin d'Herr Wolf, dont elle s'employait à devancer les désirs comme si elle lisait dans ses pensées. Brumm se rappelait une théorie de Skorzeny selon laquelle, une fois passé le danger immédiat, les otages tendraient à s'identifier à leurs ravisseurs. Les missions du Friedenthal se multipliant, les enlèvements étaient devenus la routine, et la psychologie des otages, comme sujet de discussions, faisait amplement couler la bière et le schnaps. Tout commando revenant d'opération était interrogé sur le comportement des prisonniers, si brèves qu'aient été ces incarcérations. Radl, le commandant en second, avait même chargé un éminent psychiatre autrichien, sur les directives de Skorzeny, d'étudier les différents aspects de la psychologie des otages. D'une manière générale, cet intérêt pour le phénomène était plus pratique qu'autre chose. Chacun comprenait que, dans certaines circonstances, un otage pouvait devenir un allié.

Même en sachant cela, Brumm était sidéré par l'attitude de cette femme après tant d'années en camp de concentration, après avoir enduré de telles expériences médicales. N'aurait-il pas dû se trouver devant une démente, une folle furieuse guettant la première occasion de rendre le mal? En l'affaire de quelques minutes, la vengeresse s'était changée en disciple. Un revirement si rapide, si complet, alarmait Brumm. Professionnellement parlant, il ne se fiait pas à ce qu'il ne comprenait pas.

Des hiérarchies s'instaurent jusque dans les plus petites sociétés. Si Razia Scheel n'avait nul statut officiel dans celle-ci, elle y était en fait l'esclave du maître, et l'intimité de celui-ci la plaçait à un certain niveau de pouvoir et d'influence. Elle défiait tout le monde de son regard étincelant d'animal, sauf Herr Wolf, lequel ne lui témoignait aucune affection visible.

Enfin, à la vérité, le plus grand mystère était encore celui de la vie sexuelle du maître en question. Au début, Brumm avait été choqué par les propos explicites des jeunes filles concernant le sexe; elles en parlaient avec un sans-gêne de troupiers. Il tenait de Gretchen qu'elles évoquaient souvent la possibilité de pourvoir aux besoins sexuels du Führer – on prenait même les paris – mais l'objet de ces visées ne se montrait pas enclin à saisir l'ouverture, si criante fût-elle. Razia Scheel, toujours là, réagissait à ces avances par des sifflements de colère, comme pour défendre un territoire. Herr Wolf riait, mettait les filles en garde contre les manières « protectrices » de sa nièce. Puis le fantasme était mort. A sa place, couvait le ressentiment d'imaginer que le chef du IIIe Reich partageait son lit avec une Juive. On ne savait pas très bien qui tenait qui, mais il ne faisait pas de doute que le lien était fort.

Tout Berlin savait qu'Adolf Hitler goûtait fort la compagnie des jeunes et belles plantes. Dans les débuts de sa carrière, il apparaissait rarement en public sans l'une ou l'autre des plus jolies femmes d'Allemagne à ses côtés. En général, sa préférence allait aux blondes à la poitrine opulente, à la taille mince et aux jambes robustes. Plus tard, il y avait eu la petite Bavaroise évaporée, assistante photographe, du nom d'Eva Braun, sur qui abondaient les racontars grivois. Plusieurs officiers de Skorzeny affirmaient avoir vu des « photos à poil » qui la montraient dans l'étreinte intime d'autres créatures, parfois même animales. Avec un passé tel que celui de Hitler, l'abstinence apparente d'Herr Wolf ne semblait pas dans la note.

Leur chambre demeurait interdite et, parfois, quand on passait devant la porte, certaines bouffées d'odeurs désagréables vous amenaient à vous demander ce que pouvaient bien faire ces deux-là quand ils étaient seuls.

Le couple invraisemblable approchait, bras dessus, bras dessous. La femme jeta un regard à Brumm puis disparut dans la maison, laissant les trois hommes ensemble.

– Bonsoir, adjudant-chef Rau! dit cordialement Herr Wolf.

Il s'adressait toujours au Barbu sur ce ton, en lui donnant du grade long comme le bras. Il disait parfois qu'on serait encore à Berlin s'il avait eu des généraux aussi compétents que ses sous-officiers.

– Puis-je me permettre, ajouta-t-il, de m'entretenir en privé avec le colonel?

Le Barbu acquiesça, se leva avec raideur, épousseta ses vêtements et suivit le chemin de la femme.

Et voilà qu'un petit avion passa en vrombissant à basse altitude, cap au sud-est! Le bruit les fit reculer instinctivement dans les ombres du soir. Brumm levait la tête, tâchant d'identifier l'appareil qui s'éloignait au-dessus de la vallée voisine, mais Herr Wolf gardait le regard fixé droit devant lui, en tremblant de la tête aux pieds.

53. 5 juillet 1945, 21 heures 40.

Après le passage de l'avion, Herr Wolf mit quelques minutes à se ressaisir. Quand il reprit la parole, sa voix n'avait plus d'assurance, et il gardait maintenant les yeux levés au ciel.

– J'ai entendu plusieurs avions, ces jours derniers, dit-il fébrilement. Ils nous recherchent?

– Certainement pas, sinon ils suivraient un plan géométrique pour quadriller la zone. On n'a rien à craindre tant qu'ils traversent tout l'horizon.

– Je crois qu'ils nous recherchent!

– Quand ils se mettront à nous chercher, nous le saurons.

– J'ai un sixième sens pour ces choses-là! insista Herr Wolf.

Brumm éluda:

– Vous vouliez me voir?

– Oui... (L'homme était en sueur malgré la fraîcheur du soir.) Je vais mieux mais je ne suis pas encore complètement remis nerveusement, dit-il en saisissant le regard de Brumm. Il me faut encore du temps, colonel, pour surmonter le calvaire que j'ai enduré.

– Ce n'est pas ce qui manque, je vous l'ai déjà dit. Quand l'hiver viendra, nous serons cloués ici. Nous aurons jusqu'au printemps pour nous reposer et nous préparer.

– Les réserves sont-elles suffisantes?

– Avec de la discipline, oui, suffisantes. Larges, non. Nous pourrons vivre sur les ressources naturelles de cette vallée durant l'automne mais, si nous recommencions au printemps, cela causerait des dommages irréparables. Ce n'était pas prévu pour tant de gens.

– C'est vous qui avez décidé d'augmenter l'effectif de cette opération, lui rappela Herr Wolf sans ambages.

De nouveau, Brumm négligea le commentaire.

– Une fois la neige bien installée, j'irai à l'extérieur, chercher nos papiers et voir un peu ce qui se passe. Waller m'accompagnera. La mission demandera plusieurs jours, pas loin de quinze, peut-être.

– Deux semaines? fit Herr Wolf, les yeux écarquillés.

– Aucune inquiétude. Le Barbu sera là. La sécurité devient bien plus grande en hiver. La neige décourage toute approche. Vous ne risquez rien en mon absence.

– Vous êtes certain que c'est nécessaire?

– Oui. Mais il est prématuré d'en parler. De toute façon ce n'est pas pour cela que vous vouliez me voir.

– En effet... il s'agit de ma nièce.

– Que se passe-t-il?

– Quand nous partirons, nous l'emmènerons! dit Herr Wolf déjà crispé par la réaction probable de Brumm.

– Pas question! Ça n'entre pas dans nos dispositions.

– Vous, vous avez les autres! geignit le Führer. Je veux que ma nièce reste avec moi. Cela me semble équitable.

– Non! dit Brumm catégoriquement. Elle ne sortira pas de cette vallée!

Herr Wolf joignit les mains derrière le dos et déglutit laborieusement en regardant le ciel.

– Très bien! Je comprends! Dans ce cas, nous devrions envisager plus sérieusement de nous établir ici de façon permanente. Cela répond tout à fait à mes besoins.

– Nous en avons déjà discuté. Ce n'est pas possible. Nous sommes trop nombreux, et les Russes finiront par venir.

– Eh bien, ne pourrait-on réduire le groupe? En temps de guerre, l'esprit de sacrifice est très répandu.

– Nous ne sommes plus en guerre, répondit Brumm, excédé. (C'était comme de marchander avec un enfant.)

– Théoriquement! Nous étions en guerre bien avant de tirer le premier coup de feu, et nous resterons en guerre tant que je vivrai.

– Pour le monde entier, vous êtes mort. Vous êtes mort le 13 avril, et votre cadavre a été brûlé. La guerre est finie. Nous ne sommes plus des soldats, mais de simples criminels. Notre mission consiste uniquement à sauver notre peau.

– Mais que faites-vous de Geli?

– Vous-même proposez de réduire le contingent. On pourrait commencer par elle.

Herr Wolf sursauta, bouche bée.

– Je m'y oppose, colonel! C'est de la barbarie! Vous savez ce que je pense des officiers qui basent tout sur la théorie. Vous partez de l'hypothèse gratuite que cette femme nous gênera.

– Théorie, mon œil! s'emporta Brumm. Je suis ici par pragmatisme, et rien d'autre!

– Je vous en prie, colonel, contrôlez-vous! Rien ne vous oblige à faire dégénérer une conversation sensée sous prétexte que vous manquez de moyens d'expression...

Brumm sentit monter son exaspération.

– Je vous rappelle qu'elle est juive!

Herr Wolf agita vers lui un index autoritaire:

– Vous faites erreur! Vous n'avez aucune compétence en la matière! Elle se croit juive, c'est tout ce qu'on peut dire. Elle a même l'air d'une juive, pour qui n'y connaît rien. Je l'ai observée minutieusement, et je peux vous assurer que c'est une aryenne. Il se peut très bien que des Juifs l'aient enlevée à ses parents aryens quand elle était petite. En tout état de cause, elle n'a pas une goutte de sang juif dans les veines. Elle est pure entre toutes, je connais ma nièce!

– Ses parents étaient juifs. Son mari était juif. Elle le reconnaît elle-même.

– Elle n'a pas de parents.

– Parce qu'ils ont été éliminés dans les camps.

– Aucune preuve. Et il n'y a pas de mari. Elle est vierge.

Brumm le regarda fixement, puis secoua lentement la tête:

– Elle ne viendra pas avec nous.

– Mais elle ne peut même pas décrire ses parents! Pas une seule particularité, pas le moindre souvenir! Je me souviens de ma mère comme si elle était là devant moi. Les enfants n'oublient pas certains détails. Quoi qu'il arrive, ces choses-là restent gravées. J'en conclus qu'elle aura été kidnappée par les Juifs.

– Je ne l'emmènerai pas, dit lentement Brumm en détachant bien chaque mot.

Herr Wolf fit un pas comme pour s'en aller, mais il pivota pour refaire face au colonel. Sa voix changea, retrouvant le cassant de l'autorité.

– Je vois. Vous me ferez le plaisir de m'en informer, le moment venu, que je puisse la préparer.

Il tourna les talons pour de bon et rentra.

Brumm se laissa tomber à terre et s'étendit sur le dos pour contempler les étoiles. Pour la deuxième fois depuis leur arrivée, Herr Wolf avait tenté de forcer une décision. Où tout cela mènerait-il?

54. 6 juillet 1945, 15 heures.

Rivitsky ne cessait de se plaindre mais, comme il avait Petrov pour compagnon de voyage, il n'obtenait guère de compassion. Ils occupaient maintenant une petite ferme près de Nordhausen. Deux semaines plus tôt, ils avaient quitté leur QG de Berlin avec deux camions chargés de dossiers, de provisions et de matériel. Petrov ayant montré de l'intérêt pour le paysage, de fréquents détours avaient considérablement rallongé le trajet qui aurait pu se faire en moins d'un jour.

Mission accomplie, la glorieuse Armée rouge tombait en léthargie, répandue négligemment sur la campagne comme un géant paresseux. Peu de postes de contrôle occupés. Pas un seul pont gardé. Les Russes faisaient de piètres soldats de garnison. Près de Dessau, les deux hommes avaient dépassé des cavaliers qui, entièrement nus, galopaient en se fouettant les uns les autres à coups de gaule. Les chevaux soviétiques paissaient entre les épaves calcinées de chars Tigre.

Rivitsky fit du feu dans le poêle à bois. La soirée était fraîche.

– Les Américains vont nous poser des problèmes, dit-il.

– Je ne le pense pas. L'Allemagne va être partagée selon un accord réalisé depuis quelque temps. Bad Harzburg seulement sera en zone américaine. Et puis les Américains débordent d'amitié fraternelle envers les Soviets. Il doit y en avoir qui ne partagent pas ce sentiment, mais ce n'est pas la vodka qui manque pour les faire changer d'opinion.

– Ils vont se poser des questions sur notre présence.

– Dans notre propre zone? Ce seront eux, les intrus! Et j'ai veillé à ce que Moscou fasse déployer des camarades dans tout le secteur, par petites unités, sous diverses raisons dont la moins vraie n'est pas de nous fournir un camouflage. Un groupe de plus n'attire pas l'attention.

– N'empêche! répliqua Rivitsky. Je ne suis pas tranquille.

– C'est la moindre des choses. Ce que nous poursuivons, le reste du monde n'en a aucune idée. Il va falloir garder les idées claires.

– L'hiver est là dans combien de temps?

– Il arrive aussi vite qu'en Russie, dans ces régions élevées. Le Harz sera sous la neige avant longtemps. S'ils y sont toujours, ils devront y rester jusqu'au bout de l'hiver. En fait, cela devait faire partie de leur plan. Cela nous donnera le temps de nous organiser et de reconnaître le terrain. S'ils y sont, l'hiver travaille pour nous et leur donne une fausse impression de sécurité.

– On pourrait envoyer Ezdovo tout là-haut.

– Et après? Je veux choisir le moment et les circonstances. Il me le faut vivant.

– Pas facile. Tous ces nazis raffolent du cyanure.

– Le menu fretin, oui, mais pas ce monstre. Il est avec Brumm. A l'heure où nous parlons, ils sont probablement retranchés en toute sécurité. Il doit se croire invincible. Après tout, Brumm l'a arraché aux griffes de la mort.

– Alors ils combattront.

– Seulement si nous les y forçons. Ils veulent disparaître. Ils vont essayer de garder un profil bas pour s'éclipser. Ezdovo et moi en avons discuté à fond. C'est un problème de chasse au loup. Il y a deux méthodes: débusquer ou piéger. Chez Ezdovo, on relève la trace de l'animal avec des chiens et on le traque. Parfois, on dépèce un caribou dont on traîne la carcasse à travers la forêt, puis le chasseur se dissimule et attend. Il faut beaucoup de patience et de sang-froid pour prendre un loup. Les meilleurs chasseurs s'attaquent à un individu particulier. Ils étudient sa piste et reconstituent ses habitudes et ses déplacements. Puis, quand ils le connaissent au point de prédire son comportement, ils posent un piège en fonction de ses réactions. C'est mon intention.

– J'ai du mal à te suivre, camarade.

– Ezdovo et Pogrebenoi opéreront à partir d'un petit terrain d'aviation près de Magdeburg. Nous avons soigneusement établi une grille de recherche couvrant toute la carte. Ils voleront autant que le temps le permettra et nous transmettront leurs observations par radio, codées, après chaque vol.

– Reconnaissance aérienne?

– Exactement. La zone est trop grande pour la couvrir à pied. Nous n'avons pas les effectifs nécessaires, et ce ne serait pas de notre intérêt d'essayer de les mobiliser. En outre, je pense que le colonel allemand a largement l'avantage du terrain. Ezdovo et Pogrebenoi verront ça du ciel.

– Une fois qu'on les a repérés, on y va!

– Non. Je veux simplement confirmation de leur présence. (Petrov déplia une carte sur la table.) Tu vois la topographie? Le Harz, c'est cette saillie au beau milieu de l'Allemagne. S'ils y sont, ils ne peuvent pas y rester. Il leur faut quitter le pays. Le moment venu, ils prendront un itinéraire par les régions les plus isolées. Ils ne peuvent pas aller en France ni en Tchécoslovaquie. Ils n'ont d'autre choix que d'aller au sud, en Autriche ou en Suisse et, de là, passer en Italie. J'ai des indications qui vont dans le même sens.

– Ils pourraient y aller au culot, subtiliser une voiture et foncer tout droit. A moins qu'ils n'en aient planqué une à l'avance...

Petrov envisagea cette éventualité.

– Non, ça ne tient pas. S'ils étaient stoppés, ils n'auraient d'autre option que de se battre. En restant dans la nature, ils peuvent se dérober à tout affrontement. On sait que le loup préfère éviter les ennuis, en général.

– Alors on tendra le piège en Italie?

– Probablement, répondit Petrov. J'imagine que, à partir du Harz, ils vont gagner le Frankenwald en prenant leur temps, puis qu'ils obliqueront au sud-est en suivant la crête du Fränkische Alb, pour aborder les Alpes sur la frontière autrichienne. Il y a quatre voies possibles : le col du Brenner, au sud d'Innsbruck; le col de Reschen-Scheideck, près de la frontière austro-suisse; le col de l'Ötztaler, entre les deux; et enfin, plus à l'est, ici, le col du Nabfeld.

– Tout cela présuppose qu'ils sont dans le Harz, rappela Rivitsky.

– Sur ce point, je suis tranquille, Bailov et le docteur vont nous apporter une réponse définitive. Il est bien là-dedans et ce sera confirmé!

Petrov replia la carte d'un revers de main.

55. 9 juillet 1945, 11 heures.

Gnedin entra dans la petite cité de Bad Harzburg le 9 juillet, peu avant midi. Il était porteur de papiers d'identité allemands et, en cas de nécessité, de références diplomatiques russes. Bailov arriva dans l'après-midi.

En moins d'une heure, Gnedin avait pris contact avec les deux médecins du coin, en se présentant comme un ex-combattant du service de santé du front de l'Est. Son unité avait été mise en déroute près de Katowice. Les Russes avaient exécuté les blessés et les avaient jetés, lui et son équipe médicale, dans une colonne de déportés. Lui seul avait pu s'évader et même regagner Dortmund, son domicile, pour y découvrir que sa femme et ses trois enfants étaient morts dans les bombardements. Il avait alors traîné sans but pendant des semaines avant d'aboutir à Bad Harzburg. Il finissait par prendre conscience, leur dit-il, que l'Allemagne avait plus que jamais besoin de médecins. Les deux médecins, eux-mêmes anciens combattants de la guerre de 14, l'accueillirent de bon cœur et mirent à sa disposition une pièce de leur cabinet commun.

A dessein, l'insertion de Bailov était beaucoup moins nette. Ses papiers faisaient de lui un caporal de la Wehrmacht contrôlé et relâché par les Américains. Ex-combattants et réfugiés erraient par milliers sur les routes, aussi était-il difficile de trouver à s'établir dans un village où l'on ne vous désirait que dans la mesure où vous aviez quelque chose de précis à offrir. Autant Gnedin se vit accepté presque immédiatement, autant Bailov fut rejeté. Partout, et chaque fois. Il n'y avait jamais de travail pour lui, du moins rien de régulier, que ce soit payé en argent ou en nourriture. En attendant de trouver asile, il vivait dans la forêt avoisinante, en s'alimentant de petit gibier. La chance ne lui souriant pas en ville, il se mit à chercher de ferme en ferme. Il finit par tomber sur une masure où vivaient une femme et ses deux fillettes. Elle était plus âgée que lui – dans les trente-cinq ans – et elle avait l'air fatiguée. Elle pouvait l'abriter, lui dit-elle, mais il n'y avait rien à manger; elles en étaient réduites à mâchonner des aiguilles de pin. Avec un optimisme caractéristique, et en se mettant au travail, Bailov eut tôt fait de modifier leur sort. Il leur procura de la viande en braconnant. En l'espace de quelques jours, elles revenaient à la vie grâce à lui, elles acceptaient sa présence, et lui demandaient jusqu'à quand il comptait rester.

La femme était sans beauté, mais non sans charme. Sous une apparence quelconque, Bailov devinait une certaine âpreté intérieure; il détectait même un parfum de danger qui n'était pas sans le séduire. Au bout de la première semaine, elle le rejoignit dans sa chambre en pleine nuit.

– Je m'appelle Janna.

Elle se débarrassa de sa chemise et se glissa sous les couvertures. Désormais, ils couchèrent ensemble. Encouragées par la mère, les fillettes se mirent à appeler Bailov « papa ». Il se disait que son imagination lui jouait des tours, mais elles semblaient plus proches de lui que de leur mère, et cette impression le mettait mal à l'aise.

Gnedin s'informait patiemment. Il se surprenait à soigner les villageois avec plaisir et ardeur et, très vite, sa courtoisie lui valut leur reconnaissance.

Il n'y avait pas de forces américaines d'occupation à Bad Harzburg, cet honneur étant réservé aux agglomérations plus importantes de la région. Mais on savait que les GI's viendraient un jour ou l'autre, et un meeting municipal fut organisé pour examiner la situation politique. Le Bürgermeister – un petit homme qui avait d'épais cheveux blancs et un bec de lièvre – n'en menait pas large.

– Hitler est mort, balbutia-t-il. La guerre est perdue. Notre destin ne nous appartient plus.

– Nous allons être occupés? demanda un homme âgé dans un antique fauteuil roulant.

– A la longue, oui.
– Russes ou Américains?
– Je crois que ce sera les Américains. Les Russes sont dans tous les villages, de l'autre côté du haut Harz. S'ils devaient venir, ils seraient déjà là. Mais si ça vous fait peur, vous devriez vous en aller tout de suite vers l'ouest. Si c'est les Russes qui viennent, on ne pourra plus partir.
– Jusqu'où vers l'ouest? demanda le vieil homme.
L'anxiété du maire était visible. Il n'aimait pas les responsabilités quand il s'agissait de décisions aussi graves. C'était un homme simple, heureux de parader dans sa fonction, mais fort embarrassé quand de vraies qualités de chef étaient requises.
Gnedin intervint, les villageois l'écoutèrent attentivement.
– Je pourrais peut-être vous renseigner, dit-il. Je viens de par là.
– Herr Doktor... fit le maire, enchanté de laisser la parole à quelqu'un d'autre.
– A l'ouest, en dépassant Hanovre, ça devrait aller.
– Qu'est-ce que vous en savez? demanda une femme âgée.
– Rien, dit tranquillement Gnedin. Rien avec certitude. Mais j'ai vu où sont massées les troupes américaines, et je crois qu'il y en a trop à l'ouest de Hanovre pour que les Popovs les délogent.
Il savait de source sûre que Bad Harzburg ne risquait rien, mais le désarroi des villageois l'arrangeait. Leur sentiment de culpabilité collective et la peur qui en découlait pouvaient jouer en sa faveur.
– Ce que nous devons faire pour nous préparer, reprit-il, c'est l'épuration des nazis.
– Je ne suis pas membre du parti! lâcha le Bürgermesteir, sur la défensive.
– T'as rien fait contre eux non plus! cria quelqu'un dans le fond de la salle.
Le visage du maire devint rouge vif.
– Allez-y, condamnez-moi! Et vous, qu'est-ce que vous avez fait? Qu'est-ce que vous auriez fait d'autre à ma place? (Il brandissait l'index avec colère tout en s'épongeant le visage. L'assistance gardant le silence, il se calma et leva sa chope de faïence pour boire une rasade de bière.) Vous savez bien qui c'étaient! Les *Blockleiters* sont partis, de même que le *Zellenleiter* et sa famille! Il s'agirait de chercher un peu la vérité en soi-même! Des choses se sont passées, ici. Faites votre examen de conscience avant que les Russes ne vous y aident.
– Monsieur le Bourgmestre a bien raison! ajouta Gnedin. J'ai vu les Popovs de près. Ce ne sont pas des monstres mais... – Plusieurs personnes avaient le souffle coupé. – ... ils n'ont pas la même culture que nous, ni les mêmes valeurs. S'il y a quelque chose qui vous rattache aux nazis, je vous conseille d'aller à l'ouest, et de faire vite. Les Américains seront plus indulgents.

Il appréciait vivement la peur qui se lisait dans certains regards. Le lendemain, une bonne demi-douzaine de familles et un certain nombre d'individus quittaient Bad Harzburg et se dirigeaient vers l'ouest.

56. 24 juillet 1945, 17 heures 20.

Nul doute que les Russes avaient eu accès à des copies d'archives de la division Friedenthal, pensait Valentine. A défaut d'autres certitudes, dans la vie, on pouvait compter sur les bureaucrates allemands pour faire des tonnes de paperasse. S'ils avaient pu reproduire le Rhin pour en détenir un exemplaire en réserve au cas où l'original s'assécherait, ils n'auraient pas hésité. Un c'est bien, deux c'est mieux, deux fois deux c'est quatre fois mieux.

Il faisait frisquet, dans l'air du soir. Valentine roulait en direction de Wurtzbourg et de Nuremberg. Au cercle des sous-officiers de Francfort – une tente de cirque ouverte à tous les vents –, il avait sympathisé avec un sergent qui lui avait préparé une musette énorme avec des sandwiches au salami, des boîtes de Spam, des plaques de chocolat, trois cartouches de Lucky Strike, des pommes, un petit sac de noix, des radis enveloppés de papier sulfurisé, des crackers dans une boîte en fer, une salière, une poivrière et un sucrier jetables, un grand fromage blanc, quatre bouteilles d'épais vin rouge hongrois, plusieurs étuis de bas nylon et une grosse bouteille de cognac sans étiquette. Au marché noir, ça représentait une petite fortune. Adroitement marchandées avec les personnes adéquates, ces denrées pouvaient rapporter une masse de renseignements. Il ne dilapiderait pas le magot. Bien vendre, il avait ça dans le sang. La musette voyageait à côté de lui, sur le siège passager de la jeep.

Tout en conduisant, Valentine s'octroyait des petits coups de cognac pour se réchauffer. Par l'autoroute, Nuremberg était à deux cent quarante kilomètres. Il lui faudrait plus de trois heures. Ce serait une nuit sans lune. Il n'y avait aucune circulation. Une petite voix de derrière la tête le pressait de rouler à fond, mais il ne l'écoutait pas et maintenant une vitesse raisonnable.

L'autoroute passait au-dessus du Main, après Wurtzbourg. Valentine sauta sur le parapet et pissa dans le fleuve. Il connaissait bien l'Allemagne, mais ce pays lui donnait toujours le frisson. Dans les années 30, il avait senti ce qui se passait. Et c'était peut-être toujours là, se disait-il. Un mal très ancien habitait cette terre, et les Allemands semblaient y puiser des forces. Sa raison lui disait que cela ne rimait à rien de condamner tout un peuple, mais l'Histoire montrait ces gens-là toujours prêts à suivre le dernier fomenteur de troubles qui surgissait à chaque génération. Comme leurs paysages, ils semblaient marqués par les extrêmes. Il n'y avait pas de centre de gravité, pas d'équilibre social naturel. Pourtant Beau Valentine aimait les Allemands, en dépit de leur histoire, et ces pensées le contrariaient.

Il avait du mal à se représenter cette rencontre entre Skorzeny et les Russes. S'ils disposaient de ses archives, pourquoi étaient-ils allés l'interroger jusqu'en Autriche? A coup sûr, Skorzeny avait sévi sur le front russe, mais ses missions n'y avaient pas eu grand succès en comparaison de ses exploits à l'Ouest. Le QG de Skorzeny était à Friedenthal, une trentaine de kilomètres au nord de Berlin. Si l'on n'y trouvait pas d'archives, il en existait sûrement des copies quelque part dans le labyrinthe de la paperasse nazie. On finirait bien par tomber dessus, c'était une question de temps. Les autorités, à Oberursel, faisaient tout un foin des agissements russes. Brusquement, les Rouges remplaçaient les nazis comme épouvantails pour l'Amérique. Chaque heure voyait circuler de nouveaux récits d'épouvante. Des rapports dus à divers services de renseignement avaient appris à Valentine qu'on découvrait régulièrement des caches d'archives nazies à travers tout le pays, et qu'une course de vitesse était lancée entre les Russes et les Américains. Bien entendu, aucun des deux bords n'informait l'autre de ce qu'il avait trouvé. Valentine aurait pu prédire aussi bien ces découvertes que cette compétition.

Il s'était servi de ses contacts dans l'armée pour tenter de rapides enquêtes, après son entretien avec Skorzeny, visant à localiser les archives de ce dernier. Il avait le nom de Günter Brumm, mais ça ne lui suffisait pas. Il avait passé des semaines à palabrer avec les zigues du G-2 pour obtenir le texte des nombreux interrogatoires de l'officier de commando, puis à les passer au crible. Ce qu'il cherchait précisément, il n'aurait su le dire. Cela ne pouvait pas encore s'exprimer verbalement. L'impulsion d'enquêter venait plus des tripes que de la cervelle. Dans un amas de notes allemandes, il vit plusieurs fois mentionnée l'annexe d'entraînement des équipes de Skorzeny, près de Munich. Partant de là, il fit demander au bureau de l'OSS en Suisse de lui retrouver la trace de ces dossiers. Il fut ainsi informé que les documents du centre d'entraînement du Friedenthal avaient été envoyés à Nuremberg. Ses supérieurs désiraient aussi savoir ce qu'il faisait. Valentine raccrocha. D'une part, il ne voyait pas comment répondre mais, plus important, ça ne les regardait pas. Ils l'avaient envoyé fureter en Allemagne, il furetait, et il entendait fureter tranquille. Ces dossiers ne donneraient peut-être rien qui vaille, mais il s'en rendrait compte tout seul.

Il atteignit Nuremberg à l'aube. Les bombes avaient écrasé la ville et, lors de l'assaut final de la VIIe armée, à la mi-avril, plusieurs jours de combats de rue avaient été nécessaires pour déloger les fanatiques, maison après maison. Il ne restait plus grand-chose debout. Valentine le savait par des rapports écrits. En roulant au milieu de cette désolation, il lui apparut que, décidément, les mots restaient bien en deçà des réalités. Les travaux de déblaiement avaient commencé. Des pâtés d'immeubles entiers étaient rasés puis reconstitués en tas qui, de loin, ressemblaient à des seins dressés. Des civils faisaient déjà la queue devant les centres américains de distribution de vivres. D'autres se rassemblaient pour attaquer une nouvelle journée de terrassement dans les décombres.

Le bureau de Suisse avait recommandé à Valentine de s'adresser à une certaine section du G-2 chargée de mettre en branle la vaste entreprise de dépouillement et de classement des documents allemands – ce qui prendrait des dizaines d'années, d'après lui. Le groupe en question occupait une propriété hors de la ville. Valentine constata sans surprise qu'on l'attendait. Les dossiers recherchés avaient été sortis de leur entrepôt, et les cartons déposés dans une pièce mise à sa disposition. Il se plongea aussitôt dans leur lecture. Une mince lieutenant WAC[1], cicatrices d'acné dans le cou et sur le menton, lui apporta un breakfast d'œufs en poudre et de gros pain grillé. Il se mit à piocher dans sa gamelle tout en examinant le contenu des cartons.

Assise sur une table, la WAC le regardait faire tout en se limant les ongles.

– Rien n'est encore classé, dit-elle, mais on a déjà vu le paquet pour se faire une idée de ce qu'on a sous la main.

Son parfum sentait le lilas. Valentine leva les yeux. Elle lui demanda :

– Vous n'avez pas envie de vous faire une idée de ce que vous avez sous la main?

La tête penchée sur le côté, la bouche entrouverte, elle avait cessé de se limer les ongles en attendant sa réaction.

– Dossiers individuels ou comptes rendus d'opérations? fit-il la bouche pleine de pain grillé.

Elle sembla déçue.

– Surtout des fiches personnelles et des notes de service. Rien de bien excitant. (Elle marqua une pause.) En gros, ça manque de distraction, dans le coin, si vous voyez ce que je veux dire. Tous les types sont d'un rasoir!...

Au moins, elle était persévérante.

1. *Women's Army Corps*, personnel féminin de l'*US Army*.

– Combien? demanda-t-il.

– Gratuit, dit-elle en se laissant glisser de la table pour faire un pas vers lui.

– Combien de dossiers?

Elle fronça les sourcils. Que devrait-elle faire pour parvenir à ses fins avec ce gars-là, lui mettre la marchandise sous le nez?

– On ne sait pas exactement. Les notes ne concordent pas. Ça oscille entre deux et trois cent mille chemises.

Il siffla.

– Y a-t-il un index?

– Un commencement d'index. Seulement les grandes catégories, mais ça peut servir. Vous ne comptez pas voir tout ce bazar d'une seule traite?

– Ça dépend, si je tiens le coup.

Elle eut un petit rire.

– C'est le genre de question que je me pose. Je m'appelle Angie.

Il la regarda.

– Désolé, Angie, mais c'est un cas de service-service!

– Bien sûr. On me l'a déjà dit.

Sur le point de piquer un fard, elle se retourna pour quitter la pièce, mais il l'arrêta.

– Il faudra bien que je fasse une petite pause. Où vous serez? Ça ne mène à rien de jouer les durs trop longtemps.

– Deuxième étage, quatrième porte à droite. Ne vous inquiétez pas, on ne fait pas de manières, par ici. A tout à l'heure! dit-elle gaiement en refermant la porte.

Bizarre, comme il attirait les femmes. Les moches, les belles. Dans leur quête désespérée, les moches étaient prêtes à tout mais n'en avaient guère l'occasion. Les belles décourageaient les hommes et se retrouvaient aussi seules que les laiderons. A la grande tristesse de Valentine.

Il ramena toute son attention aux officiers de l'organisation Skorzeny, à la recherche des filières hiérarchiques et des modalités de fonctionnement. Avant de s'y mettre, il se disait que la corvée demanderait des jours et des jours. A sa propre surprise, il en eut pour moins de quatre heures. En somme, les dossiers individuels des officiers tenaient dans trois cartons bien regroupés. Seul manquait le dossier de Brumm à l'échelon supérieur et, à en juger d'après l'organigramme que Valentine reconstituait au fur et à mesure, cette absence était criante. Dans de telles unités spéciales très bien organisées, ce genre de lacune n'était pas le fait du hasard. Dans ses recherches, il découvrit aussi que Radl et Skorzeny avaient fait leurs études ensemble à l'université de Vienne, et il classa le fait dans sa mémoire, pour utilisation ultérieure.

Il énuméra quatre options : le dossier Brumm avait été perdu, volé, délibérément écarté, n'avait jamais existé. Pour choisir la bonne, il avait besoin d'un téléphone. Il ne vit personne au secrétariat installé par le G-2 dans une salle de bal attenante au vestibule. On ne pouvait pas utiliser certains matériels sans assistance. Un seul recours: Angie la WAC.

Il monta l'escalier en respirant lentement. Il frappa, elle lui cria d'entrer. En la voyant sur le lit, vêtue d'un slip couleur chair, il connut le prix à payer. Il commença à se déshabiller. Elle le regardait faire en souriant, bien calée dans les gros oreillers, mains derrière la tête.

– Eh bien, il était temps! J'ai cru que tu laissais passer ta chance.

– J'ai besoin de ton aide, avoua-t-il.

Le soir tombait qu'elle n'en avait pas encore fini avec lui. Plus tard, elle s'habilla et l'emmena en bas. L'amour la mettait en grande forme. Il était fatigué. Il envoya un message codé au bureau de Suisse sur le télétype militaire. Quand il eut fini, elle voulut l'inciter à retourner dans sa chambre, mais le télétype crépita et elle dut surveiller la machine. Il en fut aussi content que si le message avait été pour lui.

Angie se frotta contre lui en l'encourageant à revenir vite.

– La prochaine fois, lui cria-t-elle tandis qu'il dévalait les marches du perron vers sa jeep, on n'aura pas besoin de perdre tant de temps!

Toute l'affaire allait peut-être finir en eau de boudin. Un homme plus avisé que lui aurait ramené la WAC dans son lit et aurait consacré ses forces à la satisfaire.

57. 1er août 1945, 15 heures.

L'abbé Cosmo Nefiore tirait sur un mince et noir cigare portugais, tout en envisageant de se verser une autre tasse de thé de Chypre. Farraro, du rectorat de liaison humanitaire, lui avait envoyé une note pour le rencontrer cet après-midi. Aussi l'attendait-il, seul, dans un petit chalet isolé du square Saint-Thomas, l'un des nombreux jardins botaniques parsemant les quarante-quatre hectares pourtant bien exigus du Vatican.

Depuis quatre ans, le père Nefiore était toujours aussi impressionné par le décor. Jouissant du statut diplomatique d'un pays indépendant, et d'une influence politique supérieure à celle de bien d'autres nations, le minuscule État papal se serrait sur lui-même en un enchevêtrement de rues étroites, de jardins et de constructions dessinant approximativement une pointe de flèche. Une grande impression de puissance et de tradition se dégageait des lieux. Nefiore ressentait les deux choses à tout moment, et aurait-il été tenté de s'y habituer qu'une bonne âme ou une autre se serait toujours chargée de lui rafraîchir les idées.

Il avait été envoyé à Rome comme professeur à l'Université grégorienne mais, avant même de prendre possession de son bureau, il s'était vu transféré au Conseil des affaires publiques, équivalent, au Saint-Siège, d'un ministère des Affaires étrangères. Le travail lui-même était intéressant, sinon passionnant, et Nefiore y côtoyait beaucoup d'hommes jeunes comme lui. Entre autres, il avait pour fonction de coordonner les messages en provenance de divers bureaux d'Allemagne. Certains arrivaient en code, qu'on déchiffrait en grec, lui-même codé, qu'on traduisait finalement en latin. C'était un système compliqué, perfectionné depuis longtemps par le Vatican. Même après transcription en latin, on n'y comprenait pas grand-chose. Dix-neuf siècles d'expérience faisaient des diplomates de l'Église autant de maîtres suprêmes dans l'art de la circonspection.

De temps à autre, Nefiore était amené à délivrer des messages aux appartements privés du pape. La gouvernante du Saint-Père, sœur Pascaline, de l'ordre de la Sainte-Croix de Menzingen, faisait penser à un petit oiseau engoncé dans son plumage. Entrée au service du souverain pontife quand il était nonce apostolique à Munich, elle ne l'avait jamais quitté depuis. C'était un cerbère intraitable à la langue acérée, avec une voix de rogomme. Au début, Nefiore trouva le pape distant et froid, tout en se disant que cette impression tenait sans doute à une timidité sous-jacente. Toutes les affaires papales étaient conduites en allemand, et les conseillers les plus proches, les plus écoutés, étaient des laïques, non des prêtres. Cette situation inusitée engendrait des rumeurs à foison, et non moins de jalousies, aussi bien dans le Vatican que hors ses murs. Mais Nefiore, après avoir révélé sa propre maîtrise de la langue allemande, avait perçu une certaine détente chez sœur Pascaline, de même que dans l'attitude du souverain pontife lui-même.

Une fois seulement, Pie XII avait engagé le jeune abbé à poursuivre la conversation, qui tournait autour de la position de l'Église vis-à-vis de l'Allemagne. Aux questions claires, précises et pénétrantes du pasteur suprême, Nefiore répondit aussi lucidement et sincèrement que possible. Il estimait avant tout que le devoir de l'Église était de survivre à toute épreuve temporelle. Il cita l'article 24 des accords du Latran, qui interdisaient au Vatican de prendre parti dans les querelles entre nations. Il souscrivait aux recommandations papales selon lesquelles, dans un conflit armé, les loyalistes devaient défendre leurs patries respectives. Incidemment, il suggéra que la guerre menée par l'Allemagne contre les communistes pourrait être, en cas de victoire, d'un bénéfice immense pour l'Église en particulier et pour le monde en général. Le pape poussa Nefiore à préciser ses vues sur un certain nombre de sujets, mais pas une fois il n'exprima sa propre opinion, ni ne porta de jugement sur les réponses qu'on lui donnait. Ce fut un entretien unique et mémorable.

Farraro entra avec une bonne demi-heure de retard. Chargé des relations avec la Croix-Rouge internationale, le *direttore* vénitien était l'un des personnages les plus importants de la cité. La guerre avait jeté des milliers de gens sur les routes, et le travail de Farraro consistait à se pencher sur le sort des catholiques romains qui étaient dans ce cas. Nefiore n'avait aucune idée des actions en cours dans cette perspective.

– Venons-en au fait, dit tout de suite Farraro de sa voix éraillée. (Il était en nage et s'épongeait le front avec le petit linge qu'il gardait dans une manche de sa soutane.) Votre dossier est exemplaire. Vous avez une excellente mentalité. Vous savez tenir votre langue. (Du pouce et de l'index, il mima rapidement la bouche cousue.) Connaissez-vous précisément la fonction de mon directorat?

– Dans ses grandes lignes.

– Vous avez été choisi pour remplir une mission de la plus haute importance pour notre sainte mère l'Église.

– J'exerce humblement les rôles que Dieu m'accorde.

– Gardez votre piété pour d'autres occasions, père Nefiore. Ce n'est pas Dieu qui vous a désigné. Votre sélection tient à certains... disons à une certaine estimation de vos capacités. Nous devons prendre le monde tel qu'il est, non comme nous aimerions le voir.

– Mais on travaille à le faire changer.

– Ou on mise sur son changement. Il arrive qu'on perde. A l'heure qu'il est, on travaille à survivre. En voyant ce que je vois tous les jours, on en vient à se désintéresser des questions spirituelles. Les affamés, les sans logis, les malades se fichent pas mal de Dieu. C'est biologique, voyez-vous.

– Une telle conception me paraît un peu étroite, dit Nefiore avec une certaine raideur.

– Elle est réaliste! trancha Farraro. (Il examina son interlocuteur comme s'il essayait de prendre une décision à son sujet.) Ce qu'on attend de vous n'a rien de glorieux. C'est terre à terre. C'est du sale travail, qui peut vous coûter la vie, du reste il faut s'y attendre.

– Je suis prêt au martyre.

– Agenouillé devant un autel, c'est un engagement facile, grommela Farraro. Vous avez trop vécu parmi les érudits et les théoriciens. Il n'y aura pas de martyre – pas comme vous l'imaginez –, pas de sainteté, pas de canonisation, pas de commémoration. On vous demande de finir éventuellement en décomposition sur un tas de cadavres qui en compte déjà des millions.

Nefiore, très mal à l'aise, ne s'attendait pas à ce genre de propos.

– Je ne suis pas impatient de mourir, si c'est là ce qui vous soucie.

– A la bonne heure! Mais vous admettez que, en certaines circonstances, on fait son devoir en sachant pleinement que la mort peut en être la conséquence?

– Je reconnais que de telles situations doivent exister, donc, à priori, j'en accepte le principe. Mais je me demande où mène une telle discussion. De quoi parlons-nous au juste?

– Le directorat organise actuellement le... déplacement de certains... catholiques allemands. Nous nous sommes engagés à leur venir en aide.

– Des nazis?

– D'abord des catholiques. Nous sommes très stricts sur les certificats de baptême.

– Je comprends, mais sont-ils nazis?

– Leurs affiliations et convictions politiques ne nous regardent pas.

– Les Alliés vont juger les nazis comme criminels de guerre, protesta Nefiore. Beaucoup de ces gens, qui ont perdu leur emprise sur l'Italie et sur le reste de l'Europe, doivent être traduits en justice. Nous avons une obligation morale à nous démarquer d'eux, catholiques ou non.

– L'Église a arrêté la décision de prêter assistance aux catholiques allemands. Cela implique bien des choses que vous ignorez et que vous ne connaîtrez jamais. Le devoir est là, père. Jusqu'où va la réalité de votre foi en Notre Sauveur et en l'Église?

– Vous me demandez si ma foi en Dieu et en l'Église me permet d'accomplir un acte moralement injuste?

– Un acte que *vous* estimez moralement injuste, dit froidement Farraro. Vous manquez de l'information nécessaire à un tel jugement.

– J'ouvre les mains, dit Nefiore. (C'était une vieille expression italienne signifiant: « Je n'apporte pas d'armes à ce dialogue. Parlons librement et honnêtement. »)

Farraro ouvrit à son tour les siennes.

– Nous désirons que vous vous rendiez en Allemagne, remettre certains documents. Selon toute vraisemblance, vous n'en reviendrez pas. Mais si vous en réchappez, vous passerez le reste de votre vie terrestre ici, au Vatican, sous le vœu de silence.

– Qui m'a choisi?

– Qu'il me suffise de vous dire que vous êtes désigné par une autorité située bien au-delà de toute contestation.

C'est donc ça, pensa Nefiore.

– Par une décision infaillible?

– Allons, pas de sémantique, père. L'infaillibilité n'est de mise que dans l'interprétation de la parole divine. Ce qui nous occupe est du domaine purement temporel.

– Et si je refuse?
– Si vous vous abstenez d'accepter, je vous ferai simplement remarquer que la fonction pastorale manque de prêtres.
Banni de Rome. C'était à prévoir. Ils voyaient clair en lui. Dans les deux cas, sa carrière touchait à sa fin. La mort l'attendait sur les deux routes. L'une promettait d'être courte et avait un but, si suspect fût-il. L'autre, qui n'en finissait pas, ne menait nulle part. Le choix n'était pas difficile.
– C'est du chantage! dit Nefiore, le regard dur.
– Vous finissez par comprendre.
– J'irai. Dieu ait pitié de moi.
– *Amen!* fit sèchement Farraro.

58. 10 août 1945, 14 heures 30.

L'intuition de Beau Valentine le ramenait toujours à Otto Skorzeny. Le colonel SS devait bien se douter de ce que recherchaient les Russes, le tout étant de trouver un truc pour le lui faire dire.
L'Allemand était furieux et n'essaya pas de s'en cacher à l'Américain lorsque celui-ci entra et s'assit dans la cellule.
– Maintenant, ces imbéciles s'imaginent que j'ai essayé de tuer Eisenhower! Ils prétendent que j'étais un espion! Ils disent que j'ai fait disparaître Hitler! La prochaine fois, je vais être un dangereux pervers qui tripote les petits garçons! Bande de crétins! C'est ça, votre foutu fair-play que vous n'arrêtez pas de vanter?
Valentine souriait, ravi.
– Attention, colonel, vous aussi, vous y allez fort...
Skorzeny s'adossa au mur de la banquette.
– Quelle misère! gronda-t-il. C'est toujours contre les gratte-papier que les vrais soldats doivent le plus batailler! Je me servais de Radl, pour les avoir. Vous savez que c'est un juriste. Extrêmement intelligent, il leur fournissait tout ce qu'ils voulaient comme paperasse, et encore plus. Il les enfonçait à leur propre jeu et obtenait ce qu'il fallait, mais c'est tuant comme système. Radl avait la patience et l'égalité d'humeur. Moi, je deviens fou, et je me retrouve encore moins avancé. Enfin, un bon chef connaît ses faiblesses et délègue ces choses-là.
– Que déléguiez-vous à Brumm?
Cela eut le don d'égayer Skorzeny.
– Encore Günter! Intéressant, comme question.

– C'est-à-dire?

– Dans la division, Günter était l'un des vrais professionnels, un soldat de carrière! Je l'ai déniché par pur accident, un sacré coup de chance. Mais vous le savez bien.

– Je ne sais rien du tout, dit Valentine. On ne retrouve aucune trace de Brumm. Je reviens à peine de Munich. Nous avons tous les dossiers, sauf ceux de Brumm. Disparus!

Il y eut un silence.

– Je comprends que ça vous intéresse, finit par dire Skorzeny, mais ne me demandez pas de vous donner des détails. Je n'ai rien à dire sur Brumm ni sur aucun de mes compagnons d'armes.

Valentine savait reconnaître un appel du pied.

– Je me mets à votre place, Otto, mais regardons les choses en face. Des accusations sont lancées contre vous, et sans y aller avec le dos de la cuillère. Je peux vous dire que les types du Ier Bureau n'ont qu'une idée: faire condamner sans bavures tous les Allemands à l'ombre, surtout les noms connus. Le succès fait de la publicité, et la publicité fait réussir. Les cabinets juridiques américains offrent de gros salaires, vous voyez le topo!

Skorzeny serra les dents, croisa les bras.

– Qu'ils me jugent tant qu'ils voudront! Je ne suis coupable d'aucun crime, ils ne peuvent pas démontrer le contraire. Ils doivent prouver ma culpabilité, exact?

– Théoriquement parlant. Les circonstances sont inhabituelles, et quelque chose me dit que ce sera plutôt à vous de prouver votre innocence. Les prisons sont pleines de responsables nazis, tous anxieux de sauver leur peau. Même certains de vos hommes diront ce que le tribunal veut entendre. On ne finasse pas, dans ce genre de procès, il faut que le bourreau gagne sa croûte. (Valentine s'interrompit, certain que Skorzeny n'était pas aussi sûr de lui qu'il voulait bien le paraître.) Il y aura ce que vous direz, bien sûr. Et ce que dira Radl. Évidemment, vous ne savez pas quelles pressions s'exercent sur Radl. (De nouveau, il laissa ses paroles faire leur effet.) Il est probablement assez fort pour résister, et vous pouvez peut-être compter sur certains de vos autres compagnons. Mais ce sont avant tout des Allemands, et cela les rend suspects, vous ne croyez pas?

– Ce sont des hommes honorables, répondit vite Skorzeny.

– D'accord. Mais réfléchissez à ceci: dans quelle mesure cela vous aiderait-il d'avoir des témoins extérieurs à votre cercle de connaissances?

– Vous, par exemple?

Valentine en sursauta.

– Moi? Je ne peux pas vous aider! Je ne suis qu'un pauvre agent de l'OSS!

– Je commence à comprendre où vous voulez en venir.

– Je n'en attendais pas moins de vous. Supposons que je vous parle d'un certain agent anglais ayant opéré en France avant d'être arrêté et interné par la Gestapo dans un de vos camps de la mort...

– Je n'ai rien à voir avec la Gestapo, dit Skorzeny sur la défensive.

– Supposons que, par l'intervention de la Providence, l'agent en question ait survécu. Supposons encore, pour l'intérêt de la conversation, que cet agent se soit intéressé spécialement à vous, professionnellement. Si cet homme venait témoigner en votre faveur, je crois que votre cause y gagnerait une sorte de légitimité que même les procureurs auraient du mal à contester.

– Je connais l'homme auquel vous faites allusion. Je suis heureux de le savoir en vie. Bon soldat. Adversaire loyal.

Valentine savait que le colonel SS disait vrai.

– Mais je suppose, reprit ce dernier, que cet homme a besoin d'être... encouragé à se présenter. C'est bien ainsi que vous l'entendez?

Valentine sourit.

– Je crois que vous y êtes. Un prêté pour un rendu.

– Autrement dit, un petit service en vaut un autre.

– Voilà.

– Et le prix, dit Skorzeny, c'est Günter Brumm.

– Non. Le prix, ce sont des renseignements sur le colonel Brumm, et rien de plus. Qui est-il? Que faisait-il dans sa division Friedenthal? C'est tout. Je ne vous demanderais jamais de trahir un compagnon d'armes.

Cela les fit rire tous les deux. Skorzeny rectifia:

– Sauf s'il le fallait pour obtenir ce que vous désirez... Günter était un homme d'action. Quoi que je vous dise de lui, ça m'étonnerait que ça vous permette de le retrouver. S'il a décidé de disparaître, on n'y peut pas grand-chose. Voilà le genre d'homme. De toute façon, vraisemblablement, il est mort sur le front de l'Oder. Si vous voulez le voir, demandez son cadavre aux Russes.

– Je me demande s'ils me le montreraient.

L'un comme l'autre savaient que les Russes avaient enterré les Allemands au bulldozer.

Skorzeny rentra dans sa coquille. Au bout d'un long moment de silence, il dit sur un ton incrédule:

– Vous pensez que Günter aurait pu aider Hitler à s'évader. C'est ça, n'est-ce pas? Vous, les Américains, vous êtes obsédés par cette idée de la survie de Hilter.

– Disons que mon travail m'amène à m'intéresser étroitement au colonel.

– Écoutez-moi bien, Herr Valentine. Adolf Hitler est mort. Il s'est suicidé à Berlin, sans même laisser un fantôme à poursuivre. *Kaput!* Vous saisissez?

– Moi, je veux bien, dit tranquillement Valentine. Mais il n'y a pas de cadavre, pas de restes.

– Ah, ça?... fit Skorzeny. Facile! La confrérie escamote la dépouille de son chef vénéré, comme dernier camouflet aux envahisseurs. C'est une supposition qui se tient, encore que j'en aurais entendu parler à coup sûr.

– Êtes-vous en train de me dire que Brumm aurait pu subtiliser les restes de Hitler?

– Brumm est capable de tout. C'est lui qui a organisé l'évasion de Mussolini. C'était un esprit sûr, audacieux et imaginatif, qui savait tout mettre en œuvre, dans le détail, pour la réussite d'une opération.

– Quelles relations avait-il avec Hitler?

– Aucune. Il était avec moi, une fois, quand Hitler nous a décorés. Ça s'arrête là. C'était moi le conseiller de Hitler pour les missions spéciales. Moi seul.

Valentine se rendit compte que l'idée d'une machination tramée par le Führer sans la participation de Skorzeny contrariait profondément ce dernier.

– Ils auraient pu avoir des contacts à votre insu...

– C'est une possibilité mathématique, non une probabilité. On n'aurait pas pu me le cacher longtemps. J'avais de grandes oreilles, dirons-nous.

– Je voudrais en savoir davantage sur Brumm.

– Je commence par quoi?

– Ce que vous voudrez.

Skorzeny parla de Brumm pendant deux heures. En quittant la cellule, Valentine entrevoyait ce que pensaient les Russes.

Il avait fait marcher le prisonnier en insinuant que Radl risquait de ne pas corroborer ses dires. C'était un mensonge. Un officier de la MP lui avait appris, la veille au soir, que Radl et Skorzeny seraient réunis dans une même cellule à partir du surlendemain. Mentir ne gênait pas Valentine, l'essentiel étant de trouver la vérité. Quelquefois, le mensonge était le plus court chemin.

D'habitude, il suivait ses pistes sans en référer à la hiérarchie, mais, là, une petite voix derrière la tête lui recommandait de faire savoir en haut lieu ce qu'il envisageait.

59. 16 août 1945, 21 heures.

Avant de quitter Rome, Nefiore avait été invité à mémoriser l'histoire personnelle du *Hauptmann* Ernst Pfeiffer, officier de l'armée allemande. Pfeiffer était mort, mais pas au combat. Il s'agissait d'un déserteur qui avait succombé à un infarctus quelques jours à peine après avoir trouvé refuge chez un prêtre, dans le nord de l'Italie. A toutes fins utiles, on avait conservé ses papiers.

Les instructions de Nefiore lui faisaient gagner le village de Wetter, sur la Lahn, près de Marbourg, quelque vingt kilomètres au nord de Francfort, dans les meilleurs délais. Mais, en cas d'interception par les Américains, il devait se rendre sans résister. On lui avait assuré qu'il ne serait pas retenu bien longtemps. Les papiers de Pfeiffer étaient parfaits.

Le prêtre avait donc traversé l'Italie du Nord à bicyclette. Un passeur lui fit franchir un col suisse. Entré à pied en Allemagne, il se fit cueillir tout de suite mais, au bout de trois jours passés dans un camp de prisonniers gigantesque, près de Munich, il se vit autorisé à reprendre la route.

Aux yeux des Américains, Pfeiffer pouvait passer. Il était un simple militaire, pas un SS. Officier compétent, sans plus. On lui fournit un uniforme et des papiers l'autorisant à rentrer chez lui, non sans l'informer que, s'il comptait se rendre en zone d'occupation soviétique, il devrait subir un nouveau contrôle. D'ailleurs, on le lui déconseilla.

– Des sales cons, ces Russes! lui dit un caporal US. A ce qu'on m'a dit, ils embarquent les officiers allemands pour les foutre en taule dans leur bled. Ça te regarde si tu as du bizness par là-bas, mon pote, mais à ta place, j'irais pas!

En sortant du camp, Niefore découvrit le vrai goût de la liberté. Malgré le temps lugubre, il ne s'était jamais senti si bien dans sa peau.

Toute la journée, il chercha à se procurer une bicyclette. Il y renonçait dans le courant de l'après-midi, pour partir à pied. Peu avant la tombée du jour, un half-track de l'armée le doubla dans un potin du diable. L'engin se rangea, et deux GI's lui firent signe de monter.

Ils avaient boulonné un trépied dans l'espace exigu, à l'arrière, pour y suspendre un réchaud à méta. Une cafetière fumait, la merveilleuse odeur se mêlant aux vapeurs de diesel et à la poussière. Ils lui servirent un quart.

– Si tu en veux encore, tu n'as qu'à le dire. Ce bazar, c'est pour qu'on ne s'en foute pas partout. Tu viens de sortir?

Nefiore acquiesça.

– Ils t'en ont fait baver?

– Non, j'ai été bien traité.

– Tu as de la veine de ne pas être nazi!

– C'est vous qui le dites, que je ne suis pas nazi!

Ils s'esclaffèrent.

– T'en fais pas, mon vieux, s'ils avaient le plus petit soupçon, tu serais encore à poireauter. Bon, tu vas jusqu'où, comme ça?

– Chez moi, à Marbourg.

– Moi, je suis natif de Chicago, dit l'un des soldats. Des fois, je n'arrive plus à me rappeler comment c'est. Ça te le fait aussi?

Nefiore sourit.

– Oui. J'en suis parti depuis un bon moment.

– Tu as de la famille?

Nefiore haussa les épaules.

– Avec tous les bombardements...

L'homme déplia une grande carte sur la plate-forme du véhicule.

– Fais-voir ta ville.

Le prêtre posa le doigt sur Marbourg. Les deux soldats se consultèrent du regard.

– Je crois que c'est bon pour toi, partenaire! dit celui qui avait les cheveux roux. Il n'y a pas eu beaucoup de bombardements dans cette zone. Le vieux Blood and Guts [1] a tout foutu en l'air avec ses tanks, mais les zincs ont passé la main.

– Blood and Guts?

– Ben quoi, le général Georgie Hardass [2] Patton Junior!... Celui qui avait deux 45 à crosse de nacre, des culottes de cheval et le clébard le plus laid que tu aies jamais vu. Ce type avait les couilles assez grosses pour écraser quelqu'un dans la rue, et assez dures pour casser une batte de base-ball. Voilà qui c'était, George Patton!

– Je ne crois pas le connaître, dit Nefiore.

Les deux autres étaient déçus.

– C'est lui qui commandait nos chars. Meilleur que Rommel!

– Ah, bon! fit Nefiore.

Le nom du célèbre maréchal allemand lui disait vaguement quelque chose. A l'avenir, se dit-il, prudence dans les conversations, même les plus anodines d'apparence.

– Je suis fatigué, dit-il.

---

1. Littéralement : sang et tripes.
2. Littéralement : cul dur.

– Pique un bon roupillon, lui dit le rouquin. Pas d'arrêt avant Francfort!

Nefiore dormit plus ou moins jusqu'à Francfort, où les soldats l'abandonnèrent en lui souhaitant bonne chance, et non sans le couvrir de rations K. On avait du mal à comprendre la générosité des Américains. Ils avaient envoyé des milliers d'hommes écraser l'Allemagne mais, maintenant que c'était fait, ils semblaient sans animosité. Raison de plus pour se méfier d'eux.

Il s'assit dans l'herbe au bord de la route et mangea une boîte de pêches au sirop très sucrées. Les Italiens, eux, détestaient les Allemands. Ils leur avaient cédé à cause de Mussolini mais, individuellement, ils les haïssaient et les redoutaient, à juste titre. Les Américains étaient différents : candides, quoique obstinés, aussi prompts à la colère qu'à l'oubli. Le Saint-Père n'aimait pas avoir affaire à eux parce qu'ils ne jouaient pas le jeu. Les évêques américains ne cessaient de demander à Rome de s'expliquer sur sa ligne politique, quand ils ne contestaient pas ouvertement les demandes d'augmentation de subsides. Mais l'argent arrivait toujours. Ils manquaient de subtilité, disaient les cardinaux italiens; ils ne pourraient jamais diriger l'Église, à moins d'acquérir plus d'expérience de la nature humaine. Mais Nefiore savait reconnaître l'envie. Les Américains étaient un peuple remarquable, et beaucoup, dont on ne pouvait en dire autant, s'irritaient de ce simple fait. Leur attitude envers les Allemands n'était que la plus récente manifestation de leur façon d'être.

Autant il y avait du monde sur la route avant Francfort, plus la circulation, presque exclusivement militaire, parut se raréfier au-delà, vers le nord. Au bout de plusieurs heures, tout se passait comme si Nefiore allait devoir faire toute la route à pied : Marbourg, quatre-vingts kilomètres. Mais, un peu plus loin, une moto avec side-car s'arrêta devant lui. Le très jeune conducteur descendit, alluma une cigarette, tâtonna dans son pantalon et il urinait bruyamment sur la chaussée quand Nefiore parvint à sa hauteur. Cela fait, il offrit son paquet de cigarettes au prêtre – qui refusa poliment – de la même main qu'il avait utilisée pour son affaire personnelle.

– Ce n'est pas du beau temps pour la marche! Où tu vas?

– A Marbourg.

– Moi, à Kassel. Je suis courrier pour les Américains. Je croyais que je les haïssais – ils ont tué mon père –, mais ils ne sont pas si mal. Différents des Popovs, qu'est-ce que tu en penses?

Si jeune! pensait Nefiore. Un enfant jouant à l'homme. Les enfants parlent toujours à n'en plus finir quand ils veulent singer les adultes.

– Moto américaine? demanda-t-il avec conviction.

– Allemande! dit le garçon étonné qu'un militaire ne voie pas la différence. Les Américains me la prêtent pour travailler. Ça marche du tonnerre, du moment qu'il y a de l'essence! Ils me donnent des cartes mais je ne dépense pas tout. J'échange le reste contre de la nourriture et des trucs.

– Pour ta famille?

– Ma mère est partie avec nos soldats.

– Tu es juif?

Le garçon eut un moment de recul, un rictus de dégoût au visage.

– Moi? s'étrangla-t-il. (Il cracha par terre.) Elles est partie avec eux parce qu'elle le voulait. Mon père était déjà mort. Elle les aimait bien. Le Führer a dit que les femmes allemandes devaient être bonnes avec nos soldats. Tu ne te rappelles pas?

– Elle n'est jamais revenue?

Le regard dur, le garçon jeta sa cigarette et l'écrasa du pied.

– Tu n'as pas l'air d'un soldat! dit-il. Jc vois tous les jours ce qui reste de la Wehrmacht. Tu n'es pas assez maigre. Tu as les yeux trop brillants. Les yeux des anciens combattants sont ternes, comme s'il y avait de la fumée dedans. Il va falloir que je voie tes papiers, si tu veux venir avec moi. Je ne peux pas te prendre si tes papiers ne sont pas en ordre. Je travaille pour les Américains, tu comprends?

– Oui, je crois que tu me l'as déjà expliqué.

Le père Nefiore donna ses papiers et attendit anxieusement. Le garçon ne savait pas très bien lire; il remuait la bouche en déchiffrant les mots.

– C'est OK! déclara-t-il enfin avec un trop fort accent américain.

Le side-car était affreusement exigu. Le garçon attendit patiemment que le prêtre soit installé. Puis il posa le pied sur le kick, lui imprima une violente secousse, et le moteur ronfla du premier coup. C'était peut-être un enfant, mais il savait se servir de la machine. Il donna des gaz plusieurs fois, tourna la tête en arrière pour s'assurer que la voie était libre et cria :

– Tiens-toi bien!

Le démarrage s'effectua dans un rugissement qui parut soulever un nuage de terre et de cailloux. D'abord mal à l'aise, Nefiore ne fut pas long à sentir la maîtrise du conducteur, et il se détendit.

Ils atteignirent Marbourg en début de soirée. L'adolescent laissa Nefiore devant l'église Sainte-Elisabeth. Il n'y avait pas grand monde. L'édifice gothique était imposant. On distinguait un cavalier au sommet de la flèche – un féroce chevalier de l'ordre Teutonique. C'étaient les chevaliers, se dit Nefiore, qui avaient bâti cette église sept siècles plus tôt. Et cette statue témoignait de toute évidence que le catholicisme lui-même n'avait pas su dompter la rudesse teutonne. L'édifice tenait plus d'une forteresse que d'une maison de prière.

Personne à l'intérieur. Il avait la nef devant lui, et une immense volée de vitraux splendides. Il trouva la porte de la sacristie sur la gauche du maître-autel. Le sol était couvert de poussière mais, en frottant avec sa chaussure, il fit apparaître un superbe fragment de mosaïque. Enfin, en levant les yeux, il vit la Châsse d'or, ouvrage de cuivre massif associant généreusement les bas-reliefs, les incrustations d'émaux et les filigranes inextricables. Des pierres précieuses et même de petites perles luisaient dans le métal. Il y manquait la subtilité des artisans romains mais, même sur la sensibilité d'un Italien, la châsse possédait un certain pouvoir brut.

Conformément aux instructions de Farraro, le père Nefiore trouva une petite brèche derrière la statue principale. En y glissant la main, il rencontra une détente de cuivre, qui céda facilement. Une mince ouverture apparut aussitôt dans la structure surplombant la statue comme un toit. Nefiore glissa les doigts dans la cavité tapissée de tissu, à la recherche d'un paquet plat, qu'il trouva facilement. Il le dégagea de la gouttière qui le retenait, le lâcha et, par une fente prévue à cet effet, le paquet tomba dans sa main. Après l'avoir glissé sous sa chemise, il eut soin de faire revenir la détente de cuivre dans son logement. Il se souvint de ce que Ferraro lui avait dit : « Depuis sept cents ans, la Châsse d'or a servi les plus saintes et secrètes missions. »

Fébrile, en nage, il se retourna pour s'en aller, et se trouva nez à nez avec un autre prêtre, chauve, petit et trapu, les paupières globuleuses, les joues tannées comme du cuir où poussaient des poils blancs vigoureux mais clairsemés.

– Cette église est un lieu de pèlerinage, dit ce personnage en latin. Que Dieu te protège!

En s'éloignant, il fit quelque peu voltiger sa soutane, et Nefiore vit qu'il avait un revolver à la main.

Un prêtre armé! Décidément, les choses étaient différentes, en Allemagne! Il se sentait secoué. Il avait dans sa chemise un paquet qui pouvait lui coûter la vie, alors que ces derniers jours lui avaient fait l'effet d'un jeu, d'une course au trésor. Même dans le camp américain de prisonniers, il n'avait pas eu peur. Maintenant, oui, il était vraiment, profondément effrayé.

Il traversa Marbourg en tenant à peine sur ses jambes, puis il se mit en devoir de remonter la Lahn en direction de Wetter.

Mer de murs blancs et de toits orange, le village était net, soigné. Ici, Charlemagne avait fait passer le gué à ses armées. Une citadelle romaine s'y dressait autrefois, avant-poste destiné à maintenir les Huns belliqueux à distance du monde civilisé.

Du haut de la colline, Nefiore avait vu le clocher. En le gardant comme point de repère, il alla droit au presbytère niché derrière l'église toute simple. Il frappa plusieurs fois. Pas de réponse. Il entra, trouva une chaise et s'assit pour attendre. Il ne tarda pas à s'assoupir.

Une main sur son épaule le réveilla en sursaut, et il se retrouva confronté aux mêmes yeux bouffis qu'à Sainte-Elisabeth.

– J'ai fait aussi vite que j'ai pu, dit le vieux prêtre. Je ne peux plus vous suivre, vous, les jeunes!

Et comme Nefiore le regardait fixement, bouche bée, il reprit d'une voix douce et rassurante :

– Ici, vous ne risquez rien, père. Donnez-moi votre veste, vous allez manger quelque chose. Vous voulez du thé?

60. 21 septembre 1945, 11 heures.

Valentine était bien embarrassé. S'il appelait le bureau de l'OSS en Suisse pour faire part de ses soupçons à son chef de mission, Arizona pouvait lui dire de laisser tomber. C'était quelqu'un de bien, qui possédait plus ou moins l'instinct d'un agent, mais Beau pensait qu'il trouverait tout de même ça trop gros. Donc, pas question. Il devait trouver un meilleur moyen.

Il mit près de deux heures à dénicher une unité de l'armée américaine disposant du matériel de communication nécessaire, et quelques minutes à corrompre un première classe au moyen des coordonnées de deux ou trois filles du coin auprès desquelles ce dernier aurait toutes ses chances. Valentine estimait plus sage d'appeler directement le commandement central de l'OSS que de parler à Arizona.

Une voix masculine répondit.

– Écrevisse demande une liaison, dit Beau.

Puis il attendit le branchement. Une autre voix masculine résonna sur la ligne :

– Écrevisse?

Valentine récita une petite litanie d'authentification et attendit que son identité soit vérifiée.

– Où êtes-vous? demanda la voix.

Le ton et la question incitèrent Valentine à la prudence.

– On suit la procédure ordinaire, mon petit vieux, dit-il. (Ce n'était pas normal de demander la position d'un agent au cours d'une identification de routine.) Mais pour les archives, admettez que je fais un tour à la campagne avec ma grand-mère qui est malade.

– Nous n'avons pas eu de contact avec vous depuis pas mal de temps, dit la voix avec une pointe d'irritation non dissimulée.

– Mémé est amnésique, c'est contagieux.

– Faites pas chier!

– Ça vaut mieux que de se faire chier dessus, rétorqua Valentine.

– Je n'ai pas le temps de faire des jeux de mots d'adolescent avec un cowboy indiscipliné! dit sèchement la voix. («Cowboy» était le terme utilisé par les bureaucrates pour désigner les agents.) En vertu d'une directive en vigueur depuis hier, je vous informe que tous les agents doivent se présenter immédiatement à la plus proche unité de renseignement militaire.

Quelque chose coinçait sérieusement.

– Sois franc avec moi, mon gars. Qu'est-ce qui se passe?

– Obéissez aux ordres, gros dur! fit la voix.

– Pourquoi n'est-on pas censé se présenter à son chef de mission? insista Valentine. Ce n'est pas une procédure maison.

– Contentez-vous de la suivre, grand malin!

La communication fut coupée.

Valentine remercia le première classe et s'en alla. Il faisait chaud, et des amoncellements boursouflés de nuages blancs glissaient lentement sur un fond bleu vif. Les nouvelles du grand QG de l'OSS n'étaient pas folichonnes, pensa-t-il en allumant une cigarette. Si la boîte voulait qu'il se présente au renseignement militaire, il retournerait en Suisse – quand cela lui chanterait, bien sûr. Les planqués bousculaient toujours les agents. Cette fois, ils attendraient. Il avait à faire. D'ailleurs, la seule idée de retourner en Suisse lui levait le cœur. Au besoin, Arizona le mettrait au courant.

61. 26 septembre 1945, 14 heures 15.

Il y avait des jours où Rivitsky ne comprenait plus son chef.

C'était confortable, à Nordhausen, quoique un peu rustique. A plusieurs reprises, il avait accompagné Petrov à Magdebourg pour aider Ezdovo et Talia Pogrebenoi à dresser leur plan de reconnaissance aérienne mais, de toute évidence, ces deux-là n'avaient besoin de personne, et Petrov parlait dans le vide. Le survol du Harz avait commencé, centimètre carré après l'autre, à la recherche des traces de Brumm. Bailov et Gnedin étaient toujours à Bad Harzburg, en quête d'indices, et ne devaient pas bouger sans bonne raison. Ils n'avaient pas encore donné signe de vie.

Trois fois par jour, Petrov appelait le service météo de l'aviation soviétique à Berlin pour connaître les prévisions de la région du Harz. A chaque liaison, il prenait des notes qu'il punaisait ensuite sur un panneau de bois, et il y en avait maintenant tout un matelas plus ou moins fripé.

Quarante-huit heures plus tôt, en prenant le bulletin du soir, il avait rédigé sa note et, après l'avoir étudiée un moment :

– Voilà l'hiver. Il est temps de regagner Berlin.

Sans plus d'explication.

Le lendemain, à midi, Rivitsky et lui chargeaient le camion et prenaient le chemin du retour.

Après une matinée passée à faire le tour de divers services administratifs soviétiques, Petrov remit à Rivitsky l'itinéraire menant à une adresse d'un faubourg de Berlin, du nom de Köpenick. Il s'agissait d'une propriété, close de murs, sur la rive de Mugglesee, ce lac formé par la Spree dans le Brandebourg, plus de vingt kilomètres à l'est du centre de Berlin. Avant la guerre, l'endroit constituait un pôle d'attraction touristique renommé. Un général d'aviation édenté les y accueillit sans aménité, furieux de cette réquisition au point de demander une liaison avec Moscou. Peu après, il leur abandonnait la place en se confondant en excuses.

Petrov ne donnait toujours pas les raisons de ce déménagement. Pour l'avoir toujours vu exercer son autorité avec l'économie et la précision d'un chirurgien, Rivitsky en était venu à porter le plus grand respect à l'égard du jugement de son chef. Quoi qu'il arrive, l'homme semblait savoir exactement ce qu'il convenait de faire et à quel instant. Mais là, ça se passait autrement, pour ainsi dire. Petrov était toujours aussi froid et réservé, mais Rivitsky avait l'impression de se trouver avec lui dans l'œil d'un cyclone, à regarder avec circonspection le remue-ménage qu'ils avaient eux-mêmes créé : moins de vingt-quatre heures après sa réapparition dans la capitale allemande, Petrov transformait cette paisible propriété en un énorme centre de transmission fourmillant d'opérateurs et de techniciens anxieux de bien faire.

Rivitsky veillant au bon déploiement du matériel, Petrov se retira pour réfléchir aux lacunes restantes. Il avait déjà consacré beaucoup de temps à tenter d'en apprendre un peu plus sur l'adjudant-chef de Brumm, mais les fiches de la Gestapo sur les hommes du rang étaient très succinctes par rapport aux dossiers détaillés des officiers, ce qui reflétait fort probablement le sentiment de Hitler quant aux mérites respectifs des deux catégories de militaires. Il n'y avait rien pour impliquer l'adjudant, rien non plus pour l'exclure. Il s'appelait Rau, on le faisait naître dans le sud du pays, mais là s'arrêtait l'information. On ne disposait d'aucun vrai dossier civil ou militaire. Du moins, pas encore. Vers la fin, les Allemands fourraient leurs archives dans n'importe quel trou à rats. De nouvelles caches étaient découvertes et signalées quotidiennement. On finirait bien par déterrer quelque chose.

62. 1er novembre 1945, 16 heures.

La compagne de Bailov se révéla quelque peu surprenante. Un après-midi, elle était sortie avec les fillettes et il se trouvait dans la chambre. Par la suite, il ne put expliquer à Petrov ce qui l'avait poussé à fouiller la pièce. Il vivait dans cette maison depuis quatre mois, et le train-train lui semblait confortable, quoique spartiate. Pendant la journée, il courait la campagne pour essayer de glaner des renseignements sur Brumm. Il lui arrivait de contacter Gnedin, mais le médecin n'avait pas plus de veine que lui. Le soir, Bailov couchait avec Janna. C'était presque un mariage et, lui qui s'était juré d'éviter cette condition, commençait tout de même à s'en fatiguer.

Cette femme, il devait l'admettre, lui donnait satisfaction dans l'ensemble : travailleuse infatigable et partenaire inspirée sous l'édredon. Mais elle avait quelque chose de fanatique et de brûlant, qu'elle tentait d'étouffer au fond de ses grands yeux verts, ce qui le mettait mal à l'aise et le rendait méfiant.

Il se sentit irrésistiblement attiré par l'armoire de la chambre. C'était un meuble très ordinaire, dans lequel son œil exercé localisa vite un compartiment secret qu'il ouvrit d'un coup sec du plat de la main. A l'intérieur, il y avait une mallette d'osier contenant divers articles assez intéressants : un pistolet automatique et ses chargeurs, un petite cravache d'équitation, une tunique et une jupe noires d'uniforme féminin de SS, et deux albums photos.

Les photos étaient soigneusement collées sur les pages noires et, sous chacune d'elles, couraient des légendes méticuleusement tracées à l'encre blanche. Il y avait une pose de groupe : plusieurs femmes en uniforme, assises sur le chasse-pierres d'une locomotive, jupes remontées presque jusqu'au ventre, cuisses écartées, comme des girls en goguette. Ailleurs, on voyait Janna entourée d'enfants nus, garçonnets et nymphettes avec des fleurs dans les cheveux. Un autre cliché la montrait dans une étreinte burlesque avec un homme basané en blouse de médecin. Quelques pages plus loin, le regard était attiré par un cadavre en vêtement rayé, littéralement accroché à une clôture de fil de fer barbelé; fusil au creux du bras, Janna paradait comme un chasseur de grands fauves devant son trophée sanglant.

Bailov parcourait les albums, assis sur le lit, quand elle entra dans la chambre. Elle attaqua instantanément. Il la savait très forte, mais il ne s'attendait pas à une telle maîtrise du combat à mains nues. Il tenta de lui maintenir les poignets mais elle se tortilla rageusement, par saccades comme un animal, et il reçut plusieurs fois ses genoux dans le plexus solaire ou dans l'aine. Il finit par arrêter le combat en la faisant rouler en bas du lit et en lui cognant la tête par terre jusqu'à ce qu'elle cesse de résister.

Il s'assit et la regarda. Ses propres armes étant cachées dans la forêt, il enclencha un chargeur dans le pistolet trouvé dans la malle, et il attendit. Quand elle revint à elle, son visage n'exprima aucune peur. Au fond de ses yeux caves, comme ceux d'un chat la nuit, il percevait sa haine. Elle porta les mains à la tête en regardant fixement le canon du pistolet braqué sur elle.

– Tu n'as pas le droit! dit-elle calmement. Ce sont mes affaires personnelles.

– D'accord.

– C'est confidentiel.

– Clandestin, plutôt...

– Que vas-tu faire?

– Je ne suis pas encore fixé. Ça dépend de toi. Tu me connais, je me sens bien ici, mentit-il. Mais voilà, je ne sais plus. Tu me faisais l'effet d'une *Hausfrau* sans défense qui avait besoin de bras d'homme, pour divers services masculins... Et je me retrouve dans les griffes d'une sorcière.

– Tu te prends au sérieux! dit-elle. Tu ferais mieux de laisser tomber.

Bailov sourit. Elle cherchait à négocier.

– Ton mari tué sur le front de l'Est, tes enfants mourant de faim. (Il hocha la tête vers les photos éparpillées dans la bagarre.) Mensonges. Je veux savoir qui tu es et ce que ça veut dire.

Elle se détendit, sourit à son tour.

– Je peux? demanda-t-elle avec un regard signifiant qu'elle se tiendrait tranquille, assise sur le lit. Je n'ai honte de rien. Je n'ai fait que mon devoir pour le Führer.

– Tête-de-Mort?

– Oui. *Totenkopfverbande*. J'en étais. Toi, c'était l'armée. Tu ne pourrais pas comprendre.

– Essaie toujours.

– *Befehl ist Befehl*, un ordre est un ordre. Est-ce que tu connais même la notion de *Befehlsnotstand* – qu'un ordre doit être exécuté aveuglément?

– C'est le B A-BA du commandement militaire! considéra Bailov.

– *Sehr gut*. L'Allemagne était gangrenée par les races inférieures qui nous ont affaiblis et conduits au désastre de Versailles. Nos chefs ont décidé de purifier le pays, en éliminant les éléments impurs. J'ai servi dans l'une des unités constituées à cette fin. Nous étions de vrais patriotes.

Les fillettes entrèrent à ce moment-là dans la chambre. Elles saisirent immédiatement la situation et vinrent près de Bailov.

– Laissez-nous! leur siffla la femme.

– Tue-la! dit la plus petite d'un air si naturel que Bailov en eut le cœur battant. Ce n'est pas notre mère. On n'est même pas des sœurs. C'est une mauvaise femme, papa, tue-la, s'il te plaît.

Il sentait sa raison vaciller.

– Tu es toute retournée, ma chérie, viens voir maman! dit la femme d'une voix chaude mais le regard froid.

L'aînée parut puiser des forces dans le courage de la petite.

– On était au camp, à Dachau. C'est elle qui nous a fait sortir. Si on était restées, on serait mortes. Elle a dit qu'elle nous laissait vivre si on lui obéissait. Nous sommes juives! dit-elle fièrement, anxieusement.

La femme bondit mais Bailov l'arrêta d'un coup de pied dans la poitrine, puis la fit reculer du bout de son pistolet.

– C'est bon. Je veux la vérité. D'abord ton nom.

– Tu le connais. Je n'ai pas menti.

– Qu'est-ce que tu fais ici?

– Je suis de Bad Harzburg, c'est comme ça! Je cherchais un refuge. Il n'y a pas mieux qu'au milieu de ces stupides montagnards.

– Tu es seule?

– C'est pour ça que je suis venue.

Il adopta la manière directe.

– Si tu es vraiment d'ici, dis-moi qui est Günter Brumm.

Elle le dévisagea, sidérée.

– Mais qui es-tu?

– Réponds-moi!

– Le petit-fils de l'apothicaire. Il était officier dans la SS, colonel.

– Tu le connais?

– Qui es-tu? répéta-t-elle. Tu n'es pas soldat, du moins pas un soldat allemand.

– Considère-moi comme un instrument de la justice immanente. Parle-moi de Brumm.

– Si je te parle de lui, tu me laisseras partir avec mes filles?

Les intéressées se serrèrent contre lui, accrochées à sa veste.

– On ne partira plus avec toi! cria la plus jeune.

– *Fräulein,* dit Bailov, je n'ai encore rien décidé, mais je vais te dire une bonne chose : si tu ne m'apprends pas ce que je veux savoir, et en vitesse, tu ne quitteras jamais cette pièce.

Elle frissonna.

– Je le connaissais quand il était jeune. Un vrai sauvage. Il allait camper dans le Harzwald avec son grand-père. C'était l'élève le plus doué du village, mais il est parti à l'école militaire de Stuttgart. Une fois, nous étions en permission ici au même moment. J'ai essayé de le... de l'intéresser, mais il n'avait pas changé. La SS attirait souvent ce genre de type.

– Quand c'était, cette permission?

– Été 44. En juillet.

– Combien de temps est-il resté ici?

– Je ne sais pas. Il est allé en montagne et, quand je suis repartie, trois semaines plus tard, il n'était toujours pas revenu.

– Il voyait des amis, ici? D'autres militaires?

Elle secoua la tête.

– Aucun. Ce n'était pas le genre d'homme qui a besoin des autres.

– Et tu es certaine que c'était Brumm?

Cela la fit rire.

– Ce n'était pas le genre d'homme qu'une femme oublie facilement, surtout avec toute la racaille que j'ai connue.

Bailov savait tout. Il emmena la femme dans les bois, à l'abri des regards des petites filles, et lui fit creuser un trou. Quand elle eut fini, elle se campa devant lui et le provoqua :

– Tu n'es pas capable!

Il lui logea une balle dans l'œil à un mètre cinquante, puis la fit basculer dans le trou et la recouvrit de terre. Il n'avait pas de remords. Le monde serait meilleur sans elle. Cela fait, il mit le feu à la maison, récupéra ses armes et partit pour Bad Harzburg avec les gamines – une bonne randonnée de huit kilomètres dans la première grosse neige d'hiver. À l'autre bout de la ville, il leur fit encore grimper l'escalier de Gnedin. Il entra sans frapper. Le médecin ne fut pas ravi de le voir.

– Idiot, tu vas tout gâcher!

– Ferme-la un peu, mon vieux, je n'avais pas le choix. J'ai appris que Brumm se trouvait ici l'été dernier, et qu'il est parti dans la montagne pour au moins trois semaines, apparemment.

Gnedin se pencha pour voir les fillettes, derrière Bailov.

– C'est à toi?

– Façon de parler.

63. 7 novembre 1945, midi.

Bailov et Gnedin arrivèrent sur des motos à side-car, en pleine bourrasque de neige fondue. Les petites filles emmitouflées dans des couvertures ressemblaient à de petits moinillons. Petrov et Rivitsky les portèrent dans la grande demeure et les installèrent devant un feu ronflant.

Rivitsky remarqua qu'elles appelaient Bailov « papa » et que, s'il avait le malheur de quitter la pièce, elles perdaient leur langue et roulaient des yeux anxieux. À l'évidence, un lien s'était créé. Rivitsky s'amusait de voir le célibataire forcené de l'équipe se montrer aux petits soins comme un père. Mais la question se posait : d'où venaient-elles?

Elles mangèrent, et se couchèrent, et les quatre membres du GOS se réunirent au salon. Bailov et Gnedin relatèrent leur expérience. Petrov les écouta attentivement pendant deux heures, mains croisées sur les genoux. Il posait peu de questions. Quand ce fut fini, il réfléchit un moment, puis :

– Docteur, vous allez rester ici.

– C'est tout? fit Gnedin.

Après tout ce temps passé au village, un séjour à Berlin, si détruite que soit la ville, apporterait un changement bienvenu.

Petrov confirma solennellement, puis, à Bailov :

– Camarade, ces enfants se sont attachées à toi. C'est sans avenir, pour toi comme pour elles.

A sa propre surprise, Bailov sentit son cœur sauter un battement : il était juste en train de se demander quand on le débarrasserait de ces bambines.

– On ne peut pas les abandonner comme ça!...

Petrov lui posa la main sur le bras.

– Leur pays, c'est la Palestine, avec des gens comme elles. Le docteur et toi, vous allez vous occuper de ça et, quand elles seront parties, tu iras à Magdebourg, assister Ezdovo et Pogrebenoi.

Instructions données, Petrov monta s'isoler dans la bibliothèque monumentale.

– C'est trop tard pour faire quoi que ce soit aujourd'hui, déclara Rivitsky en clignant de l'œil. On va fêter les retrouvailles!

Un instant plus tard, une bouteille de pertsovka trônait sur la table.

64. 9 décembre 1945, 15 heures 45.

La neige était lourde et mouillée sous une mince couche de glace qui cédait sous leur poids : Brumm et Gretchen Waller pataugeaient jusqu'aux genoux. Ils avançaient obstinément, ne s'arrêtant que pour manger froid et dormir quelques heures dans une grotte ou sous une toile de tente rapidement tendue.

Le soir du deuxième jour après avoir quitté la vallée, ils atteignirent une petite caverne sur le versant sud-ouest du haut Hartswall. Au moins échappaient-ils au vent. Gretchen se blottit contre le grand corps de Brumm, dans l'espoir d'un surcroît de chaleur.

– Nous ferons du feu quand il fera noir, lui dit-il.

La nuit, par ce type de temps, la fumée ne serait pas visible.

– Je pense que nous devrions rester ensemble, laissa échapper Gretchen.

Elle n'avait cessé d'y penser. Ce n'était pas le danger qui la tracassait, après ce qu'elle avait connu à Berlin. La guerre était finie, les armées dispersées. Elle se sentait de taille à affronter n'importe quelle menace. Mais l'idée de se séparer de Günter l'inquiétait parce que, pour la première fois de sa vie, elle se sentait pleinement heureuse. Là-haut, elle devait le partager avec les autres, ici ils étaient libres, tous les deux seuls, et elle ne voulait pas perdre ce qui lui était devenu si cher.

– Pas le choix, répondit Brumm en tapant ses moufles glacées l'une contre l'autre. Si ça se passe mal pour l'un de nous deux, l'autre doit pouvoir remonter le dire au Barbu.

– Mais tout se passera bien! affirma-t-elle. Les femmes sentent ce genre de chose!

Il rit et lui caressa les cheveux.

– Je me fie à la technique et à la préparation, pas à l'instinct, ma jolie.

Il l'attira et l'embrassa dans le cou. Il ne le lui avait encore jamais fait, et cela la prit par surprise. Il enchaîna :

– Il y a trois hôtels sur la *Strasse*, près de l'église. Tu prends une chambre dans celui qui se situe le plus à l'est, et tu dors. Un vrai lit, ça change.

– Les hôtels sont peut-être détruits.

– Peu importe. Le principe est de choisir celui qui se trouve le plus à l'est. S'ils ont disparu tous les trois, prends le premier hôtel que tu trouveras à l'est de l'église. S'il n'y en a pas, essaie au sud, puis à l'ouest, puis au nord. Il y aura bien une auberge quelque part! Tu fais des difficultés comme un enfant.

– Je suis une petite fille, mon colonel.

– Techniquement seulement. Bon, redis-moi tout ça.

Elle fit la grimace.

– On l'a déjà tellement répété que je vais m'en souvenir toute la vie!

– Très bien! Comme ça, tu peux me le redire facilement.

Elle soupira, s'adossa à la paroi de la caverne.

– Je descends jusqu'à la route et j'attends le passage d'un véhicule, commença-t-elle. (Sa bouche projetait de petits nuages de vapeur.) J'arrête ledit véhicule. Je me suis battue avec mon grand-père, qui m'a flanquée à la porte. Si le chauffeur me pose des problèmes pendant le trajet, je ne résiste pas. Je le laisse... s'engager. Je l'élimine. Je prends le volant, je fais demi-tour et je viens te chercher.

– Seulement s'il y a de vrais problèmes. En fait, tu dois obtenir de ton bon samaritain qu'il te conduise à Göttingen.

– Une fois là-bas, je prends une chambre à... Il faut vraiment dire encore tout ça?

Il le fallait. Elle poursuivit sa récitation.

– Après-demain matin, je vais à l'église catholique, prendre l'horaire des confessions. Puis je vais à la gare, prendre l'horaire des trains. Puis je rentre à l'hôtel et j'attends dans le hall. Quant tu arrives, je monte dans ma chambre et tu me suis. C'est la partie que je préfère, commenta-t-elle sérieusement.

– *Gut!* (Il lui sourit.)

Le lendemain, Gretchen se débarrassa de ses lourds vêtements. Elle enfila en se trémoussant une étroite robe de laine et des chaussures à hauts talons qu'elle avait laissé emporter de Berlin par Stefanie. Elle ne regrettait pas d'avoir cédé à la coquetterie de son amie. Elle emmaillota ses chaussures dans de la toile pour garder les pieds chauds, puis elle descendit tant bien que mal jusqu'à la route. Elle fit tomber la neige de ses jambes et attendit. Elle aimait la sensation retrouvée de porter une robe.

Le premier véhicule fut un gros camion de l'US Army. Les hommes qui étaient à l'arrière lancèrent des cris et des sifflements. L'un d'eux lui envoya un paquet de cigarettes, un autre mit la main à sa braguette. Elle ramassa les cigarettes et les mit dans son sac. D'autres véhicules militaires passèrent, de loin en loin, y compris une longue procession de chars couverts de boue qu'elle entendit venir longtemps avant de les voir. Chaque fois, les soldats criaient et gesticulaient, mais aucun véhicule ne s'arrêta.

Au bout de deux heures, alors qu'elle était sur le point d'abandonner son poste glacial et de remonter à la caverne, une longue berline verte approcha, ralentit, s'arrêta en glissant. Au volant, une femme. Seule. Vêtue d'une veste de treillis de l'armée américaine portant les feuilles d'or de commandant.

– Montez.

Jolie voix, petites perles aux oreilles, cheveux presque noirs bien tirés en chignon. De légères pattes d'oie au bord des yeux, elle avait la peau nette et bien maquillée – en somme, une jolie femme soucieuse de son apparence. Ayant saisi tout cela d'un coup d'œil, Gretchen se mit à pleurer, l'intensité de ses larmes la surprit elle-même. La conductrice se pencha, ouvrit la portière d'une poussée, tendit le bras pour l'aider à prendre place.

L'Américaine ne se donna pas la peine de parler tant que Gretchen pleura. Quand enfin les sanglots s'espacèrent, et que la jeune fille s'apaisa, elle lui demanda dans un allemand excellent où perçait à peine un accent :

– Que vous arrive-t-il, mon petit? Vous avez l'air perdue...

– Je me suis disputée avec mon grand-père. Il m'a battue. Je suis partie. Je n'y retournerai jamais! (Gretchen commençait à aimer le rôle.)

– Jamais, c'est long...

– J'ai pris ma décision! Si je reste, je vais me tuer au travail pour lui! (Ça faisait du bien de faire semblant. Elle se savait convaincante.) Je suis trop jeune pour passer ma vie dans une ferme. Je veux aller en ville, m'amuser.

– Ce n'est pas bien gai en Allemagne, ces temps-ci, dit la femme commandant. Et c'est peut-être encore plus dur en ville qu'à la ferme de votre grand-père. Les gens crèvent de faim.

– Je n'ai pas peur! affirma Gretchen. Je ne suis pas idiote, je sais me débrouiller.

– Quel âge avez-vous?

– Seize ans, mais je fais beaucoup plus. Je sais comment me regardent les garçons, et leurs pères!

L'autre l'examina.

– Vous n'avez rien de plus chaud pour les pieds? On peut attraper des gelures, dans cette neige!

Gretchen posa les pieds sur la planche de bord, dénoua les toiles et laissa tomber ses chaussures. En massant ses jambes musclées pour soulager la douleur, elle laissa glisser tout naturellement sa jupe et son manteau, découvrant le haut de ses bas nylon. La femme siffla doucement.

– Mais vous êtes vraiment mûre, *Fräulein!*

Brusquement, du bras droit, elle fit retomber d'un coup les jambes de Gretchen et tira la jupe pour cacher ses cuisses.

D'abord, Gretchen y vit un geste pudibond, celui d'une femme prétendant donner une leçon de maintien à une jeune fille mais, tandis que cette main lui rabaissait la jupe, elle sentit les doigts s'attarder à l'intérieur de sa cuisse, pour se retirer finalement en une longue caresse. De quoi s'agissait-il? Elle se demanda comment la femme aurait réagi si, en glissant la main à l'intérieur de l'autre cuisse, elle y avait rencontré, au lieu de la chair douce, l'acier d'un poignard. C'était une pensée amusante.

– Il faut faire très attention en ville, *Fräulein*. Il y a des militaires partout – les miens, les vôtres, les Russes. Ils sont affamés de femmes, surtout de jolies filles comme vous!

– Ça m'est égal. Je sais y faire avec les hommes.

La femme lui jeta un regard.

– Ça n'a rien à voir avec les gars de la montagne. Il faudra les éviter. Je suis sûre que vous savez vous défendre, mon petit, mais les hommes ont l'habitude de prendre ce qu'ils désirent et, s'il y en a plus d'un à la fois, vous ne serez pas capable de les arrêter. Les hommes sont frustes, ils se conduisent comme des bêtes. Ils ne sont pas comme nous, ils ne comprennent pas le besoin de tendresse. Les hommes vont droit au but, sans se soucier de ce que demande la femme. Alors gardez vos distances.

La voiture traversa un petit village. Les soldats américains semblaient partout.

– Tous les hommes ne sont pas comme ça, dit Gretchen. Il y en a de gentils.

L'Américaine ne releva pas. Elle réfléchissait. Elle disposait de la voiture jusqu'au milieu de la semaine. Le désir montait en elle depuis plus d'un mois, elle n'en pouvait plus. Son supérieur lui avait donné une permission et un véhicule en lui disant de bien s'amuser mais d'éviter le territoire soviétique. Pour ne pas courir de risques, elle avait emprunté une série de cartes où étaient portés les zones d'occupation et les postes de contrôle. Elle savait qu'il s'agissait de documents classés secret, mais ceux-ci étaient des doubles et elle ne s'en séparerait pas. Elle n'allait pas passer sa permission à se faire accrocher interminablement par la sécurité. Elle avait des besoins urgents à satisfaire.

– Eh bien, puisque vous êtes décidée, où allez-vous? demanda-t-elle au bout d'un moment.

– D'abord à Göttingen. Après, je ne sais pas. Le plus loin possible d'ici et de mon grand-père. Je suis déjà allée à Göttingen avec ma mère. J'étais petite, ça a dû changer.

L'officier effleura de nouveau la jambe de sa passagère, en remontant pour poser finalement la main juste au-dessus du genou. Gretchen ne réagit pas.

– Je n'avais pas prévu d'aller dans cette direction mais, si vous voulez, je peux vous emmener. Vous aimeriez?

La main glissa plus haut sur la chair nue, les doigts se faisant légers comme de petites plumes. L'audace de cette femme sidérait Gretchen. Les directives de Günter prévoyaient-elles ce type de situation? Ce serait facile de la tuer au couteau.

– Vous n'avez pas à le faire. Je ne veux pas vous déranger.

– Ça ne me dérange pas, dit l'Américaine d'une voix rauque. (Sa main devenait encore plus audacieuse.) Je suis en vacances et je n'ai pas de projets. Je ne demande pas mieux que de faire ça pour vous. Vous pouvez m'indiquer la route?

– Non, je ne m'en souviens plus. Vers le sud, c'est tout ce que je sais.

– Il y a un étui à cartes, à l'arrière. Si vous pouvez l'attraper...

Gretchen se pencha sur le dossier mais ne put saisir l'étui.

– Il faut que je passe par-dessus le dossier.

Une fois sur la banquette arrière, elle détacha rapidement son poignard et le glissa dans son sac. Avec une main si baladeuse, la femme aurait fini par trouver l'arme. Or cela valait la peine de tenir le coup pour aller d'une traite à Göttingen. Évidemment, cela s'annonçait délicat, mais une comédienne ne doit-elle pas savoir improviser?

– Ça vient! fit-elle.

Les jambes les premières, elle entreprit de repasser par-dessus le dossier avant. Elle poussa un cri : la main venait de surgir entre ses jambes et lui caressait l'entrecuisse. Elle se laissa tomber sur le siège, et l'Américaine retira la main en riant, en roucoulant :

– Charmant!...

Non seulement la petite était jolie mais elle n'avait pas le moindre geste pour repousser ses avances. Aucun doute, elle était allumée. Hitler avait fait de l'homosexualité un crime, puis envoyé tous les jeunes mâles à la mort. Beaucoup de jeunes Allemandes, en mal d'hommes, s'étaient inévitablement retournées les unes vers les autres. Cette découverte avait été merveilleuse, une mine, un filon inépuisable. Le désespoir poussait les gens à des actions qu'ils n'auraient jamais envisagées dans des circonstances normales. Sans la guerre, en ce moment, elle serait toujours aux États-Unis, à coucher avec des gouines coriaces. Ici, c'étaient de vraies femelles, il n'y avait qu'à tendre le bras pour les prendre, douces, blondes, sensibles à la chose. Même celles qui n'y étaient pas inclinées se laissaient facilement convaincre, mais tout indiquait que cette fille ferait une partenaire intéressante.

Le reste du voyage se passa sans anicroche au grand soulagement de Gretchen. Elles travaillaient en équipe, évitant les contrôles grâce aux cartes. La neige tombait de nouveau, en énormes flocons qui gênaient la visibilité au point que la voiture roulait au pas. En entrant dans Göttingen, l'Américaine déclara qu'il faisait trop mauvais, et décida un arrêt pour la nuit. Elle tenait mordicus à offrir un bon dîner à sa petite campagnarde – entre femmes, il faut s'aider – avec une bonne bouteille de vin s'il s'en trouvait.

Günter et le Barbu n'avaient jamais cessé de souligner l'esprit de décision du bon soldat : « Pendant que vous réfléchissez, le type d'en face tire! » Gretchen ne savait pas très bien ce que venait faire Günter à Göttingen, sinon qu'il devait rencontrer quelqu'un à l'église. A coup sûr, il trouverait beaucoup de valeur à ces cartes américaines. Elle savait ce qu'elle avait à faire et elle s'arma de courage.

– Je m'appelle Gretchen. Et vous?

La femme rit et rejeta la tête en arrière d'un air triomphant.

– Rosemary. Rosemary Willison.

– Rosemary Vilison, répéta Gretchen.

– Ça ira!

Elles éclatèrent de rire.

Les trois hôtels tenaient encore debout. Gretchen ne voulait pas entendre parler de celui dans lequel elle était descendue avec sa mère, et elle finit par convaincre sa bienfaitrice de prendre celui qui se trouvait le plus à l'est, près de l'église.

– Ça m'est complètement égal, dit Rosemary. Aucun n'est particulièrement reluisant. Espérons seulement que ce sera propre et qu'il y aura de l'eau chaude. J'ai besoin de prendre un bain. Si je le pouvais, je me débarrasserais de ces vêtements à la minute!

Elle offrit de prendre une chambre à deux, mais Gretchen refusa.

– Alors le moins que vous puissiez faire est de me laisser payer la vôtre. Ce sera autant d'économisé pour votre voyage.

Gretchen accepta. L'employé leur donna deux chambres attenantes. Il leur remit deux grandes serviettes élimées et deux ballots de literie.

– Prière de les rapporter en partant. Vous trouverez tout ce qu'il faut à l'étage. Il y a un supplément pour l'eau chaude si vous prenez un bain.

– Ce n'est pas une question de prix, dit l'Américaine.

Elles trouvèrent un restaurant dans une cave près de l'hôtel. C'était mal éclairé, ça sentait le moisi et il y avait une telle humidité qu'elles en frissonnèrent pendant tout le repas. Ce soir-là, il y avait au menu soupe de carottes et miettes de porc – surtout du gras – en goulasch. Rosemary commanda une bouteille de vin rouge, en vida presque une deuxième. Plus elle buvait, plus elle s'enhardissait, enchantée d'elle-même. Tout tournait encore mieux qu'elle ne l'avait imaginé. Elle prit son bain dans un flot de fantasmes sur la petite Allemande inexpérimentée mais peu farouche qui l'attendait à quelques pas de là...

De son côté Gretchen savait que Miss Willison la rejoindrait dans sa chambre; cela lui laissait trois possibilités : la fuir, coucher avec elle ou la supprimer. Elle arrêta son choix.

65. 11 décembre 1945, 11 heures 50.

Un fermier et sa cargaison d'œufs frais sauvèrent Brumm. Antique, bosselé, rouillé, le camion regimbait et gémissait dans les côtes, mais ça passait. Terminus, Seesen. Brumm poursuivit à pied. Il avait hâte de rejoindre Gretchen. Au bout d'un certain temps, des ambulances commencèrent à le doubler, l'une après l'autre. Presque à la fin du convoi, un véhicule se rabattit, un bras passa à la portière pour inviter le piéton à monter.

Un colosse coiffé d'une casquette bleue lui indiqua un siège libre à côté d'un amas de fusils, et demanda en mauvais allemand :

– Tu vas loin ?

– A Göttingen.

– Pas de problème.

Aux abords de la ville, Brumm fit comprendre par gestes qu'il voulait descendre. L'homme frappa à la cloison et l'ambulance freina en douceur. Aucune suspicion. Pas de vérifications d'identité. La zone entière était-elle aussi libre ? Il ne s'attendait pas à cela.

Il gagna donc le centre à pied, et prit une chambre dans une petite pension. Chaise calée contre la porte, pistolet sous l'oreiller, il dormit par à-coups en se demandant comment s'en sortait Gretchen.

Le lendemain, dans un restaurant près de l'église, il s'attabla devant une fenêtre d'où il pouvait surveiller la rue. Peu avant midi, il vit la jeune fille entrer dans son hôtel. Il régla son addition et la suivit. Comme elle avait été arrêtée au passage par l'employé, il s'immobilisa à proximité pour écouter la conversation.

– Vous et votre amie, vous partez aujourd'hui ?

– Non, dit Gretchen. Nous restons encore une nuit, peut-être deux.

– Encore des bains ? demanda l'homme d'un ton égrillard.

– Non.

En parlant, elle avait vu Brumm. Quand elle eut gagné sa chambre, elle laissa la porte légèrement entrebâillée et attendit. Il inspecta le couloir et entra d'une seule enjambée.

– Qu'est-ce que c'est que cette histoire d'amie ? demanda-t-il alors qu'elle se jetait contre lui en tremblant. Tu as eu des ennuis ?

Elle ouvrit les portes à claire-voie d'une armoire à l'intérieur de laquelle, sous une grosse pile de linge, il y avait un cadavre. Pour répondre aux explications que Brumm lui demandait du regard, elle exhiba l'étui à cartes.

– Elle avait ça, Günter. Je n'ai pas pu faire autrement.

Il ouvrit l'étui, étala les cartes sur le lit. Incroyable! Les zones, les bases, les postes, le numéro des unités... une moisson de renseignements! Il n'aurait jamais compté sur une telle aubaine.

– Elle voulait faire l'amour avec moi, dit Gretchen d'une voix mal assurée.

Il n'avait que faire des détails.

– Où est le véhicule?

– Dans une rue voisine. J'ai la clé de contact.

Il lui tendit les bras et elle se réfugia de nouveau contre lui. Quand elle fut un peu calmée, il la fit asseoir.

– Tu as bien fait. Ça change tout. Tu as les horaires des trains?

Elle fit oui de la tête en se frottant les yeux du dos de la main.

– Même des trains de marchandises?

– Ça varie tout le temps. J'ai relevé ce que j'ai pu.

– Et les confessions?

– L'après-midi, tous les jours.

– Parfait. Ne bouge pas, je reviens.

Le confessionnal se trouvait dans un coin sombre sur le côté de l'autel. Brumm s'agenouilla et le volet s'ouvrit derrière le rideau. Il murmura:

– J'aspire à entrer dans l'ordre de Sainte-Elisabeth.

– Combien de postulants dans votre groupe?

– Trois.

– Normalement, cela ne se fait que par deux.

– Parlez moins fort!

– Calmez-vous! répliqua la voix derrière le rideau. Ici, vous ne risquez rien. Vous êtes bien catholiques? Tous les trois?

– Oui, tous baptisés.

– Veuillez prononcer votre prière...

– Bien, dit Brumm. *Werwolf. Stop. Wolf.*

La voix répéta ces mots dans le même ordre.

– Attendez ici.

Le volet grinça, et on entendit des semelles claquer sur le marbre. Brumm fit monter une balle dans le canon, vérifia le silencieux et attendit, la sueur au front. Dans la minute qui suivit, les pas résonnèrent de nouveau et le petit panneau coulissait.

– Il y a un missel ici, mon fils. Quand je m'en irai, tirez le rideau.

Donnez-moi cinq minutes pour quitter l'église. Il vaut mieux que nous ne puissions pas nous reconnaître. Les paroles de sainte Elisabeth vous apporteront le réconfort et la paix.

– Merci, mon père.

La voix le bénit et s'en fut. Une fois le silence revenu, Brumm tira le rideau, attrapa le missel et le fourra dans sa poche. Il attendit exactement cinq minutes, puis quitta l'église.

Dans une ruelle derrière l'hôtel, il découvrit une entrée de service conduisant aux chambres.

Gretchen l'attendait derrière la porte, arme au poing. Il ouvrit tout de suite le missel, en tira une enveloppe dont il examina attentivement le contenu. Les papiers étaient en ordre.

– On rentre ce soir, dit-il.

Elle s'étendit sur le lit et ouvrit les bras. Ils passèrent l'après-midi à faire l'amour et à sommeiller. A la nuit tombée, Brumm amena la voiture dans la ruelle. Tandis que Gretchen, à la réception, détournait l'attention de l'employé, il descendit le cadavre comme s'il s'agissait d'une femme endormie ou malade, et il le mit dans le coffre. Puis il remonta dans la chambre de l'Américaine, rafla ses affaires et une bouteille de vin à demi pleine.

Quand la voiture déboucha au coin de la rue, Gretchen attendait au bord du trottoir. Ils quittèrent la ville en roulant doucement.

– Où est le corps? demanda la jeune fille quand Brumm commença à accélérer sur une petite route de campagne.

– Là, derrière.

– Elle avait quitté son unité pour une permission, jusqu'au milieu de la semaine. Pour le moment, son absence est normale. Qu'est-ce qu'on fait?

– On rentre à la vallée, attendre la fin de l'hiver.

– Et la voiture?

– Elle va avoir un accident.

Non loin de l'endroit où ils pénétreraient dans le Harz, la route longeait un ravin. Ils sortirent le cadavre du coffre, le revêtirent de son uniforme, l'installèrent au volant. Puis Brumm brisa la bouteille de vin sur le tableau de bord et ils poussèrent la voiture dans le ravin. En touchant le fond, elle explosa en flammes.

– Tu crois qu'on voit le feu? demanda Gretchen.

– Peut-être. Ça n'a pas d'importance.

Ils remirent leurs grosses chaussures et repartirent dans la montagne.

66. 24 décembre 1945, 23 heures.

C'était le soir de Noël et Beau Valentine revenait à Nuremberg. Pas mal d'idées se bousculaient dans sa tête mais aucune ne collait vraiment. Il savait depuis belle lurette qu'il y a des moments dans la vie où la volonté ne peut rien aux problèmes. Il faut prendre du recul, opérer une diversion, laisser le champ libre au subconscient. Il concevait cette partie de son esprit comme une espèce de marécage sous une surface lisse. S'y accumulaient en vrac toutes les idées, toutes les paroles prononcées ou entendues, toutes les expériences. Si l'on travaillait assez dur et assez longtemps sur un problème, pour le laisser couler ensuite dans le marécage du subconscient, une sorte de magie biochimique s'accomplissait et, le plus souvent, ce processus donnait lieu à des idées neuves, ouvrant de nouvelles perspectives.

Il se gara devant le perron, escalada les marches. Il y avait un arbre de Noël dans le vestibule, des guirlandes lumineuses couraient sur les murs. Beau avait toujours aimé Noël. Il se félicita d'être venu.

Il chercha la bonne porte au deuxième étage, frappa légèrement. Une voix ensommeillée répondit :

– Laissez-moi tranquille, je dors!

– Mais c'est le Père Noël! affirma-t-il dans le couloir.

Quelques secondes plus tard, Angie n'en croyait pas ses yeux :

– Beau ?!

– Ho-ho-ho-ho-ho!... fit-il en s'introduisant prestement dans la pièce.

67. 1er janvier 1946, 9 heures 30.

Pendant un certain temps, Brumm oscilla entre le sommeil et la conscience, ballotté entre un vague souvenir et la chaude réalité. Gretchen était sur le côté, la tête blottie sur son épaule, une jambe repliée sur lui. Le cou légèrement tordu, la bouche ouverte, elle respirait profondément et régulièrement. Il se dégagea doucement, sortit du lit, se redressa en se frottant la nuque. Le réveillon avait duré toute la nuit, trop bien arrosé. Une certaine raideur musculaire annonçait maintenant une journée difficile, salaire du manque de maîtrise de soi. C'étaient là des sentiments rares chez lui, mais enfin, il faut savoir lâcher du lest, se purger de ce qui fermente à l'intérieur d'un homme. Depuis des mois, le groupe faisait preuve d'une discipline remarquable. Lui et Hans se consacraient à l'instruction militaire de leurs Walkyries. La nuit, ils dormaient rarement seuls, mais la règle était formelle : pas plus d'une fille par nuit. A qui le tour, elles en décidaient elles-mêmes, et ni l'adjudant-chef ni le colonel ne s'enquéraient du mode de sélection.

Brumm s'habilla lentement tout en refaisant le point de la situation. Herr Wolf et Razia Scheel se mêlaient peu aux activités du groupe et, si l'homme n'avait pas montré d'exigences depuis longtemps, on sentait quelque chose de dangereux grandir en lui. Tous deux avaient même cessé de manger avec les autres et, en dépit de tentatives répétées de la part des jeunes filles pour les attirer dans le cercle, ils demeuraient à l'écart, toujours ensemble. Razia Scheel était difficile à comprendre. Elle se comportait en esclave vis-à-vis de Wolf, exécutant ses ordres sans broncher, toujours à l'affût du suivant. Ce qu'elle avait subi dans les camps de la mort suscitait peut-être en elle une espèce de mécanisme de survie par l'obéissance, se disait Brumm, mais, pour lui, cela restait du domaine théorique et le mettait très mal à l'aise. De quoi parlaient-ils tous les deux quand ils étaient seuls ? Que faisaient-ils ? Cette femme n'était pas sans séduction, mais comment les imaginer amants ? Certains des effluves émanant de leurs parages amenaient à se poser des questions.

Tard, la veille, ils étaient allés au bassin de la caverne. On avait bu, on avait joué. Herr Wolf s'était immédiatement retiré dans ses quartiers avec Razia. A minuit, ils célébraient sans conviction le changement d'année. Brumm devait prononcer quelques mots. Il était ivre, en proie à des émotions contradictoires. En fin de compte, il avait simplement levé son verre à l'Allemagne et aux Allemands. Après une ovation générale, tous s'étaient jetés à l'eau avec le même ensemble. Plus tard, comme Brumm s'extirpait du bassin avec l'intention d'aller se coucher dans sa chambre, une des filles lui sauta sur le dos et le dirigea vers sa chambre à elle. Ils en étaient encore aux préliminaires quand une autre Walkyrie se jeta dans le lit avec eux, ce qui provoqua une séance de lutte tournant vite en partie à trois. En levant par hasard les yeux, Brumm avait vu Herr Wolf immobile dans l'ombre, à la porte, bras croisés, visage crispé. L'homme avait disparu quand l'une des filles s'était mise à pousser des cris en atteignant un orgasme.

Maintenant, en s'habillant, quelque chose disait à Brumm qu'il y aurait des histoires. Comment ça se manifesterait, comment il réagirait, il n'en savait rien. La neige s'accumulait dans la vallée depuis des semaines, il était de plus en plus difficile de sortir. Rester enfermé était dangereux pour tous. Même dans de petits groupes harmonieux où chacun se sent bien, des frictions peuvent naître quand on manque d'espace pour s'isoler. Il y avait déjà des signes de tension et Herr Wolf en était la source première.

Dans la grande pièce, Brumm trouva Erda attablée, qui regardait fixement sa tasse de café. Elle avait les cheveux ébouriffés, des cernes sous les yeux.

– Bonjour, dit Brumm en se versant lui aussi du café.

– J'ai mal à la tête, dit-elle simplement.

Assise près du feu, Stefanie portait une chemise trop longue, déboutonnée. De temps à autre, quand elle bougeait, ses seins nus apparaissaient.

– C'est un autre endroit qui me fait mal, dit-elle avec un petit rire.

– Surmenage, la taquina Brumm.

– Au contraire, sous-emploi! rétorqua-t-elle sérieusement.

Tous trois gardèrent ensuite le silence, tandis que les autres arrivaient un à un. Gretchen fut la dernière. Elle se fit du thé puis vint s'asseoir à côté de Brumm, en plaquant la jambe contre la sienne.

– Je ne t'ai pas entendu te lever.

– Tu avais l'air trop bien pour qu'on te réveille.

Le Barbu remit des bûches et tisonna pour que ça chauffe.

A quel moment exact entra Herr Wolf? Difficile à dire. Il était absent et soudain, à la minute, il était présent. Costume marron, chemise blanche, cravate noire. Il laissait pendre ses bras devant lui, les mains jointes. Il engloba tout le groupe dans un même regard furibond. Il s'avança vers Stefanie et pinça l'épaule de sa chemise en disant :

– Couvrez-vous! (Ce n'était pas son ton habituel.) Vous êtes la honte des femmes allemandes et du Reich! (Il devenait tout rouge mais gardait le contrôle de sa voix.) Si vous faites la putain toute la nuit, au moins donnez l'illusion d'une honnête femme dans la journée, devant les gens convenables!

– Laissez-la tranquille, dit Brumm.

Herr Wolf fit volte-face et se claqua la hanche.

– Garde à vous! pour parler à votre Führer! hurla-t-il.

Sous l'effet d'un réflexe conditionné, Brumm et le Barbu sautèrent sur leurs pieds.

– Colonel, dit Wolf avec force et autorité, je suis navré par votre conduite! Où est votre honneur? J'attendais du grand von Brumm qu'il se conduise plus dignement! Cette nuit a été un étalage écœurant de faiblesse humaine. Vous copuliez comme un vulgaire animal!

– Vous ne pouvez pas... commença le Barbu.

Hitler s'en prit immédiatement à lui :

– Vous! (Le mépris confinait au dégoût.) On devrait vous castrer! Je n'aurais jamais cru cela de mes sous-officiers!

Brumm avança sur l'homme et tenta de lui saisir le bras.

– Réglons cela en privé.

Hitler se dégagea, un automatique surgissant soudain dans sa main agitée de tremblements.

– Ne me touchez pas! cria-t-il. On ne touche pas au Führer!

– Alors contrôlez-vous!

Il eut un éclat de rire strident – le genre de ceux qui évoquent un service psychiatrique.

– Que je me contrôle!... C'est vous qui parlez de se contrôler! Vous! Vous! Ah, vous ne valez pas mieux que les autres, Brumm! Quelle déchéance! Je croyais avoir choisi un homme de confiance, un homme d'intégrité! Et je me retrouve devant l'individu le plus ordinaire! Je vous laissais jouer au chef, colonel, mais c'est terminé. Vous manquez d'envergure. Je ne puis tolérer cela davantage. A compter de cet instant, c'est moi qui commande. Je déciderai de ce qui doit être fait ou non, et par qui. Comme toujours, je ne peux compter que sur moi-même!... ajouta-t-il avec dédain.

En parlant, il brandissait son pistolet comme un index et, chaque fois qu'il le pointait sur une des filles, celle-ci s'écartait immédiatement de la ligne de tir. Brumm et le Barbu ne lâchaient pas pied, ils échangèrent un bref regard : il fallait faire quelque chose.

– Voulez-vous rentrer dans votre trou! lança soudain le Barbu.

Hitler poussa un cri strident tout en lâchant un coup de feu. La balle passa au-dessus de l'adjudant-chef, frappa le mur de pierre derrière lui et ricocha dans la pièce. Tout le monde courba instinctivement le dos.

– Insubordination! clama Hitler! Je ne le permettrai pas! Vous m'avez prêté serment, adjudant! Comment osez-vous? Sans moi, vous en seriez encore à chercher de quoi manger par terre! L'Allemagne me doit tout! Sans moi, il n'y aurait pas de Reich! Moi seul vous ai tirés de l'oubli, moi seul ai fait quelque chose de vous, tous autant que vous êtes! (Il agitait toujours son arme aux quatre coins de la pièce.) Je vous ai rendu l'honneur et la volonté!

– Ah, oui! ricana Rau. Vous nous avez donné le Reich! (Il lança ses grands bras en arc de cercle.) Voilà! Un creux dans un tas de cailloux!

Brusquement, Hitler s'apaisa, sa voix retomba.

– Vous ne me méritez pas. Vous êtes tous indignes de votre Führer. Vous m'avez trahi et, du même coup, vous trahissez l'Allemagne et vous-mêmes. En conséquence, me voilà relégué dans cet enfer glacial avec des adolescentes en crise et deux soldats de carnaval. (Le pistolet visait de nouveau Rau et, à présent, la main était ferme. La voix se fit encore plus basse.) Vous vous prétendez des hommes! (Il sourit.) Après tant de semaines et de mois, pas une de ces jeunes femmes n'est enceinte! Des hommes! Votre virilité, crachons dessus!

Brumm s'efforçait de se contenir. Quoi que fût devenu Hitler depuis l'évasion, il n'y avait plus de Herr Wolf. Le Führer reprenait possession de lui-même et l'on ne pouvait plus préjuger de sa conduite. Brumm savait qu'il devait agir mais une partie de lui-même était terrorisée. Une voix continuait à chuchoter dans sa tête: « C'est ton Führer. »

Le Barbu, quant à lui, n'en supporta pas davantage. Il marcha sur Hitler, qui se crispa et visa. Mettant la diversion à profit, Brumm s'élança, dévia le bras de Hitler vers le haut puis, à deux mains, le lui tordit en arrière jusqu'à ce que le pistolet tombe. Il bloqua la clé, augmenta la pression. Malgré la douleur évidente, l'homme n'émettait pas une plainte. Brumm savait qu'il atteignait le point de rupture des os de l'avant-bras mais, s'il se laissait fléchir maintenant, tout était perdu.

– Herr Wolf, dit-il calmement, dans une situation comme la nôtre, l'animosité n'a pas sa place. Toutes les personnes présentes ont risqué leur vie pour sauver la vôtre. Elles servent toutes volontairement, sans rien demander. Vous allez leur faire vos excuses et nous n'en parlerons plus. (Il serra d'un cran.) Allez!

– Jamais! Je suis Adolf Hitler!

Brumm appuya, l'homme défaillit, les jambes cédant sous la douleur.

– C'est entendu... dit-il d'une voix étouffée, les larmes aux yeux.

– Dites-le! ordonna Brumm.

Hitler était à genoux, le regard baissé.

– Je m'excuse, murmura-t-il à la limite de l'audibilité.

Brumm arrêta les frais. Il remit l'homme sur ses jambes par les revers de sa veste et, d'une poussée, l'envoya à l'autre bout de la pièce.

– Ici, c'est moi qui commande! lança-t-il dans son dos.

Herr Wolf prit la porte sans demander son reste. Le Barbu ramassa le pistolet et resta près de son colonel.

– Notre Führer!... fit-il avec dérision.

68. 23 février 1946, 6 heures.

Les fronts nuageux qui descendaient de la mer du Nord et de la Baltique semblaient s'accrocher automatiquement aux pentes du Harz jusqu'à ce que de nouvelles perturbations les entraînent plus loin. Le Sibérien et Talia Pogrebenoi exploitaient au maximum les rares occasions où le temps était clair.

Ezdovo avait pris un Arado 96B, avion-école allemand très exigu, modifié pour des missions de repérage d'artillerie. Il aurait préféré un appareil soviétique, mais aucun n'était disponible et on n'avait pas le temps d'en faire venir. L'Arado était assez maniable, si léger qu'il atteignait presque la vitesse de décrochage sur les courants de montagne ascendants, ce qui augmentait d'autant son autonomie. Seul inconvénient, le revêtement de la carlingue était de toile goudronnée, si bien que, pour ne pas geler en vol, on devait s'enfouir sous des combinaisons de cuir doublées de mouton.

Le sexe de Pogrebenoi ne créait pas de problèmes. Ezdovo la traitait avec circonspection, comme il l'aurait fait avec tout nouveau camarade, mais il fut vite content d'elle. Elle n'avait jamais volé en avion léger, et elle adorait cela. Surtout, elle savait se montrer utile. Elle faisait tout ce qu'il demandait, sans pour autant manquer d'initiative.

Ils avaient découvert, dès les premières sorties, que les cartes ne convenaient pas, l'échelle en étant beaucoup trop grande. La jeune femme alla à Berlin et en rapporta un jeu complet de cartes topographiques provenant de l'ex-ministère de l'Intérieur nazi. Elles étaient volumineuses et si encombrantes à manipuler dans le petit cockpit qu'elle les découpa en rectangles collés sur du carton et recouverts de papier-calque. On disposait ainsi de segments d'usage facile, qui tenaient bien sur les genoux et ne craignaient pas l'eau. Talia avait même repris et amélioré la grille de recherche minutieuse de Petrov.

– Tu as l'habitude des cartes, reconnut Ezdovo un soir. (C'était là ce qui ressemblait le plus à un compliment de sa part.)

– J'ai appris en 42, quand nous avons stoppé les Allemands. Ils avaient des cartes parfaites. Je me suis rendu compte que la connaissance détaillée du terrain leur donnait l'avantage. On travaillait souvent derrière les lignes ennemies. Savoir où l'on se trouvait était vital.

Elle était heureuse qu'il apprécie son travail. Pour sa part, elle aimait sa façon calme et sûre de faire les choses. Il paraissait doux, trait de caractère qu'elle n'avait pas rencontré depuis longtemps chez un homme.

Si elle se montrait efficace et imaginative au sol, c'étaient ses talents exprimés en vol qui lui valaient le plus grand respect d'Ezdovo. Elle avait des yeux d'oiseau de proie. Ezdovo mettait l'Arado en légère glissade sur l'aile, réduisait presque totalement les gaz et se laissait porter sur les vents ascendants. Il était très fier de sa propre vue mais, à côté de Talia, il commençait à se prendre pour un aveugle. Cela devenait un sujet de plaisanterie. Il lui disait :

– Il y a un animal en dessous, dans les sapins.

Elle répondait :

– C'est un blaireau avec la patte avant gauche tordue et une tique dans l'oreille droite.

Et ils éclataient de rire, enchantés l'un de l'autre.

On dépassait la mi-février quand les nuages dégagèrent les crêtes pendant quarante-huit heures. Ils sortaient deux fois par jour, ils décollaient avant le lever du soleil pour être en montagne dès l'aube. A midi, ils refaisaient le plein, déjeunaient sur le pouce et repartaient s'attaquer à la grille suivante, jusqu'aux derniers rayons de lumière.

Le Harz n'avait pas grand-chose à voir avec les Alpes. C'était une chaîne d'ardoise et de granit, âgée, érodée, surtout remarquable pour son contraste avec les plaines du nord de l'Allemagne. Mais si la montagne n'avait rien de bien majestueux, vue de loin, le cœur du massif, vu de haut, avait de quoi impressionner deux bons soldats. Ils ne furent pas longs à saisir l'étendue et la complexité des obstacles au sol. Même d'avion, on avait du mal à suivre les vallées, si étroites et profondes que l'ombre les avalait. Souvent, pour étudier le terrain, Ezdovo n'avait d'autre choix que de faire plonger l'Arado au ras des arbres.

Après nombre d'essais et d'erreurs, ils se firent leur méthode. Ils effectuaient des passages jusqu'à ce que Talia se familiarise avec la configuration. Munie d'un gros crayon à mine tendre, elle traçait des repères et les numérotait. Puis Ezdovo piquait. Ils exploraient ainsi les plus petites zones et notaient tout sur la carte.

Talia disposait aussi d'un appareil allemand avec téléobjectif pour ramener des clichés qu'ils étudiaient quand ils étaient retenus au sol par le mauvais temps. Après chaque mission, elle reproduisait ses relevés et ses croquis à l'encre de Chine, puis les déployait sur un mur. Leur intention était d'établir une énorme carte détaillée du Harz et de ses environs. Terminée, ils la transmettraient au service cartographique de l'Armée rouge à Berlin, qui réduirait le tout à une taille opérationnelle.

Pendant les vols, ils restaient à l'affût de panaches de fumée, non sans soupçonner Brumm de savoir faire du feu sans fumée, s'il était pour de bon dans le Harz. Il leur arrivait d'en voir, mais toujours à la périphérie du massif. A l'intérieur, il n'y avait jamais que les bouffées de vapeur produites par des sources chaudes.

Le 23 février au matin, le temps était de nouveau bouché. En jetant un coup d'œil dehors, levé le premier, Ezdovo sut immédiatement qu'on ne volerait pas de sitôt. Un vent violent créait le phénomène du jour blanc, ciel et terre confondus.

Quand Talia sortit de sa chambre, il avait enlevé ses chaussures pour prendre son café, près du poêle.

– Cloués! grogna-t-il.

Elle n'avait pas besoin de voir, le vent faisait assez de bruit. C'était le début de la pire tempête de neige de l'hiver. Elle passa la journée à fignoler ses relevés à la lanterne.

Ce soir-là, Ezdovo eut la grande surprise d'entendre du Tchaïkovski sur un petit phono à manivelle. Comment Talia s'était procurée cela, il n'en avait aucune idée, mais la musique l'émerveillait. Installé devant le feu chuintant, il étudiait des cartes en la regardant du coin de l'œil. Elle portait un gros pull et de grosses chaussettes remontées jusqu'aux genoux sur ses jambes de pantalon, ses cheveux noirs luisaient dans la lumière tremblotante. A un moment donné, elle releva les yeux et le surprit à la regarder. Comme il détournait les siens, embarrassé, elle lui sourit et se remit à son dessin.

Un peu plus tard, quand elle eut terminé, elle lui demanda de venir voir. Debout à côté d'elle, il admira en silence, submergé par son parfum. Il s'imaginait portant les mains à ce pull alors que, déjà, de brefs contacts fortuits l'incendiaient...

Avant d'aller se coucher, ils burent un alcool, assis en tailleur, sans parler, devant les flammes.

Ezdovo ne pouvait pas dormir et savait pourquoi. Talia. Il aimait infiniment ce nom. Elle était belle et indépendante comme une femme de la montagne. Ils allaient bien ensemble, mais elle ne donnait pas plus de signe d'intérêt que cela. Il n'en pouvait plus de l'avoir tout le temps à l'esprit. Il se leva et gagna la porte qui les séparait. Il désirait simplement la regarder pour s'assurer qu'elle était de chair et de sang, et non une vision. Il écarta un peu le rideau, ne la vit pas dans son lit. Sa voix douce le fit sursauter.

– Pour un grand chasseur, tu mets du temps à remonter la piste, dit-elle dans l'ombre.

Il entendit approcher le son feutré de ses pieds nus sur le sol.

69. 24 mars 1946, midi.

Talia avait déjà vu deux fois cette vallée, d'abord fin novembre puis, brièvement, courant février, quand le temps s'était éclairci momentanément. Elle voulait la revoir de plus près.

En gros, l'équipe de reconnaissance aérienne du GOS avait passé les mois d'hiver au sol, à entretenir leur avion, ou à travailler sur une limousine, une Packard, douze cylindres en ligne. Il n'y avait rien, semblait-il, que Talia Pogrebenoi ne sût faire. Au fil des mois, leurs sentiments mutuels grandissaient. Après leur première nuit ensemble, ils avaient discuté à fond de la situation et jugé que celle-ci ne permettait pas que cela se reproduise, du moins dans les circonstances présentes. Cette autodiscipline leur était pénible.

De ses années de militantisme au parti, Ezdovo gardait l'opinion que les femmes russes accédaient, plus que dans les autres cultures, à la vie active de leur pays. Mais il ne s'était jamais demandé comment cela devait se traduire. A y réfléchir, maintenant, il se rendait compte que, si elles étaient partout, on ne les voyait jamais aux points stratégiques. Avant Talia, il n'avait jamais rencontré une femme dans les réunions de travail importantes. Le communisme prônait peut-être l'égalité des sexes, mais la pratique demeurait loin de la théorie. Qu'il y eût quelqu'un, dans la bureaucratie du parti, pour reconnaître la valeur de la camarade Pogrebenoi, c'était déjà beau. Envahir la Russie avait d'autant moins réussi à Hitler qu'il avait apporté à la société soviétique, par inadvertance, une cohésion qui aurait demandé des générations sans la menace nazie.

Ce genre de pensées n'était pas typique d'Ezdovo, que Talia en fût à l'origine la lui rendait encore plus exceptionnelle. Il ne cherchait guère à éclaircir les tenants et les aboutissants de son attirance pour elle. Il lui suffisait de travailler avec elle dans une confiance grandissante. Et puis, omniprésente dans son souvenir, il y avait cette nuit unique dans les bras l'un de l'autre.

Petrov leur fit plusieurs visites au cours de l'hiver pour examiner la grille et les résultats. En principe, Bailov leur était assigné, mais on le voyait peu. De temps à autre, Gnedin faisait un saut, jamais pour le travail, et ils appréciaient sa compagnie. Au cours du dernier passage du médecin, ils avaient tous un peu forcé sur la pertsovka, et Bailov, revenu à l'improviste, saisit l'occasion de prendre Ezdovo à part pour le cuisiner sur sa partenaire.

– Une femme intéressante, hein, camarade?

Ezdovo ne releva pas.

– Tu l'as...? (Joignant les bouts du pouce et de l'index, Bailov fit coulisser son stylo pour montrer bien vulgairement ce qu'il ne disait pas.)

Gêné, mais surtout furieux, Ezdovo bondit sur lui, l'attrapa à bras-le-corps et le plaqua au sol. Il l'immobilisa et, la bouche contre l'oreille:

– Non, camarade, je ne l'ai pas...! Chez nous, à la campagne, les femmes ressemblent à des bœufs musqués. Nous préférons les jeunes hommes nubiles comme toi.

Et il lui fourra la langue dans l'oreille. Ruant des quatre fers, Bailov lui échappa précipitamment et, à bonne distance, marmonna en remettant de l'ordre dans ses vêtements:

– Le parti n'aime pas les dégénérés!

Le Sibérien était hilare.

– Pour Pogrebenoi, tu la fermes! C'est un bon soldat.

Le ciel se découvrit en mars et l'escadrille de reconnaissance de Petrov au grand complet reprit l'air.

Ils mirent plusieurs jours à couvrir méthodiquement la grille, effectuant de nouveaux repérages, relevant des voies d'entrées et de sorties de certains sites. Talia s'était promis d'explorer l'étroite petite vallée qui lui restait en tête, mais elle ne chercha pas à convaincre Ezdovo d'abandonner le plan général pour une intuition. L'exploration devait se poursuivre comme le désirait Petrov. La vallée viendrait en son temps et on y regarderait de près. Talia était une femme patiente.

Il faisait beau et chaud. En inspectant l'appareil, ils avaient hâte de décoller.

Ils avaient souvent discuté de l'endroit où leur adversaire devait se cacher. Pour Ezdovo, ce serait à coup sûr un endroit facilement défendable au sol. A pied, il n'y avait aucune chance de tomber dessus. L'accès devait en être extrêmement difficile. Dès qu'on le verrait, on saurait.

C'était le premier passage. Talia repéra la première, tout au fond de l'étroit canyon, quelqu'un assis sur un gros rocher, quelque chose sur les genoux, peut-être un fusil mais elle ne pouvait pas le certifier. Elle braqua rapidement l'appareil photo.

Quand ils survolèrent de nouveau l'endroit quelques instants plus tard, il n'y avait aucun signe de vie. Ils entreprirent de balayer méthodiquement la vallée, dans les deux sens et d'un bout à l'autre. Toujours à la limite du décrochage pour aller le moins vite possible, Ezdovo maintenait l'avion juste au-dessus du sommet des arbres. Régulièrement, les entretoises ou l'hélice tranchaient des branchages en haut des grands pins. Talia ne montrait aucune peur. Elle gardait les yeux rivés au sol. Elle n'avait pas moins confiance en Ezdovo que lui en elle. Alors qu'il redressait l'avion pour sortir de la vallée, avant un dernier passage, elle lui saisit le coude :

– Le principal affluent du torrent s'élargit à un kilomètre environ du point où nous avons vu l'homme ce matin. Peux-tu descendre en dessous de la ligne des arbres à cet endroit-là? Je voudrais filmer.

Pendant l'hiver, ils avaient monté une caméra sur une petite plateforme extérieure, à la hauteur de Talia, et une autre sous le ventre de l'appareil. Elle les actionnait de l'intérieur au moyen d'un instrument rustique en forme de T. Les poussoirs étant montés sur ressort, tout s'arrêtait dès qu'on relâchait la pression.

– Montre-moi! s'égosilla Ezdovo dans le rugissement du petit moteur.

Redescendus sous la crête, ils suivirent les contours de la paroi nord, abrupte et irrégulière. A l'endroit indiqué, Ezdovo se pencha.

– Pas cette fois, dit-il en secouant la tête. On va revenir.

Il vira une fois de plus sur l'aile à l'autre bout de la vallée.

– En franchissant le dernier épaulement, je couperai les gaz, déraperai sur la droite et on piquera du nez pendant quelques secondes. Puis je redonnerai toute la gomme pour redresser et passer au-dessus des arbres, de l'autre côté. Pas le droit à l'erreur ou à la barrière thermique!

Elle lui posa tendrement sa longue main sur le visage. Ils volaient de nouveau le long de la paroi. Ezdovo mit au ralenti, à la limite du calage. Le petit appareil planait quasiment sur les arbres. Si ça marchait, ça passerait au mètre près, de l'autre côté. L'épaulement rocheux était droit devant. Une bonne cinquante de mètres sous la ligne de crête, Ezdovo laissa partir à droite.

– Prêt, caméra?

– Vas-y! dit-elle fermement.

En fait, le petit Arado était déjà en virage, piquant du nez. Durant un instant fugace, Talia eut l'impression que le sol se ruait à leur rencontre comme s'il voulait les happer mais, même au plus fort de sa peur, elle actionna les caméras, cramponnée à l'instrument. Elle ne respirait plus quand l'aile tribord couvrit l'eau de son ombre mais, même quand Ezdovo enfonça au maximum la manette des gaz, et que l'avion vibra, elle ne s'affola pas.

– On ne monte pas, dit-il calmement.

– Si, on monte.

Il regarda l'aiguille. L'angle était si exagéré qu'il se croyait à l'horizontale. L'avion montait mais en dérapant toujours vers l'avant, debout sur la queue.

– Ou on monte, ou on décroche.

De but en blanc, il bascula le manche à gauche. L'arrière heurta quelque chose et l'appareil se cabra, plongea, se rattrapa, vira pour se mettre en ascension plane. Droit devant, à moins d'un kilomètre, c'était la fin de la vallée, un énorme et menaçant mur de roc toujours plus large. Talia savait qu'ils étaient trop bas, et qu'il n'y avait pas la place de faire demi-tour.

– C'était un bel essai! remarqua-t-elle.

Elle voyait bien qu'ils allaient mourir. Elle se pencha contre Ezdovo et lui prit doucement le bras.

– Bouge pas! dit-il d'une voix tendue.

Elle sentit l'appareil céder brutalement sur la droite, puis se remettre aussitôt en palier. Ce bref décrochage rallongeait miraculeusement la vallée, mais ce ne serait pas encore assez. Au dernier moment seulement, elle comprit ce qu'il tentait. Devant, un peu plus haut, il y avait une énorme formation rocheuse évoquant une assiette creuse légèrement dressée en arrière. Ezdovo pointa le nez droit dessus et, tandis que cela remplissait le pare-brise, guida les roues sur le granit en maintenant la queue levée. L'appareil trépidait et faisait des embardées comme s'il roulait à grande vitesse sur une piste cahoteuse. La pente s'accentuait, l'appareil chutait dans la dépression. Puis, prenant toujours plus de vitesse, il se souleva, plongea. Les roues heurtèrent brutalement la remontée, c'est-à-dire le bord inférieur incurvé de l'assiette mais, à présent, il y avait suffisamment de portance et l'Arado s'envola comme sur une rampe de lancement. Ils jaillirent en plein ciel, franchirent l'arête d'une vallée voisine, dévalèrent encore et finirent par grimper à une altitude convenable.

Talia regardait devant elle, occupée à recouvrer la respiration. Elle mit du temps à se rendre compte que les caméras tournaient toujours. Elle lâcha enfin la poignée en T et, en ôtant ses gants, elle découvrit de profondes marques rouges dans la paume de ses mains.

– Je n'aurais jamais cru que ce serait aussi tangent, dit Ezdovo.

Elle se jeta à son cou et le petit avion se remit aussitôt à perdre de l'altitude.

70. 24 mars 1946, midi 5.

A la place des bourrasques hivernales venues du nord, le printemps gagnait les vallées. La neige s'amincissait en une croûte délicate que la végétation perçait de plus en plus. Tout le groupe était en excellente condition physique. Les réserves alimentaires auraient permis de tenir encore longtemps, mais Brumm savait qu'il fallait se préparer au départ.

Fin mars, une période particulièrement chaude volatilisa les dernières traces de neige. De nouveau, toute l'activité avait lieu dehors, au grand soleil.

C'était quelque temps avant que Brumm ne remarque le changement provoqué par sa conversation avec Herr Wolf. L'attitude du Führer envers Razia Scheel n'était plus la même.

Brumm en eut une première indication un matin, de bonne heure, en découvrant Herr Wolf en train de manger seul dans la grande pièce, après que les filles furent sorties aux corvées et à l'entraînement. L'homme devança la question :

– Elle dort, dit-il rapidement. Je n'ai pas voulu la réveiller.

Sur le moment, Brumm ne comprit pas réellement ce que cela signifiait. Herr Wolf avait commencé à se séparer d'elle.

Une autre fois, à la fin d'une de ses grandes conférences du soir, Herr Wolf s'était soudain lancé dans une louange intarissable de la beauté de la jeune Stefanie et de ses qualités typiquement aryennes, non sans la féliciter pour sa vive attention et pour l'intelligence de ses questions. Il est vrai que Stefanie en posait beaucoup. Elles le faisaient toutes, au début, mais elle seule avait persisté sans récolter autre chose que les regards assassins des autres, plus, à l'occasion, un sermon acerbe de Herr Wolf sur son manque de tenue.

Pendant des mois, Razia Scheel avait regardé de haut les jeunes Allemandes. Quand elle sentait le moment venu d'aller se coucher, elle tirait doucement Herr Wolf par la manche et il se levait aussitôt :

– Bien, ça suffit pour ce soir. Le sommeil est important pour la santé. Le parti nous demande de préserver nos forces, alors je vais faire mon devoir!

Le petit «speech» ne variait jamais. Mais ce soir-là, Herr Wolf négligea le signal de sa « nièce ». Il lui dit même d'aller se coucher si elle était fatiguée. Cela se passait après l'incident du petit déjeuner solitaire, et cela non plus ne parla pas immédiatement à l'esprit de Brumm.

Sur cette rebuffade, Razia quitta la pièce comme une furie. Herr Wolf poursuivit son vibrant éloge de Stefanie et, quand il finit par aller se coucher de lui-même, les autres plaisantèrent :

– C'est toi qui vas gagner le pari. Tu devrais aller au bassin, il va te rejoindre!

– Silence! gronda le Barbu.

Il regarda Brumm en fronçant les sourcils d'un air significatif : les enfants!... Il n'y a rien à faire!...

Peu après, Brumm et Gretchen sortirent faire quelques pas.

– A quoi ça rimait, tout ça?

Il n'aurait su le dire.

Avec le beau temps, la circulation aérienne reprit sur la montagne. La plupart des avions volaient très haut mais, peu après le début de la période chaude, un petit zinc se mit à effectuer des passages à basse altitude sur les crêtes. Il revint plusieurs fois en l'espace de quelques jours, croisant et recroisant méthodiquement, décrivant des cercles au-dessus de reliefs qui, de toute évidence, attiraient le regard du pilote.

L'adjudant-chef aussi bien que le colonel savaient ce qu'était la reconnaissance aérienne.

– Il n'est pas là par hasard, fit distraitement le Barbu.

– Non.

– Tu penses qu'ils nous ont retrouvés?

– Non, pas encore. Ils s'appliquent trop. Quand ils cesseront de venir, nous devrons alors nous inquiéter. Il va falloir partir.

Le soir même, ils disaient à la petite troupe qu'on quitterait bientôt la vallée. Toutes les filles, excepté Gretchen, voulurent savoir où ils iraient.

– Il vaut mieux que vous l'ignoriez, dit Brumm.

Il leur expliqua soigneusement ce qu'elles devaient emporter, comment elles devraient se comporter. Deux soirées de suite, il leur fit imaginer d'éventuelles rencontres avec les autorités. Elles prenaient l'exercice comme un jeu et s'en tiraient fort bien. C'étaient des filles brillantes et surtout loyales, qualité qu'il appréciait le plus. La comédie de ces prépartifs l'assombrissait.

Midi. Sous prétexte d'aller à la pêche, les deux hommes avaient remonté toute la vallée. Le Barbu fut surpris à découvert, sa canne sur les genoux, quand l'avion surgit en bourdonnant très bas sous la crête, cahotant et oscillant juste au-dessus des arbres. Un instant, ils crurent qu'il allait s'écraser. Le moteur toussait et s'étranglait sérieusement. Une épaisse fumée d'huile s'échappait des déflecteurs de carburation, sur le côté du capot.

Dans l'ombre d'une saillie, ils observèrent l'appareil qui enchaînait les passages, si bas qu'on distinguait deux personnes à bord. Un éclat de soleil sur une caméra montée sous les montants d'une aile leur apprit qu'on filmait leur refuge.

– C'est l'un des nôtres, dit le Barbu quand l'avion fut parti.

– Non, nous n'avons plus de force aérienne, lui rappela Brumm. Maintenant, ils savent. Ça ne peut plus attendre. Ce soir, on se prépare, demain on part au lever du jour.

– Elles seront prêtes, promit le sous-officier.

– Hans, mon vieux, on ne peut pas y aller tous. Le flot des réfugiés s'est tari, nous serions trop voyants et vulnérables en groupe.

Hans avala difficilement.

– C'est le devoir... dit doucement Günter.

Hans prononça la devise des SS :

– Mon Honneur est Loyauté. (Un silence.) Toutes?

Günter acquiesça :

– Oui, toutes.

– Même Gretchen?

Ce fut le tour du colonel de déglutir.

– Oui, elle aussi.

71. 24 mars 1946, 13 heures.

Brumm et Rau retournèrent à la caverne en restant à couvert. Ils trouvèrent les filles rassemblées à l'intérieur. Elles les bombardèrent de questions sur l'avion.

– Ils nous cherchaient?

– Nous sommes découverts?

– Il faut s'en aller d'ici! dit une autre avec l'accent de la peur.

– Du calme, dit Brumm. Pas de panique, c'est la première règle au combat. Ils cherchent quelque chose, mais je me demande si c'est nous. Il y avait une caméra sur l'avion et ils se sont assez approchés pour voir ce qu'il y a ici. Cela ne nous fera pas forcément découvrir, mais on ne peut pas dire que nous ne risquons rien. Il faut faire comme si on voyait notre camp sur leurs prises de vues. Donc il faut partir, c'est une question de prudence. Ne craignez rien, mes petites Walkyries. De toute façon, nous sommes pratiquement prêts, les paquets sont faits, et vous êtes très bien entraînées. Ce soir, nous allons fêter ça. Demain nous dormirons toute la journée. Nous nous mettrons en route à la nuit.

Après ce discours, elles étaient plus calmes. Mais le Barbu avait tout le temps regardé par terre. Était-il prêt à faire ce qu'il fallait? Brumm lui tapota le bras d'une manière rassurante et alla aider à la préparation de leur dernier repas.

72. 24 mars 1946, 18 heures.

Ils n'attendirent pas que les films soient développés. A Berlin, ce fut Rivitsky qui décrocha.

– Ici, Talia. Nous avons trouvé quelque chose.

– Nous arrivons. (Il raccrocha.)

Au début de l'hiver, Petrov avait fait transférer de Pologne tout un labo photo accompagné de deux techniciens. Le matériel était impressionnant.

Ezdovo et Talia avaient encore les jambes flageolantes. Ils l'avaient échappé belle, et tous deux le savaient.

Ils dînèrent de pain noir et de fromage blanc arrosés de bière du pays. Les techniciens apportèrent les films, dressèrent un projecteur et s'esquivèrent. Talia tendit un drap sur le mur en guise d'écran, et ils attendirent patiemment les autres.

Il faisait nuit quand le reste du GOS débarqua d'un petit avion de tourisme. Sans aucuns préliminaires, Petrov entra dans le bâtiment et prit un siège tandis qu'Ezdovo mettait le projecteur en marche, Talia assurant le commentaire.

– Caméra ventrale, premier passage aval, dit-elle en citant la cote du plan. Vers la fin, il m'a semblé voir quelqu'un sur les rochers.

Chacun examinait l'écran.

– Je ne vois personne, dit Gnedin.

Ezdovo rembobina.

– Passe-le au ralenti, dit Talia.

La séquence repassa lentement.

Elle montra une tache foncée dans les rochers gris :

– Là!

La vallée défila encore une fois. La qualité du film n'était ni bonne ni mauvaise.

– Je suis sûre que je l'ai eu!

– On peut avoir des tirages? demanda Rivitsky.

– Déjà commandé, répondit Ezdovo.

On entendit enfin la voix de Petrov :

– Faites voir encore.

L'appareil bourdonna dans le silence. La bobine terminée, Bailov prit Ezdovo par les épaules.

– L'aviation ne sait pas ce qu'elle perd, hein?

– C'était pas mal, avoua modestement le Sibérien.

– Passez le film de la caméra latérale, dit Petrov.

Ils se turent de nouveau. Quand ce fut passé, Petrov demanda la lumière.

– Les photos nous en apprendront davantage.

L'un des techniciens se plaignit du délai de commande des épreuves :

– On va rester debout toute la nuit!

– Mieux vaut veiller toute la nuit que dormir pour l'éternité, grommela Ezdovo.

Les deux hommes allèrent immédiatement se mettre au travail.

73. 24 mars 1946, 21 heures 30.

Il y avait de l'excitation dans l'air. Les filles parlaient sans arrêt en préparant le repas. Gretchen Waller appelait ça leur « dîner d'adieu » et les autres eurent tôt fait de reprendre en chœur.

Même Herr Wolf se mettait au diapason. On lui avait recoupé les cheveux et rasé la moustache. Il avait repris du poids tout en perdant son aspect bouffi. Il semblait svelte et alerte.

Les bouteilles défilèrent et ils mangèrent sans souci d'économie. Des mois durant, dans cette clandestinité, ils avaient respecté les convenances. Mais là, sous l'effet du vin et des circonstances, la discipline se relâchait. Les filles faisaient ouvertement des avances aux hommes. Vers minuit, cela se poursuivit au bassin d'eau chaude. Brumm perdait la notion de ce qui se passait. Les flacons circulaient, d'un alcool blanc à base de racines de gentiane. A un moment donné, on entendit Herr Wolf crier d'éteindre car il arrivait. Le Barbu immergea sa torche, produisant un grand bruissement chuintant. Puis Herr Wolf éclaboussa tout le monde, en appelant Stefanie. Il y eut aussi la voix de Razia Scheel, mais on n'y voyait rien, on se demandait où elle était.

Au bout d'un moment, l'une des filles s'extirpa du bassin et se mit à vomir. Ses haut-le-cœur durèrent longtemps, pour se terminer en hoquets gutturaux qui se répercutaient sur les murs de la caverne. La nausée gagna une autre fille qui sortit à son tour de l'eau en titubant, trébucha, se releva tant bien que mal et partit en courant se coucher.

Sans boire énormément, Brumm tomba endormi sur le rebord, pour se réveiller quelques heures plus tard, la bouche sèche et le crâne douloureux. La torche avait été rallumée. Gretchen avait réussi à s'allonger sur le dos, contre lui, dans l'espace étroit. Elle dormait profondément, ronflant parfois à petits coups, ses cheveux blonds emmêlés. Il la contempla, refusant de penser à ce qu'il avait à faire. Enfin, il la fit glisser dans l'eau. Elle n'ouvrit pas les yeux. Il la soutenait sous le dos. L'eau fumante faisait bouger ses seins.

Il regarda rapidement autour de lui. La fille malade était assoupie non loin de là. Gretchen bougea la tête, battit des paupières, fit monter un sourire vers lui, en murmurant :

– Je t'aime.

Il l'embrassa longuement. Quand il s'écarta, elle lui souriait toujours.

Il la saisit fermement par le cou et, pesant sur les avant-bras, l'enfonça dans l'eau. Elle crut d'abord à un jeu et ne se débattit pas mais, ses poumons commençant à manquer d'air, elle lui prit les poignets, d'abord timidement puis frénétiquement. L'une de ses jambes creva la surface et battit l'eau en soulevant une gerbe. Il l'enjamba et, de tout le poids de sa cuisse, l'empêcha implacablement de remonter.

Les mains de Gretchen retombèrent, paumes vers le haut, comme pour l'implorer. Il la souleva plus près de la surface pour voir son visage. Elle avait la bouche ouverte, le blanc de l'œil énorme, globuleux. Leurs regards se rencontrant, elle remua les lèvres comme pour former des mots. Sur une soudaine contraction de la gorge, un petit tourbillon se creusa : ayant perdu son dernier souffle, elle inhalait de l'eau dans les poumons. Il savait que c'était fini mais il attendit encore un moment.

Il regardait droit devant lui en remontant hors du bassin. Quand il glissa les doigts sur la gorge de l'autre fille, elle ouvrit les yeux et sourit, pensant qu'il s'intéressait à elle pour une autre raison. Elle sentait horriblement mauvais. Le vomi avait séché dans ses cheveux, sur ses épaules, sur ses seins. D'un geste bref, il lui brisa le cou et la laissa retomber sur la pierre avec un petit bruit mat.

Il regagnait l'habitation quand un coup de feu retentit. Il attrapa un fusil de chasse à un râtelier et se précipita. La porte de la chambre était ouverte. Nue, à califourchon sur Herr Wolf, Stefanie laissait pendre un bras sur le côté du lit, le menton sur le visage de l'homme. Elle avait une plaie béante à la poitrine, d'où le sang coulait en cascade. Brumm enregistra la scène instantanément. D'instinct, il se jeta de côté puis recula, s'accroupit. Razia Scheel se tenait à moins de deux mètres du lit, le revolver d'Herr Wolf dans une main, un petit couteau dans l'autre. Elle tremblait comme une feuille en pointant de nouveau son arme.

– C'était ma place! hurla-t-elle. A moi, la mienne!

Brumm tira une seule chevrotine. La femme reçut la charge en pleine poitrine à travers ses bras, dont l'un fut arraché, l'autre ne tenant plus que par un lambeau de chair. Le couteau rebondit par terre, Brumm le dévia d'un coup de pied. Il bascula le corps de Stefanie pour dégager Herr Wolf à qui, non sans répugnance, il jeta ensuite une brassée de vêtements. Les chaussures étaient près du corps sanglant de Razia Scheel et, tout en l'enjambant à quatre pattes pour les récupérer, le Führer pleurnichait :

– La sale juive! Elle a essayé de me tuer! La sale juive!...

– Fermez-la! lui ordonna Brumm, furieusement.

Le Barbu était dans le couloir, Schmeisser au poing. Brumm le bouscula quelque peu pour passer dans une autre chambre. Il y avait deux filles dans le grand lit, sous un édredon gris, les yeux écarquillés de peur. Le Barbu leva son pistolet pour tirer mais Brumm lui abaissa le bras.

– Je vais le faire.

Il ouvrit le fusil, éjecta l'étui vide, inséra une autre double charge, referma d'une secousse tout en dirigeant le canon vers le lit. L'une des filles se mit les couvertures sur la tête. L'autre bondit hors du lit et, tournant le dos à Brumm, courut vers un coin de la pièce. Il tira d'abord sur celle du lit, juste sous la gorge, lui arrachant presque la tête. Puis il pivota et l'autre reçut la mort au milieu de son dos nu. Elle tomba en avant contre le mur.

Pour gagner sa propre chambre, le Barbu passa devant Brumm et, sans lui laisser le temps d'agir, s'approcha du lit, posa le bout du canon de son Schmeisser sur la chair blanche, sous la gorge d'Ilse, et lâcha une détonation sèche.

– Mon... Honneur est... Loyauté... balbutia-t-il.

Brumm lui tapa sur l'épaule.

– Partons.

Comme tout avait été préparé la veille, il leur fallut moins d'une heure pour être prêts. Pendant qu'ils vérifiaient une dernière fois les armes et les bagages, Herr Wolf sortit de sa chambre et attendit près de la cheminée en faisant la tête. Assuré que tout était en ordre, Brumm retourna seul dans les autres pièces et dans la caverne. En commençant par Gretchen, il tailla un symbole familier sur le front des jeunes mortes avec son couteau. Il ne s'absenta que quelques instants mais, quand il revint, ses jambes de pantalon étaient trempées jusqu'aux genoux.

Ils partirent sans se retourner et remontèrent rapidement la vallée jusqu'à l'entrée. Brumm déclencha une réaction en chaîne d'explosions en lançant trois grenades dans le champ de mines. Avec un détonateur court et dix kilos d'explosif, il fit sauter en plusieurs morceaux le gros rocher qui bloquait l'entrée. Ils s'engagèrent dans le tunnel étroit en poussant rapidement leur paquetage devant eux, Brumm en premier, chacun s'éraflant les coudes et les genoux.

Une fois sortis de la vallée, ils prirent un défilé proche à pas redoublés. Au sommet du passage, pendant une pause pour permettre à Herr Wolf de reprendre son souffle, Brumm évalua la situation. L'homme était monté avec une relative facilité. Dans son état de santé actuel, visiblement, il pouvait supporter un effort physique modéré. Son état émotionnel, en revanche, demeurait sujet à caution.

Le Barbu, avec ses jumelles de campagne, fouillait la vallée qui s'offrait à eux.

– La voie est libre.

– Nous avons un avantage d'au moins deux jours, peut-être plus, dit Brumm.

74. 25 mars 1946, 6 heures 15.

Après le petit déjeuner, l'équipe n'avait plus qu'à attendre. Ezdovo, Talia Pogrebenoi et Bailov emmenèrent Rivitsky voir l'Arado au hangar. L'hélice de bois était écorchée, le fuselage arrière avait été déchiré par des branches, et l'entretoise tribord était tordue.

Quand ils revinrent, Gnedin punaisait au mur des photos encore humides. Avec un large sourire, Petrov tapota l'un des clichés, du dos de l'indcx.

– Regardez ça, dit-il à Talia en lui tendant une loupe.

On avait tracé une petite flèche sur le rocher où elle avait vu quelqu'un. Ce n'était pas net mais, dans l'ombre derrière le rocher, tout au bout, il y avait deux pieds coupés au ras des chevilles.

Talia jubilait.

– Le type est en train de plonger à couvert, dit Petrov. Faites-la encore agrandir, mais cela ne fera que confirmer ce que nous savons. Il y a quelqu'un là-dedans, et votre venue a sonné l'alarme. Vous aviez examiné cette vallée avant le vol d'hier?

– Non, dit Ezdovo, seulement à distance.

Petrov alluma un petit cigare. Un technicien apporta une nouvelle fournée de photos, celles-là de la caméra latérale, et fila sans demander son reste. Il ne savait pas qui étaient ces gens étranges mais flairait de gros ennuis.

Le passage suicide avait payé. Sur les nouvelles photos, on voyait un homme debout dans la vallée près du torrent.

– Celui-là, je ne savais pas qu'il existait, dit Talia.

D'autres plans montraient la façade d'une bâtisse construite à l'intérieur de la falaise, porte d'entrée ouverte. On découvrait aussi que l'élargissement du torrent était dû à un barrage.

Petrov s'approcha de la carte murale.

– Montrez-moi.

En fin d'après-midi, ils savaient où ils allaient et comment ils procéderaient. Ils prendraient à l'ouest à la sortie de Nordhausen et pénétreraient dans le massif par le flanc sud. Ils passèrent la soirée à préparer les cartes et à se répartir les tâches. L'impatience montait. Enfin! Ce n'était pas trop tôt!

75. 25 mars 1946, 10 heures 30.

Beau Valentine donnait deux sur dix aux Suisses : un point pour la beauté physique de leur pays, et un point pour la propreté; il ne leur voyait pas d'autre bon côté. Leur neutralité pendant toute la guerre avait été utile au renseignement américain mais, pour lui, ils n'étaient rien d'autre que des Boches aseptisés. Il ne les aimait pas et n'en faisait pas mystère. Chaque fois qu'il avait dû passer en territoire helvétique, il s'en était senti accablé pour un bon moment. Il n'y avait ni grands philosophes suisses, ni peintres ni compositeurs à son goût. Ces gens-là sombraient dans le pragmatisme. Mais enfin, il avait besoin de savoir ce qui se passait. Pas question de se présenter à Dieu sait quelle racaille du renseignement militaire.

Après la frontière, il attrapa un train pour Zürich.

L'immeuble était toujours aussi gris. On le laissa attendre dans le bureau, à feuilleter des magazines américains. La pièce avait radicalement changé. Jusque-là, c'était très « jeunes mariés », comme disait Arizona. Maintenant, c'était rupin. Meubles anciens, tapis d'Orient, rayonnages d'acajou, livres reliés de cuir. De soie était le drapeau dressé dans un coin et, sur les tables basses, les lampes étaient en cristal irlandais. De gros flacons de whisky, couleur fumée, recouvraient tout une table basse. Que diable se passait-il ? C'était le fief d'Arizona mais ça ne lui ressemblait pas.

Un homme entra, passa sans mot dire devant Valentine et s'installa au bureau. Il ouvrit un tiroir, y prit une plaque nominative, la posa devant lui et la fit pivoter jusqu'à ce que l'orientation lui convienne. On y lisait : *Justin L.R. Creel.*

– Où est Arizona ? demanda Valentine.

Encore plus qu'un bon officier, son supérieur, ancien avocat de Phoenix, était un ami à l'esprit acéré, à la parole mordante. Il exigeait beaucoup mais on pouvait compter sur lui. Ce n'était pas le moment de se faire à une nouvelle tutelle.

– Nommé ailleurs.

– Où ?

Le nouveau lui jeta un regard noir. On ne posait pas de telles questions.

– Vous me permettrez de vous dire que cela ne vous regarde en rien. Vous avez mis du temps à suivre la directive!...

– J'étais occupé, dit Valentine.

Le nouveau portait un complet coupé à merveille, des boutons de manchettes en or, une montre coûteuse, des chaussures si luisantes qu'elles en semblaient mouillées. Valentine, de son côté, quand le besoin s'en faisait sentir, pouvait se montrer aussi plouc que le plus péquenaud des ploucs ayant jamais traîné ses sabots dans le fumier du Sud.

– J'ai bien examiné votre dossier, dit l'officier d'une voix monocorde et pointilleuse. Vous avez eu votre part de réussites et d'échecs. Vous êtes porté à l'action indépendante, et vous avez le don des langues. Vous êtes également gros, adipeux, vêtu comme un moujik, et vous n'avez censément aucun avenir dans le réseau de renseignement américain. Je me suis laissé dire que vous aimiez qu'on vous parle « sans chichis ». Suis-je à la hauteur de votre attente en ce domaine?

– Ben vous, alors, mon vieux, pour sûr!...

L'homme haussa brièvement les sourcils avant de ramener son regard à la chemise de carton posée devant lui.

– Le 22 janvier de cette année, le président Truman a signé le décret de création de la NIA, *National Intelligence Authority*, stipulant la création du CIG, *Central Intelligence Group*, comme service Action de ladite Autorité.

Valentine considéra ce qu'il venait d'entendre.

– Vous voulez dire que l'OSS est *kaput*?

– Dissous par arrêté présidentiel du 1er octobre. L'OSS a fait son temps.

– Mais c'est Donovan qui dirige la nouvelle équipe, évidemment?

– Mr. Donovan et le Président ne voient pas les choses du même œil, en ce qui concerne la sécurité nationale. L'OSS était dirigé avec un mépris total de la discipline. Donovan en prenait trop à son aise. Il est évincé, avec d'autres.

Valentine sourit.

– Vous me bourrez le mou, pas vrai?

– Ce qui nous amène au cas d'un certain Beauregard Valentine. En décembre 44, quarante mille dollars vous ont été alloués. La comptabilité signale une absence totale de justificatifs. Nous n'avons pas été en mesure d'en faire état auprès des Italiens pour vérifier qu'ils ont reçu cet argent. Mes supérieurs m'ont chargé de m'informer.

Le ton de l'homme était celui d'un prix Nobel s'adressant à un crétin.

– Les putains de B-17 foutaient en l'air quarante mille dollars de bombes perdues à chaque mission. Y a pas quelqu'un qui leur demande des écritures, des fois?

L'officier remonta ses lunettes cerclées d'or sur une arête nasale rectiligne et, du regard, fusilla son interlocuteur.

– La guerre est terminée pour vous, Mr. Valentine. Les hommes de votre acabit n'ont plus d'utilité. Et ne me demandez pas de vous dire si, utiles, ils l'ont jamais été. Ainsi vous êtes fini, Mr. Valentine. Cependant, vous ne nous quitterez pas sans régulariser vos comptes. L'OSS procédait à sa façon. Nous, nous appliquons le règlement. Notre profession a besoin de se réformer. Vous représentez, il me semble, ce que les agriculteurs appellent la « mauvaise herbe ».

Valentine se pencha au-dessus du bureau et referma d'un coup sec le dossier que Creel avait entre les mains.

– Entendons-nous bien, espèce de connard! Je n'ai rien volé, et sûrement pas une misère de quarante mille sacs! (Il claqua de la main la chemise de carton.) Si tu avais pris la peine de lire ça d'assez près, tu aurais vu que j'appartiens à ce que les sociologues appellent une petite société très fermée, celle des pourris de fric. Pur-sang garanti, annuaire du gratin et tout le bazar. Toi, je ne sais pas qui tu es, et je m'en fous un peu, mon vieux. Je pourrais me payer ta femme demain et l'offrir à mes amis cajuns, histoire de les entraîner un peu au bojo. Je pourrais t'écrabouiller la tête, me livrer à la police et ne pas passer un seul jour en taule. Tu t'exposes aux pires ennuis que tu as jamais imaginés, si tu essaies de me baiser. Alors tiens-toi bien sur ton petit trône de fer-blanc et ferme-la! J'étais venu parler, et je vais le faire!

Accroché aux accoudoirs, immobile comme la mort, les yeux écarquillés, Creel se tassait dans son fauteuil.

– J'ai des raisons de croire, poursuivit Valentine, que les Russes courent toujours après le corps de Hitler. Je suis sur une piste de première, plus saignante que n'importe quoi. Voilà ce que j'attends de toi, *monsieur* Creel, chef de mission à la con. D'abord, je veux que tu mettes dans ton rapport exactement ce que je te dis. Sers-toi de mes propres termes, fiston, comme ça tu es sûr de ne rien déformer. Ensuite, je veux que tu me flanques une surveillance vingt-quatre heures sur vingt-quatre sur le bunker de Hitler à Berlin.

– C'est en zone russe! objecta Creel en s'étranglant au milieu de la phrase.

– Je sais, imbécile, c'est pourquoi je veux une surveillance! Avec les meilleurs, sans aucun répit. S'il se passe quelque chose dedans ou autour, je veux le savoir illico, et pas en code tarabiscoté! Ne te fatigue pas à me joindre, c'est moi qui appellerai.

– Vous n'êtes plus habilité à prendre des initiatives, hasarda Creel. Vous n'avez plus de fonctions.

De nouveau, Valentine se pencha.

– Mes fonctions, tu peux te les foutre au cul avec toutes les majuscules que tu voudras. Appelle Donovan et balance-lui le topo. Dis-lui que tu tiens ça de moi. Il ordonnera aux nouveaux grands pontes d'autoriser mon initiative. (Il se détourna du bureau et alla s'asseoir dans une petite causeuse, une jambe sur l'accoudoir.) Dévisse ton stylo, fiston, et écris. Si je vais trop vite, tu le dis.

Il relata ses activités depuis son entrée en Allemagne. Puis il se fit relire le tout, ajouta une phrase ou deux et se leva.

– Dernière chose. Les Italiens sont comme les Suisses, pour les questions d'argent. J'ai remis le fric à mes partisans, comme les autres sommes. Si tu veux voir leurs livres de comptes, faut demander. Mets ça aussi dans ton rapport. (Il ouvrit la porte.) Pas de questions?

Creel secoua la tête. Valentine sourit, leva un doigt qu'il fit tourner lentement.

– Alors décroche ton foutu téléphone et monte-moi cette planque à Berlin.

La porte claqua. Creel relut encore sa copie, en tâtonnant vers le téléphone.

Hors du bureau, Valentine s'arrêta un instant pour se calmer. L'OSS avait vécu. Il était au chômage. « Qu'ils aillent se faire foutre, estima-t-il, j'irai jusqu'au bout de ce coup! Pour Arizona. Pour Wild Bill [1]. Pour moi. »

76. 25 mars 1946, midi.

Ils étaient habillés en paysans. Dès qu'ils avaient quitté la montagne déserte, Brumm avait tellement ralenti l'allure que Herr Wolf en prenait peur.

Ils allaient plein sud, mais en serpentant au gré du terrain. C'était une lenteur délibérée, fruit d'une dure leçon. Derrière les lignes ennemies, il faut convaincre d'éventuels observateurs que vous êtes du même camp. Non seulement la hâte vous conduit à des erreurs de jugement, mais elle vous fait remarquer. Les paysans se pressent rarement. Brumm gardait un pas conforme à leur fausse apparence.

Le Barbu fermait la marche, Herr Wolf était en sandwich. Il se plaignait peu, faisait exactement ce qu'on lui demandait. Les deux soldats portaient chacun un pistolet-mitrailleur dans les plis de leur manteau, un sac de jute à l'épaule comme les marins, et des musettes contenant du linge, des médicaments et autres bricoles. Ça devait passer, à distance.

Ils avaient prévu de bifurquer vers l'ouest aux abords de la forêt de Thuringe, vers une zone située au nord de Marbourg. Brumm évaluait

1. Général William Donovan, chef de l'OSS pendant la Seconde Guerre mondiale.

cette partie du voyage à quelque deux cents kilomètres, avec vingt-cinq pour cent de rallonge pour se conformer au terrain. En tablant sur une trentaine de kilomètres quotidiens, et compte tenu d'obstacles et de retards probables, ça prendrait neuf ou dix jours.

Ils ne marcheraient que dans la journée. C'était risqué mais Herr Wolf aurait eu trop de difficultés dans le noir. Ils dormiraient de la tombée de la nuit aux premières lueurs de l'aube. Ils trouveraient de quoi manger en chemin, en volant dans les fermes et les maisons isolées. Les gens de la campagne connaissent bien ce genre de rapine et, s'ils s'en lamentent, c'est rare qu'ils déposent une plainte officielle.

Il avait commencé à pleuvoir à la sortie du Harz et ça continuait à tomber – une bruine silencieuse et drue qui abreuvait la terre, et où apparaissaient les fleurs nouvelles. Autant que possible ils passaient à couvert, dans les bois de pins noirs détrempés, en piétinant une épaisse couche d'aiguilles spongieuse. Une semaine pour atteindre la région de Christianbourg, calculait Brumm, en espérant que les cartes volées à l'Américaine se révéleraient justes.

77. 26 mars 1946, 15 heures.

C'était comique. L'OSS blackboulé. Une guerre entrée dans l'Histoire depuis moins d'un an.

Arizona était sacrément bon, comme chef de mission, le meilleur avec lequel Valentine eût jamais travaillé. Il savait obtenir le maximum de ses hommes, sur le terrain, sans les traiter comme de petits soldats. Un agent avait besoin de liberté d'action, d'information constante et, avant tout, d'un soutien total. C'était une question de respect mutuel. On ne pouvait imaginer d'être plus éloigné d'Arizona que le nouveau. Quand de vieux étudiants chics dans le genre de Creel commençaient à se saisir des commandes, il était temps de prendre la tangente. Comment Wild Bill avait-il laissé faire?

La guerre avait été longue, hors de prix, et voilà, il fallait passer à autre chose. Retour en Louisiane. Un séjour chez les nababs lui éclaircirait peut-être les idées, pour envisager l'avenir. L'argent hérité est un vrai fardeau. Ceux qui n'en ont pas croient que ça permet de se la couler douce... Certes la richesse n'était pas tombée d'un seul coup sur les Valentine. Elle avait été bâtie au cours de générations, et il ne s'agissait pas de liquidités. La vie de centaines de personnes dépendait de la famille. Certains de ses membres devaient donc mettre leur existence au service de la fortune. Tout Valentine recevait très tôt de sérieuses leçons d'économie, la règle d'or étant que la richesse n'est jamais statique : soit elle augmente, soit elle diminue, et la première éventualité est de loin la meilleure.

Dans le clan actuel, Beau était trop heureux de laisser à Buster, son jeune frère, le soin de grossir le magot. Mais refuser le rôle du capitaliste ne lui laissait pas le choix, car les riches n'ont qu'une alternative : accroître leur fortune ou servir l'humanité. L'ironie veut que seuls les très riches et les très pauvres, ceux qui ont tout et ceux qui n'ont rien, se disait souvent Valentine, aient le temps ou la motivation de dédier leur existence à améliorer le sort du monde. Il avait contribué à l'écrasement des nazis, mais ce travail avait monopolisé son énergie et, à présent, la route à suivre lui semblait floue. Enfin, il restait quelque chose à faire, que ça plaise ou non à l'oncle Sam. Il irait jusqu'au bout, coûte que coûte, et, quand il en aurait fini, il bouclerait son sac et rentrerait au pays. Là-bas, il laisserait courir, pour un temps, puis déciderait du reste de sa vie.

Suivre les pistes fournies par Skorzeny, rien de plus simple. Brumm était de Bad Harzburg. A en croire divers gradés, en ce qui concernait la circulation des réfugiés dans le coin, ça valait la peine d'enquêter. Une fois sorti de la pagaille monstre de Francfort, il y avait deux cent dix kilomètres. En roulant vers la petite bourgade de montagne, Beau passait le temps à se demander sur quelle piste étaient les Russes. Éprouvant exercice de raisonnement déductif. Il avait fait le tour de ses sources avant de quitter la Suisse : un attaché de presse à l'ambassade américaine, un horloger nommé Hubert qui revendait, entre autres, des devises volées, et Ermine.

Ermine Malone travaillait au bureau de l'OSS de Zürich. Elle avait été mariée trois fois : à un plombier de Salem, dans l'Oregon; à un agent du FBI à Philadelphie et à un batteur de Baltimore, mort dans un accident d'avion au cours d'une tournée en Afrique du Nord. Elle était petite mais solide, effacée en public mais sexuellement insatiable quand elle tombait sur Beau Valentine. Il n'avait jamais connu personne comme elle. Comme lui, elle n'était pas ce qu'elle semblait être, voilà sans doute ce qui les rapprochait. Parfois sa maîtresse, parfois son amie, elle était aussi son informatrice de l'intérieur, à l'Office.

En sortant de chez Creel, il s'était arrêté un instant près du bureau d'Ermine et, croisant son regard, avait levé brièvement la main en montrant quatre doigts. Elle avait répondu d'un regard, de trois doigts et d'un murmure :

– Demain...

Ils se retrouveraient à trois heures dans son logement du quatrième étage.

C'était une sorte de studio étroit, tout blanc, avec une grande lucarne. Quand Valentine entra, cette femme lui tomba dessus comme une furie, à coups de pied dans les jambes, à coups de petits poings durs dans les côtes. Il battit en retraite, en s'efforçant de parer avec ses énormes mains. Mais la rage d'Ermine tourna vite au rire, puis au désir. Ils firent l'amour par terre, presque tout habillés.

– Tu pars baiser toutes ces belles Ritales, et pas un foutu petit mot!

– J'ai été en Allemagne.

Elle fit la grimace.

– Encore pire! Blondes avec de gros nichons.

– Elles ne pensent pas tellement à ça. Pardon, dit-il gauchement. A la fin, c'était vraiment moche. Et puis j'ai reçu l'ordre de cavaler chez les Chleuhs. Pas le temps de te prévenir. D'ailleurs, je croyais que tu le savais. On dirait que tu sais toujours où je suis.

– Plus maintenant, Beau. La nouvelle équipe est vraiment spéciale, rien à voir avec la vieille bande. Ils sont froids comme des serpents et ils ne pensent plus qu'aux Russes. Quand le Président a dissous l'OSS, certaines personnes de chez nous ont été mutées au renseignement de l'armée, d'autres au Département d'État et le reste congédié. Je m'attends tous les jours à être renvoyée aux États-Unis. Si je suis encore là, c'est qu'ils manquent de personnel de bureau et que je connais le système.

– Vraiment, je suis désolé. (En s'entendant dire cela, il découvrit qu'il le pensait vraiment.) Écoute, on n'a plus le temps de réchauffer l'histoire ancienne, et je ne sais pas ce qui nous attend au prochain tournant, mais il faut y aller. J'ai besoin d'information sur les réfugiés allemands. Tu dois bien avoir quelque chose là-dessus. En Italie, les résistants n'arrêtaient pas de sortir des vannes sur les accointances du Vatican avec les nazis.

– Je ne peux pas t'obtenir ça, dit Ermine avec le plus grand sérieux. Je ne peux pas, c'est tout. N'importe quoi d'autre, j'essaierais, mais là, il s'agit de trucs ultra-secrets, et les nouveaux font tout en douce.

– Il faut que tu essaies. Si Arizona était là, ça ne ferait pas de problème. Mais je suis *persona non grata* pour cet imbécile de Creel. Je ne peux plus rien demander à quiconque.

Ermine ne répondit pas. Elle se releva, tira sur sa robe et commença à préparer le dîner.

Quand ils eurent fini de manger, elle plia sa serviette, la posa à côté de son assiette, croisa les bras et regarda fixement son invité.

– Je ne sais pas pourquoi je suis incapable de te dire non, Beau Valentine!

– J'ai mon idée là-dessus, dit-il en l'attirant à lui.

78. 27 mars 1946, 11 heures.

La place de l'homme sur la photographie permettait de localiser approximativement l'entrée de la vallée. Rien ne prouvait qu'il s'agissait d'une sentinelle mais tout portait à le croire. Et si l'on ne décelait aucune voie d'accès, c'est qu'il devait y avoir un souterrain, soit naturel, soit creusé à cet effet.

Ezdovo consultait rarement sa boussole. Grâce aux croquis de Talia, il avait mémorisé des points de repère suffisants. Le Groupe d'opérations spéciales montait en file indienne. Après le Sibérien, venaient la femme, Bailov, Gnedin, Petrov et, loin derrière tout le monde, Rivitsky. En vertu de la méthode Petrov, les talents de chacun étaient utilisés au gré des besoins, sans s'inquiéter de hiérarchie, mais dans l'ordre.

Ils mirent vingt-quatre heures pour atteindre la vallée extérieure. Ils auraient pu aller plus vite, mais Petrov ne voulait pas risquer l'embuscade. L'objectif était bien beau, mais il y avait d'autres facteurs à considérer. Beaucoup de rôdeurs allemands sévissaient encore dans les régions écartées : des réfugiés en bandes – Juifs et Tziganes rescapés des camps – ou de purs malfaiteurs. Avec le temps, ces comportements antisociaux et contre-révolutionnaires se dissiperaient, que ce soit par usure ou par une action des Soviets. En attendant, mieux valait pécher par excès de prudence.

Petrov soupçonnait Talia Pogrebenoi, vu son dossier de l'Armée rouge, d'être presque l'égale d'Ezdovo comme éclaireur. Ainsi incombat-il au duo qui avait découvert la vallée par la voie des airs de repérer son accès au sol. Le matin du 27 mars, l'équipe prenait des positions défensives dans une combe à proximité de la zone intéressante. L'homme et la femme partaient aussitôt explorer un champ d'ardoises lacéré de fissures.

Vers midi, Talia revint à petites foulées. Ils avaient découvert une caverne naturelle qui semblait se prolonger en chapelet. Juste avant la première grande galerie, un petit tunnel s'écartait dans une direction prometteuse. Ezdovo était resté en couverture.

Après examen du tunnel en question, Petrov donna raison aux deux éclaireurs qui, une fois de plus, furent envoyés en reconnaissance. L'attente ne fut pas longue. Talia revint dire que le tunnel débouchait dans une vallée.

– Je vous préviens, c'est très étroit.

Ils s'engagèrent à sa suite dans le boyau.

En arrivant à la lumière du jour, Talia s'arrêta pour jeter un coup d'œil dehors. Ezdovo la siffla depuis une levée de rochers à droite. Il tendit le bras d'une certaine façon. Elle comprit. Le terrain défoncé, à la sortie du tunnel, montrait la configuration caractéristique d'un champ de mines. Détonateurs à pression, non magnétiques. Elle informa les autres à voix basse, puis adressa un signal manuel à Ezdovo. Celui-ci, de la même manière, répondit qu'ils devraient sortir un par un, et qu'il leur indiquerait le parcours à suivre. La jeune femme s'élança la première. Elle se déplaçait vite et adroitement, gardant un profil bas, décrochant et revenant vivement. Une fois dépassé Ezdovo, elle prit position derrière une ligne de granit, en couverture avancée. A l'instant où Bailov la rejoignait, elle repartit en se faufilant silencieusement au pied de la paroi, afin d'élargir leur surface de tir.

Quand ils furent tous déployés dans la vallée et en sûreté, Ezdovo se laissa glisser de son perchoir. Après quelques mots avec Petrov, il rejoignit Talia.

– Les mines étaient dispersées en éventail en commençant non loin de l'entrée. Un certain nombre ont explosé. Il en reste beaucoup. Ça va jusque sous les pins, mais pas très loin. Je voyais le schéma, en gros, de là-haut.

– Je n'aime pas rester plantée sur ces rochers, murmura-t-elle. Trop plat, trop exposé. Allons voir sous les arbres si on peut se regrouper.

D'accord, Ezdovo fit signe aux autres de couvrir, avec une attention spéciale pour les rochers du haut. Puis tous deux mirent l'arme au dos, bretelle serrée, sortirent leur couteau des étuis de jambe et avancèrent à découvert, sur les genoux, en sondant à la lame, à la recherche de mines enterrées. Au bout de quelques minutes, ils étaient convaincus qu'il n'y avait plus rien, mais ils poursuivirent leur fouille méticuleuse jusqu'à la lisière des arbres, où il fallait faire encore très attention aux fils de détente, si chers aux Allemands.

Au bout d'un moment, Ezdovo fit venir l'équipe et la déploya en losange, Petrov au centre. Et l'on se mit en marche, lentement, tous les sens en éveil mais en comptant surtout sur les oreilles dans un tel enchevêtrement de végétation.

Ils atteignirent un torrent étroit, à partir duquel le lit de la vallée semblait se relever légèrement.

– Tu entends? demanda Talia à Ezdovo.

Il grogna doucement.

– Il y a une sorte de déversoir dans les rochers, juste après.

Ils revinrent en arrière, s'en entretenir avec Petrov. Les autres restaient en position, tournés vers l'extérieur.

– On est sous le barrage, qui est devant la falaise où il y a la construction.

– Bailov et Pogrebenoi vont en amont, de l'autre côté, dit aussitôt Petrov à Ezdovo. Tu prends le milieu avec Gnedin. Rivitsky et moi suivons les rochers. S'il y a du grabuge avant d'être en place, les survivants se replient, regroupement ici. Quand on y sera, tu entres seul. Trente minutes.

Pendant qu'ils réglaient leur montre, Talia mit les autres au courant.

– Personne ne tire. On attend qu'Ezdovo nous appelle à l'intérieur.

Deux par deux, lentement, ils se frayèrent un chemin jusqu'aux points indiqués. De l'extrémité du barrage, Ezdovo vit que la porte de façade était ouverte, mais que plusieurs petits portiques semblaient clos. Il n'y avait aucun signe de vie. A l'instant fixé, il se redressa et courut comme une flèche sur le barrage. Resté derrière, de côté, Bailov guettait intensément.

En atteignant la porte de devant, Ezdovo marqua une pause, se replia en position accroupie très serrée et, d'un bond, disparut à l'intérieur.

Plusieurs minutes passèrent. Quand il réapparut enfin, l'arme à l'épaule, ce fut pour faire signe aux autres de venir le rejoindre. Il faisait une drôle de tête.

Dans la première pièce, il y avait une jeune fille nue, le visage contre le sol, une étoile de David tailladée au creux des reins. Dans les chambres, quatre autres cadavres, tous marqués de la même façon. Des nuées de mouches bourdonnaient. Le festin avait commencé pour la vermine et les charognards. Les membres du groupe ne montraient pas de répulsion. Tous avaient déjà vu pire, souvent.

Quelques instants plus tard, ils découvraient encore une autre jeune morte dans la source d'eau chaude, et encore une autre à proximité. Celles-là n'avaient pas été tuées par balle, mais elles étaient toutes les deux marquées de l'étoile...

Le groupe s'en remit à Gnedin qui, suivi pas à pas de Petrov, entreprit d'examiner les cadavres. Ceux de la grotte étaient les plus embarrassants. La morte du bassin fut étendue sur la dalle à côté de sa camarade.

– La blessure au cœur est mortelle, dit le médecin, mais je pense qu'elle a été portée après le décès.

Petrov écoutait attentivement, les mains dans les poches. Gnedin continua :

– Vous voyez, sur la gorge?

C'étaient des marques bleuâtres, jaunâtres.

Au couteau, il pratiqua une profonde incision juste au-dessus du pubis de Gretchen Waller, puis remonta la lame vers le haut, comme une ouverture à glissière, jusqu'au fond du sternum. Rapidement, sans hésiter, il fit d'autres incisions, sous les côtes. Une autre, enfin, transversale, pénétrait l'abdomen inférieur. Cela fait, Gnedin souleva les rabats de peau ainsi créés. Les viscères apparurent. Durs au toucher, les poumons se révélèrent pleins d'eau, une fois ouverts.

– Elle a été noyée. Signes classiques. On l'a maintenue sous l'eau, d'où les marques à la gorge. Blessée et mutilée ensuite. L'autre, c'est plus facile, elle a le cou brisé. D'après la nécrose dans la région cervicale, je dirais qu'elle aussi a été marquée après la mort.

– Et les autres?

– Arme à feu.

Petrov fit transporter et rassembler tous les cadavres.

– Acte provocateur. Est-ce bien de cela qu'il s'agit?

– Quelqu'un les a bien tailladées, fit Bailov.

Petrov tournait autour des corps.

– Oui, les étoiles... Impossible de les négliger, n'est-ce pas? L'enquêteur, dans les bonnes affaires d'homicide, est hanté par le besoin de découvrir d'autres réalités au-delà des apparences. Toutes ces femmes mortes. Un mobile aveuglant. Des esprits peu imaginatifs concluraient au grossier crime de vengeance. Avons-nous tort de ne pas avaler cela? C'est peut-être ce que nous finirons par conclure...

L'assistance ne doutait pas qu'il n'en croyait rien.

– Y a-t-il des signes d'activité sexuelle?

– Impossible à dire sans analyse de laboratoire. Il faut prélever des tissus et les examiner sous microscope.

– Signes de lutte?

– Je ne pense pas, camarade. Ce corps, par exemple, dit Gnedin en montrant celui de la noyée. Pas de tissu sous les ongles ni dans les dents. Pas de contusions consécutives à des coups de pied ou de poing portés à un adversaire. Si je devais interpréter, je dirais qu'elle a été attaquée par surprise par quelqu'un qui se trouvait près d'elle. Elle flottait peut-être sur l'eau quand on l'a brusquement enfoncée sous la surface et maintenue jusqu'à ce qu'elle se noie.

– Ce n'est pas un intrus qui aura fait ça, dit Talia. Elles sont toutes déshabillées. Et elles buvaient. (Elle montra les bouteilles vides par terre.)

Petrov haussa un sourcil.

– Sans ses vêtements, une femme se sent extrêmement vulnérable, poursuivit Talia. Elle sera beaucoup plus sur le qui-vive qu'un homme dans la même situation.

– Merci, commandant. Observation intéressante. Vous estimez qu'une femme sans ses vêtements, étant plus vigilante, est plus difficile à surprendre?

– C'est vrai même dans un groupe. Les hommes s'ébattent bruyamment, tout nus. Ce n'est pas aussi naturel pour les femmes. Toutes nues, elles sont moins sociables.

– Pas naturel... releva pensivement Petrov. Et si un groupe de femmes était encouragé peu à peu à se conduire ainsi? Cela modifierait-il le comportement instinctif?

– Oui, répondit Gnedin. Pour une grande part, nos réactions sont induites culturellement. Par exemple, sous les tropiques les gens déambulent souvent sans vêtements. Théoriquement, la même chose serait possible dans toute société. Avec le temps, on peut créer pratiquement n'importe quelle norme.

– Réfléchissons. (Petrov montra du doigt la noyée, dont les viscères à l'air libre étaient attaqués par les mouches.) Elle est dans le bassin, peut-être avec quelqu'un d'autre, peut-être avec un homme, qui sait? Un ami? Un parent? Un amant? Ils se baignent béatement quand soudain il l'attrape et l'enfonce sous l'eau. Comme elle a trop bu, elle ne comprend pas tout de suite. Le temps qu'elle réalise, il est trop tard.

– Ça irait avec les données physiques dont nous disposons, reconnut Gnedin.

– Je suis d'accord aussi, dit Talia. Une femme se sent plus en sécurité dans les bras de son amant. Elle n'est pas sur ses gardes.

Elle lança un bref coup d'œil vers Ezdovo, qui regarda ailleurs, tandis que Rivitsky sautait dans la discussion :

– Nous avons là le résultat d'un carnage, ostensiblement dû à des intrus. Les morts sont violentes, brouillonnes, administrées à la va-vite. Cela conforte la théorie de l'intrusion. D'un autre côté, comment a-t-on pu s'introduire si facilement? A moins qu'il n'y eût déjà quelqu'un dans la place, quelqu'un de non menaçant?

– La question est intéressante, dit Petrov.

– Un rocher obstruait l'entrée de la grotte. On l'a fait sauter côté vallée, dit Ezdovo. On a aussi amorcé délibérément le champ de mines.

– Tu en déduis?

– Explosion en série, pas de cadavres... Tentative hâtive de donner l'impression que la vallée avait été envahie...

Visiblement, les autres partageaient cette vision des choses.

– D'après l'agencement des chambres, fit remarquer Talia, il y aurait eu plus d'habitants qu'il n'y a de cadavres.

– Ce qui me chiffonne, c'est la femme brune, dit Rivitsky. Ça ne cadre pas. Les autres sont nettement nordiques, et beaucoup plus jeunes. Je crois que c'est une juive...

Quelque chose d'autre travaillait dans son subconscient mais il ne parvenait pas à l'en sortir.

« Elle a un tatouage à l'intérieur du bras gauche, dit Gnedin. Moi aussi, je crois que c'est une juive. D'une façon ou d'une autre, elle a été l'hôte d'un des camps de Hitler.

– Il y a longtemps que cette maison est construite, dit Talia. Certains meubles sont très vieux.

– C'est drôlement approvisionné! fit Bailov. Ces filles n'auraient jamais constitué toutes seules de telles réserves. On dirait un avant-poste militaire! Rien ne manque! Il en a fallu, des aller et retour! A Bad Harzburg, nous avons appris que Brumm partait souvent en montagne avec son grand-père plusieurs jours, parfois des semaines. Ils se nourrissaient sur le terrain. Plus tard, plus âgé, Brumm revenait en permission et montait seul dans la montagne. Je crois que c'est le bon endroit, camarades!

– Mais d'où venaient ces filles? demanda Talia. Elles sont très jeunes, presque des enfants!...

– Pour les nazis, dit Petrov, l'enfance des filles s'arrête aux premières menstruations. (Il montra encore la noyée.) Celle-ci, malgré son âge, a déjà eu un enfant.

Gnedin confirma. Le pouvoir d'observation de Petrov le sidérait.

– Il y a de légères marques de distension, et d'autres signes.

– Je crois que ces jeunes filles ont été amenées ici par Brumm, de Berlin. Et cela, il n'est pas interdit de le penser, dans le seul objectif de fournir une diversion, de brouiller la piste.

– Elles sont mortes depuis combien de temps? demanda Petrov à Gnedin.

– Trois ou quatre jours. Difficile à préciser.

– Ce qui situe le moment de la mort dans les vingt-quatre heures après le passage de l'avion sur la vallée. Non, je suis tranquille. Il était ici. Nous allons manger quelque chose et dormir. Nous sommes sur la trace, il n'y a plus aucun doute.

aussi, je crois que c'est [illegible]. D'une façon [illegible] [illegible] hôte dans des [illegible] ou [illegible].
[illegible] à longtemps [illegible] [illegible] [illegible] ment les [illegible].

— C'est drôlement [illegible] fit [illegible]. Ces filles [illegible] jamais [illegible] toutes seules le [illegible]. [illegible] un [illegible] militaire! Rien ne manque! [illegible] a fallu, ces filles [illegible] [illegible], nous avons [illegible] [illegible] [illegible] [illegible] [illegible] plusieurs [illegible] [illegible] des [illegible] sur le terrain. [illegible] [illegible] [illegible] et [illegible] dans la montagne. Je crois que [illegible] [illegible]!

— Mais, d'où venaient ces filles? demanda [illegible]. Elles [illegible] jeunes, presque des enfants!

— Pour la [illegible] [illegible], l'enfance des filles [illegible] aux [illegible] [illegible]. Il [illegible] encore la moyenne? [illegible] déjà eu un enfant.

Gredin confirma. Le pouvoir d'observation de [illegible].

— [illegible] de légères marques de [illegible] et d'autres signes.

— Je crois que ces jeunes filles sont [illegible] [illegible] [illegible] Berlin est [illegible]. Il n'est pas interdit de le penser dans le [illegible] [illegible] [illegible] une [illegible] de [illegible] la [illegible].

— Elles sont mortes depuis combien de temps? demanda [illegible] Gredin.

— Trois ou quatre jours. Difficile à préciser.

— Ce qui situe le moment de la mort [illegible] [illegible] après le passage de l'avion sur la vallée. Non, [illegible] [illegible] ici. Nous allons manger quelque chose et dormir. [illegible] [illegible] [illegible]. Il n'y a plus aucun doute.

Troisième partie

LA POURSUITE

79. 28 mars 1946, 6 heures 30.

L'arôme du thé bouillant, puis le murmure d'une conversation entre Ezdovo et Talia Pogrebenoi réveillèrent Petrov. Il eut tout de suite les idées claires mais demeura immobile sous la mince couverture. Il avait perçu les premiers signes le soir où ils visionnaient le film aérien de la vallée. On ne pouvait pas affirmer qu'il y avait une idylle mais, indubitablement, un fort lien se nouait. Étaient-ils capables de faire la part du désir physique et de l'attachement émotionnel? Une chose était de coucher ensemble par besoin et commodité, et une autre de se laisser gagner par des émotions profondes. Prendre cette femme à bord avait été un pari. Elle était belle, de celles qui attirent naturellement les hommes et soulèvent une vague de désir sur leur passage, sans aucun effort. A la connaissance de Petrov, sans intention non plus de la part de Talia. Parce qu'elle avait commandé une unité militaire, il la croyait habile à écarter les avances de ses pairs et de ses subordonnés, mais il savait aussi que travailler côte à côte au sein d'un petit groupe créait une situation différente, surtout quand l'autre était Ezdovo. Ce genre de considérations ne l'amusait guère, mais c'était le métier. Même en temps de paix, il n'y avait pas de place pour les histoires d'amour dans les rangs du GOS, et ce n'en était que plus épineux dans les circonstances présentes. Même s'ils avaient cédé à une impulsion charnelle, il était encore temps de contrôler la situation, non seulement pour eux, qu'il respectait, mais pour la mission. Il y avait une décision à prendre. Talia Pogrebenoi avait été enrôlée pour sa connaissance des langues, jusque-là Petrov la voyait bien en fer de lance avec Ezdovo. Plus maintenant. C'est Bailov qui ferait équipe avec le Sibérien.

Il toussa pour prévenir qu'il était réveillé, puis se leva. En l'espace de quelques minutes, tout le groupe fut sur le pied de guerre. Seul Rivitsky, chose courante, présentait des symptômes de somnolence attardée.

Mais en dépit des apparences, son cerveau fonctionnait, tirait des plans sur la comète; en fait il n'avait jamais l'air bien réveillé avant une heure avancée de la journée.

Talia était de cuisine. Chacun des membres, y compris le chef, portait la ration alimentaire de quarante-huit heures pour l'équipe entière. Avec ce système dû à Ezdovo, qui l'avait appris étant enfant, sur la piste, avec les chasseurs de son clan, on pouvait garder son sac chargé, prêt à partir sur-le-champ.

Elle ouvrit quelques boîtes, coupa la viande, hacha les oignons crus. Ils mangèrent en silence, attentifs à Petrov. Tout le monde avait fini, que celui-ci mâchait encore avec application et sirotait son thé chaud.

Talia bourra son sac, puis vérifia son arme, un fusil de petit calibre semi-automatique à canon long, avec berceau pour un viseur télescopique qu'elle emmenait séparément, enveloppé dans une toile cirée. C'était une arme de guerre inhabituelle, à cause du petit calibre, mais idéale pour le tir de précision à longue distance : en confectionnant elle-même ses cartouches, la jeune femme obtenait une trajectoire très aplatie. C'était l'instrument d'un tireur d'élite.

Petrov avala sa dernière goutte de thé, s'éclaircit la gorge.

– Hier soir, vous avez vu par vous-mêmes à quoi nous sommes confrontés. Quand nos forces sont entrées en Pologne, et plus tard en Allemagne, le gros de l'ennemi déposait les armes et fuyait ou se rendait en demandant grâce. Ici, nous avons affaire à des adversaires très différents. Ceux que nous recherchons ne sont pas les premiers venus! L'un d'eux est extraordinaire. Vrai soldat, pur guerrier. Je ne sais pas s'il est frère des héros des vieilles légendes teutonnes, mais je pense qu'il n'a rien à envier à leur férocité. Il s'est voué à sa mission. Il ne se laissera pas prendre facilement.

Petrov se leva, s'étira.

– Il faut que vous compreniez ce qui est en jeu, reprit-il. Des dizaines de millions de gens de chez nous ont péri à cause d'Adolf Hitler. Pour le monde entier, le monstre est mort. Nous seuls, et ceux qui sont avec lui, savons qu'il est vivant. Le colonel SS a escamoté sous notre nez le criminel de guerre n° 1. Il lui a fait traverser nos armées pour le conduire en sûreté ici, dans cette vallée. Si n'importe lequel d'entre nous proposait une telle entreprise, on l'enverrait à l'asile. Vous avez toujours été dévoués au parti, à ses objectifs. Votre patriotisme est sans égal dans une nation où abondent les exemples de sacrifice. Mais nous nous lançons maintenant dans quelque chose de plus important que tout ce que nous avons fait jusqu'ici. Je rappelle à chacun son devoir sacré. Si nécessaire, vous devrez payer de votre vie la réussite. A compter de cet instant, il convient de renoncer à soi-même pour ne penser qu'à la mission. La chasse au Führer commence. Plus nous l'approcherons, plus nous devrons être vigilants. Suis-je dans le vrai, camarade Ezdovo?

– Le temps du plus grand profit vient avec celui du plus grand risque.
Petrov grommela, affectant un ton professionnel :
– Comment le succès et l'échec peuvent-ils jouer à égalité?
– Quand l'animal a de l'espace pour fuir, l'instinct le lui commande. C'est seulement quand toute échappatoire lui est refusée qu'il se résout à combattre. Le secret de la chasse sans danger est de dissimuler le piège de telle sorte que, au moment même où l'animal se croit sauvé, il est perdu. L'illusion du salut doit être donnée à la proie jusqu'au tout dernier instant. C'est le chasseur subtil qui mange de la viande fraîche!
– Forcer la bête, mais pas trop! traduisit Petrov. L'obliger à bouger. Lui faire savoir qu'on la chasse, mais lui laisser du champ. L'esprit, non les armes. La compréhension, non la force brute. Faire entrer l'animal dans son piège invisible, le laisser soupirer de soulagement dans une sécurité apparente, et appuyer sur la détente. (Petrov respira et retint son souffle.) Hitler doit être pris vivant.
– Il faut que ce soit possible, dit Gnedin.
– Ce n'était pas possible qu'il sorte de Berlin, mais il en est sorti.
Il n'y eut plus d'objection.

Pour la descente, Ezdovo, Talia et Bailov patrouillaient devant, à la recherche d'une trace de ceux qui avaient quitté la vallée. Ce fut Ezdovo qui trouva, sur l'autre versant d'une crête, à l'ouest de la vallée extérieure. On fit le cercle autour de lui.
– Ils sont trois, tous des hommes. Deux costauds, grands et lourds. Le troisième, plus petit, plus faible. Tire un peu la jambe.
Il leur mima le boitillement sur un champ de cailloux.
La piste menait jusqu'en bas, sur une route, au-delà de laquelle commençait une forêt. Ezdovo alla voir, les autres attendant sur le talus. Il revint tout content.
– Je les tiens! Ils marchent plein sud, sans se presser, et l'un d'eux est tamponné.
Les autres le regardèrent bizarrement. Il éclata de rire.
– Quelqu'un a gravé une petite étoile de David dans la semelle d'une chaussure de celui qui tire la jambe!
Petrov, tourné dans la direction prise par les Allemands, tendit lentement le bras.
– Poursuivez-les, dit-il à Ezdovo et Bailov. Rapprochez-vous mais ne cherchez pas le contact. Faites pression selon les circonstances. Je veux qu'ils sachent que vous les talonnez. Ils sont déjà sur leurs gardes. Votre forcing peut les amener à trahir leurs plans, si ce n'est leur destination. Compris?
Ezdovo, d'un grognement, entérina les ordres.
– Mais où vont-ils? demanda Bailov.

– En Italie, répondit Petrov.

Les quatre membres restants regardèrent en silence leurs camarades s'enfoncer dans les bois. Près d'une ligne plus touffue, Ezdovo s'arrêta un instant, regarda en arrière, puis tourna les talons et disparut à la suite de Bailov. Talia sentit son cœur battre plus vite. Elle savait que le Sibérien lui avait dit au revoir.

80. 28 mars 1946, 10 heures 30.

Il y avait du soleil dans le petit jardin public, à quelques rues de l'OSS, mais les enfants qui faisaient voguer des bateaux sur le bassin portaient de gros lainages. Près d'une fontaine, Beau Valentine observait tout le monde en se disant qu'il commençait à devenir paranoïaque.

Ermine arriva à 10 heures 30 précises. Elle regardait encore derrière elle en lui montrant furtivement une grosse enveloppe marron.

– J'ai peur, Beau.

– Écoute, lui dit-il, ne t'en fais pas pour ton boulot. Si tu te fais virer, je m'occuperai de toi, tu as ma parole.

Il voulut l'embrasser mais elle se dégagea et lui flanqua une claque sur la poitrine.

– Mon boulot! Ils vont me tuer, oui, s'ils apprennent que je te dis ce qui se passe!

Cela le fit rire.

– Tu lis trop de romans d'espionnage.

– Tu peux rire! dit-elle rageusement. Ce qui se passe, tu n'en as aucune idée! La vieille équipe, c'était des étudiants préparant des canulars. Les nouveaux, ça n'a rien à voir! (Elle parlait sur un ton signifiant qu'il valait mieux se taire et écouter.) Le Vatican a mis en service une espèce de train fantôme pour catholiques allemands. Ça fait Brême, Francfort, Stuttgart, Memmingen. Les petites paroisses servent de refuges. Les prêtres ravitaillent et abritent les gens tout le long du parcours. Ensuite, de Memmingen, on les fait passer à Innsbruck, en Autriche, et de là en Italie. On appelle ça la route des monastères. Et nous, nous infiltrons des chasseurs de têtes dans le système.

– Pour faire des procès?

– Tu n'écoutes pas! le gronda-t-elle. Nous cherchons à retourner ces gens. C'est le forcing en ce moment pour faire sortir les spécialistes des fusées avant qu'ils ne soient embarqués par les Russes. Opération Alsos. Ça concerne aussi les agents de renseignement allemands, surtout ceux qui travaillaient sur le front de l'Est. Nous, et les Russes, les British, les Français, même les Canadiens, tout le monde veut sa part des talents du IIIe Reich. C'est absolument *top secret*!

Il connaissait l'opération Alsos, il y avait participé par en dessous.

– Quoi d'autre?

Elle tapota l'enveloppe.

– C'est là-dedans, mais ce n'est rien à côté de ce que j'ignore. J'ai entendu dire que le général Gehlen se trouvait déjà aux États-Unis avec tout son réseau d'espionnage, et qu'on leur faisait tout cracher. Il ne se trouve pas sur la liste des prisonniers, mais nous l'avons.

– Et les politiques?

– Trop coton, trop voyant. On s'en tient aux grands techniciens et chercheurs.

Valentine lui pressa affectueusement le genou, mais elle se déroba.

– Et pour les autres trucs?

Il lui avait aussi demandé de prêter attention à tout événement « inhabituel », meurtre, vol... Il ne savait pas définir cela plus précisément.

– Plusieurs affaires de meurtre. Des Américains tués par des Allemands ou présumés tels. Toutes les enquêtes ont abouti, sauf une. Une WAC de Francfort, commandant, partie avec un laissez-passer et une voiture. Elle devait s'absenter une semaine. Au bout de dix jours, on a lâché les limiers. C'était en décembre. On a fini par la retrouver quand le dégel a commencé, ce mois-ci. Sa voiture était sortie de la route, en montagne.

– Alors?

– C'était un meurtre. La voiture avait brûlé, mais son corps avait été éjecté et protégé par le froid. Elle avait été poignardée au cœur, un vrai travail de professionnel d'après l'autopsie. Quelqu'un s'est donné du mal pour maquiller ça en accident.

– Hum... Qu'est-ce qu'on sait d'autre sur la femme?

– C'était une gouine.

Beau fronça les sourcils.

– Elle aimait les filles?

– Elle n'en avait plus pour longtemps dans l'armée, semble-t-il. Le prévôt avait engagé une procédure sur plainte d'une WAC qui travaillait avec elle au dépôt médical de Francfort. Le commandant aurait abusé de son grade pour rendre la fille plus coopérative.

– Où a-t-on retrouvé son corps?

– C'est là que c'est bizarre. La voiture était dans un ravin à une vingtaine de kilomètres d'une bourgade du nom de Bad Harzburg, en plein dans la zone qui t'intéresse. Ça fait loin de Francfort.

– Ouais, et juste sur le périmètre de la zone russe. On sait si les Russes sont impliqués là-dedans? Peut-être qu'elle s'est perdue et que les camarades se sont un peu dégourdi les jambes avec elle...

– Non. Elle avait toute une série de cartes.

– Des cartes?

– Oui, oui! Un colonel un peu fou, au centre de transport, lui avait fourni un jeu complet des dernières cartes de la zone de sécurité, comportant les positions, les contrôles, les ouvrages. Il apparaît que le colonel était un médecin chargé du parc moteur en attendant l'arrivée d'un officier des transports, et qu'il lui a donné les cartes pour qu'elle circule plus facilement. On ne les a jamais retrouvées, et le fameux colonel n'en avait pas soufflé mot. Mais, depuis, ces cartes ont été déclarées manquantes à l'occasion de vérifications administratives. On suppose bien qu'elles ont brûlé dans l'accident, mais personne ne peut l'affirmer. (Ermine se leva.) Il faut que j'y retourne. J'espère que ça t'aidera. (Elle s'écarta avant qu'il ne l'embrasse.) Pas en public. Peut-être qu'on nous surveille.

– Et après? Cela aurait été le secret le mieux gardé de l'OSS.

– Appelle-moi, dit-elle tristement par-dessus l'épaule.

– Tu peux t'y attendre! dit Valentine avec embarras.

Il la regarda s'éloigner, disparaître dans la foule à la sortie du jardin. Depuis le temps qu'il se servait d'elle, voilà qu'il découvrait à quel point il répondait à la description classique du pur salaud.

81. 30 mars 1946, 7 heures 15.

Le reste de l'équipe était rentré la veille au matin à la propriété. Aujourd'hui, levée tôt, elle attendait les ordres de Petrov. Il les fit venir un par un dans la sombre bibliothèque.

Le premier fut Rivitsky.

– Tu vas demeurer ici, camarade, j'ai besoin de ton intelligence. Reste pendant que je donne les instructions aux autres. S'il m'arrive quelque chose, tu prendras le commandement.

Rivitsky avait toujours admis cette éventualité, mais cela n'avait encore jamais été dit, et la tête lui tournait un peu.

Talia vint ensuite. Elle se campa crânement devant les deux hommes. De nouveau sous le charme, Petrov était maintenant certain d'avoir pris la bonne décision.

– Vous allez en Italie, lui dit-il.

Il l'observa pour voir comment elle prenait la nouvelle. Elle eut dans les yeux une brève lueur de surprise, puis rien. A son honneur, elle s'abstint de toute contestation, et il se sentit mieux. Il lui exposa sa mission. Elle prendrait le chemin des écoliers, par avion de Berlin à Trieste, via Budapest, enfin Rome par le train. Elle devrait contacter un agent dans la capitale italienne, en suivant une certaine procédure. Il ne nourrissait aucune crainte sur ses aptitudes.

Elle eut pour seul commentaire, accompagné d'un large sourire :

– Mon italien sera un peu juste, au début.

Gnedin, quant à lui, était dépêché en Suisse, d'abord à Bâle puis à Zürich, selon les événements. Petrov lui expliqua que le Vatican s'employait à aider les nazis à passer d'Allemagne en Italie. Il y avait des agents de toute nationalité dans une ville comme dans l'autre, et beaucoup d'informations à acquérir, voire à barboter.

Chacun fut informé des moyens de contacter le chef, et le dernier point à régler consista à fixer une date et un lieu de rassemblement.

Le soir même, Talia et Gnedin partaient prendre leurs avions respectifs. Rivitsky regarda la voiture s'éloigner, puis rentra et se servit quelque chose à boire. Sa main tremblait. Petrov lui avait parlé de la menace de Staline, quand ils pataugeaient à Berlin. Maintenant le GOS se dispersait, chacun devait travailler de son côté, et Rivitsky était bien conscient que sa vie, comme la leur, tenait à un fil.

82. 1er avril 1946, 17 heures.

Bad Harzburg était une belle petite agglomération de maisons anciennes, bien ramassée dans un coude escarpé du massif du Harz. Ses habitants avaient commencé par se méfier de Valentine et à se montrer mal à l'aise en sa présence. Ils n'étaient pas moins ombrageux que les gens des campagnes aux États-Unis.

Une journée durant, il n'avait cessé de brandir ses références de journaliste américain à *Life*, ce qui lui avait valu une certaine somme de respect, ou de crainte, difficile à dire avec les Allemands.

– Bad Harzburg a été laissée sous administration locale, dit-il au bourgmestre. Bien des villes d'Allemagne n'ont pas cette liberté. Votre cité a dû être jugée relativement exempte de sympathies nazies.

Comme c'était exactement ce que le bonhomme et ses administrés avaient envie d'entendre, le climat se détendit.

Rien de tel qu'un appareil photo pour faire le tri. Tout se passait comme si, par le seul fait de braquer l'objectif sur un Allemand, on était presque instantanément fixé sur son degré d'adhésion au national-socialisme. Ce véritable test comportemental semblait aussi efficace sur les deux sexes de tout âge. Même ceux qui avaient simplement sympathisé avec les fascistes fuyaient l'appareil comme la peste. Ces réactions aidaient bien Valentine à cadrer ses questions et à évaluer l'information obtenue.

L'après-midi avançait. Il se trouvait chez le bourgmestre à vider une bouteille de riesling devant un bon feu, la panse un peu lourde.

– Les réfugiés sont légion dans tout le pays. Or, ici, je n'en vois aucun!

– Nous les avons eus, dit le bourgmestre. Vous n'imaginez pas le nombre de réfugiés passés par ici. Savez-vous que, dans les derniers jours de la guerre, une énorme bataille s'était engagée à la lisière du massif du Harz, faisant beaucoup de morts? Mais les Américains ont décroché pour se porter à l'est, d'où venaient en même temps des centaines de milliers de gens qui tentaient d'échapper aux Russes. Nombre d'entre eux cherchaient refuge dans ces montagnes. Mais le Harz, même quand on le connaît, est un lieu inhospitalier. Alors ils s'en allaient.

– Comment avez-vous fait face à ce flux?

Le bourgmestre se mit à rire.

– Il n'y avait rien à organiser, rien à partager. En somme, on ne faisait rien et, en nous voyant aussi pauvres, ils passaient leur chemin.

– Aucun ne restait?

– Pas de façon permanente. De temps à autre, ici ou là, quelqu'un s'arrêtait mais, en fin de compte, ils s'en allaient tous. On n'y perdait rien. On avait déjà assez de mal à se débrouiller. On aurait bien voulu les aider, tout étrangers qu'ils étaient, enfin... il s'agissait d'Allemands, pour sûr, mais avec d'autres coutumes, des manières différentes... Comme huile et eau, le mélange prenait mal... Le seul que j'ai regretté, c'est le docteur. Il était resté quelques semaines, il paraissait s'acclimater. Excellent médecin, proche des gens, alors qu'il semblait beaucoup plus instruit que tout ce qu'on voit par ici.

Le bourgmestre but une bonne rasade de vin blanc. Valentine se pencha.

– Nazi? Mon gouvernement recherche un grand nombre de médecins qui ont pratiqué des expériences sur les Juifs dans vos camps d'extermination.

Ce « vos » scandalisa visiblement le bonhomme.

– Ce n'étaient pas *nos* camps! Nous ne savions pas ce qui s'y passait! On nous disait que c'étaient des camps de travail pour délinquants!

– Beaucoup d'Allemands disent la même chose.

– C'est la vérité! dit le bourgmestre, au supplice, la sueur perlant à ses tempes.

– Parlez-moi quand même du médecin.

– Ce n'était pas un nazi! On aurait dit un Prussien par son maintien, sa culture, mais il se disait de Dortmund. Le malheureux, sa femme et ses enfants morts sous les bombes!... Il avait des papiers en règle. Il était dans le corps médical quand son unité a été mise en déroute près de Katowice, en Pologne. Fait prisonnier par les Popovs, vite évadé. Pourtant le genre très calme, réfléchi, qui s'exprime avec précision. Il faisait plus l'effet d'un intellectuel que d'un criminel.

– C'est parfois la même chose. Alors il est parti?

– C'était sans doute inévitable. Un autre « étranger » est venu un soir avec deux petites filles. (Le bourgmestre se pencha vers son invité.) Vous n'allez pas écrire là-dessus? demanda-t-il d'une voix sourde.

– Je ne peux pas vous le promettre, dit Valentine qui désirait maintenir une certaine tension. Je dois écrire la vérité, vous savez bien!

– Oui, mentit le bonhomme. (Il avait du mal à comprendre. Selon lui, un journal ou une revue étaient faits pour promouvoir le bien général et développer le sens de la communauté, non pour imprimer des vérités susceptibles de troubler les lecteurs.) Le docteur se trouvait dans son cabinet, un soir, quand cet étranger est arrivé avec les fillettes. Le docteur a dit à son infirmière qu'il allait soigner des réfugiés et qu'il revenait. Là-dessus, il a emballé toutes ses affaires et il a disparu.

– Qui était l'étranger?

– On ne sait pas.

Valentine sentit que le bourgmestre lui cachait quelque chose.

– Voici ce que disent les journalistes, en Amérique : vous nous racontez l'histoire, ou nous l'inventons avec ce que nous savons.

Le bourgmestre s'agita.

– Je ne connaissais pas l'étranger. Personne ne le connaissait et il n'y a que l'infirmière qui l'a vu.

– En tout cas, les journalistes apprennent à deviner les choses, monsieur le maire. Et là, je sens que vous ne me dites pas tout.

Le vieil élu soupira.

– J'espère que notre bourg ne sera pas jugé sur une seule personne. Nous sommes de braves gens, pour la plupart. Nous n'étions pas pour Hitler, pas comme ces fanatiques dans les villes. Certains des nôtres ont voté pour lui, certains croyaient même en lui, et la plupart d'entre nous étions contents de voir l'Allemagne relever la tête.

– Les erreurs ne sont pas l'apanage de votre pays, dit Valentine pour l'apaiser.

Le bourgmestre contempla le feu un moment, respira profondément et se laissa aller dans son rocking-chair.

– Il faut que je vous parle d'une jeune femme de chez nous, qui s'appelait Janna Friest. C'était la petite dernière d'une famille nombreuse, je ne pourrais même pas vous dire combien ils étaient d'enfants. Ils vivaient dans les collines près d'ici, on ne les voyait pas. Ils cultivaient la terre mais ça n'allait pas très bien. C'étaient des gens assez frustes, sans éducation. Les parents, déjà âgés, sont morts pendant la guerre, et tous les enfants sont partis à l'exception de cette fille qui allait encore à l'école. Mais c'était une... un fruit gâté?... Comment dites-vous en anglais?...

– Vous y êtes presque. Une « pomme pourrie ».

– C'était de la mauvaise graine, approuva l'autre. Elle avait grandi vite, elle s'intéressait à tous les garçons et, plus tard, à beaucoup d'hommes, qui sont allés avec elle à un moment ou à un autre. Elle a même collé une maladie à un respectable membre du conseil municipal, qui l'a transmise à sa femme. Il y a eu scandale, notre vieil ami s'est engagé dans l'armée. *Fräulein* Friest est partie aussi, pour entrer dans une sorte de corps auxiliaire SS pour femmes. Mais je vous jure qu'on ne savait pas ce qu'elle faisait.

– Vous vous en doutiez bien un peu.

– Pas plus que ça. Un mois environ avant la fin de la guerre, elle est revenue ici, dans la ferme de famille, avec deux petites filles, elle se prétendait leur mère, mais tout le monde avait l'impression qu'elles étaient déjà trop âgées pour cela. On n'avait jamais entendu dire qu'elle s'était mariée. Elle ne voyait personne mais, quand on la rencontrait par hasard, c'était une autre femme. Il arrive que les fortes têtes s'assagissent à l'âge adulte, vous comprenez. Quoi qu'il en soit, les deux fillettes qui entrèrent dans le cabinet du docteur avec l'étranger étaient bien celles que Janna avait ramenées. Quand le docteur est parti, il y a eu beaucoup de commérages, aussi ai-je demandé à notre gendarme d'enquêter.

Valentine se gardait d'interrompre ce récit, qui prenait les proportions d'une confession.

– Nous avons trouvé la maison brûlée, Janna partie, du moins l'avons-nous pensé. Peut-être avait-elle volé les enfants. Ou les avait-elle arrachées à un destin horrible. Mais, non loin de la maison, la terre avait été remuée. Dans le trou, nous avons trouvé des... (Il ne trouvait plus ses mots.) Des preuves... C'est une situation extrêmement délicate. Janna était morte, mais il y avait aussi des photos, et... des objets, provenant d'un camp. Il semblerait qu'elle ait été gardienne dans un de ces endroits dont vous parliez tout à l'heure. Nous étions catastrophés. Nous avons aussi pensé que l'étranger devait être un proche parent des fillettes, et qu'il avait poursuivi la jeune femme jusqu'ici pour les lui reprendre. Dans ces conditions, il avait dû la tuer, c'était logique.

– Vous n'avez jamais revu le docteur?

– Jamais. C'est regrettable pour l'avenir du village.

– Et l'étranger avec les enfants?

Le bourgmestre secoua lentement la tête.

– Partis.

– Vous pensez que les deux hommes se connaissaient?

– Oui, sûrement. L'infirmière les a entendus se parler dans une autre langue, peut-être en russe. Je pense qu'ils étaient complices, mais de quelles manigances, Dieu seul le sait. J'espère qu'il n'est rien arrivé aux enfants.

Valentine réfléchissait. De tous les réfugiés passés par là, un seul était resté, deux si l'on comptait l'étranger.

– Parlez-moi encore du docteur. Il avait des amis?

– Seulement nos deux médecins, des hommes beaucoup plus âgés. Ils le jugeaient singulièrement compétent. Ils disaient que c'était un plaisir de travailler avec lui. Le docteur participait à la vie sociale mais ne semblait pas rechercher de relations personnelles. On ne lui connaissait pas d'histoires de femme. Il consacrait tout son temps à son cabinet, dormait très peu. Il était discret et consciencieux. La seule hypothèse que j'ai entendue sur lui, venant de l'un des vieux médecins, c'est qu'il avait dû travailler autrefois pour une firme pharmaceutique. Il avait de grandes connaissances et se passionnait pour les médicaments. Il pensait beaucoup aux besoins de la ville. Il passait des heures chez le pharmacien pour lui montrer de nouvelles méthodes de préparation.

– On dirait un médecin américain.

– Ce n'était pas un homme ordinaire!

– Que pensait de lui le pharmacien?

– Qu'il lui en apprenait beaucoup et ne demandait qu'à l'aider. Notre pharmacien est jeune, il manque d'assurance. L'ancien, notre vieux pharmacien, aurait été exaspéré par le docteur, il l'aurait fichu à la porte, il ne portait pas dans son cœur les gens de médecine qui considèrent l'art de soigner comme une science.

– Ah, votre pharmacien est nouveau?

– D'après nos critères, est nouveau quiconque est de la première génération ici. (Le bourgmestre sourit, plus détendu maintenant qu'on passait en terrain plus sûr.) Il est venu ici après le décès de Herr Halter en 43. Ce n'est pas chose facile pour une petite ville, mais nous avions eu si longtemps notre propre pharmacien que nous ne voulions plus nous en passer.

– Halter...

Les verres furent de nouveau remplis.

– Vous n'en trouverez pas deux comme Herr Halter! Je pourrais vous en raconter sur lui pendant des jours. Il n'était pas à prendre avec des pincettes, même étant jeune et, sur la fin, il devenait impossible. Mais c'était quelqu'un de bien, un honnête homme. C'est lui qui connaissait le mieux nos montagnes. Nous avons toujours eu du mal à rapprocher sa passion de la vie sauvage et la froide précision de sa profession. Il était unique. Lui et son petit-fils partaient camper là-haut pendant des semaines par tous les temps, même dans les neiges d'hiver.

– Son petit-fils?

– Oui, Günter von Brumm.

Valentine se crispa. L'autre poursuivait :

– Un bon garçon, tranquille, fort. Il a été à l'école militaire, il était officier de carrière, mais il a supprimé le « von » dans son nom. Peu de gens savaient ce qu'il faisait, moi si. Le vieil Halter m'a dit une fois que Günter faisait partie des opérations de commando de Skorzeny. Il n'est pas revenu de la guerre. Il doit être mort, ou prisonnier des Russes, ça doit revenir au même.

Valentine laissa percer son intérêt.

– Voilà quelque chose pour moi! L'un des villageois servait avec le célèbre Otto Skorzeny, l'homme qui est allé au secours de Mussolini. Alors il était SS?...

Instantanément, le bourgmestre fut de nouveau sur la défensive.

– Il y avait SS et SS, s'appliqua-t-il à expliquer. Ce n'étaient pas tous des monstres. Quand les Alliés entendent cela ils voient rouge, mais la SS n'était rien d'autre qu'un organisme militaire d'élite, comme vos Rangers américains ou les commandos britanniques. Günter n'était qu'un soldat, mais excellent! Il n'y a pas de honte à servir loyalement quand la nation l'exige, même par la bouche de Hitler. Nous l'avons mal connu, mais le village est fier de Günter! Il est parti tout jeune homme, il est rarement revenu. Quand cela arrivait, il ne quittait pas son grand-père. Le vieil homme pouvait à peine marcher qu'ils partaient encore en montagne tous les deux. Çà, Halter était fier de son petit-fils!

– Il venait en permission?

– Oui.

– Il est venu encore récemment?

– Non, pas depuis l'été 44.

– Il était venu voir son grand-père?

– C'est quelque chose de triste. Il aimait vraiment ce vieil homme. Il s'est rendu au cimetière, ma femme l'a vu près de la tombe de son grand-père. Il est parti le jour même.

– Les permissions devaient se faire très rares à ce moment-là.

– Oui, fit le bourgmestre. Il est parti camper en montagne pour la dernière fois. Parfois les jeunes croient en savoir davantage que leurs aînés. Pas Günter. Il avait une vénération pour son aïeul.

83. 2 avril 1946, 17 heures.

En arrivant en avance, à Trieste, Talia avait trouvé un coin fenêtre dans un compartiment convenable. Elle rangea immédiatement sa valise et s'installa.

Le train s'arrêtait à Venise, Padoue, Bologne, Florence, Orvieto, et dans une dizaine de petites villes, avant d'arriver enfin à Rome. Les Italiens appelaient ça un express. Quand Talia s'enquit des retards probables, un contrôleur ferma le poing, index tendu pour figurer un pistolet, et fit :

– Mussolini, pan!

Toutes les places ayant été louées plusieurs fois le long de la ligne tortueuse, le train était surchargé. Typiquement, les hommes écartaient les femmes et enfants pour prendre les places assises. A moins, bien entendu, qu'ils ne remarquent une jolie voyageuse : ils s'arrêtaient carrément pour la pincer, la tripoter. Dans les cas les plus exceptionnels, ils pouvaient même se lever pour lui offrir leur siège.

Entrer dans le pays avait été chose facile avec un passeport français, d'autant qu'elle avait pris soin de s'habiller comme il fallait. Sa robe légère, très moulante, s'arrêtait bien au-dessus des genoux, et elle portait des chaussures à lanières et talon haut. Elle prit plaisir à juger de l'effet de son corps et de ses regards sur les employés du chemin de fer italien. Pendant que le fonctionnaire de police examinait son passeport, à l'aéroport de Trieste, elle s'était délibérément penchée en avant pour lui offrir une vue grandiose sur ses seins, tout en engageant la conversation d'une voix feutrée. Elle alla jusqu'à lui donner le nom d'un hôtel de la ville, à le lui épeler. Cela sans préciser le moins du monde qu'elle y descendrait. C'est pourtant bien ce qu'il avait compris. Il transpirait comme une fontaine en lui tamponnant ses papiers. Il la fit passer avec un clin d'œil. Elle le vit inscrire laborieusement le nom de l'hôtel avec un petit bout de crayon, et fourrer le morceau de papier sous le ruban intérieur de sa casquette.

Un diplomate soviétique l'attendait à la sortie de la douane. Il la conduisit en voiture à la gare et soudoya un contrôleur pour qu'elle puisse monter dans le train avant tout le monde. Elle passa donc sur le quai de la gare devant la foule des autres voyageurs encore retenus derrière une barrière. Les hommes la sifflaient tant et plus, les mains tendues à travers les montants de bois, et ce vacarme la poursuivit comme une vague le long du quai. Un peu plus tard, de son coin fenêtre, elle assista à la grande bousculade dans l'étroit couloir du wagon. Il faisait extrêmement chaud et il n'y avait pas de ventilation. Une odeur âcre douce d'humanité finit par submerger Talia.

Le train se remplissait toujours. Un individu efflanqué entra dans le compartiment, prit la place voisine et, sans un mot, mit les mains sur la jeune femme. Elle lui asséna son coude droit dans la gorge. Il se leva en hoquetant, pour lui échapper, mais elle fut debout aussi vite que lui et releva sèchement le genou entre ses jambes, ce qui l'envoya tituber dans le couloir avec un gémissement. D'autres hommes, qui n'avaient rien perdu de la scène, détournèrent les yeux en vitesse.

Il ne se passa plus rien de marquant jusqu'à Rome si ce n'est que, à l'arrivée, son amour des Italiens en avait pris un coup. Ils lui faisaient penser à des enfants épuisants.

Comme toutes les autres gares de ce voyage, la *Stazione Termini* était noire de monde. Commencée avant-guerre par Mussolini, elle n'avait jamais été terminée. On aurait dit un monument national à la gloire de la remise au lendemain.

Comme à Trieste, l'arrivée de Talia fit sensation dans la population masculine. Le temps de gagner la station de taxis, elle s'était écorché les articulations des doigts sur les incisives d'un bellâtre, et presque foulé la cheville en caressant les tibias d'un autre don Juan dégingandé.

Loin de se donner la peine de descendre de leur véhicule, les chauffeurs de taxi passaient simplement la tête à la portière pour haranguer les clients, si possible en criant plus fort que leurs collègues. Talia en prit un au hasard et passa au chauffeur un bout de papier portant l'adresse de son hôtel, le Corsair, au coin de la *via del Corso* et de la *via Crescenzio*, c'est-à-dire à quatre kilomètres du Vatican et à deux petites rues du Tibre et de ses eaux aux reflets chocolat. Elle s'inscrivit sous le nom de Marion Jeune, conformément à son passeport français. Elle se verrouilla dans sa chambre et fit trempette dans un tub. L'eau tiède était colorée par la rouille des tuyaux.

Le lendemain matin, elle nettoya son revolver et fixa le silencieux. Elle avait trois chargeurs neuf coups et s'entraînait à les changer le plus vite possible en regardant ailleurs. Contrairement à la majorité des femmes, elle avait le goût des armes à feu, leur poids dans sa main lui apportant un surplus d'assurance.

Suivant les instructions de Petrov, elle déjeuna dans un restaurant à ciel ouvert, dont le nom signifiait très abusivement, et traduit littéralement : « maison des choix exquis ». Elle commanda une petite bouteille de chianti et des espèces de raviolis fourrés d'une espèce de poisson qui sentait fort l'ail et l'iode. Elle commençait à peine à manger quand un prêtre bossu entra qui, à l'issue d'un certain entretien bruyant et cordial avec le patron, s'approcha de sa table. Il paraissait inoffensif, presque fragile, mais elle changea d'avis en rencontrant son regard.

– Signorina, je vous demande pardon mais le restaurant est complet, aujourd'hui. Puis-je me joindre à vous ?

Talia regarda autour d'elle. Plusieurs tables restaient libres.

– Comme vous voudrez, mon père.

Le vieil homme prit place tant bien que mal et accrocha sa canne au bord de la table.

– Il fait chaud! dit-il en épongeant la transpiration de son cou avec une serviette.

Pendant quelques minutes, il fut assailli par les serveurs qui s'arrêtaient près de lui à tour de rôle pour échanger quelques mots et lui demander sa bénédiction, qu'il leur accordait d'un bref geste de la main en marmonnant.

Le temps que la commande du prêtre arrive, ce que Talia avait dans son assiette était froid. Elle le regarda attaquer la sienne avec ardeur, couvrant la nappe de miettes et son menton de sauce tomate. Au moment de terminer, il parut découvrir qu'elle ne mangeait rien.

– Vous n'aimez pas cette cuisine?

– Je ne saurais pas vous le dire, c'est froid.

Il se frappa légèrement la poitrine.

– *Mea maxima culpa,* fit-il entre deux renvois. C'est ma faute! (Il attrapa une autre serviette pour se tamponner la bouche.) Je m'étais laissé dire que vous, les Russes, vous aimiez manger froid...

Son visage s'éclaira d'un sourire informant Talia que le contact était effectué.

84. 3 avril 1946, 21 heures.

Ezdovo était assis par terre, arme sur les genoux, dos à dos avec Bailov dont la respiration indiquait qu'il dormait déjà.

Ils se trouvaient sur un large champ d'ardoises couleur de cendres. En contrebas, un torrent étroit venait se précipiter contre la paroi d'où il semblait rebondir pour cascader encore plus vite. L'érosion du rocher créait un tourbillon d'eaux noires gargouillantes, en forme d'œuf. Les deux Russes avaient une vue parfaite sur le torrent et le défilé. Nul ne pourrait descendre jusqu'à eux sans beaucoup d'effort et de vacarme, surtout la nuit. Même de jour, ils avaient eu du mal à atteindre l'ardoise, mais ça valait la peine. L'abri était sûr, ils pourraient dormir. La traque se limitait aux heures de lumière. A l'approche de l'obscurité, il fallait trouver un endroit dont les caractéristiques naturelles empêchaient l'effet de surprise. Ils ne pouvaient pas se permettre d'user leur énergie à veiller.

La respiration bien rythmée de Bailov commençait à agir sur Ezdovo qui regardait sans le voir le tourbillon sombre, en dessous, en mâchonnant un morceau de bœuf séché. Cela n'avait aucun goût, à part le fumé, mais cela activait la salive et trompait l'appétit. Cette poursuite avait été épuisante mais, paradoxalement, il aimait tout autant la compagnie de Bailov que la solitude. Ce n'était pas une question de conversation. Ils parlaient rarement, consacrant leurs forces à poursuivre trois Allemands. Le plus souvent, ils communiquaient par gestes, échangeant à l'occasion un regard ou un grognement. Il s'agissait du silence confortable de l'amitié, celle-ci ne se payant guère de mots.

Ezdovo laissa son esprit tournoyer vers l'intérieur de lui-même, vers le passé, vers sa jeunesse. Il était sur une berge verdoyante de l'Amour, surplombant le grand fleuve impétueux. En bas, sur un banc de galets, un gros ours noir pataugeait dans les trous d'eau en lançant des coups de patte, à la pêche au saumon rose. En observant l'animal, il sentit une impulsion monter en lui. C'était difficile à verbaliser. Il éprouvait comme un sentiment de parenté avec cette épaisse fourrure lisse et luisante portant un grand diamant blanc à la gorge. Au bout d'un moment, il mit le fusil à la bretelle, descendit tant bien que mal au pied de la berge et avança à découvert. L'ours le vit venir, leva les naseaux dans le vent pour saisir son odeur, puis se remit à dévorer le gros saumon qui se débattait encore sous sa patte.

L'homme approchant toujours sur le banc de galets, l'animal finit par en oublier son repas. Cessant d'osciller, il se raidit, pencha la tête et cligna plusieurs fois ses yeux de myope tout en reniflant profondément. Soudain sa bouche s'ouvrit et se ferma, le claquement de dents se répercutant sèchement sur le fleuve pour enjoindre à l'intrus de ne pas insister. Puis il recula jusqu'à ce que son arrière-train fût dans l'eau, enfonça ses énormes pattes de devant dans les cailloux et resta en attente, oreilles aplaties sur le crâne, la bosse du dos frémissant sous l'effet de la contraction et du relâchement des muscles. Il émit un sourd grondement quand l'homme s'arrêta à moins d'un mètre, à la suite de quoi il cessa de respirer, les flancs dilatés au maximum. Il gronda doucement et se dressa sur les pattes de derrière.

Ezdovo fit un pas en avant, lança les bras et enlaça la bête. L'ours continua à gronder doucement et, quand l'homme pivota, il tourna lui aussi, la salive lui dégoulinant des mâchoires.

Au bout de quelques secondes, Ezdovo le lâcha et recula, posa la paume de sa main sur le museau de l'animal et l'y laissa.

Il se souvenait de l'événement comme si c'était arrivé quelques instants auparavant. Son père disait qu'un Russe de Sibérie devait tenir un ours dans ses bras pour accéder au rang d'être humain. L'animal était différent pour chaque homme des grands espaces, et chaque étreinte prenait une forme particulière. Pour Ezdovo, ce fut donc une danse avec un ours sauvage sur un banc de galets du fleuve Amour, sur une musique signée d'un saumon palpitant qui claquait le rocher.

Enfant, dans son village du lac Baïkal, il écoutait les récits des anciens. Lui savait lire, mais peu de personnes âgées possédaient ce genre de talent. On se fiait à la mémoire de chacun pour transmettre l'histoire et les valeurs du clan.

Le premier à voir la Sibérie avait été Yatchak Ezdovo, au grand galop, avec le cosaque Yermak, en 1581. Les conquérants s'emparèrent des maigres richesses que pouvait offrir la capitale de la région, incendièrent les habitations, enlevèrent les filles des Ouzbeks et des Iakoutes et, à titre d'avertissement pour ceux qui envisageraient de s'opposer aux armées de cosaques d'Ivan le Terrible, laissèrent les têtes des chefs sibériens fichées sur des pieux à peine écorcés.

Peu après 1700, un Gelmut Ezdovo fut exilé en Sibérie par Pierre le Grand, avec d'autres chefs cosaques. Des reins de Gelmut fusa la semence de générations d'Ezdovo. Le clan proliféra et se déploya sur les immensités sibériennes. On fut chasseur, pêcheur, explorateur, soldat, policier, prêtre ou même érudit. Les Ezdovo se montraient farouchement fiers de leur nom de famille. Leur esprit d'indépendance s'accompagnait de l'intégrité que font le sens du devoir et l'honnêteté absolue. On disait que leur sang était le ciment de la Russie orientale.

L'histoire de la famille était liée à la politique russe. Ezdovo, pourtant, avait commencé par être apolitique. Il avait huit ans au moment de la grande révolution, qui eut peu d'effet sur son village. Sur la frontière orientale, même les gens qui revendiquaient du sang royal vivaient au jour le jour. Il cherchait sa voie dans la vie. Il surveillait ses pièges. Au lit des jeunes filles et des veuves où il se glissait sans peine, il préférait l'intimité de ses montagnes escarpées, de ses lacs bleus, de ses forêts vertes. Sur la Lena, au comptoir d'État des fourrures, les négociants de Moscou offraient les plus hauts prix pour ses peaux.

La mémoire d'Ezdovo était vaste et remplie d'images limpides. Son tableau de chasse défiait le souvenir, mais il se rappelait la prise de chaque saison, le schéma de chaque réseau et jusqu'au rendement de chaque piège, ainsi que, bien entendu, les traits caractéristiques de chaque animal.

Plusieurs années après la révolution, il y eut un mouvement pour détacher la Sibérie de la Russie. Légalement, politiquement parlant, la région n'avait pas de statut. Ce n'était pas un État, seulement un nom. Certains voyaient d'un très bon œil ce qui se passait dans l'Ouest soviétique et s'en inspiraient activement. Des usines furent construites, les villes grandirent, les gens eurent du travail. Il était temps que l'Ouest et l'Est fusionnent, mais d'autres s'y opposaient. Ezdovo se considérait Sibérien mais ses racines étaient russes. Pour lui, cela revenait donc au même, et les arguments séparatistes l'exaspéraient. Pour autant, la politique n'affectait guère son village au bord du lac. Dans la famille, on en discutait avec les voisins mais on se souciait pas de s'y impliquer. Quoi qu'il arrive, on avait l'impression que cela ne viendrait jamais jusque-là. On était trop loin, trop petit.

Ils se trompaient. Le conflit finit par les atteindre. Un beau jour, des soldats russes entrèrent dans le village et s'enquirent d'Ezdovo.

A la tête de la révolte écrasée en Sibérie, il y avait, entre autres meneurs, un Ouzbek du nom de Muvlovlovich. La plupart de ses hommes arrêtés et exécutés, Muvlovlovich lui-même avait échappé aux autorités en filant au nord, sur la Lena. Ezdovo avait à peine vingt ans mais sa réputation faisait déjà du bruit. Quand les Russes cherchèrent des guides, on pensa à lui. S'il accepta de les aider à retrouver le fugitif, ce fut moins pas conviction politique que par goût de la traque.

Il leur fit remonter la Lena. En fin de compte, ils parcoururent plus de huit cents kilomètres avant de prendre Muvlovlovich et son dernier carré d'infortunés contre-révolutionnaires. Au cours de ces mois de poursuite, la conviction des soldats russes impressionna Ezdovo. Au retour, il se présenta au parti et fut accepté. Il chassa plus souvent l'homme que l'animal, par la suite. Aucune piste, fraîche ou ancienne, ne lui échappait. Dans le domaine de la traque, il était sans égal.

Tant et si bien qu'il se retrouva, un jour, devant un petit homme au visage de rapace, à la voix douce quasi féminine. Au premier abord, l'offre de Petrov ne lui parut pas bien claire, mais le petit homme avait quelque chose de profondément attirant. Ezdovo accepta de faire partie du Groupe d'opérations spéciales. On était en 1942. Il prit le chemin de Moscou, d'abord à cheval, puis en train. Depuis lors il n'avait plus revu ses montagnes bien-aimées.

C'est dans la nuit silencieuse de la forêt de Thuringe qu'il pensait maintenant à son gibier allemand. Personne, depuis Muvlovlovich, n'avait autant fait preuve de génie animal que ce trio. Depuis le départ de la piste, les deux Russes n'avaient cessé de forcer l'allure dans un véritable labyrinthe de crêtes et de vallées. Ezdovo en avait même du mal à évaluer l'avance des fuyards. Il s'agissait de les rejoindre et ne plus les lâcher, mais ils étaient très forts, et l'écart ne diminuait pas, semblait-il. Brumm savait ce qu'il faisait. A plusieurs reprises, les poursuivants s'étaient vus piégés par de fausses pistes et de faux culs-de-sac les contraignant à autant de marches arrière et autres spirales pour recouper la piste. C'était à la fois irritant et stimulant. A l'évidence, l'Allemand ne craignait personne dans l'art d'utiliser le terrain à son avantage. Même dans les zones difficiles, il trouvait le moyen de brouiller les traces. Au fil des jours, l'admiration d'Ezdovo grandissait.

Cette dernière journée avait été encore plus délicate que les autres. Les Allemands s'étant évanouis dans une rocaille idéale pour un changement de direction, les deux Russes avaient passé tout l'après-midi à marcher en cercles de plus en plus larges, jusqu'à ce que Bailov finisse par repérer une petite plaque de mousse grise marquée d'une légère empreinte de talon. On ne distinguait pas l'étoile de David mais il y avait une dépression au bon endroit.

– On dirait qu'ils sont allés vers l'est, dit Bailov.

Accroupi devant la trace, il regardait dans cette direction comme s'il voyait les intéressés au loin.

– Oui, on dirait. Mais ce n'est pas un homme ordinaire. Il nous fait marcher depuis le début.

– L'empreinte est à l'est du site où nous les avons perdus et elle paraît pointée vers l'est, dans la mesure où une empreinte unique peut donner une direction.

– L'est, c'est-à-dire nos troupes. Ce n'est pas crédible.

– Ils ne le savent peut-être pas.

Ezdovo grommela :

– Ils le savent! Je ne sais pas comment. Leur itinéraire vers le sud était d'une précision chirurgicale. Ils sont renseignés. Ils ont peut-être une carte. Ils savent où nous sommes, les Américains et nous.

– Dans ce cas, c'est une surprise, on pouvait toujours chercher!

Le Sibérien sourit.

– Brumm connaît la psychologie de la chasse. Ils ne devraient pas aller à l'est, donc ils doivent aller à l'est. Mais aller à l'est, c'est tomber dans la gueule du loup, donc ils ne peuvent pas y aller. Tu vois comme il est tordu? Il ne nous donne qu'un seul indice, qui ne signifie rien, mais il sait que nous serons tentés d'y céder parce que nous n'avons rien d'autre. Tu comprends? Voilà ce qu'il nous a donné! Ça indique l'est. On va à l'ouest.

Ils retrouvèrent la piste. A l'ouest, comme pensait Ezdovo. Un virage à quatre-vingt-dix degrés sur le cap au sud.

Ils s'étaient arrêtés avant la tombée de la nuit, en trouvant cet affleurement d'ardoise.

Le poids du sommeil gagnait ses membres. L'inconscience l'aspirait et il lui céda. Le visage de Talia lui apparut. Il vit ses cheveux noirs, ses yeux marron clair, et il tomba endormi dans la chaleur de son parfum, le cœur gros.

85. 3 avril 1946, 21 heures 30.

Au fil de l'automne et de l'hiver, le père Nefiore s'était installé confortablement dans la routine de la paroisse de Wetter.

Le vieux prêtre, le père Jarvik, était né en forêt de Bohême, sur la frontière tchécoslovaque. Toujours robuste à l'approche des soixante-dix ans, il avait l'esprit vif, le jugement sûr et le verbe cinglant à l'encontre de ceux de ses paroissiens qui s'écartaient du droit chemin. Mais on trouvait largement son compte à suivre ses directives sans discuter. Le père Jarvik représentait une source inépuisable de vêtements, de nourriture et d'outils. Quand une de ses brebis avait des ennuis avec les autorités, il était toujours là pour intercéder. Quant aux problèmes familiaux, il vous les réglait tout de suite.

Le père Nefiore découvrit peu à peu que son confrère menait une double vie. Le jour, incarnation du bon Pasteur, il devenait tout autre chose la nuit. La petite paroisse portait le nom de Rédemption, ce qui n'avait rien d'étonnant quand on voyait le vieux prêtre faire marcher à lui seul ce qu'il fallait bien appeler un réseau d'évasion. Deux ou trois fois par semaine, des inconnus des deux sexes et de tous âges, mal vêtus, se présentaient à l'église. Il s'agissait souvent de familles entières, et c'était la femme, dans la plupart des cas, qui venait parler à la porte avec le père Jarvik. Nefiore n'était jamais dans le secret de ces conciliabules étouffés mais, des fenêtres du petit presbytère, il voyait bien les autres attendre dans l'ombre. Quelquefois, surtout par mauvais temps, on recueillait ces gens pour la nuit, à la cave. On leur donnait des paillasses et des couvertures, et de quoi manger. Ils étaient toujours partis avant le premier rayon de soleil.

Les nuits ne manquaient pas où Nefiore était seul tandis que Jarvik courait les chemins vers des destinations tenues secrètes, pour des raisons inexpliquées. Juste avant de sortir, le vieil homme disait simplement qu'il devait « s'absenter » pour la nuit ou plusieurs jours. Il était toujours de retour comme prévu.

Le temps passant, le père Nefiore s'occupait de plus en plus de la paroisse, disait la messe, faisait le catéchisme, soutenait les faibles, assistait les malades et les agonisants. Il avait repris l'usage de son vrai nom, le père Jarvik ayant expliqué en chaire, un dimanche, que le nouveau venu était un prêtre italien d'origine allemande, envoyé par l'évêché pour le seconder temporairement. Les villageois acceptèrent vite Nefiore. Il donnait des pénitences assez fermes pour exprimer la gravité des péchés, mais non excessives et, s'il savait écouter, cela ne l'empêchait pas de dire ce qu'il pensait. Les femmes, surtout les vieilles qui ne juraient que par les prêtres, l'appréciaient énormément.

Si Nefiore avait un point faible, c'était une certaine nervosité, une sorte d'affectation qui le faisait paraître coupable de quelque chose – même si l'on se demande quel péché un prêtre pourrait bien avoir sur la conscience! Ce n'était pas un problème crucial pour les fidèles, simplement un trait de caractère qu'ils attribuaient à sa naissance étrangère.

Un soir, à la cuisine, Nefiore faisait revenir du boudin dans un poêlon quand le père Jarvik remonta de la cave. Le vieil homme s'étira, attrapa la cafetière qui restait toute la journée au chaud sur la cuisinière à bois, se versa un bol de café et prit une chaise. Nefiore mit deux assiettes sur la table et servit le boudin au bout d'une fourchette. Jarvik ne parut pas s'en rendre compte. Il observait le jeune prêtre.

– Vous êtes venu ici dans un certain but, finit-il par dire. C'est le moment de partir.

– Pour où? demanda Nefiore anxieusement.

Pour toute réponse, l'autre prit son manteau, son chapeau, et sortit. Nefiore décrocha une lourde pèlerine à capuche et suivit en courant.

L'énorme jument de la paroisse avait encore son gros pelage touffu de l'hiver. Pendant qu'on l'attelait, Nefiore remarqua que la bête semblait mal assurée, titubait presque; il pensa qu'elle devait être âgée. Différents paquets, plus deux paniers pleins de gros grains, furent chargés à l'arrière de la carriole. Ils se mirent en route.

Ils allaient encore lentement, après être sortis de Wetter, en passant devant l'ancien château, au pied de la colline. Parmi les ruines, des dizaines de petits feux scintillaient comme des lucioles.

– Des catholiques? demanda Nefiore.

– Est-ce qu'on sait? répondit Jarvik. La forêt est devenue un véritable creuset, un ragoût ethnique! (Il fut le premier à rire de la plaisanterie.) Ce sont des gens déplacés, des réfugiés de l'est de l'Allemagne et de Pologne, des Ukrainiens, des Tchèques, des Lettons, des Croates et je ne sais combien d'autres nationalités.

La route se rétrécit en s'enfonçant dans un bois épais de sapins. Ce ne fut plus qu'un chemin. Mais l'attelage avait pris de la vitesse, et les branches cinglaient les deux hommes, la boue les criblait.

– Père Jarvik! s'écria Nefiore en s'efforçant d'esquiver. Ralentissez... avant que le cheval n'ait les yeux crevés!...

Le vieux prêtre repartit à rire en faisant claquer son fouet de plus belle.

– Aveugle, elle l'est déjà! C'est pour ça qu'elle va si droit! Ne craignez rien, père, vous ne mourrez pas dans un accident!

Au terme d'un long galop échevelé, Jarvik ralentit, mit la jument au pas, et Nefiore put se détendre. L'animal avait les flancs couverts d'écume, et sa respiration fumait dans l'air froid par saccades. De nouveau, on distinguait de petits feux de part et d'autre du chemin et loin sous les arbres. La carriole s'arrêta, l'Allemand tendit les rênes à l'Italien.

– J'ai à faire ici. Laissez-la brouter. Vous n'avez qu'à lui donner de la bride, elle sait ce qu'elle a à faire. Et ne quittez pas la carriole!

Resté seul dans la nuit glaciale, Nefiore se sentit saisi de frissons. Il rentra la tête dans les épaules et remonta le col de sa pèlerine jusqu'au menton. Il croyait se sentir mal à l'aise à cause du froid, mais il comprit qu'on l'observait dans l'obscurité. Il y avait des gens.

– Tu n'es pas allemand! fit une petite voix sur un ton de reproche.

– Qui voit dans le noir comme une chauve-souris, pour dire cela? rétorqua-t-il.

– Il ne fait pas si noir, avec le feu. Quand il s'éteint, alors là, oui! (La peur perçait dans la jeune voix.)

– Qu'est-ce qui vous fait croire que je ne suis pas allemand? Je suis peut-être russe!

– Non! fit une voix rauque beaucoup plus mûre. Les Popovs sentent la pisse de cheval et le fumier froid. Tu n'es pas russe!

– Je suis allemand!

Une autre voix fit chorus :

– Tu essaies de l'être! mais tu as un accent. Léger, mais c'est un accent!

– Tu es avec le vieux prêtre? intervint une voix féminine en toute simplicité.

– Non, il est avec son cheval! dit quelqu'un.

Nefiore fut cerné d'éclats de rire.

– Ce cheval a des fréquentations dangereuses! menaça une autre voix.

Il n'eut pas le temps de riposter quoi que ce soit. Jarvik était de retour et grimpait dans la carriole en riant, lui aussi :

– Je vois que vous avez diverti mes ouailles!

– Qui sont ces gens?

– Je ne connais pas leur nom. Je considère qu'ils font partie de mon troupeau et ça me suffit.

Une fois sortis des bois, ils suivirent quelque temps une route blanche, qui traversait plusieurs petits villages. Bientôt le terrain commença à s'élever. Le vieux prêtre engagea l'attelage sur un petit chemin adjacent qui escaladait la pente abrupte en serpentant indéfiniment. C'était de nouveau la forêt. Les arbres déployaient leur voûte comme un immense parapluie empêchant de voir les étoiles. Lacet après lacet, on ne cessa de monter pendant près d'une heure.

– Ça ne paraît pas si haut, vu d'en bas! dit Nefiore.

– C'est trompeur, se contenta de répondre l'autre.

La route se fit droite, la montée encore longue, encore plus raide. La jument toussait, glissait dans la boue. Ses flancs se soulevaient. Mais elle continuait. Tout au sommet, on distinguait une trouée dans le noir, et les contours d'une petite église aux murs blancs – du moins cela se précisa-t-il peu à peu – entourée d'une grille basse. Une autre construction de pierre et une autre encore plus grande – sans doute une grange – marquaient la fin du chemin.

– Quel est cet endroit? demanda Nefiore.

– Pour vous, mon jeune ami, répondit Jarvik à voix basse mais sur un ton assez dur, c'est le destin!

Le jeune prêtre frissonna.

L'attelage s'immobilisa.

– Descendez, mon père.

Nefiore obtempéra. Un paquet de toile tomba lourdement à ses pieds.

– Je ne connais pas précisément votre mission, mon père, mais c'est ici qu'elle commence. Vous avez certaines instructions à transmettre, si je ne me trompe?

– Oui.

– *Sehr gut!* Et vous avez le mot de passe?

– Oui, c'est...

– Ne le dites pas, ça ne me regarde pas! Ma propre mission était de vous conduire ici. Vous a-t-on dit l'importance de la vôtre?

– Oui.

– Vous saisissez pleinement ce qu'on attend de vous? (Le propos était sans ambiguïté.) Dans l'église, vous trouverez des provisions en quantité suffisante. Je vous engage vivement à rester à l'intérieur. Ne vous aventurez pas dans les alentours. Vous devez remettre ce paquet à tout prix.

– Et les autres habitants?

Jarvik eut un petit rire.

– Il n'y en a pas d'autres. Vous êtes seul, mon père. Cette église est bâtie sur les premières traces de l'homme en Europe du Nord. Il s'agit d'une construction bien antérieure à Rome. Il y eut aussi une forteresse celte, citadelle des premières civilisations qui ont tenu les barbares en respect. Les primitifs chassaient le loup dans ces bois avec des pieux de lave durcie, et cela n'a guère changé depuis lors. Nous sommes ici sur un volcan, qui retient les fantômes des siècles. Restez dans l'église, pour votre sécurité comme pour la réussite de votre mission.

Ainsi, on y était! Une petite église de pierre dans une sombre forêt allemande. Il n'avait jamais oublié la mission, bien sûr, mais ça lui tombait sur le dos sans lui laisser le temps de se retourner. Il avait peur.

– Père Jarvik, voulez-vous m'entendre en confession?

Le vieil homme grogna et Nefiore s'agenouilla dans la boue à côté de la carriole. Quand ce fut fini, l'absolution prononcée, l'attelage fit demi-tour et prit la direction de la descente.

– Quel est cet endroit? demanda une dernière fois Nefiore en élevant la voix.

– Christianbourg! Ça s'appelle Christianbourg!

– A la grâce de Dieu, dit-il pour lui-même.

– Faites votre devoir! lui cria Jarvik en tournant encore la tête en arrière alors que la jument aveugle commençait à prendre de la vitesse.

Nefiore regarda sa montre. Dans une demi-heure, ce serait minuit.

86. 4 avril 1946, 2 heures du matin.

Les trois hommes abordèrent le pays perdu de Christianbourg sous une brusque pluie battante. La forêt étouffa rapidement le martèlement des énormes gouttes sur les arbres, évoquant la rumeur d'un incendie lointain.

Herr Wolf étonna ses compagnons de route en devinant où l'on se trouvait.

– Je connais l'endroit! dit-il. Ce merdeux de Goering ne cessait de nous bassiner avec le récit de ses exploits dans cette forêt. Il m'y a traîné deux fois. Saviez-vous que cet immonde vendu était le Haut-garde forestier du Reich? C'était sa marotte et il a pleurniché jusqu'à ce que je lui donne le titre. Au vu de son échec à la Luftwaffe, il aurait mieux fait de s'en tenir à chasser les petits animaux sans défense!

– Il y a une église par ici, dit Brumm.

– Je connais la topographie mieux que vous! Elle a une grande valeur historique. Une vieille église bâtie sur le site d'un ancien fort celte. Décor un peu théâtral pour notre petite aventure, ne pensez-vous pas, chef?

Herr Wolf se mettait en quatre pour se concilier l'adjudant-chef Rau, lequel, la plupart du temps, ne semblait même pas l'entendre. Une chose était de servir le Führer comme symbole national. Autre chose, de servir l'homme qui avait porté le titre. Le Barbu s'était débarrassé depuis longtemps de toute déférence. Il ne continuait à faire son devoir que par allégeance à son colonel et à la SS. Il gardait le massacre des filles sur le cœur. Sans Herr Wolf, elles seraient encore en vie. C'était lui le seul responsable. En tant que soldats allemands de métier, ils avaient exécuté la chose matériellement. Mais le soir, dans le froid, sur la terre humide, l'honneur n'était pas un remède au vide qu'il ressentait. Les Walkyries lui manquaient. Quel homme avait jamais connu si bonne fortune? En passant de plus en plus de temps avec Gretchen, Brumm avait laissé les cinq autres aux bons soins du Barbu. Et Dieu sait s'il les leur avait prodigués! Ce qui lui faisait le plus cruellement défaut, c'était leur compagnie, leur jeunesse, leur exubérance. Au bout de douze jours, à peine, voilà que le besoin de femme le tenaillait! C'en était même inquiétant. Jamais, de sa longue carrière, ce n'avait été si profond. Les femmes, ça se consommait en permission, jamais pendant le service. La disparition des filles lui portait un coup qu'il n'aurait jamais imaginé.

Brumm voulut mettre à contribution le soudain intérêt d'Herr Wolf pour la géographie. Il dressa un petit abri avec une toile de tente, déploya la carte sous sa lampe-torche.

– Je nous situe à peu près ici, qu'en dites-vous?

Herr Wolf lui prit la lampe des mains, étudia la carte pendant plusieurs minutes, puis déclara qu'on était un peu moins proche de l'objectif que ne l'estimait le colonel. Ça ne ratait jamais. Quelle que fût la position de Brumm, Herr Wolf se plaçait en léger désaccord, histoire de dire que c'était lui, l'expert.

Réduit à ne se fier qu'à lui-même, Brumm jugea que le terme de l'étape était à moins d'une heure, mais il garda cette opinion pour lui.

Les faits lui donnèrent raison. Alors qu'ils suivaient depuis un bon moment une longue crête ascendante, ils tombèrent sur une trouée dans la forêt. Il s'agissait d'un grand champ d'herbes hautes. En sifflant doucement, le colonel fit revenir son sous-officier à l'avant. La pluie battait toujours et l'on n'y voyait pas grand-chose, mais un regard exercé pouvait discerner les contours d'une petite construction au bout de la prairie.

– C'est l'église, dit Brumm. Il y a deux entrées, l'une de ce côté par le cimetière, l'autre par la façade. Tu gardes Machin et tu couvres l'arrière. (Il se pencha tout près de Rau.) C'est ici, les papiers. Il nous les faut dans cet endroit, Hans, où nous sommes perdus. S'il m'arrive quelque chose, il faut que tu les trouves.

Le colosse grogna. C'était compris.

Herr Wolf suivait de près quand ils commencèrent l'approche en zigzag. Maintenant, on voyait mieux l'église. D'une blancheur irréelle, elle semblait rayonner, même en l'absence de clair de lune. Une grille de fer forgé, hérissée de pointes noires à hauteur de poitrine, délimitait le cimetière autour de l'édifice. Les pierres tombales piquaient du nez comme si elles avaient trop bu, bon nombre d'entre elles gisant à plat sur les tombes.

Brumm fit passer Herr Wolf par-dessus la grille. Le Barbu se glissa en position derrière un tertre, à quelques mètres de la petite porte.

Brumm seul contourna l'église, bien ramassé sur lui-même, en serrant le mur de près. Devant la façade, il s'arrêta pour écouter. Il n'y avait que le battement de la pluie dans la nuit. Ce mauvais temps offrait une sécurité appréciable.

Dans l'ombre plus épaisse du porche, il vissa le silencieux sur son pistolet. Puis il actionna la poignée de la porte. Cela ne fit pas grand bruit. Quand il entendit jouer le loquet, il poussa le battant, juste assez pour se faufiler à l'intérieur.

Des bougies brûlaient sur le petit autel. Brumm fourra sa casquette dans une poche de veste, releva ses cheveux humides sur son front et s'avança en tâchant de faire le moins de bruit possible avec ses chaussures trempées. L'église paraissait vide mais, par une petite porte latérale ouverte, à la hauteur de l'autel, on entendait quelqu'un respirer fortement, régulièrement, à la façon d'un gros dormeur. Risquant un œil, il vit que l'individu en question se trouvait contre le mur le plus éloigné de la porte. Brumm tourna la tête en arrière pour vérifier qu'il y avait une seule autre porte, celle que couvrait le Barbu. Puis, empoignant fermement son pistolet, il prit sa respiration, traversa la pièce au pas de charge et, d'un bon coup de pied, remit le dormeur sur le dos. Cela fait, il se laissa tomber à genoux et lui appuya le canon du pistolet sur la tête, en grondant :

– Pas un mot!

Ahuri, l'homme le regardait en clignant furieusement des yeux pour chasser le sommeil.

– *Werwolf*[1], dit Brumm.

– Animal de légende, balbutia l'autre. Vous n'avez rien à redouter en ce lieu.

Brumm se permit de respirer.

– Tu as quelque chose pour moi?

L'homme acquiesça et montra un paquet sur une petite table ronde, dans un coin de la sacristie.

– Prends! lui ordonna Brumm en le soulevant et le projetant en avant.

L'homme se rattrapa de justesse et saisit maladroitement le paquet.

– Ouvre!

Le malheureux s'attaqua frénétiquement à l'emballage. Le contenu du paquet fut bientôt répandu sur la table. Brumm força l'homme à s'agenouiller, lui fit pencher la tête et lui posa le canon du pistolet sur la nuque.

– Que je ne t'entende pas réfléchir, mon gars!

Il alluma sa torche. Tout ce qui avait été promis était là, exactement. Il attrapa l'homme par un bras, le remit sur ses pieds et le poussa vers la sortie.

A la porte de derrière, il siffla et le Barbu répondit. Les flammes des bougies vacillaient dans le courant d'air.

Tremblant, le père Nefiore vit deux silhouettes se précipiter dans l'abside.

– Il y a une pièce sur le côté de l'autel, dit Brumm. Vous trouverez un paquet sur la table, dans le coin.

---

1. Loup-garou.

Le plus petit des deux hommes écarta le prêtre et fila dans ladite pièce. Il fut vite de retour. Brumm lui ordonna :

– Mettez-le dans votre sac.

Fasciné, Nefiore regarda l'homme s'agenouiller pour ouvrir un sac marin. Quand l'homme se releva, son visage fut dans la lumière, et Nefiore, en le reconnaissant, aspira si violemment de l'air que le son ainsi produit alarma Brumm, lequel pivota pour voir le prêtre et Herr Wolf nez à nez.

Nefiore avait les yeux hagards, la bouche ouverte. De multiples images défilaient dans sa tête. Il entendait Farraro : *Peu importe leurs opinions. Ce sont tous des catholiques.*

Brumm entraîna le prêtre dehors, dans la nuit et la pluie. Les quatre hommes traversèrent promptement le cimetière, sauf qu'il fallut s'arrêter pour relever le prêtre qui avait trébuché sur une pierre tombale cassée.

Après avoir dit aux autres de l'attendre, Brumm sauta par-dessus la grille et se fondit dans l'obscurité. Quand il réapparut, ce fut pour aider le prêtre à passer, et le petit groupe s'avança dans la prairie. Il s'arrêta devant un amas circulaire de pierres.

– Enlève-les!

Le prêtre se jeta à genoux et se mit fébrilement au travail. Il eut vite les doigts en sang. Le temps de faire apparaître de grosses planches sous les pierres, il était déjà si épuisé que Brumm le repoussa dans les herbes. Le Barbu prit sa place, tira les planches et les écarta, révélant le trou noir d'un ancien puits. Brumm en testa la profondeur en y jetant une pierre grosse comme le poing. Il grogna de satisfaction en constatant que l'impact, tout au fond, était presque inaudible.

– Si tu as des prières à dire, c'est le moment!

– Ayez pitié! gémit Nefiore.

– J'ai pitié, répondit Brumm.

Le chapelet cliquetait, que le prêtre avait tiré de sa poche. Il se mit à marmonner, les mains jointes. Les trois autres attendaient impatiemment.

– Dépêche-toi! murmura Brumm, excédé. On ne va pas attendre toute la nuit!

Dès que Nefiore, ayant terminé, se fut signé, l'officier SS lui tira une balle dans la tête. Le Barbu bascula le corps dans le trou. Pendant que les deux soldats refermaient le puits, Herr Wolf attendit à l'écart, les bras croisés sur la poitrine.

Assurés que le cadavre ne serait pas découvert trop facilement, ils traversèrent la prairie à vive allure et gardèrent un pas soutenu pendant près d'une heure. Ils finirent par trouver un abri sous un surplomb de roches plates, dans une aulnaie en dépression. Il n'y avait pas beaucoup de place mais c'était sec dans le fond. Le vent semblait décroître, signe que la tempête s'apaisait. Ouvrant le sac de Herr Wolf, Brumm brandit trois passeports diplomatiques portant le cachet officiel du Vatican. Les deux soldats échangèrent un sourire tandis que leur protégé, roulé en boule, s'endormait en faisant la grimace.

87. 4 avril 1946, 8 heures.

Il pleuvait fort quand Bailov et Ezdovo traversèrent la prairie de l'église de Christianbourg.

Ils s'accroupirent dans l'herbe, prêts à tirer. Ils avaient perdu la piste quelques heures plus tôt, mais Ezdovo était convaincu que leur proie n'avait pas changé de direction. Ils avaient redoublé de vitesse. Si la pluie durait, toute trace des Allemands pouvait disparaître. Établir le contact devenait urgent. En démarrant, ce matin, le Sibérien sentait que l'avance des autres n'excédait pas quelques heures. Quand la piste s'effaça sous la pluie, il décida de continuer, pariant que, tôt ou tard, soit on découvrirait de nombreux signes, soit on dépasserait simplement le gibier.

En regardant la petite église, Bailov haussait les sourcils comme pour dire : « Qu'en penses-tu ? »

– Ce n'est plus le même terrain, dit Ezdovo. Aucune habitation depuis deux jours. Pas une âme. Si on arrive ici, c'est qu'ils y allaient tout droit.

– On y va?

Ezdovo répondit en resserrant les courroies de son paquetage et en vérifiant son arme.

– Nos Allemands n'y seront plus, mais il peut y avoir quelqu'un d'autre.

Ils se séparèrent pour franchir la dernière distance, en gardant le contact par de brefs signaux manuels.

Ezdovo fit seul le tour de l'église et rejoignit Bailov. Connaissant depuis longtemps la valeur de l'assaut direct, ils décidèrent d'entrer chacun par une porte simultanément. Ils réglèrent leurs montres, se mirent en position et, pratiquement au même instant, ils se ruaient à l'intérieur, roulaient sur les dalles et s'immobilisaient en souplesse.

Ils étaient seuls, semblait-il. Ils fouillèrent l'église vite et bien. Une présence récente était visible à la sacristie : miches de pain, boîtes de conserve américaines de la Croix-Rouge, viande froide. Ayant bien reniflé les provisions, Bailov les fourra dans son sac. Ezdovo fit main basse sur une bouteille de vin rouge intacte. Ils récupérèrent aussi les restants de bougie sur l'autel.

– Lieu de rendez-vous...

– Tu crois qu'ils emmènent quelqu'un de plus?

Courbés en avant, ils sillonnèrent le cimetière à la recherche d'indices. Ezdovo s'immobilisa dans un coin de la clôture. Puis il posa une main sur la grille, la franchit d'un seul bond et se reçut de l'autre côté sans un bruit. Bailov était fasciné. Son ami semblait parfois réfléchir et agir plus en animal qu'en homme.

La piste conduisit le Sibérien à un tas de grosses pierres. Il s'assit sur ses talons pour examiner l'endroit.

– Venus à quatre, repartis à trois.

Ils entreprirent de déplacer les pierres. En découvrant les planches, Ezdovo mit son sac à terre, déroula une longue corde dont il commença par se faire un harnais avec une série de demi-clefs à la taille, aux jambes et aux bras.

– Fais-moi descendre.

Bailov se passa l'autre bout de la corde autour du ventre, l'assura ferme et s'arc-bouta sur les pierres. Ezdovo disparut dans le trou.

Plusieurs minutes passèrent avant que la corde ne se fit lâche. Il y eut ensuite un bref sifflement venu d'en bas, et Bailov se mit en devoir de hisser. En un rien de temps, Ezdovo surgit à l'air libre comme s'il avait remonté le mur vertical au pas de course.

– Un prêtre, dit-il en se défaisant de son harnais. Tué net d'une balle dans la nuque. Il devait y avoir un paquet à prendre. Des papiers, des passeports, quelque chose comme ça. Il les attendait mais ce n'était pas quelqu'un d'ici.

– Longtemps?

– Six heures, peut-être moins. Ils ne sont plus loin. Avec un peu de chance, la jonction est pour demain.

88. 4 avril 1946, 21 heures 30.

Beau Valentine était sur le dos, le souffle court. Des éclairs de douleur lui remontaient du coccyx au sommet du dos. Au prix d'un effort énorme, il roula sur lui-même et vit sa jeep debout sur le côté, couverte de boue, des touffes de broussailles accrochées dans la tôle tordue. D'instinct, il commença à ramper vers le véhicule, mais l'odeur de l'essence eut tôt fait de le renvoyer dans la direction opposée. Il se glissa le plus vite possible dans le trou d'un arbre déraciné. Il attendait l'explosion. Comme rien ne venait, il se mit à l'examen de la situation. Rien de cassé, semblait-il, mais la douleur persistait dans le coccyx et il avait l'épaule gauche meurtrie.

Il remonta sur la route en essayant de comprendre ce qui lui était arrivé. Il pleuvait depuis près d'une heure, la visibilité allait de mal en pis. Il avait envisagé de s'arrêter pour fixer la capote mais il était déjà si trempé que ça ne valait plus la peine. La route était glissante comme une planche à laver. Comme à cela s'ajoutait un jeu sérieux dans la direction, la conduite n'était plus qu'un incessant dérapage plus ou moins contrôlé sur la petite route de montagne. Puis il s'était retrouvé dans le ravin, la respiration coupée. Il y avait une petite bosse sur la chaussée, et les traces de pneus montraient qu'il avait fait une queue de poisson, ce dont il ne gardait pas le souvenir. Il s'était peut-être endormi.

Il ne se rendait à Berchtesgaden, ville de l'Obersalzberg, région montagneuse située trente-cinq kilomètres environ au sud de Salzbourg, en Autriche. C'était la résidence préférée de Hitler, qui y disposait d'un quartier général qu'il appelait son Nid d'Aigle. A l'époque où l'armée américaine atteignait l'Elbe, les services de renseignement d'Eisenhower avaient informé celui-ci que le Führer se trouvait à Berchtesgaden, dans ses montagnes qu'il qualifiait aussi de « redoute alpine », et d'où il s'apprêtait à diriger une ultime résistance.

On avait des raisons de penser qu'il s'agissait en fait d'une intoxication des agents nazis, Ike et son staff mordant à l'hameçon, ce qui s'était soldé par l'abandon de Berlin aux Russes. La tournure de ces événements n'avait pas plu à tous les Américains, et l'on murmurait volontiers que le fameux général n'était pas le grand stratège que l'on voulait bien dire. Quelques forces nazies à la traîne s'étaient simplement retranchées dans le massif et s'efforçaient de résister, mais le cœur n'y était plus. La venue de l'hiver et le manque de ravitaillement réglèrent la question.

Valentine n'avait cure de tout cela. Seul comptait le fait que Hitler, passant beaucoup de son temps à Berchtesgaden, y avait arrêté bon nombre de ses décisions. On pouvait espérer y rencontrer des gens ayant participé d'une manière ou d'une autre à la conception des opérations. Un fouineur comme Valentine n'était pas sans savoir que les « petits », ceux qui ont des fonctions subalternes et des responsabilités mineures, procurent souvent des éclaircissements qu'il ne faut pas attendre des officiels du saint des saints. Il ne savait pas trop ce qu'il allait chercher là-bas. Loin de découler de la raison, la décision de gagner Berchtesgaden était plutôt instinctive, suivant la boussole interne qui donnait le cap quand rien ne menait plus nulle part.

Pour tout projet, il se rendait donc à Berchtesgaden. Ensuite, il aviserait sur place. Mais voilà! Même la première partie du programme était fichue. La ville se trouvait encore à une quinzaine de kilomètres, et la pluie redoublait. L'enquête attendrait. Pour le moment, il avait besoin d'un abri et de sommeil. Il avait vu des petites maisons non loin de la route, un ou deux kilomètres en arrière. Il partit à pied chercher de l'aide.

Il n'était pas encore bien loin quand il entendit un son étouffé derrière lui. En se retournant, il vit une voiture à cheval surgir de l'obscurité. L'attelage se précipitait sur lui dans un grondement de tonnerre. Un fouet claqua. Valentine se plaça délibérément au milieu de la route mais, quand le cheval fut à quelques mètres, il sut que le conducteur ne l'avait pas vu et il se jeta de côté. Au passage, l'animal fit un faux pas, le fouet claqua à plusieurs reprises, le véhicule patina et s'arrêta de travers un peu plus loin tandis qu'une voix bourrue jurait tant et plus.

Le conducteur portait une grande veste d'aviateur et un casque de cuir dont les rabats se relevaient de côté comme des ailes. Il avait le visage rond, couvert d'un chaume clair.

– C'est votre jeep? demanda-t-il en bon anglais.

– Sortie de la route, confirma Valentine.

D'un mouvement de fouet, l'homme lui fit signe d'embarquer. Mais c'était haut, Valentine avait les jambes faibles, il glissa. Une main l'attrapa, le hissa dans la charrette. L'homme avait une force incroyable.

Et fouette cocher! Valentine ne savait que faire de son sac.

– Derrière!

Mais l'espace derrière le siège était déjà occupé. Valentine se pencha en arrière, attrapa quelque chose qu'il dégagea, et qu'il regarda fixement sans comprendre.

– Une de mes jambes!

L'homme éclata de rire. Valentine s'aperçut alors que ce dernier était maintenu au siège par une sangle sur les cuisses. Il était amputé sous les genoux. Un petit T de bois avait été fixé sur le devant de la charrette. Les moignons étaient introduits dans des sortes de coussinets protecteurs comme dans des étuis, ce qui lui donnait, avec la sangle, une certaine stabilité sur le siège.

– C'est de mon invention, expliqua-t-il.

La charrette sauta sur une petite éminence avant de dévaler une descente raide. Valentine s'agrippait au siège pour ne pas être éjecté. Il ne revit jamais son groupe de maisons. Le conducteur quitta la route et guida le cheval sur un chemin étroit et cahoteux qui épousait le profil sinueux de la montagne. On finit par atteindre une clairière. L'homme arrêta la bête, dont les flancs haletaient de fatigue. Il attacha ses jambes de bois puis se laissa glisser à terre et gagna l'arrière de la charrette, où deux béquilles étaient attachées au panneau. On distinguait une cabane entre les grands pins mais, avant toute chose, l'homme détela le cheval, lequel, ayant reçu une bonne claque sur l'arrière-train, s'éloigna au petit trop en hennissant.

– Tu te fais vieux, mon bonhomme! lui cria son maître en allemand. Mais tu as toutes tes pattes, au moins!

Dès qu'ils furent dans la cabane, l'homme alluma une lanterne et prépara du feu. Quand ça ronfla et qu'on vit clair, il ôta manteau et chapeau, s'assit et tendit la main.

– Je m'appelle Gottfried. Je suis un fantôme, précisa-t-il avec un large sourire.

89. 5 avril 1946, 10 heures 10.

Ezdovo avait vu juste. La nouvelle piste suivait le paisible cours de la Lahn. Ils trouvèrent l'endroit où les Allemands avaient passé la nuit. Le cœur léger, ils accélérèrent le pas. Le contact visuel s'effectua finalement en milieu de matinée. En débouchant en haut d'un coteau dominant la rivière, les Russes aperçurent leurs trois hommes à un kilomètre de là, qui se dirigeaient plein sud, à la queue leu leu dans la plaine verdoyante.

Hilare, Bailov se lança dans une petite danse de victoire, jambe en avant, mains au talon.

– On a gagné!

Ezdovo, soulagé, gardait son calme. Bailov ne saurait jamais combien de fois il avait douté en cours de route, combien de fois il avait été contraint de continuer à l'aveuglette. Cet officier allemand forçait l'admiration. Mais si Brumm n'avait commis aucune erreur majeure, Ezdovo n'en avait pas moins été capable de le suivre, en partie grâce à quelqu'un qui avait gravé un certain symbole sous la chaussure de l'un des Allemands.

– Qu'est-ce qu'on fait? demanda Bailov.

– On suit la crête à la même vitesse qu'eux. Je veux qu'ils nous voient.

Il fut exaucé. Comme prévu, Brumm ne réagit pas immédiatement. Les Allemands s'arrêtèrent à midi pour manger et se reposer mais, quand ils se remirent en marche, ils bifurquèrent brusquement à l'écart de la rivière. Le Sibérien vit les trois hommes s'enfoncer tout droit dans un épais bois de feuillus en pente.

– On descend, dit-il à son compagnon.

– Ils nous ont vus?

– Le chef sait. Je parie qu'en ce moment ils se sont arrêtés pour nous chercher à la jumelle. On reste ici le temps qu'ils se rincent l'œil et on disparaît. Ils nous reverront plus tard.

La partie était commencée. Ezdovo était en grande forme, solidement campé sur la crête. Regardez-moi bien, colonel!

90. 5 avril 1946, 11 heures.

Brumm sentait venir les ennuis bien avant d'entrevoir les deux hommes du coteau. Le Barbu aussi, qui tournait la tête et s'arrêtait tous les trois ou quatre pas comme si on approchait d'une embuscade. Seul, Herr Wolf semblait ne se rendre compte de rien. Il avait peut-être raison. Il s'agissait sans doute de deux paysans du coin, ou encore de réfugiés: on en voyait toujours beaucoup qui se déplaçaient par petits groupes. Toute l'Allemagne semblait déambuler par monts et par vaux.

Mais quand on fit halte pour manger, à midi, Brumm perçut la réalité de la menace. Des malfaiteurs, plutôt, ou d'honnêtes gens poussés à bout par les circonstances. En tout état de cause, la plus grande vigilance s'imposait.

Ils se trouvaient à découvert dans un champ qui sentait l'oignon sauvage. Herr Wolf était recroquevillé près d'un rondin, les yeux fermés, les mains jointes sous la tête. Assis sur une souche, le Barbu battait la semelle.

– Ils sont toujours là-haut, Günter.

– Je sais. Ils nous lorgnent.

– Ils nous cherchent des crosses?

– Possible. Va falloir les tester.

Après la halte, ils s'écartèrent de la rivière. Comme on atteignait la forêt, Herr Wolf se plaignit vertement:

– Je préfère les champs! Meilleur pour la marche! Ma jambe me fait mal! Je voudrais qu'on m'explique pourquoi il faut aller là-dedans!

Les deux soldats l'ignorèrent.

Ni Brumm ni le Barbu n'eurent un regard en arrière. Entré en tête sous les arbres, le sous-officier décrivit immédiatement un arc de cercle très court pour couvrir ses compagnons. Voyant cela, Herr Wolf s'arrêta net en criant :

– Mais que se passe-t-il, chef?

Rejoignant aussitôt le Führer, le colonel le poussa énergiquement dans le dos, et l'homme projeté en avant tituba, se prit les pieds dans les fougères et tomba en s'éraflant le visage aux broussailles. Le Barbu intervint rapidement pour le bâillonner de la main tout en lui ordonnant, d'un regard littéralement adjudantesque, de garder le silence. Herr Wolf se le tint pour dit, se contentant de rouler des yeux en tous sens pour chercher le danger.

Quand Brumm eut dans l'objectif le sommet du coteau sur la rivière, les deux hommes s'y trouvaient toujours, bien en évidence. Ils étaient armés. Quand il en eut assez vu, il rangea ses jumelles et aida Wolf à se relever.

– Il se peut que nous ayons des ennuis. Il va falloir mettre la gomme. Vous devrez tenir!

– Allons-y! répondit anxieusement le vieil homme.

Il regardait fixement l'endroit par lequel ils venaient d'entrer dans la forêt comme s'il s'attendait à voir quelqu'un surgir et se jeter sur eux. Ce qui alertait ses compagnons lui échappait, mais ils semblaient vraiment à cran. Son pouls s'accéléra. Il avait la bouche sèche et un début de mal au ventre.

91. 6 avril 1946, 14 heures.

L'hôte de Valentine était étrange d'aspect et abrupt de comportement. Il avait les cheveux blonds et fins, presque translucides, et une peau d'albinos, mais les yeux étaient normaux, dans les verts. Nez plat, absence de menton, lèvres minces. Une tête en dépressions qui évoquait un ballon plus ou moins dégonflé. Ses jambes de bois le faisaient plus grand que ne le suggérait son torse.

Cela faisait déjà deux jours. Valentine avait failli partir pour Berchtesgaden à plusieurs reprises et puis, chaque fois, il s'en était retenu.

Gottfried disait avoir vingt-neuf ans. Il en paraissait soixante, avec l'air maladif. Or il était robuste, ne tenait pas en place, ne cessait de circuler autour de la cabane et d'aller et venir dans la montagne boisée, non sans se parler à lui-même et à toute chose autour de lui du matin au soir. Valentine en venait à penser qu'il avait affaire à un cas de fêlure mentale, à un de ces mystérieux accidents de la vie, mais il sentait aussi que l'homme échappait aux apparences. Il lui avait demandé plusieurs fois s'il pouvait le conduire à Berchtesgaden, mais Gottfried répondait toujours pareil :

– Je fais dans le probable, pas dans le possible!

Valentine n'avait aucune idée de ce que l'autre entendait par là.

Il faisait beau mais un petit vent des cimes rendait l'air piquant. Depuis le matin, l'hôte cassait du bois, et l'invité entassait soigneusement les bûches sur un mètre de haut. Gottfried n'avait rien demandé mais n'avait rien refusé quand Valentine s'y était attelé. Après avoir abattu sa tâche exténuante sans une pause, il s'assit pesamment, détacha ses prothèses et entreprit de se frotter les moignons.

– Qui es-tu? demanda Valentine.

Gottfried lui avait déjà dit être fils de diplomate, élevé en Angleterre, diplômé de Sandhurst. Il rit de bon cœur :

– Tu veux dire *que* suis-je?

Il remit immédiatement ses jambes de bois, les arrima, se leva, les essaya, prit ses béquilles et monta tout droit entre les sapins.

– Viens! cria-t-il.

Valentine eut du mal à suivre. C'était vertical, pour ainsi dire. Mais Gottfried escaladait sans désemparer. Au cours de ses multiples arrêts pour négocier la pente, l'Américain remarqua des trous dans le sol, où l'autre insérait ses béquilles et ses jambes de bois. Cela constituait pour lui une échelle ingénieuse, mais les trous semblaient plus dus à de nombreux passages qu'à des forages intentionnels.

Il rejoignit Gottfried en haut, sur le plateau, devant une nouvelle cabane à peu près semblable à l'autre, en plus grand. Les portes en étaient cadenassées comme celles d'une grange. L'homme débloqua le cadenas et le referma d'un coup sec sur la barre transversale d'une de ses béquilles.

– Je perds toujours tout, expliqua-t-il en ouvrant les deux battants à la volée.

A l'intérieur, apparut le fuselage camouflé d'un petit avion, nez vers la sortie.

– J'étais capitaine dans la Luftwaffe, pilote d'essai. Je faisais partie du programme ME-262, tu sais ce que c'est?

– Propulsion à réaction, dit Valentine. Ils n'ont volé qu'à la fin de la guerre, pas assez pour que ça compte, mais c'étaient, paraît-il, d'excellents appareils. Technologie révolutionnaire. Une nouvelle ère de l'aviation.

Certains scientifiques allemands recherchés par les États-Unis avaient collaboré à ME-262.

Gottfried hocha la tête d'un air solennel.

– Un jour, le commandant m'appelle dans son bureau : « J'ai reçu un ordre du Führer. Le Führer nous demande notre meilleur pilote. Le Führer a besoin de vous! » Je voulais savoir pourquoi. Réponse : « Nous servons le Führer! Nous nous en remettons au Führer! » On m'a envoyé à Berchtesgaden. Pas de vol, pas de mission apparente, c'était merveilleux. Il y avait tout le confort, une cuisine délicieuse, du champagne à gogo, la bière était supérieure et les femmes faciles. Le rêve du pilote! Mais quand on m'a expliqué de quoi il s'agissait, le bon temps a cessé.

– Quel genre de projet nécessiterait les services d'un pilote en pleine montagne?

– Hitler avait peur d'être capturé. Ses ingénieurs ont conçu un système pour l'arracher de la gueule du loup. On disposerait un planeur au sommet du Nid d'Aigle, et, si la forteresse était en danger, le Führer prendrait place dans l'appareil avec un pilote. Un avion à moteur descendrait en piqué et accrocherait le planeur en remontant pour l'entraîner à bonnc altitude. Le pilote se détacherait alors de l'avion-remorqueur et utiliserait les courants ascendants pour gagner un terrain d'atterrissage secret où des gens attendraient le Führer pour l'emmener en lieu sûr.

Valentine en avait le frisson.

– Ça paraît dingue!

– Ben, évidemment, c'était une idée de Hitler! fit gaiement Gottfried. En tout cas, poursuivit-il, les ingénieurs avaient intérêt à ce que ça marche, et ils s'y sont mis! A mon arrivée, trois pilotes d'essai avaient été tués. Trois essais, trois morts. J'étais le quatrième. J'ai jeté un œil au bidule et je leur ai dit de voler eux-mêmes. J'étais pilote d'essai, pas cascadeur de cirque. Mais je n'avais pas le choix, évidemment. La tentative eut lieu en fin d'après-midi.

Il s'approcha de l'appareil, leva la verrière du cockpit et la maintint ouverte avec un bâton. Valentine passa la main sur le fuselage, qui vibra entièrement.

– Bois et toile, dit Gottfried. Un bois spécial du Tanganyika. Les techniciens ont coupé le bois en lamelles qu'ils ont ensuite collées ensemble avec un nouveau produit. De cette façon, on obtient des pièces exceptionnellement résistantes, mais légères et flexibles. En vol, l'avion pouvait résister à de très grandes tensions. A terre, on pouvait le démonter et le transporter suivant les déplacements du Führer.

« Le jour de l'essai, je ne m'en faisais pas trop, ne me demandez pas pourquoi. Il y avait peu de témoins. L'avion mère m'a connecté au premier passage et nous avons pris l'air en bon ordre. J'ai testé les gouvernes, c'était bon, sauf que je sentais une pression sur le nez, une assiette vers l'avant, mais je n'y pouvais rien. Le contrôle latéral était excellent et répondait vite. Une fois en altitude, j'ai actionné le largage. Quand j'ai voulu me mettre en palier pour planer, le nez a plongé. J'ai fait tout ce que j'ai pu, y compris de piquer pour prendre de la vitesse, mais rien n'y faisait, je descendais. Il n'y avait aucun moyen d'en sortir, alors j'ai repéré un endroit le plus dégagé possible et j'ai mis le cap dessus. Malheureusement, cette structure si solide en vol rendait l'appareil fragile comme du papier en cas de heurt avec tout ce qui est dur. Même si ç'avait été un atterrissage contrôlé, je crois qu'il se serait déglingué. En l'occurrence, il s'est pratiquement désintégré.

« Je n'ai jamais perdu conscience. J'y ai laissé une de mes jambes. Et l'autre était broyée, ça saignait sérieusement. Je me suis servi du câblage pour faire des garrots et j'ai attendu du secours, qui s'est présenté sous la forme d'un chasseur. Il m'a transporté chez lui, dans une des maisons de la route. C'est lui qui a cautérisé le moignon, et qui m'a coupé l'autre jambe parce qu'on ne pouvait pas la sauver. C'est un miracle si j'ai survécu au choc, et un autre encore plus grand que je ne sois pas mort d'infection. (Gottfried éclata de rire.) La vie est complètement tordue! Le chasseur en question était déserteur. L'armée nous recherchait, moi et l'avion. Jamais trouvés! Le temps que je sois assez valide pour circuler, quelques mois plus tard, je ne voyais plus de raison de rentrer. Officiellement, j'étais mort, et ça me paraissait la meilleure fin possible. Il y avait des gens d'ici au courant de mon existence mais ils me laissaient tranquille, ils m'appelaient le fantôme. A présent, tout ça est dépassé. Hitler est mort, les derniers cinglés de nazis ont filé, l'Allemagne s'en porte aussi bien!

Pour bien marquer le coup, il martelait le sol d'une de ses jambes de bois. Valentine se retourna vers l'avion.

– Mais tu disais que le tien était détruit! Qu'est-ce que c'est que celui-là?

– C'est bien celui que je pilotais! dit fièrement Gottfried. Je l'ai reconstruit. Je suis remonté là-haut le chercher, j'ai ramené les pièces une par une, ça m'a pris des mois.

– Je ne comprends pas!

L'homme haussa les épaules.

– Il ne faut pas essayer de comprendre. Quand les gens vont à l'hôpital se faire enlever des calculs, ils les ramènent dans un bocal pour les mettre au salon. Ça, moi non plus, je ne le comprends pas. On fait ce qu'on ne peut pas s'empêcher de faire.

Ce soir-là, Gottfried décrivit en détail le fonctionnement du système d'évasion, traçant des schémas et jouant des mains comme font tous les pilotes pour parler de leur activité. Aux yeux de Valentine, toute l'histoire se ramenait à une découverte invraisemblable, quasi absurde: Hitler avait dressé des plans pour disparaître! C'était un renseignement de valeur. Peu importait qu'il s'agît d'une idée insensée. L'intention comptait! Que le Führer eût assez sérieusement pensé à s'éclipser pour nourrir ce projet abracadabrant, voilà qui dépassait tout ce que Valentine avait envisagé jusque-là.

– Qu'est-il arrivé après ton échec?

– J'ai entendu dire qu'il y avait eu encore des morts, dit Gottfried, mais qu'ils ont fini par mettre le système au point. Apparemment, les ingénieurs ont découvert le vice de conception qui m'avait envoyé au tapis, et ils l'ont corrigé.

– Et ensuite?

– Il y a eu des pilotes de garde vingt-quatre heures sur vingt-quatre au Nid d'Aigle, à la disposition du Führer.

– A quoi bon, s'il se trouvait à Berlin ou ailleurs?

Cela fit rire le fantôme.

– Ne sous-estimez pas ces gens. C'étaient peut-être des psychopathes, mais ils étaient allemands. Ils fonctionnaient sur le principe de surabondance. J'ai eu vent de rumeurs selon lesquelles un certain nombre de stations avaient été aménagées à travers le pays, de sorte que le ramassage puisse se faire pratiquement n'importe où. Ça ne demandait pas beaucoup d'espace et il ne fallait rien d'autre que deux poteaux et une longueur de câble pour que l'avion accroche le planeur. Qui ferait attention à ça?

De bon matin, le lendemain, après le casse-croûte, Gottfried attela le cheval et conduisit Valentine au mont Kehlstein. A partir du bas, il y avait seize kilomètres d'épingles à cheveux vertigineuses pour monter jusqu'à l'accès à l'ascenseur, creusé dans le granit par les déportés. L'après-midi était déjà bien avancée quand ils atteignirent enfin le Nid d'Aigle. Le survivant conduisit son ami américain sur une petite plateforme escarpée et lui montra les deux poteaux qui tenaient lieu de rampe de lancement pour planeur.

– Nom de nom! dit Valentine.

92. 6 avril 1946, 18 heures 30.

Le Tibre s'obscurcissait au soleil couchant, mais les risées courant à fleur d'eau captaient les derniers rayons de lumière et les réfléchissaient comme des myriades de clins d'œil vers Talia Pogrebenoi qui allait d'un pas tranquille sur une large allée surplombant le fleuve. Tout le panorama de la ville semblait se détacher de la réalité à mesure que la chaleur et l'humidité réfractaient l'éclat des vaguelettes.

Quatre jours étaient passés depuis son déjeuner avec le vieux prêtre.

C'était son contact, elle n'en doutait pas, mais il n'avait montré aucun désir de parler de la mission ou de quoi que ce soit d'important. Cela étant, il s'était révélé brillant causeur. Il l'avait bombardée d'anecdotes illustrant les particularismes des Romains, et elle s'était surprise à rire aux larmes, à s'en faire mal au ventre. Elle n'en était pas moins irritée par l'obstination qu'il mettait à éviter des sujets plus substantiels. A la fin du repas, il lui avait dit que les petites promenades du soir sur les berges du Tibre étaient souvent « lumineuses » pour les visiteurs de la capitale, sur quoi il avait quitté le restaurant en clopinant pour se fondre aussitôt dans les rues bondées.

Elle marchait en se demandant où on en était là-bas, en Allemagne. Elle avait l'estomac noué chaque fois qu'elle pensait à l'équipe, surtout à Ezdovo. Au combat, elle avait connu la camaraderie forgée sur les privations et le danger partagé ; ce qu'elle éprouvait pour les membres du Groupe d'opérations spéciales était similaire, mais aussi différent. Ils ne ressemblaient pas les uns aux autres, ni d'ailleurs à qui que ce fût. C'était comme si Dieu était descendu, par la personne de Petrov, toucher de sa Grâce quelques-unes de ses meilleures créatures afin d'assurer le succès des plus saintes missions. La pensée d'avoir été choisie par Petrov lui coupait la respiration. En tant que Russe, en tant que femme, en tant que soldat, elle se sentait fière. Elle ne voyait aucune ironie au fait que Dieu eût choisi d'œuvrer par l'entremise du parti, lequel ne reconnaissait l'existence de nul être surnaturel. Ce que disait officiellement le parti n'avait pas grand-chose à voir avec les croyances des Russes. Comme des millions de ses compatriotes, Talia croyait en Dieu et à la vie après la mort. Pour elle, le Diable existait vraiment. Ce qu'elle ne pouvait avaler, c'était que l'Église catholique romaine puisse protéger Adolf Hitler, à qui l'on devait la mort de vingt millions de Russes. Si ce bavard de prêtre pouvait l'aider à être utile, elle travaillerait avec lui coûte que coûte. Mais, quelques pas plus loin, elle se surprenait à ne désirer qu'une seule chose : être avec Ezdovo. C'était très embarrassant. Elle détestait les moments de sa vie où sa vulnérabilité se trouvait mise à nu.

Comme le crépuscule touchait à sa fin, et que le prêtre ne donnait toujours pas signe de vie, Talia se résigna à rentrer à son hôtel, quitte à recommencer le lendemain. Il y avait du chemin mais ça ne traînait pas. Après avoir porté pendant tant d'années de grosses chaussures, les semelles de ses escarpins, minces comme du papier, lui faisaient mal. Elle avait des ampoules. En tant que soldat, elle accordait la plus grande attention à ses pieds. Pendant les hivers russes, un seul jour de négligence dans ce domaine se payait de quelques orteils, voire d'un pied entier. Elle se vantait de ce que, dans son unité, les cas de gelure et d'amputation aient été les moins nombreux de la division. Ces accidents ne pouvaient être entièrement éliminés mais une bonne hygiène les réduisait au minimum.

Il faisait noir, maintenant. Elle enleva ses souliers, les porta par les lanières et s'offrit le plaisir de claquer librement ses pieds nus sur le pavé romain. Et peu importe que ses bas nylon se déchirent sur le ciment.

Elle arrivait en vue de l'hôtel quand une silhouette sombre, surgie d'un porche, lui barra le passage. Elle rassembla ses forces et allongea le pas pour se donner de l'élan. Elle évaluait la distance, pesait les possibilités. S'il attaquait, elle le cueillerait d'un coup de pied sous les genoux, puis ce serait la main ou le coude à la pomme d'Adam. Elle avait déjà lutté avec des hommes, elle savait que leur avantage en poids pouvait se retourner contre eux. C'en était presque amusant. L'ahurissement de l'Italien du train, par exemple, à la seconde où elle le pliait en deux...

Mais l'agression ne venait pas. Une voix vaguement familière la gratifia d'un sonore et amical :

– *Ciao!*

Elle en fut immobilisée aussi net que si elle avait encaissé un coup. Elle dut faire un effort pour rendre la politesse. La silhouette prit forme. Il se tenait plus droit, beaucoup moins voûté qu'au restaurant. Elle se trouvait de nouveau nez à nez avec son prêtre. Enfin, était-ce bien sûr? En guise de costume clérical, il portait un petit feutre marron et de gros vêtements d'ouvrier couverts d'une poussière qui semblait émaner de diverses régions de son corps au moindre mouvement.

– Je n'ai pas reçu de révélation, sur les quais, dit Talia.

– D'accord, mais c'est beau, vous ne trouvez pas? Je ne viens jamais à Rome sans prendre le temps de voir un coucher de soleil sur le Tibre.

– Une fois aurait suffi.

– Désolé, s'excusa le prêtre. Je ne comptais nullement vous y contacter. Je voulais seulement m'assurer que vous n'étiez pas suivie. J'étais non loin de vous hier soir, et encore aujourd'hui. Je sais maintenant que vous n'êtes l'objet d'aucun intérêt particulier.

Elle n'avait jamais pensé qu'on pouvait la suivre!

– J'ai passé la frontière sans incident, dit-elle.

Il lui prit le bras en riant.

– Rome est un cul-de-sac. Nos affaires se passent dans le Nord. A Gênes! dit-il comme s'il prenait une décision.

Devant l'hôtel, elle essaya de se dégager, mais il la tenait fermement par le bras et ils continuèrent.

– J'ai mes affaires dans la chambre!

– Je m'en suis occupé. J'ai réglé la note. Vous êtes libre.

Un peu plus loin, il ouvrit la portière d'une petite voiture sombre garée au bord du trottoir. Talia se glissa sur le siège passager. Son bagage était par terre à l'arrière et, tandis que le prêtre faisait le tour, elle en vérifia rapidement le contenu. Elle examinait le chargeur de son automatique quand il se mit au volant et lança le moteur.

La circulation romaine est légendaire à juste titre. Les voitures vont n'importe où, à vitesse imprévisible. Miraculeusement, la plupart des accidents sont sans gravité : ailes froissées, pare-chocs tordus, vitres brisées, peinture éraflée. Dieu sait comment les rues ne deviennent pas des scènes de carnage.

Le prêtre jouait des mains et des pieds à une vitesse étourdissante pour monter et descendre les vitesses en sautant littéralement d'une file à une autre, si exigu que fût l'espace libre, pendant que la majorité des autres véhicules semblaient faire de même.

– C'est très bizarre, dit-il à la jeune femme en faisant toujours des prouesses pour quitter le centre de la ville. Les rues sont le dernier refuge de l'héroïsme italien. Et je crains que ces gens n'aiment plus leur machine que leur femme. La première fois que j'ai conduit ici, j'ai cru que j'allais mourir d'une crise de nerfs, mais maintenant j'en tire un plaisir particulier, l'espoir de battre les Romains sur leur propre terrain. Pulsion antisociale profondément enracinée, sans aucun doute, ajouta-t-il en dérapant sur deux roues au coin d'une rue étroite.

Au nord, dans les contreforts apennins, la circulation se raréfia et la petite voiture fut au maximum de sa vitesse. Talia devait admettre que cet homme savait tenir un volant. Les virages difficiles s'enchaînaient, montants, descendants, et les pneus hurlaient allègrement pour contrarier la force centrifuge.

Au bout d'un long moment, le prêtre s'exprima de nouveau. On était retombé dans une plaine côtière.

– Les Italiens adorent l'intrigue, dit-il. Ils brûlent d'approcher le danger mais ils font rarement tout le chemin. Dans le Sud, évidemment, il y a l'exception des Siciliens, mais c'est à cause d'un vieux sang arabe. (Il lui tapota la cuisse. Elle réagit en s'écartant.) Pardonnez-moi, dit-il sincèrement. Je vis depuis trop longtemps près de mes frères italiens, j'ai pris leurs habitudes. Je suis un vieil homme, camarade, vous n'avez rien à craindre, je me consacre à des activités plus élevées... bien que j'aie « connu » la vie, au sens biblique du terme.

Il fit retentir son rire communicatif. C'était un homme étrange, mais l'intuition de Talia lui faisait confiance. Elle voulut savoir :

– C'est encore loin?

– Dormez, n'ayez aucune crainte.

Et Talia Pogrebenoi sommeilla, la tête contre la vitre, son petit sac à main comme oreiller, pistolet au sol, juste à portée des doigts.

93. 8 avril 1946, 20 heures 15.

Beau Valentine était de retour à Nuremberg. Indépendamment de ses découvertes ou de ses hypothèses, ses pensées le ramenaient toujours à Skorzeny. Difficile de savoir où chercher... quand on n'arrive même pas à savoir ce qu'on cherche.

Devant un casse-tête, il avait l'habitude de mettre les données par écrit pour mieux se concentrer. Rien n'avait vraiment de réalité jusque-là, hormis l'officier de commando allemand couvert de cicatrices.

Valentine alignait des phrases sur une rame de papier pelure, au moyen d'un crayon qu'il taillait avec son couteau de poche. Il avait pratiqué cette méthode toute sa vie. Dès qu'il l'appliquait à l'affaire en cours, il avait les idées plus claires.

Fait: Hitler était à Berlin quand la ville est tombée. Rectification: juste avant la chute. Des témoins l'ont vu. Confirmé aussi par ses discours à la radio.

Fait: L'officier russe commandant la garnison de Berlin commence par annoncer publiquement que ses troupes ont trouvé le cadavre de Hitler. Vingt-quatre heures plus tard, le même officier se rétracte dans une déclaration formelle aux journalistes occidentaux: il s'est trompé, il n'a pas le cadavre de Hitler.

Fait: A la conférence de Potsdam, Staline dit à plusieurs personnes que les Russes n'ont pas retrouvé le cadavre de Hitler. Il aurait même dit au président Truman que Hitler était vivant et courait toujours.

Fait: Ike déclare publiquement à la presse américaine qu'il pense que Hitler est toujours vivant.

Fait: Otto Skorzeny était le chef du grand commando d'élite allemand. Il prenait directement ses ordres d'Adolf Hitler. C'est lui que Hitler choisit pour aller au secours de Mussolini, et autres missions très délicates.

Fait: Skorzeny voyait souvent Hitler seul à seul.

Fait: Le corps de troupe de Skorzeny accumule les succès dans des entreprises militaires inhabituelles.

Fait: Les Américains chargés d'interroger Skorzeny s'acharnent à lui faire dire qu'il se trouvait sur le front de l'Oder en avril 45. (Ici,

Valentine ajouta en marge qu'un tel zèle ne devait sans doute pas grand-chose à la pensée créatrice et à l'initiative personnelle. Selon toute vraisemblance, une directive venue d'en haut poussait dans ce sens. Et si ça venait bien d'en haut, c'est qu'on devait s'y poser des questions logiques sur le sort de Hitler.)
Fait: En avril, Skorzeny n'était pas sur le front de l'Oder. Il était en Autriche, sur l'ordre de Hitler. Confirmé par Radl, son nº 2, et par plusieurs autres témoins. Skorzeny était peut-être capable des coups les plus tordus, mais il ne pouvait pas se trouver en deux endroits à la fois. Si on a fait disparaître le corps de Hitler, ce n'est pas Skorzeny le coupable.
Fait: Les Russes envoient deux hommes au camp d'entraînement des commandos, à Munich, à la recherche des archives de Skorzeny. Objectif probable: dresser l'organigramme de l'unité. Vu de mes yeux que les documents étaient intacts, à céci près que deux dossiers personnels manquaient.
Fait: Les Russes envoient les deux mêmes hommes en Autriche pour interroger Skorzeny juste après qu'il s'est rendu à l'armée américaine.
Fait: Skorzeny confirme l'interrogatoire par les deux Russes. Il pense qu'ils désiraient en savoir davantage sur son nº 3, Günter Brumm.
Fait: L'un des deux dossiers manquants est celui de Günter Brumm.
Fait: A la différence de Skorzeny et de Radl, Brumm est un professionnel, un militaire de carrière.
Fait: Brumm se trouvait sur le front de l'Oder, à la fin. Il était près de Berlin. Ça irait pour les circonstances. Pour les moyens, il les a de par sa compétence. (Ici, Valentine se rendit compte qu'une certaine orientation commençait à se dégager des faits.)
Fait: Brumm toujours disparu. Possibilités: il est mort, cadavre disparu; il est vivant et évite activement de se faire prendre; il est vivant et aux mains des Russes. (Ici, Valentine s'arrêta. S'en tenir aux faits, éviter de spéculer, ne pas tirer de conclusions.)
Fait: Brumm est originaire de Bad Harzburg.
Fait: Brumm est vu pour la dernière fois dans son village natal en été 44, quand il part camper après être allé sur la tombe de son grand-père. Très bizarre, étant donné la tournure de la guerre et les responsabilités cruciales de Brumm. Tout à fait insolite de prendre une permission dans un tel moment, encore plus étrange qu'elle soit accordée. (Il écrivit à part: *Interroger Skorzeny sur la permission de Brumm de l'été 44. Qui a donné l'autorisation?*)
Fait: Hitler ordonne la mise en chantier d'un système d'évasion de dernière minute. (Nouvelle note: *Peut-être opérationnel.* Il ajouta un point d'interrogation et des parenthèses.)

Fait: Si quelqu'un a retrouvé Hitler ou son cadavre, personne ne le dit.

Valentine se gratta l'oreille et but un peu de café froid. Voilà les faits. Il voyait trois brins au fil de l'histoire : Hitler, Brumm et les efforts des Russes pour identifier Brumm. Bien que ce ne fût pas vérifiable, il était sûr aussi que des agents russes avaient opéré dans le village natal de Brumm, et pour quoi faire, sinon glaner des renseignements sur le colonel ? Trois bons fils conducteurs à souligner dans ses notes. Il était temps de faire un peu de tricotage intelligent.

Sur une nouvelle feuille de papier, Valentine écrivit : *Hitler*. Puis il dressa la liste des possibilités :

1. Mort, cadavre toujours enterré dans les décombres de la Chancellerie.
2. Mort, cadavre retrouvé par les Russes, qui gardent le secret. (Pourquoi ?)
3. Mort, cadavre emporté par les fidèles et enterré de façon que les envahisseurs ne puissent pas le retrouver. (A Berlin ? Près de Berlin ? En Bavière ? Ailleurs ?)
4. Hitler vivant, prisonnier des Russes, qui gardent le secret. (Mais pourquoi tenir secret le plus gros coup de la guerre ?)
5. Hitler vivant, mais se cache. (Où pourrait-il aller ? Où *voudrait-il* aller ?)

Il pensa brusquement à une autre éventualité.

6. Hitler vivant mais amnésique. (Mais Valentine raya cela. Trop invraisemblable. S'en tenir aux faits et aux possibilités évidentes. Pas d'analyse sans discipline!)

Il réexamina les cinq points qui semblaient couvrir toutes les virtualités. Maintenant, dégraisser. Il élimina les deux cas impliquant les Russes. Ces derniers, sans le dire aux Alliés, cherchaient toujours. Mais ils avaient déclaré publiquement qu'ils ne détenaient ni l'homme ni le cadavre et, pour une fois, Valentine allait les croire. Options russes, *out!* Il barra aussi le cadavre enfoui dans les décombres. D'après le G-2, les Soviets creusaient encore dans les jardins de la Chancellerie comme des taupes, après avoir soi-disant trouvé les corps de Hitler et d'Eva Braun. Il envisagea un moment une destruction du corps par les bombardements. Trop peu plausible. Les Russes avaient découvert des tas de cadavres dans cette zone, selon leurs dires.

Cela ne laissait qu'une seule alternative : ou bien Hitler était mort, et son cadavre escamoté par ses fanatiques ; ou bien il était vivant et se cachait. Valentine sentit la sueur lui couler sous les bras. Est-ce qu'il devenait fou ? Il n'était qu'un homme seul, il ne disposait pas de l'information du G-2 ou du gratin de l'OSS. Ses deux conclusions ne lui en paraissaient pas moins inéluctables et dignes de considération. Se pouvait-il que les services de renseignement alliés soient simplement passés à côté de ces possibilités ? Avait-il commis une erreur de raisonnement ? Bon Dieu, non! Ses données n'étaient pas nombreuses, mais solides! Il ne s'était jamais trompé dans ce genre d'exercice, il savait qu'il avait raison.

Cette perspective le réjouissait. Hitler mort ou vif. Les Russes affirmaient qu'il s'était suicidé. Aussi bien les Ricains que les Angliches avaient capturé des gens qui se trouvaient dans le Bunker au dernier moment, et les Russes avançaient leurs propres témoins. Nos lascars contre vos lascars. Hitler se serait-il tué ? Les Boches pouvaient dire ce qu'ils voulaient!...

L'OSS avait composé un profil psychologique de Hitler. Le projet remontait à 1941, avant Pearl Harbor. A l'époque, Wild Bill Donovan dirigeait un obscur service qui devait donner naissance à l'OSS, à la barre de laquelle il se trouvait donc en 1943 quand il ordonna la poursuite du portrait de Hitler. Dans l'absolu, il s'agissait d'obtenir quelque chose de prophétique, faute de quoi ce ne serait qu'un gaspillage de temps et de moyens. Des psychanalystes constituèrent des groupes de travail. On rechercha, dans les pays alliés, des gens ayant connu personnellement Hitler à un moment ou à un autre de sa vie, et ils furent interrogés jusqu'à satiété, leurs impressions sur le dirigeant nazi étant consignées dans les moindres nuances. Bibliothèques et autres gisements d'information étaient systématiquement sondés par des équipes de chercheurs.

A l'automne 43, l'OSS disposait d'un portrait détaillé de l'adversaire. On connaissait ses tics de langage, ses façons de penser, l'emplacement exact de chacune de ses verrues. Le texte fut communiqué aux services secrets et dirigeants alliés.

Valentine avait dévoré ce rapport (fauché pour lui par Ermine qui lui en avait signalé l'existence). L'étude se terminait par une projection de huit fins possibles pour Hitler, avec une estimation de probabilité. A l'extrémité « moins probable », on trouvait mort naturelle ou capture par les Alliés. Venaient ensuite, plus plausibles, assassinat, folie, fuite à l'étranger. Plus haut encore dans l'échelle des chances : renversement dans un soulèvement, mort dans une bataille. Mais le rapport surestimait la résistance intérieure allemande. En juillet 44, en France, on avait eu le plaisir d'apprendre que des généraux allemands avaient tenté d'assassiner Hitler. Si le rapport était caduc à cet égard, on ne pouvait pas le juger infaillible. Quoi qu'il en soit, un suicide de Hitler y était donné en conclusion comme « issue la plus plausible ». Pour appuyer cette assertion, les experts déversaient un tombereau de jargon revenant à dire que le Führer était un véritable psychopathe et qu'il avait déjà menacé bon nombre de fois de se suicider.

Valentine n'avait pas le pouvoir de réfuter la conclusion du rapport. Il écrivit : *Hitler mort, cadavre volé*. Il cercla de nouveau le nom de Brumm. *Pourquoi?* Une de ces idées bizarres de Hitler lui-même? Une dernière touche de théâtralité? Un ultime refus de répondre à l'attente générale? S'il n'était pas en vie, le monde entier avait besoin du cadavre pour s'assurer que le monstre était mort. La proclamation de la fin du cauchemar appartenait à des employés de morgue. Sans le corps, les Allemands diraient que l'homme avait filé, et le fantasme du IIIe Reich persisterait. C'était sûrement ça, décida Valentine. Brumm devait être de mèche avec le Führer. Mais où comptait-il emporter le cadavre?

Valentine relut ses notes. *Fait* : Brumm était de Bad Harzburg. *Fait* : Brumm était en permission durant l'été 44, on l'a vu au village et il est allé camper. Bonté divine! (Comme un coup de poing dans l'estomac.) Le massif du Harz! Voilà où Brumm pouvait aller, il ne connaissait que ça, ses foutues montagnes désertiques!

La jubilation retomba vite. A quoi bon cacher indéfiniment le cadavre en Allemagne, montagne ou tout ce qu'on voulait? Brumm chercherait à le faire sortir du pays. Valentine en était donc revenu à son point de départ. Il s'agissait moins de savoir où irait Brumm que comment il pourrait y aller. Valentine essaya d'extrapoler mais s'arrêta vite. Il tira une dernière bouffée de cigare et écrasa le mégot à coups de talon, ce qui lui fit monter de la fumée dans les jambes.

D'accord, Brumm mène une espèce de jeu complètement loufoque, appelons ça un fait. Mais où? Aucune supposition ne trouvait de support tangible. Et en dépit de toute évidence, il y avait toujours cette histoire du fantôme et de son planeur.

Rien à faire. Il manquait trop d'information pour risquer une hypothèse, même au pif, sur la moindre destination. Il alla se jeter sur son lit de camp, se mit un oreiller sur la tête et entreprit de se persuader qu'il mourait de sommeil. Mais ça continuait à tourner. Il voyait le cercueil d'Addie Bundren à l'arrière d'un chariot cahotant sur la terre rouge du Mississippi. Si Faulkner pouvait mettre en scène une si étrange obsession, pourquoi pas Brumm? Cette pensée ne le quitta pas de la nuit.

94. 9 avril 1946, 6 heures du matin.

Il était très tôt quand le groupe de Brumm déboucha sur les berges isolées, escarpées du Rhin, quelques kilomètres en aval de Worms, probablement.

Quatre jours et quatre nuits étaient passés depuis que ces deux individus avaient fait leur apparition dans le sillage des Allemands pour commencer à les traquer, il n'y avait pas d'autre façon de le dire. Plus question de parler de vagabonds ou de petits malfaiteurs. Brumm avait beau faire, ils étaient toujours là, gardant leurs distances. Marches forcées, changements radicaux de direction, rien ne les décrochait. Ils étaient parfois derrière, parfois sur les flancs, mais ils escortaient toujours, à la limite du sarcasme. Leur distance constante, surtout, tracassait Brumm. Rien à voir avec des amateurs, au moins ça ne faisait aucun doute. Il en venait à souhaiter que les deux hommes se rapprochent pour engager le combat, mais cela ne se produisait pas, ils se contentaient de suivre, appliqués et tranquilles. Ça sentait le piège.

A la hauteur de Bad König, Brumm avait tenté quelque chose d'autre : virer à l'ouest pour gagner directement le Rhin, cela en marchant au moins vingt-quatre heures sans s'arrêter plus de quelques minutes d'affilée. Herr Wolf en avait été vite réduit à un état proche de l'effondrement physique. Ses pleurnicheries habituelles tournaient au tragique.

– Vous voulez me tuer, colonel, balbutia-t-il au cours de la longue traite de nuit. Il n'était pas prévu d'aller à l'ouest. Nous devons nous rendre à Memmingen.

Brumm s'arrêta net et le saisit aux épaules. La poitrine de Herr Wolf se soulevait, il respirait bruyamment, par saccades.

– Les circonstances ont changé. Nous sommes sous surveillance active. Il faut tout faire pour y échapper. Nous allons prendre un bateau et remonter le Rhin.

A la suite de cela, Herr Wolf évita de se plaindre.

La brume qui stagnait encore sur le fleuve au petit jour se leva lentement, comme un lourd rideau. Il fallait espérer qu'un peu de répit était gagné. Brumm choisit un large creux de la rive où les eaux venaient clapoter. Différents bateaux passèrent, trop petits ou trop grands. Mais au bout d'une heure, apparut en aval un bon teuf-teuf à hauts plats-bords, naviguant bas, le pont chargé de planches et de madriers. Brumm posta le Barbu dans les broussailles et fit allonger Herr Wolf sur le dos. Deux hommes, à bord, lui rendirent ses gestes, et le bateau obliqua de quelques degrés vers la berge. L'un des mariniers cria :

– Ohé! Qu'est-ce qui se passe?

– Mon père est tombé à l'eau! répondit Brumm sur le même ton. Il est évanoui! Aidez-moi!

Aussitôt, le bateau piqua droit sur la berge. Sa proue ventrue la heurta avec une secousse. Un homme vêtu d'une veste noire élimée sauta à terre avec un cordage, tandis qu'un autre homme d'équipage débarquait presque aussi vite, muni d'une trousse médicale, et venait se pencher sur Herr Wolf pour l'examiner. Aucune parole n'était échangée.

D'un coup de feu, le Barbu abattit l'homme qui maintenait le cordage, et lui prit celui-ci des mains. Brumm tira une balle dans la tête de celui qui s'occupait de Herr Wolf, et sauta sur le pont avant même que le mort se fût totalement écroulé. Il courut directement sur l'arrière. L'homme de barre saisissait une grosse burette cabossée, à long manche, quand il mourut d'une balle dans la gorge. Brumm vérifia en vitesse que le bateau n'avait pas d'autres occupants. A l'arrière, on trouvait un compartiment exigu, bas de plafond, comportant quatre couchettes rudimentaires et une petite cuisine qui sentait le lard rance. Le moteur était dessous, panneaux d'écoutille ouverts. Il y avait un autre compartiment à l'avant, sous le pont, rempli de planches de bois comme une cale.

Brumm traîna le corps du barreur à l'avant et le jeta sur la berge à côté des deux autres.

– On les enterre? demanda le Barbu.

– Pas le temps. Planque-les un peu. Il faut dégager avant d'attirer l'attention.

Sous le regard de Herr Wolf, le Barbu déshabilla les morts et lança leurs vêtements sur le pont. Il traîna les cadavres jusqu'à un enchevêtrement de racines aériennes, près d'un petit bras de rivière, et acheva de les dissimuler avec des branchages. Cela fait, il aida Herr Wolf à embarquer et le guida vers l'arrière sur l'étroite coursive. Sur la berge, Brumm lança le cordage par-dessus la proue, pesa sur l'étrave et sauta à bord à l'instant où le bateau déhalait.

Penché sur l'écoutille, le Barbu examinait le moteur. C'était un mécanisme très simple, plus solide que puissant, et il ne fallait pas s'attendre à remonter le courant bien vite.

Brumm prit la barre, dirigea le bateau vers le milieu du fleuve et lui fit reprendre sa lente navigation. Puis il se glissa dans la veste de l'un des morts et, le pied sur un baril de clous, contempla les autres navires de façon à savoir si personne ne regardait particulièrement dans sa direction.

Le Barbu émergea de la cabine avec deux quarts de café chaud et vint s'asseoir à côté de son colonel.

– Comment va-t-il? s'enquit Brumm.

– Recroquevillé sous une couverture, dans une couchette. Il ne va pas tarder à ronfler. Je crois qu'il n'aurait pas tenu le coup beaucoup plus longtemps. Moi non plus, d'ailleurs.

Les deux hommes restèrent un long moment sans parler.

– Moi qui avais toujours rêvé de naviguer là-dessus... finit par dire le Barbu sur un ton de mélancolie.

– Mais tu n'es pas du Rhin...

– Non, mais ce n'était qu'à cinquante kilomètres. On faisait des balades à pied du côté de Fribourg et on campait sur la rive. C'était le bon temps. Le soir, on voyait passer les bateaux de croisière illuminés. On entendait de la musique, et les passagers qui chantaient. J'imaginais que j'étais le capitaine dans un bel uniforme bleu avec des galons dorés, entouré de jolies femmes, l'équipage m'obéissant au doigt et à l'œil.

Cinquante kilomètres? Il y avait peut-être moyen de s'en sortir...

– Où c'était, chez toi?

– A Bleckheim, un village de montagne près du Schluchsee.

Brumm laissa la barre à son adjudant et déploya ses cartes sur le pont. Avec un peu de chance et en prenant quelques risques, on pourrait même rattraper le temps perdu. On va voir s'ils vont nous suivre, maintenant! pensa-t-il.

95. 9 avril 1946, 16 heures.

Ezdovo vomit une longue kyrielle de jurons iakoutes en découvrant que les Allemands ne s'étaient pas arrêtés pour la nuit.

– 10 heures! mugit-il à Bailov.

Les fuyards ne se donnaient plus la peine de brouiller la piste : plein ouest à toutes jambes.

– Le Rhin...

Les deux Russes atteignirent le fleuve en fin de journée. Le soleil très bas jetait un dernier reflet doré sur les eaux. Il ne leur fallut pas plus de quelques minutes pour dénicher les cadavres et interpréter les indices.

– Ils ont pris un bateau.

Ezdovo oscillait sur les talons en se frappant rageusement la poitrine, le regard perdu sur le courant. Comment n'avait-il pas senti qu'ils allaient filer? Brumm raisonnait juste. Ils devaient être fatigués et, sur l'eau, ils pouvaient se reposer sans s'immobiliser. Et le fleuve ne gardait aucune trace...

Pas le choix. Eux aussi devaient trouver un bateau. Mais l'idée de tuer des innocents n'avait rien de folichon. Tous les Allemands n'étaient pas des monstres ou des adversaires. La guerre était finie. On pouvait sûrement éviter de faire couler le sang.

– Il faut en trouver un! dit Bailov qui, à genoux tout au bord de la rive, regardait passer les bateaux du soir. Ils ont dû en attirer un facilement, pour tuer l'équipage comme ça.

– On ne fera pas comme eux, dit Ezdovo. D'ailleurs, il y a trop de navigation à cette heure-ci, trop de témoins. On va continuer en amont, on verra bien.

Il était certain que les trois Allemands remontaient le courant. Ils n'avaient pas traversé tout le pays pour rebrousser chemin.

A la nuit tombée, Ezdovo et Bailov examinaient de haut un village bâti sur un escarpement surplombant directement le fleuve. Un interminable escalier de bois descendait en zigzag jusqu'à une petite anse où tout un essaim de bateaux étaient abrités, amarrés à des bouées. Ils attendirent sans broncher que l'activité cesse. Puis ils se glissèrent jusqu'en bas. Ils choisirent une embarcation robuste, munie d'une petite cabine, et détachèrent toutes les autres, que Bailov, armé d'une gaffe, fit partir à la dérive dans le courant. Quand les lumières du village eurent baissé, Ezdovo lança le moteur, coupa droit sur l'autre rive et mit le cap à contre-courant, dans un vent de trois quarts avant qui levait une courte houle. D'ici au matin, les bateaux du village seraient disséminés en aval, et pas mal de temps s'écoulerait sans qu'on se rende compte que l'un d'eux manquait pour de bon.

Le Sibérien laissa Bailov barrer; il avait à réfléchir. Le fleuve mettait la frontière suisse à deux cents kilomètres. Les Allemands devraient abandonner leur bateau bien avant. Tout cela faisait-il partie de leur plan initial ou les circonstances les avaient-elles poussés à une manœuvre de dernière chance? Les cadavres sur la rive évoquaient la panique.

En arriver si loin pour échouer, c'était dur à encaisser. Ezdovo n'avait pas l'habitude. Il se sentait très mal. Continuer en amont dans l'espoir de retrouver le contact, d'accord, mais la seule solution réaliste était de joindre Petrov. Rien à faire pour y couper. Petrov devait savoir. C'était une question d'honneur. Tabler sur l'espoir, cela frisait l'irresponsabilité. Plus encore, il devait reconnaître qu'il avait besoin d'aide. Les Allemands allaient se volatiliser.

Décision prise, il sentit revenir son calme et il put envisager de parler à son chef.

Il était près de minuit quand Ezdovo obtint Berlin au téléphone. Rivitsky décrocha, Petrov prit tout de suite la communication.

– Ça va mal, dit Ezdovo.

Il exposa brièvement ses déboires. Cela revenait à dire que Brumm avait disparu. Petrov demanda :

– Tu es sûr que c'est toi qui l'y as poussé?

– Ça ne fait aucun doute. J'y suis allé trop fort, et ils ont été plus farouches que je ne m'y attendais.

– Il n'y a aucune piste?

– Non, dit Ezdovo. Ils ont filé.

Petrov se gratta la joue, attrapa un crayon. La catastrophe était là.

– Comment puis-je te joindre?

– Pas possible, dit Ezdovo. Les liaisons sont trop mauvaises. Il faut que ce soit moi qui appelle.

– Très bien. Tous les jours. Appelle à 8 heures, midi, 18 heures, sans faute.

Ezdovo posa la question du dernier recours :

– Tu as une idée, camarade?

– Non, fit la voix douce.

Après avoir raccroché, Petrov resta prostré dans son fauteuil. Il fallait le dire à Staline.

96. 10 avril 1946, 0 heure 15.

Quand Petrov appela, Staline se trouvait dans l'enceinte du Kremlin. Un aide de camp parvint à lui passer la communication assez vite mais, quand le camarade maréchal prit le combiné, il était visiblement de mauvais poil.

– Qu'est-ce que tu veux?

– Petrov, à l'appareil.

– Je sais encore à qui je parle! Tu le tiens?

– Non.

Il y eut un moment de silence.

– Quand l'auras-tu?

Petrov avait des aigreurs d'estomac.

– Nous l'avons perdu.

Il y eut encore un vide et, quand Staline parla de nouveau, sa voix avait changé de registre; elle était basse et rauque.

– Camarade Petrov, tu as été choisi pour cette mission parce que tu es un homme qui obtient toujours des résultats. Mais quand ce salopard t'a échappé, à Berlin, je t'ai bien expliqué quel serait le prix d'un échec. Vrai ou faux? (Staline ne demandait pas de réponse.) Petrov, ni moi ni le parti n'acceptons l'échec. Tes succès passés ne t'autorisent pas à perdre la partie. Je ne veux pas connaître les détails. Ton travail reste le même, Petrov : *le* trouver et *me* l'amener. Si tu me prives de ma vengeance, tu paieras pour lui. (Il se mit soudain à hurler.) Je le veux, tu entends, Petrov? Ici! Maintenant! Arrête tes conneries et fais ce que tu dois faire!

Petrov avait la tremblote.

– Camarade, je...

– Ta gueule! Je veux des résultats, pas une de tes analyses professorales! Si tu es incapable de ce travail, je vais envoyer quelqu'un d'autre, et je lui ferai ramener aussi le berkout. Mais un seul de vous deux fera le voyage de retour vivant. Je me fais bien comprendre?

– Certainement, dit Petrov à voix basse.

– Alors pas besoin de blabla! Fais ce qu'on attend de toi. Tu n'as qu'un seul but dans la vie, Petrov, et donc une seule raison de vivre. Si je n'apprends pas avant cinq jours que tu as retrouvé la piste du monstre... (Staline raccrocha sans préciser.)

97. 11 avril 1946, 9 heures 40.

Le prêtre disait s'appeler Giacomo mais Talia savait qu'il mentait. Il n'était pas italien. L'acier perçait sous la désinvolture. Il ne cessait jamais de jacasser, au point de passer pour un imbécile. A Gênes, où ils étaient arrivés en voiture le 8 avril, ils avaient pris deux chambres séparées dans un petit hôtel près des quais. Avec la fin de la guerre, le port italien ne désemplissait pas de cargos venus de l'Ouest déverser toutes sortes de denrées sur l'Europe.

Ils discutaient dans un petit bistrot, en buvant du thé dans des verres.

Petrov avait donné quatre séries d'instructions précises à la jeune femme. Un, noter les mouvements portuaires, surtout les navires sortants, marchandises et passagers. Deux, guetter les réfugiés allemands et personnes déplacées. Quittaient-ils le continent par les ports italiens? Si oui, à quel rythme, et sous quels pavillons? Trois, existait-il des marques évidentes de protection des Allemands par l'Église? Si oui, chercher à connaître les itinéraires et l'importance du flot.

Elle s'entretenait de tout cela avec son compagnon, qui en renonçait un moment à faire le malin.

La quatrième zone d'enquête, Talia Pogrebenoi la gardait pour elle. Petrov désirait qu'elle découvre combien de navires, dans le port, avaient des connexions avec le Vatican. Ce serait délicat, car cela pouvait se réduire à de simples contrats de fret ou de passages. « Les réfugiés, c'est le point crucial », disait Petrov. Il lui avait parlé de ses propres recherches approfondies sur la question et, selon lui, quand elle trouverait ce qu'on cherchait, elle le saurait.

98. 12 avril 1946, 5 heures du matin.

Depuis deux jours, Petrov ne levait pas le nez de ses notes et d'innombrables documents allemands. Quelque part se trouvait la solution, il le savait. En temps normal, il l'aurait trouvée à coup sûr par la recherche et la réflexion approfondies. Et voilà que le doute l'habitait. Sa puissance de concentration s'altérait.

Il avait envisagé de retourner aux archives de Müller, avant de comprendre que ce serait du temps perdu. Si le dossier Brumm allait jusqu'à fournir ses résultats scolaires, les antécédents d'un sous-officier ne présentaient pas tant d'intérêt, et la fiche de Rau ne comportait que sa date de naissance, ses examens médicaux et ses citations.

Petrov se surprenait à ne plus savoir diriger sa pensée. Il touchait à tout, ne se concentrait sur rien. Il finit par découvrir ce qu'il était en train de faire : il changeait les documents de pile, voilà tout. Il n'avait pas dormi depuis la menace de Staline. Au rendez-vous téléphonique de la veille au soir, il avait chargé Rivitsky d'informer Ezdovo qu'il n'avait rien à lui dire. Les yeux lui piquaient. Le dos lui faisait mal. Il avait besoin de se raser, de prendre un bain, de se changer, de boire un bon thé bien chaud. Il devait donner le change à son corps pour lui demander un nouvel afflux d'énergie. Descendu de la bibliothèque, il trouva Rivitsky endormi à la table de cuisine, la tête dans les bras, des feuilles volantes éparpillées autour de lui. Il ne le dérangea pas.

Après avoir pris un bain et s'être rasé, il s'habilla de neuf et retourna à la cuisine, faire chauffer de l'eau. Théière à la main, il remonta à la bibliothèque. Il s'installa dans un fauteuil, croisa les jambes, se versa une tasse de thé et la but lentement, attentif à l'arôme et à la saveur. Dans son bain, il avait soigneusement examiné la situation. Redoubler d'efforts ne produirait pas les résultats escomptés. Deux jours durant, il avait travaillé d'arrache-pied au problème. A présent, il devait s'en écarter, laisser son subconscient prendre le relais. Toute l'information disponible était assimilée. Il aurait pu réciter par cœur des rapports entiers. Au cerveau de faire le reste... ou à la chance, peu importe. Le temps, voilà le seul paramètre. Il restait trois jours avant l'ultimatum de Staline, mais autrement grave était le fait que, chaque heure passant, Brumm se dérobait un peu plus.

La propriété réquisitionnée par le GOS appartenait auparavant à un industriel allemand qui avait participé à l'armement nazi. En essayant de quitter le pays à la fin de la guerre, il s'était fait arrêter par les Anglais à Flensburg. Il était maintenant détenu à Nuremberg, en attendant de passer en jugement. Il se disait de souche aristocratique, revendiquait le titre de comte, niait farouchement toute compromission avec le régime nazi. L'homme était collectionneur. Sa demeure hypertrophiée, aux sols de marbre noir, aux baignoires de marbre blanc et robinets d'or, regorgeait de toiles et de bronzes représentant de jeunes femmes et hommes nubiles saisis au cours de diverses activités sexuelles « athlétiques », disait Rivitsky.

Entre toutes ces richesses, la bibliothèque intéressait Petrov qui avait élu domicile auprès des hauts et profonds rayonnages abritant par centaines les ouvrages reliés de tous formats. A l'évidence, le comte se prenait pour un grand alpiniste. Les traités géologiques et les manuels techniques d'escalade en rochers comme en glace, et les biographies de grimpeurs célèbres occupaient toute une étagère. Petrov, qui cherchait là quelque chose pour se distraire, eut son attention attirée par un petit volume intitulé *Guides d'Allemagne*. C'était le récit mal écrit, ampoulé, de la vie et des exploits de dix guides des Alpes allemandes et autrichiennes. L'auteur les disait « hors pair » et indiquait soigneusement qu'il avait fait des courses avec chacun d'eux. Il soutenait que la conquête des massifs d'Asie, si chère à la presse et si prisée des grimpeurs anglais, était moins affaire de compétence que d'argent. Les Allemands qu'il portait aux nues n'avaient jamais respiré l'atmosphère raréfiée des pics du Tibet. Ils suivaient un chemin moins glorieux mais plus difficile, ayant choisi de vaincre, avec leur intelligence, leur courage, une paire de grosses chaussures et un rouleau de corde, les montagnes qu'ils voyaient de leur jardin. L'un des maîtres allemands décrits dans cet ouvrage était un Herr Rau, du village de Beckheim. La relation ne se fit pas tout de suite, Petrov remit le livre à sa place et descendit déjeuner avec Rivitsky. Ils commençaient à manger et Petrov avait la bouche pleine quand son subconscient lui assena le message, le faisant tousser à l'en étouffer.

Sans perdre de temps, il appela Gnedin à Bâle pour le charger de se rendre immédiatement à Bleckheim.

– Où ça?

Petrov lui donna ses instructions. Le docteur devrait aller là-bas le plus vite possible, en utilisant son passeport pour passer la frontière, et glaner tout ce qu'il pourrait sur le clan Rau.

– Deux de nos bons amis y seront incessamment. Lors d'une excursion, ils ont été séparés d'un groupe plus important dont l'un des membres, nous avons des raisons de le croire, est originaire de ce village. Son père était guide de montagne.

– Dois-je accueillir le grand groupe?

– Non. Renseignez-vous et téléphonez-moi immédiatement.

– Je comprends.

Ezdovo appela à 8 heures. Petrov arracha le combiné à Rivitsky.

– Ici Petrov, écoute-moi bien. A l'est de Mülheim, il y a un village du nom de Bleckheim. L'un des voyageurs en vient. Tu demanderas le docteur, je suis sûr que tu le connais. Sois expéditif.

Ezdovo examina ce que son chef lui disait. Brumm était de Bad Harzburg. Bleckheim devait être le village de l'adjudant. S'ils avaient quitté le Rhin, c'était logique qu'ils se dirigent en pays connu. Pure spéculation, bien sûr, mais, un instant plus tôt, il n'y avait rien.

– Et après cela?

– Vois avec le docteur. Il doit avoir l'ordonnance.

Petrov raccrocha, puis il appela Staline, qui semblait groggy à cette heure-ci.

– Le sous-officier est originaire d'un village du nom de Bleckheim, situé à courte distance du Rhin, expliqua Petrov assez rapidement pour éviter d'être interrompu. C'est là qu'ils vont, j'en suis sûr.

– Et ensuite?

– En Italie. Nous les avons contraints de s'écarter de leur itinéraire. Vu où ils sont maintenant, et ce que nous savons du rôle de l'Église dans le déplacement des réfugiés allemands, leur destination ne peut être que l'Italie.

– Un bateau?

– Indubitablement.

Il y eut un silence à l'autre bout du fil. Puis Staline toussa à plusieurs reprises et dit enfin d'une voix profonde :

– Plus question de prendre de risques, camarade. Permets-moi de te rappeler que tu n'es pas un chat.

99. 14 avril 1946, 14 heures 45.

Le docteur venait de passer deux jours à Bleckheim, où il usait de la manière douce pour vaincre la méfiance ambiante. Niché au creux des basses Alpes au sud du profond lac de Schluchsee, le village aux rues de terre battue resserrait ses petites maisons de pierre autour du mince et haut clocher de bois d'une église luthérienne. Il était peuplé de montagnards blonds et taciturnes. Beaucoup travaillaient comme guides pour les « pieds-plats » qui venaient s'attaquer aux sommets surplombant le lac. Des chiens à grosse fourrure et à gros museau flânaient dans les rues, quémandant des caresses, et les enfants jouaient par petits groupes entre les troupeaux de chèvres noires et blanches.

Dans l'ensemble, les Bleckheimois se montraient fort corrects, comportement reflétant sans doute leur habitude des gens de passage. Ils ne semblaient manquer de rien, en contraste avec bien d'autres régions d'Allemagne en pleines restrictions.

Gnedin racontait la même histoire qu'à Bad Harzburg. Il disait chercher un endroit où se réinstaller comme médecin. Pas n'importe où. Il ne faudrait pas que ce soit trop grand. Il faudrait qu'on ait besoin de lui et qu'il puisse s'intégrer dans une vraie communauté où chaque vie comptait. Ses interlocuteurs semblaient prendre ça pour argent comptant. Ils avaient vu défiler tant de réfugiés, dans les derniers temps de la guerre, qu'ils ne s'émouvaient plus de tels discours. Ils considéraient tout nouveau venu comme un éventuel facteur de perturbation de leur harmonie sociale ancestrale. Mais un médecin, ce n'était pas pareil. Avoir son propre médecin, cela donnait du prestige à un village. L'hôpital le plus proche se trouvait à quarante kilomètres. Frau Halle, la sage-femme, était de santé fragile et commençait à prendre de l'âge. Ne serait-ce que pour aider aux naissances difficiles, un médecin serait providentiel. Cependant, ces villageois étaient bien trop stoïques et réservés pour l'inviter à rester chez eux. Il aurait fallu qu'on leur certifie, au plus profond d'eux-mêmes, que cet homme n'était pas trop différent d'eux. Ils l'observaient, donc, puis échangeaient leurs impressions. Il passait son examen.

Il leur faisait exactement l'effet sur lequel il comptait. Du coup, il en rajoutait, biaisant ici, asticotant là, faisant marcher tout le monde. Ce serait un bon endroit où s'installer. Assurément, c'était agréable à la belle saison. Mais à quoi ressemblait l'hiver ?

Ils ne furent pas longs à tenter de l'amener à s'extasier sur les charmes de Bleckheim. Ils lui remplissaient son assiette à n'en plus finir, mesurant ses intentions à l'ampleur de son appétit. Quand il n'avait pas faim et chipotait, une humeur navrée tombait sur le village. Il n'allait pas rester, se disait-on, et l'on chapitrait ceux qui avaient eu le malheur de le faire trop manger. Le climat se mit à changer presque d'heure en heure. Au petit déjeuner de fromage blanc et de salami, les visages étaient au beau fixe, pour s'assombrir à midi avec le premier bol de *leberknödelsuppe* [1], et retrouver quelque allégresse au moment de préparer des sandwiches à la pomme et à l'oignon pour le dîner du docteur. Gnedin les voyait comme des paysans typiques : distants, mystérieux, superstitieux, cramponnés à leur façon de vivre. Mais, exactement comme il s'y attendait, plus ils cherchaient à l'influencer, plus ils lui donnaient de renseignements.

Ce fut le pasteur luthérien qui lui parla le premier de la famille Rau. Avant la guerre, à ce qu'il semblait, les Rau comptaient parmi les guides de montagne les plus demandés, spécialistes des ascensions difficiles pour alpinistes expérimentés. Hélas, ils avaient disparu. En compagnie de quelques officiers de la Wehrmacht qui s'étaient offert ses services, Rau le père avait trouvé la mort dans une avalanche en 1943. Faire de la montagne un métier, c'est inscrire soi-même son nom sur un certificat de décès, disait l'homme de Dieu au teint fleuri. Ensuite, Dieu choisit l'heure. D'ailleurs, expliqua-t-il, la montagne ne tue pas les gens, la nature reste neutre, à chacun de décider de son sort. Le proverbe avait bien raison : ce n'est pas le rocher qui tue, c'est le grimpeur qui se suicide. Il en avait été ainsi pour Herr Rau.

Et sa femme était morte dans son sommeil à quelques semaines de là. C'est souvent comme ça quand un homme et une femme se marient très jeunes et pour la vie. Ils ne tardent pas à se fondre en une seule entité, de sorte que, si l'un meurt, l'autre n'a pas la force de survivre. Ils avaient eu un fils, un colosse aux cheveux flamboyants. Tout le village disait que ce serait un montagnard comme son père, mais il avait pris tout le monde de court en entrant dans la SS pour partir avec ces maudits nazis. En conclusion, le saint homme émit l'espoir que le jeune Rau, qui ressemblait à un chef de clan teuton, n'avait eu que ce qu'il méritait, lui et les autres gredins de Hitler.

– Et leur maison ? demanda Gnedin.

Le pasteur lança un regard soupçonneux au médecin, qui expliqua :

– Dans le cas où je déciderais de m'installer ici, j'aurai besoin d'être chez moi.

– Ça ne conviendrait pas. Trop loin. Tout là-haut à quatre kilo-

---

1. Littéralement : soupe de boulettes de foie.

mètres. On ne peut pas demander à des personnes malades de monter une côte aussi raide. Un médecin, comme le berger de Dieu, doit vivre avec son troupeau.

– Plus tard, je ferai bâtir dans le village, mentit Gnedin, mais ça irait peut-être pour commencer. Elle est toujours debout?

– Elle est vide. Trop isolée pour la plupart des gens. (Le pasteur sauta sur l'occasion.) Si vous êtes vraiment décidé, je crois que le village ne demanderait pas mieux que de vous construire une maison. On pourrait même s'y mettre tout de suite... (L'espoir perçait dans sa voix.)

– Je dois encore réfléchir, dit Gnedin pour mettre un terme à la conversation.

100. 14 avril 1946, 10 heures.

Le 12 avril, Talia Pogrebenoi avait envoyé Giacomo enquêter à Milan. Au besoin, il devait pousser jusqu'aux Alpes. A Rome, lui avait-il assuré pour appuyer les investigations de Petrov, on disait ouvertement que l'Église faisait passer la montagne aux réfugiés, en les hébergeant dans ses monastères les plus reculés.

– La rumeur, dit Talia au prêtre, c'est bon pour les Italiens. Moi je veux des faits, des preuves.

Il était parti lui en chercher.

Dès que Giacomo eut tourné le dos, Talia prit un autobus pour le centre de Gênes et s'acheta quelques robes, payant coupablement le prix fort au commerce capitaliste. La soie ne lui en tombait pas moins merveilleusement sur le corps. Elle apaisa sa conscience en se remettant en mémoire qu'elle travaillait pour le parti et que ses sentiments personnels ne devaient pas entrer en ligne de compte.

Tous les grands ports, lui avait expliqué Petrov, sont administrés par un bureau central qui fournit les pilotes aux navires entrants et sortants, et coordonne les milliers de tâches nécessaires à la bonne exécution des mouvements. Il existe un capitaine de port et, en l'occurrence, c'est lui qui détenait les renseignements désirés. Quant à la façon de les obtenir, Petrov s'était abstenu de conseils.

Vêtue de neuf, Talia gagna donc la capitainerie du port de Gênes, sise dans une énorme bâtisse, sur une jetée. La façade de marbre était constellée d'impacts de balles. Il y avait une fontaine dans l'atrium. L'atmosphère était typiquement italienne : beaucoup de bruit, une multitude d'hommes pressés qui se donnaient des airs importants, et de jeunes secrétaires en jupes serrées, trop maquillées, se donnant des airs affairés qui ne les empêchaient pas d'aguicher cette population masculine inépuisable. Talia savait d'expérience que toute cette belle activité n'était qu'illusion. Ces gens-là aimaient l'apparence du travail, non le travail lui-même.

Il n'en allait pas de même dans les bureaux proprement dits de la capitainerie. Le calme y régnait. On y éprouvait une sensation d'ordre immédiate. Les femmes qui travaillaient là étaient plus âgées, habillées plus convenablement. Talia posa une foule de questions à une employée grisonnante, tout en progressant mine de rien en direction du grand manitou. Il s'appelait Guglielmo Luci. Elle l'observait dans son bureau derrière une paroi de verre. La soixantaine, calvitie naissante, yeux gris, rides définitives aux coins de la bouche. Mauvais. L'intégrité même.

Le signor Luci avait trois assistants, et l'un d'eux, noiraud et court sur pattes, respirait la corruption. Talia passa le reste de la journée à traîner dans les parages pour l'espionner. Il quitta plusieurs fois son bureau pour se rendre dans d'autres parties du bâtiment. Il ne manquait jamais de flirter en chemin avec la jeune gent féminine. Il s'appelait Paolo Bettini, apprit-elle en questionnant certaines femmes. Il était de bonne famille, sans attaches avec les fascistes, marié, père de trois jeunes enfants. Avenir assuré.

Talia suivit Bettini pendant trois jours. Il arrivait tard au bureau. Ses déjeuners n'en finissaient pas, toujours au Scali, un restaurant bien fréquenté près de la mer, où les serveurs en nœud papillon noir se hâtaient sans bruit entre les tables. Il avait l'œil baladeur mais non sans subtilité. Il préférait inciter ses conquêtes à venir à lui. Il était vraiment sur mesure!

101. 15 avril 1946, 9 heures 30.

Gnedin appela Petrov.

– J'ai retrouvé sa maison natale, dit-il. Vide, mais prête pour tout nouvel occupant. La vue est splendide!

Petrov comprenait vite. C'était le bon Rau. Autant par sa topographie que par sa construction, la maison de la famille constituait une excellente position défensive. Il répondit :

– Un endroit merveilleux pour un enfant, dites-vous? Toute la place qu'on veut pour s'amuser, j'imagine!

– Tout ce qu'il faut! dit Gnedin. Bolovichovic aurait été enchanté!

Pyotr Bolovichovic était un Biélorusse qui avait mené la résistance derrière les lignes allemandes pendant les premiers temps de l'invasion. Son nom de code était « l'Ermite ». En dépit de son patriotisme, c'était un solitaire qui avait horreur des gens. En manière de plaisanterie, on disait dans le Renseignement russe que, une fois la guerre finie, il faudrait faire venir des Allemands pour que l'Ermite continue à se battre, faute de quoi ce salopard de misanthrope se retournerait contre ses compatriotes. Bolovichovic faisait la guerre au genre humain. A la suite d'une dénonciation, les Allemands avaient fini par l'arrêter en Ukraine du Sud, et ils l'avaient fait écarteler par des chevaux devant des prisonniers russes contraints de regarder. Bolovichovic cherchait toujours des bivouacs faciles à défendre et faciles à quitter. Petrov prit sa décision :

– Je me suis laissé dire qu'on avait du mal à trouver du bois de chauffage dans la région. D'ailleurs, les incendies naturels sont rares à ces altitudes...

– En effet.

– Cela dit, il ne serait peut-être pas inutile de prendre l'avis d'un expert que nous connaissons, à Gênes...

Petrov parlait lentement, d'un ton incertain. Rester dans le vague est la seule parade aux tables d'écoute.

– Oui, fit Gnedin après un silence. J'ai entendu parler du professeur... On dit qu'il a une équipe excellente! ajouta-t-il finement.

– C'est parfait, dit Petrov. Pour autant que je puisse m'avancer, je pencherais pour quelques jours d'observation... Si le loup ne se montre pas, nous devrons reconnaître qu'il existe d'autres voies de migration...

– Je vous remercie, dit Gnedin avant de raccrocher.

Petrov appela Rivitsky en criant, lequel arriva en courant.

– Nous partons!

– L'Italie?

– Gênes!

102. 15 avril 1946, 22 heures 30.

Valentine était déboussolé. Satané Faulkner! Où se promènent les cadavres? Une centaine de scénarios avaient fini roulés en boule contre le mur. Il s'escrimait en vain. Sa raison et son intuition lui semblaient aussi déficientes l'une que l'autre. Il se sentait l'esprit vide et hargneux. Tout ça était grotesque. Un colonel nazi complètement marteau qui trimbale dans la nature le cadavre en décomposition de Hitler! Qui avalerait cette histoire? Il devait avouer qu'il n'était pas encore vraiment sûr d'y croire lui-même.

En désespoir de cause, il appela Zürich depuis un hôtel crasseux. Au bout d'un certain nombre de sonneries, il entendit une voix de femme.

– Ermine?

– Beau, souffla craintivement la voix, j'attendais que tu téléphones. Ici, ça devient de la folie!

– Tu tiens le coup?

– Non! Écoute-moi, Beau! (Ça semblait urgent.) C'est une ligne directe. Tu sais, ce que tu avais demandé de faire à Creel... J'ai appris des choses.

Tout de suite, il eut peur pour elle. Savoir signifiait pouvoir, pour des bureaucrates comme Creel, et ils accaparaient ça jalousement.

– Beau, mon chéri, ils se sont lancés là-dedans, ils font même venir des gens pour ça des USA. Tu serais sidéré de voir tout ce qui se passe ici, à Berlin, partout. Si tu reviens, ils te feront rapatrier sous escorte.

– Raccroche, Ermine.

– Non, pas déjà, dit-elle avec anxiété. Je peux t'aider.

– Non.

– Je t'en prie! On se retrouve à la Fleur. Dans quarante-huit heures, ça va?

La Fleur, c'était une appellation à eux – une plaisanterie de draps de lit – pour un petit hôtel sur la rive sud du lac de Constance.

– Ils vont remarquer ton absence.

– Non, tout l'ancien personnel est muté. On me renvoie au pays. C'est comme si je n'existais plus.

– D'accord, à la Fleur. C'est moi qui te rejoins.

– Entendu.

Elle raccrocha elle-même.

Les BCBG prenaient le train plus vite qu'il ne s'y attendait. A présent, toute la smala du Renseignement américain devait être sur les dents, à grouiller dans *son* affaire. De toute évidence, ils n'avaient encore rien trouvé, mais le tempo n'allait pas tarder à s'emballer.

Encore la jeep. Valentine chercha sur la carte la route la plus courte pour Saint-Gall. En prenant le volant, il orienta ses pensées vers Ermine. Il sentait presque son odeur et ça l'excitait. Brumm pouvait aller se faire voir pour quelques heures.

Il passa tout de suite en prise avec un rapide double débrayage et s'enfonça dans la nuit.

103. 16 avril 1946, 13 heures 45.

Elle arriva au restaurant avant sa victime. Elle glissa un gros pourboire au maître d'hôtel, qui la conduisit aussitôt à la table voisine de celle où déjeunait toujours Bettini. Elle prit la chaise qui la mettait de profil, et remonta haut sa jupe.

Bettini entra en compagnie de plusieurs autres hommes de la direction du port, mais aucun d'eux, par bonheur, n'appartenait au bureau du capitaine. Il ne manqua pas de remarquer Talia, qui passa tout le repas à échanger des regards avec lui. Il avait beaucoup de mal à se contenir. Il laissa ses compagnons s'en aller sans lui. Elle se leva, passa devant sa table et feignit de trébucher. Il bondit pour la rattraper.

– Signor Bettini ?

– Oui, dit-il avec arrogance.

Il n'était nullement étonné. Il se considérait comme un homme important.

– Monica, se présenta-t-elle à mi-voix. Vous êtes un homme fascinant. Vous avez une position très importante. Il ne doit pas vous être facile de trouver des... distractions... (En même temps, elle lui montrait sa clé d'hôtel.) Vous connaissez ?

Il acquiesça de la tête.

– Dans une heure, dit-elle en laissant tomber la clé dans la poche de son veston.

Il fut exact à la minute près. Elle le fit entrer, lui tendit un verre de vin. Sa ponctualité parlait pour lui, mais il semblait tendu, circonspect.

– Nous connaissons-nous ?

– Non, dit-elle, mais nous allons remédier à cela dans un instant.

Elle entreprit de se déshabiller. Il vida son verre d'un seul trait, dans un grand sursaut de pomme d'Adam.

– Je t'ai bien observé, Bettini. Je t'ai vu avec ces petites jeunes. Elles te donnent du plaisir ? (Talia éclata de rire.) Évidemment qu'elles t'en donnent ! Tu es bel homme ! Alors ta femme ne te donne pas tout ce qu'un homme demande ? (Elle n'avait plus que ses dessous.) Je me rends bien compte qu'un homme comme toi a besoin d'une femme, pas de jeunes filles inexpérimentées, pas d'une simple épouse soumise.

Elle ôta ses derniers vêtements et s'étala sur le lit.

– Combien ? demanda-t-il tout à trac. Bettini ne paie pas les femmes !

Elle lui sourit gentiment.

– Non, Bettini, décidément, tu ne m'écoutes pas! *J'ai envie de toi!* Monica *donne*, Monica ne vend pas! Est-ce que tu comprends?

Il restait interdit, bouche bée. Elle se renversa sur l'oreiller tout en remuant les hanches de manière suggestive.

– Ça brûle, souffla-t-elle. Tu ne vois pas que ça brûle, Bettini?

– Paolo, fit-il en commençant à se déshabiller.

104. 16 avril 1946, 14 heures.

Cela faisait huit jours qu'ils n'avaient plus revu leurs poursuivants, mais Brumm présumait que ceux-ci étaient toujours derrière eux.

Ils avaient remonté le Rhin avec la plus grande prudence, en se dissimulant le long des berges dans la journée, et ne parcourant donc, de nuit, que de courtes distances. Brumm était partagé entre le besoin de quitter le fleuve pour être à l'heure au rendez-vous en Italie et le désir de s'assurer qu'ils avaient lâché leurs poursuivants.

Le bateau était maintenant par le fond. Brumm avait tout envisagé, y compris des itinéraires de repli sur le parcours d'origine, mais on avait trop de retard. Le temps était compté. L'autre bateau partirait avec ou sans eux. Improviser allait être encore plus dangereux, mais on n'avait pas le choix. Il fallait gagner Gênes.

Le Barbu disait que, une fois à Bleckheim, il n'y aurait rien de plus facile que de disparaître par la montagne.

– Là-haut, dans les rochers, pas moyen de nous avoir!

Ils jetèrent un dernier regard au fleuve et se dirigèrent à l'est.

105. 16 avril 1946, 17 heures.

En l'absence de menace immédiate, et malgré l'enseignement de Petrov, Gnedin avait toujours du mal à détruire quoi que ce soit. Son métier lui avait appris à sauver, tout faire pour sauver.

Il essayait de se raisonner. Ce n'était qu'une ferme, et encore, allemande. Les nazis n'avaient pas montré tant de scrupules vis-à-vis des villages et des villes de l'Union soviétique. L'idée de réduire cette maison en cendres ne l'en mettait pas moins mal à l'aise. C'était du beau travail, de la bonne construction. La peine et le soin méritent le respect.

Il avait tout arrosé de kérosène. Immobile, torche à la main, il cherchait maintenant la volonté de terminer ce qu'il avait commencé. C'était la demeure d'un ennemi. C'était pour la patrie. Mais il voyait la patte du maître charpentier sur la parfaite égalisation des chevrons, et l'excellence du tailleur de pierre qui n'avait que faire du mortier. Toute une histoire était là, non de celles qu'on lit dans les livres, mais une histoire de famille, reprise indéfiniment autour de l'âtre pendant les mois de neige. Ici résidaient des générations de fantômes qu'il ne connaîtrait jamais. Il sentait la moutarde lui monter au nez.

Mais il y avait aussi Petrov. « Les incendies sont rares. » Bon, d'accord! décida Gnedin. Il alluma un chiffon avec sa torche et le lança par la porte. Le kérosène s'enflamma avec un claquement sourd, et la chaleur le fit reculer.

Il alla refaire les mêmes gestes à la grange. Pendant plusieurs minutes, il ne fut pas certain que ça irait. Il y avait surtout de la pierre, là-dedans. Mais quand une fumée noire se mit à couler des étages et que les bardeaux changèrent de couleur, il sut que c'était réglé.

Il n'avait aucune envie de voir. Les Bleckheimois lui avaient dit que deux sentiers de montagne desservaient aussi la maison des Rau, mais qu'on ne les voyait pas d'en bas, de la zone plate; il fallait connaître les repères. Gnedin grimpa un peu, repéra les sentiers, chercha un endroit à mi-distance, d'où voir tous les accès. Il s'aménagea un petit abri entre deux rochers puis s'installa pour attendre. La fumée montait en volutes dans le ciel.

Ça brûla toute la nuit. Toute la journée du lendemain, Gnedin laissa refroidir. Il descendit au crépuscule, examiner les décombres. Les murs de pierre avaient gauchi, mais ça tenait assez debout pour servir encore.

Là-bas, au village, une idée lui était venue, qui ne lui ressemblait pas du tout, alors qu'il broyait du noir en pensant à ce qu'il devait faire. Il avait alors acheté un petit pinceau et une boîte de peinture rouge, qu'il tira maintenant de son sac. Au cas où l'incendie ne serait pas assez explicite, il allait laisser quelque chose d'autre à l'intention des Allemands. Ses premiers exploits de pyromane méritaient bien quelques fioritures.

106. 17 avril 1946, 18 heures 30.

Romanshorn n'était pas folichon, comme village : une petite place bien propre, trois églises blanches, toutes protestantes. Les maisons de stuc et de bois étaient blanches elles aussi, à part les tuiles. Elles semblaient se serrer les unes contre les autres, sur leurs pilotis de pierre, pour résister aux tempêtes de neige soufflant de la rive allemande du lac tout au long des hivers. Il y avait des bacs à fleurs partout, mais toutes les fleurs étaient de la même couleur. Politesse et antisepsie.

Valentine avait découvert le village au hasard de ses vagabondages en Europe avant la guerre. L'été, le petit golfe était sillonné de hors-bord qui soulevaient des gerbes d'écume sans aucun égard pour les voiliers sous le vent.

L'hôtel bas et allongé, ne comportant qu'un étage, était tenu par un vieux couple. A la vraie mode suisse, on laissait les clients tranquilles. A la suite de multiples réfections, il y avait une douzaine de chambres confortables, avec eau chaude. On ne servait pas de repas sur place mais, tous les matins, du café expresso et des sachets de thé étaient déposés devant les portes. Il s'agissait d'un endroit où l'on ne se mélangeait pas. L'auberge de Romanshorn, on y venait entre soi et on ne voyait personne.

Pendant la guerre, Valentine y avait emmené Ermine pour leur première escapade. En trois jours, ils étaient sortis une seule fois de la chambre, pour déjeuner en vitesse au café du village. Ermine, à qui il ne fallait pas en conter, déclara à la fin du séjour que son idée du paradis consisterait à rester allongée toute la journée sur un doux lit de plumes en attendant que Beau lui « donne de la joie ». Elle que rien ne pouvait faire parler de sexe, même dans les termes les plus abstraits, n'avait pratiquement plus aucune inhibition une fois au lit, déshabillée, lumière éteinte. Rien ne décourageait son enthousiasme et toute nouveauté l'enchantait. Ce fut lors de cette première fois que Valentine fit allusion à la partie la plus intime de l'anatomie de la jeune femme comme à une fleur, analogie qui ne fut pas sans provoquer certains petits gloussements nerveux à la suite desquels l'hôtel porta ce nom.

Compte tenu de ce que lui avait dit Ermine au téléphone, il jugea que l'OSS en saurait trop sur sa position s'il franchissait la frontière normalement. Le personnel des douanes avait fortement tendance à jouer les « observateurs » pour divers services de renseignement, contre bonne rémunération. Il n'avait aucun mal à passer illégalement. Il le faisait depuis des années, connaissait toutes les astuces, tous les itinéraires. Pour lui, les frontières n'étaient que des instruments à intimider les gogos. Si les pays voulaient de vraies frontières, ils imiteraient les Chinois et construiraient un mur. En l'absence d'un réel obstacle, il s'estimait libre d'aller et venir à sa convenance.

Il y avait deux frontières à franchir clandestinement pour gagner Romanshorn et son hôtel. Valentine se faufila d'abord d'Allemagne en Autriche par un chemin perdu qui longeait un col à l'est de Lindau. Il laissa la jeep dans les contreforts, près du village d'Hohenems, et franchit la frontière suisse à pied au sud-est de Saint-Gall. Un paysan le déposa dans la petite ville suisse, où il prit le car pour sa destination finale. Ce fut ainsi un voyage facile, exempt de complications.

Il faisait nuit quand Valentine atteignit Romanshorn. Les propriétaires le reconnurent et, si une certaine satisfaction se lisait dans leurs yeux, personne au monde n'aurait pu deviner, dans leur comportement, qu'ils avaient déjà posé le regard sur lui. Il y avait trois choses certaines : Ermine était déjà là, elle ne leur avait indiqué en rien qu'elle attendait de la visite, et ils savaient tout. La Fleur, on y venait par deux. Personne n'y arrivait seul dans l'intention de le rester.

En retournant le registre sur le comptoir, il vit avec amusement qu'Ermine s'était inscrite sous le nom de Sally Asherford. On ne vit pas impunément au milieu des agents secrets...

En guise d'inscription, il se contenta de tracer une petite marque à côté du nom d'emprunt de la jeune femme. Il retourna le registre et rendit son stylo à la patronne. Elle eut une petite courbette polie, signifiant qu'elle l'autorisait à monter.

Ermine referma la porte à clé et se campa devant lui. Elle était vêtue d'un kimono vaporeux maintenu par deux fins cordons croisant bas sous les seins comme pour laisser ceux-ci entièrement libres. Il suffisait d'un rien pour que les lourdes et sombres aréoles apparaissent. Un double rang de perles drapait la naissance du cou, et de petites larmes d'or, aux oreilles, scintillaient doucement à la façon des premières étoiles du soir. Les mules de satin blanc à hautes semelles compensées mettaient en valeur ses jolies jambes. Valentine eut un sifflement admiratif. Depuis le temps qu'il la connaissait, il ne l'avait jamais vue comme ça. Elle tenait à ce que l'amour se fasse toujours dans le noir, et se montrait très mal à l'aise quand il entamait les jeux sexuels un peu n'importe où.

Elle ne lui laissa pas dire un mot. Elle fit un pas, lui posa le doigt sur les lèvres et le conduisit au lit.

Après, ils restèrent sans bouger dans les bras l'un de l'autre. Ce fut elle qui finit par se lever, pour aller chercher sa mallette de maquillage.

– Je connais quelqu'un au service photo, qui m'a donné ça.

Il se demanda immédiatement s'il s'agissait de quelqu'un homme ou de quelqu'un femme. Devenait-il jaloux, au bout de tout ce temps? Cette pensée le déconcertait.

Les photos étaient des agrandissements 20 × 25 noir et blanc sur papier glacé, chacune portant au dos le nom du sujet, suivi de sa place et de son rôle dans la hiérarchie nazie. Valentine en reconnut certains. La plupart, non.

– Le rapport vient de Berlin, dit Ermine. Ce seraient des survivants de l'entourage de Hitler. Ils se trouvaient tous dans la Chancellerie ou à proximité, à la fin. Pour nous, ces gens étaient morts ou prisonniers des Russes. Maintenant, nous pouvons faire le tri, savoir lesquels sont vivants. Il semblerait que les Russes gardent pas mal de choses pour eux, surtout sans le dire à leurs alliés bien-aimés. Tonton Harry n'est pas très content de tonton Joseph. Creel et les autres se demandent tout ce qui leur passe sous le nez.

– Tous ces gens étaient avec Hitler à la fin? reprit Valentine.

– Il semblerait. Ils ont tous essayé de fuir le 2 mai. Là, ce sont les plus importants.

– Fantastique! murmura-t-il en alignant les photos sur le lit. Autant de survivants!...

Les Russes avaient écrasé Berlin sous un feu d'enfer, et tous ces gens-là en avaient réchappé! Cela pesait lourd. Cela signifiait en fait que n'importe qui, se trouvant là-bas au pire moment, avait pu survivre. Cela prouvait qu'il avait toujours été possible de quitter Berlin, même avec un cadavre en remorque, pourquoi pas?

– Bon, quoi d'autre?

– Pas grand-chose. Creel a créé une équipe de recherche des criminels de guerre. Tout se passe comme si les nazis avaient organisé une sorte de système d'évasion bien avant que la guerre ne soit finie. Une espèce de réseau souterrain avec issues de secours et tout le tremblement.

Valentine contemplait le plafond.

– Je les comprends, ces salauds. S'ils restaient, on les pendait!

– Le côté bizarre de la chose, c'est que cette filière d'évasion semble tenue par des prêtres et des moines catholiques.

Il la regarda.

– Par des Allemands qui se font passer pour des religieux?

Elle secoua la tête.

– Non, par de vrais prêtres.

Brumm comptait peut-être sur l'Église pour quitter l'Europe. Ce n'était pas un tuyau merveilleux, mais Valentine n'avait rien de mieux pour faire le raccord. Et puis, un ami à lui en saurait davantage.

Ermine roula sur le côté et lui crocheta une jambe.

– Beau, si on oubliait... Si on laissait ça aux autres... Tu ne trouves pas qu'on a eu notre ration d'Europe et de guerre?... On pourrait disparaître...

Il considéra la proposition. Il avait vraiment l'impression de voir Ermine pour la première fois. En tant qu'agent, c'était son métier d'utiliser les gens pour mener à bien ses missions. Il s'était servi d'elle comme des autres. Il ne pensait jamais à ses rencontres sous l'angle d'une liaison. C'était toujours une relation de travail, une question pratique. Il pensait à Ermine de temps en temps, dans le maquis, en Italie, mais il s'agissait avant tout de désir physique au souvenir des heures mouvementées dont ils avaient joui ensemble dans la Suisse écartée des dangers. Cet aspect d'elle était si fascinant qu'il en oubliait de voir quoi que ce soit d'autre. Voilà qu'ils se trouvaient de nouveau ensemble à la Fleur mais, cette fois, sur son initiative à elle, qui prenait des risques pour lui, et des risques extrêmes. Il jeta encore un coup d'œil aux photos. Elle avait du cran et du cœur. Il sentit la honte monter en lui pour la façon dont il la traitait. Elle méritait beaucoup mieux.

– A quoi tu penses? demanda-t-elle gentiment.

Il lui passa la main sur la jambe, en remontant.

– D'accord! fit-il en souriant.

Elle s'assit.

– Tu es sérieux?

– Parfaitement! D'ici peu!

Elle se laissa retomber sur le dos en gémissant :

– D'ici peu... Après qu'on aura levé un dernier lièvre, c'est ça?...

– Après que moi je l'aurai levé, rectifia-t-il.

Le visage d'Ermine perdit sa douceur.

– Si tu y vas, j'y vais! Deux pauvres imbéciles valent mieux qu'un!

– Tu veux venir en Italie?

Elle n'avait pas peur du danger. Hitler pouvait aller se faire foutre. D'un revers de main, il envoya les photos par terre, et il l'attira à lui.

107. 18 avril 1946, 5 heures 46.

Jamais, étant enfant, étudiant en médecine ou chirurgien, Gnedin ne s'était imaginé en militaire, encore moins dissimulé entre deux rochers, un fusil sur les genoux.

Sa mère s'extasiait sur ses longs doigts; il serait pianiste. Elle lui fit prendre des leçons et travailler l'instrument mais, au bout du compte, quelque chose d'autre était né en lui.

A la différence des autres étudiants en médecine, qui avaient découvert leur vocation en soignant leurs frères et sœurs ou en ramenant des animaux blessés à la maison, ce fut le processus du diagnostic qui enflamma d'abord son imagination. Eu égard aux millions de microbes invisibles qui élisaient domicile en l'homme, comment trouver le coupable afin d'agir? Ça le fascinait, au microscope, de découvrir un univers que l'œil humain ne voit pas, où s'accouplaient, croissaient et mouraient des monstres. Plus tard, il avait connu la magie et l'ivresse d'entrer dans un corps en vie pour prendre entre ses mains des organes palpitants, et les guérir.

Étudiant, il n'aimait rien comme de travailler sur les cadavres noircis et racornis qui empestaient le formol. Comme un expert mécanicien, comme un ingénieur, il démontait les corps pour examiner les chairs, les os, les muscles, les tendons. Il prenait grand plaisir aux autopsies. Peu importait que les sujets lui parviennent intacts ou en morceaux, brisés et carbonisés, en vrac dans des sacs de jute. Percer le mystère de la mort, cela relevait de la gageure, mais il savait que le véritable mystère demeurait celui de la vie. Son rôle était de découvrir comment un être humain mourait, non pourquoi. Les raisons concernent les détectives et les philosophes. Il plaçait au-dessus de tout la froide objectivité du pathologiste, consistant à tout prendre en compte, à ne rien laisser de côté. Le moment venu, cependant, il écarta la médecine légale comme carrière. Aux tiroirs pleins de la morgue, il préférait les patients vivants, les lits vides. Ce fut un chirurgien de talent, aimant à innover, à prendre des risques, qui accéda très jeune à l'Académie soviétique. Son avenir s'annonçait brillant et passionnant, quand Petrov entra dans sa vie.

Ce soir-là, Gnedin était à la morgue. Il travaillait sur le corps d'une fillette de neuf ans, morte au cours d'une simple appendicectomie. Rien ne laissait prévoir un problème cardiaque, ni lors de l'examen préalable, ni même pendant l'opération. Et soudain, c'était trop tard. La mort inexplicable, cauchemar du chirurgien. Cela lui faisait mal. Blonde, mignonne, des jambes de sauterelle. Elle avait maintenant la cage thoracique ouverte et il examinait le cœur avant de le prélever. Les artères, en bon état, n'étaient nullement bouchées. Nulle raison apparente de mourir.

Il ne sut jamais depuis combien de temps l'observait Petrov. Il découvrit qu'il n'était pas seul en entendant quelqu'un parler. La voix de l'étrange petit homme ne manquait ni de douceur ni d'autorité. Il se tenait légèrement voûté – problème vertébral évident, probablement curable. Yeux noirs et cheveux bruns trop longs sous une large toque de castor qui faisait paraître la tête minuscule, pour ne rien dire du pardessus qui traînait presque par terre. Le plus étrange était la voix, tout de suite si attachante.

– Embarrassant, n'est-ce pas? Elle est morte, et vous ne pouvez l'accepter...

Gnedin le dévisagea.

– Les médecins apprennent à accepter la mort.

L'inconnu, souriant, tendit un long doigt osseux.

– Oui, quand ils arrivent à se persuader qu'ils n'ont pas convoqué eux-mêmes la Camarde...

– La mort est un phénomène biologique. Elle a toujours une raison si, ayant été formé à cela, on y regarde d'assez près.

D'où sortait ce bonhomme qui se servait de son doigt comme d'une baguette magique pour dessiner des arabesques dans l'air?

– Vous confondez philosophie et biologie, mon petit docteur. Les signes biologiques de la mort et de la vie sont décelables, mais on ne connaît jamais les raisons de l'une ou de l'autre. Il y a un cœur détruit dans la poitrine de cette enfant. C'est la biologie. Vous y découvrirez peut-être une anomalie, mais découvrirez-vous pour autant ce qui l'a tuée? On élude la vraie question. Pourquoi cette déficience devait-elle frapper cette enfant et pas une autre? Pourquoi cet instant-là précisément, sur votre table d'opération, non celle d'un autre? Ces choses-là, vous ne les saurez jamais, même en passant le reste de votre vie à chercher.

La vérité du propos pénétrait Gnedin au point qu'il se sentit les jambes molles et dut s'asseoir. L'inconnu s'approcha.

– Ne désespérez pas, docteur. Les raisons n'ont pas tant d'importance. On ne peut pas savoir, donc ça n'a pas de sens. C'est ce que vous faites, qui compte. Quelqu'un doit s'occuper de notre biologie. Tous, nous faisons tout pour détériorer cette chair foncièrement fragile. La question que se pose l'homme de réflexion est celle-ci: de quelle ampleur sera mon impact? La plupart des êtres ont d'eux-mêmes et des choses une vision limitée. La vie est dure et cruelle, elle favorise les vues courtes. A quelle distance portez-vous le regard, docteur Gnedin?

Le médecin regardait fixement cet étrange personnage, qui lui tendait maintenant un morceau de papier en déclarant:

– Les occasions sont rares, jeune homme. Retournez à la poitrine de cette enfant, mais c'est un monde étroit et sombre. (Petrov tourna le dos et se dirigea vers la porte, où il marqua un temps d'arrêt.) Vous pouvez me joindre demain à ce numéro. *Seulement demain!*

Gnedin travailla toute la nuit. A la fin, il ne se sentait pas plus avancé. Une valvule défectueuse s'était bloquée, ni plus ni moins. Il savait donc quand et comment le cœur avait lâché. Professionnellement parlant, les bribes d'information s'additionnaient pour donner le pourquoi, mais Gnedin savait qu'il n'en était rien. Les paroles de l'inconnu le hantaient. C'était sans doute un timbré comme les hôpitaux en attirent. Il but un café brûlant tout en regardant le bout de papier. Au bout d'un moment, il composa le numéro.

Ce fut ainsi que le jeune chirurgien entra au Groupe d'opérations spéciales. Depuis lors, question vie et mort, il en avait vu! Il en arrivait à comprendre le sens de cet impact plus ample promis par Petrov, à la morgue, cette nuit-là. Il ne regrettait pas sa décision.

A l'aube, une nuée de petits oiseaux quittèrent bruyamment leurs nids dans les rochers, au-dessous de lui, pour se livrer à toutes sortes d'acrobaties aériennes. Il se frotta les yeux pour se réveiller, puis s'efforça d'accommoder sa vue sur la zone d'ombre d'où les oiseaux avaient jailli. Les animaux, tenait-il d'Ezdovo, ne s'agitent pas comme ça sans raison.

D'abord apparut un homme grand, vêtu simplement. Mais il se déplaçait trop harmonieusement pour un paysan ou un simple vagabond. Il se matérialisa hors de l'ombre, s'immobilisa, puis se retourna lentement pour examiner avec attention les rochers au-dessus et au-dessous de lui.

D'instinct, Gnedin se fit le plus petit possible. Il consulta sa montre et tendit la main vers ses jumelles. Mais il arrêta son geste. Face au soleil levant ou couchant, les oculaires risquaient de le faire repérer avec la plus grande précision. Il devrait se contenter de ses yeux.

Une autre silhouette émergea, toujours de la même zone d'ombre. L'homme marchait avec un léger à-coup, sans la circonspection du premier.

Au premier, le troisième ressemblait davantage, grand et sûr de lui, bâti en force.

Gnedin ressentit une décharge d'adrénaline. Les trois hommes avancèrent sur le chemin muletier, passèrent un épaulement qui les mit momentanément hors de vue. Quand ils réapparurent, il vit que deux étaient armés.

– Bon Dieu! murmura-t-il comme si les événements justifiaient l'emploi d'une si étrange expression.

108. 18 avril 1946, 5 heures 50.

D'avance, l'adjudant-chef Rau avait le cœur battant. Depuis combien de temps n'était-il pas revenu chez lui? Avant de faire du café pour les autres, il commencerait par caresser chaque poutre et chaque pierre.

A une centaine de mètres de la ferme, il trébucha et se rattrapa de justesse. Il ne pouvait pas se tromper sur l'odeur.

De la maison il ne restait plus grand-chose, et ça ne ressemblait pas du tout à un incendie naturel. Une destruction si complète ne pouvait être due qu'à une main criminelle.

Schmeisser à la hanche, il fit lentement le tour des décombres. Puis il s'engagea au milieu des poutres calcinées et des murs effondrés. Un instant plus tard, il remontait rejoindre ses compagnons au pas de course, sans rien regarder d'autre que l'endroit où il posait les pieds.

– Il faut partir! lança-t-il à Brumm. Tout de suite.

Herr Wolf se lamenta:

– Je suis éreinté! Nous avons encore marché toute la nuit! J'ai mal aux jambes!

Le Barbu l'ignora et, regardant son chef dans les yeux comme s'il essayait de lui en dire davantage:

– Elle a été incendiée... délibérément...

Brumm comprit qu'il devait aller voir. Il dévala la pente. Il fut presque immédiatement de retour.

– Moi aussi, dit Herr Wolf, je vais aller jeter un coup d'œil.

Les deux autres s'étaient remis soudain à se comporter de façon singulière et, chaque fois que cela se produisait, il pouvait s'attendre à des embêtements. Comme il essayait de se lever, une des mains massives de Brumm s'abattit sur son épaule et l'obligea à se rasseoir.

– On est sur ton territoire, dit le colonel à l'adjudant. Qu'est-ce qu'on peut faire?

– On est arrivé par la piste nord. Une autre va à l'ouest. Ce sont les axes de passage, dans le massif.

– Il n'y a rien d'autre?

– Si, une voie sud vers la frontière suisse. Très difficile. Pas mal d'escalade.

– Fréquentée?

– Non, personne. Il n'y avait que ma famille qui l'utilisait. Il faut la connaître, on ne la voit pas.

– Où est-ce?

– On prend à l'ouest à l'embranchement et on descend directement. C'est vertical. Il y a des pitons... enfin, il y en avait... Nous avons assez de corde pour le faire en plusieurs temps.

Brumm releva Herr Wolf par l'épaulette de son manteau.

– Est-ce vraiment nécessaire? gémit le vieil homme.

– De quoi je me mêle? lui jeta Brumm sèchement.

Les deux soldats s'assirent sur leurs talons au bord de l'à-pic. Le Barbu montra la voie qu'ils allaient suivre.

– C'est dur jusque là-bas, dit-il en tendant le doigt vers une lointaine ligne de faille. Mais ça devrait assurer.

– Ce sera dur pour lui? demanda Brumm avec une inclinaison de la tête vers Herr Wolf.

– Ce sera dur pour tout le monde. (Il se pencha vers son colonel.) Qu'est-ce que ça signifie?

Brumm revit en esprit les étoiles de David peintes sur les murs de pierre de la maison brûlée.

– L'étau se resserre.

– Comment ont-ils su?

Pour toute réponse, l'officier SS tira une corde de son sac et se mit à la dérouler.

109. 18 avril 1946, 9 heures 20.

Gnedin était toujours posté dans les rochers. Les trois hommes avaient disparu au bord d'une arête près de trois heures auparavant, mais ça n'avait sans doute pas grande importance. Petrov avait raison. Tout individu pouvait bel et bien avoir un impact sur les choses.

Des trois hommes, deux seulement étaient descendus voir les décombres, et n'y étaient restés, l'un après l'autre, qu'un court instant. A la suite de cela, ils avaient tenu conciliabule durant quelques minutes, accroupis sur le sentier. Et ils s'étaient remis en marche vers le haut, en ne montrant plus du tout la prudence qui avait marqué leur arrivée.

En bon observateur, Gnedin avait noté que leur nouvelle route allait les ramener à contre-jour. D'ici quelques instants, ils se trouveraient donc dans une position idéale pour qu'il puisse les regarder sans danger à la jumelle. Il attendit patiemment, puis leva enfin l'instrument et, dès qu'il les eut saisis dans le champ de vision, régla à la hâte.

Ce fut la silhouette du milieu qui lui coupa le souffle. Il tournait la molette de mise au point du bout d'un index tremblant, sans en croire encore ses yeux, quand l'individu releva la tête comme pour le regarder en face.

Gnedin se tassa en arrière contre le rocher. Il avait du mal à se ressaisir, à dominer son émotion. Les cheveux étaient plus courts et moins foncés, la moustache avait disparu, le nez allait un peu de travers, mais cela ne faisait pas le moindre doute. Le monstre était vivant!!!

110. 18 avril 1946, 18 heures.

Deux jours de suite, Bettini était venu retrouver Talia dans sa chambre : avant le travail, à midi, après le travail. Mais cette fois, après l'amour, elle lui demanda de l'emmener faire un tour. Main dans la main, ils descendirent vers le bord de mer. Il ne tenait pas tellement à s'afficher. Elle se pendait à lui comme une amoureuse, l'embrassant à tout bout de champ, et le désir finit par l'emporter sur la crainte. Près d'un mur de pierre, elle l'étreignit sans façons et, lui saisissant la main, lui fit remonter sa robe assez haut sur la cuisse. Là-dessus, un photographe surgit et les prit en photo juste au moment où le bras fourrageait fébrilement sous les plis de la robe. Bettini repoussa Talia en blêmissant, les yeux écarquillés de peur. Talia s'adressa au photographe :

– Ça y est, tu as tout?

– *Si, signora*, tout ce que vous aviez dit.

– Dans la chambre aussi?

Il acquiesça fièrement :

– Les meilleures!

– Très bien. Si je ne te fais pas signe comme prévu, tu envoies les photos à sa femme, au *signor* Luci et aux journaux.

– *Capito!* fit l'homme.

Il remit l'appareil dans la sacoche, toucha le bord de son chapeau et s'esquiva.

Comme Bettini regardait Talia avec horreur, elle en rajouta :

– Monica donne, mais une fille doit gagner sa croûte, pas vrai, Bettini?

– Chantage! Prostitution!...

– Adultère, répliqua-t-elle calmement. Enfin, appelons ça une petite partie de *morra*. Tu t'es bien amusé, maintenant c'est moi. Tu vas m'emmener à ton bureau, ne perdons pas de temps. Si tu me joues des tours, ces photos prennent l'air et tu es perdu. C'est une chose de prendre une maîtresse, une autre d'être assez idiot pour se donner en spectacle. Tu étais très... dynamique, et j'espère que le talent de notre ami te rendra justice.

Il regardait ses pieds, les larmes aux yeux. Elle glissa le bras sous le sien et l'entraîna sur la large promenade, en direction de la capitainerie. Elle ne doutait pas d'obtenir ce qu'elle voulait, mais elle avait le cœur soulevé en pensant à Ezdovo.

Bettini était atteint au plus profond. Si cette femme faisait publier les photos, il était cuit. Il maudissait sa propre stupidité. Aucune créature ne vous tombait comme ça dans les bras sans raison. Toutes ces garces étaient des pièges vivants, à l'image de leurs organes sexuels, des palourdes prêtes à ingérer leur proie. Ce qu'il avait pu être bête! Tous ces grondements et gémissements, les petits cris et les grands – mensonges! Il la revoyait au-dessus de lui quand elle le chevauchait, couverte de sueur, la lèvre du haut retroussée. Pas plus de vrai désir que chez Cella. Mais Cella, au moins, était une épouse honnête. Quand il avait envie, elle s'exécutait sans broncher. Tandis que celle-ci, l'horrible salope, n'était que mensonge.

Ils gravirent côte à côte l'escalier monumental qui tournait autour de la cour de la capitainerie. Talia n'avait pas cessé de lui parler tout le long du chemin, de le toucher en lançant aux passants des regards étincelants, la tête rejetée en arrière, comme une lionne triomphante.

A l'étage du capitaine de port, Bettini ouvrit avec sa clé, puis referma à double tour derrière eux. Y aurait-il encore un photographe? Il resta dans l'entrée de son bureau, les bras croisés d'un air de défi, tandis que la jeune femme examinait les lieux, soulevait différents objets sur le bureau recouvert de cuir.

– Très chic! jugea-t-elle. Tu dois être bien payé, pour un tel décorum!

Nous y sommes, pensa Bettini.

– Mon salaire est celui d'un fonctionnaire. Fort modeste.

Pas sur l'échelle russe, se dit Talia en elle-même.

– Je vois.

Il avait hâte qu'elle en vienne au fait. Pourquoi lançait-elle:

– Je crois savoir qu'il existe un programme prévisionnel des mouvements.

Qu'attendait-elle pour dire son prix?

– A six semaines, oui, révisé tous les jours.

– Apporte-le-moi.

Ce n'était qu'une première exigence. La soirée commençait à peine. Après avoir épluché la liste de tous les navires attendus au port, elle étudia une autre série de documents notifiant les ports d'escale avant et après Gênes pour chacun d'eux. Petrov ne s'était pas prononcé concrètement sur une destination finale, mais il avait évoqué différents itinéraires possibles. « D'abord, le bateau que nous cherchons fera peu d'escales, pas plus de trois ou quatre, sinon deux à peine. Les ports de relâche ne seront pas courants, peu fréquentés comme escales. Le bateau fera route en dehors des lignes maritimes régulières, aussi les ports où il s'arrêtera pourront-ils suggérer un itinéraire peu banal. On remonte d'un élément d'information à l'autre, comprenez-vous? Le pays de destination aura une implantation autochtone. Écartez le Brésil et l'Argentine, ce serait trop évident. Voyez les pays qui ont des relations étroites avec l'Église. Cherchez un itinéraire combinant tout cela et vous aurez la réponse. »

Cela semblait si simple dans la bouche de Petrov. Mais là, devant tous ces papiers amoncelés sur le bureau, avec les yeux qui commençaient à lui piquer, elle avait du mal à garder les idées claires. Elle finit par identifier une douzaine de possibilités qui, pour une ou plusieurs raisons, répondaient aux conditions. Une fois dressée la liste des routes, elle envoya Bettini chercher les manifestes de navigation. Il revint avec un carton débordant de papiers pelures chiffonnés. Quatre de ces navires étaient censés embarquer des passagers à Gênes. Le premier d'entre eux devait accoster le 24 avril et reprendre la mer quatre jours plus tard. Les trois autres relâchaient plus longtemps, jusqu'à une dizaine de jours.

– Alors? La liste des passagers? demanda Talia.

Il faisait chaud dans le bâtiment. Elle déboutonna le devant de sa robe, et vit Bettini se pencher. Même dans ces circonstances, l'imbécile ne pouvait pas se retenir.

Il était furieux, dans son fauteuil pivotant, les pieds sur un long meuble-classeur. Pourquoi cherchait-elle encore à l'allumer?

– Ce sont les armateurs qui les ont. Nous ne recevons que les listes définitives, juste avant le départ ou immédiatement après l'arrivée. Notre rôle se limite à compter les têtes.

– Et si le bateau coule?

– Ça regarde l'armateur, pas l'Italie ou Gênes. C'est lui qui vend les couchettes.

Il aurait aimé qu'elle se reboutonne. Talia prit le problème sous un autre angle :

– Les armateurs doivent-ils déposer une caution en cas de dommage, pour utiliser les installations portuaires?

– Oui, une taxe leur donne une assurance momentanée de « temps à quai ». Notre bénéfice est minime. Les Affaires maritimes en prélèvent une part, ainsi que le bateau de transport. Et puis, il y a ces saletés de syndicats. Les satanés Rouges sont derrière. Les travailleurs exigent ceci, exigent cela. Pour qui se prennent-ils? D'ici dix ans, les communistes insatiables et leurs syndicats marionnettes auront mit le pays sur les genoux. On dira ce qu'on voudra, *Il Duce* savait maintenir les Rouges à leur place.

– Oui, railla Talia, surtout les résistants.

– De la racaille!

– Bettini, tu as encore une chose à faire. Il me faut les papiers de ces bateaux.

Elle lui tendit la liste. Il croisa les bras en signe de refus.

– Rien de plus! dit-il d'un air obstiné. J'ai fait tout ce que je pouvais, tu as eu ce que tu voulais, maintenant laisse-moi tranquille! ajouta-t-il d'une voix incertaine.

Talia était sûre que Bettini avait les entrées nécessaires pour obtenir ces renseignements. Mais son amour-propre masculin commençait à souffrir de ses blessures. Après la terreur initiale, l'aplomb était revenu au fil des heures. Il fallait reprendre barre sur lui. Elle entreprit de se déshabiller. Il se redressa dans son fauteuil :

– Mais qu'est-ce que vous faites?

Elle déboutonna rapidement sa robe et la laissa tomber à terre. En un clin d'œil, elle n'était plus vêtue que de ses seuls dessous. Elle attrapa un mince coupe-papier, glissa la lame sous un de ses bas, au sommet de la cuisse, et, d'une torsion de poignet, ouvrit la soie comme une peau. Passant un pouce dans sa culotte, à la hanche, elle la déchira d'un coup sec. Puis, sous le regard effaré de Bettini, elle s'administra elle-même un violent coup de poing à l'intérieur de la cuisse. La contusion enfla et rougit à vue d'œil. Immédiatement, elle se meurtrit l'autre cuisse de la même façon. Ensuite elle lança sa jambe contre le coin du bureau, ce qui lui valut une bonne entaille au tibia, d'où le sang se mit à couler régulièrement sur le pied où cela formait une large tache pourpre. Elle se retourna face à l'homme et lui tendit la main, mais il se recroquevilla à la façon d'un enfant effrayé. Lançant le bras comme un serpent, elle lui saisit le poignet et il se retrouva debout aussitôt. Dans le mouvement, elle lui enfonça son pouce dans l'articulation de la main. Il ouvrit automatiquement les doigts comme une serre d'oiseau de proie, en glapissant de douleur. Talia abattit de sa propre main cette arme naturelle sur son propre visage, de profil. La brûlure des ongles qui la lacéraient n'était guère atténuée par le liquide chaud qui lui inondait la joue.

Le repoussant dans son fauteuil, elle attrapa le téléphone.

– Mademoiselle, donnez-moi la police! Je vous en prie, c'est urgent, aidez-moi! (A chaque mot prononcé, la voix de Talia se faisait plus stridente.)

Bettini bondit vers l'appareil mais, d'un seul bras, elle le maintenait à distance. Elle pleurait à chaudes larmes et la peur prenait de plus en plus possession de sa voix, dans un registre suraigu, quand elle hoqueta dans le combiné :

– On est en train de me violer!

Avec l'énergie du désespoir, Bettini se jeta par terre et arracha le fil du mur.

– Vous êtes devenue folle? hurla-t-il en agitant les poings dans sa direction.

Or elle s'était totalement calmée. Les pleurs laissaient des rivières noires de mascara sur ses pommettes proéminentes mais, presque sereine, elle arborait même un soupçon de sourire aux lèvres.

– Je veux les noms des armateurs.

– Non!

Elle lui flanqua une grande claque. Il voulut la lui rendre, la manqua. Mais il enchaîna immédiatement à coups de poing. Sous la violence et le poids de l'assaut, elle perdit l'équilibre et tomba en arrière, la bouche pleine de sang. Par instinct – et par entraînement – elle lança le pied en l'air très sèchement. Son talon heurta l'aine de l'homme, qui tourna sur lui-même en se tenant le bas-ventre. Le temps qu'il retrouve un peu d'air, elle lui pointait son revolver à la tête. Il se figea. L'arme était munie d'un silencieux.

Elle avait la voix dure :

– Tu me procures les enregistrements ou je descends dans la rue et je crie au secours. (Elle fit un pas en arrière pour qu'il la voie bien.) Ça ne fait pas tentative de viol? Séduire, d'accord, mais violer?

Bettini baissait la tête, agité de sanglots silencieux. Après avoir ramassé ses vêtements, elle le conduisit dans un autre bureau d'où il téléphona pendant qu'elle se rhabillait. Elle avait envie de vomir.

111. 18 avril 1946, 23 heures.

Par nature, Talia Pogrebenoi était une femme prudente. Bettini semblait un homme brisé, mais elle n'ignorait pas le danger que représente un animal blessé. Il avait téléphoné à quelqu'un des Affaires maritimes et, moins d'une heure plus tard, un coursier arrivait, qu'il recevait tandis que Talia se tenait hors de vue. Une fois l'employé reparti, elle prit des mains de Bettini l'enveloppe qu'il venait de réceptionner. Elle lui en tapota la joue. Il détourna le regard.

– Tu as ce que tu veux. Maintenant, fous-moi la paix, salope!

Elle sourit.

– Oui, tu as payé.

Elle décacheta l'enveloppe. La documentation paraissait sérieuse et complète. Ça faisait quand même plaisir de savoir que, quelque part dans Gênes, il y avait un bureaucrate italien compétent.

Bettini prit son air cafard :

– Et les photos ?

– Je les garde en garantie.

Elle l'écarta et sortit.

La nuit était chaude et humide. Un seul souci : la sécurité. Non que Bettini lui-même fût une menace. Avec les hommes italiens, il y avait rarement des représailles personnelles à redouter. Bien sûr, il pouvait faire appel à une aide extérieure mais, tant qu'il risquait de voir les photos publiées, il la laisserait tranquille. Enfin, ce n'était pas une raison pour prendre des risques.

Elle fut de retour dans sa chambre avant minuit. Priorité absolue, un bain. Sur ses cuisses, les bleus tournaient déjà au mauve. Tous les muscles lui faisaient mal. Elle se sentait sale et avilie. Que penserait Ezdovo, s'il savait ? Les hommes ont de drôles de réactions à ce genre de chose, parfois. Ce qu'ils trouvent tout naturel chez eux, ils l'appellent faiblesse, sinon dépravation, chez les femmes.

Après le bain, elle rangea ses vêtements dans sa valise, passa une robe d'été, chaussa de légères sandales à talons plats. Avant de monter dans le Nord, Giacomo lui avait indiqué un autre hôtel près de la Piazza Dante, selon lui « sûr et convenable ». Il devait l'y retrouver dès que possible. « Une fois là-bas, lui avait-il conseillé, ne bougez plus. »

Elle quitta son hôtel après minuit. Une espèce de brouillard nocturne tournoyait dans les rues étroites, réduisant l'éclairage municipal à de sinistres lueurs jaunâtres. Elle portait son sac à main sur l'épaule droite et sa valise de la main gauche. Un petit pistolet dans son hoslter de cuir était attaché à l'intérieur de sa cuisse gauche, crosse en avant. En cas de besoin elle pouvait l'attraper facilement de la main droite, arracher l'arme et tirer en se jetant au sol. Elle s'y était entraînée dans sa chambre.

A cause du brouillard, elle envisagea de prendre un taxi, mais il n'y en avait pas, et elle ne se sentait pas d'humeur à attendre. Pas question d'offrir une cible stationnaire. Elle partit à pied. D'ailleurs, le brouillard et l'absence de lune lui donneraient les coudées plus franches. Après tant de temps passé dans la nature, elle ne se réhabituait pas encore à vivre dans des pièces fermées, dans des véhicules exigus. Elle se sentait bien, seule dans la nuit. Son unité avait mené beaucoup moins d'actions au grand jour que dans les ténèbres. D'abord gênée par l'obscurité, la jeune combattante y vit ensuite une alliée qui la protégeait mieux que le plus douillet des manteaux.

Elle traversa pas mal de rues avant de se rendre compte qu'elle était suivie. Toute la ville paraissait hostile. L'espace d'un instant, Talia faillit céder à la peur. Mais, dans ce type de situation, la vraie menace vient rarement des poursuivants. « Ne crains pas l'ennemi que tu vois », dit un vieux proverbe cosaque.

Continuant du même pas régulier, elle s'engagea dans une ruelle latérale encore plus obscure, au sol très inégal. Tout au bout, cela donnait dans une autre artère éclairée. Elle comprit ce qu'elle avait à faire. Peu à peu, en marchant, elle se plaça au milieu de la ruelle, de façon que la lumière venant de face donne d'elle une silhouette assez nette à l'individu qui la suivait. Peu avant d'atteindre le bout de la ruelle, elle se laissa tomber de côté en roulant sur elle-même comme les parachutistes, tout en lâchant ses bagages et en sortant son arme, jusqu'à heurter le mur. Si elle avait opéré correctement, son poursuivant croirait qu'elle s'était mise à courir. Dans une mauvaise visibilité, de brusques mouvements sur place font souvent l'effet de fuite en avant. Elle savait aussi d'expérience que la vision humaine s'adapte mal à la nuit. On ne peut pas regarder directement un objet. L'œil doit rester constamment en mouvement, s'il veut voir quoi que ce soit. Elle espérait que l'intéressé manquait d'attention.

Quelques secondes s'écoulèrent avant que des pas précipités résonnent dans la ruelle. L'homme avait mordu à l'hameçon et se hâtait de rattraper la femme. Talia se souleva en position accroupie et s'arcbouta pour passer à l'attaque. Quand il passa devant elle, elle se redressa et lui porta un coup de pied au talon. Il chuta brutalement sur l'épaule et elle fut immédiatement sur lui. Saisissant d'une main la tignasse grasse, de l'autre elle appuya fermement le canon de son pistolet sur la tempe. Il empestait l'ail et la sueur.

– Ne tirez pas! s'écria-t-il. C'est une erreur!

– L'erreur, c'est toi! Tu me suivais! Maintenant je suis là, qu'est-ce que tu me veux?

– Je ne vous suivais pas! pleurnicha-t-il. Je rentrais chez moi. J'ai une femme et des enfants.

Elle lui bascula sèchement la tête en arrière, presque jusqu'à la colonne vertébrale, et pesa davantage sur le pistolet. Il se mit à hoqueter bruyamment.

– Ta femme va être veuve, lui dit-elle.

– On m'a dit de vous secouer un peu! parvint à balbutier l'homme. C'est tout!

– Qui? demanda-t-elle en accentuant la pression.

– Vous me tordez le cou! s'égosilla-t-il. Je ne sais pas! Je vous le jure sur Dieu!

Comme elle serrait toujours plus, il émit une sorte de gargouillis. Si elle poussait encore un peu, le cou éclatait. Elle donna un minimum de mou pour lui permettre de parler.

– C'était une affaire, un travail, vous comprenez ? Ce n'est pas personnel !

– Tu voulais me battre pour de l'argent ?

– Je vous l'ai dit, j'ai des enfants à nourrir. Ce n'est pas facile. Je suis démobilisé sans pension. On m'a dit que je vous trouverais à votre hôtel, que vous aviez des photos et des papiers. « Donne une bonne leçon à cette pute », on m'a dit.

Elle lui cogna la tête contre les pierres pour l'étourdir, puis elle le fouilla rapidement. Il avait un couteau dans la poche de sa veste et un gros revolver passé à la ceinture. Elle jeta le tout au loin dans le noir. Bettini, pensa-t-elle. Elle avait bien fait d'être prudente. Ce saligaud n'avait pas les couilles de faire ça lui-même, il payait quelqu'un.

Comme son « agresseur » reprenait ses esprits, elle lui demanda :

– Où sont tes complices ?

– *Cosa ?* fit-il faiblement. Comprends pas...

Il mentait visiblement.

– Je sais qu'on t'attend pour t'aider !

De nouveau, elle lui tira la tête en arrière, cette fois en lui enfonçant le canon du pistolet entre les jambes. Il sursauta violemment au contact du métal.

– Tu sens ? Il y a un silencieux. Dis-moi où sont tes complices, ou tu vas encore moins ressembler à un homme.

– J'ai mes frères, fit-il en sanglotant. On ne vous aurait pas laissée sortir de la rue. Ils ont fait le tour pour vous prendre par-devant.

Elle releva le regard vers le haut de la ruelle. Ils n'apparaissaient pas encore, mais le temps filait.

Elle se pencha près de son oreille.

– Tu diras à ton employeur que Monica lui envoie ça !

Elle fit rouler l'homme sur le dos, se redressa et lui lança un grand coup de pied entre les jambes. Un cri aigu déchira le brouillard tandis que le malheureux, plié en deux, avait le souffle coupé.

Talia recula jusqu'au mur et attendit, sur fond de longs hurlements. Au bout de quelques secondes, deux nouvelles silhouettes surgirent à l'entrée de la ruelle et se précipitèrent vers le blessé, qui criait en battant des jambes :

– Cette salope m'a écrasé les couilles !

– Bon sang, tu as laissé une sale pute te faire ça ? lui reprocha l'un de ses prétendus frères avec colère.

Ils le relevèrent et l'aidèrent à gagner le coin de la rue. Elle suivit, presque sur leurs talons, les grognements de sa victime couvrant ses pas. En prenant pied sur le trottoir de la rue éclairée, ils tournèrent à gauche, tandis qu'elle s'effaçait à droite, dans une entrée de maison. Quand elle fut sûre qu'ils étaient partis, elle s'accorda quelques instants pour respirer. Si Bettini était égal à lui-même, il ne demanderait pas son reste en apprenant ça. Elle avait plaisir à l'imaginer cherchant des excuses pour quitter Gênes. Elle était soulagée. Il arrêterait ses représailles à la noix.

L'hôtel était exactement comme décrit par Giacomo : vieux mais propre, avec un petit hall et une seule entrée. Des planches clouées condamnaient l'issue de secours, à l'étage de Talia.

Au moment d'ouvrir de nouveau l'enveloppe, dans sa nouvelle chambre, elle se rendit compte à quel point elle était vannée. Cette journée avait eu raison de ses forces. Elle avait besoin de dormir, mais il lui fallait d'abord dépouiller soigneusement les documents. Elle alluma la petite lampe, près du lit de cuivre, et se mit à lire lentement. Les paroles de Petrov lui revinrent en mémoire : « Quand vous trouverez ce que vous cherchiez, vous le saurez tout de suite. »

Il avait raison. Le bateau s'appelait *Il Pesce Bianco*. Il arrivait dans six jours et c'était lui, indubitablement. Pliant le papier, elle le fourra sous l'élastique de sa culotte et s'endormit comme une masse, pistolet à la main, sûreté décrantée.

112. 18 avril 1946, minuit.

Assis sur un fauteuil de fer forgé séculaire, Farraro oscillait consciencieusement sur lui-même, le balancement l'aidant à réfléchir. A l'image de l'Église, la solidité de ce siège n'avait pas été altérée par le temps. Quand quelque chose était bien fabriqué, ça tenait le coup. Voilà ce qu'il ne fallait jamais oublier.

Comme convenu, Nefiore était mort. On prend des décisions, les unes bonnes, les autres mauvaises, la plupart sans conséquence. Église, État, Famille, dans chaque institution, quelques-uns déterminent le destin des autres. Il en va ainsi, et ce n'est pas pour les faibles.

Le vieux prêtre se leva et rajusta sa soutane. L'heure était grave. Les œuvres de Dieu commandaient d'agir. Farraro était heureux de se trouver au centre de l'action, et fier d'en porter la responsabilité.

Il y avait à faire. Le 24 avril, un bateau mouillerait à Gênes pour embarquer des « missionnaires européens ». Ce qu'ils étaient, ou avaient été, il ne voulait pas le savoir. La question n'était pas là. Il décidait, lui, de ce qu'ils seraient, où ils iraient. Il avait le pouvoir. Les allées du Vatican grouillaient d'hommes intelligents et ambitieux. Il s'élèverait au-dessus d'eux tous.

Pour le moment, toutefois, le problème était plus terre à terre. Aujourd'hui, par un concours de circonstances qu'il ne comprenait pas encore très bien, les papiers d'enregistrement du navire étaient tombés entre les mains d'une prostituée. Elle n'avait certainement pas idée de la valeur du document qu'elle détenait, mais ça n'avait pas d'importance. Il soupira. Pourquoi ne s'en était-elle pas tenue au portefeuille et aux besoins charnels de son client? L'appât du gain, Farraro le savait, n'avait pas de limites chez certains êtres. Elle était tombée par hasard sur quelque chose qui la dépassait, et elle ne s'en relèverait pas. Elle devait disparaître immédiatement. Il avait déjà donné l'ordre.

113. 19 avril 1946, 5 heures 10.

En tant que soldat, Talia était payée pour connaître la valeur du sommeil. A la guerre, on dormait où et quand on pouvait. Elle avait somnolé dans des trous creusés dans la neige, au milieu de marécages infestés de moustiques, au flanc des ravins en crochetant un arbuste dans les bras pour s'empêcher de glisser, en haut des arbres pendant que des Allemands bivouaquaient au pied, dans des granges avec le bétail, sous des pluies si drues qu'elle avait failli se noyer. Le sommeil durait parfois quelques instants, parfois deux ou trois heures. On le prenait comme ça venait et, si ça ne pouvait jamais venir, on tenait le coup quand même. Dans ces conditions, on s'endormait presque instantanément, mais d'un sommeil crispé, qui vous laissait les muscles noués. C'était pourtant aussi utile au corps qu'à l'esprit, cela ne vous apportait rien d'autre que la force physique d'agir et de réfléchir. Les combattants ne rêvent pas. Ils se préparent aux prochaines épreuves, il en arrive toujours de nouvelles, et pires que ce qu'ils imaginaient.

Les hommes et les femmes placés sous ses ordres étaient subjugués par la faculté du commandant Talia Pogrebenoi à se réveiller fraîche et dispose après quelques minutes de sommeil. Dans son armée, au niveau de la compagnie, les officiers n'étaient pas nommés d'en haut mais d'en bas, par les camarades du rang. Endurance et assurance avaient ainsi fait de Talia un officier en un temps record. La responsabilité lui faisait un peu peur. Ensuite elle en fut enthousiasmée, pour s'en trouver finalement démoralisée. Donner des ordres, cela revenait à envoyer des gens à la mort; on ne comptait plus les cadavres.

Avec la paix, on avait vu venir des généraux. Il y eut même un célèbre maréchal, héros du peuple. L'état de service de Talia pendant la guerre lui promettait toutes les promotions, lui ouvrait grand la carrière. Or ce fut à peine si elle écouta ce qu'on lui disait, ce qu'on lui offrait. Elle continuerait à servir son pays – de cela, elle était certaine –, mais elle ne serait plus comptable d'autres vies. Elle œuvrerait à sa façon, en ne comptant que sur elle-même, pratiquement, et c'est ce que Petrov lui avait apporté.

Voilà, c'est fait, pensa-t-elle en s'allongeant sur le lit. Par bonheur, les sommiers de l'hôtel étaient fermes. Après plusieurs années à la dure, elle ne pouvait plus se faire au doux, bien décidée à ne pas se laisser empoisonner par le confort matériel, maintenant que la guerre appartenait au passé. Dormir sur une surface dure, rien de tel pour garder la forme.

Mais, ce soir, le sommeil restait hors d'atteinte. Les souvenirs affluaient, certains oubliés, d'autres écartés quand ce n'était ni l'endroit ni l'heure. Les enfants, elle les revoyait jouer au bord de la Moskova. C'étaient de bons garçons, à la fois indépendants et affectueux, aussi sensibles que féroces. Parfait! Ils apprendraient en grandissant que les Russes ne peuvent jamais se fier qu'aux Russes et qu'ils ont tout le poids de l'avenir sur le dos.

Bras et jambes écartés, elle avait fini par sombrer et ronflait légèrement quand une voix familière la réveilla. Rauque, toujours assez proche du rire :

– Ne bougez pas... (Assez de fermeté pour appeler à la vigilance, mais le ton voulu aussi pour donner confiance.) Je ramène des nouvelles intéressantes, et je vois que vous n'avez pas perdu de temps, de votre côté...

– Giacomo...

– Redescendu du ciel. Vous avez eu des problèmes?

– Je les ai réglés.

– On ne dirait pas...

Elle le voyait, maintenant. Debout à côté de la fenêtre, il semblait surveiller la rue.

– Il y a des hommes en bas, expliqua-t-il. Dans la rue, dans le hall, et je crois même qu'il y en a un à l'étage. Je les vois faire depuis un moment. Ils vous attendent.

Bien réveillée, assise au bord du lit dans le noir, elle fixait déjà le silencieux à son arme. Elle mit Giacomo au courant de ce qui s'était passé. Il éclata d'un rire étouffé :

– *Bellissimo!* Vous avez joué avec l'équilibre du fragile mâle italien!

Le fait qu'il ait seulement voulu vous voir battue et humiliée est à la mesure de son ardeur et dc son effroi. S'il était vraiment vindicatif et sûr de lui, il aurait payé pour vous faire tuer. (Il rit sous cape de nouveau.) J'aurais voulu voir sa tête quand le photographe est arrivé!...

– Je dois dire qu'il mourait de peur!

– En tout cas, ce groupe-ci ne nous vient pas de votre amant déçu. Il s'agit de professionnels, non de prolétaires à l'affût de quelques lires pour nourrir leur famille. Il va falloir jouer serré. Vous êtes prête?

Il lui exposa son plan, dont elle était la pièce maîtresse. Elle se changea en l'écoutant.

– Il faut en prendre un vivant, dit-il, ne serait-ce qu'une minute. Celui qui est là fera l'affaire, c'est moins loin.

Elle emportait les papiers, rien d'autre. En cas de pépin, ils se sépareraient, se retrouveraient plus tard. Il lui expliqua ce qu'elle devait faire, comment protéger elle-même sa propre fuite. C'était exactement comme à la guerre.

Près de l'ascenseur, à l'étage, il y avait un coin-salon avec deux fauteuils dont l'un se trouvait présentement occupé par un individu maigre aux cheveux très bruns plaqués à la gomina, qui lisait le journal. En approchant, Talia remarqua qu'il s'agissait d'un vieux journal que, visiblement, l'homme avait dû ramasser à la hâte pour se donner une contenance.

Elle appuya sur le bouton de l'ascenseur, puis attendit en s'employant à se faire remarquer. Au bout d'un instant, elle lança d'une voix forte :

– Hé, toi! Combien tu donnes?

Comme un visage cireux se risquait au coin du journal, elle précisa :

– Oui, c'est à toi que je parle, *imbecille*! Combien tu peux mettre? J'ai un moment, là, et je vois que ça t'intéresse!

L'homme cligna des yeux furieusement. Ses lèvres remuèrent, mais aucun son n'en sortit.

– On est timide? fit-elle grossièrement. Je te fais un prix, on n'a pas de temps à perdre, tu veux ou tu veux pas! Alors, c'est oui, on se décide? Je n'ai pas que ça à faire! (Elle alla vers lui en virevoltant.) Tu vois? Qu'est-ce que tu dis de la marchandise? Pas mal, non? Jamais un client déçu! Peut-être que tu vas t'abonner!

– Je suis de passage, fit mollement l'homme.

– Encore mieux! s'exclama Talia. Ta femme ne le saura pas et tu garderas toujours le souvenir d'un bon moment avec Monica. Je connais mon affaire, et la tienne aussi, si tu vois ce que je veux dire!

Comme elle l'asticotait du bout de la chaussure, il écarta la jambe pour éviter le contact.

– Je ne suis pas marié, dit-il d'un ton acerbe.

– Célibataire, formidable, un chaud lapin qui n'arrête pas de bander, je vais me régaler! Viens! fit-elle en tendant la main. On va tirer un coup tous les deux. J'ai un petit lit tout ce qu'il y a de moelleux au bout du couloir.

Elle l'attrapa carrément par le bras. Il résista, mais elle parvint à lui faire plus ou moins quitter son siège, et il était en déséquilibre quand Giacomo, surgi derrière lui, lui enserra le cou. L'homme se raidit, résista, mais la prise était solide. Giacomo le fit danser le long du couloir et rebondir avec lui dans la chambre de Talia.

Après avoir refermé la porte derrière eux, elle retourna s'asseoir elle-même dans le fauteuil de l'homme. Empoignant son pistolet à l'intérieur de son petit sac à main, elle plaça celui-ci sur ses genoux de façon à pointer l'arme directement sur les portes de l'ascenseur.

Giacomo revint au bout de quelques minutes.

– J'ai dû être un peu plus expéditif que je ne le souhaitais, mais ça va, j'ai eu ce que je voulais. Il faut filer d'ici tout de suite. C'est plus sérieux que prévu. Une fois dehors, faites ce que je vous dis. Si je me fais avoir, ne vous laissez pas prendre vivante, nous sommes bien d'accord?

Les rôles étaient inversés. Son contact lui donnait des ordres et elle écoutait. Il exprimait sur un ton signifiant qu'on n'avait pas le choix, mais elle se demandait ce qui pouvait être menaçant à ce point.

– Oui, je comprends, dit-elle.

Loin de descendre, ils montèrent les escaliers jusqu'au sommet de l'hôtel, débouchèrent sur le toit, passèrent sur la terrasse voisine en sautant au-dessus du vide séparant les deux bâtiments.

Ils coururent longtemps sur les toits, comme s'ils avaient renoncé une fois pour toutes à redescendre. En fin de compte, pourtant, Giacomo ayant longuement regardé par-dessus bord, ils dévalèrent de longues volées d'escalier entrecoupées de corridors obscurs.

Ils s'arrêtèrent dans le couloir de sortie d'un immeuble. Giacomo passa le premier, s'assit sur les marches, dodelina de la tête vers la droite et vers la gauche comme un vieil homme qui aurait trop de vin dans la panse. Il s'adressa à Talia sans se retourner:

– Traversez et gagnez le coin. Marchez vite, les femmes seules ont toujours peur. Prenez l'autre rue à gauche et planquez-vous dans la deuxième entrée que vous verrez. Enlevez le silencieux, je veux savoir où vous êtes si vous avez des ennuis.

Elle passa à côté de lui, traversa la rue sans se retourner, les talons de ses chaussures claquant sur le bitume comme les détonations d'un petit calibre. Au coin, elle prit à gauche et, un peu plus loin, s'effaça dans une entrée comme convenu.

Quelques minutes passèrent. On n'entendait rien. Enfin une voix éraillée résonna, massacrant des bribes de chanson. L'ivrogne arrivait lentement, louvoyant sur toute la largeur du trottoir, s'immobilisant çà et là comme s'il lui fallait chercher son chemin. A un moment, il se tourna vers la chaussée, chancela et urina énergiquement devant lui.

– Allez devant, lui dit-il en parvenant à sa hauteur. Vite. Et attendez après le coin suivant.

Elle fit ce qu'il disait et, quelques instants plus tard, il la rejoignait.

Quand il fut assuré qu'ils avaient déjoué toute poursuite, il conduisit la jeune femme dans les quartiers nord de Gênes. A midi, ils s'installaient dans une petite maison des faubourgs. L'endroit était tenu par une vieille femme qui, jetant à peine un regard à Talia, semblait sincèrement heureuse de revoir le prêtre. Tandis qu'elle leur préparait quelque chose à manger à la cuisine, ils buvaient des expressos en croquant des poivrons au vinaigre.

– Ils voulaient votre peau, dit Giacomo. Ils avaient pour instructions de vous éliminer discrètement et de récupérer certains documents.

– Il n'y avait que Bettini à savoir.

– En Italie, il n'existe pas de secret détenu par une seule personne. Si ces renseignements sont importants pour vous, ils le sont pour quelqu'un d'autre. Il y a toujours un équilibre, un juste milieu, dans ces affaires. D'après ce que vous m'avez dit, votre Bettini n'est pas du genre à rattraper les documents. Il leur a tout dit, mais par vengeance personnelle. Eux, c'est pour la raison d'État.

– La raison d'État?

– Tu es Pierre, et sur cette pierre...

Elle avait du mal à considérer le Vatican comme un État, mais c'était bien cela en pratique.

– Ils m'ont envoyé des tueurs?

– Cela vous étonne? La violence ne leur est pas étrangère. La propagation de la foi requiert des esprits pragmatiques. Leurs dirigeants peuvent parler une langue morte et sembler différents de leurs homologues laïques, mais les commissionnaires du pouvoir sont de la même trempe dans tous les États. Ils font ce qu'ils ont à faire et demandent l'absolution sous prétexte que c'est pour le bien du plus grand nombre.

– Il y a un bateau qui vient prendre des réfugiés à Gênes, soi-disant des missionnaires. Il appartient au Vatican mais navigue sous pavillon grec.

– Des liens qui remontent loin... Que comptez-vous faire, maintenant?

Elle essaya rapidement de faire concorder la date et ses instructions.

– On attend.

Giacomo se pencha vers elle.

– Petrov ne va pas tarder, j'imagine.

Talia ne put dissimuler sa surprise. A aucun moment, il n'avait jusque-là mentionné le chef du GOS.

– Mais qui êtes-vous? lâcha-t-elle.

– Café? fit-il en inclinant la cafetière.

114. 19 avril 1946, 16 heures.

Conformément aux ordres de Petrov, Ezdovo et Bailov gagnèrent Bleckheim à marche forcée. Ils étaient fatigués mais déterminés à rejoindre Gnedin.

Au village, Bailov se dévoua. Il interpella un vieil homme sur la place. Presque immédiatement, d'autres Bleckheimois s'attroupèrent. Oui, c'étaient deux démobilisés d'une unité médicale, à la recherche d'un camarade, un chirurgien.

Les villageois se méfièrent aussitôt. Il y avait bien un médecin, mais d'où ces deux hommes tenaient-ils qu'ils devaient le chercher à Bleckheim? Bailov demanda au vieil homme s'il avait fait la guerre. Non? Eh bien, les méthodes des soldats pour se retrouver allaient au-delà de ses possibilités de compréhension. Depuis toujours, les militaires savaient se retrouver les uns les autres, voilà tout.

Les villageois réfléchirent. L'inconnu qui parlait semblait assez irritable, il avait même quelque chose d'un peu inquiétant. Et c'est vrai que les anciens combattants se serrent les coudes. Comment était-il, cet ami médecin?

Bailov décrivit Gnedin et le vieil homme opina. Ça ressemblait bien au docteur. Il était monté par là-haut, dans une ferme. Qu'ils ne se gênent surtout pas pour attendre son retour. Bailov demanda le chemin. Ils préféraient le rejoindre.

A la sortie du village, les deux Russes vérifièrent leurs armes et se lancèrent à pas redoublés dans la longue ascension.

115. 19 avril 1946, 17 heures 30.

Bolzano n'avait guère changé depuis le dernier passage de Valentine. Cet endroit le mettait toujours mal à l'aise. On y voyait moins d'Italiens que d'Allemands, beaucoup de ces derniers ne faisant pas mystère de leur allégeance. La ville avait l'aspect allemand, parlait allemand, mangeait allemand, pensait allemand, et se trouvait maintenant bondée de réfugiés incontestablement allemands. S'il existait un réseau de passage nazi nord-sud, c'est à Bolzano qu'il le saurait. Et lui savait qui saurait ou pourrait savoir.

Devant un restaurant situé sur le versant ouest de la ville, Valentine laissa Ermine endormie sur le siège avant de sa voiture bleue, et entra dans l'établissement par la porte de derrière qui donnait directement dans la cuisine. C'était la fin de l'après-midi, on s'activait déjà aux fourneaux. L'odeur un peu rance de l'huile d'olive imprégnait des arômes de poissons du golfe de Venise, de fromages, de charcuteries, de fruits. Il traversa la pièce comme il put et gagna un petit bureau caché derrière une grande réserve.

Bela, le patron, était un vieux lascar voûté, grêlé, pelé, mal embouché, aux derniers épis de cheveux dressés sur le crâne. Le bureau proprement dit disparaissait sous les bouts de papier, les assiettes sales empilées, une grosse bouteille verte de chianti, une vieille boîte de conserve débordant de mégots...

Bela leva la tête, loucha pour identifier l'intrus. Une espèce de grognement parut enfler dans sa gorge :

– Valentine ?

L'Américain s'assit. Sans bouger, l'Italien déclara en anglais, avec un fort accent de Brooklyn :

– A l'heure qu'il est, je te croyais rentré aux States! (Il sourit de travers et tendit une main tannée.) Alors c'est ça, on ne peut plus quitter l'Italie? Moi je partirais demain si je pouvais, mais je suis fauché! affirma-t-il en se frottant les mains. Ces enfoirés d'Allemands sont radins à mort, *capisce*?

Air connu. Né en Amérique, Bela, jeune homme, s'était pris de passion pour les récits du vieux pays. Finalement, il était parti vivre sur la terre de ses ancêtres, en avait repris la nationalité. Il ne cessait de menacer de tout plaquer et de retourner aux États-Unis, mais Valentine savait que c'était pour la frime. Il ne fallait pas se fier au Bela gâteux qui oubliait tous les noms et renversait la moitié de ce qu'il mangeait. Les militaires allemands en garnison dans la région jusqu'à la fin de la guerre ne juraient que par lui, sans se douter que, de son boui-boui, il commandait quatre régiments de maquisards qui lui obéissaient aveuglément. Il était maintenant le dernier espoir de Valentine.

– Alors tu n'es pas là pour parler du bon vieux temps?...

– J'ai entendu dire que les Boches passaient la montagne en rangs serrés.

– Comme des aloses remontant l'Hudson. Mais ça se tasse, là. Ceux qui avaient de bonnes raisons de les mettre sont déjà passés, si tu vois ce que je veux dire.

– Il y aurait même un système organisé, une espèce de filière.

Bela se mit à rire.

– La piste de l'Oregon? (Il but une rasade de vin, fit la grimace et tendit la bouteille à Valentine.) Il est trop chaud, mais c'est toujours meilleur qu'un coup de pied au cul!

– J'ai besoin de savoir.

– Parbleu! Tu es encore après des Boches!

– On m'a dit que l'Église était dans le coup.

Le vieil homme roula des yeux furieux, mit un doigt sur ses lèvres et se leva pour aller fermer la porte.

– Fais gaffe avec ce genre de truc! Rome a plus d'oreilles qu'on n'en avait pendant la guerre! Ici, ce n'est pas New York où les culs-bénis d'Irlandais font de la lèche aux hommes politiques. Ici, les curés dirigent tout. La seule différence entre eux et la Mafia, c'est l'uniforme.

– Les nazis trouveraient même à se cacher dans les couvents.

– Pendant un moment, oui, mais c'est devenu trop coton. La région grouille de Juifs qui avaient mis les bouts. Ils ont fait ce qu'il fallait pour griller les itinéraires. Non, les Boches ont des camps et des baraques sur le coteau. (Pour Bela, toutes les montagnes étaient « le coteau ».) Rien de bien terrible, le même genre de trucs qu'on faisait. Là-haut, on planque du monde!

– J'ai besoin de me renseigner sur un certain groupe.

– Laisse tomber! fit le vieil homme. Si tu cherches un nom, c'est trop compliqué, ils ont un système de sécurité à tiroirs. Eux-mêmes, ils ne savent pas qui passe dans le pipe-line. Tu perds ton temps.

Valentine réfléchit très vite.

– Où est le bout de la route?

– A Gênes, en principe. Il y a bien des petits ramassages le long de la côte mais c'est trop risqué. Pour la plupart, on les dirige sur Gênes, où ils embarquent pour le Moyen-Orient ou l'Amérique du Sud. Des tas de Fridolins ont déjà profité de la combine.

– Ils quittent le pays par petits paquets?

– D'habitude, oui, et ils ont presque tous des papiers en béton! Une fois à bord, et hors des eaux italiennes, ils sont tranquilles. A partir de là, ils sont vraiment devenus ce qu'il y a de marqué sur leurs papiers.

– Et à l'arrivée?

Bela haussa les épaules.

– On ne leur pose pas de questions. Les douaniers ne les fouillent même pas, sans doute. Il paraît que certains ont des comptes en banque bourrés en Suisse et en Argentine. Les Sud-Américains ne sont pas près de les renvoyer s'ils apportent des capitaux. Des économies nationales vont se bâtir sur ce fric!

– Ce dont j'ai vraiment besoin, c'est...

– ... que ton vieux pote Bela examine le contenu de quelques rafiots en partance? Je peux faire jeter un coup d'œil. Ça m'étonnerait qu'on trouve grand-chose, mais faut bien transpirer un peu pour Beau Valentine!...

– Je ne voudrais pas exagérer, mais quand...?

– Un jour, une semaine, ça dépend de la chance qu'on aura. (Il prit un bristol dans un tiroir du bureau). Mon petit-fils tient cette boîte près de Gênes. Bonne bouffe, putains propres, pas de punaises, le rêve des hommes! Tu es en bagnole?

Valentine fit oui de la tête.

– Alors, c'est quoi exactement? demanda Bela en marquant le bord gauche de la petite carte avec un couteau à éplucher.

– Un colonel SS du nom de Günter Brumm. Et un cadavre.

Valentine décrivit Brumm. La grimace de Bela fit de son visage un masque ratatiné.

– Un refroidi et un grand connard? Pas terrible, comme point de départ!

Valentine acquiesça humblement. Le vieil homme se leva, prit son ami par les épaules en souriant.

– Un colonel SS et un macchab! On peut dire que tu es sur de drôles de coups! (Il remit la carte à Valentine.) Va directement à Gênes et donne ça à mon petit-fils. J'enquête un peu de mon côté et je te tiens au courant, ça va?

Ils se serrèrent la main à la porte du bureau.

– Je ne te raccompagne pas. Le palpitant qui se déglingue, fit Bela en pointant le doigt sur son cœur. Et puis, je ne tiens pas à ce qu'on fasse des rapprochements. Ici, à la maison, je sais qui est de mon côté. Dans la rue, c'est une autre histoire... Le monde ne tourne pas rond, Valentine!

L'Américain lui frotta le dos.

– Eh oui! fit gaiement le bonhomme. Pour toi, n'importe quoi! On a une histoire ensemble. En Italie, c'est tout ce qui compte. Tant que je suis coincé ici, faut que je m'y habitue!

Valentine éclata de rire : Bela ne partirait jamais.

– Attention où tu vas! lui lança encore le vieux dur à cuire pendant qu'il traversait une dernière fois la cuisine bondée en choisissant justement son chemin avec la plus grande prudence.

116. 19 avril 1946, 17 heures 45.

Du talon de sa chaussure, Ezdovo retournait les bois carbonisés. Bailov le couvrait de l'extérieur, un genou en terre.

Le jour baissait. Un vent glacé commençait à balayer la crête. L'affaire était claire. Quelqu'un avait mis le feu. Mais qui?

Un coup de sifflet de Bailov interrompit les pensées d'Ezdovo, et il sortit. Il retrouva son compagnon bras croisés, arme pressée sur le cœur, planté devant un mur de pierre qui faisait partie des vestiges de la grange.

– Regarde ça!

Il y avait une étoile rouge tracée à la va-vite à la peinture, qui avait dégouliné. Ils firent tout le tour et trouvèrent des étoiles semblables sur les quatre côtés. Ezdovo leva la tête vers la montagne.

– Le signal! fit-il à Bailov.

Celui-ci lâcha deux coups de feu, suivis d'un troisième isolé.

La réponse arriva immédiatement d'en haut : un coup de feu, une pause, deux coups de feu, une pause, un coup de feu. Les deux hommes échangèrent un sourire et allèrent se poster au pied des rochers.

Gnedin s'annonça par un long sifflement suivi d'un hurlement familier censé reproduire un cri de ralliement sibérien, mais qu'il n'avait jamais bien saisi, et cela donnait un son que ses camarades qualifiaient de « mi-chèvre, mi-chat, tout catastrophe ». Il déboula derrière eux dans un grand nuage de poussière. Les trois hommes s'étreignirent joyeusement.

Par sécurité, ils montèrent passer la nuit au poste de guet du médecin. Ils firent un petit feu, qui leur permit de manger chaud pour la première fois depuis des jours. Gnedin leur raconta ce qu'il avait vu et, le lendemain matin, leur montra le bec de roc où les trois Allemands avaient disparu.

– Tu t'en sens, toubib? demanda Bailov.

Gnedin se pencha un tout petit peu sur l'abîme et secoua la tête.

– Même une mouche tomberait de là!

Ezdovo lui demanda :

– Tu vois des cadavres allemands, tout en bas?

– Non, dit le médecin après avoir jeté un nouveau coup d'œil. Il avait déjà le vertige.

– Alors c'est faisable. S'ils ont choisi cet endroit, c'est qu'il y a une raison.

Après une courte préparation, Bailov fut descendu le long de la paroi. Il se laissait couler en souplesse, en se servant des jambes comme d'amortisseurs pour se rééquilibrer. Plus bas, l'à-pic s'incurvait sérieusement, et il se retrouva suspendu dans le vide, plusieurs centaines de mètres au-dessus d'un éboulis. Il cria qu'on le descende davantage. Plus bas encore, il vit qu'il y avait une vire et qu'on y avait planté des pitons. De toute évidence, le passage avait été choisi par un expert.

Remonté, il décrivit aux autres ce qu'il avait trouvé.

– C'est une voie. Enfin, plus ou moins...

– On y va! dit Ezdovo qui ne tenait plus en place. On descend derrière eux, on retrouve le contact et on n'arrête plus de les harceler. On leur a déjà fait faire n'importe quoi. Quand ils découvriront qu'on les suit toujours, ils recommenceront.

– Je ne pourrai jamais, dit piteusement Gnedin en se penchant de nouveau.

– Dis-toi que ça manquait à ton éducation! fit Ezdovo.

Bailov prit le médecin aux épaules.

– Si tu dévisses, tu me donnes tes chaussures?

Ils éclatèrent de rire tous les trois et se mirent aux préparatifs de la périlleuse descente.

117. 19 avril 1946, 18 heures.

Un avion soviétique spécial déposa Petrov et Rivitsky à Copenhague où, au moyen de passeports suisses et de nouvelles identités, ils prirent un vol commercial anglais pour Bruxelles, où ils attrapèrent un troisième avion pour Genève. Après avoir passé les formalités sans coup férir, ils gagnèrent la ville dans des taxis séparés. Rivitsky récupéra une voiture laissée à leur intention près d'un club nautique, au bord du lac. Ils prirent la route du Sud par la France, filèrent sur la Côte d'Azur et gagnèrent l'Italie par Monaco et Menton. A la frontière, on leur fit signe de passer. Ils étaient à Gênes en fin d'après-midi.

Pour Rivitsky, c'était grisant de se trouver soudain loin de Berlin et de la destruction. L'été n'y changeait rien : la capitale allemande restait un immense terrain vague recouvert d'une poussière épaisse qui pénétrait les poumons. Rien de plus malsain! disait-il à Petrov. Et ça faisait du bien de revoir des forêts vertes et des gens normaux, bien habillés. Du coup, il se demandait quel temps il faisait en Russie. Quelles cicatrices trouveraient-ils lorsqu'ils retourneraient au pays?

L'agitation régnait dans le grand port de mer enfumé. A cette heure-ci, les Génois se hâtaient de rentrer chez eux. Rivitsky roulait prudemment, en maudissant la façon de conduire des Italiens. Les vélos frôlaient la voiture, et la police se battait aussi bien avec les automobilistes qu'avec les cyclistes et les piétons dans les carrefours surchargés, provoquant des embouteillages monstres.

Leur destination était un entrepôt sur les quais, à l'est du centre de la ville, dans une zone où les locaux de transit se comptaient par dizaines, tous aux murs écaillés, aux toitures de tôle rongées par le sel. Ils finirent par trouver le leur parce que c'était le seul à ne pas porter de numéro.

Rivitsky rangea la voiture près d'une porte latérale. Il resta fumer une cigarette, appuyé à l'aile avant, pendant que Petrov allait en reconnaissance. Des mouettes grises planaient au-dessus des bâtiments avec des gloussements rauques horribles. Elles semblaient sales, à l'image de la ville, à l'inverse des mouettes majestueuses, blanches et pures, de la mer Noire. Et cette Méditerranée vous soufflait à la figure une odeur de mazout et de poisson pourri.

Petrov lui lança un coup de sifflet et lui fit signe de venir tourner au coin du hangar. Le temps que la voiture arrive sur la façade, une grande porte s'ouvrait vers le haut pour la laisser entrer. A l'intérieur, Rivitsky se sentit dans une grande coquille vide, un peu comme dans un hangar d'aviation. Petrov lui fit ranger et dissimuler le véhicule dans la partie bâtie de bureaux. Puis ils poussèrent une porte et entrèrent.

Petrov montrait le chemin. C'était mort, ça sentait le renfermé, Rivitsky faisait la grimace. Après avoir bien navigué de bureau en bureau, ils débarquèrent dans une espèce de box bourré de caisses vides. Debout dans un long râtelier, une bonne cinquantaine d'avirons noirs à pelles vertes semblaient monter la garde comme des sentinelles émaciées. Rivitsky ne parut pas autrement étonné de voir un panneau céder d'un seul coup dans le mur, donnant accès à un étroit escalier de pierre qui s'enfonçait dans le sous-sol. En bas, au bout d'un long couloir, une autre cage d'escalier les y amena jusqu'à un palier, sur lequel Petrov batailla avec une grosse porte de fer. Rivitsky n'eut pas un geste; si son chef avait désiré de l'aide, il la lui aurait demandée.

La porte s'ouvrit. Petrov la referma derrière eux, non sans laisser tomber en place une barre d'acier, puis il entraîna Rivitsky dans un couloir humide et moite. De nouvelles marches de pierre les firent monter dans une grande salle où la lumière du jour vous tombait dessus, d'en haut. Pour la première fois depuis un bon moment, Rivitsky se sentit plus un homme qu'une taupe. En contrebas, c'était une cale, occupée par un long bateau de bois au gros moteur in-board couvert d'un caisson.

Petrov se débarrassa de son manteau, ouvrit son sac. En guise d'explication, Rivitsky n'obtint de sa part que :

– Installons-nous.

Puis le chef du GOS s'engagea lentement, avec lassitude, dans un dernier escalier qui menait un peu plus haut. Rivitsky le suivit, pour découvrir une fenêtre-meurtrière donnant sur le port de Gênes. Ils devaient se trouver dans le bâtiment même où ils étaient entrés en voiture, mais dans une partie accessible uniquement par le sous-sol. Ce serait facile à défendre, mais difficile à évacuer, en cas de nécessité.

Petrov garda longtemps le silence. Il regardait le jour décliner sur le port.

– Ce ne sera plus long, dit-il finalement.

118. 21 avril 1946, 15 heures 15.

Déjà presque trois jours sur la voie quasi verticale du Barbu. Même pour les deux baroudeurs seuls, ç'aurait été dur. Mais avec Herr Wolf entre eux, toujours sur le point de tomber ou suspendu comme un poids mort, ils étaient au bord de l'épuisement. Leurs pantalons n'existaient plus. Ils avaient les mains et les tibias écorchés, lacérés. Plus grave, ils urinaient de petites gouttes foncées, leur organisme consommait ses dernières réserves liquides, ils étaient déshydratés.

A contrecœur, Brumm trouvait du mérite à Herr Wolf. Après s'être laissé entraîné, au début, comme un pantin disloqué, il se jetait maintenant dans les descentes et les ascensions avec une véritable ardeur. Malheureusement, il n'était ni fort ni résistant et, en dépit de sa bonne volonté, Brumm et le Barbu le retrouvaient sur leur dos. Ils appréciaient ses efforts, mais il demeurait un fardeau.

Eu égard à sa plus grande expérience d'alpiniste, le Barbu commandait pour la première fois. C'est-à-dire qu'il effectuait le premier les passages dangereux, et souvent deux fois, afin d'en expliquer les difficultés à ses compagnons et leur donner ses instructions. La progression était lente mais, dans la mesure où le leur permettaient leurs forces, ininterrompue. Ils ne se reposaient qu'entre les tronçons particulièrement délicats.

Durant l'un de ces intermèdes, sur un sommet, Brumm orienta ses jumelles vers les parois déjà franchies, déjà conquises. En dessous, encordés, le Barbu et Herr Wolf tâchaient de se laisser glisser progressivement jusqu'en bas du versant lisse de cette structure verticale que le clan Rau appelait le Bâton. Cela imposait une voie descendante circulaire, à la façon d'un ruban s'enroulant autour d'un mât de cocagne.

Sur une de ces parois, dans le lointain, Brumm perçut du mouvement. Il crut d'abord à des mouflons, pour avoir remarqué quelques-uns de ces timides habitants de la montagne au cours de ces derniers jours. Mais après avoir réglé l'objectif sur les silhouettes en mouvement, il sut que ces points noirs étaient humains, et qu'ils suivaient eux aussi le chemin du Barbu. Tout en les distinguant très mal, Brumm voyait bien que trois hommes se déplaçaient habilement et sûrement sur leur mur.

Donc, ça recommençait! Ce devaient être les mêmes qui les avaient contraints à couper le Rhin, et maintenant ils avaient du renfort, peut-être un guide de montagne. Il n'existait pas d'autre explication à l'apparition de grimpeurs dans cet endroit infernal.

Avant même de modifier ses plans pour s'embarquer sur le fleuve, il avait bien senti qu'il ne s'agissait pas de simples aventuriers. Ils faisaient preuve de trop de sang-froid et de discipline pour des amateurs à la recherche de proies faciles. Non, il s'agissait de traqueurs professionnels, du genre qui gagne sa vie à la chasse à l'homme. Pour Brumm, cela ne faisait non plus aucun doute qu'ils étaient russes.

En quatre semaines, ils avaient contourné pas mal de camps militaires. Or, que ce soit en zone soviétique, française ou américaine, il n'y avait aucun signe d'alerte générale, pas de patrouilles dans tous les sens comme on aurait pu s'y attendre dans le cas d'une opération de recherche de grande envergure.

Le Barbu cria d'en bas pour inviter Brumm à descendre. Le colonel fourra ses jumelles dans leur étui et assura le reste de son équipement. Il saisit la corde, se pencha, vit le Barbu lui indiquer la direction dans laquelle il devait se lancer. Il entama la descente.

En conséquence, ces hommes, derrière, étaient indépendants des armées d'occupation. Il examina rapidement les possibilités. Deux seulement semblaient valables. Ce pouvait être des agents de Rome. Mais Rome n'avait aucun moyen de savoir que Herr Wolf ne s'appelait pas Herr Wolf. Toutes les dispositions avec les émissaires de l'Église avaient été prises dans des modalités garantissant le secret des identités individuelles. Beaucoup de gens étaient sortis d'Allemagne sous l'égide du Vatican, et il y en aurait encore, mais les papistes ne pouvaient pas savoir qui passait à quel moment dans le conduit. Cela protégeait le fuyard et épargnait au sauveteur tout embarras.

Restait donc une seule possibilité, la moins engageante : les Russes, probablement une équipe spéciale. Brumm jura intérieurement tout en oscillant doucement vers l'étroite corniche où les deux autres attendaient.

Il n'y avait jamais eu qu'une seule erreur : le garde à la Chancellerie. Aucun moyen de s'en débarrasser. L'individu se trouvait là où on ne l'attendait pas, tremblant froussard terré loin du danger. Il avait peu de chances de survivre à l'assaut final soviétique, s'était dit Brumm, et, de toute façon, les Russes eux-mêmes seraient alors si désorganisés qu'ils ne devraient pas espérer mettre la main sur un homme clef au milieu de milliers d'Allemands. C'était pourtant la seule explication plausible. Cela n'avait pas pu se produire autrement. Une unité spéciale, comme l'équipe de tueurs envoyée par Staline pour exécuter Skorzeny.

La stratégie des poursuivants semblait évidente. Vieux truc de chasse. Harceler le gibier jusqu'à l'amener à perturber lui-même sa stratégie de fuite. Et ça marchait. Déjà, Brumm s'était senti contraint de se désunir. A partir de maintenant, décida-t-il, on fonce vers le monastère à n'importe quel prix. Cela n'empêchait pas une équipe de ce type de constituer une menace immédiate. Nul doute qu'ils faisaient partie d'une opération plus vaste, conduite à distance. L'un de ces hommes se trouvait d'avance à la ferme. La peinture rouge devait être un message, et l'absence d'embuscade signifiait que les Russes n'étaient pas prêts à se battre, ou bien qu'ils désiraient voir les Allemands poursuivre leur voyage. Le piège se situerait plus loin, il s'agissait d'y penser.

Pour l'heure, il convenait surtout de s'arracher à cette région désolée et de retrouver un terrain plus rapide. Mais, d'abord, il fallait retarder les poursuivants. Brumm envisagea de revenir en arrière pour monter une embuscade. Les Russes ne s'attendaient pas à une confrontation directe. Mais si ces hommes étaient de l'espèce qu'il pensait, ils s'adapteraient vite à une bataille rangée, et lui et le Barbu seraient dominés en nombre car Herr Wolf ne comptait pas dans une telle situation. Il était possible aussi de piéger la voie, mais le matériel manquait, et faire ça bien demanderait un temps considérable. La meilleure solution consistait encore à dérouter les poursuivants, à les égarer assez longtemps pour les distancer. C'était le seul moyen d'en sortir. Brumm s'attela au problème alors qu'il prenait pied sur la vire auprès de ses compagnons. Il fallait frapper un grand coup, et vite!

119. 21 avril 1946, 17 heures.

C'était étrange, déconcertant. D'une part, Valentine se sentait comme un animal domestique qui attend sa gamelle; d'autre part il était plus calme que jamais. Fringale de sexe temporairement assouvie, Ermine était étalée sur le lit, un oreiller sur le ventre, profondément endormie. Il envisagea de se coucher à côté d'elle, mais y renonça. Si elle se réveillait, elle voudrait encore de la joie.

Le petit-fils de Bela avait à peine fait attention à eux quand ils avaient débarqué, deux jours plus tôt, mais il était venu frapper un peu plus tard à leur porte, débordant d'amitié et de bons conseils. Gênes grouillait d'agents de toutes sortes et de vagabonds – *scugnizzi* – capables de tuer pour une vieille paire de chaussures, mais ses amis américains n'avaient rien à craindre. Des compagnons armés occupaient les chambres latérales et opposées dans le couloir.

Sans rien savoir de ce que recherchait Valentine, le jeune homme se montrait encourageant :

– Grand-père obtient toujours tout!

Il les invita à prendre leurs repas dans la chambre jusqu'à ce qu'ils aient obtenu leurs renseignements.

Dès qu'il fut parti, Ermine ceintura Valentine et l'entraîna vers le lit mais, pour lui, le cœur n'y était pas et n'y serait pas tant qu'il n'aurait pas ce qu'il venait chercher. Le problème étant qu'il ne savait toujours pas de façon certaine ce qu'il cherchait.

120. 21 avril 1946, 18 heures 20.

Au déclin du jour, le chemin devint plus facile. Sur un escarpement où poussaient des arbres, non loin d'un à-pic, une petite rigole formait un bassin dans les rochers. Ils s'arrêtèrent pour boire et remplir les gourdes.

Brumm avait pris sa décision. Commander, c'est regarder la réalité en face. Pas de place pour les émotions.

Il prit le Barbu à part tandis que Herr Wolf, couché sur le ventre, la figure dans l'eau, buvait à grand bruit.

– On a encore de la compagnie.

Par réflexe, l'adjudant lança un regard dans la direction d'où ils venaient.

– Ils sont encore loin, expliqua Brumm. Je les ai aperçus cet après-midi. Maintenant ils sont trois. Nous avons vingt-quatre heures, peut-être plus, tout dépend de leurs talents de grimpeurs.

– C'était ça, la ferme? fit le Barbu.

– Pour nous faire peur. Deux derrière et un devant, qui a dû nous voir passer. Nous devons considérer qu'ils connaissent la vérité, et qu'il y en a encore d'autres devant, mais qu'ils ne sont pas prêts à passer aux actes.

– On est presque sortis, dit le Barbu. On pourra bientôt cavaler.

– Il faut que nous les détournions, dit Brumm. Nous avons besoin de temps pour disparaître.

Ils marchaient tous les deux au bord du précipice.

– Qu'y a-t-il à l'ouest d'ici?

– Ça continue, dit le Barbu. Très difficile.

– Existe-t-il un endroit par où nous pourrions descendre? Une voie particulièrement dangereuse serait le mieux...

– Oui, tout près d'ici. On peut descendre mais pas remonter. Mon père appelait ça la flèche du Diable.

Cela se trouvait juste un peu plus loin sur l'arête. Le Barbu expliqua en détail ce que la descente imposait. C'était exactement ce que désirait Brumm.

– Tu as des pitons?

– Quelques-uns. Il n'y a rien de permanent sur cette face. Nous devrons tout faire nous-mêmes.

– Je n'ai aucune intention de descendre, répondit le colonel. Tout ce que je veux, c'est leur donner à penser que nous sommes descendus. Il faut que ce soit convaincant. Quelque chose doit les attirer en bas. Qu'ils aient grande envie d'y aller voir. (Il ne regardait pas son ami.)

Le Barbu étudia le problème. Il pensait atteindre la première vire avec quatre ou cinq pitons, dont il précisa l'emplacement qui en ferait une découverte aussi insolite que tentante.

La lumière baissait vite. Avec l'aide de Brumm, le Barbu planta le premier piton, fit coulisser la corde et attaqua en grognant sous l'effort. Couché sur le ventre pour servir d'ancrage, l'aîné regardait son ami descendre avec application et attention sur la paroi. Quatre pitons espacés de plusieurs mètres furent nécessaires pour atteindre la vire. Le vent se levait.

– C'est bon! cria le Barbu. (Les bras lui faisaient mal et il commençait à avoir froid.)

– Remonte!

Rau entreprit l'ascension, heureux d'en avoir bientôt fini pour la journée. Il avait les épaules raides et la soif se faisait de nouveau sentir. En atteignant l'avant-dernier piton, il boucla la corde à son bras et souffla pour réunir ses forces en vue du tronçon le plus difficile.

– Hans, lui dit Brumm, d'en haut, à partir de cette vire, il faut encore des pitons?

– Non. En dessous, la paroi est raide mais il y a des prises. La difficulté se trouve ici, en haut, surtout en venant d'en bas à l'aveuglette. On peut descendre, mais monter, impossible!

Il cala le bout du pied sur le mur et se déhancha pour se tracter en hauteur.

– Hans, fit encore Brumm.

L'adjudant renversa la tête pour chercher le regard de son colonel, mais il rencontra le trou noir d'un canon de pistolet.

– Désolé, Hans, mais il faut absolument qu'ils nous croient. C'est indispensable.

Le Barbu baissa la tête pour voir les rochers, tout en bas, à plusieurs centaines de mètres de vide. Il avait toujours eu peur de tomber. Il regarda de nouveau son colonel et d'une voix sans émotion :

– Tire juste, Günter!

Le pistolet toussa une fois et l'adjudant-chef chuta en arrière, à plat dos, en tournoyant dans le sens des aiguilles d'une montre. Il heurta deux affleurements avant d'atterrir au pied de la paroi déjà dans la nuit, de sorte qu'on ne distinguait plus que ses pieds dans le crépuscule. Brumm rengaina son arme, récupéra la corde et, du manche de son poignard, cogna brusquement un rocher. Cela produisit une petite ébréchure blanche, qui suffirait.

Herr Wolf était adossé à un arbuste, à cent mètres du bord de la falaise. Plein comme une outre, béat.

– Nous campons ici ce soir?

– Non, dit Brumm, on avance!

Il attrapa le paquetage et l'arme du Barbu, puis il étudia le paysage. Herr Wolf chargea tant bien que mal son sac à dos et se leva maladroitement.

– Où est l'adjudant? demanda-t-il en essayant de regarder par-dessus l'épaule du colonel dans l'obscurité naissante.

– Il fait son boulot, répondit Brumm à mi-voix.

Il partit à flanc de montagne, suivi de près par Herr Wolf qui, haletant dans l'air raréfié, ne cessait de tourner la tête en arrière en se demandant quand l'adjudant les rattraperait.

121. 22 avril 1946, 18 heures 30.

Ezdovo allait et venait au bord du précipice comme un chat inquiet, retournant toujours à l'éraflure blanche.

– Je n'aime pas ça. Ils se sont arrêtés ici pour faire quelque chose. Ils ont pris l'eau à la source, ensuite ils sont descendus ici. (Il fit volte-face et leva le bras.) Leur chemin devrait continuer par là. Meilleur terrain, plus rapide. Ils ne peuvent pas passer la frontière suisse. Il faut qu'ils aillent à l'est, vers l'Autriche.

– On n'a qu'à descendre voir, dit Bailov.

Ezdovo médita cette forte proposition. Il calculait le temps d'exploration de la piste par rapport à celui qu'ils perdraient si elle était fausse. L'éraflure du rocher était juste assez subtile pour paraître vraie. Plus évidente, il l'aurait négligée. En fin de compte, il était d'accord avec Bailov. Ils devaient prendre la peine d'y aller voir.

Un harnais fut confectionné pour Bailov. On le fit descendre. Au bout de quelques secondes, il annonçait :

– Il y a des pitons! Larguez encore.

Ezdovo et Gnedin laissèrent filer plus de corde, tout le poids de leur camarade à l'autre bout. Quelques minutes passèrent.

– On remonte! cria vigoureusement Bailov.

Et les deux autres unirent leurs efforts pour le ramener au sommet. Il leur raconta tranquillement :

– Il y a un cadavre dans le fond. Les pitons mènent à une vire, à trente mètres, d'où on dirait qu'on peut descendre, mais ça fait long. Ça va nous prendre toute la journée. (Il flanqua un coup de coude au médecin.) Tu crois que tu as fait des passages durs, hein? Attends un peu! J'avais le vertige, par moments.

Ezdovo se pencha sur le vide avec ses jumelles. On voyait des pieds. Il hésita à suivre son instinct, mais le devoir commandait de descendre. Petrov n'aimait pas qu'on laisse quoi que ce soit en suspens.

– Allons-y, dit-il à contrecœur.

Bailov avait vu juste. Ils mirent presque toute la journée pour atteindre le fond. Au cours de la descente, Gnedin fit remarquer aux autres :

– Il a dû heurter ici!

Une éclaboussure de sang séché marquait un affleurement.

En bas, ils s'accroupirent autour du corps comme des chasseurs examinant un cerf abattu. La victime avait un petit trou dans le front, juste au-dessus de l'œil droit, et l'arrière de la tête éclaté. Bailov s'exprima le premier :

– Arme à feu. Pas matériel.

Pas besoin de discuter. Ils comprenaient tous. Le colonel SS avait tué son adjudant pour les retarder, et ils étaient tombés dans le panneau.

A la remontée, ils atteignirent la vire le lendemain matin. Mais ils ne purent franchir les derniers trente mètres.

– Un angle mort, dit Bailov. On peut descendre mais pas monter sans quelqu'un en haut avec une corde. Les vaches!

– Ils ont dû nous apercevoir depuis l'une des arêtes, dit Ezdovo. Rien à voir avec de l'affolement. C'est du travail sérieux. Le temps qu'on remonte par une autre voie, ils auront plusieurs jours d'avance sur nous. Ils nous ont semés! (Il y avait de la fatigue dans sa voix.) Il sait ce que nous sommes, à présent. Il va chercher un endroit pour se battre. Inutile d'insister.

Gnedin intervint :

– Petrov m'avait dit de rallier Genève, s'ils ne se montraient pas à la ferme.

– Alors c'est l'Italie, dit Bailov. Il va avoir besoin de nous.

Après une nuit inconfortable sur la vire, ils redescendirent, puis marchèrent vers l'est. Ils trouvèrent un poste sur le cours rétréci du Rhin qui longe la frontière suisse. Ils y présentèrent des passeports diplomatiques et on les pria d'entrer. Deux heures plus tard, ils étaient dans le train.

122. 23 avril 1946, 15 heures.

Ils ne quittèrent pas la maison de cinq jours. Pour Talia, ce fut une période difficile. Giacomo – s'il s'agissait de son vrai nom – n'était plus un soutien mais un objet de méfiance. Ses manières bon enfant désarmantes ne masquaient pas toujours la face plus sombre de sa personnalité intense, profonde, évoquant le qui-vive incessant d'un animal. Pourquoi et comment connaissait-il le nom de Petrov? Elle ressassait indéfiniment cette question. En admettant que son chef ait pris lui-même les dispositions la plaçant sous la protection de Giacomo, elle le voyait mal utiliser son propre nom. Elle n'aimait pas ça, et son instinct de soldat lui rappelait à chaque instant de ne pas baisser la garde. La nuit, elle coinçait une chaise contre sa porte et dormait dans un angle, pistolet sur les genoux.

Jusque-là, l'homme ne l'avait gênée en rien dans sa mission. Elle envisagea de l'éliminer, mais cela reviendrait à tuer aussi la vieille femme. Ce n'était pas une question de scrupule ou de sensiblerie, mais une préoccupation pratique : on se débarrasse plus facilement d'un cadavre que de deux. D'ailleurs, se disait-elle, ce Giacomo – mais quel jeu jouait-il ? – pouvait encore servir.

Avant tout, elle devait impérativement transmettre ses renseignements à Petrov, sans quoi tout tombait à l'eau. Le bateau arrivait demain et repartait le 28. Elle avait ses instructions pour le rendez-vous. Quand le signal viendrait, elle devait se rendre à une certaine *piazza* à 16 heures et attendre cinq minutes, pas davantage. Si le ramassage n'avait pas lieu, elle devait repartir et essayer de nouveau le lendemain, mais une heure plus tôt. Elle pouvait répéter cela sept fois. Si aucune jonction n'avait alors eu lieu, elle devait gagner Trieste dans les meilleurs délais pour y prendre contact, selon une procédure que Petrov lui avait expliquée, avec les représentants soviétiques officiels.

Le grand journal de Gênes paraissait en début d'après-midi... quand les imprimeurs n'étaient pas en grève, car ils avaient été toute la semaine en conflit pour des questions de statut syndical. Chaque jour, la vieille femme sortie pour acheter le journal revenait, les mains vides, en se lamentant que les *comunisti* étaient des sans-dieu qui ne savaient rien faire d'autre que créer la pagaille. Aujourd'hui, elle s'était absentée plus longtemps que d'habitude. A son retour, elle s'arrêta au coin de la ruelle pour se lancer dans une conversation animée avec une jeune femme accompagnée d'une petite fille qui dansait autour des adultes en essayant de s'amuser toute seule.

La vieille finit par rentrer en clopinant, son panier à provisions bourré de miches de pain et de poches de papier marron contenant des pâtes fraîches. Debout dans la cuisine, Talia attendit anxieusement le déballage. Le journal fut le dernier article à tomber sur la table et elle se jeta dessus immédiatement, ce qui eut le don d'amener un air revêche sur le visage taillé à la serpe de la commère.

Il s'agissait d'un espace payé, sur une seule colonne assez longue, où il était question de remous politiques dans le parti communiste italien. Un groupe dissident se dénommant Gauche rouge tentait de déboulonner la direction officielle du parti. Le texte énumérait différents objectifs politiques, le principal étant l'élimination des derniers fascistes encore en poste dans l'administration municipale de Gênes. Aux quatre coins du placard apparaissait un petit poing fermé. Sous celui du bas à droite, on distinguait en outre trois petites étoiles : le signal de Petrov.

Pas une minute à perdre. Talia téléphona au journal. D'abord, personne ne parut en mesure de l'aider mais, à la longue, en ajoutant le charme à la ténacité, elle attrapa au bout du fil un homme qui se disait plus ou moins au courant. Le placard rédactionnel en question, apprit-elle, avait été programmé à compter du 21 courant, et c'était donc le troisième jour de la séquence. La prochaine tentative aurait donc lieu le 24 à 13 heures, c'est-à-dire demain. Elle en éprouva une grande sensation de soulagement, mais il lui apparut soudain qu'elle ne pouvait pas laisser Giacomo dans la nature. Cela signifiait qu'elle devrait l'emmener avec elle au rendez-vous. C'était contraire aux consignes de Petrov, mais il importait que celui-ci apprenne que Giacomo connaissait son nom, qu'on le veuille ou non, et qu'il prenne lui-même une déçision au sujet de cet homme.

123. 23 avril 1946, 21 heures 15.

Arrivés à Gênes, les trois Russes prirent le chemin du port. Ils s'arrêtèrent dans un café. Gnedin donna un coup de téléphone et, une demi-heure plus tard, une automobile stoppait derrière la vitre. Rivitsky regardait ses camarades, un grand sourire au visage.

Bailov et le docteur montèrent à l'arrière, Ezdovo devant.

– Bonnes nouvelles? demanda Rivitsky.

– Je les ai vus! affirma Gnedin.

– On les a perdus en montagne, ajouta sombrement Ezdovo. (Il se demandait où et comment était Talia.)

124. 24 avril 1946, 13 heures 02.

Giacomo était à la cuisine, en train de siroter un petit chianti. Il siffla en la voyant entrer.

– Nous sortons? demanda-t-il en souriant de toutes ses dents.

– Oui, dit froidement Talia.

Ils marchèrent un bon moment côte à côte. Elle arrêta le premier taxi qui passait, qui les déposa dans le centre, près de la *piazza*. Sans se presser, ils traversèrent un square où les pigeons assiégeaient de vieux messieurs assis sur des bancs, près d'un bassin à sec. Une fois de l'autre côté, Talia s'arrêta au bord du trottoir et consulta sa montre.

– Ramassage? demanda Giacomo.

– Ne vous éloignez pas.

Deux minutes après l'heure, une limousine noire se dégagea de la circulation, de l'autre côté du boulevard, amorça un demi-tour en faisant crier ses pneus sur l'asphalte brûlant et vint s'arrêter devant eux en dansant sur les ressorts. Talia ouvrit la portière arrière et monta, suivie de près par un Giacomo rayonnant.

La portière n'avait pas claqué que la voiture bondit en avant. Mais Rivitsky avait eu le temps de se retourner pour lancer à la jeune femme un regard signifiant très clairement que ce passager n'était pas prévu.

– Je pourrais peut-être m'arranger autrement, se hâta de proposer Giacomo en faisant preuve une fois de plus d'une troublante faculté divinatoire.

– Restez-là, dit Talia. C'est mon affaire.

Ravi, Giacomo se carra confortablement.

– Les Italiens appellent Gênes la ville des surprises, réputation qui n'est pas sans fondement historique, discourut-il allègrement. On dit que c'est d'étonnement devant les Génois que la tour de Pise penche de plus en plus.

– Taisez-vous! lui ordonna sévèrement Talia.

Rivitsky étudiait ses passagers dans le rétroviseur. Le changement frappait chez la femme. Elle était hâlée. Éclaircis par le soleil, ses cheveux châtains prenaient la lumière. Elle avait les ongles vernis, un soupçon de gris aux paupières, la bouche rouge et pulpeuse. Debout au bord du trottoir, elle lui avait paru sensationnelle, élégante, avec quelque chose d'aristocratique. En principe, Rivitsky préférait les femmes à la taille et aux jambes un peu épaisses, avec de gros seins remplissant bien les mains d'un homme. Mais là, Pogrebenoi le déconcertait. De prime abord, il avait vu en elle une paysanne. Il avait dû se tromper.

Son voisin, c'était une autre histoire. Cet homme aux yeux noirs comme l'ébène pouvait bien dire toutes les bêtises qu'il voudrait, il était dangereux. Pogrebenoi avait intérêt à posséder une bonne raison de l'emmener. Petrov détestait les surprises à ses dépens. Rivitsky ne savait pas où elle voulait en venir mais, quant à lui, il ne prendrait aucun risque. Au moindre mouvement de cet homme, il le tuait. Il conduisit avec la main gauche sur le volant, ce qui lui laissait la droite libre. S'il devait tirer, ce serait par-dessus l'épaule gauche. Alors même qu'il se calait dans son siège pour se donner plus d'aisance, il entendit l'inconnu déclarer :

– Je ne vous donnerai pas de souci.

Giacomo levait les mains assez haut pour que Rivitsky les voie, et leurs regards se croisèrent dans le miroir. Il y eut un instant de compréhension mutuelle, de professionnel à professionnel.

Rebroussant chemin à l'occasion pour s'assurer qu'on ne les suivait pas, Rivitsky suivit un itinéraire surprenant dans le labyrinthe des entrepôts lépreux. Il finit par écraser le frein devant une série de portes de garage de couleur verte. Celle qui se trouva devant le capot s'ouvrit, et le véhicule s'engouffra à l'intérieur; il alla se ranger dans un coin discret.

Surgi de l'ombre, Bailov ignora Rivitsky et l'inconnu pour partager une étreinte énergique avec Talia. Puis, armé d'une lampe-torche, il entraîna les arrivants dans une série de boyaux étroits et humides.

Une pièce déserte. Talia s'assit, croisa soigneusement ses longues jambes en tirant sur sa jupe. Rivitsky était allé chercher Petrov. Déçue de ne pas encore voir Ezdovo, elle commença immédiatement à se faire du souci pour lui. La nuit qu'ils avaient passée ensemble n'était qu'une défaillance momentanée, mais un lien si profond s'était créé que ça l'intimidait comme une jeune fille. Elle se disait qu'il éprouvait sûrement la même chose de son côté. Ezdovo était un homme fort, elle admirait cela en lui, non sans deviner que cet équilibre venait aussi d'une souffrance enfouie. Elle aurait tout donné pour le réconcilier avec la vie. Au début, elle ressentait surtout de la fascination... ou du désir. Cela faisait bien longtemps qu'elle n'avait eu envie de coucher avec un homme. Par la suite, en constatant qu'elle pensait de plus en plus à lui, elle comprit qu'il s'agissait de bien autre chose. En couchant avec Bettini, elle pensait à Ezdovo. Pendant que l'Italien s'escrimait, elle découvrit qu'elle aimait le Sibérien. Au même instant, elle prenait une décision : elle le lui dirait.

Où était-il?

Petrov descendit lentement. Il s'arrêta dans l'escalier pour regarder Talia, qui eut un petit frisson. La sanction en cas d'échec, pour cette mission, ne faisait de doute pour personne. Chacun était allé faire son travail ici ou là. Le moment arrivait de se retrouver, de traiter l'information réunie et de juger des mérites.

Quand les yeux de Petrov tombèrent sur Giacomo, elle le vit se crisper sur la rampe de fer au point d'en avoir les articulations toutes blanches.

– Petrov! mugit Giacomo. J'espérais que tu serais content de revoir ton confrère en conspiration!

– Grigory! fit Petrov, un sourire lui éclairant un instant le visage.

Les deux hommes se donnèrent l'accolade au pied des escaliers, sous les regards ébahis de Talia et de Rivitsky.

– Quand tu es venu à l'Archange, ça m'a paru bizarre. Ton intérêt pour l'Église était, euh... disons inhabituel. Tes derniers mots, en partant, m'ont fait bien rire. Je ne m'étais pas amusé comme ça depuis des années. Mais ensuite, je ne pouvais plus cesser d'y penser. Je me disais : quelle guerre est allé faire le vieil oiseau, cette fois ? J'avais mon idée, mais aucun moyen de vérifier. J'avais besoin de quitter Moscou, bonté divine !

– C'est Staline qui te l'a dit.

Le prêtre se contenta de sourire. Petrov lui lança d'un air significatif :

– Pogrebenoi...

– Aucun rapport. Un geste d'amitié. Le grand Petrov lui-même peut avoir un ou deux amis. On m'a signalé le commandant Pogrebenoi par un concours de circonstances. Je te l'ai proposée parce que je pensais qu'elle était ce qu'il te fallait pour ton groupe. Je ne l'avais jamais vue avant de faire sa connaissance à Rome. (Il se tourna vers elle.) Tu vois, elle ne sait pas du tout qui je suis. Tu devrais la mettre au courant. Sache en tout cas, Petrov, toi qui ne couvres pas les gens de louanges, que tu nourris le feu de Dieu en ton sein. Talia a grandement mérité de la patrie. Et dangereusement !

A son tour, Petrov se tourna vers elle.

– Voici le père Grigory, de l'opération Vatican. Son organisation est comme la nôtre à beaucoup d'égards, encore plus que je ne le pensais.

– Mon salaud, dit le prêtre avec bonne humeur, si tu crois que notre bouillant géorgien met toutes ses pommes de terre dans le même sac !...

– Mais vous êtes vraiment prêtre ? intervint Talia qui ne pouvait plus contenir sa curiosité.

– Pas comme vous l'entendriez, dit Grigory. Vous êtes un sacré beau brin de fille ! ajouta-t-il pour la faire rougir.

Petrov n'était pas mécontent de voir ses soupçons confirmés. Le prêtre avait raison. Il aurait dû savoir. Crampon sur crampon. C'était bien dans le style de Staline de tout multiplier pour tout surcontrôler. Petrov avait beaucoup de questions à poser à Grigory, mais cela attendrait. Ce n'était pas le moment.

– Talia !

La jeune femme sursauta en entendant son chef l'appeler par son prénom. Plus ou moins consciemment, elle tapota sa jupe pour couvrir ses jambes. Elle ânonna :

– Un bateau est arrivé aujourd'hui, qui repart le 28 avec trois cents missionnaires pour Santiago du Chili. Il navigue sous pavillon grec, mais il appartient à l'Église.

– Des missionnaires nouvellement recrutés ? demanda Petrov.

Elle acquiesça.

– Vous êtes certaine de l'enregistrement de ce bateau ?

Le père Grigory s'en mêla :

– Ce renseignement lui a coûté cher. C'est du sûr, Petrov. Je savais depuis quelque temps que le Vatican avait des bateaux mais, jusqu'à ce travail de Talia, je ne disposais d'aucun exemple précis.

Petrov bougonna. Grigory poursuivit :

– Allemands et Autrichiens se sont infiltrés dans le nord de l'Italie depuis la fin de la guerre. Cela fait déjà un certain temps que ces gens-là s'entassent dans les monastères. Des mesures sont prises peu à peu pour leur faire gagner Gênes par petits groupes, où on les embarque pour diverses destinations. Ce groupe-ci est le premier d'une telle ampleur. Il grossissait depuis des semaines à l'abbaye bénédictine du mont Poli. Les bénédictins ont l'esprit pratique, Petrov. Les maisons bénédictines ont servi de forteresses à l'Église pendant des siècles. C'est cohérent que les nazis soient là.

Petrov médita la situation. Brumm qui se dirige à l'est à partir de la ferme des Rau. A l'évidence, il a une destination précise en tête. Sans cela, la pression de l'équipe en Allemagne le pousserait en France ou en Suisse. Il doit se rendre en Italie, pas d'autre possibilité. De plus, Gênes est le seul port assez grand pour assurer l'anonymat et un bon fonctionnement technique. Naples grouille d'Américains et de navires de guerre, sans compter que c'est trop au sud, trop risqué. Oui, le bateau appartenant au Vatican et le groupe exceptionnellement grand de missionnaires étaient les clefs du problème. Brumm avait déjà montré son goût de l'audace. Il avait quitté Berlin à découvert, avec la foule pour seule protection, et, au lieu de chercher à creuser la distance, il était allé se cacher non loin de la capitale. Maintenant, à l'instant critique, on pouvait raisonnablement s'attendre à le voir agir de même. Il n'y aurait pas d'U-boot fantôme. Les deux hommes se mêleraient simplement à la foule des missionnaires et quitteraient l'Europe sous de nouvelles identités.

L'instinct de Petrov l'informait que c'était le moment et qu'il restait peu de temps pour les derniers préparatifs.

125. 25 avril 1946, 8 heures.

La tête posée, non sans hésitation, sur les pattes de devant, le chien était couché aux pieds de son maître. Leurs moutons paissaient dans un petit pré, un peu plus haut. Le vieil homme était fatigué. Ça faisait du bien de s'asseoir. Cinquante mètres plus bas, masqué par des broussailles, un petit ensellement marquait le point le plus élevé du col menant en Italie. Bela avait fait dire à tous ses espions de montagne de se tenir à l'affût d'un grand costaud qui pouvait être seul ou accompagné. Et la question se posait : grand comment, costaud à quel point ? Depuis qu'il avait reçu le message, cinq jours plus tôt, le vieil homme y réfléchissait, en prenant régulièrement l'avis de son chien. Mais l'animal avait l'habitude de tels scrupules chez son maître qu'il se contentait de l'encourager en remuant la queue. En fin de compte, le berger pensait qu'il reconnaîtrait un tel spécimen d'humanité en le voyant. Il faut se fier à l'expérience. Il en avait déjà vu, des grands costauds. Inutile de se faire du mauvais sang à l'avance. Son travail consistait à garder le troupeau et ouvrir l'œil. Il s'était assez battu contre les Allemands pour apprécier maintenant les missions tranquilles.

Comme presque toujours en montagne, ce fut le chien qui donna l'alerte en se raidissant et grondant. Le vieil homme vit apparaître deux silhouettes sur le sentier en contrebas. L'une était plus haute que l'autre, mais s'agissait-il du « grand costaud » de Bela ?

Il prit ses jumelles pour bien les regarder passer. Le grand tenait l'autre par le bras pour l'obliger à marcher vite. Le berger trouva le spectacle assez comique et se mit à rire. Le petit, plus âgé, ne semblait pas du tout apprécier de se faire ainsi bousculer. C'est bien dans le style des vieux de regimber devant les jeunes.

– Alors, chien ? murmura le maître. C'est-y le grand costaud ?

L'animal eut un grondement rentré, puis battit de sa queue touffue.

Quand les deux inconnus se furent éloignés, le berger sortit un pigeon de la petite cage de bois qu'il emmenait partout. Il gribouilla un message sur un morceau de papier, qu'il enfonça ensuite dans un tube attaché à la patte de l'oiseau.

Du pouce, il caressa le pigeon derrière la tête avant de le lancer en l'air. Puis il déclara au chien :

– Bela saura ce qu'on a vu !

126. 27 avril 1946, 16 heures 20.

Le petit-fils de Bela s'introduisit dans la chambre au moyen d'un passe, et trouva le couple au lit. Valentine, en caleçon, était à demi endormi, un bras replié sur le visage. A côté de lui, la femme était sous les draps, mais un bout de sein dépassait, et le regard du jeune homme s'y accrocha aussitôt. Il balbutia :

– Mon grand-père vous fait dire ses amitiés.

Le bras de Valentine se leva. Ermine s'étira sans se réveiller. L'autre sein apparut. Le jeune homme vint plus près du lit.

– Il fait dire à son ami Valentine qu'il y a un bateau au port pour prendre des passagers qui ont passé la montagne. Vous comprenez ce que ça veut dire?

Valentine se frottait les yeux. Ermine se tourna de l'autre côté et le drap glissa plus bas. Elle était découverte jusqu'à la taille.

– Grand-père vous fait dire qu'on a vu le grand dans la montagne, mais qu'il n'y a pas de macchabée. Le grand avait un compagnon de route, mais vivant, plus vieux et plus petit. Grand-père vous fait dire de vous rappeler que les saligauds vont toujours par deux.

Valentine s'assit droit comme un piquet, ce qui repoussa le drap au bout du lit et découvrit complètement la femme. Le jeune homme poussa un gros soupir.

– Beau! se plaignit Ermine en cherchant le drap à l'aveuglette.

Il essayait de digérer l'information.

– Tu as le nom du bateau?

Brumm avait un compagnon *vivant*! Le gosse lui tendit un bout de papier portant le nom de l'emplacement du bateau.

– Comment je monte à bord?

– Je ne sais pas. (Le regard toujours fixé sur la femme, qui avait roulé sur le dos.) Grand-père dit que vous vous souviendrez qu'une guinée vaut une guinée à Gênes comme à Hell's Kitchen [1]. Il dit que vous saurez faire.

Message transmis, le petit-fils jeta un dernier coup d'œil sur Ermine, passa brièvement la main sur le devant de son pantalon et se retira.

Valentine regardait le bout de papier en se concentrant sur ce qu'il venait d'entendre. Il comprenait le conseil de Bela : employer Ermine comme diversion. Elle pouvait capter l'attention de n'importe quel homme, et surtout celle d'un docker génois.

Il se leva, enfila son pantalon en se demandant ce qu'il devait faire. Brumm se dirigeait vers Gênes. Probablement, se corrigea-t-il. Avec un compagnon vivant. Ça ne tenait pas debout. Où était passé le foutu cadavre? Et soudain, ça le frappa. Quelle était la phrase exacte de Skorzeny? « Vous croyez peut-être que Günter a aidé Hitler à s'enfuir? »

– Nom de Dieu! s'écria Valentine.

Ermine s'assit dans le lit.

– Beau chéri! On dirait que tu viens de voir un fantôme!

Il la regarda en souriant.

1. Littéralement : *la cuisine de l'enfer*, surnom d'un ancien quartier malfamé de New York.

– C'est mon deuxième, dit-il en se remémorant son voyage au Nid d'Aigle.

Brumm avait-il pu faire sortir Hitler vivant de Berlin?

127. 27 avril 1946, 22 heures.

Bien qu'il n'y eût plus aucun signe de poursuite, Brumm avait du mal à se détendre. Six jours avaient passé depuis la mort du Barbu, et Herr Wolf saisissait la moindre occasion de conversation. Le colonel n'en avait aucune envie. Son adjudant avait accepté que la mission passe avant tout. Leurs regards ne s'étaient pas rencontrés longtemps, mais Brumm le savait. Pourtant, il n'aimait pas y penser. D'abord Gretchen, maintenant Hans. C'était payer cher les principes. Son amante et son ami, son seul ami, se disait-il en évoquant ce qu'était devenue leur relation.

Le Barbu avait peut-être eu raison dès le début : on aurait mieux fait de se débarrasser du fardeau. Au fond de lui-même, il savait pourtant que le destin ne peut pas ruser avec les faits. Ce qui est demeure. On ne peut pas négliger délibérément certaines réalités pour créer des alternatives gratuites. Cela, c'est le rôle des artistes, pas des soldats. Gretchen Waller était morte. Elle avait suivi sa voie en plein accord avec elle-même. Le Barbu également. Les larmes ne changent rien à rien.

Le danger guettait. Ne plus être poursuivi n'avait rien de rassurant. Précédemment, la chasse s'était révélée trop soutenue et déterminée pour qu'il la suppose maintenant abandonnée. Pour le moment, ils n'en étaient pas moins seuls.

Spectre gris haut perché à flanc de montagne, le monastère semblait défier les lois de la pesanteur. Brumm était sur le qui-vive. La route d'accès – une sorte de sentier élargi – apparaissait comme un serpent interminable, tout en angles morts et en surplombs, idéal pour l'embuscade. C'est cette partie du plan qui, dès le début, l'avait mis le plus mal à l'aise car, pour le reste, leur sécurité dépendait essentiellement d'eux-mêmes. Mais, lors de leurs entretiens secrets, Hitler ne partageait pas les réticences de son colonel. « A côté de l'Église, le IIIe Reich fait figure d'amateur en matière d'intrigue et de contre-espionnage. Ces moines sont des ermites qui s'autorisent à croire que leur ascétisme les sanctifie, en quelque sorte. Ils obéissent au doigt et à l'œil à leur supérieur, lequel obéit de même à Rome. Il est de leur tradition de donner asile aux étrangers. Ce sera parfait, vous verrez. »

Ils attendirent la nuit pour effectuer l'ascension. Si un piège les attendait sur le chemin de l'abbaye bénédictine, ils auraient l'obscurité pour alliée. Mais ils arrivèrent en haut sans incident.

En attendant à la porte, Brumm recouvrit d'un bandage la moitié inférieure du visage d'Herr Wolf. Ils n'étaient pas arrivés jusque-là pour prendre le risque qu'on le reconnaisse.

Un moine en robe crasseuse leur ouvrit. Il boitait, un pied tourné vers l'intérieur à angle droit, une jambe plus courte que l'autre. Après avoir examiné leurs papiers, il les fit entrer dans une grande cour à ciel ouvert. De là, il les conduisit dans une remise humide où des bains les attendaient dans de grands bacs de cuivre. Herr Wolf refusant de se dévêtir en présence des moines, Brumm les fit sortir poliment et monta la garde pendant que son compagnon se baignait. Ensuite seulement, il se glissa lui-même dans l'eau tiède et se nettoya du mieux qu'il put. Enfin il remit en place le bandage d'Herr Wolf.

Après leur toilette, les deux hommes furent laissés seuls dans une cellule. Herr Wolf se lança dans un grand discours décousu.

– Judicieux, de passer par les bénédictins! Vous rendez-vous compte qu'ils se sont opposés à nous? Le seul ordre à le faire en Allemagne! Voilà qu'ils jouent un rôle essentiel dans mon salut, qui l'eût cru? Le saviez-vous, colonel, à Lambach, étant petit, je fréquentais l'école du monastère. Je chantais dans la maîtrise des enfants. Je crois que j'aurais pu faire carrière, comme chanteur. J'étais fort impressionné par l'apparat ecclésiastique. J'ai adapté beaucoup de ses costumes et symboles. Les gens vibrent toujours aux cérémonies et ornements du pouvoir. L'Église prête énormément attention aux détails. Si mon choix ne s'était pas porté ailleurs, j'aurais pu m'élever jusqu'au trône de saint Pierre. Parallèle intéressant, non?

Brumm ne semblait pas entendre. Plus tard on leur apporta de quoi manger : un ragoût de mouton épais, savoureux, accompagné de pain frais et d'une bouteille de vin rouge fruité, fait à l'abbaye même, mais auquel ni l'un ni l'autre ne toucha, tous deux ayant besoin de garder les idées claires pour la suite des événements. Ils mangèrent à une petite table de bois brut, avec des ustensiles rudimentaires, à la lueur d'une bougie fixée au mur.

Quand Herr Wolf eut terminé son assiette, il croisa cérémonieusement les bras et les jambes et, le regard sur Brumm :

– Il faut avouer, colonel, que tout s'est passé comme nous le voulions. Les prêtres nous font prendre un bain et nous servent un repas chaud! Maintenant, ils vont nous habiller! Je m'étais toujours demandé quel effet cela faisait de porter la robe. Pour vous et moi, voici l'occasion de le savoir.

Brumm gardait le silence. Bien peu de choses s'étaient passées comme prévu, et la poursuite ne laissait pas de l'inquiéter. Herr Wolf reprit :

– Dans l'ensemble, un seul élément se révèle décevant. Le temps que vous nous avez fait mettre pour parvenir ici dépasse notablement les estimations. Je comptais sur une semaine de repos, mais je vais devoir me contenter, semble-t-il, d'une simple nuit de sommeil... Je crois que vous avez réagi de manière excessive en nous faisant remonter le Rhin. Ce n'était pas indispensable. Les militaires professionnels, je l'ai remarqué, font souvent preuve d'une prudence exagérée dans leur évaluation du danger.

Le colonel SS écoutait parce qu'il ne pouvait pas faire autrement. Il était coincé. Tous les hommes politiques sont du même tonneau : autant le succès leur appartient, autant ils rejettent l'échec sur les autres.

– Eussé-je été consulté, et je vous ferai remarquer que tel n'a pas été le cas, j'aurais recommandé de dresser un piège à nos poursuivants et de les prendre par surprise.

Le regard perdu, Herr Wolf ponctuait ses paroles de brefs et violents soubresauts des mains. Brumm soupira. Cet homme était parfaitement égocentrique. Quel que fût le sujet, il était le centre autour duquel tournait tout le reste. Jamais un doute, jamais une révision déchirante. A le voir, on se demandait comment quelqu'un de si insensé avait pu diriger l'Allemagne.

Quand la table eut été débarrassée, un moine plus âgé se présenta. Une cicatrice lui zébrait le visage de l'œil à la bouche.

– Bienvenue parmi nous. Vos références sont en ordre. Je dois poser une question à chacun de vous. (Il commença par Brumm.) Êtes-vous catholique?

– Oui.

– Et vous?

– Oui, cela va de soi! marmonna Herr Wolf dans son bandage. J'ai reçu une éducation catholique. J'ai même envisagé d'entrer au séminaire!

– Fort bien! dit le prêtre sans la moindre émotion. La foi n'a pas de frontières politiques. Il est de l'histoire de l'Église catholique universelle de donner asile à toutes ses ouailles, quelle que soit leur nationalité d'origine.

– Nous en sommes reconnaissants, mon père! dit Brumm en s'émerveillant de la comédie qui se jouait devant lui, étant donné que cet homme devait connaître la vérité.

– Je ne vous demanderai pas qui vous êtes ou qui vous étiez. Vous avez fait appel à l'Église dans les temps difficiles, et l'Église vous tend une main secourable. Nous sommes tous les enfants de Dieu, béni soit

Son saint nom. Demain, un autocar vous emmènera à Gênes, où vous embarquerez. Si je ne puis rien de plus pour vous, bon voyage, et que Dieu soit avec vous. (Le vieux prêtre se haussa lentement et leva la main.) Au nom du Père, du Fils et du Saint-Esprit, amen.

Il faisait encore nuit quand on les réveilla. On leur donna des frocs et des sandales très usagés, puis ils mangèrent dans leur cellule. Un peu plus tard, ils se joignirent à la file indienne qui descendait en serpentant jusqu'au pied du mont Poli, où de vieux autocars attendaient. Brumm choisit celui qui avait encore une banquette libre à l'avant, derrière le siège du chauffeur. Il y fit monter Herr Wolf en lui disant de garder la tête baissée, puis il regarda impatiemment les autres émigrants prendre place, certains en robe, d'autres non. Il aurait aimé qu'ils se hâtent. Pour se calmer, il tapotait son arme sous la bure.

128. 28 avril 1946, 7 heures 10.

Ils furent de bonne heure sur le quai. La zone d'embarquement avait été clôturée, et un certain nombre de *carabinieri* se pavanaient, arme à la bretelle. Près de l'arrière du navire, des hommes, torse nu, faisaient monter lentement, sur une passerelle étroite, des chariots chargés de gros ballots de toile de jute.

Le plan de Valentine était simple.

– Prends-moi dans tes bras, dit-il à Ermine.

Elle fit des yeux ronds.

– Ça ne va pas?

– Fais ce que je te dis!

Il n'avait pas l'air de plaisanter.

– Ils s'embrassèrent un bon moment puis, bras dessus, bras dessous, se rapprochèrent des dockers. Valentine enlaça de nouveau Ermine avec énergie. Tout en l'embrassant, il lui passait consciencieusement la main dans le dos, et les hommes réagirent comme il l'espérait, par de grands sifflements goguenards et admiratifs. Il souleva Ermine et la fit asseoir en haut d'une pile de palettes de bois. Il murmura :

– Montre-leur tes jambes.

Puis il lança au docker le plus proche :

– Quel beau temps, hein?

– Pour toi, oui! lui retourna l'homme. Nous, on n'a que le chargement à se faire! précisa-t-il avec un certain geste manuel de complicité masculine.

– C'est ma petite sœur, fit Valentine.

– Elle est gentille! plaisanta un autre homme. Tu es verni! Moi, mes sœurs, elles ont des têtes de chien et elles m'embrassent sur les joues!

– Quand tu as la culotte en bas! railla un autre.

Plus Ermine relevait sa robe, plus les hommes approchaient. Ils formèrent bientôt un petit groupe compact près des Américains. Ermine se sentait à la fois gênée et excitée sous les regards.

– C'est un gros bateau! fit Valentine avec admiration.

– On en charge des plus gros que ça! dit l'un des dockers. Deux ou trois fois plus gros que ce petit poisson rachitique!

Valentine remarqua l'air autoritaire d'un costaud qui avait d'énormes avant-bras et un tablier de cuir jusqu'aux genoux.

– C'est toi qui commandes? lui demanda-t-il.

– Non, le chef est à l'avant, il s'occupe d'arrimer la cargaison. Par grosse mer, avec un rafiot pareil, ça valdingue si on ne fait pas gaffe.

– Transporte quoi?

– Surtout des émigrés!

– Nous n'avons jamais vu l'intérieur d'un bateau, déclara Valentine.

– Rien de spécial à voir!

– Vous pensez que nous pourrions y faire un petit tour? (Il clignait de l'œil au bonhomme.)

– On se ferait virer par le chef. On trouve pas du boulot comme ça, par les temps qui courent!

Valentine lui fit signe de venir plus près, en glissant un épais rouleau de lires à travers le grillage.

– Pour le dérangement... Elle est mariée, murmura-t-il. Ce ne sera pas long et on ne se fera pas remarquer.

Le docker ne regarda pas l'argent, mais il referma la main dessus et le fourra dans une poche sous son tablier.

– Si vous vous faites prendre dedans, je ne vous ai jamais vus. (Il se pencha davantage vers Valentine en se léchant les lèvres.) Les gars, là, dit-il avec un hochement de tête, ils aimeraient bien regarder...

Valentine sourit.

– Elle n'a pas trop l'habitude... Laissez-moi le temps de la chauffer un peu, d'accord?...

– Droit par là, il y a une échelle et un sabord. Ça te mène au pont 1. Tu verras des cabines, tu prends celle qui est marquée B.

Il cligna de l'œil à son tour et s'écarta pour leur ouvrir la grille. Au passage d'Ermine, l'un des hommes lança la main. Elle se déroba avec un sourire coquin.

Dans la cabine, Valentine tourna le verrou et défit sa chemise. On étouffait de chaleur.

– Qu'est-ce qu'on fait? demanda Ermine avec une pointe d'anxiété.

– D'abord on baise, ensuite on essaie de s'intégrer.

Il la fit se retourner, dégrafa sa robe et la poussa doucement sur l'étroite couchette. Quand ils s'enlacèrent, il entendit qu'un hublot s'ouvrait au-dessus d'eux.

129. 28 avril 1946, 13 heures 30.

Habillés en prêtre et en religieuse, Ezdovo et Talia se mêlèrent à la foule et attendirent leur tour à la passerelle. Père Grigory était allé reconnaître le terrain. Des barrières de bois, semblables à celle qu'on utilise pour parquer les bêtes, délimitaient la zone d'embarquement des émigrés. A l'intérieur, les gens semblaient abandonnés à eux-mêmes jusque dans le transport des bagages. Il n'y avait aucune priorité, on montait à bord quand on parvenait au pied de la passerelle. A l'extérieur, une poignée de carabiniers cherchaient plus ou moins à canaliser l'entrée de la foule. Parmi les voyageurs, on entendait parler différentes langues, mais rarement l'italien.

Le contrôle d'accès se montrant coulant avec les religieux, les deux Russes franchirent les barrières sans grande difficulté. En attendant de pouvoir embarquer, ils s'ignorèrent l'un l'autre, chacun gardant les yeux sur cette masse de gens en effervescence.

Petrov avait été fort explicite : repérer le fameux couple mais, cela fait, n'entreprendre aucune action tant que le bateau n'aurait pas pris la mer.

Une fois à bord, ils gagnèrent immédiatement l'arrière du pont principal. Leur plan était de se retrouver toutes les heures au même endroit, leur première tâche consistant à reconnaître le bateau de fond en comble.

Descendu pour commencer par les entrailles du navire, Ezdovo fut heureux de voir qu'il n'y avait pas plus de deux panneaux d'accès au compartiment machines. Le moment venu, cela faciliterait les choses.

Talia visita d'abord les cabines situées au-dessus du pont principal. Le moindre réduit était bourré de passagers, tous d'humeur sombre. On ne retrouvait nulle part la joie qui accompagne généralement les départs en bateau. Chacun observait ses compagnons de cabine avec méfiance. Une tension quasi palpable régnait à bord.

Les deux Russes se retrouvèrent à l'arrière après un premier tour de circuit. Accoudés au bastinage, ils échangèrent leurs impressions en regardant la bousculade créée au pied de la passerelle par l'embarquement en file indienne.

– Ce n'est pas possible! dit Talia. Il n'y a pas de liste, aucune affectation de cabine. On ne va pas les retrouver dans cette cohue. On n'aura pas le temps!

– Brumm tranchera, dit tranquillement Ezdovo. Il est grand. N'oublie pas que c'est un officier de commando, que tu cherches! Il ne passera pas inaperçu. Tu sais bien à quoi ça ressemble.

Elle se sentit immédiatement rassérénée. Même en habit de moine, le colonel avait peu de chances de donner le change.

Lorsqu'ils se séparèrent, leurs mains se touchèrent brièvement.

130. 28 avril 1946, 14 heures 15.

Quand les passagers commencèrent à embarquer, Valentine et Ermine montèrent se mêler à eux sur le pont supérieur. Il ne semblait pas y avoir beaucoup d'hommes d'équipage et ceux qu'ils rencontrèrent ne firent pas attention à eux. Les marins ont une grande habitude de la confusion qui préside aux appareillages, et Valentine comptait sur la pagaille, malgré le caractère exceptionnel de cette cargaison humaine, pour garder les coudées franches et l'anonymat.

Il avait toujours su jauger les êtres avec rapidité et précision. Dès l'enfance, et même au sein de groupes importants, il perçait tout de suite à jour les individus comme s'ils irradiaient une espèce d'énergie détectée de lui seul. Or l'impression que lui donnaient ces passagers n'était pas bonne. Il ne percevait rien d'autre chez eux qu'un sentiment accablant de malveillance et de peur. De toute sa vie, il n'avait jamais rien éprouvé de semblable, et cela le rendait nerveux.

Pendant la phase d'embarquement, une seule personne l'intéressa en particulier : une bonne sœur assez grande, de type slave, très féminine, qui se déplaçait avec la souplesse de l'athlète qu'elle avait sûrement été à une époque ou une autre de sa vie. Quelque chose d'intense et d'implacable émanait d'elle, mais il n'y sentait rien de mauvais. Elle passa devant lui à plusieurs reprises, et il estima qu'elle cherchait quelqu'un, soigneusement et méthodiquement.

Ermine trouva un transat, et Valentine lui dit de guetter un homme grand et fort, « l'air d'un joueur de foot », pendant que lui se baladerait ici et là. Il n'avait que la description de Skorzeny pour imaginer Brumm.

– Qu'est-ce que je fais si je le vois?

– Tu le suis.

Quand il revint après avoir circulé sur le pont-promenade, Ermine était debout. Elle lui fit tout de suite de grands gestes, l'air très excitée:

– Je l'ai vu!

– Brumm?

– Je crois que oui! Il est arrivé par la coursive dès que tu es parti!

– C'était Brumm?

– En tout cas, il était vraiment grand! Des épaules comme toi! fit-elle en écartant largement les mains.

– Seul?

– Je ne saurais pas dire. Il dépassait tout le monde, c'est comme ça que je l'ai vu. Il est passé par là.

Elle lui montrait une double porte ouverte, canalisant les passagers vers un grand salon. Elle l'y entraîna, jusqu'à une bouche d'escalier métallique en spirale.

– Ensuite, il est descendu par là.

Valentine la prit par le bras.

– Tu te rappelles comment nous sommes montés à bord?

– Bien sûr!

– Parfait. Débarque par le même chemin. Tout de suite.

Elle fit la grimace.

– Pas question! Je reste avec toi!

Mais, à en juger par le regard de Valentine, c'était une bataille perdue d'avance. Elle lui jeta les bras autour du cou et l'embrassa sur la joue.

– Je me rends, dit-elle. Pour cette fois!...

Quand elle fut sur le quai, elle se retourna et vit Beau appuyé à un bastingage. Il pinça les lèvres, lui adressa un petit signe de tête accompagné d'un clin d'œil et disparut. Elle ne se sentit pas très bien.

131. 28 avril 1946, 14 heures 20.

Brumm et Herr Wolf gravirent la passerelle d'embarquement et s'ouvrirent un chemin dans la foule des passagers déjà embarqués. Brumm devant, bien sûr, Herr Wolf derrière, agrippé à sa robe de moine. Ils mirent vingt minutes à trouver une cabine. La pièce avait déjà des occupants : deux hommes, une femme et une fillette. Brumm s'avança, les regarda et dit :

– Dehors!

L'un des hommes protesta :

– Ce n'est pas vous qui commandez!

Brumm le saisit aux cheveux, l'arracha de son siège et lui enfonça le canon de son automatique dans la joue.

– C'est ça qui commande, et ça ne répète pas les ordres!

Il poussa l'homme vers la porte. Les trois autres personnes étaient déjà parties.

Le visage toujours bandé, le regard baissé, Herr Wolf n'avait pas cessé de se cacher derrière Brumm.

Celui-ci ferma immédiatement la porte au verrou et tira le rideau sur le hublot. Puis il vérifia encore une fois qu'il y avait un chargeur dans son automatique. Il déposa l'arme à portée de sa main sur une petite banquette. Pendant ce temps, Herr Wolf avait cherché refuge dans le coin le plus sombre de la cabine. Recroquevillé sur une couchette, les mains serrées entre les genoux, il avait l'air d'un enfant effrayé. Il s'endormit en quelques minutes.

Le colonel regarda sa montre. On n'allait pas tarder à lever l'ancre.

132. 28 avril 1946, 15 heures 45.

Le bateau sur cale était peint en noir et ne portait aucune inscription. Pendant la guerre, il faisait partie du dispositif de défense côtière de la marine italienne. Il filait quarante nœuds et avait été équipé de réservoirs supplémentaires. Si tout se passait bien, il permettrait de gagner Alger, où un avion attendait.

Bailov à la barre, Petrov avait pour équipage Rivitsky, Gnedin et Grigory revenu confirmer que l'embarquement d'Ezdovo et de Pogrebenoi s'était bien passé. Le prêtre semblait enchanté de son enrôlement dans le Groupe d'opérations spéciales.

Pas besoin de calculer un cap. On suivrait le navire à vue. Pour l'aborder, on attendrait qu'Ezdovo et Pogrebenoi aient fait leur travail.

Quand *Il Pesce Bianco* eut doublé l'entrepôt, en début d'après-midi, le petit bateau fut lancé sans ménagement. A flot, Bailov régla le moteur juste au-dessus du point mort, en tendant l'oreille au murmure des hélices.

Après un grand arc de cercle pour quitter le port, le petit poisson noir commença à rouler lentement sur la houle de travers venue du large.

133. 28 avril 1946, 20 heures.

Talia rageait de ne pas trouver Brumm. Où qu'elle aille, elle voyait peu d'hommes aussi grands qu'elle, et aucun de la stature de Brumm. Elle finissait par avoir l'impression que tout le monde se ressemblait. Une odeur de vomi se répandait dans les couloirs. La mer était relativement calme mais le bateau trépidait à longueur de lame, et les estomacs fragiles, obéissant à la nature, provoquaient des réactions en chaîne.

Valise sous la tête en guise d'oreiller, partout des gens sur les ponts. Le chaos régnait sur ce navire dangereusement chargé au-delà de sa capacité. A peine deux cents personnes auraient trouvé place dans les canots de sauvetage que compta Talia, et les coffres de bouées et de gilets disparaissaient sous des monceaux de bagages. On était à bord d'une catastrophe flottante.

Après l'un de ses rendez-vous horaires avec Ezdovo, Talia descendit dans les ponts inférieurs, qu'elle parcourut lentement dans l'enchevêtrement des corps et des jambes. Elle ne remarqua rien de particulier sinon que, maintenant, on n'entendait plus d'autre langue que l'allemand. Dialectes variés, mais allemand tout de même. Tous ces gens étaient en mer, dans les eaux internationales, sous statut diplomatique. Quelque peur que les nazis aient ressentie pendant les heures d'embarquement, elle s'était envolée. L'arrogance ouverte de quelques-uns d'entre eux choquait la jeune femme et lui donnait envie de leur crier la vérité pour les voir s'affoler.

Sur chaque pont, Talia s'efforçait de regarder dans les cabines par les hublots. Dans l'une d'elles, elle aperçut un homme de grande taille mais elle n'eut pas le temps de l'examiner : ce fut lui qui la vit, elle, et qui tira le rideau. Tout le monde se méfie, pensa-t-elle. A vrai dire, il y avait de quoi.

Le bateau plongeait sous le poids de sa cargaison. En se retenant au bastingage, à bâbord, on sentait les moteurs vrombir à travers les tôles mal assujetties. Elle se demanda où étaient Petrov et les autres. Elle regarda en mer vers l'arrière, et ne vit que l'obscurité. Elle s'était rarement sentie aussi seule.

Elle retrouva Ezdovo, qui fumait sur tribord. Elle s'assit en se laissant glisser et, pour l'inviter à venir la rejoindre, tapota le sol à côté d'elle.

– Toujours rien? lui demanda-t-elle avec anxiété.

Leurs jambes se touchaient. Elle se rapprocha encore, sans souci d'être vue. Ezdovo fronça les sourcils, fit les gros yeux:

– Conduite déplacée, pour une bonne sœur!

– Je n'ai pas fait vœu de chasteté, même pour le parti.

– Pourtant, sacerdoce ou pas, on dirait que c'est notre destin!

– Rien n'est éternel, dit Talia.

– Sauf ce bateau d'enfer! Je l'ai parcouru d'un bout à l'autre et de haut en bas. Je n'arrive pas à comprendre qu'on ne trouve pas Brumm. Il y est forcément.

– Peut-être que non.

– Mais si, j'en ai le crâne qui me démange, ils y sont! C'est une question de logique.

– Oui, celle de Petrov.

– La mienne aussi, dit Ezdovo. Petrov raisonne comme il faut.

– Vous vous raccrochez peut-être désespérément à un semblant d'espoir.

Il la regarda bien en face et déclara froidement:

– Je ne compense pas une erreur par une autre.

Il se reprochait toujours d'avoir perdu la piste dans la montagne. Talia lui demanda:

– Que se passe-t-il si on ne les trouve pas?

– On va jusqu'à Santiago et on y attend les instructions de Petrov. Pas d'autre solution.

– Une grande traversée, ce n'est pas si désagréable que ça... Des vacances...

Elle appuya la jambe, il appuya la sienne.

– Là, par terre?

Ils rirent ensemble.

– L'ennui, reprit-elle sérieusement, c'est que je commence à leur trouver tous la même tête. Qu'allons-nous faire, chercher cabine par cabine?

– S'il le faut, oui.

– Je suis fatiguée... (Elle s'approcha encore plus.)

– Je voudrais te dire quelque chose, fit-il doucement. Quand tout cela sera fini, je veux retourner dans ma Russie avec toi. C'est loin de Moscou, à un monde de distance, un pays de neiges, de montagnes, de lacs... beaucoup de lacs...

Elle lui serra le bras et, l'espace d'un moment, blottis l'un contre l'autre, ils rêvèrent de l'avenir.

Mais ce genre de pensée ne pouvait pas durer. Il leur fallut se séparer pour reprendre les recherches. Talia n'avait pas fait trois pas qu'elle réalisa brusquement. L'évidence de la chose lui fit agripper le bastingage et elle dut respirer profondément.

– Je l'ai vu!

Son regard étincelait comme le jour où ils avaient failli s'écraser dans le Harz.

– Brumm?

Elle acquiesça énergiquement.

Le hublot était toujours obturé.

– Il est là-dedans! fit Talia.

– Seul?

– Je n'ai vu que lui. Pas le temps pour autre chose.

Ils firent le tour en comptant les hublots. Dans le couloir, juste en face de la cabine en question, une petite fille brune en robe chasuble bleu marine suçait son pouce dans les bras d'une femme d'un certain âge.

– Je peux vous parler? murmura Talia.

– C'est ma nièce, dit la femme. Sa mère est morte. Son père – mon beau-frère – aussi. Il ne reste plus que nous.

– Comment tu t'appelles? demanda Talia à la petite.

La tante répondit à sa place:

– Franziska.

– Tu as une très jolie robe.

– C'est ma neuve! dit joyeusement l'enfant, d'une voix cristalline.

Talia se tourna vers la femme et lui demanda doucement, en montrant la porte:

– Qui est dans cette cabine?

134. 28 avril 1946, 20 heures 20.

Si Ermine avait vraiment vu Brumm, il devait bien se trouver quelque part à bord. Valentine commença ses recherches par les soutes. Elles étaient sombres et il pouvait prendre son temps. Dans le compartiment arrière, il tomba sur six cercueils alignés côte à côte.

Il retourna voir ce que faisaient les hommes d'équipage. Ils étaient occupés à manger.

Revenu aux cercueils, il se mit au travail sans se soucier du bruit. Les moteurs n'étant pas loin, un vacarme assourdissant régnait dans la soute.

Il força le couvercle du premier cercueil. C'était plein d'armes à feu enveloppées de chiffons, généreusement graissées. Non sans transpirer, il ouvrit les autres, un à un. Quatre cercueils contenaient des armes. Le cinquième, de la paperasse. Le dernier, des petites boîtes à bijoux et des toiles de maître soigneusement roulées.

Recherches terminées, Valentine remonta sur un pont-promenade. Il avait besoin de fumer une cigarette à l'air libre. En toute certitude, il savait maintenant que sa théorie du cadavre de Hitler était une erreur. Ce qu'il cherchait, c'était le Führer en personne.

135. 28 avril 1946, 22 heures 20.

Les deux Russes avaient pris position aux deux extrémités du petit passage desservant la cabine de Brumm. Il importait de savoir si le colonel SS allait ou non s'aventurer hors de son repaire. Au cours de ces deux dernières heures et demie, rien ne s'était passé.

Ezdovo se fraya un passage entre les corps endormis et rejoignit Talia. Il leva sa montre.

– C'est l'heure. Ils n'ont aucune envie de bouger. C'est leur première nuit hors frontières, ils se méfient toujours.

– Et s'ils changent d'endroit pendant que nous arrêtons le bateau? s'inquiéta-t-elle.

– C'est un risque, mais nous avons du travail pour deux. Brumm peut s'alarmer d'une avarie de machines sur un vieux rafiot comme ça, mais je ne vois pas ce qu'il pourrait faire. Il a une bonne planque pour le moment, et il ne va pas l'abandonner si vite. De toute façon, une fois que tu auras fait ce qu'il faut, tu devras te dépêcher de revenir ici surveiller la porte, au cas où ils décideraient de sortir. Sers-toi de ton arme pour les forcer à rentrer. Il s'agit de les immobiliser jusqu'à ce que le reste de l'équipe monte à bord. Ils ne peuvent sortir que par là, ça nous donne l'avantage.

– Et on ne peut entrer que par là, ça leur donne l'avantage! fit Talia sans plaisir.

Elle savait ce qu'est un assaut frontal.

Leurs mains se joignirent et elle l'embrassa sur la bouche, sa langue se faisant lente et légère.

– Je t'aime, dit-elle.

Il répondit d'une pression de la main.

Ils se séparèrent, Ezdovo descendant à fond de cale, Talia montant au sommet du bateau.

A un homme d'équipage qui parlait italien, elle demanda si on pouvait visiter la passerelle. En tant que catholique, déclara-t-il, il n'avait rien à refuser à une bonne sœur, surtout si belle!...

Le capitaine se montra d'abord contrarié par sa présence, mais Talia eut tôt fait de le charmer. Elle se retrouva dans le propre fauteuil du skipper, une tasse de darjeeling à la main. Elle posa toutes sortes de questions sur la marche du navire mais n'écouta guère les réponses.

Avec elle dans la timonerie, il y avait un matelot, le capitaine, le second, et un steward en veste blanche défraîchie qui lisait un journal dans un coin. Elle calcula peu à peu son attaque.

136. 28 avril 1946, 22 heures 30.

Dans le passage conduisant aux écoutilles de la salle des machines, Ezdovo trouva une barre à mine et un rouleau de gros fil de fer. Il s'en servit pour condamner de l'extérieur l'écoutille arrière, puis il entra par l'écoutille avant. Il avait quatre petites bombes de gaz mortel dans les poches.

Assis près d'une batterie de soupapes, sur la plate-forme, un marin torse nu, trempé de sueur, fumait une cigarette turque. Il se leva immédiatement à l'entrée d'Ezdovo. Sa moustache lui tombait sous le menton, et il avait un anneau d'or passé dans l'oreille droite.

– On ne peut pas venir ici! cria-t-il en grec dans le hurlement des moteurs. C'est interdit! Sortez!

– Je ne comprends pas, cria Ezdovo en allemand.

– *Kein Deutsch!* cria l'homme. *English?*

– Un peu, fit Ezdovo en montrant « un peu » entre le pouce et l'index.

– Remontez! cria l'homme avec un drôle d'accent.

Ezdovo négligea l'injonction. Il montra les compteurs, les manettes:

– C'est ça qui fait marcher le bateau?

– Oui, ça fait marcher!

L'homme commençait à s'énerver. Ezdovo s'approcha.

– Ça en bas, bateau arrête? En haut, bateau marche?

L'homme acquiesça, exaspéré. Fouinards d'Allemands! Celui-là, il allait lui donner un semblant d'explication et s'en débarrasser avant que le chef mécanicien vienne faire des histoires. Il fit le geste:

– Comme ça. En haut, marche. En bas, stop.

– En bas, stop! répéta Ezdovo en souriant comme un demeuré.

Puis il tua le moustachu d'une balle dans la gorge.

Il gagna le bord de la plate-forme. Il y avait des hommes en bas, tous absorbés dans leur travail. Il enfila un masque à gaz, serra les lanières. Il jeta les bombes. Un seul mécano les entendit claquer. Comme il levait la tête, Ezdovo le tua. Dans le vacarme, il n'entendit même pas tousser le silencieux, mais il sentit le pistolet tressauter dans sa main. L'homme était tombé en arrière dans une zone d'ombre. On ne voyait que ses jambes agitées de spasmes.

Le Sibérien resta immobile au bord de la plate-forme jusqu'à ce qu'il n'y ait plus aucun homme debout dans la salle des machines. Le gaz mit deux minutes pour agir. Il laissa l'aiguille des secondes faire encore un tour complet au cadran de son bracelet-montre avant de tendre la main vers les manettes. Quand il eut baissé le levier, les moteurs se turent en quelques secousses, le navire ralentit et, ses hélices ayant cessé de tourner, il fit une embardée et se mit à dériver.

137. 28 avril 1946, 22 heures 35.

Cheveux blancs, gros nez aux veinules saillantes, le capitaine faisait signe au steward de resservir du thé à Talia quand les trépidations qui faisaient vibrer les ponts cessèrent brusquement.

Le capitaine se mit aussitôt à vociférer dans un tube en forme d'entonnoir.

– Il y a quelque chose qui ne va pas? demanda candidement Talia.

– Rien de grave, ma sœur. Un petit ennui à la salle des machines, pas de quoi s'inquiéter. C'est une bonne vieille barcasse mais elle nous fait quelquefois des caprices. Les maîtresses femmes grecques, vous savez... ajouta-t-il avec un sourire forcé.

Il avait tout de même l'air secoué.

– Il vaudrait peut-être mieux que je m'en aille?

– Oui, cela vaudrait mieux, vous pourrez revenir un peu plus tard...

Sous prétexte de dire au revoir, elle marqua une pause à la porte pour évaluer une dernière fois la situation. Une fois dehors, elle sortit son revolver, vérifia que le silencieux était bien ajusté et, tenant l'arme canon en l'air, une main soutenant l'autre, elle respira profondément, souffla lentement.

Ayant arrêté son ordre d'attaque, elle rentra dans la timonerie et visa le steward. Elle le tua le premier parce qu'il était le plus à l'écart. Ensuite elle pivota légèrement et abattit les trois autres en partant de la droite, à peine à quelques pas de distance, en tenant l'arme à deux mains et en actionnant chaque fois la détente entre les deux index, les yeux très grands ouverts. Les deux premiers tombèrent immédiatement sous l'impact, mais l'officier en second eut la force de se jeter vers une écoutille latérale. Elle l'acheva d'une deuxième balle, celle-ci derrière la tête, puis rechargea rapidement.

Elle trouva vite le feu de détresse, à l'extérieur de la passerelle. En bas, sur le pont, des passagers levèrent la tête pour la regarder arracher la housse et tourner le commutateur. Le dispositif produisit un fort sifflement quand la lumière jaillit. Elle bascula plusieurs fois la manette d'interruption et attendit. Tout au fond de la nuit, sur bâbord arrière, la réponse ne se fit guère attendre.

Revenue encore à la porte de la timonerie, Talia ôta la goupille d'une grenade fumigène qu'elle fit rouler au sol à l'intérieur. Puis elle descendit rapidement l'escalier, chercha un homme d'équipage.

– Il y a de la fumée là-haut!

Le marin la regardait sans comprendre. Elle l'entraîna dans l'escalier pour lui montrer. Il termina l'ascension précipitamment, tandis qu'elle redescendait en courant jusqu'au deuxième pont tout en se débarrassant de son costume.

Elle avait le cœur battant en prenant l'escalier des cabines. En bas, dans le corridor desservant celle de Brumm, les gens dormaient toujours par terre et personne ne semblait se rendre compte que le bateau n'avançait plus.

138. 28 avril 1946, 22 heures 38.

Bailov contrôlait parfaitement la vitesse et la direction. Petrov lui faisait maintenir la vedette à quarante-cinq degrés du sillage du grand navire, un kilomètre en arrière, comme un requin dans l'attente de son repas.

– Ils ont peut-être des difficultés, dit père Grigory.

Petrov et lui étaient en train de boire du thé dans l'étroite cabine. Le prêtre portait une sorte de bleu de travail délavé à grosses rayures, étoile de David jaune à la poitrine. La poignée d'un petit pistolet dépassait d'un holster de cuir fixé sous son bras droit.

La mer restait calme et, du fait que le navire avait pris une vitesse de croisière de huit nœuds en obliquant à l'ouest, la « poursuite » ne présentait aucune difficulté.

Droit devant, à l'horizon, un éclair illumina un amoncellement de nuages. Du haut de l'écoutille ouverte, Bailov cria, rassurant :

– Ça passe au-dessus, un petit grain, pas de problème!

Le prêtre demanda à Petrov :

– Et si le signal ne vient pas?

– On décroche et on file sur Alger. Quand ils arriveront à Santiago, nous y serons.

Mais, pour avoir repassé son plan dans sa tête un bon millier de fois, Petrov ne doutait pas que le signal viendrait.

– A condition que ce tas de rouille grec ne coule pas entre-temps! dit allègrement Grigory en versant une bonne rasade d'alcool dans son thé.

Ligaturant amorces et détonateurs télécommandés, Gnedin et Rivitsky s'affairaient sur de petits pains de *plastit*. Le prêtre leur fit la grimace :

– Ne me demandez pas de rester longtemps si près de l'éternité!

Petrov rassembla son monde pour passer en revue le plan d'action, une fois de plus. Ils attendraient le signal signifiant qu'Ezdovo avait gazé la salle des machines et stoppé les moteurs. Le navire étant devenu inerte, ils monteraient à bord et se saisiraient de leur homme. C'est-à-dire que Petrov, Grigory et Rivitsky monteraient à bord, Gnedin restant à la barre, gaz maintenus, à proximité. Pendant la phase d'abordage, Bailov, qui était vêtu d'une combinaison de plongée bleu nuit, fixerait les charges à la coque sous la ligne de flottaison. Ensuite, en s'éloignant, mission accomplie, ils feraient ce qui devait être fait. Les rares survivants raconteraient que des Juifs étaient montés à bord pour enlever un passager.

– Camarade Petrov! intervint Grigory en tendant le bras vers l'avant, le doigt pointé. N'est-ce pas ce que nous attendons?

Un point de lumière clignotait dans la nuit.

139. 28 avril 1946, 22 heures 40.

Dès qu'il remarqua que le sol avait cessé de vibrer, Brumm se crispa et attrapa son pistolet. Il se leva et écarta le rideau. Il faisait nuit mais les gens, dehors, s'attroupaient sur le pont. Il ouvrit le hublot et demanda :

– Que se passe-t-il?

– On dirait que les moteurs se sont arrêtés, répondit quelqu'un en allemand. Il fallait s'y attendre, avec cette épave conduite par des Grecs!...

Brumm ferma le hublot et s'assit sur sa couchette. Herr Wolf remua dans son sommeil, produisit une sorte de claquement avec les lèvres et se tourna de l'autre côté.

140. 28 avril 1946, 23 heures.

Les moteurs étaient arrêtés. Le personnel des machines était mort, et quiconque entrerait dans la salle mourrait rapidement. Il s'agissait d'un gaz allemand, inodore et incolore, entraînant la mort par insuffisance respiratoire en moins de deux minutes, d'après Gnedin. Il avait été découvert dans un camp d'extermination nazi, dans l'est de la Pologne. Toujours pratiques, les Russes l'avaient testé sur les gardiens SS blessés lors de la prise du camp. Différents masques ayant été essayés, deux types de filtre protecteur s'étaient révélés efficaces. Par le canal du SMERSH, via Moscou, Petrov avait été informé à Berlin de l'existence de ce gaz, à la suite de quoi il avait envoyé Bailov en chercher.

A Gênes, en attendant d'embarquer, Ezdovo avait vu que des marchandises étaient chargées directement par une grande coupée ouverte au-dessus de la ligne de flottaison, et à la hauteur de laquelle il y avait une petite plate-forme permanente attenante à la coque. Il avait indiqué à Grigory de conduire l'abordage par là, le moment venu. Il y attendrait l'équipe.

A bord, il avait repéré en temps utile l'itinéraire le plus rapide pour gagner cette plate-forme, par la soute.

Il ouvrit la coupée à toute volée. Il prit pied sur la plate-forme en se retenant fermement à la rambarde, et vit tout de suite venir la forme noire de la vedette dressée haut sur l'eau par la vitesse. Il prit sa lampe-torche et signala sa position au moyen d'un code en usage dans le groupe. Et il n'eut pas de mal, malgré la houle qui faisait rouler le navire, à envoyer l'échelle de coupée articulée sous la plate-forme.

La vedette projeta une gerbe d'écume grise en virant sèchement pour venir mourir en douceur contre la coque, gaz inversés. Petrov fut le premier sur l'échelle, fusil automatique paré à tirer. Il portait des vêtements usagés à rayures verticales grises et mauves : l'uniforme des prisonniers des camps de concentration nazis. Ezdovo en avait déjà vu, mais jamais sur quelqu'un de vivant.

Grigory et Rivitsky apparurent à leur tour sur la plate-forme. Les quatre hommes traversèrent les soutes et montèrent vers les ponts par une série d'échelles. Petrov avait opté pour l'assaut frontal, la surprise en constituant l'élément décisif.

Ils passèrent en courant devant des passagers abasourdis, à demi endormis. Ils entendirent des cris. Ils ne cachaient pas leurs armes, mais ils allaient si vite que les personnes enjambées réagissaient comme devant des fantômes.

Sur le pont 2, Talia couvrait le couloir des cabines. Dès qu'elle vit Petrov, elle brandit son pistolet. Elle lui indiqua :

– Troisième porte à droite.

Petrov marqua une pause. Grigory s'adossa à la cloison pour prendre position à la place de Talia, qui se posta derrière Ezdovo, en léger décalage avec un Rivitsky haletant après le brusque effort de la course. Petrov venait en dernier. On attendait son ordre.

– Vivant! rappela-t-il.

Sur un seul coup de feu dans la serrure, Ezdovo enfonça la porte d'un seul coup d'épaule, et le trio se jeta dans la pièce, armes braquées à la taille. Brumm lâcha un coup de feu qui atteignit Rivitsky à la cuisse et le fit culbuter. Ezdovo et Talia avaient tiré ensemble. Touché aux deux épaules, Brumm s'abattit en avant.

– Suffit! ordonna Petrov.

Il reconnut Hitler immédiatement. L'homme essayait de se tenir à l'écart, les yeux baissés, le visage dissimulé, mais l'erreur était impossible. La moustache avait disparu, les cheveux étaient moins foncés et coiffés différemment, mais c'était lui.

Par terre, les bras inertes le long du corps, Brumm se servit de ses jambes pour se retourner sur le dos, afin de voir les assaillants.

– Je vous félicite, colonel, dit Petrov. Vous êtes un homme insaisissable. Je salue votre habileté.

L'officier SS grimaçait en respirant lentement. Petrov se tourna vers l'autre :

– Adolf Hitler, je vous arrête au nom du peuple russe, sur autorité de Joseph Staline, chef suprême de l'Union des républiques socialistes soviétiques. Veuillez me suivre.

Ç'aurait pu être un gendarme de village arrêtant un voleur de poules. Pas de jubilation, aucune émotion dans la voix. Il ne faisait que son devoir.

– C'est une erreur! glapit Herr Wolf. (Il se retroussa la manche pour montrer à Petrov le tatouage de son avant-bras.) Regardez, je suis juif! Vous ne pouvez pas me traiter comme ça. J'ai souffert autant que vous tous! Vous devez m'aider, au contraire!

– Emmène-le, dit froidement Petrov.

Ezdovo attrapa l'individu par le bras et l'entraîna sans ménagement vers la porte de la cabine. Mais brusquement Herr Wolf se fit tout mou, ses jambes se dérobant sous lui, et il s'effondra en hurlant :

– Colonel Brumm! Ne les laissez pas faire! Arrêtez-les, c'est un ordre!

Petrov sortit de sa poche un petit paquet qu'il remit à Talia. Elle l'ouvrit, c'était une seringue toute prête. Elle fit jaillir un peu de liquide au bout de l'aiguille en demandant à Ezdovo de faire tenir le prisonnier tranquille. Elle n'avait pas encore piqué celui-ci qu'il poussait un long cri aigu de terreur tout en se vidant comme un nourrisson dans ses langes. L'odeur envahit immédiatement la pièce confinée. Après l'injection, Ezdovo maintint Herr Wolf immobilisé au sol en attendant que le produit fasse son effet.

Günter Brumm assistait à cela sans émotion. L'indignité de son chef lui agressait les oreilles et les narines. Il revoyait le Barbu plaqué sur la falaise, assumant d'une âme égale son serment à la SS et au Führer. Il se rappelait la chaleur de Gretchen dans ses bras. En âge, elle était à peine une femme, mais elle l'aimait encore pendant qu'il la maintenait sous les eaux de la caverne en regardant les dernières bulles d'air quitter ses poumons et crever la surface. Fidélité! Ciment et première vertu de la culture teutonne! Assez! Plus jamais! Il avait fait son devoir une fois pour toutes. Le Reich de mille ans était terminé, parti à la dérive sur la mer qui avait donné naissance à la civilisation. Ça tombe très bien, pensa-t-il. Il se sentait en paix avec lui-même. Il ne pouvait que sourire aux injonctions pathétiques de Herr Wolf.

Quand le groupe sortit de la cabine, les gens étaient bien réveillés.

– Des Juifs! lança une voix dédaigneuse.

Mais il se produisit un mouvement de recul devant Petrov, l'étoile de David, à sa poitrine, repoussant les passagers comme un crucifix les démons. En dépit d'eux-mêmes collectivement parlant, ces Allemands ne voulaient plus rien savoir de leurs propres tendances politiques et affiliations communes. Désormais ils étaient seuls, chacun pour soi, uniquement préoccupés de survivre. Il n'y eut aucune tentative d'intervention.

Petrov prononça le petit discours qu'il avait préparé :

– L'un d'entre vous dirigeait les camps où disparaissait mon peuple. Partout, les Juifs demanderont vengeance. N'oubliez jamais cela. Désormais les Juifs du monde entier seront unis. Et armés! Aujourd'hui, nous ne prenons que l'un d'entre vous, mais nous reviendrons. Fuyez tant que vous le pouvez! conclut-il sur un ton menaçant.

En tournant le coin du couloir, Valentine vit un homme armé d'un revolver. Il lui lança :

– Qu'est-ce que c'est que tout ce boucan?

– Ça ne te regarde pas! (C'était Rivitsky.) Fous le camp d'ici!

Valentine battit immédiatement en retraite mais s'arrêta derrière le coin et risqua un œil. Un autre homme et une femme armés entraînaient un individu inerte. Un autre comparse, plus petit, suivait. Celui que Valentine avait vu en premier vint en dernier, en tirant la jambe et en laissant une traînée de sang sur son passage. Pas moyen de distinguer le visage du prisonnier, qui avait la tête pendante. Le petit homme jeta en arrière, à l'intention de quelqu'un qui se tenait dans l'entrée d'une cabine :

– Finis-en!

Ezdovo et Brumm étaient restés seuls.

– Nous avons une grande admiration pour vous, colonel Brumm! C'est moi qui vous suivais. Le camarade Petrov vous tient pour un grand soldat et un homme de principes. Je dois vous informer que nous avons posé des charges explosives sous la ligne de flottaison, et que nous les mettrons à feu quand nous serons à distance de sécurité. Le camarade Petrov vous accorde la vie sauve à titre d'hommage professionnel. Vous disposez de quelques minutes. Faites vite si vous voulez vous en tirer.

– Vous ne craignez pas, dans ce cas, que je dise au monde qu'Adolf Hitler est vivant et entre vos mains?

– Mais qui vous croirait? répliqua Ezdovo avec un sourire. Et si on vous croyait, seriez-vous assez fort pour, vous, rester en vie? Les candidats ne manqueraient pas, qui voudraient se venger de l'homme qui les a dépossédés de Hitler. Nous ne redoutons rien de vous, colonel.

L'Allemand parvint à sourire. Le Russe avait raison.

Quand il se retrouva seul, Günter Brumm considéra ses possibilités. Une seule était raisonnable.

Il attendit, couché par terre sur le dos. Enfin libre.

141. 28 avril, 23 heures 25.

Valentine était sérieusement ébranlé. Que foutaient ces Juifs sur ce bateau? Qui était ce type qu'ils charriaient, dont il n'avait pas vu la physionomie? Se pouvait-il que ce soit?... Comment étaient-ils montés à bord, bonté divine? Quand le cortège fut passé, il s'approcha prudemment de l'entrée de la cabine et risqua un regard à l'intérieur. Il vit un homme allongé par terre. Brumm! Valentine sortit son automatique et entra.

L'Allemand leva la tête, perplexe.

– Qui êtes-vous?

Il fallait risquer le coup. Valentine montra patte blanche :

– OSS.

Brumm sourit, puis se mit à rire.

– Les Américains aussi? (Il en riait de plus en plus fort, au point que des larmes lui coulèrent sur les joues.) Trop tard, ami! Hitler est parti, et vos alliés russes ont miné le bateau. Nous allons tous mourir ici!

Le rire du colonel résonnait encore dans le couloir, que Valentine dévalait déjà les escaliers quatre à quatre vers le quartier des équipages. Il y avait des gens partout, nerveux comme du bétail avant l'orage, agités et ombrageux, mais pas encore en état de panique.

Il ouvrit un placard et s'empara de la seule brassière de kapok qui s'y trouvait. Il l'enfila aussitôt et serra les courroies tout en remontant en courant jusqu'au pont principal.

Un marin lui barra le passage :

– Mais qu'est-ce que c'est? Qu'est-ce que vous fabriquez dans cette zone?

Valentine le frappa au nez, du talon de la main, et sentit le cartilage qui cédait en remontant vers le cerveau. L'homme s'écroula sur le pont. Valentine l'enjambait déjà, tout en fourrant son pistolet dans sa ceinture pour escalader le bastingage, en haut duquel il se redressa et resta un moment en équilibre instable. Il lui fallait rassembler toutes ses forces dans les jambes et prendre un maximum d'appui.

Des passagers qui se trouvaient près de lui, sur le pont, l'attrapèrent par son pantalon. Une femme lui disait sur un ton apaisant :

– N'ayez pas peur, ils vont faire repartir les moteurs, tout ira bien, vous verrez! (C'était aussi le ton de l'absolue certitude.)

Les mains en coquille sur le bas-ventre, Valentine prit sa respiration et se projeta le plus loin possible.

Le choc fut rude, l'immersion profonde. Il refit surface comme un bouchon et se mit tout de suite à nager.

Il se lançait sans répit à l'assaut des longues lames, dans le vent salé, en ne reprenant de l'air que toutes les dix ou douze brasses.

Les explosions arrivèrent plus vite qu'il ne s'y attendait, sous forme de sons mats, étouffés, très peu spectaculaires. Mais le bruit et le choc portaient loin sur l'eau, et il sut que le bateau allait couler. N'arrête pas, nage! s'ordonna-t-il. Le big-bang se produirait quand la mer s'engouffrerait dans les chaudières chauffées à blanc.

Quand cela se produisit, effectivement, ce fut une énorme déflagration qui fit monter dans le ciel une boule de feu rouge et blanc. Une pluie de débris divers s'abattit sur lui pendant près d'une minute. Quand il y vit de nouveau quelque chose, le navire avait disparu. Et tout ce qu'on entendait, c'était quelques voix faibles qui appelaient à l'aide.

A force de scruter la surface, Valentine finit par distinguer une épave flottante, non loin. Il s'agissait d'un radeau plat, sans doute fait de liège, très bas sur l'eau mais stable, et il parvint à s'y hisser et s'y affaler.

On ne voyait aucun des survivants que l'on entendait. A un moment donné, un enfant hurla d'une voix perçante qu'il y avait « quelque chose » dans l'eau. Des requins, réalisa Valentine en remontant instinctivement les jambes pour essayer de faire tenir la totalité de son corps sur le radeau. Une curée frénétique allait bientôt avoir lieu.

Sachant toute recherche illusoire, il se laissa porter par le vent, une vague après l'autre, seul avec le terrible secret qu'il devrait garder pour le reste de ses jours.

Épilogue

142. 7 mai 1946, 13 heures.

Le convoi se composait d'une locomotive diesel noire, de quatre voitures Pullman avec plates-formes avant et arrière, et d'un fourgon de queue couleur rouille. Des fenêtres de tir trouaient les rambardes basses des plates-formes, au centre de chacune desquelles un large trépied portait un petit canon tchèque antiaérien, ces huit unités de DCA se nichant dans autant d'essaims de mitrailleuses américaines de 50 à refroidissement par air. En cas d'attaque venue du ciel, toutes les pièces étaient placées sur le convoi de façon à créer un mur de feu inabordable. A vrai dire, le train n'avait encore jamais été attaqué et, la guerre étant finie depuis longtemps, il y avait bien peu de risques que cela se produise. Mais Staline tenait fort à son train-forteresse personnel. Plus il y avait d'armements et de blindages autour de lui, mieux il se sentait.

Sélectionnés un par un, les soldats de la garde personnelle du nº 1 soviétique obéissaient instantanément à n'importe quel ordre, prêts à mourir pour protéger leur chef. Pour avoir négligé une seule fois de suivre la moindre directive d'un supérieur, on était fusillé sans plus de jugement que de commentaire. Perfection et routine allaient de front.

Ce 7 mai à 13 heures, au dépôt ferroviaire d'Odessa, ces hommes étaient déployés en défense circulaire autour du train blindé, aussi vigilants et déterminés que des combattants au bord d'un engagement. Sous un ciel bleu magnifique, un vent cinglant levait çà et là des tourbillons de poussière.

Le passager spécial était toujours sous neuroleptique. Le Dr Gnedin veillait personnellement sur lui depuis son enlèvement sur le bateau. Il le laissait rarement seul plus d'un instant dans son compartiment totalement vide et dépouillé, aux fenêtres obturées de plaques d'acier. Il n'y avait ni tapis ni mobilier. Le prisonnier ne devait pas espérer se suicider.

Petrov avait réuni les autres membres du Groupe d'opérations spéciales dans une petite construction de briques proche de la voie de garage. Ce devaient être leurs derniers moments ensemble car lui-même, Gnedin et le prêtre avaient seuls reçu l'ordre de rallier Moscou. La traversée jusqu'à la côte nord-africaine avait été rude, mais le transfert à l'avion n'avait posé aucun problème. Ezdovo avait piloté jusqu'à Odessa, Talia occupant le siège du copilote.

Ils attendaient patiemment un briefing de plus, adossés aux murs dans la pénombre. Les cinq Badges rouges étaient alignés par terre sur un linge blanc.

– Je rappelle à chacun de vous, commença Petrov sans préambule, que ce que vous avez accompli doit rester un secret d'État. Vous connaissez tous la sanction immédiate que vous vaudrait une entorse à votre serment de silence. (Il marqua une pause.) Nous avons fait ce qui nous était demandé. Je ne sais pas si nous sommes appelés à nous revoir. (Sa voix dérailla légèrement et il toussa pour se ressaisir.) Je ne doute pas que, en cas de besoin, vous serez toujours prêts à faire votre devoir.

De ses petits yeux noirs plus perçants que jamais, il regarda chacun tour à tour. Puis il ramassa les badges et les empaqueta dans le tissu. Les quatre souriaient comme un seul homme (et une femme) en voyant leur chef, toujours attentifs aux plus petits détails, replier soigneusement les coins du linge à l'intérieur pour terminer son paquet.

Petrov s'arrêta à la porte pour regarder encore une fois chacune des personnes présentes, en plissant les paupières jusqu'à en avoir les yeux presque fermés. Il enfouit ses doigts dans ses cheveux noirs.

– Commandant Pogrebenoi et Ezdovo, vous restez là, s'il vous plaît. Les autres, vous pouvez... partir... (Sa voix flanchait de nouveau et il dut chercher sa respiration.) Mes... amis, je... fit-il avec difficulté. (A la suite de quoi, il passa précipitamment la porte.)

A leur tour, les équipiers se regardèrent les uns les autres. C'était fini. Les années passées ensemble, envolées! Ils s'étreignirent longuement. Ce fut Bailov qui rompit le silence:

– Qu'est-ce qu'on a foutu de la pertsovka?

– Il en reste une bouteille, répondit Rivitsky en se frottant les yeux. C'est moi qui l'ai dans mon sac.

La balle de Brumm lui avait traversé la cuisse sans provoquer de dommage irréversible, mais il gardait la jambe raide et se déplaçait avec une canne.

Les deux hommes gagnèrent la porte. Rivitsky demanda à Talia et à Ezdovo, par-dessus l'épaule:

– Vous venez?

– Dans un moment, dit Ezdovo.

Quelques minutes plus tard, père Grigory soulevait le rabat de toile faisant office de porte, et passait la tête avec un large sourire.

– Le camarade Petrov me charge de vous dire que, si vous n'avez pas encore compris que vous êtes amoureux l'un de l'autre, il vous ordonne de regarder immédiatement la réalité en face. (Il éclata de son rire assourdissant en voyant le couple rougir comme deux pivoines.) Ezdovo, Petrov t'engage à emmener cette femme dans tes montagnes pour fonder une famille! Le camarade Staline, quant à lui, exige que les Ezdovo soient plus nombreux. Il exprime le désir que cela se produise dans des délais biologiques minimaux. A vous, Talia, Petrov adresse toute sa gratitude et des sentiments personnels d'affection. Il m'a demandé aussi de vous faire un cadeau – de sa part, de la nôtre, de celle de votre pays – à vous deux.

Deux petits garçons entrèrent en trébuchant dans la pièce obscure, les yeux écarquillés de peur. En découvrant leur mère, ils se jetèrent à son cou en sanglotant.

Quand le train se mit en mouvement, Ezdovo, Talia et ses enfants sortirent de la petite case de briques. Petrov se tenait à la portière de la dernière voiture Pullman. Tous quatre lui firent de grands gestes mais il n'y répondit pas. Les bras croisés sur la poitrine, le menton levé, il laissait son regard étincelant se perdre au loin dans le paysage.

Ils regardèrent le train disparaître en silence. Puis Ezdovo se retourna vers Talia. Il souleva les deux petits garçons dans ses bras.

– Je vais vous montrer ma maison dans la montagne, leur dit-il.

– C'est plus grand que Moscou? demanda le plus jeune.

– Ouais, fit Ezdovo, mais en mieux.

143. 1er juillet 1946, 14 heures 40.

L'après-midi était fraîche et venteuse. La James River aux reflets beige-argent se creusa sous une rafale et des remous couleur chocolat vinrent tournoyer jusqu'aux herbes de la berge. Beau Valentine était assis par terre, adossé à un érable maigrichon. Il lança un caillou dans l'eau en admirant pour la centième fois le même phénomène radical d'absorption : il ne restait plus aucune trace du caillou une fois qu'il avait coulé.

Ermine était près de lui, la tête sur un rondin. Elle le regardait avec cette qualité d'attention que l'on réserve aux êtres chers.

Il ne s'agissait pas vraiment d'un cauchemar. C'était réel. Il s'était vraiment trouvé sur le même bateau qu'Adolf Hitler. Le bateau avait coulé. Au lever du soleil, le lendemain matin, il ne restait plus rien, ni débris ni cadavres, pas la moindre nappe de mazout, juste lui accroché à son radeau. Il avait flotté ainsi pendant deux jours, et le courant l'avait poussé sur un îlot rocheux, près de la Corse. Il avait gagné la grève à la nage, puis escaladé le promontoire pour trouver enfin une petite maison de terre battue où on le fit manger. Il persuada son hôte le pêcheur de le ramener à Gênes avec son pointu. Les Corses ne lui demandèrent pas comment il avait abouti sur cette grève, ni de quel navire il était tombé. Il ne s'agissait pas d'un grand événement. Au cours des siècles, beaucoup d'hommes avaient été rejetés sur ces côtes, certains morts, d'autres vivants. Les bateaux sombraient de par la volonté de Dieu.

A Gênes, en bon agent secret, Valentine télégraphia à sa banque suisse de lui envoyer de l'argent. Ermine était sûrement déjà rentrée aux États-Unis. Un chauffeur de taxi lui demanda une somme exorbitante pour le conduire à la frontière suisse, qu'il passa illégalement une fois de plus. A Genève, il se procura une fausse identité et prit le train de Paris. Puis il gagna Londres en avion, où il attrapa un vol pour l'Amérique. D'Idlewild, l'aéroport de New York, il se rendit en train à Washington.

Dans la capitale, Valentine se présenta au siège du vieil OSS et fut interrogé à la neuve CIA. Il raconta tout ce qui s'était passé pour lui jusqu'à la fin de la guerre, parla de ses recherches de savants allemands, mais se refusa à donner le détail des derniers mois passés en Europe, l'expression « affaires personnelles » suffisant, selon lui, à clarifier cette période.

– Vous avez terminé tout cela en beauté avec une pute de là-bas? hasarda le chef de dossier.

– Il y a de ça.

Après avoir repris sa véritable identité, il s'acheta une voiture, une Ford noire très puissante, avec un toit blanc. Il la paya deux fois ce qu'elle valait, mais ça lui était égal. A quoi bon l'argent si on se reproche de le dépenser? Ça lui faisait plaisir d'avoir une nouvelle voiture, et ça suffisait comme justification.

Ermine avait signé sa lettre de démission avant de rentrer. De Genève, il lui avait télégraphié : BATEAU STOP NAUFRAGE STOP NATATION STOP OK STOP BIENTOT STOP AMOUR NONSTOP TON FLEURISTE. Quand il passa la prendre chez sa mère en Virginie, elle avait quelque chose d'étrange dans le regard, un air qu'il ne lui connaissait pas, mais elle ne dit rien.

Jamestown l'attirait, il ne savait pas très bien pourquoi. Il y était allé une fois, il y avait de cela des années. Quelque chose l'incitait à retourner.

Ermine ne disait pas que l'endroit la décevait, mais il le savait bien.

Ce n'était rien d'autre qu'un tas de vieilles pierres sur une île plate, autrefois péninsule.

Elle avoua :

– Ça ne casse rien!

– D'accord. C'est ce que je me rappelais de la première fois. Je voulais sans doute vérifier que ça n'avait pas changé.

– Bon, on peut s'en aller?

– Pas encore, dit-il en la serrant contre lui.

Il lui avait dit qu'il avait besoin de vadrouiller quelque temps, et elle respectait cet état d'esprit. Ces quatre jours derniers, de l'aube au couchant, il n'avait fait que déambuler ou rester assis dans les ruines. Il regarda disparaître un autre caillou dans la rivière. Il avait envie de parler. Ermine était prête à l'écouter.

– Les Anglais avaient établi une belle petite communauté ici, et elle a été réduite à néant. Personne ne sait ce qui s'est passé. Tous morts! Quelques pierres brisées, quelques ossements jaunis, on n'a retrouvé rien d'autre. Depuis, ça n'a pas bougé. Ce qu'on a voulu préserver, c'est le mystère. C'est la seule chose que les gens n'arrivent pas à encaisser. Ils ne supportent pas de ne pas savoir.

Ermine glissa son bras sous le sien. Beau enchaîna :

– Ce n'étaient pas des Juifs, c'étaient des Russes.

Elle n'avait aucune idée de ce dont il parlait.

– Nos sens ne disent pas toujours tout. Les pilotes d'avion sont payés pour le savoir. Leur corps dit une chose, les instruments une autre. S'ils se fient à leurs sens, ils sont morts. J'ai vu des Juifs, j'ai entendu des Juifs, mais c'étaient des Russes. Une espèce d'unité spéciale à mission unique.

– Du NKVD [1]?

– Non. Un truc spécial. Tout petit. Des gens acharnés. Ils en avaient l'air.

– Il est vivant, n'est-ce pas? demanda-t-elle tranquillement.

Il la regarda.

– Oui. Les Russes ont Hitler. Vivant.

– Et toi, alors?

Il éclata d'un rire cruel.

– Moi? Qu'est-ce que j'en ferais? Qu'ils se le gardent, ce salopard! Justice immanente. De nous tous, ce sont eux qui ont les meilleures raisons de le vouloir. Pour nous, ce serait surtout une question de principe, un besoin académique de justice et d'achèvement. Les Américains sont

---

1. *Narodnyï Komissariat Vnoutrennikh Diel,* « commissariat du peuple aux Affaires intérieures », c'est-à-dire police politique soviétique, progressivement intégrée au KGB à partir de 1941.

très forts, pour finir les trucs. Pour les Russes, c'est de l'ordre de la nécessité. Il leur faut leur vengeance.

Ermine se pelotonna contre son bras massif.

– Tu as fini le truc, Beau.

– Et comment, je l'ai fini!

– Que vont-ils faire de lui?

Valentine appuya la tête au tronc de l'érable en souriant.

– Quelle question! (Il lui enlaça la taille pour l'attirer encore plus près.) Quelle question!

– Tu penses qu'ils vont le juger?

Toujours souriant, il lui caressa la bouche du bout de l'index.

– Ça ne risque pas!

144. 18 juillet 1947, 11 heures.

En cet été 47, Berlin était toujours encombré des gravats de la guerre, mais on passait enfin dans les rues. Les Berlinois retrouvaient leur esprit d'indépendance et leur goût du plaisir. Ils apprenaient à se débrouiller dans leur ville divisée. Ils tentaient d'exploiter les clivages politiques apportés par les Alliés au lieu de les subir. Le soir, les cafés, restaurants et night-clubs de la Friedrichstrasse regorgeaient de militaires en uniforme et résonnaient de diverses langues. Une fois de plus, les putains prospéraient.

Vasily Petrov contemplait les ruines de la Chancellerie du Reich. Il faisait chaud et une équipe russe de démolition, non loin de là, soulevait des nuages de poussière.

Il avait placé les charges lui-même. Le Bunker était cadenassé depuis près d'un an sur ordre de Joseph Staline. A l'intérieur, c'était froid et noir, envahi de moisissures au point qu'on avait du mal à respirer. Cela ne l'avait pas empêché de travailler lentement, méticuleusement, choisissant chaque emplacement et connectant chaque cordon comme s'il n'y avait qu'une seule charge.

Derrière lui, dans la rue, des hommes attendaient. Petrov s'épongea le front avec un mouchoir qu'il replia et rangea dans la poche arrière de son pantalon. Sur un dernier regard à la lourde structure de béton, il enfonça la poignée sans hâte ni brusquerie.

La terre gronda sous ses pieds tandis qu'un énorme panache de poussière et de la fumée jaillissait vers le ciel où des tourbillons se créaient aussitôt. Une fois assuré que la destruction était totale, Petrov remonta lentement la rue pour rejoindre le commissaire des travaux publics. Dès qu'il lui eut adressé un signe de tête, l'homme aboya des ordres. Instantanément, les bulldozers toussèrent et rugirent.

– Qu'est-ce que c'est encore? dit un passant près de Petrov.

– Toujours leurs bâtiments nazis, répondit quelqu'un.

145. 5 mars 1953, 14 heures.

Petrov nourrissait une famille d'oies sauvages russes quand il fut abordé par un colonel rutilant dans son uniforme d'hiver.

– Camarade Petrov?

Le petit homme voûté par une arthrite, qui semblait empirer de jour en jour, releva la tête sans mot dire.

– Il faut que vous veniez à Kuntsevo. La fin est proche.

– C'est-à-dire? demanda Petrov à mi-voix.

– D'ici peu, répondit l'officier. Il est sans connaissance.

Le 28 février, Staline avait fait une hémorragie cérébrale et, depuis, frôlait la mort. Bientôt sept ans seraient passés depuis que Petrov avait fait ses adieux à l'équipe, sur une voie de garage d'Odessa. Sept ans!

– Dites-leur que je vais venir.

D'une démarche lente, un peu traînante, il s'éloigna vers sa voiture. Son chauffeur descendit précipitamment pour lui ouvrir la portière.

– Au Kremlin.

A l'approche de Petrov, le garde en faction à l'entrée du palais Poteshny se mit brusquement en position de tir. Le sergent fit les sommations tandis que le garde braquait sa Kalachnikov. Petrov sortit son Badge rouge. Ils s'effacèrent aussitôt.

Toujours le même problème avec ces grands édifices bâtis par les tsars: le sous-sol était glacial. Au bout du couloir, Petrov franchit un autre poste de sécurité, puis il prit place dans un ascenseur. La descente dura un bon moment. Tout en bas, un autre peloton de sécurité vérifia son identité avant de le laisser franchir une porte d'acier massif, derrière laquelle il y avait une autre porte, qu'il ouvrit au moyen d'une clé qu'il portait constamment à son cou. Pendant sept ans, il avait suivi ce même rituel deux fois par jour, à la seule exception des quarante-huit heures passées à Berlin.

La pièce était revêtue d'une épaisse laque blanche, à la façon d'une salle de soins. Le carrelage du sol était lisse comme de l'ivoire. Mais en dépit de sa propreté, de sa stérilité, cette pièce avait une odeur qui amenait toujours Petrov au bord de la nausée.

Au centre, suspendue au plafond, il y avait une cage aux barreaux d'acier inoxydable et, dans la cage, une chose vivante évoquant vaguement un être humain en position accroupie. On ne pouvait pas s'y tenir debout ni s'y allonger. C'est Staline lui-même qui avait dessiné la cage et supervisé personnellement sa construction par des techniciens allemands prisonniers.

Garder la bête en vie avait été de plus en plus difficile. Des plaies permanentes se formaient sur ses jambes, entraînant la gangrène. On avait dû l'amputer, d'abord de la jambe gauche au-dessus du genou, puis de la jambe droite à la cheville. C'est le Dr Gnedin qui avait opéré, assisté de Petrov. Théoriquement, la bête vivait, mais ce n'était plus un homme. Il y avait bien un corps dans la cage, et son cœur battait, mais l'âme et l'esprit s'en étaient envolés depuis longtemps. « Ça » ne parlait plus depuis cinq ans.

Le jour où on l'avait amené d'Odessa, un fourgon spécial attendait à la gare, pour transférer directement le prisonnier au palais, dans cette pièce même. Dépouillé de ses vêtements, il avait été bouclé dans la cage. Seul Petrov était resté le regarder se débattre avec violence en hurlant d'abord vengeance, ensuite pitié.

On alimentait la bête juste assez pour la maintenir en vie. Elle vivait dans ses propres déjections. On ne lui permettait pas de se laver. Cette carcasse métallique suspendue interdisant le sommeil et le repos normaux, un cycle de courts engourdissements s'instaura, toujours interrompus par la douleur des extrémités.

Petrov était stupéfait qu'un être vivant pût dégénérer si rapidement et survivre si longtemps. A observer la créature, maintenant, il lui semblait que c'était arrivé très vite, les différentes phases du changement se superposant dans l'unité de l'instant. Mais le présent est toujours trompeur. Le processus avait été lent et atroce, et Staline en avait savouré tous les moments.

Normalement, le chef de l'État venait le dimanche, en début d'après-midi le plus souvent et, sauf s'il se trouvait loin de Moscou, il ne sautait jamais une semaine. Mais il lui arrivait aussi d'y venir à l'improviste, et l'on faisait chercher Petrov n'importe où pour l'accompagner. Lors de ces visites impromptues, Staline était parfois furibond, veines bleues hors des tempes. D'autres fois il avait l'air sombre et, si cela ressemblait à de la tristesse, Petrov savait son chef étranger à ce type d'émotion. En de rares occasions, Staline se montrait jovial, exubérant et, au fil des ans, Petrov avait fini par comprendre que la bête constituait une réalité secrète où le nº 1 soviétique puisait sa détermination, sa pugnacité, comme s'il s'agissait d'une illustration vivante de l'axiome suivant : quand j'exige qu'une chose soit faite, elle peut se faire et elle se fait.

Quoi qu'il en soit, le cérémonial ne variait jamais. Petrov marchait deux pas en avant. Dès qu'on entrait dans la pièce, les deux vieux adversaires croisaient le regard et ne se lâchaient plus. Les premières années, les yeux de la bête flamboyaient de haine. Elle hurlait, trépignait, se jetait contre les barreaux, et les sons se répercutaient à tel point que Petrov en avait ensuite pour des heures à souffrir des oreilles. Mais la bête avait beau dire ou faire, Staline ne réagissait jamais. Il restait immobile, les mains serrées, et regardait. Au bout de quelques minutes, pas davantage, il souriait, hochait lentement la tête, sortait, reprenait place dans l'ascenseur et remontait dans son univers.

Le temps passant, les éclats de la bête pâlissaient, tournaient à l'incohérence, se fondaient en une plainte monocorde d'animal blessé. Finalement, elle s'était enfermée dans le silence et son regard avait perdu toute expression.

En voyant Petrov approcher, la bête se dandina d'un moignon sur l'autre. L'homme en noir signifiait toujours nourriture, et elle avait appris peu à peu à bien se tenir devant lui, de peur d'être privée de manger.

Le temps n'avait plus de sens. Dans la grande pièce blanche, il faisait toujours grand jour. Quand la bête dormait, c'était un bras replié sur les yeux, en se tassant contre les barreaux dans des positions bizarres pour tenter de trouver l'obscurité. Elle avait les yeux gonflés, rouges, protubérants. Ses cheveux emmêlés, collés, se dressaient sur son crâne.

Elle émit une espèce de grincement d'impatience vorace, tout en se montrant pourtant inquiète, circonspecte. Il n'y avait pas assez longtemps qu'elle avait mangé pour la dernière fois. Or l'homme en noir était là. Danger. Nouveauté. Elle rétracta le bras et s'en couvrit la face comme d'un mince bouclier.

Petrov tira son revolver de son holster et le déposa par terre, juste hors d'atteinte de la cage. Il parla doucement à la bête, du même ton qu'il s'adressait à ses oies :

– J'ai mission de vous informer que Iossif Vissarionovitch Djougatchvili est mourant.

La bête se gratta violemment l'entrejambe, soudain torturée par la vermine qui grouillait dans ses chairs. Puis elle laissa tomber la tête de côté, examina Petrov en clignant lentement des yeux. L'espace d'un instant, son regard lança des éclairs. Un semblant de lucidité parut se faire jour au fond des prunelles noires dilatées.

– Staline... prononça-t-elle laborieusement.

Elle essayait de se souvenir. C'était sa première parole depuis cinq ans.

Brusquement la bête se vida, constellant la cage de matière fécale. Elle regarda Petrov et un sourire fantomatique s'ébaucha peu à peu sur son faciès. Elle avait toujours les lèvres sèches, craquelées, écorchées. La bouche, en s'ouvrant, révéla des chicots noircis. Elle agrippa les barreaux à toute force. La bouche s'ouvrit encore davantage, exagérément, comme celle d'un prédateur à l'attaque. Elle haussa les sourcils et bascula la tête en produisant un sifflement d'une telle intensité que Petrov en sentit un frisson lui courir le long de la colonne vertébrale.

– Je... suis... vivant... articula la bête d'une voix rauque, les yeux luisants.

Soudain elle jeta les bras entre les barreaux, vers Petrov. Et, né très loin en elle, un énorme cri de défi éclata. Petrov sentit sa nuque se hérisser, mais il fit un pas en avant et, des deux mains, saisit la bête à la gorge. Elle écarquilla les yeux sous le choc et tenta d'échapper au garrot. Mais sa tête commença tout de suite à rouler lentement d'un côté à l'autre.

– Je suis vivant, croassa-t-elle de nouveau.

Elle se frappait la poitrine en voulant marteler les bras de Petrov pour desserrer cette étreinte impitoyable. La salive lui coulait de la bouche en longs filets.

Petrov travaillait à joindre le bout de ses doigts derrière la tête. L'écart s'amenuisant, toute force quitta la bête et elle s'effondra contre les barreaux en commençant à se convulser dans les affres de la mort. Elle n'en continuait pas moins à répéter faiblement :

– Je suis vivant, je suis vivant, je suis vivant...

Petrov finit par faire toucher le bout de ses doigts. Il orienta les mains vers le haut avec une force telle que les vertèbres craquèrent bruyamment. La bête était morte.

Les gardes semblaient nerveux. Depuis le temps, ils s'étaient accoutumés à l'étrange petit bonhomme qui passait en clopinant deux fois par jour. Petrov, Gnedin et Staline avaient toujours été les seuls à pénétrer dans cette pièce. La plupart des gardes avaient appris, au fil des ans, à ne plus se demander ce qu'il pouvait bien y avoir à l'intérieur. Certains d'entre eux se consumaient de curiosité mais nul n'abordait le sujet. Aucun n'aurait osé s'aventurer là-dedans, même si ç'avait été possible. A vivre au cœur du Soviet Suprême, on apprenait à devenir muet, sourd et aveugle.

Ils hésitèrent quand Petrov leur demanda d'abandonner leur poste, mais ce qu'ils virent dans ses yeux leur fit peur et ils vidèrent les lieux.

Quand ils furent partis, Petrov alla prendre dans un petit débarras des matériaux et des outils entreposés là depuis longtemps. Il se mit au travail, tout seul, et construisit un mur épais de trois briques devant la porte d'acier. Quand ce fut fini, il remonta en ascenseur. En haut, il ordonna au détachement de sécurité de se rendre à l'autre bout de l'édifice. Puis, au moyen d'une autre clef qu'il portait également sur lui depuis sept ans, il ouvrit un petit coffre-fort mural et tira la manette qui se trouvait à l'intérieur. Il mettait ainsi à feu une charge explosive qui envoya par le fond l'ascenseur et son infrastructure. Tout le puits s'effondra, obturant le trou pour l'éternité.

146. 5 mars 1953, 21 heures 50.

Petrov se rendit en voiture à Kuntsevo. On le mena directement à la chambre de Staline en traversant une phalange de gardes du corps.

Le nº 1 soviétique paraissait petit et insignifiant dans son lit à baldaquin. Des cierges scintillaient sur des tables, et leur lumière semblait donner vie au dragon de l'immense tapisserie chinoise qui se déployait au-dessus du dosseret.

– Comateux, disait quelqu'un à l'entrée de Petrov.

Il montra son Badge rouge et la pièce se vida. Il attendit, debout au pied du lit. Par terre, il y avait une feuille de papier couverte de têtes de loup croquées à l'encre rouge.

Staline bougea. Sa tête se souleva légèrement. Il battit des paupières et ouvrit les yeux.

– Mon berkout, dit-il d'une voix faible mais distincte. Je vais mourir.

Petrov inclina la tête. Il ramassa la feuille de papier, attrapa un crayon, traça une croix sur l'une des têtes de loup.

– Ça y est, dit-il en levant la feuille de papier à la lumière.

Staline ouvrit les yeux en grand. Ses narines s'évasèrent et un large sourire s'empara de son visage.

– Quand?

– Il y a quelques heures.

Il laissa retomber sa tête sur l'oreiller, la bouche grande ouverte. Ses poumons se vidèrent, son visage se figea comme un masque. Petrov mit les doigts sur la gorge du généralissime, à la recherche du pouls. Il ne trouva rien. Il consulta sa montre. Il était 21 heures 50, et Joseph Staline était mort.

Petrov déposa son Badge rouge au bout du lit, mit son chapeau et s'en alla. Ainsi, l'histoire était bien finie.

NOTE DE L'AUTEUR

La chasse au Führer est une fiction, une œuvre d'imagination issue des failles et des incertitudes de l'Histoire. Nous savons beaucoup de choses sur les derniers jours du IIIe Reich et, en dépit de ce matériel, nous ignorons toujours ce qu'il est advenu de Hitler dans les derniers moments. Nous supposons, nous théorisons, nous conjecturons, mais nous ne *savons* pas.

Ma démarche consiste à réunir des faits établis pour les tisser sur une trame alternative, une éventualité autre. Il s'agit assurément de spéculation, mais beaucoup de ce qu'il y a dans ce livre est bien réel.

La plupart des proches conseillers de Hitler se trouvaient avec lui dans le Führerbunker, sous la Chancellerie du Reich, lors du suicide de leur chef, à la suite de quoi ces gens tentèrent une percée collective des lignes soviétiques pour s'enfuir. Beaucoup furent capturés par les Russes et emprisonnés dix ans, mais d'autres réussirent à passer, et très peu furent tués au cours de cette tentative. La succession des événements présentée ici, précédant et suivant immédiatement le suicide du Führer, est fidèle aux rapports officiels et aux sources de base. Où existent des divergences d'opinion, j'ai utilisé ceux des faits sur lesquels un accord général paraît se faire.

Alternativement, les Russes ont déclaré détenir Hitler ou son cadavre, et ignorer totalement où il se trouvait. Il s'agit là d'un *fait*. C'est également un fait que, au cours de l'été 1946, les Russes ramenèrent en avion à Berlin tous les principaux acteurs du drame final. Un film fut tourné dans le Bunker, les nazis jouant leur propre rôle, de préférence à des comédiens. Pourquoi? Cela n'a jamais été expliqué. Deux journalistes américains ont assisté au tournage, un soir, mais personne à l'Ouest n'a vu ce film, à ma connaissance. Pourquoi une telle reconstitution si les Russes avaient découvert le cadavre de Hitler un an plus tôt? Et pourquoi aucun rapport d'autopsie pendant trente-trois ans? Moscou a fini par publier un rapport officiel d'autopsie en 1968, mais cela dans des intentions plus politiques que scientifiques, apparemment. Et les méthodes scientifiques mises en œuvre présentent de sérieux vices de forme.

Les documents ne manquent pas, qui révèlent le rôle de l'Église catholique dans l'aide aux réfugiés après la guerre, et de nombreux travaux ont été publiés sur les complaisances du pape Pie XII envers les nazis.

Otto Skorzeny a bien existé, on le sait. Après la guerre, les Alliés le soupçonnèrent d'avoir aidé Hitler à fuir, mais il ne cessa de le nier.

L'OSS a réellement fait faire une étude psychologique de Hitler, prédisant différentes fins éventuelles pour le dirigeant allemand. Si le suicide apparaissait comme l'issue la plus probable, il y en avait aussi beaucoup d'autres.

Il y a également la question d'une bizarre bataille suscitée par les Allemands dans la région montagneuse du Harz après que les Alliés eurent franchi le Rhin. A l'époque aussi bien que rétrospectivement, cet engagement a paru dépourvu de tout fondement stratégique.

Il y a encore beaucoup à ajouter, mais ce que nous savons, me semble-t-il, est de loin bien moins important et intéressant que ce que nous ignorons.

Staline voulait Hitler. Il considérait que le Führer l'avait trahi, et cela coûta aux Russes environ vingt millions de morts, c'est-à-dire deux fois le nombre des disparus dans les camps d'extermination nazis. L'ironie veut que Staline, le brave oncle Joseph allié de l'Amérique, ait probablement surpassé l'hécatombe de Hitler dans ce que le grossier Géorgien appelait un « travail salissant ».

Hitler est-il mort dans les ruines de Berlin en 1945? L'histoire suggère qu'un seul homme sur terre connaissait peut-être la vérité. Cet homme est mort en 1953, il s'appelait Staline.

Tout est possible. Socialement parlant, il n'est pas sans valeur, pour nous tous, de maintenir le monstre en vie, ne serait-ce que pour obtenir les comptes qui nous furent refusés en 1945. Même sous forme de fiction.

J.H.

TABLE DES MATIÈRES